दोज़ख़नामा

लेखक के बारे में

रबिशंकर बल बांग्ला उपन्यासकार हैं। पिछले 30 सालों में उन्होंने 15 उपन्यास, 6 कहानी-संग्रह और साहित्यिक लेखों पर एक किताब की रचना की है। दोज़ख़नामा के लिए उन्हें पश्चिम बंगाल सरकार की ओर से 'बंकिम चंद्र स्मृति पुरस्कार' से सम्मानित किया गया। इस उपन्यास का अंग्रेज़ी उपन्यास भी बहुत चर्चित रहा है। सूफ़ी शायर जलालुद्दीन रूमी पर उनके नए उपन्यास का अंग्रेज़ी अनुवाद प्रकाशित हो चुका है।

अनुवादक के बारे में

अमृता बेरा का जन्म कोलकाता में हुआ और वे दिल्ली में रहती हैं। वे हिन्दी, बांग्ला और अंग्रेज़ी में लिखती हैं व तीनों भाषाओं में परस्पर अनुवाद करती हैं। उनके द्वारा किए विशिष्ट लेखकों की कविताओं, कहानियों व लेखों के कई अनुवाद प्रकाशित हो चुके हैं। हिन्दी से अंग्रेज़ी में अनूदित कविताओं व ग़ज़लों का संग्रह, *लाईट थ्रू अ लेबेरिन्थ* कोलकाता के 'राईटर्स वर्कशॉप' व तसलीमा नसरीन की आत्मकथा *निर्वासिन* वाणी प्रकाशन से प्रकाशित है। अमृता को अनुवाद के लिए 2012 में 'डॉ. अंजना सहजवाला' सम्मान दिया गया है।

दोज़ख़नामा

रबिशंकर बल

अनुवाद
अमृता बेरा

हार्पर
हिन्दी

हार्पर हिन्दी
(हार्परकॉलिंस पब्लिशर्स इंडिया) द्वारा 2015 में प्रथम संस्करण प्रकाशित
बिल्डिंग नं. 10, टावर A, 4th फ्लोर,
डीएलएफ साइबर सिटी, फेज II, गुरुग्राम 122002, भारत
www.harpercollins.co.in

लेखक इस पुस्तक के मूल रचनाकार होने का नैतिक दावा करता है।
इस पुस्तक में व्यक्त किये गये सभी विचार, तथ्य और दृष्टिकोण लेखक के अपने हैं और प्रकाशक किसी भी तौर पर इनके लिए ज़िम्मेदार नहीं है।

1 2 3 4 5 6 7 8 9 10

P-ISBN: 978-93-5177-238-5
E-ISBN: 978-93-5177-239-2

हार्पर हिन्दी हार्परकॉलिंस पब्लिशर्स इंडिया का हिन्दी सम्भाग है

टाइपसेटर : निओ साफ़्टवेयर कन्सलटैंट्स, इलाहाबाद
मुद्रक : रैप्लिका प्रैस प्रईवेट लिमिटेड

HarperCollinsIn

अवास्तविक लोगों के लेखक
सैय्यद मुस्तफ़ा सिराज
की याद में

1

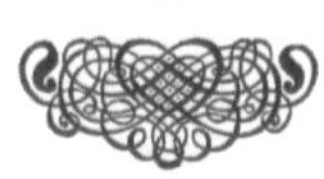

मेरे जीवन पर ऐसी कई घटनाओं ने धावा बोला, जिनका कोई भी अर्थ नहीं था। मैंने उन घटनाओं को समझने की कोशिश करने के बाद उन्हें उनके हाल पर छोड़ दिया। अब उनका खुलासा करने की कभी कोशिश भी नहीं करता। वे मेरी ज़िन्दगी में जैसे अनचाहे ही चली आयी हैं। इनका इससे ज़्यादा गहरा अर्थ और क्या हो सकता है! मान लीजिए एक दिन अगर आप सड़क पर ऐसे ही निरुद्देश्य चलते-चलते किसी ऐसे व्यक्ति को देख लें, जिसे या तो किसी तस्वीर या फिर किसी स्वप्न में ही देखा जा सकता हो, हो सकता है कि एक पल के लिए आमना-सामना भी हो जाये, तब क्या लगेगा आपको? लगेगा नहीं कि आपके सामने एक अद्भुत दरवाज़ा खुल गया है?

उस बार लखनऊ जाकर ऐसा ही एक अद्भुत दरवाज़ा खुल गया मेरे सामने। पेशे से मैं अख़बार में क़लम घिसने वाला मज़दूर हूँ। लखनऊ गया था, तवायफ़ों को लेकर कुछ लिखने की खोज में। वहाँ पहुँच कर सबसे पहले मैं परवीन तालहार से मिला; वे एक ऊँचे पद पर कार्यरत सरकारी कर्मचारी हैं। लखनऊ के इतिहास को मैंने उनकी आँखों में तैरते देखा था। परवीन ने मुझसे कहा कि जिन तवायफ़ों के क़िस्से मैंने हाली के पुराना लखनऊ किताब में या उमराव जान की उपन्यास में पढ़े हैं, वे अब लखनऊ में देखने को नहीं मिलेंगी। सच में ही नहीं मिलीं। इसीलिए मैं अलग-अलग लोगों के मुँह से सुनी कहानियों को अपनी डायरी में लिख ले रहा था। यह सब क़िस्से भी क्या कम थे? वंश परम्परा से जो कहानियाँ चली आ रहीं हैं, उन्हें इतिहास से कमतर देखना, कम-से-कम मेरे लिए तो सम्भव नहीं।

इस तरह मैं इसके-उसके मुँह कहानियाँ सुनते-सुनते, जा पहुँचा फ़रीद मियाँ के पास, पुराने लखनऊ के धूल भरे वज़ीरगंज में। वह इलाक़ा धूप होने के बावजूद, ऐसे परछाईं में लिपटा था कि उसे एक लुप्त शहर ही कहा जा सकता था। मैंने दूर से 'अदबिस्तान' नाम के उस बड़े से महल को देखा, जहाँ उर्दू के क़लमकार नैयर मसूद रहते हैं। किस्मत के मारे इस लेखक से मिलने की मेरी बहुत इच्छा थी, पर बिना उर्दू जाने, किस तरह उनकी कहानियों के प्रति मैं अपना मुरीद होना जता पाता? अंग्रेज़ी या हिन्दी बोली जा सकती थी, लेकिन नैयर मसूद के साथ उर्दू में बातचीत नहीं कर पाने से, उनकी बातों के रहस्य को समझना क्या सम्भव था?

फ़रीद मियाँ के दोनों घुटने मोड़ कर बैठने का अन्दाज़, नमाज़ अदा करने जैसा था। जितनी देर वे मुझसे बात करते रहे, उनकी मुद्रा वैसी ही रही। तवायफ़ों को लेकर बहुत से क़िस्से सुनाने के बाद, उन्होंने मुझसे पूछा, 'आप क़िस्सा लिखते हैं?'

—बस ऐसा ही कुछ।

—एक समय मैं भी लिखता था।

—अब और नहीं लिखते?

—नहीं।

—क्यूँ?

—क़िस्सा लिखने पर बहुत तन्हा हो जाना पड़ता है, जनाब। अल्लाह जिसको क़िस्सा लिखने का हुक्म देता है, उसकी ज़िन्दगी जहन्नुम बन जाती है, जी।

—क्यूँ?

—सिर्फ़ साये जैसे इंसानों के संग रहना पड़ता है न।

—इसलिए क़िस्सा लिखना छोड़ दिया आपने?

—जी जनाब। ज़िन्दगी करबला हुई जा रही थी। करबला जानते हैं न?

—मुहर्रम की कहानी में...

—हाँ। करबला है क्या? क्या यह सिर्फ़ मुहर्रम की कहानी में है? करबला का मतलब है, जब ज़िन्दगी मौत का वीराना बन जाये। क़िस्सा लिखने वालों की किस्मत ऐसी ही है जनाब।

—क्यूँ?

—अरे वही, साये जैसे इंसान घेरे रहते हैं हर वक़्त, बातें करते रहते हैं, और एक ऐसे पागलपन की ओर ले जाते हैं वे। आपके साथ कभी ऐसा नहीं हुआ?

—हुआ है।

—आपकी बीवी ने पूछा नहीं, क्यूँ लिखा है इस क़िस्से को?

—हाँ।

—मुझे भी कितनी ही बार मेरी बीवी ने पूछा है। क्या कहूँ? मैं जो भी बोलूँगा, उसपे ही हँसेगी वह और कहेगी, आप पागल हो गये हैं मियाँ।

—इसीलिए क़िस्सा लिखना छोड़ दिया आपने?

—जनाब मैं आपको बस एक प्याली चाय पिला सका। दावत नहीं कर सकता। ऐसे तो होते हैं क़िस्सा लिखने वाले।

वह बहुत देर तक चुप बैठे रहे। मैं उनके अन्दरमहल के चबूतरे से तिरते आ रहे कबूतरों की गूटर गूँ की आवाज़ में डूबता जा रहा था। एक समय उनकी आवाज़ कबूतरों की आवाज़ की धूसरता में मिल गयी, 'मैं एक क़िस्से को लेकर बड़ी मुश्किल में हूँ जनाब।'

—कौन सा क़िस्सा?

वह बिना कुछ कहे धीरे-धीरे खड़े हो गये। उसके बाद कहा, 'क्या आप थोड़ा बैठ सकते हैं?'

—ज़रूर।

—तो फिर मैं आपको वह क़िस्सा दिखाता हूँ।

—आपका लिखा हुआ है?

—नहीं। फ़रीद मियाँ हँसते हैं।—थोड़ा इन्तज़ार कीजिए। यह भी एक हैरतअंगेज़ क़िस्सा है जनाब।

वह हिलते-डुलते अन्दर चले गए। भीतर जाने वाले दरवाज़े के ऊपर एक मत्स्यकन्या बनी थी। तभी अचानक कोई दौड़ता हुआ घर के अन्दर आ गया। काले रोओं से भरा शरीर, मेरे पास घुटने टेक कर बैठ कर कहने लगा, 'मियाँ पागल हो चुके हैं, आपको पता नहीं?'

—जानता हूँ।

—तो फिर?

—मैं उनसे ही बातें करने आया हूँ।

—क्यूँ?

—आप कौन हैं?

—मैं मियाँ का नौकर हूँ हुज़ूर। मियाँ फिर से पागल हो जायेंगे।

—क्यूँ?

—फिर अकेले-अकेले बातें करेंगे।

—क्यूँ?

—क़िस्से की बात शुरू होते ही...

अन्दर से क़दमों की आहट आते ही काला आदमी 'अब आप चले जाइए' कह कर, दौड़ता हुआ भाग गया। मेरी आँखें फिर उस मत्स्यकन्या के शरीर पर फिरने लगीं। थोड़ी देर में ही फ़रीद मियाँ पर्दा हटा कर कमरे में आ गए। मुझे ऐसा लगा जैसे एक संतुष्टि की आभा उन्हें घेरे हुए है। ज़रा-सी देर पहले वह बहुत विचलित से लग रहे थे। उन्होंने नीले रंग के मख़मल में मुड़ी एक पोटली को अपने सीने से लगा कर पकड़ा हुआ था। वह उसी तरह नमाज़ पढ़ने के अन्दाज़ में बैठ गए। जैसे कि हाल ही में पैदा हुए बच्चे को लिटा रहे हों, उसी तरह पोटली को उन्होंने फर्श पर रख दिया। फिर मेरी ओर देख कर हँसे।—अब मैं जो आपको दिखाऊँगा, लगेगा कि आप ख़्वाब देख रहे हैं।

क्या ख़्वाब दिखायेंगे फ़रीद मियाँ मुझे? सपने देखते-देखते ही तो मैंने बस हाल ही में उम्र के पचास साल पार किए हैं। और मैं यह भी जानता हूँ कि हमारा यह जीवन, जिसे वास्तविक जीवन कहने पर ज़्यादातर लोग ख़ुश होते हैं, वह भी किसी दूसरे का देखा स्वप्न ही है। तब लगता है, मैं एक छवि मात्र हूँ, जो उभरते ही खो गया है। किसी ने एक तितली का स्वप्न देखा था। जगने पर उसको लगा, असल में क्या तितली ने ही उसे स्वप्न में देखा था!

मख़मल का आवरण हटते ही रोशनी में एक पुरानी पाण्डुलिपि झलक उठी। कहीं-कहीं कीड़ों ने खा रखा था। पाण्डुलिपि को देखते हुए मुझे अचानक वह कविता याद आ गई।

मैं तो उस नदी के दूसरी छोर से ही आया था
विश्वास न हो तो पूछ लो अप्रकाशित उपन्यास से
उसके माँस को कुरेदकर
खाए हुए रूपहले कीड़ों को पूछो
और पूछो तिलचट्टों के बादामी अंडो से,
पूछो पाण्डुलिपि के बदन पर घुनों की

रबिशंकर बल

बनाई नदियों से—वे सब नदियाँ, जो
संगम पर पहुँचने से पहले ही दम तोड़ देती हैं

किसने लिखी थी यह कविता? बहुत सोचने पर भी उसका नाम नहीं याद आया। निश्चित ही वह याद आने लायक विख्यात नहीं होगा। हो सकता है वह एक ऐसा कवि हो, जो अपनी कविताओं में केवल हमारे जीवन की चोटों के निशानों का चित्रण करता है, और फिर एक दिन अनायास खो गया हो।

पाण्डुलिपि को फ़रीद मियाँ बच्चे की तरह प्यार से, दोनों हाथों से उठा लेते हैं। मेरी तरफ़ बढ़ा कर कहते हैं, 'देखिए'।

लोग जिस तरह पुजारी के हाथों से पुष्पांजली के फूल ग्रहण करते हैं, उसी तरह उनके हाथों से मैंने पाण्डुलिपि ली। खर्-खर् की आवाज़ सुनाई दी। पन्ने क्या इतने हल्के स्पर्श से भी टूट रहे थे? उसे फ़र्श पर रख कर मैं पन्ने पलटने लगा। उर्दू में लिखा था; यह भाषा तो मैं नहीं समझता। कुछेक पन्ने पलट कर मैं स्थिर हो जाता हूँ, लिपि का सौंदर्य मुझे सम्मोहित किए रहता है। बस इतना ही समझ पाता हूँ कि खो चुके बहुत से समय ने अभी मुझे छुआ हुआ है। फ़रीद मियाँ से पूछता हूँ, 'किसकी पाण्डुलिपि है?'

—सआदत हसन मंटो की। आप उनका नाम जानते हैं?

मैं पाण्डुलिपि पर झुक जाता हूँ। मेरा कँपकँपाता कंठस्वर सुनाई देता है, 'सआदत हसन मंटो!'

—क़िस्से उन्हें ढूँढ़ते फिरते थे।

—आपको यह कैसे मिली?

—इन्तक़ाल के कुछ दिनों पहले अब्बाजान ने मुझे दी थी। उनके पास कैसे आयी थी, बताया नहीं उन्होंने।

—क्या लिखा है मंटो ने?

—दास्तान। आप लोग जिसे नॉवेल कहते हैं। पर जानते हैं, दास्तान ठीक नॉवेल नहीं है। दास्तान की कहानियाँ ख़त्म ही नहीं होना चाहतीं हैं, और नॉवेल का तो शुरू और अन्त दोनों होता है।

—पर मंटो ने तो नॉवेल नहीं लिखी थी।

—यही एक लिखी थी।

—तो फिर छपी क्यूँ नहीं?

—कोई विश्वास जो नहीं करना चाहता है। मैंने कितनों को कहा। बहुतों ने हाथ की लिखाई मिलवा कर देख कर कह दिया, यह ठीक मंटो साहब के हाथ की लिखाई नहीं है। लेकिन उपन्यास के साथ उनकी ज़िन्दगी की हर बात मिलती है। आप देखेंगे, इसे छपवाया जा सकता है या नहीं?

—मैं?

दोज़ख़नामा

—आप तो अख़बार में काम करते हैं, देखिए न। क्या मंटो साहब का लिखा हुआ इस तरह कीड़ों के चाट जाने से ख़त्म हो जायेगा?

मैं पाण्डुलिपि को हाथों से सहलाता रहता हूँ। मेरे सामने सआदत हसन मंटो की अप्रकाशित पाण्डुलिपि? विश्वास नहीं होता। फिर भी मैं उसे छुए जाता हूँ। यही तो वह कहानीकार हैं जो अपनी क़ब्र के ऊपर लिखना चाहते थे, कौन बड़ा कहानीकार है, ख़ुदा या मंटो?

—आपने पढ़ा है? मैं पूछता हूँ।

—बिल्कुल। कितनी बार पढ़ा है याद भी नहीं।

—क्या लिखा है मंटो साहब ने?

—मिर्ज़ा ग़ालिब को लेकर। मिर्ज़ा को लेकर उपन्यास लिखने का ख़्वाब देखते थे मंटो साहब। मिर्ज़ा को लेकर एक फिल्म बनी थी, बम्बई में। मंटो साहब ने ही स्क्रिप्ट लिखी थी। आपको पता है?

—नहीं।

—मंटो साहब तब बम्बई में फ़िल्मों की स्क्रिप्ट लिखा करते थे। ग़ालिब को लेकर उनकी लिखी वह फ़िल्म हिट हुई थी। पर दुःख की बात यह थी कि फ़िल्म जब बन कर तैयार हुई, मंटो साहब तब तक हिन्दुस्तान छोड़ कर पाकिस्तान जा चुके थे। मिर्ज़ा ग़ालिब की उस माशूका का किरदार सुरैया बेग़म ने निभाया था। फ़िल्म को नैशनल अवॉर्ड भी मिला था। पहली हिन्दी फ़िल्म को नैशनल अवॉर्ड मिलना, समझ सकते हैं? मिर्ज़ा को पूरी ज़िन्दगी मंटो साहब भूल नहीं पाए थे। मिर्ज़ा की ग़ज़लें उन्हें पागल करती थीं, मिर्ज़ा की ज़िन्दगी भी। कितनी समानता थी दोनों में। मिर्ज़ा की ग़ज़लें उनकी ज़बान पर चढ़ी रहती थीं।

—तो यह उपन्यास उन्होंने पाकिस्तान में लिखा था?

—वही तो। मंटो साहब के ख़्वाबों की दास्तान को आप ले जाइए, देखिए छपवा सकते हैं या नहीं।

—उर्दू में कोई नहीं छापेगा?

—कोई यकीन ही नहीं करना चाहता है। और कितने दिनों तक सम्भालूँगा? मैं आज हूँ, कल नहीं। मेरे बाद तो यह बिल्कुल ही खो जायेगा।

फ़रीद मियाँ मेरे दोनों हाथों को कस कर पकड़ लेते हैं।

—मुझे इस दास्तान के हाथों से रिहा कीजिए। मुझे अब सब पागल कहते हैं। कहते हैं क़िस्सों ने मुझे खा लिया है।

मिर्ज़ा ग़ालिब को लेकर लिखा गया मंटो का अप्रकाशित उपन्यास, जो असल है कि नक़ल हममें से कोई भी नहीं जानता, मेरे साथ मेरे इस शहर में आ पहुँचा। उर्दू नहीं जानता, इसलिए ऐसे ही बीच-बीच में पाण्डुलिपि को देख लेता हूँ। सच में मंटो का लिखा हुआ है, या फिर किसी और का? उसके बाद एक दिन लगा, अगर हम सब ही किसी का देखा हुआ सपना हैं,

तो सपनों के ग़ालिब को लेकर कोई सपनों का मंटो उपन्यास लिख ही सकता है। यहाँ सच या झूठ का प्रश्न ही कहाँ उठता है?

उपन्यास को पढ़ने के लिए ही मुझे उर्दू सीखने के बारे में सोचना पड़ा। मेरे मित्र उज्ज्वल ने मेरे लिए एक अध्यापिका का बंदोबस्त कर दिया, नाम तबस्सुम मिर्ज़ा। मैंने उसके पास उर्दू सीखने जाना शुरू करने के कुछेक दिनों में ही समझ लिया कि नयी भाषा सीखने का धैर्य और एकाग्रता मुझमें और नहीं है। एक दिन तबस्सुम को कह ही दिया, 'इस जीवन में उर्दू सीखना अब नहीं हो पायेगा।'

तबस्सुम ने कहा, 'तो फिर उपन्यास पढ़ेंगे कैसे?'

—आप अगर पढ़ कर अनुवाद कर दें, तो मैं लिख लूँगा।

—मैं कहीं-कहीं ग़ल्तियाँ भी तो कर सकती हूँ। आप कैसे समझेंगे?

—बिना भूल के क्या कुछ होता है तबस्सुम?

—कैसे?

—ग़ल्ती से ही तो मैं आपके पास उर्दू सीखने आया था।

—इसका मतलब?

—कुछ दिनों के बाद ही आपका निक़ाह है। जानता तो नहीं आता न। शादी के बाद आप मुँहज़बानी तर्जुमा करती जाइयेगा, मैं लिख लूँगा। आप जानती हैं न तबस्सुम, जीवन भी तो एक तरह का अनुवाद ही है?

तबस्सुम की आँखें प्रकाशगृह की घूमती हुई रोशनी की तरह मुझे चीर रही थी।

एक घनघोर बारिश की शाम को मैं तबस्सुम के पास पहली बार उर्दू सीखने गया था। लम्बी, अँधेरी सड़क को पार कर एक दुकान के आगे खड़े हो, तबस्सुम के पिता का नाम लेकर पूछा, 'घर कहाँ है?'

—किसके पास जायेंगे?

तबस्सुम के पिता का नाम बताया।

दुकानदार ने हैरान हो कर मेरी तरफ़ देखते हुए कहा, 'साब तो मर गया है। आपको पता नहीं?'

—तबस्सुम मिर्ज़ा—

—उसकी बेटी। दुकानदार ने हाँक लगाई, 'अनवर, साब को कोठी दिखा दो'।

अनवर के पीछे-पीछे चलते हुए मैं एक बन्द दरवाज़े के सामने आकर खड़ा हो गया। निस्तब्ध दुमंज़िला मकान बारिश में भीग रहा था। अनवर दरवाज़े पर धक्का देता जा रहा था। एक समय दरवाज़ा खुल जाता है, पर कोई भी दिखाई नहीं देता, सिर्फ़ सुनाई देता है, 'कौन है?'

—मैं अनवर हूँ साब।

—क्या हुआ?

—मेहमान, साब।

बारिश में एक चेहरा बोलता है। 'कौन? कौन है रे अनवर?'

अनवर मेरी मुँह की ओर देखता है।

—तबस्सुम मिर्ज़ा हैं? मैं उस देखे-अनदेखे चेहरे की ओर देख कर बोलता हूँ।

—क्या काम है?

—मेरे आने की बात थी।

—स्टूडेंट?

—जी हाँ।

—आइए—चले आइए—पहले कहना चाहिए था न।

मैं भीतर आकर और भी भीगता रहता हूँ। इस घर के बीच के खुले आँगन के ऊपर उन्मुक्त आकाश है। जिसने मुझे बुलाया था, वह कहीं नज़र नहीं आती, पर चीख़ती रहती हैं, 'तबस्सुम दरवाज़ा खोलो—दरवाज़ा खोलो तबस्सुम—स्टूडेंट-स्टूडेंट'—

दरवाज़ा खुल जाता है। बारिश की छाया और अँधकार में वह खड़ी है, तबस्सुम, मेरी टीचर, उसके सिर पर हिजाब है। गहरी रात में ट्रेन की व्हिसिल की सी उसकी आवाज़ तैरती आती है, 'आइए-आइए—इतनी बारिश में सोचा अब तो आप आयेंगे ही नहीं'।

बरसात के पानी में अपने जूतों को भीगता छोड़, तरबूज़ की फाँक से आँगन को पार कर कमरे में घुसता हूँ। छोटे से कमरे में एक विशाल पलँग, ड्रेसिंग टेबल, फ्रिज—बस दो-चार क़दम ही चला जा सकता है।

—चाय तो पियेंगे ?

—नहीं-नहीं—

—इतनी बारिश में भीग कर आए हैं।

—उससे क्या हुआ?

—बैठिए, पहले थोड़ी चाय पी लीजिए।

तबस्सुम बगल के छोटे आँगन में चाय बनाने चली गई। सोचने लगा, मैं किसी भूलभुलैया में घुस गया हूँ। तवायफ़ों की खोज में लखनऊ जाकर भिड़ गया सआदत हसन मंटो के अप्रकाशित उपन्यास से और उस उपन्यास को पढ़ने की तैयारी करने के लिए, मुझे हाज़िर होना पड़ा है मध्य कलकत्ता की अँधेरी गली में, तबस्सुम मिर्ज़ा के घर। हैरानी की बात है, मुझे पहले ख़्याल नहीं आया कि मिर्ज़ा ग़ालिब को लेकर लिखे उपन्यास को पढ़ने के लिए, उर्दू सीखने मैं तबस्सुम मिर्ज़ा के पास आया हूँ। यह सब सोचते-सोचते अचानक मैं एक राक्षसी आईने के अन्दर जस्त हो गया। ध्यान ही नहीं दिया कि दीवार पर, लगभग चार फ़ुट लम्बा एक आईना लटक रहा था, जिसके फ्रेम पर सागौन की लकड़ी का काम किया हुआ था, बेशक़ीमती बेलजियन शीशा, जिसके अन्दर प्राय: पूरा कमरा ही घुसा हुआ था, और उस कमरे के अन्दर मैं, ख़ुद को ही बिना पलक झपके देख रहा था। वह आईना जैसे मुझे अपनी ओर खींच रहा था। यह सम्मोहन तबस्सुम के कमरे में चाय लेकर आने पर टूटा।

—क्या देख रहे थे? तबस्सुम के होठों के कोने पर चाँद के कटे टुकड़े की सी हँसी थी।

—आईने को, कहाँ मिला यह?

—यह आईना किसका था पता है?

—किसका?

—वाजिद अली शाह की एक बेग़म का।

—यहाँ किस तरह आया?

—मेरे दादा—दादा जानते हैं न—पिताजी के पिता लाये थे।

मैंने आईने की ओर फिर से देखा। वाजिद अली शाह की वह बेग़म अब कहाँ हैं? आईने में तो सर ढके हुए तबस्सुम मिर्ज़ा खड़ी हैं।

मेरे उर्दू सीखने की वजह को जान कर तबस्सुम हैरान रह गई। सिर्फ़ एक उपन्यास पढ़ने के लिए उर्दू सीखेंगे? और कुछ नहीं करेंगे?

—और क्या करूँगा?

—सुना है आप लिखते हैं। ग़ज़ल भी लिख सकते हैं।

—ग़ज़ल के दिन ख़त्म हो गये हैं।

—ग़ज़ल के दिन कभी ख़त्म नहीं होंगे।

आईने की तबस्सुम को देखते हुए मैं उसकी बात सुनता हूँ। ग़ज़ल के दिन कभी ख़त्म नहीं होंगे, उसकी यह बात गुज़रते हुए बादल की तरह बह जाती है।

—यह ग़ज़ल जानते हैं? तबस्सुम कहती रहती है:

गली तक तेरी लाया था हमें शौक़ ।
कहाँ ताक़त के अब फिर जाएँ घर तक ।

शब्द तबस्सुम के गले से झरने की तरह फैल जाते हैं। वह मेरी तरफ़ देखते हुए हँस कर कहती है, 'किसकी ग़ज़ल है, जानते हैं?'

—किसकी?

—मीर, मीर तकी मीर। मीर साहब ने क्या कहा है देखिए। तुम्हारे घर के दरवाज़े तक तो मेरी ख़्वाहिश खींच लाई थी मुझे। अब ताक़त कहाँ है कि अपने घर लौट जाऊँ मैं? इसके बाद भी बोलेंगे कि ग़ज़ल के दिन ख़त्म हो गये हैं?

—फिर भी—

—छोड़िए, इन सब को लेकर बहस नहीं हो सकती। अपने उपन्यास के बारे में बताइए।

मैं कौन सा उपन्यास पढ़ना चाहता हूँ, किसका लिखा हुआ है, किसको लेकर लिखा गया है, किस तरह मिला यह उपन्यास, सारी बातें सिर नीचा किए सुनती रही, तबस्सुम। उसके इस सुनने में एक तरह का ध्यान लगाने का सा अन्दाज़ है। इस शहर के अधिकांश लोगों की तरह नहीं है वह, जो कि सुनना भूल चुके हैं, और इसीलिए प्रतीक्षा जैसा शब्द ही उनके जीवन से खो गया है। मेरी सारी बात सुनने के बाद, बहुत देर तक ख़ामोशी घनी हो जाने के बाद, वह धीरे-धीरे बोलती है, 'अचानक इस उपन्यास को पढ़ने की इच्छा क्यूँ हुई?'

दोज़ख़नामा

—मंटो मेरे प्रिय लेखक हैं। जानता नहीं था, उन्होंने उपन्यास लिखा है, वह भी मिर्ज़ा ग़ालिब को लेकर।

—ग़ालिब भी आपके पसन्दीदा हैं?

—हाँ। सच कहूँ तो, मैं बहुत दिनों से मिर्ज़ा ग़ालिब को लेकर एक उपन्यास लिखने के बारे में सोच रहा हूँ।

—कब लिखेंगे?

—देखता हूँ। मुझसे बहुत जल्दी कुछ नहीं होता। यदि ऐतिहासिक उपन्यास लिखता तो आसानी से लिख लेता। पर मैं—

तबस्सुम कुछ नहीं कहती है, मैं भी नहीं। आईने के भीतर मैं ख़ुद को और तबस्सुम को देखता रहता हूँ।

इसके बाद उर्दू की तालीम शुरू हुई। अलिफ़...बे...पर...ते से लेकर मेरा हाथ पकड़-पकड़ कर लिखना सिखाया तबस्सुम ने, कभी कहा, 'वाह! कितनी आसानी से लिख लेते हैं आप'। पर एक दिन मैंने घोषणा कर दी, इस उम्र में सीखने का धैर्य और एकाग्रता मेरे अन्दर नहीं है। बहुत बहसबाज़ी के बाद तबस्सुम ने कहा, 'मैं जानती हूँ, आप सीख सकते थे'।

मेरे प्रस्ताव को तबस्सुम ने मान लिया कि वह उपन्यास को पढ़ कर मुँहज़बानी तर्जुमा करती जायेगी और मैं लिखता रहूँगा। तबस्सुम की शादी के काफ़ी दिनों के बाद से मैं रोज़ शाम उसके पास जाता रहा। मैं तबस्सुम के लहजे से मंटो के ग़ालिब को नये तरीक़े से समझता रहता हूँ और एक बंधुआ नबीस की तरह, एक खोए, अप्रकाशित उपन्यास को बंग्ला में लिखता रहता हूँ।

तबस्सुम के बताए और मंटो के लिखे उपन्यास का अनुवाद लिखते-लिखते मैं एक समय समझ जाता हूँ कि मिर्ज़ा ग़ालिब को लेकर मैं कभी भी उपन्यास नहीं लिख पाऊँगा।

इसके बाद आप लोग जो भी पढ़ेंगे, वह मिर्ज़ा ग़ालिब को लेकर मंटो के उपन्यास का अनुवाद होगा। बीच-बीच में मैं और तबस्सुम लौट भी सकते हैं।

2

भूमिका

यह दास्तान कौन लिख रहा है? मैं, सआदत हसन मंटो या फिर मेरा भूत? मंटो पूरी ज़िन्दगी सिर्फ़ एक इंसान के साथ बात करना चाहता था — मिर्ज़ा मुहम्मद असदुल्ला ख़ान ग़ालिब। मिर्ज़ा को अब्दुल क़ादिर 'बेदिल' की एक ग़ज़ल बहुत पसन्द थी, अक्सर वे दो लाईनें बोल उठते थे। *सारी दुनिया में मेरी कहानी गूँजती रहती है, पर मैं तो एक ख़ला हूँ।* जैसे कि बेदिल ने यह शेर मिर्ज़ा के बारे में ही सोच कर लिखा हो। क्या उन्होंने कभी मेरे बारे में भी सोचा था?

मुझे हर वक़्त यही लगा, जैसे मैं और मिर्ज़ा आमने-सामने रखे दो आईने हों। और दोनों ही आईनों के भीतर, एक ख़ालीपन। दोनों एक-दूसरे की तरफ़ के ख़ालीपन देखते हुए बैठे हैं। क्या ख़लाएँ आपस में बात कर सकती हैं?

कितने ही दिनों तक मैंने मिर्ज़ा के साथ एकतरफ़ा बातें की। मिर्ज़ा चुप रहे। क़ब्र में सोए हुए वह कैसे मुझसे बातें करते? पर, इतने सालों के इन्तज़ार के बाद, मैं अब जानता हूँ कि मिर्ज़ा मुझसे बातें करेंगे, क्योंकि मैं भी अब अपनी क़ब्र में आ गया हूँ। 1948 में पाकिस्तान आने के बाद मैं समझ गया था कि मुझे अब अपनी क़ब्र ख़ुद ही खोदनी होगी, जिससे मैं बहुत जल्द मिट्टी के गहरे अँधकार में जाकर सो सकूँ। मेरी क़ब्र की फ़लक पर लिखा होगा: 'यहाँ सआदत हसन मंटो चिरनिद्रा में है। उसके साथ, कहानी लेखन के सारे राज़ भी क़ब्र में दफ़्न हो गये हैं। टनों मिट्टी के नीचे सोया हुआ वह सोच रहा है, कौन सबसे बड़ा कहानीकार है, मंटो या अल्लाह?' लोगों को पता भी नहीं कि मंटो ख़ुदा का पागलपन सिर पर लिए इस दुनिया में आया था, इसलिए सारी ज़िन्दगी कहानियाँ मंटो को ढूँढ़ती रहीं। मंटो कभी कहानियाँ ढूँढ़ने नहीं गया।

मिर्ज़ा अब मेरे साथ बातें करेंगे, हम अनर्गल बतियाते रहेंगे, सारी ज़िन्दगी मिर्ज़ा जो किसी से कह नहीं पाए, मैं भी जिन बातों को किसी को बता नहीं पाया, अब हम सारी की सारी बातें क़ब्र में लेटे-लेटे किया करेंगे। मिर्ज़ा वहाँ दिल्ली में, निज़ामुद्दीन औलिया दरगाह के पास, सुल्तान जी की क़ब्र में सोए हुए हैं, और मैं यहाँ लाहौर में मियाँ साहेता की क़ब्र में। एक समय तो ये मुल्क एक ही था, ऊपर चाहे कितने भी काँटेदार तारों से घिरा हुआ हो, मिट्टी की गहराई में तो यह एक ही देश, एक ही दुनिया है। क्या कोई मुर्दे के साथ मुर्दे की बातचीत को रोक सकता है?

वे किसे पतझड़ और किसे बहार का मौसम कहते हैं? सारे साल हम पिंजरे के अन्दर ज़िन्दा रहते हैं और हमेशा यह कह कर विलाप करते रहते हैं कि कभी हम उड़ पाते थे। मिर्ज़ा ने अपनी एक ग़ज़ल में यही सब कुछ कहा है। न मिर्ज़ा कभी उड़ पाए और न ही मैं। पर इस बार हम क़ब्र के अँधेरे में पंख लगा लेंगे; दोस्तों, हम वह सारे क़िस्से सुनाते रहेंगे, जो आप

लोगों ने कभी नहीं सुने; उन सब पर्दों को हटा देंगे, जिनके पार क्या है, आप लोगों ने कभी नहीं देखा। मिर्ज़ा के बिना मंटो नहीं है, हो सकता है मंटो के बिना मिर्ज़ा भी न हों।

तो फिर क़ब्र के भीतर गुफ़्तगू शुरू की जाये। आदाब।

सआदत हसन मंटो

18 जनवरी 1955

भूमिका के अनुवाद के अन्त में मैं मंटो के हस्ताक्षर के नीचे लिखी तारीख़ को देखता रहा। लगा वह तारीख़ जैसे एक पहेली हो! लम्बे समय के लिए मैं चुप, निश्चल, जड़वत हो गया। मुझे क्या भयानक सर्दी ने जकड़ लिया था? बहुत दूर से तबस्सुम की आवाज़ तिरती हुई आई, 'आज और नहीं लिखेंगे?' मैंने उसके चेहरे की ओर देखा तो एक धुंध की बदली दिखाई दी।

—क्या हुआ?

—हूँ...

—आज और नहीं लिखेंगे? आप बहुत आलसी और कामचोर हैं।

—ठीक कहा आपने।

—क्या?

—आलसी, कामचोर।

—क्या हुआ है आपको? तबस्सुम की आवाज़ में द्रुत बजते वॉयलिन की सी ध्वनि थी।

—यह तारीख़—

—हाँ, यह भूमिका मंटो ने उस दिन लिखी थी।

—पर यह कैसे सम्भव है?

—क्यूँ?

—मंटो की तो उसी दिन मौत हुई थी।

—उसी दिन? तबस्सुम जैसे किसी गुफ़ा के भीतर से बोल रही हो।

—हाँ। जिस हाल में मंटो की मौत हुई थी, उस हाल में उनके लिए क़लम पकड़ना सम्भव नहीं था।

—तो फिर?

—यह एक नक़ली उपन्यास है।

—इसका मतलब?

—किसी और ने मंटो के नाम से लिखा है।

तबस्सुम हँसती है।—अच्छा ही तो है।

—क्यूँ?

—मंटो के नाम से एक नक़ली उपन्यास छप जायेगा।

—यह कैसे हो सकता है?

—हो जाने दीजिए।

—पर तबस्सुम क्या यह सही है?

—सही-ग़लत छोड़िए। आप मिर्ज़ा ग़ालिब को लेकर मंटो का लिखा एक उपन्यास पढ़ना चाहते हैं न?

—हाँ।

—तो समझ लीजिए यही मंटो का लिखा उपन्यास है।

—पर कैसे?

—क्या आपको पता है मंटो ने जो कुछ लिखा है, वह सब उनका ख़ुद का लिखा हुआ है? हो सकता है कोई और बोलता रहा हो और मंटो लिखते रहे हों। जैसे मैं बोल रही हूँ और आप लिख रहे हैं। आप, मैं, मिर्ज़ा ग़ालिब, मंटो—एक दिन कोई भी नहीं रहेगा, हमारे नाम भी नहीं, पर कहानियाँ ज़रूर रहेंगी। यह भी क्या कम है? लीजिए, अब लिखना शुरू कीजिए।

तबस्सुम का चेहरा पाण्डुलिपि के अक्षरों की नीरवता में खो जाता है।

मेहरबाँ हो के बुला लो मुझे चाहो जिस वक़्त।
मैं गया वक़्त नहीं हूँ के फिर आ भी न सकूँ।

मिर्ज़ा साहब, मैं आपको बहुत दूर से क़ब्र में सीधे लेटे, ऊपर की ओर ताकते हुए देख सकता हूँ। कभी आप कुंडली लपेट कर इस तरह लेटे रहते हैं जैसे क़ब्र आपका मातृगर्भ हो, कभी हिलते हुए अपने ही मन से क्या कुछ बोलते रहते हैं, तो कभी मैं आपको सिर नीचा किए चहलक़दमी करते हुए देखता हूँ। वैसे, आजकल ज़्यादातर समय मुझे अँधेरे में लेटे रहना ही अच्छा लगता है। आप 1869 से यहाँ लेटे हुए हैं, यह क़ब्र अब आपका घर ही बन गया है, है न? मैं तो बस हाल ही में ऊपर की दुनिया से आया हूँ। मेरी ज़िन्दगी बहुत-से तूफ़ानों से घिरी रही थी, इसलिए अब बस लेटे रहने का ही दिल करता है। शुरू-शुरू में आपकी भी ज़रूर यही हालत रही होगी। मैं जानता हूँ, आख़री दिनों में आप अपनी ज़िन्दगी ढो नहीं पा रहे थे। आपकी ज़िन्दगी एक नासूर बन गयी थी, यह यूसुफ़ मिर्ज़ा को लिखी आपकी एक चिट्ठी से स्पष्ट था; आपने लिखा था, 'मैं एक इंसान हूँ, दैत्य नहीं, जिन्न नहीं'।

आप असल में क्या हैं? यह सवाल आख़िर में आपके लिए मायने खो चुका था। जबकि यही आपकी ज़िन्दगी का मूल प्रश्न था; लेकिन ज़िन्दगी के आख़री सालों में आपको सब कुछ ही बेमानी लगने लगा था; बस आप मौत और अल्लाह की ही बातें बार-बार दोहराते रहते थे। आपने नमाज़ नहीं पढ़ा, रोज़ा नहीं रखा, मज़ाक़ में आप ख़ुद को आधा-मुसलमान कहते थे, जिसकी वजह से आपको धीरे-धीरे उमराव बेग़म से भी दूर हो जाना पड़ा; और वही आप, आख़िर के सालों में सिर्फ़ ख़ुदा की ओर ही देखते रहे। आपने चिट्ठियों पर चिट्ठियाँ लिखीं कि ख़ुदा आप पर मेहरबानी करें, और आपको इस दुनिया से उठा लें। मैं जानता हूँ, आप और लड़ नहीं पा रहे थे, ग़ज़लें आपको बहुत पहले ही छोड़ कर जा चुकी थीं, मुनीराबाई की यादें भी तब चंद हड्डियों के जोड़ों के बराबर ही बची थीं, यहाँ तक कि आपकी प्यारी शराब भी अब बाज़ाब्त: जुट नहीं पा रही थी, ऐसी हालत में एक आदमी, ख़ुदा

को छोड़ कर और किसके आगे जाकर खड़ा हो सकता है? आपके आख़री जीवन के बारे में सोच कर मुझे वह ग़ज़ल याद आती है :

या रब, ज़माना मुझको मिटाता है किसलिए ।
लौ-ए-जहाँ पर हर्फ़े-मुक़र्रर नहीं हूँ मैं ।

पर क्या इस तरह, तक़रीबन खाना न मिलने की वजह से, रोगों से भुगतते हुए, अँधे हो कर मिट जाना ही आपकी नियति थी?

आपकी ज़िन्दगी के बारे में सोचने पर, मेरी आँखों के आगे एक धूल का बवंडर तैर उठता है। वे घोड़ों पर सवार, दरिया पार करते हुए समरकंद से आ रहे हैं। सूरज की रोशनी में उनके हाथों में घूमती तलवारें चमक रही हैं। कितने दूर-दराज़ के इलाक़े तय कर, कितनी ही हत्याएँ और ख़ून-ख़राबों की करबला को पार कर, वे हिन्दुस्तान की ओर आ रहे हैं। लगता है जैसे मैं यह सब सपने में, या फिर सिनेमा के पर्दे पर देख रहा था? आपके वह पूर्वज जिनका सारा दिन घोड़े दौड़ाते हुए बीतता था। रास्ते में कोई भी जनपद पड़ने पर शुरू हो जाती थी लूटपाट और ख़ूनख़राबा, उसके बाद रात में रेगिस्तान में तम्बू गाड़ कर होता था, आराम। जलाई जाती थी आग, भुन रहा होता था गोश्त, बज उठता था रबाब या दिलरूबा। कोई दूर अकेला बैठा गाता होता था ख़ानाबदोशों के गीत, अनंत आकाश के लिए। किसी-किसी तम्बू में, लूट कर लाई गयी लड़कियों को लेकर जम रहा होता है देह का जश्न। मिर्ज़ा साहब, आपको अपने पुरखे सैनानियों को लेकर कम फ़ख़्र नहीं था; वैसे आपने कभी अपने हाथ में तलवार नहीं पकड़ी। फ़ख़्र होने के बावजूद मन ही मन आप जानते थे, दूसरों की जान लेने और अपनी जान देने के अलावा, उन लोगों की ज़िन्दगी में और कुछ नहीं था। बस थोड़ा बहुत औरतों का साथ, शराब और ताक़त का घमण्ड। मुझे पता है, इन फ़ौजी पुरखों की ज़िन्दगी आपके लिए एक सपने के जैसी थी। आपने एक बार कहा था, 'दो लोग ग़ालिब हैं, एक वह सेल्जुक तुर्की, जो बादशाहों के साथ उठता-बैठता है, और दूसरा बेइज़्जत मुफ़लिस, जिसके सिर पर क़र्ज़ का बोझ है'। आपके सपनों का ग़ालिब, बादशाहों के साथ उठने-बैठने वाला तुर्की फ़ौजियों का वारिस था। लेकिन जब मुग़ल राज का सूरज ही डूबने लगा, तब आप उस सपनों के ग़ालिब को कहाँ ढूँढ़ पाते? और फिर आपकी अपनी किस्मत भी तो थी, जिसने आपकी ज़िन्दगी में शायरी के बीज बोए थे। एक फ़ारसी कवि राँबो ने कहा था, 'I am the other.' आप तो उसी 'other' को साथ में लेकर पैदा हुए थे। उसे तो सड़क के कुत्ते की ही तरह मरना पड़ता है।

सुना है, आपके परदादा समरकंद की फ़ौज में काम करते थे। आपके दादा कूकन बेग ख़ाँ उन्हीं घुड़सवारों के साथ, आँधी की तरह इस देश में आ पहुँचे थे। क्या मैं ठीक बोल रहा हूँ मिर्ज़ा साहब? भूल होने पर सुधार दीजियेगा। अरे, अरे, आप तो उठ कर, आँखें बड़ी-बड़ी कर मेरी तरफ़ देख रहे हैं! मुझे पता है, आपको यह सारे क़िस्से सुनना अच्छा लगता है। क्या आपका ख़ून खौल कर खदबदाने लगता है मिर्ज़ा साहब? आप उस पहले वाले ग़ालिब को देख पाते हैं, है न? जिसका बादशाहों के साथ उठना-बैठना था। मैं आप पर तंज़ नहीं कर रहा, मज़ाक़ भी नहीं कर रहा हूँ। कश्मीरी हूँ, इसका मुझे ही क्या कम फ़ख़्र था? जवाहरलाल नेहरू तक को चिट्ठी लिखने की जो हिम्मत कर पाया, वह कश्मीरी होने की ग़ुरूर की वजह से ही

था। मिर्ज़ा साहब, हम मिट्टी के लोग हैं, मिट्टी के अन्दर कंकड़-पत्थर भी होते हैं, वह भी तो ख़ुदा का ही दिया हुआ है। ख़ुदा ने जैसे आप पर मेहरबानी की थी, वैसी ही मेहरबानी मुझ पर न करने पर क्या मैं इतनी जल्दी क़ब्र में आकर सो पाता? मैं भी आप ही की तरह ख़ुदा को नहीं मानता था, पर उनके आगे उनकी सारी औलादें एक हैं।

मिर्ज़ा साहब, मैं आपको सब कुछ फिर से नये सिरे से बता रहा हूँ। क़ब्र के इस लम्बे जीवन में आप कितना कुछ भूल गये होंगे। यह स्वाभाविक है। हम अपने जीवनकाल में ही कितना कुछ याद नहीं रख पाते हैं, और मौत तो एक पर्दे की तरह आती है, जिसके उस पार कुछ भी नहीं दिखता है। किस तरह एक-एक करके मौत के पर्दों ने सब कुछ मिटा दिया, वह तो मैंने उन्नीस सौ सैंतालिस में देखा था। अल्लाह के फ़ज़्ल से आपको वह सब नहीं देखना पड़ा। आपने अट्ठारह सौ सत्तावन देखा था। लेकिन अगर आपने उन्नीस सौ सैंतालिस का वक़्त देखा होता तो आप ख़ुदकुशी कर लेते, मिर्ज़ा साहब। या फिर आपके पुरखों की तरह आपके भी हाथ में तलवार चमक रही होती। इतने क़त्ल, बलात्कार, इतनी नमकहरामी, दुनिया ने शायद कभी और नहीं देखी होगी; सन 1947 से, जिन दो देशों के नाम पर जो कुछ भी शुरू हुआ, उसी के एक देश की क़ब्र में आप लेटे हैं और दूसरे की क़ब्र में मैं सोया हुआ हूँ।

मिर्ज़ा साहब, मैं सिलसिलेवार बातें नहीं कर सकता, न जाने कहाँ से कहाँ पहुँच जाता हूँ, इस क़ब्र की ठण्डक में भी लेट कर लगता है जैसे मेरे भीतर कहीं आग धधक रही है। इसलिए बहुत देर से उल्टी-पुल्टी बातें कर रहा हूँ। पर मैं शायद आपके दादा कूकन बेग ख़ाँ की बात कर रहा था, है न? जबकि मैंने बहुत दिनों से जॉनी वॉकर नहीं पी है, फिर भी ग़लती होने की बात नहीं है। पाकिस्तान में जाकर तो देसी ही पीनी पड़ी थी। आप तो फ्रेंच वाईन पसन्द करते थे। आख़िर में आपके पास रम छोड़ कर कोई और चारा नहीं बचा था। पर असल बात तो बतानी ही होगी मिर्ज़ा साहब, कूकन बेग ख़ाँ की बात। अरे वाह, देख रहा हूँ आप हिलते-डुलते उठ कर बैठ गये हैं। पुरखों की बातें सुनने का बहुत मन करता है, है न? क्या ख़ून में घोड़ों के खुरों का तूफ़ान उठता है? भूल नहीं पाते हैं कि आप एक जेल काटे हुए भिखारी हैं? शायर ग़ालिब को लोग और क्या कहते थे? मुश्किल पसन्द। याद है? कोई-कोई कहते थे मोमालगो। यह शायर बकवास करता है। आपको वह ग़ज़ल याद आती है?

या रब वह न समझे हैं, न समझेंगे मेरी बात ।
दे और दिल उनको, जो न दे सके मुझे ज़बाँ और ।

मुझे बातें करने का ऐसा जुनून है कि शुरू करने के बाद मैं रुक ही नहीं पाता। जानते हैं क्यूँ? सोचा करता था, जो मैं कह रहा हूँ सब समझ तो रहे हैं न? आपके ख़ुतूत पढ़ने पर समझ पाता था, आपको भी बातें करने का कैसा नशा था। ख़ुतूत दर ख़ुतूत आप सिर्फ़ बातें करते रहे हैं। मिर्ज़ा साहब, आपकी चिट्ठियों को पढ़ कर ही तो एक दिन मैंने आपकी आवाज़ सुनी थी। आपने क्या कहा था, जानते हैं?

न गुल-ए-नग़मा हूँ, न पर्दा-ए-साज़,
मैं हूँ अपनी शिकस्त की आवाज़ ।

दोज़ख़नामा

मैंने पहली बार उस सज़ायाफ़्ता, हारे इंसान को देखा था। मिर्ज़ा साहब, आप कभी नहीं जान पायेंगे, वे लोग मेरी कहानियों में कितनी ही बार आए, जो सिर्फ़ अपनी शिकस्तगी की टूटी आवाज़ थे, बात करते-करते मैं आपको उनके भी कुछ क़िस्से सुनाऊँगा। उनको छोड़ कर मंटो का वजूद ही क्या है? इक तूफ़ानी हवा के अलावा और कुछ नहीं।

लेकिन कूकन बेग ख़ाँ की बात अब बतानी ही होगी। मैं जानता हूँ, आप कहानी सुनने के इन्तज़ार में हैं। जैसे क़ब्र की मिट्टी सब कुछ मिटा देती है, हो सकता है उसी तरह ये सब कहानियाँ भी तबाह हो जाएँ। आपके दादा कूकन बेग ख़ाँ, इस मुल्क में आकर लाहौर के नवाब की फ़ौज में नौकरी करने लगे थे। लेकिन नवाब ज़्यादा दिन ज़िन्दा नहीं रहे। सो नौकरी के लिए कूकन बेग ख़ाँ को किसी दूसरे नवाब, बादशाह या कम-से-कम किसी महाराज को ढूँढ़ना था। किराये के फ़ौजी इसी तरह रंडियों की तरह जीते थे, चाहे जितनी भी उनके हाथों में तलवार चमका करे। मिर्ज़ा साहब, आप किराये के इन फ़ौजियों की ज़िन्दगी के बारे में जानते थे, तभी आपने तलवार को किनारे कर दिया था। ठीक है कि नहीं, बताइये? मंटो जैसे हरामी की आँखों को आप कैसे धोख़ा दे सकते हैं?

आपके दादा दिल्ली पहुँच गए। या अल्लाह, कब? जब दिल्ली बर्बाद होने को थी। औरंगज़ेब ने सब कुछ ख़त्म कर दिया था, उसपर बाहर से हमले पर हमले हो रहे थे, बादशाह शाह आलम की दिल्ली तब, मुग़लिया सल्तनत के हड्डियों के ढाँचे के अलावा कुछ और नहीं रह गयी थी। असल में मुग़ल दरबार तब एक वात से पीड़ित घोड़े की तरह हाँफ़ रहा था। शाह आलम के पचास घुड़सवारों की फ़ौज के सेनापति हो कर जागीर पाने के बावजूद कूकन बेग ख़ाँ समझ गये थे कि इस दरबार में उनकी तरक़्क़ी की कोई उम्मीद नहीं थी। उसके बाद वह जयपुर के महाराज की सेनावाहिनी से भी जुड़े, पर ख़ास कुछ जागीर-जायदाद नहीं बना पाए। सुना है उनका इन्तकाल आगरा में हुआ था।

उसके बाद आपके वालिद अबदुल्ला बेग ख़ाँ लखनऊ दौड़े, उन्हें नवाब असफ़ुद्दौला की फ़ौज में नौकरी करनी पड़ी। किराए की फ़ौज की जैसी किस्मत होती है; एक राज्य से दूसरे राज्य दौड़ो; नवाब-बादशाहों को ख़ुश करो, जैसे ही देखो कि उनका सिंहासन डगमगा रहा है, संग-संग दूसरे नवाब-बादशाह के पास भागो। उन्हीं सब लड़कियों की तरह, मिर्ज़ा साहब, जिन्हें मैंने अमृतसर की कच्चा घनिया, लाहौर की हीरामंडी, दिल्ली के जी टी रोड और बम्बई के फरास रोड पर खड़े देखा है। उनकी लड़ाई सारी रात की लड़ाई होती है। मिर्ज़ा साहब, एक दिन मैं आपको उनकी कहानी सुनाऊँगा; उनके गोश्त की कहानी, उनके दिल की कहानी, उनके ख़ून-पसीने-ज़ख़्म और आसूँओं की कहानी। उनकी कहानियाँ मुझे दिनोंदिन ढूँढ़ती रही हैं, और उन कहानियों के बीच से गुज़रते हुए, एक दिन मैंने अल्लाह पर एतबार कर लिया: एक वही उन सबों की ज़िन्दगी के साथी थे, रहीम-बिसमिल्लाह। उन कहानियों पर किसी ने यकीन नहीं करना चाहा; कहा, मैंने बना-बना कर लिखीं हैं। उनका कहना था, मैं जो लिखता था उसकी वजह से मैं एक वेश्याओं का लेखक था — मुझे पोर्नोग्राफ़र कहा गया; पर मैं चुप कैसे रह सकता था मिर्ज़ा साहब? क्या मेरा हज़ारों-लाखों लड़कियों की हीरामंडी, फ़रास रोड पर खड़े होने का मन किया था? मुझे माफ़ कीजियेगा मिर्ज़ा साहब, सफ़िया बेग़म, मेरी बीवी भी यही बोलती थी, सआदत साहब आप उल्टा-पुल्टा क्यूँ बोलते हैं?

गुस्ताख़ी माफ़ कीजिए हुज़ूर, फटाफट पुरानी बातें दोहरा दूँ। कोई बात अगर मुझे पकड़ ले तो पता नहीं कहाँ से कहाँ पहुँच जाता हूँ, मुझे ख़ुद भी पता नहीं चलता। मुझे लोगों को भूलभुलैया में घुमा कर मारने में बहुत अच्छा लगता है। एक बार अफ़वाह फैला दी, अमरीका हमारा ताजमहल ख़रीदने आ रहा है। इसका मतलब? सब पूछने लगे, ताजमहल कैसे ख़रीदेंगे? ख़रीद भी लेने पर उसे ले कैसे जायेंगे? मैंने कहा, अमरीका वाले सब कर सकते हैं, उन्होंने एक नया यंत्र बनाया है, वे उसी यंत्र की मदद से ताजमहल उठा कर ले जायेंगे। कितने ही लोगों ने इस पर यकीन कर लिया, मिर्ज़ा साहब! क्यूँ नहीं करते? सभी मानते हैं कि अमरीका जो चाहे वही कर सकता है, जैसे वह कोई जादूगर हो। बताइए, किसे समझायेंगे, हाथ में यंत्र होने से ही सब कुछ नहीं किया जा सकता है।

हाँ, हाँ मैं जो बोल रहा था, आप मेरी तरफ़ मुँह फाड़े देख रहे हैं तो बता ही देता हूँ, लखनऊ में आपके वालिद ज़्यादा दिन नौकरी नहीं कर पाए। उनको हैदराबाद के नवाब, निज़ाम अली ख़ान की फ़ौज में जाना पड़ा। वे तीन सौ प्यादों के सिपहसलार बने। कई सालों तक निज़ाम की फ़ौज में रहे। पता नहीं फिर क्या गड़बड़ हुई—सारा इतिहास तो लिखा नहीं हुआ है मिर्ज़ा साहब, लिखे होने से भी क्या—अबदुल्ला बेग राव राजा, बख़्तावर सिंह की फ़ौज में, अलवर चले गए। इतिहास ने नहीं लिखा, किस लड़ाई में, किस तरह आपके पिता की मौत हुई। इतिहास तो किराए के सैनिकों के बारे में नहीं लिखता है न; लेकिन चमकदार इतिहास बनाने के लिए किराए के सैनिकों को काम में लाया जाता है। आपको ज़रूर याद होगा, तब आपकी उम्र पाँच साल की थी।

आप पाँच साल की उम्र में यतीम हो गये थे। वालिद नहीं होने का मतलब ही यतीम हो जाना है। सिर्फ़ आप ही नहीं, आपके भाई यूसुफ़ और बहन छोटी ख़ानम भी। आपके वालिद का कोई घर नहीं था। सारी ज़िन्दगी आपका भी कोई घर नहीं बना। आगरा में आपके नाना की बहुत बड़ी हवेली थी, काले महल में आप तीनों का बचपन और जवानी बीती, पर बताइये तो, आप कब समझ पाए कि असल में आपका कोई घर नहीं? मुझे बहुत जानने का मन करता है कि काले महल में आपके दिन कैसे कटते थे? आपकी शोक जर्जर माँ, निश्चित ही, ज़नाना महल के एक कोने में चुपचाप बैठी रहती थीं। मैं देख सकता हूँ, आप तीनों भाई-बहन उनके सामने जाकर खड़े होते थे और वह आप लोगों को अपनी बाँहों में भींच लेती थीं, और शायद बुदबुदाती थीं, 'या अल्लाह, या अल्लाह! इन बच्चों का इंसाफ़ करो'। एक दिन मैंने आपको क़ब्र में छटपटाते देखा था। आप कराह रहे थे, 'अम्मी—मेरी अम्मीजान'।

मैं उन बेग़म की आवाज़ सुन सकता हूँ, जिनका नाम हम लोग कोई नहीं जानते हैं, आपकी अम्मी बुला रही थीं, 'असद, मेरी जान'।

—हमें घर ले चलिए अम्मी।

—कहाँ?

—जहाँ कहीं भी हो।

मिर्ज़ा साहब, आप फिर क्यूँ सो गये? मेरी बात आपको अच्छी नहीं लग रही है? तो फिर आप ही कुछ कहिए मिर्ज़ा साहब। मेरी बकवास को भूल जाइए।

3

बुत-कदे में मानी का किससे करे सवाल।
आदम नहीं है, सूरत-ए-आदम बहुत है याँ।

मंटो भाई, इतनी दूर से क्या आप मेरी बात सुन पायेंगे? आप बड़े नाछोड़ बंदे हैं, तभी इतने दिनों के बाद मुझे फिर से बात करनी पड़ रही है। सन् 1857 के बाद, मैं बारह साल तक और ज़िन्दा ज़रूर रहा, पर मेरा किसी के भी साथ बात करने का दिल नहीं करता था। फिर भी बात करनी पड़ती थी, बातें ही तो बेच कर मुझे आमदनी करनी पड़ती थी। रोज़ी-रोटी चलाने के लिए जितनी करनी पड़ती थी, उसके अलावा बात करना मेरे लिए हराम हो गया था। मैं सिर्फ़ टूटे-फूटे दीवानख़ाने में सोया पड़ा रहता था। दो वक़्त के खाने के नाम पर, कल्लू वहीं आकर परांठा, कबाब या ज़रा सा भुना गोश्त और शराब दे जाता था। बस नींद ही नींद। एक भी ग़ज़ल दिमाग़ में नहीं आती थी। कैसे आती, आप ही बताइए? मैं तो तब सड़ रहा था, मेरे सारे शरीर से बदबू आती थी। किसी को पता न भी चलने पर, मुझे तो वह सड़ांध आती रहती थी। मैं एक दिन उस बदबू को सह नहीं पा रहा था, इसलिए महलसराय चला गया। वैसे मैं वहाँ बिल्कुल नहीं जाता था। उमराव बेग़म सारा दिन वहाँ नमाज़ और तसबीह माला लेकर पड़ी रहती थीं; उनके लिए तो मेरा रहना न रहना एक बराबर था। मेरे पास भी तो उनसे कुछ कहने को नहीं था। सोचिए मंटो भाई, दो इंसान पचास सालों से भी ज़्यादा साथ-साथ रहे, उनके बीच न कोई बात हुई, न ही वे एक-दूसरे को कभी पहचान पाए। इसी का नाम निक़ाह है; इसमें मुहब्बत की क्या ज़रूरत है? यह मत सोचियेगा कि मैं उमराव बेग़म पर कोई तोहमत लगा रहा हूँ, काफ़िर तो मैं ही था। मीर साहब ने एक शेर में कहा था न, *किस तरह उसे अपने क़रीब लाऊँ, मुझे नहीं पता; वह कभी आयी ही नहीं, इसमें पर उसकी क्या ख़ता।*

महलसराय के अन्दर जाकर देखा बेग़म, कल्लू की माँ और मदारी की बीवी को बड़े ही पोशीदा लहजे में कुछ बता रही थीं। मैंने बाहर खड़े हो कर कुछ सुनने की कोशिश की। बेग़म उनको कह रही थीं, 'हज़रत साहब की कितनी बीवियाँ थी, पर नबी की किसी पर भी कम नज़र नहीं थी। उनका हर बीवी के साथ रहने का वक़्त तय था। सिर्फ़ सूदा बीवी ने अपना वक़्त आयशा बीवी को दे दिया था। सूदा, सफ़िया, जब्बिरा, उम्महबीबा और मैमुना—इन पाँच बीवियों को अपने से दूर रखने के बावजूद उन्हें कभी किसी चीज़ से महरूम नहीं किया। आयशा, हफ़्सा, उस्मेसलम और ज़ैनाब उनके पास रहती थीं। हज़रत की तरह ग़ैरजानिबदार नज़र और किसके पास है?' बेग़म के रुकते ही मैं ख़ाँसते हुए कमरे में दाख़िल हुआ। कल्लू की माँ और मदारी की बीवी संग-संग सर पर घूँघट कर घर से बाहर चली गईं। उमराव बेग़म ने मेरी ओर आते हुए कहा, 'बैठिए मिर्ज़ा साहब'।

—क्या सबको एक-सा वक़्त दिया जा सकता है बेग़म? मैंने उनसे हँस कर पूछा।

—नबी को छोड़ कर और कौन कर सकता है जी? पर आप अचानक ज़नाना महल में? कोई फ़रमाईश थी तो कल्लू को बता देते।

—फ़रमाईश? मैंने क्या कभी तुम्हारे पास कोई फ़रमाईश भेजी है बेग़म?

—तो फिर मेरे महल में आए?

मैंने उनका हाथ दबा कर पकड़ते हुए कहा, 'बेग़म, एक बार मेरे बदन को सूँघ कर देखेंगी?'

—या अल्लाह! यह आप क्या बोल रहे हैं मिर्ज़ा साहब?

उमराव बेग़म बहुत देर तक मुँह नीचा किए खड़ी रहीं। उसके बाद धुँए की कुंडली से उठती उनकी आवाज़ सुनाई दी, 'वह सब तो बहुत पहले की बात है। आपको क्या हुआ है मिर्ज़ा साहब?'

—बेग़म क्या आपको बदबू आती है?

—बदबू?

—मैं जो आपके सामने खड़ा हूँ—आपको बदबू नहीं आ रही है?

—क्यूँ मिर्ज़ा साहब?

—मुझे हर वक़्त अपने बदन से सड़े हुए माँस की बदबू आती रहती है।

—या अल्लाह! वह चीख़ती हुई मुझसे लिपट पड़ती हैं। दोनों हाथ मेरी पीठ पर फिराती हुई कहती हैं, 'क्या हुआ है आपको मिर्ज़ा साहब? ज़्यादा पी ली है आज? बुरा ख़्वाब देखा है?'

मैं हँस दिया—बुरा ख़्वाब? मैं ख़ुद ही तो एक बुरा ख़्वाब हूँ। अल्लाह ने पूरी ज़िन्दगी शायद मेरे जैसा बुरा ख़्वाब नहीं देखा होगा।

—मिर्ज़ा साहब—

—कहिए।

—अल्लाह से दुआ माँगिए।

—अल्लाह से तो मैं दुआ माँगता ही हूँ बेग़म।

—क्या माँगते हैं?

—हम हैं मुश्ताक़ और वह बेज़ार, या इलाही ये माजरा क्या है?

—कौन है वह? कौन आपसे बेज़ार है?

—ख़ुदा। कहते-कहते मैंने उनके कंधों पर अपना सर रख दिया।

—चलिए मिर्ज़ा साहब, आपको दीवानख़ाने तक छोड़ आती हूँ।

—क्यूँ?

हम दोनों बहुत देर तक एक-दूसरे को देखते रहे। मैं जानता था, उस बर्फ़ को पिघलाना मेरे बूते से बाहर था। बेग़म भी ज़रूर यह समझती थीं। उनके दोनों गाल भीग रहे थे। इस उम्र में यह सब किसको बर्दाश्त होता है मंटो भाई? क्या होता है रोकर? मुझे और रोना अच्छा नहीं

लगता था। रोना सुनते ही मुझे करबला दिखाई देने लगता था। क़ासिम की मौत के बाद जिस तरह सक़ीना का पूरा जिस्म आँसुओं का समन्दर हो गया था।

उस दिन बेग़म ने मुझे दीवानख़ाने तक पहुँचाया, मुझे बिस्तर पर लिटा, बहुत देर तक मेरे माथे पर हाथ रख कर वह मेरे पास बैठी रहीं। कई बार आवाज़ दी, 'मिर्ज़ा साहब, मिर्ज़ा साहब' —मैंने कोई जवाब नहीं दिया। जवाब देने से भी क्या होता? सब तो ख़त्म हो चुका था, अब किसी की बात किसी तक नहीं पहुँचनी थी। आँखें बन्द कर मैं वही ग़ज़ल बड़बड़ाता रहा।

वह फ़िराक़ और वह विसाल कहाँ ।
वह शबो-रोज़ ओ माह्-ओ-साल कहाँ ।

एक समय बेग़म दिया बुझा कर चली गईं। मैं रोज़ की तरह, अँधेरे में अपने क़ैदख़ाने में पड़ा रहा, मुझे बहुत सर्दी लग रही थी। मुझे अक्सर लगता था, मेरी ज़िन्दगी में सर्दी को छोड़ कर कभी कोई और मौसम रहा ही नहीं था। नींद का झोंका आया ही था जब कल्लू की आवाज़ सुनी, 'हुज़ूर—मेहरबान—हुज़ूर—मिर्ज़ा साहब'।

कल्लू कभी भी वक़्त नहीं भूलता था, रोज़ सही वक़्त पर मेरी दवाई लेकर आ जाता था। बक्से की चाबी उसी के पास रहती थी। वह मेरी ख़ुराक़ बिल्कुल सही नाप कर लाता, एक बूँद भी ज़्यादा शराब नहीं देता था। पीते-पीते मैं रोज़ कल्लू से क़िस्सा सुना करता था। क़िस्सा सुनाने को मिल जाये तो फिर कल्लू को कुछ और नहीं चाहिए। एक दिन मैंने कहा, 'कल्लू, आज मैं तेरे को एक क़िस्सा सुनाता हूँ'।

—जी जनाब।

—तू जानता है दुनिया कितनी हैं?

कल्लू आँखें फाड़े मेरी ओर देखता रहता है।

—दो, एक अल्लाह की, जहाँ वह जिब्राईल और फ़रिश्तों को लेकर रहते हैं। और एक हमारी, मिट्टी और पानी की दुनिया। एक दिन इन दोनों दुनियाओं के मालिक ने पूछा, 'क़यामत के दिन यह दुनिया किसकी होगी?' पता है, जवाब किसने दिया? उसी मालिक ने। उनके अलावा और कौन जवाब देता? मालिक ने कहा, 'सब, सब अल्लाह का है'। मज़ा तो देख कल्लू, अल्लाह सिर्फ़ ख़ुद अपने साथ ही बात करते हैं। और कौन उनके साथ बात कर सकता है? अल्लाह बहुत अकेले हैं रे कल्लू।

—या अल्लाह। कल्लू आर्तनाद कर उठता है।

—क्या हुआ?

—अल्लाह।

—धत् तेरे अल्लाह की। पहले तू मेरा क़िस्सा सुन। इस दुनिया में जो गुनाह करते हैं, उन्हें अल्लाह के दरबार में ज़रूर सज़ा मिलती है। अल्लाह की दुनिया में भी किसी न किसी से गुनाह होते हैं। अल्लाह उनके साथ क्या करते हैं, जानता है? उन्हें सज़ा देने के लिए, इस दुनिया में भेज देते हैं। मैंने अल्लाह की दुनिया में गुनाह किया था कल्लू'।

—जनाब—

—इसीलिए अल्लाह ने मुझे इस दुनिया में भेजा है, कल्लू। तेरह साल क़ैदख़ाने में काटने के बाद, मुझे फिर उम्र क़ैद की सज़ा दी गई। जानता है कब? जिस दिन बेग़म के साथ मेरा निक़ाह हुआ। और उसके बाद दिल्ली में। कल्लू, यह एक भयानक क़ैदख़ाना है। बता तो, कौन मेरी ज़ंजीरें खोलेगा? कौन—कौन खोलेगा? सारी ज़िन्दगी लिखते रहना कितनी बड़ी सज़ा है, तू नहीं समझेगा कल्लू।

मंटो भाई, कल्लू बहुत बढ़िया क़िस्से सुनाता था। वक़्त मिलते ही वह जामा मस्जिद की ओर दौड़ लगाता था और मस्जिद के चबूतरे पर, दास्तानगोओं के पास बैठ कर क़िस्से सुना करता था। बड़े हैरतअंगेज़ होते हैं ये दास्तानगो। सारा दिन जामा मस्जिद के चबूतरे पर बैठ कर वे लोगों को क़िस्से सुनाया करते थे, यही उनका पेशा था। उनके झोलों में भरे क़िस्से कभी ख़त्म ही नहीं होते, जैसे कि वे सारी दुनिया घूम कर उन क़िस्सों को ढूँढ़ कर लाये हों। पैसा न भी दे पाने पर वे क़िस्से सुनाते थे; यह सिर्फ़ उनके रोज़ी-रोटी कमाने का धंधा नहीं था, क़िस्सा सुनाते-सुनाते वे ख़ुद भी ख़्वाब में डूब जाते थे। मंटो भाई, हमलोगों का वक़्त, क़िस्सों के धागों से बुनी एक चादर थी। कौन सा धागा ज़िन्दगी का है और कौन-सा क़िस्से का, समझ में ही नहीं आता था। फ़ौजी बग़ावत के बाद गोरों ने दिल्ली पर क़ब्ज़ा कर लिया। वह भी क्या दिन गुज़रे थे मंटो भाई, पूरी दिल्ली करबला हो गयी, और उसके बाद से दास्तानगो भी दिल्ली से खो गए। गोरों की दिल्ली में, क़िस्सों के लिए कोई जगह नहीं बची; आप तो जानते ही हैं, गोरों को क़िस्से नहीं इतिहास चाहिए था। मुझे भी तो एक बार जहाँपनाह ने इतिहास लिखने की हल में जोत दिया था, कितनी परेशानी का काम था! एक-दो लोगों की ज़बानी गोरों के इतिहास की बातें सुनी थीं; मुझे तो वह सब दमघोंटू-अँधकूप जैसा लगता था।

आप तो क़िस्से लिखा करते थे, इसलिए समझ सकेंगे। कितने लोगों को क़िस्सा कहना आता है? कितने लोगों में लिखने की कूवत है? इतिहास तो सब लिख सकते हैं, उसके लिए सिर्फ़ दानिशमन्द होना ज़रूरी है। लेकिन क़िस्सा लिखने के लिए ख़्वाब देखने की सलाहियत चाहिए। कहिए, ऐसा है कि नहीं? ख़्वाब देखे बग़ैर क्या लैला-मजनू का क़िस्सा पैदा हो सकता था? ख़्वाब देखे बग़ैर क्या कोई यूसुफ़-जुलेखा के क़िस्से पर यकीन करता? क़िस्सा होने से ही क्या वह झूठ है? कितनी सदियों से यही क़िस्से ज़िन्दा हैं। और सिकन्दर? लोग बस उसका नाम ही जानते हैं; कहाँ है आज उसकी सल्तनत? इतिहास एक दिन ख़ाक़ में मिल जाती है, मंटो भाई; क़िस्से हमेशा ज़िन्दा रहते हैं।

दिल्ली के करबला हो जाने के बाद, मैं कल्लू को अक्सर दीवानख़ाने के कोने में बैठे, रोते हुए देखता था। क्या हुआ पूछने पर कल्लू और भी फफकने लगता; उस समय वह किसी ज़ख़्मी जानवर की तरह लगता, जैसे मौत उसके साथ लुका-छिपी खेल रही हो। क्या हुआ कल्लू?

कल्लू के अन्दर से जैसे मौत की चीख़ निकलती।—जनाब, क्या दास्तानगो और दिल्ली नहीं लौटेंगे?

—नहीं रे कल्लू।

—क्यूँ हुज़ूर?

—जब बादशाह ने ही उनको भगा दिया, तो वे कैसे लौटेंगे?

दोज़ख़नामा

एक दिन एक आश्चर्यजनक घटना घटी। मैं सुबह घर के बाहर, बरामदे में बैठा हुआ था, अचानक पता नहीं कहाँ से एक आदमी आकर हाज़िर हुआ, उसने फटा-चिथड़ा अलखल्ला पहन रखा था, बालों में जटाएँ पड़ी हुई थीं और आँखें सुर्ख़ लाल थीं। वह सीधे मेरे पाँवों के पास आकर उकड़ू बैठ गया।

—मियाँ साहब, कई दिनों से कुछ नहीं खाया है।

—तो मैं क्या करूँ? मैं सड़क के कुत्ते की तरह ग़ुर्रा उठा।

—अगर कुछ दानापानी दे दें, हुज़ूर—

—अपना ही नहीं जुट पाता है।

—थोड़ा कुछ खाने को दे दें, हुज़ूर, मैं आपको दास्तान सुनाऊँगा।

सुनते ही कल्लू तुरन्त हाज़िर हो गया। बड़ी-बड़ी आँखें कर उसने कहा, 'दास्तान?'

आदमी ने अपनी पूरी पीली बत्तीसी दिखा कर कहा, 'दास्तान कहना ही मेरा काम है जी'।

कल्लू फ़ौरन उसके पास बैठ गया, 'सुनाओ, तो फिर सुनाओ'।

—पहले कुछ खाने को दो।

कल्लू संग-संग घर के अन्दर भागा और कुछ कबाब और परांठे के टुकड़े ले आया। उसने पलक झपकते ही कबाब-परांठा चट कर हमारी तरफ़ देख कर हँसा।

—सुनाओ, सुनाओ। कल्लू उसके पीछे पड़ गया।—किसका क़िस्सा है मियाँ?

—मिर्ज़ा असदुल्ला ख़ान ग़ालिब।

कल्लू एक बार मेरे मुँह की ओर, फिर उस आदमी की ओर मुँह खोले देखता रहा।

मैंने उससे पूछा—मियाँ, तुम मिर्ज़ा असदुल्ला ख़ान ग़ालिब को जानते हो?

—नहीं, हुज़ूर।

—तो फिर तुमने कहाँ से उनका क़िस्सा जाना?

—आगरा में।

—तुम अकबराबाद में रहते हो?

—जी हुज़ूर।

—पर मियाँ, मिर्ज़ा तो कब का अकबराबाद छोड़ कर दिल्ली आ गये हैं।

—जानता हूँ हुज़ूर। आगरा में मिर्ज़ा की दास्तान सुनने के लिए बहुत भीड़ इकट्ठा होती है।

—ठीक है सुनाओ, सुनते हैं। मैं कल्लू की तरफ़ देख कर हँस पड़ा; कल्लू के चेहरे पर भी शैतानी भरी हँसी खेल गई।

उस आदमी ने पहले पतंगबाज़ी को लेकर एक मसनवी सुनाई। मंटो भाई, मैंने पतंगबाज़ी को लेकर वह मसनवी नौ साल की उम्र में लिखी थी। उस समय मेरा तख़ल्लुस "असद" था। आप तो जानते ही हैं, नवाब हुसामुद्दौला ने लखनऊ जाकर मीर साहब को मेरी ग़ज़ल दिखाई थी? मीर साहब ने कहा था, 'अगर इस लड़के को कोई कामिल उस्ताद मिल

जाये और उसे सीधे रास्ते पर डाल दे, तो यह लड़का एक लाजवाब शायर बनेगा—वर्ना मोमल बकने लगेगा'। सोच कर देखिए, मीर साहब ने यह मेरे बारे में कहा था।

इब्तदा-ए-इश्क़ में रोता है क्या।
आगे-आगे देखिए होता है क्या।

इश्क़। मीर साहब को मुहब्बत के पीछे पागल हो जाना पड़ा, उन्हें पागल बनाया गया। वे अपने ही ख़ानदान की एक बेग़म के इश्क़ में दीवाने हो गये थे, इसलिए उनपर लगातार ज़ुल्म होते रहे। आगरा से दिल्ली भाग कर आने पर भी उन्हें रिहाई नहीं मिली। बाद में वह पागल हो गए। उन्हें एक छोटी-सी कोठरी में बन्द रखा जाता था और दूर से फेंक कर खाना दिया जाता था। इलाज के नाम पर न जाने कितनी तक़लीफ़ें दी गयी थी उन्हें। नाक और मुँह से ख़ून बहते-बहते वह बेहोश हो जाते थे। इतने सब के बाद भी, मीर साहब एक दिन उठ कर खड़े हुए। वह और दिल्ली में रह नहीं पाए, लखनऊ चले गये और वहीं 1810 में उनका इन्तकाल हुआ। तब मेरी उम्र तेरह साल थी। उसी साल मैं उमराव बेग़म की ज़ंजीरों में जकड़ा गया था।

—अरे, असल दास्ताँ तो सुना। कल्लू ने उस आदमी के कंधों को झकझोरा।

—वह एक बहुत बड़ा महल था, काले महल। ख़्वाजा ग़ुलाम हुसैन ख़ान का महल। उसका बहुत बड़ा फाटक था, महल के अन्दर बड़ा सा चबूतरा, उस चबूतरे पर कितने ही तरह के पिंजरे थे। मोर, हिरन, कितनी तरह के पंछी, एक पिंजरे में तो हुदहुद भी थी।

मैं हो, हो कर हँस पड़ा।—हुदहुद? अरे, उस चिड़िया का नाम तो क़ुरान में लिखा हुआ है, वह चिड़िया तो सुलेमान के पास थी और मियाँ तुमने उस हुदहुद को ख़्वाजा ग़ुलाम हुसैन ख़ान के महल में देख लिया?

—मैंने नहीं देखा। पर बहुतों ने कहा है कि उन्होंने देखा था।

—ख़्वाजा ग़ुलाम हुसैन ख़ान की बेटी के साथ अबदुल्ला बेग ख़ान का निक़ाह हुआ था। वह कभी लखनऊ, कभी हैदराबाद तो कभी अलवर में, नवाब-राजाओं की फ़ौज में नौकरी करते थे। उनका अपना घर नहीं था। मिर्ज़ा असदुल्ला उसी काले महल में पैदा हुए थे।

—जब मिर्ज़ा पाँच साल के थे, उनके वालिद जंग में मारे गये थे, है न?

—हुज़ूर, आप जानते हैं?

—कुछ-कुछ सुना है। मिर्ज़ा ग़ालिब की बात है न, उनके क़िस्से तो हवाओं में उड़ते रहते हैं। फिर?

—मिर्ज़ा के चाचा नसरुल्ला बेग ख़ान थे। वह—

—बकवास बन्द करो। मैं चीख़ पड़ा।—तुम्हारा काम क्या है? बताओ, क्या काम है तुम्हारा?

—जी मैं तो दास्तान सुनाता हूँ।

—यह दास्तान है? नसरुल्ला बेग की बात कौन सुनना चाहता है? जो इतिहास लिखते हैं, उनको जाकर बताओ यह सब। यह सब जान कर मुझे क्या फ़ायदा? हटो, हटो इधर से।

—हुज़ूर। कल्लू और वह आदमी, दोनों एक साथ कराह उठे।

—मैं यह सब जानता हूँ। मैंने हँसते-हँसते उसे कहा।

—जी हुज़ूर। वह आदमी मेरे पैरों से लिपट गया।

—मैं जानता हूँ, पाँच साल की उम्र से लेकर निक़ाह होने तक असदुल्ला किस तरह काले महल में रहा करता थे।

—बताइये हुज़ूर। इस बार कल्लू ने मेरा हाथ कस कर पकड़ लिया।

—बहुत बाद में मिर्ज़ा ने एक ग़ज़ल लिखी थी। सुनो, काले महल के उन दिनों के बारे में—

नाउम्मीदी-ए मा गर्दिश-ए अयाम नह दर्द।
रोज़े के सियाह शुद सहर ओ शाम नह दर्द।

मंटो भाई, और बात करने का दिल नहीं कर रहा है। मुझे अब थोड़ा सोने दीजिए। उसके बाद न हो तो आपकी बात सुनेंगे। क़ब्र में लेटे हुए कौन जाने, कितने दिनों तक यह सारे ख़्वाब देखते रहने होंगे!

4

एक दिन मिस्ल-ए-पतंगे काग़ज़ी ।
ले के दिल सरिस्ता-ए-आज़ादगी ।

मिर्ज़ा साहब को थोड़ा सोने देना चाहिए। आस-पास आप जितने भी मृत लोग लेटे हुए हैं, हम दोनों की बातें सुन रहे हैं, चलिए अब हम मुहल्ला बल्लिमारान, कासिम जान की गली उड़ चलते हैं। हम सब मिर्ज़ा साहब के घर के आस-पास फैल जाते हैं। चलिए-चलिए, उठ जाइए, वह दास्तानगो जिसने मिर्ज़ा साहब और कल्लू को जो क़िस्सा सुनाया था, उसे हम छुप कर सुन कर आते हैं। सच बात तो यह है कि हमें छुपने की ज़रूरत ही नहीं, हमें भला कौन देख सकता है? वैसे मिर्ज़ा साहब को पता चल भी सकता है, सुना है वह सारी रात नींद में मरे हुए लोगों से बातें किया करते थे।

कल्लू मिर्ज़ा साहब का हाथ पकड़ कर कह रहा है, 'बोलिए हुज़ूर, आपके मुँह से ही सुनने में मज़ा आयेगा'।

—नहीं, इन मियाँ को बोलने दो। पर मियाँ तुम्हारा नाम तो पता नहीं चला।

—जी बंदे का नाम आबिद है हुज़ूर।

—सुनाओ आबिद मियाँ, मिर्ज़ा ग़ालिब का क़िस्सा तुम्हारे मुँह से ही सुना जाये।

—हुज़ूर यह असद का क़िस्सा है।

—असद?

—जी, तब तक वह मिर्ज़ा ग़ालिब नहीं बने थे। आगरा में सभी उनको असद कह कर पुकारते थे। गुस्ताख़ी माफ़ हुज़ूर, नसरुल्ला बेग ख़ान की बात—

—फिर वही?

—पर वालिद के गुज़र जाने के बाद चाचा नसरुल्ला ने ही तो असद की सारी ज़िम्मेदारी उठाई थी। यह बात कैसे भूल सकता हूँ। हाथी की पीठ से गिर कर असद के चाचा की मौत हो गयी थी। हुज़ूर, असद एक बार फिर से यतीम हो गए।

—क्या सब उल्टा-सीधा बक रहे हो। मिर्ज़ा का चेहरा झुंझलाहट के मारे सिकुड़ जाता है।—अरे, मिर्ज़ा ग़ालिब तो यतीम हो कर ही इस दुनिया में आए थे। फिर से क्या यतीम होते!

—हुज़ूर, मैं समझ नहीं पाया।

—तो फिर एक क़िस्सा सुनो मियाँ। मिर्ज़ा ग़ालिब हँसे।—मान लो उसका नाम हम्ज़ा है।

तो एक दिन हम्ज़ ने अपने इश्क़ के दरवाज़े पर जाकर कुंडी खड़काई। अन्दर महल से आवाज़ आई, 'कौन है बाहर?'

हम्ज़ ने कहा, 'मैं'।

भीतर से आवाज़ आई, 'यहाँ तुम्हारे-हमारे लिए कोई जगह नहीं है'। दरवाज़ा नहीं खुला।

साल भर अकेले तमाम जगह घूम आए हम्ज़ ने फिर उसी दरवाज़े पर दस्तक दी। भीतर से फिर आवाज़ आई, 'कौन है बाहर?'

हम्ज़ ने कहा, 'तुम'। संग-संग दरवाज़ा खुल गया।

—उसके बाद हुज़ूर? आँखें बड़ी-बड़ी कर कल्लू देखता है।

—उसके बाद कुछ नहीं रे। हम्ज़ ने जो जवाब दिया था, असद वह जवाब नहीं दे सका।

इसलिए अल्लाह ने उसे यतीम बना कर इस दुनिया में भेज दिया। उन्होंने दरवाज़ा नहीं खोला।

आबिद मियाँ ने कहा—यह क़िस्सा आपने किससे सुना है, हुज़ूर?

—तुम्हारे ही जैसे किसी दास्तानगो से। वैसे इस क़िस्से का ज़िक्र, शेख़ जलालुद्दीन रूमी ने बहुत पहले अपनी मसनवी में किया था।

नाम सुनते ही आबिद उठ कर खड़ा हो गया, और दोनों हाथ ऊपर उठा दो-चार चक्कर काटे। हवा में जैसे सुरीला झरना फूट पड़ा, 'मौला... मेरे मौला'।

—शेमा बन्द करो आबिद मियाँ, क़िस्सा शुरू करो। मिर्ज़ा ग़ालिब चीख़ उठे।

—जी हुज़ूर।

मिर्ज़ा ग़लिब की क़दमबोसी कर आबिद मियाँ कुछ देर तक चुप बैठा रहा। उसके बाद बोलने लगा, 'जब भी उन्हें देखता हूँ, आँखें भर आती हैं'।

—किसे?

—असद मियाँ को।

—क्यूँ, आँखें क्यूँ भर आती हैं?

—बस नौ साल की उम्र, वालिद नहीं रहे, देखभाल करने वाले चाचा भी कब्र में चले गये, असद मियाँ अकेले-अकेले काले महल में घूमते रहते थे।

—अकेले-अकेले?

—जी हुज़ूर। सुना है, वह महल में किसी के साथ बात नहीं करते थे। किसी की बात का जवाब देना भी पसन्द नहीं करते थे। वह बस घूमते रहते थे कि कब उनकी अम्मीजान से मुलाक़ात होगी। वे अकेले ही आगरा की गलियों में दौड़ते रहते थे। ताजमहल के सामने जाकर बैठे रहते थे। रोज़ रात को महल की छत पर बैठ कर तारे गिना करते थे।

—असद तारे नहीं गिनते थे मियाँ।

—तो फिर? आप जानते हैं हुज़ूर?

—नहीं तो और कौन जानेगा? कल्लू चीख़ उठा।—हुज़ूर के अलावा और कौन जानेगा, मियाँ?

—असद क्या करता था?

—बस एक सितारा ढूँढ़ा करता था।

—कौन सा सितारा जी?

—जिस सितारे से असद को उनके इश्क़ ने उन्हें इस दुनिया में फेंक दिया था।

—क्या असद उस सितारे को पहचान पाए थे?

—नहीं, मियाँ। सितारों की दुनिया अलग है और यह दुनिया अलग। इस दुनिया में आने के बाद फिर उस सितारे को पहचानना मुमकिन नहीं। भला कैसे पहचाना जा सकता है? जानते हो आबिद मियाँ, सितारे कितने ख़तरनाक होते हैं? आज रात जिस तारे को तुम आसमान पर जलता हुआ देख रहे हो, वह दरअसल लाखों साल पहले ही मर चुका है। कितने ही लम्बे वक़्त के बाद उसकी रोशनी हमारी दुनिया में आकर पहुँचती है। कैसे समझोगे कि किस तारे पर मेरा घर था? मियाँ, इससे बेहतर है कि तुम आगे का क़िस्सा सुनाओ।

—जी हुज़ूर। एक दिन असद घूमते-घूमते, ताजमहल के पास, यमुना के किनारे आकर बैठ गए। काफ़ी दिनों से उनकी अम्मी से मुलाक़ात नहीं हुई थी। उन्हें तो दीवानख़ाने में रहना पड़ता था; वह महलसरा से अम्मी के बुलाने पर ही जा सकते थे। अम्मी क्यूँ नहीं बुलाती हैं? ज़्यादातर वक़्त वह महलसरा के आस-पास ही घूमते हुए बिताते थे और झिड़कियाँ खाते रहते थे, "ज़नानामहल के आगे क्यूँ घूमते रहते हो असद? तुम्हारे पास कोई और काम नहीं है?" वह ग़ुस्से में महल की छत पर चढ़ जाते, अकेले-अकेले बातें करते रहते, "अब्बाजान आप मुझे छोड़ कर कहाँ चले गये हैं? क्या आप कभी नहीं लौटेंगे? आप मुझे इस महल में छोड़ कर चले गये हैं... और ये लोग मुझे अम्मी से मिलने ही नहीं देते हैं, क्यूँ नहीं देते हैं अब्बाजान?"

—क्यूँ नहीं देते थे मियाँ?

—क्यूँ नहीं हुज़ूर?

—दास्तान तुम सुना रहे हो और तुम्हें ही पता नहीं? मिर्ज़ा ग़ालिब जोरों से हँसने लगते हैं।

—वालिद असद के लिए कुछ भी छोड़ कर नहीं गये थे। अबदुल्ला बेग ख़ान का कोई घर नहीं था। पता नहीं अबदुल्ला और असद की अम्मी का कैसा निक़ाह हुआ था। कौन किसको कितना पा सका था? अबदुल्ला के दिन तो, एक जंगे-मैदान से दूसरे जंगे-मैदान में कटते थे; और उधर असद की अम्मी के दिन, काले महल में उनके इन्तज़ार में। उसके बाद एक दिन अबदुल्ला के मौत की ख़बर आई, सिर्फ़ ख़बर हुज़ूर। जैसे अबदुल्ला बेग ख़ान हवा में मिल गये हों। कौन जाने किस अन्जान जगह में उनको मिट्टी दी गयी! जानते हैं हुज़ूर, तुर्कियों का अजीब तरीक़ा था। किसी के मरने पर उसकी तलवार उसके बेटे को मिलती थी और घर-बार, ज़मीन-जायदाद बेटी को। अबदुल्ला बेग न जाने कहाँ खो गये; न असद को उनकी तलवार मिली और घर-बार के नाम पर उनके पास कुछ था ही नहीं।

—आबिद मियाँ—

—हुज़ूर।

—उस दिन की बात भूल गये?

—किस दिन की बात हुज़ूर?

—जिस दिन असद ताजमहल के पास, यमुना के किनारे जाकर बैठे थे। उसके बाद क्या हुआ था मियाँ?

—गुस्ताख़ी माफ़ हुज़ूर। दास्तान की कब कैसी मर्ज़ी होती है, समझ नहीं पाता हूँ। हुज़ूर मेरे चाचा कहा करते थे, दास्तान बड़ी अजीब चीज़ है, जब तुम सोचो कि तुम इस राह से जाओगे, थोड़ी ही देर बाद पाओगे कि वह तुमको दूसरे रास्ते पर ले आयी है।

—वे ठीक ही कहते थे। ग़ालिब ने हँस कर कहा—गोरों का इतिहास सीधा-सपाट, एक ही रास्ता पकड़ कर चलता रहता है। लेकिन दास्तान के लिए हज़ारों रास्ते हैं। अमीर हम्ज़ा की दास्ताँ नहीं सुनी तुमने?

—जी हुज़ूर। वह कहते हैं न—

मत सहल हमें जानो, फिरता है फ़लक बरसों,
तब ख़ाक़ के पर्दे से इंसान निकलते हैं ।

—ठीक कहा मियाँ। हम क्या कोई आम इंसान हैं? न जाने कितने हज़ार-लाखों बरस तक यह नक्षत्रमंडली घूमती रही है, उसके बाद ही न, मिट्टी के पर्दे को ढकेल कर इंसान पैदा हुआ है। क़िस्से क्या कभी इतनी सपाट राह पर चल सकते हैं?

—हुज़ूर, असद यमुना के किनारे बैठे थे। सुना है, उन्हें ताजमहल उतना अच्छा नहीं लगता था।

—क्यूँ ही अच्छा लगता मियाँ!

—हुज़ूर!

—जानते हो मुमताज़ महल की क़ब्र कहाँ है? बुरहानपुर में। वहाँ उनकी छोटी-सी क़ब्र पर कोई भी नहीं जाता। तो फिर ताजमहल क्यूँ बनाया गया? यह सब बादशाहों के फ़ितूर हैं मियाँ। और अगर महल की ख़ूबसूरती की बात करते हो तो फ़तेहपुर सीकरी के आगे ताजमहल खड़ा ही नहीं हो सकता है। और अगर जामा मस्जिद की बात करते हो तो, वह तो जन्नत का एक फूल है।

आबिद मियाँ ने बड़ी-बड़ी आँखें कर कहा—यमुना के नीले पानी से एक दरवेश निकल कर आया।

—मियाँ क्या तुम ख़्वाब देखते रहते हो? यमुना के नीले पानी से दरवेश निकल कर आया?

—जी हुज़ूर। फ़क़ीर और दरवेश कहाँ नहीं रहते हैं हुज़ूर?

—उसके बाद?

—दरवेश ने असद से कहा, तू क्यूँ अकेला-अकेला घूमता रहता है, असद? क्या तू चिड़िया बनेगा?

असद हैरान हो कर दरवेश की तरफ़ देखता है—आप मुझे चिड़िया बना देंगे?

—दूँगा। दरवेश ने उसके सर पर हाथ रख कर कहा—आसमान में उड़ जाना चाहता है न?

सुन, मैं उस चिड़िया की कहानी सुनाता हूँ। एक सौदागर के पिंजरे में उसकी एक प्यारी चिड़िया थी। एक बार सौदागर को काम से हिन्दुस्तान आना था। एक समय वह उस चिड़िया को हिन्दुस्तान से ही लेकर गया था। सौदागर ने जाने से पहले पिंजरे के पास जाकर चिड़िया से पूछा, 'बताओ मैं तुम्हारे लिए क्या लेकर आऊँ'।

चिड़िया ने कहा—जी, आज़ादी। मेरे लिए आज़ादी लेकर आइयेगा मियाँ।

—आज़ादी? सौदागर हँस दिया। वह तो हो नहीं सकता है, कुछ और माँग।

—तो फिर, मैं जिस जंगल में रहा करती थी, आप एक बार वहाँ जाईयेगा। वहाँ की चिड़ियों को मेरे बारे में बताइयेगा। पता करके आइयेगा कि वे सब कैसी हैं?

—ठीक है, तू चिंता मत कर। मैं सबकी ख़बर लेकर आऊँगा।

सौदागर चला गया। अपने सारे काम निबटाने के बाद उसे याद आया कि उसे चिड़िया के रिश्तेदारों की ख़बर लेनी है। जंगल-जंगल भटकते हुए उसे अपने पिंजरे की चिड़िया जैसी एक चिड़िया नज़र आई। सौदागर ने जैसे ही अपनी चिड़िया की बात बताई, जंगल की चिड़िया झप्प से नीचे गिर पड़ी। सौदागर ने सोचा, इतने दिनों के बाद अपने रिश्तेदार की ख़बर सुन कर, वह दुख से मर गयी है। सौदागर को बहुत दुख हुआ कि उसकी वजह से वह चिड़िया मर गई।

एक दिन वह अपने देश लौट आया। पिंजरे के सामने जाते ही चिड़िया ने उससे पूछा, "मेरे सारे दोस्त कैसे हैं मियाँ? उनके बारे में बताइये"।

—क्या कहूँ? तुम्हारी तरह की एक चिड़िया को देख कर जैसे ही मैंने तुम्हारा हाल बताया, वह झप्प से पेड़ से गिर कर मर गई।

सौदागर की बात सुनते ही उसकी चिड़िया भी अपने पर मोड़ कर, आँखें बन्द कर पिंजरे में नीचे गिर पड़ी। ऊँगली से बहुत बार कोंचने पर भी वह नहीं हिली। सौदागर ने उसे पिंजरे से बाहर निकाल कर, सहलाते-सहलाते सोचा, वह अगर यह बात न बताता तो अच्छा होता, दोस्त की मौत की ख़बर सुन कर वह इस तरह सदमे से मर नहीं जाती। सौदागर ने चिड़िया को खिड़की के ऊपर रख दिया।

संग-संग चिड़िया उड़ कर सामने के पेड़ की डाल पर जाकर बैठ गई। सौदागर हैरान हो गया, वह दौड़ कर उस पेड़ के नीचे जाकर खड़ा हो गया और चिड़िया को बुलाने लगा। चिड़िया तब उड़ते-उड़ते कहने लगी, 'मियाँ, मेरी दोस्त मरी नहीं थी। मैं दुबारा किस तरह उड़ सकती हूँ, उसने मुझे उसी का रास्ता बताया और यह ख़बर आपने ही मुझतक पहुँचाई। सलाम मियाँ'।

इतना कहते ही वह बहुत दूर उड़ गई।

मिर्ज़ा ग़ालिब ने कहा—इस क़िस्से को सुनने के बाद असद ने उस दरवेश को क्या कहा था, जानते हो आबिद मियाँ?

—जी नहीं हुज़ूर।

—आबिद मियाँ, यह ज़िन्दगी क्या है, मैं आज तक नहीं समझ पाया। कोई दास्तान उसे छू नहीं सकती। ज़िन्दगी बस धुंध के अलावा कुछ और नहीं। तो फिर सुनो, मैं तुम्हें उसके बाद का क़िस्सा सुनाता हूँ।

—कौन सा क़िस्सा हुज़ूर?

—असद ने उस दरवेश से कहा, 'ख़िद्र, मुझे अपने साथ ले चलिए'।

दरवेश ने कहा—कहाँ?

—आप जहाँ भी जा रहे हों।

वह बहुत देर तक असद के सर पर हाथ रख कर कुछ बुदबुदाते रहे। यमुना के किनारे, धूप में बैठे रहने के बावजूद असद को बहुत ठण्ड लग रही थी। एक समय दरवेश ने कहा, 'असद तुम कहीं मत जाना। तुम्हारे वालिद तुम्हारे हाथ में तलवार देकर नहीं गये हैं। तुम कभी तलवार चला भी नहीं सकते, असद। तलवार चलाना बहुत मुश्किल काम है; तुम हर वार पर मरोगे, असद।

असद ने कहा—तो फिर मुझे अपने साथ ले चलिए।

—कहाँ?

—जहाँ भी आप जाएँ। मैं भी आपकी तरह दरवेश बनूँगा।

—वह रास्ता तुम्हारे लिए नहीं है असद, कहते-कहते वह अपने झोले से एक आईना निकाल कर असद के हाथ में देते हैं। आईने में असद का धुँधला चेहरा उभर आता है।

—पोंछो, शीशे को अच्छे से पोंछो।

असद आईने को पोंछता रहता है। दरवेश झूमते हुए अपने गाने में डूबता जाता है।

—उसके बाद आबिद मियाँ?

—असद आईने को रगड़-रगड़ कर पोंछता रहता है; वह जितना पोंछता है, शीशा उतना ही चमकता जाता है। कुछ देर के बाद दरवेश गाना गाना बन्द कर देता है और कहता है, 'एक बार आईने में झाँक कर देखो'।

असद आईने को देख कर चौंक उठता है। आईने में तो ख़ुद उसके दिखने की बात थी, पर उसमें वह नहीं, उसमें तो उसकी अम्मीजान के पश्मीने जैसा, नीला आसमान था। जैसे पश्मीने में तरह-तरह के नक़्शे बने होते हैं, उसमें भी वैसा ही था, उस आसमान में पंछियों के नक़्शे बने हुए थे। एक बड़े पंछी के पीछे, अनगिनत पंछी उड़े जा रहे थे, उनके अलग-अलग रंग और उड़ान से नक़्शे तैयार हो रहे थे। असद ने मुँह उठा कर दरवेश की ओर देखा।

दरवेश ने कहा, 'उस पंछी को पहचानते हो?'

—नहीं।

—वह हुदहुद है। और जो दूसरे पंछी देख रहे हो, वे हुदहुद के साथ अपने राजा को ढूँढ़ने जा रहे हैं।

—कौन है उनका राजा?

—सिमुर्ग।

—वह कहाँ रहता है?

—काफ़ पहाड़ पर।

—सिमुर्ग को पाने से क्या होगा?

—यह तुम बाद में जान पाओगे। जितना आईने को पोंछोगे, उतना ही देख पाओगे कि पंछी एक के बाद एक पहाड़ पार करते जा रहे हैं। उन्हें सात पहाड़ पार करने हैं। उसके बाद एक दिन उन्हें सिमुर्ग दिखेगा। और उतने दिनों तक तुम्हें लिखते जाना होगा।

—क्या लिखूँगा?

—इश्क़ की बातें। वह इश्क़ तुम्हें कभी हासिल नहीं होगा, लेकिन उसकी ही बातें तुम्हें लिखनी होंगी, असद।

—उसके बाद आबिद मियाँ?

मिर्ज़ा ग़ालिब की आँखें जैसे सूनी सरहदों पर घूम रही हों। उन सरहदों पर बस ज़ीरूह थे कँटीले झाड़-झंखाड़।

5

गुल ओ आईना क्या, ख़ुर्शीद ओ माह क्या,
जिधर देख उधर तेरा ही रू था ।

मेरी नाव एक असीम सागर में तैरने लगी, भाई मंटो जो कभी न दिखे उसी के पीछे मेरी ज़िन्दगी की दौड़ शुरू हो गई। फिर बस मेरा क़लम ही मेरा निशान बन गई। आप जानते हैं, मेरी सारी क़लमें मेरी पुरखों के टूटी तीरों से बनी हैं? जिस दिन मैंने पहला शेर लिखा, लगा जैसे अनादि-अनंत से मैं अपने सीने में शायरी के बीज लेकर आया हूँ। शायरी कोशिश करके नहीं की जा सकती है, कहिए, की जा सकती है क्या? शायरी ख़ुद जिसके पास आती है, बस वह ही उसे कर पाता है। लेकिन वह क्यूँ और किस तरह आती है, वह हम नहीं जानते। पता है, मुझे क्या लगता है? हज़ारों बेहतरीन ग़ज़लें लिख लेने पर भी किसी को शायर नहीं कहा जा सकता है, लेकिन अगर कोई एक भी ऐसा शेर लिख ले, जो कि एक कराह-सी हो, जो लिखनेवाले के जिगर के ख़ून से सनी हुई हो, उसे शायर माना जा सकता है। शायरी तो मस्जिद में खड़े हो कर बयानबाज़ी करना नहीं है; वह तो किसी खाई के किनारे आकर खड़े होने जैसा है, मौत के मुँह के आगे खड़े हो कर आख़री चंद अल्फ़ाज़ कहने जैसा है। मंटो भाई, मैं दिनों-दिन ख़ून से सने काग़ज़ों पर इश्क़ की बातें लिखता रहा, मेरे हाथ मफ़्लूज हो गये फिर भी मैं लिखता रहा। मैं जानता था एक दिन मेरी ग़ज़लें बहुतों को सहारा देंगी। यह गुमान नहीं है मंटो भाई, मैं बस अपने अनगिनत ज़ख़्मों के बारे में लिखता रहा था, और वे किसी को न छूतीं, ऐसा कैसे हो सकता था?

किस तरह जिगर से ख़ून रिसता है, यह मैं दिनों-दिन तक देखता रहा था। और यही रिसता ख़ून दिल के भीतर जमते-जमते पत्थर बन गया। जानते हैं न, मीर साहब ने अपने एक शेर में क्या कहा था?

हूँ शमा-ए आख़िर-ए शब, सुन सरगुज़स्त मेरी,
फिर सुबह होने तक तो क़िस्सा ही मुख़्तसर है ।

सच, मैं आख़री शब का ही चिराग़ था। सोच कर देखिए, जब मैं पैदा हुआ तब एक सल्तनत डूब रही थी। कितनी बार ख़्वाब देखा, काश मैं जहाँपनाह अकबर के समय में पैदा हुआ होता; बादशाह जहाँगीर या शाहजहाँ के वक़्त भी पैदा होने से मुझे अपनी ज़िन्दगी सड़क के कुत्ते की तरह नहीं काटनी पड़ती। मेरी गुनाहों की वजह से ही ख़ुदा ने मुझे ऐसे जहन्नुम में ले जाकर फेंका, जहाँ दरबार के नाम पर बस बची-खुची चावल की किंकियाँ ही रह गयी थीं। और वह बहादुर शाह, जो ग़ज़ल की एक लाईन भी नहीं लिख पाता था, मुझे उसकी ख़िदमतगारी करनी पड़ी। इस पर कहा जाता है कि अल्लाह रहीम है। शायद मेरे लिए उनकी यही ख़्वाहिश रही होगी।

मैंने अपने वालिद को कभी नहीं देखा था। बहुत से लोग कहते हैं कि मैं उनसे काफ़ी मिलता हूँ। थोड़ा बड़ा हो जाने पर मैं शीशे के आगे खड़े हो कर अपने चेहरे के अक्स में अब्दुल बेग ख़ान बहादुर को ढूँढ़ता रहता था। न जाने वह कहाँ, किस लड़ाई में मारे गये थे। अम्मीजान तो उनका मरा चेहरा तक न देख सकीं थीं। अचानक ही एक इंसान खो गया, उसका कोई निशान तक न रहा, किसी ने उनकी कोई तस्वीर भी नहीं बना कर रखी, जो उनकी याद दिला सके। जहाँपनाह औरंगज़ेब के ज़माने में तो तस्वीर बनाना ही हराम समझा जाता था। नहीं तो सोचिए! मुग़ल दरबार की तरह का तस्वीरख़ाना, किसी ने भी दुनिया में कहीं देखा होगा? फ़ारसी चित्रकारों की तरह के मुसव्विर कहीं और पैदा हुए हैं क्या? आपने विह्ज़ाद का नाम सुना है? हज़ार सालों में भी उसके जैसा कोई कलाकार पैदा होता हो, मुझे शक़ है।

हाय, मेरी अम्मीजान। उनके लिए अब्बाजान की कोई तस्वीर नहीं थी। मंटो भाई, अम्मीजान के बारे में जाने बग़ैर, आप मेरे बचपन और जवानी को नहीं समझ सकते। बहुत बाद में, जब मैं बूढ़ा होने लगा, अम्मीजान के बारे में सोचने पर लगता था जैसे उनकी ज़िन्दगी एक लफ़्ज़ में—इन्तज़ार थी। जानते तो हैं न, इन्तज़ार का रंग नीला होता है—विषाद से टपकता हुआ नीला रंग। इन्तज़ार के अलावा उनकी ज़िन्दगी में और था ही क्या? न अपना महल और न ही अपना परिवार। वह बस इन्तज़ार में रहती, कब उनके शौहर लौटें। हो सकता है वे दो-चार दिनों के लिए आते हों। दो-चार रातें अम्मी के साथ बिताई हों। तभी न मैं, यूसुफ़ और छोटी ख़ानम पैदा हुए थे। पता नहीं, हम तीनों के बीच कोई और भी पैदा हुआ था या नहीं। कभी-कभी ऐसा भी लगता है, अब्दुल्ला बेग ख़ान सचमुच में हमारे वालिद तो थे न? सुना है काले महल की दीवारों पर कान लगाने से बहुत से गुप्त क़िस्से सुनाई देते थे। चलिए, छोड़िए यह सब। दिल्ली और आगरा का मतलब ही तो क़िस्से ही क़िस्से है। लेकिन दास्तान लिखना कोई आसान काम नहीं। जिस तरह वज़न ढोने वाले मज़दूर काम करते हैं, उसी तरह लिखना पड़ता है। मुझमें वह ताक़त कहाँ? आप सवाल कर सकते हैं, जब मैंने दस्तंबू लिखे, ढेरों ख़त-ओ-ख़ुतूत लिखे, तब क्या मैं अम्मीजान की दास्तान नहीं लिख सकता था? हो सकता है मैं लिख पाता, कभी-कभार लिखने भी बैठता था, लेकिन एक तरह की थकन का अँधेरा मुझे घेर लेता था, एक भी शब्द नहीं लिखा पाता था मैं—मेरी आँखें भर आती थीं—बस ख़्याल आता, हमारा, अम्मीजान का कोई भी घर नहीं था इस दुनिया में!

आपको एक दिन की बात बताता हूँ। आधी रात में अचानक मेरी नींद खुल गई। देखा, कमरे के कोने में एक चौकी पर मेरे वालिद और अम्मीजान, एक-दूसरे का हाथ पकड़े बैठे हुए हैं। उनके पाँवो के पास एक ख़ून से सनी तलवार पड़ी हई है। बाहर से आँधी के शोर-सी एक मुसलसल आवाज़ तिरती आ रही है। अम्मीजान ने अबदुल्ला बेग ख़ान के सीने पर सिर रखा हुआ है।

अब्बाजान पूछ रहे थे—तुम इतना डरती क्यूँ हो?

—जनाब, आप कब कहाँ रहते हैं, पता ही नहीं रहता है, इसलिए।

—मैं बहुत दूर रहता हूँ बीबीजान।

—कहाँ?

—जहाँ सिर्फ़ ख़ून की नदियाँ बहती हैं। अब्बाजान की आवाज़ में थकान का कोहरा था।

—आप फिर कब आयेंगे जनाब?

—पता नहीं। अगर कभी मेरी मौत हो जाये तो मेरी क़ब्र मत ढूँढ़ना। मैं बस तुम्हारे दिल में दफ़्न होऊँगा, बीबीजान।

—क्या हमारा कभी कोई महल नहीं होगा?

—आख़री बार अगर मैं लौट आया तो।

—जनाब, मुझे काले महल में रहना अच्छा नहीं लगता। यह मेरा घर नहीं है। क्या आपका महल नहीं होगा?

अब्बाजान ज़ोर से हँस पड़े, 'मेरा महल तो जंग के मैदान में है। तुम वहाँ कभी नहीं जा सकोगी।

—मैं जाऊँगी।

—कहाँ?

—आपके संग जनाब। आप जहाँ भी जायेंगे, मेरा महल वहीं होगा।

मैंने देखा, अब्दुल्ला बेग ख़ान बहादुर ने अम्मीजान को और क़रीब खींच लिया। वह जिस तरह अम्मीजान की तरफ़ देख रहे थे, लग रहा था जैसे मरुस्थल के आसमान में बादल घिर आए हों। मंटो भाई, आपने कभी बारहमासा तस्वीर देखी है? मैंने किसी समय में न जाने कैसी-कैसी तस्वीरें और किताबें देखीं थीं—वह किताबें एक-एक तस्वीरें हीं थीं। इसकी शुरुआत जहाँपनाह अकबर के समय में, अमीर हम्ज़ा की दास्तान किताब से हुई थी। उस किताब में तस्वीरें मीर सैयद अली ने बनाईं थीं। जहाँपनाह हुमायूँ उन्हें फ़ारस से लेकर आए थे। शहनशाहों के महल के कारखानों में कितने ही मुसव्विर हुआ करते थे, वे सब फ़ारस से आया करते थे। ख़्वाजा अब्दुस समाद को 'शीरीं क़लम' कहा जाता था। उस वक़्त कितनी ही तस्वीरों की किताबों का जन्म हुआ था—रामायण, महाभारत, नल-दमयंती, और हाँ, केशवदास की रसिकप्रिया भी। वह एक अनोखी किताब थी मंटो भाई। 'रसिकप्रिया' में केशवदास ने कितनी ही नायिकाओं का वर्णन किया था। चित्रकार एक के बाद उन नायिकाओं के चित्र बनाते गए। उन नायिकाओं का क्या सौंदर्य था, जैसे पूर्णिमा के चाँद की रोशनी हो। जानते हैं न, चकोर पक्षी चाँदनी पी कर ज़िन्दा रहता है? पूर्णिमा की रोशनी में एक नायिका को देख कर चकोर भ्रम में पड़ जाता है; वह समझ नहीं पाता है, किस चाँद के प्रकाश को देखे वह। जहाँपनाह औरंगज़ेब ने सब कुछ ख़त्म कर दिया। उनके लिए तस्वीर हराम थी। मुग़ल कारखाने बन्द हो गए। मुसव्विर शाहजहानाबाद छोड़ कर पहाड़ी देशों के राजाओं के दरबार में चले गए। दिल्ली के तस्वीरख़ाने ख़ाली हो गये; गिने-चुने चंद जो रह गये थे, उन्हें नादिर शाह और मराठे और उनके बाद गोरों ने धो-पोंछ कर साफ़ कर दिया। जानते हैं, नादिर शाह के दिल्ली लूट कर ले जाने बाद मीर साहब ने क्या कहा था?

दिल्ली जो एक शहर था, आलमे इंतिख़ाब
रहते थे मुंतख़ाब ही जहाँ रोज़गार के

रबिशंकर बल

उसके फ़लक ने लूटके, बर्बाद कर दिया
हम रहने वाले हैं, उसी उजड़े दयार के ।

आप हँस रहे हैं मंटोभाई? आपने ठीक ही पकड़ा, मेरी भी आप ही की तरह बुरी आदत है, बात शुरू करते ही कहाँ से कहाँ भटक जाता हूँ, हिसाब ही नहीं रहता। असल में जानते हैं, बात करते वक़्त लगता है, पता नहीं कहाँ से ये सारे लोग चले आ रहे हैं, मैं तो तब दुनिया में आया भी नहीं था। फिर मेरे अन्दर से ये लोग कौन बातें कर रहे हैं? ख़ुद ही ताज्जुब में पड़ जाता हूँ, मंटोभाई, सचमुच ताज्जुब होता है, एक इंसान के अन्दर कितने और लोग छुपे होते हैं? क्या पिछले जन्मों के इंसान भी उसके भीतर रहे आते हैं? जानते हैं, कैसा लगता है? जैसे दिमाग़ के अन्दर दूर से बहती धुंध आकर छा रही हो।

बारामासा तस्वीर की ही बात कह रहा था न मैं, हैं न? उन सब तस्वीरों का जन्म पहाड़ी देशों में हुआ था। जिस तरह मेरे अब्बा अम्मीजान की ओर देख रहे थे, मुझे बारामासा तस्वीर की बात याद आ गई। कभी-कभी मुसव्विर पहाड़ों से तस्वीरें बेचने शाहजहानाबाद आते थे। उन्हीं में से किसी एक के पास मैंने भादो के महीने की एक तस्वीर देखी थी। मंटोभाई, पहले आपको भादो यानी भाद्र महीने का राज़ बताना चाहिए। इस प्यार के मौसम में कोई भी अपने आशिक़ के बग़ैर नहीं रह पाता है। जो लोग व्यवसाय करने बाहर जाते हैं, वे भी भादो में अपनी बीवियों के पास लौट आते हैं। आसमान घने बादलों से घिरा हुआ हो, सारी रात पेड़ के पत्तों से ओस झरी हो, लताएँ हवा में काँप रही हों, कहिए, क्या ऐसे में अपने आशिक़ को छोड़ कर रहा जाता है? जूही और चम्पा की ख़ुशबू से सराबोर बारिश की भीगी हवाओं में, एक बदन को दूसरे बदन की ख़्वाहिश तो होती ही है। उस तस्वीर में एक सुनहरी बिजली की लकीर घने काले बादल को प्यार कर रही थी। प्यासे सारस पक्षियों का झुण्ड बादल की गहराईयों में उड़ा चला जा रहा था। हवाएँ पेड़ों से प्यार कर रहीं थीं और दुमंज़िले के बरामदे में एक प्रेमी युगल बैठा हुआ था। आप देखते ही समझ जाते कि वे दरअसल राधा और कृष्ण हैं। बिजली के गरजने से राधा डर से कृष्ण से लिपटी हुई हैं। बरामदे के नीचे की मुंडेर पर बैठा मोर, घने कृष्णकाले बादलों की ओर देख रहा है। नीचे के खुले आँगन में एक औरत बेसुध-सी बैठी हुई है, जैसे वह किसी की प्रतीक्षा में हो। शायद वह औरत मेरी अम्मीजान हों। अम्मी जैसे आसमान पर छाया घना, काला बादल हों और अबदुल्ला बेग ख़ान जैसे उस सुनहरी बिजली की तरह अचानक ही उनके पास आए हों। मंटोभाई, कितने लम्बे इन्तज़ार के बाद दो लोग इस तरह एक-दूसरे को पाना चाहते हैं! जैसे अज़ान अल्लाह तक पहुँचना चाहता है। अब्दुल्ला बेग ख़ान ने उस दिन अपनी बीवी को बहुत प्यार किया, वह उनसे साथ संभोग कर रहे थे। मैं बैठे-बैठे यही ख़्वाब देख रहा था। मंटोभाई, ऐसा ख़्वाब देखने में मुझे किसी गुनाह का एहसास नहीं हुआ; कृष्ण-राधा को प्यार कर रहे हैं, क्या यह देखना पाप हो सकता है? मैंने ख़्वाब में अब्बाजान को बस एक बार ही देखा था।

मैं अम्मीजान की तरफ़ आँख उठा कर नहीं देख पाता था। सारा दिन ज़नाना महल में उन्हें बहुत काम रहता था; हम तीनों भाई-बहन उनके आस-पास ही घूमते-फिरते रहते थे, पर उन्हें भी आँख उठा कर देखने की फ़ुर्सत नहीं होती थी। वैसे छोटी ख़ानम रात में उनके पास रह सकती थी। मैं और यूसुफ़ दीवानख़ाने में रहते थे। मंटोभाई, मैं बचपन से ही समझ गया

था कि हम काले महल में रहते ज़रूर थे पर वह हमारा घर नहीं था। हमें वहाँ सबसे अलग रहना पड़ता था। शायद इसलिए यूसुफ़ पागल हो गए। छोटी ख़ानम भी ज़्यादा दिन ज़िन्दा नहीं रही। अल्लाह ने सज़ा देने के लिए सिर्फ़ मुझे ही चुना था, दोज़ख़ की आग में जला-जला कर मुझे काला कर दिया। रहमान की मर्ज़ी के ख़िलाफ़ तो इंसान जा नहीं सकता है। काले महल के असद के लिए ही शायद मीर साहब ने लिखा था:

क्या मीर है यही जो तेरे दर पर था खड़ा
नमनाक चश्म ओ ख़ुश्क लब ओ रंग ज़र्द था ।

मंटोभाई, असल में असद को दो खेलों ने बचाए रखा था, पतंगबाज़ी और शतरंज। इन दोनों खेलों में अकेले ही लड़ना पड़ता है, कोई साथ नहीं होता। दोनों ही खेलों में अपनी आँखों को एक जगह जमाए रखना पड़ता है—आसमान और काले-सफ़ेद चौकोरों पर, नहीं तो आप हारे। खेल में तो मैं जीतता रहा मंटोभाई; पर ज़िन्दगी में—सिर्फ़ शिकस्त ही शिकस्त खाई।

अब भी पतंग और कबूतरबाज़ी के दिन बहुत याद आते हैं। उस समय मेरे तुर्की ख़ून में जैसे तूफ़ान उठता था, मंटोभाई। काले महल में रहना मुझे अच्छा नहीं लगता था; या तो आगरा की सड़कों पर घूमता रहता था, नहीं तो किसी की छत पर जाकर पतंग उड़ाया करता था। कभी-कभी बंसीधर के महल में देर रात तक शतरंज खेल कर दिन कट जाता था। काले महल की बगल की बड़ी हवेली की छत पर हम पतंग उड़ाया करते थे; मैं, यूसुफ़, कन्हैयालाल और भी कई, जिनके नाम अब मुझे याद नहीं। अक्सर ही राजा बलवन सिंह की पतंग के साथ मैं पेच लड़ाया करता था। जिस दिन मैं हार जाता था, सोचा करता था, अरे! कल का दिन तो सामने ही है, कल बलवन सिंह को ज़रूर हराऊँगा। मंटोभाई, मेरे बदन में तुर्की ख़ून बहता था, रोज़-रोज़ भला मैं हार सकता था क्या? बहुत सालों बाद दिल्ली आकर, कन्हैयालाल नें मुझे एक मसनवी दिखाई थी; आठ-नौ साल की उम्र में, मेरी ही लिखी, पतंगबाज़ी की राज़ की बातें—एक दिन मसल-ए-पतंग-ए काग़ज़ी ले के, दिल, सरिस्ता-ए-आज़ादगी . . .

मुझे शतरंज पतंगबाज़ी से भी ज़्यादा खींचता था। जानते हैं क्यूँ? दरअसल शतरंज एक जंग का मैदान है। मैं जब एक-एक चाल पर बंसीधर की मोहरें खा लेता था, मुझे ख़ून की बू आया करती थी। मेरे दिन इसी तरह बीत रहे थे। एक दिन मैं चौसर का जुआ भी खेलने लगा। मयख़ाना, महफ़िल और शराब। तवायफ़ों के कोठों पर भी जाने लगा था मैं। क्या करता? मुझे काले महल में रहना अच्छा नहीं लगता था; कितना ही अम्मीजान के पास जा पाता था? उनकी जगह तो ज़नाना महल में थी और उनके अलावा मेरा कोई और क़रीबी था भी नहीं। मैं मीर आज़म अली के मदरसे में पढ़ने जाता था, जहाँ मुझे शेख़ मुअज़्ज़म पढ़ाते थे। पर वह सब लिखाई-पढ़ाई मुझे बिल्कुल पसन्द नहीं आती थी, मंटोभाई। कैसे-कैसे हैरत से भरे लफ़्ज़ मेरे दिल के दरवाज़े पर आकर दस्तक देते थे; सड़कों पर घूमते-घूमते मैं उन लफ़्ज़ों को सजाता था, पता नहीं कौन लोग मेरे भीतर बातें करने लगते थे, मैं चमक उठता था, अरे वाह!—यह तो शेर है। हाँ मंटोभाई, मैं मिर्ज़ा ग़ालिब, फ़ख़्र के साथ कह सकता हूँ कि मैंने नौ साल की उम्र से ग़ज़लें लिखनी शुरू की थीं। उसके बाद, जनाब अब्दुस समाद साहब दो साल तक काले महल में आकर रहे, फ़ारसी की ख़ूबसूरती और राज़ मैंने उनसे ही सीखा। मंटोभाई, वैसे

तो मैंने उर्दू में ग़ज़लें लिखी हैं, पर मैं मानता हूँ कि ग़ज़ल की ज़बान केवल फ़ारसी है। और तस्वीरों का मतलब है फ़रास के मुसव्विरों के बनाए गये चित्र।

एक दिन अम्मीजान ने कहा, "रोज़ मदरसा जाते हो न?"

—जी।

—ढंग से पढ़ाई-लिखाई करो असद। तमाम ज़िन्दगी हम इस महल में नहीं रह सकते हैं।

—जी।

—तुम अपना महल बनाना। मैं, यूसुफ़ और छोटी ख़ानम तुम्हारे पास रहेंगे।

मंटोभाई, आप तो जानते ही हैं, मेरा अपना कभी महल नहीं बना। एक दिन अम्मीजान को आगरा में छोड़ मैं शाहजहानाबाद चला आया। इसी बीच मेरा निक़ाह उमराव बेग़म के साथ हुआ। मैं फिर बंदी बन गया, मंटोभाई। क़ब्र में बैठे-लेटे मेरे क़ैद के कितने ही क़िस्से सुनने होंगे आप लोगों को।

6

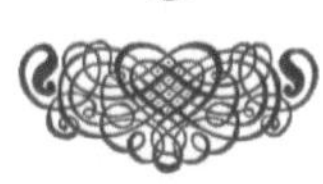

चाहते हैं ख़ूबरूओं को असद
आपकी सूरत तो देखा चाहिए ।

भाई लोग, क़िस्से को अब ज़रा घुमा दिया जाये। क़ब्र में सोए-बैठे हम दोनों की बकबक सुनते-सुनते आप लोगों का उकताना लाज़मी है, और फिर आप लगातार हमारी बातें ख़ामख़्वाँ सुनें भी क्यूँ? आप लोगों की ज़िन्दगी में भी तो कम क़िस्से नहीं हैं, अगर आप कभी कुछ सुनाना चाहें तो ख़ुदा क़सम, हम दोनों दिल से आपकी बातें सुनेंगे। चलिए, मिर्ज़ा साहब और मुझसे इतर कोई और क़िस्सा सुनाता हूँ आपको। वज़नदार पत्थर की तरह की मिर्ज़ा साहब की ज़िन्दगी के बाहर का कोई हल्का-फुल्का क़िस्सा। आप लोगों को अच्छा लगेगा। दरअसल क़िस्सों को बीच-बीच में हवा में खेलने देना चाहिए; जो ऐसा नहीं कर पाते, मैं उन्हें क़िस्सों का क़लमकार नहीं मानता। ऐसे क़लमकारों का लिखा पढ़ते-पढ़ते साँस घुटने लगती है, जैसे किसी क़ैदख़ाने में बन्द कर वे हुकूमत चला रहे हों। अरे भई, हर लफ़्ज़ एक फूल है, अगर उन फूलों से रंग और ख़ुशबू ही न मिले तब तो वे सब, बस मरे हुए हर्फ़ हैं।

रौनक़े अहद शबाबस्त दिगर बोस्ताराँ
मी रसद मुज्दा-ए-गुल बुलबुले ख़ुश इलहाराँ ।

बुलबुल का गाना अगर गुलाब तक न पहुँचे, फिर सफ़्हा दर सफ़्हा लफ़्ज़ लिखना ही क्यूँ? ज़बान में भी एक मग़रूरियत होती है, भाई लोग।

उस दरवेश की बात याद है न? जो यमुना से उठ कर असद के सामने आकर खड़े हो गये थे। वैसे ही जैसे एक दिन शम्सुद्दीन तबरीज़ी, जलालुद्दीन रूमी की ज़िन्दगी में चले आए थे और उसके बाद रूमी की ज़िन्दगी कुछ और ही हो गई। शम्स एक मस्त फ़िर्दौसी शख़्स थे। उनका एक क़िस्सा ज़बान की नोक पर आ गया है, इसलिए बता रहा हूँ। यह मत समझियेगा कि इस क़िस्से का मिर्ज़ा साहब की ज़िन्दगी से कोई वास्ता नहीं। मिर्ज़ा साहब की ज़िन्दगी न जाने कितने ही क़िस्सों के साथ जुड़ी हुई थी, सोचने पर मैं थाह नहीं पा पाता। शम्स के इस क़िस्से को सुन कर आप समझ पायेंगे कि इसमें मिर्ज़ा साहब कहाँ छुपे हुए हैं।

वाउद्दीन किरमानी एक सूफ़ी शेख़ थे। वह मानते थे, अल्लाह को इस दुनिया की सारी ख़ूबसूरतियों में ढूँढ़ा जा सकता है। एक दिन झील के पानी में वह चाँद की परछाई को देखते हुए बैठे हुए थे। शम्स ने उनको वहाँ बैठे देख कर पूछा, "पानी को क्यूँ देख रहे हैं शेख़?"

—चाँद की परछाई देख रहा हूँ।

—क्यूँ, क्या आपके गर्दन में दर्द है?

—नहीं।

—तब तो गर्दन उठा कर आसमान की ओर देखने से ही चाँद को देखा जा सकता है। आप क्या अँधे हो गये हैं? सीधी चीज़ को सीधी तरह ही देखना चाहिए।

शम्स की बात सुन कर शेख़ को अपनी ग़लती समझ में आई।

—हुज़ूर, आप मेरे पीर हैं, मुझे अपने क़दमों में जगह दीजिए।

शम्स ने कहा, "मेरा मुनासिब होने की आपमें ताक़त नहीं है"।

—है हुज़ूर। मुझे अपनी राह पर ले चलिए।

शम्स ठहाका लगा कर हँस पड़े। उन्होंने कहा, "तो फिर जाकर शराब ले आईये। बग़दाद के बाज़ार में एक साथ बैठ कर दारू पीयेंगे"।

इस्लाम में तो शराब हराम है। शेख़ बज़ार में बैठ कर दारू पीने से लोग क्या कहेंगे? उनकी इज़्ज़त धूल में मिल जाती। शेख़ ने मिनमिनाते हुए कहा, "यह कैसे हो सकता है, पीरज़ादे?"

शम्स चीख़ उठे, "आप कभी मेरे मुनासिब नहीं हो सकते। अल्लाह के दरबार में पहुँचने की सलाहियत ही नहीं है आपमें। मैं उसे ढूँढ़ रहा हूँ, जो आलावज़ीर के पास पहुँच पायेगा"।

शम्स जलालुद्दीन उस इंसान को रूमी के अन्दर ढूँढ़ पाए। कभी-कभी मैं देखा करता हूँ कि मिर्ज़ा साहब जामा मस्जिद के सामने शम्स के साथ बैठ कर शराब पी रहे हैं। और उन दोनों के सामने मौला रूमी बैठे हुए हैं। वे अपने आशिक़ शम्स और मिर्ज़ा साहब को लेकर एक नयी मसनवी लिख रहे हैं। ज़रा सोचिए, यह अगर सच होता तो दुनिया किसी जामावर दुशाले की तरह होती।

न, न इस तरह, हैरत भरी निगाहों से मेरी ओर मत देखिए भाईजान लोग। मैं कुछ भी नहीं भूला हूँ। मेरी याददाश्त बहुत तेज़ हुआ करती थी। देखिए, मैं जिस दुनिया में बड़ा हुआ हूँ, मैंने दोनों मुल्कों के मुहाजिरों का जो सैलाब देखा है, वहाँ बस यादों की नूर ने ही मुझे बचाए रखा था। इतने मुहाजिर—इतने विस्थापित—जानते हैं, मुझे क्या लगता है, बीसवीं शताब्दी का नाम—विस्थापितों की शताब्दी यानी मुहाजिरों की सदी होना चाहिए था। क्या आप लोगों में से किसी ने मेरी "ठण्डा गोश्त" कहानी पढ़ी है? उस कहानी को लिखने की वजह से, मेरे ऊपर अश्लीलता के आरोप लगा था और लाहौर कोर्ट में मुक़दमा दायर किया गया था। क्या कह रहे हैं आप? "ठण्डा गोश्त" कहानी सुनना चाहते हैं? पर आज तो मैंने कोई और ही क़िस्सा छेड़ रखा है। अरे भई, जब तक यह दुनिया ख़त्म न हो जाये, न जाने कितनी सदियों तक हमें इन्हीं क़ब्रों में रहना होगा, किसी फ़ुर्सत के दिन "ठण्डा गोश्त" का भी क़िस्सा सुनाऊँगा।

हाँ तो, याद है न, उस दरवेश ने आकर असद को एक आईना दिया था? आईने में असद की अम्मीजान के पश्मीने के रंग जैसे नीले आसमान में, उड़ते हुए पंछियों का नक़्शा उभर आया था। पंछी उड़े चले जा रहे थे अपने राजा सिमुर्ग की खोज में। यह बहुत गहरा क़िस्सा है भाई लोग। असद को दिए आईने में इस क़िस्से की तस्वीर क्यूँ दिखी थी, वह सिर्फ़ ख़ुदा ही जानते हैं। अल-ख़ालिक कब क्या भेजें, हम उसका कितना-सा हिस्सा जान सकते हैं? मेरे ख़्याल से, यह जो हम जान नहीं पाते हैं, इसलिए ही इतने शब्द लिख पाते हैं। दास्तान

का यही एक मज़ा है, लिखते जाओ, लिखते जाओ, कौन चुतिया तब्सिर: निगार क्या कह रहा है, उससे क्या आता-जाता है? दास्तान तो दास्तान है; वे ख़ुद-ब-ख़ुद जीते हैं और ख़ुद-ब-ख़ुद ही मर जाते हैं।

माफ़ करियेगा भाई लोग, बात करते-करते मैं किसी भूल-भुलैया में दाख़िल हो गया था। सारी ज़िन्दगी मैंने कितने ही ज़िन्दा और मरे लोगों के साथ बातें की हैं। बात नहीं कर पाता था तो लगता था जैसे किसी ने मुझे पत्थर के नीचे दबा रखा है। इस्मत मेरी बात सुन कर बहुत हँसती थी, इस्मत को पहचानते हैं न, इस्मत चुग़तई, इस्मत के पास होने पर, मुझ पर बातें करने का नशा तारी हो जाता था, इस्मत बहुत सुन्दर बातें किया करती थी। चश्मे के पीछे उसकी आँखें झील की जैसी थी। मैं उस झील में डूब कर बस बातें ही करता जाता था, इस्मत बड़ी-बड़ी आँखों से मुझे देखती रहती और मेरा मन करता कि मैं उसकी आँखें खा जाऊँ। वैसे इस्मत को मैंने यह बात कभी नहीं बताई। बताता तो वह मेरे सिर के बाल नोंच लेती।

दरवेश के दिए आईने के अन्दर पंछी उड़े जा रहे थे, याद है न? फ़रियुद्दीन अतर का लिखा क़िस्सा दरवेश के आईने में उभर आया। कितनी हैरानी की बात है, सोचिए! आईने के अन्दर क़िस्सा। सब क़िस्से ही तो आईना हैं, है न? मैं कभी नहीं समझ पाया, कब आईना और क़िस्सा एक हो जाते हैं। चलिए छोड़िए। लेकिन उन पंछियों के क़िस्से से पहले बाबा अतरसाहब की बात तो थोड़ी बतानी ही होगी। वह अल्लाह के सफ़ीर थे, सूफ़ी कामिल, ऊपर से क़िस्सा लिखने में उनका कोई सानी नहीं था। उनका थोड़ा बहुत मुक़ाबला सिर्फ़ अब्दुल रहमान ज़मीर के साथ किया जा सकता था। फ़ारस के निशापुर में अतरसाहब का जन्म हुआ था, जो कि तक़रीबन आठ सौ साल पहले की बात है। वह एक शराबख़ाने के मालिक थे; जहाँ दवाईयों के साथ-साथ तरह-तरह के इत्र भी बनाए जाते थे। फ़रियुद्दीन अतर जम कर तिजारत कर रहे थे। एक दिन उनके शराबख़ाने में एक दरवेश आकर हाज़िर हुआ। वह मुँह फाड़े उनके बड़े दुकान को देखता रहा, और फिर अतरसाहब की ओर एकटक देखने लगा। इस तरह कोई किसी की ओर टकटकी बाँधे देखता रहे तो अगले को तो सकपकाहट होती ही है। अतरसाहब ने पूछा, "हुज़ूर, आप मुझे इस तरह क्यूँ देख रहे हैं?"

दरवेश हँसा, कहा—मैं सोच रहा था, इतनी धन-दौलत छोड़ कर तुम क़ब्र में कैसे जाओगे?

अतरसाहब थोड़ा नाराज़ होते हुए बोले, "आप ही की तरह मेरे भी इन्तकाल का वक़्त आयेगा। और अलग क्या होगा?"

—पर मेरे पास तो इस फटे चोगे और भीख माँगने के कटोरे के अलावा कुछ भी नहीं है। तुम्हारे पास तो बहुत सा ख़ज़ाना है, फिर तुम कैसे मेरी तरह मर सकते हो?

—मैं आप की ही तरह मरूँगा, हुज़ूर।

उसके बाद क्या हुआ जानते हैं, भाई लोग? दरवेश, भीख़ माँगने वाले कटोरे को तकिया बना कर वहीं सो गया। आँखें बन्द कर उसने कहा, "बिसमिल्लाह-अर-रहमान-अर-रहीम"। उनका ज़िक्र ख़त्म होते ही जिब्राईल आकर उन्हें ले गए। अतरसाहब पत्थर से जड़ इस हैरतअंगेज़ मौत को देखते रहे। इसके बाद वे अपने शराबख़ाने को हमेशा के लिए बन्द कर दीन की राह पर निकल पड़े।

रबिशंकर बल

दरवेश बाबा के दिए आईने में असद ने जिन पंछियों को देखा था, उनका जन्म अतरसाहब के क़िस्से में ही हुआ था। आप लोगों ने इतनी देर तक बहुत बकवास बर्दाश्त की, अब वह क़िस्सा भी सुनिए। जानते हैं, मुझे एक क़िस्से से दूसरे क़िस्से में घुस जाना बहुत अच्छा लगता है; क़िस्सों के अन्दर कभी मैं दरवेश बन जाता हूँ, कभी अतरसाहब तो कभी कल्लू। और मिर्ज़ा साहब? वह तो ख़ुद मेरे अन्दर बैठे हुए हैं। मिर्ज़ा साहब के उस शेर को ज़रूर सुन रखा होगा आप लोगों ने:

हुई मुद्दत के ग़ालिब मर गया, पर याद आता है
वह हरेक बात पर कहना के 'यूँ होता तो क्या होता'।

सआदत हसन मंटो अगर मिर्ज़ा असदुल्ला ख़ान ग़ालिब हो जाता, तो क्या होता? एक बार मैंने यही सफ़िया बेग़म से पूछा; भाई लोग, जानते हैं बेग़म ने क्या कहा? मंटो साहब, सारी ज़िन्दगी आप किसी दूसरे का किरदार बन कर जीते रहे हैं। आप कब ख़ुद को ज़ाहिर करेंगे? सफ़िया बेग़म तो नहीं समझती थीं, मंटो अपने बहुत से किरदारों के अन्दर ही ज़िन्दा है। उन चरित्रों के बग़ैर मंटो दरअसल कोई नहीं था। सफ़िया बेग़म ने मुझे कहा था, "मंटो साहब, इन सब क़िस्सों को लिख कर क्या मिला है आपको? कोई कुछ नहीं देगा। इससे अच्छा है कि आप कोई दुकान खोल लें"।

—और मैं अपने सिर के अन्दर की दुकान का क्या करूँ बेग़म?

—सिर के अन्दर की दुकान?

—तमाम क़िस्सों की दुकान। बेग़म, उस दुकान के बन्द हो जाने से तो मंटो मर जायेगा।

गुस्ताख़ी माफ़ भाईजान, बातों-बातों में मैं फिर बहुत दूर चला गया। मुझे पता है, आप लोग क़िस्सा सुनने के लिए बेताब हैं। पर आप मंटो को माफ़ करियेगा। इतनी यादें हैं, बात करते-करते वे मुझे पीछे खींचती रहती हैं, मैं उनसे बच नहीं पाता हूँ; अगर बच पाता तो पाकिस्तान में मुझे एक लावारिस कुत्ते की मौत नहीं मरनी पड़ती।

लेकिन अब उन पंछियों की बात हो जाये। इस दुनिया की सबसे मासूम रूहों की बात। जानते हैं, हमारे दिल भी पंछी हैं, कभी पिंजरे में बन्द रहते हैं तो कभी आसमानों में उड़ जाते हैं। मेरी बड़ी इच्छा थी, सारी रात एक गौरैया को सीने से लगा कर सोने की, लेकिन उनको तो पकड़ा नहीं जा सकता है, वे बड़ी चंचल होती हैं, एक पल बैठती हैं तो दूसरे ही पल उड़ जाती हैं, कभी चहक उठती हैं तो अगले ही पल उदास हो कर कहीं देखती रहती हैं। चिड़ियाँ ऐसी ही होती हैं, दुनिया बस घूमने की जगह है, वे सिर्फ़ इतना ही जानती हैं। घूमो-फिरो-उड़ो और फिर अचानक किसी दिन मर जाओ।

एक दिन सारे पंछियों ने मिल कर मजलिस जमाई। उनका कोई जहाँपनाह क्यूँ नहीं है, उन्हें अपने जहाँपनाह को ढूँढ़ कर निकालना ही होगा। किसी भी खोज में एक मुर्शिद की तो ज़रूरत होती ही है। कौन होगा उनका मुर्शिद? सबने मिल कर तय किया कि हुदहुद ही उनका मुर्शिद हो सकता है। हुदहुद सुलेमान का सबसे चहेता पंछी था। वह शेवा नगर से बेग़म बिल्किस की ख़बर लाया करता था। इसीलिए सिर्फ़ हुदहुद ही मुर्शिद हो सकता था, वही उन्हें

उनके बादशाह के पास पहुँचा सकता था। हुदहुद के सिर पर पंखों का कुंजवन था और होंठो पर बिसमिल्लाह। हुदहुद ने चिड़ियों से कहा, "देखो तुमलोग राजा की खोज में जा तो सकते हो, पर वह राह बहुत लम्बी और कठिन है। उस राह पर जाने के लिए, अपनी अब तक की ज़िन्दगी को झाड़-पोंछ कर साफ़ कर देना होगा; अगर सब कुछ छोड़ कर भी तुम्हारे अन्दर प्यार हो, तो मैं तुमलोगों को राजा के पास ले जा सकता हूँ"।

सुन कर सबों के हौसले पस्त हो गये; हर पंछी कोई न कोई बहाना बनाने लगा, नहीं-नहीं हम इतने लम्बे सफ़र पर नहीं जा सकते। बुलबुल ने पहले ही कह दिया, "मैं कहीं नहीं जा सकती। मेरे मुहब्बत की राज़ की बातें बस एक गुलाब ही समझता है। उसे छोड़ कर मैं कहाँ जाऊँगी? मेरी ज़िन्दगी गुलाब को चाहते हुए ही गुज़र जायेगी"। हुदहुद ने उससे कहा, "बुलबुल, तुम सिर्फ़ बाहर की ख़ूबसूरती देख रही हो। गुलाब तुम्हारे लिए नहीं हँसता, ऐसा तो तुम्हें लगता है कि वह तुम्हारी ओर देख कर हँसता है और झर जाता है। पता है, वह तुम्हें देख कर क्यूँ हँसता है? वह थोड़ी देर में झर जायेगा, इस बात को तुम नहीं जानती, इसलिए।

—लेकिन गुलबहार को छोड़ कर मैं कहीं नहीं जाऊँगी मुर्शिद।

—तो फिर एक क़िस्सा सुनो। हुदहुद अपने पंखों को दो-चार बार फड़फड़ा, स्थिर हो कर बैठ जाता है।

उसने बड़बड़ाते हुए कहा, 'बिसमिल्ला-अर-रहमन-अर-रहीम। ख़ुदा मुझे तौफ़ीक दे कि यह क़िस्सा मैं बुलबुल को ठीक से सुना सकूँ'। फिर थोड़ी देर चुप रहने के बाद उसने तेज़ आवाज़ में कहा, 'बुलबुल सुनो, इस क़िस्से को सुनो। उसके बाद तुम्हारी जो मर्ज़ी वह करना'।

—जब गुलाब खिलता है, उसके आगे किसी क़िस्से की कोई क़ीमत नहीं रहती है, पीरसाहब'।

—वह तो है, फिर भी सुन लो, क़िस्सा सुनने से तुम्हारा पेट गरम नहीं हो जायेगा।

एक शहर में एक लड़की थी। उसकी ख़ूबसरती का बयान करना मुमकिन न था। उसके बाल बिन तारों की रात के आसमान की तरह काले थे, सारे बदन से कस्तूरी की गंध आती थी। क्या ही उसके देखने का अन्दाज़ था, उसकी बातें चाश्नी से भी ज़्यादा मीठी थीं। और उसके बदन का रंग? पद्मराग मणि का रंग भी फीका पड़ जाये। सच बात तो यह है कि जो भी उसे देखता, उसके प्यार में पड़ जाता। पर ख़ुदा की मर्ज़ी तो कोई नहीं जानता, एक दिन एक फ़क़ीर उस लड़की को देख कर उसकी मुहब्बत में पड़ गया। फ़क़ीर तब रोटी खा रहा था, उस लड़की की ख़ूबसूरती को देख उसके हाथ से रोटी गिर पड़ी। लड़की यह देख हँस दी। बस वह हँसी ही फ़क़ीर के लिए काल बन गयी, वह बिल्कुल दीवाना हो गया।

—उसके बाद?

—फ़क़ीर सात सालों तक उस नवाब की हवेली के बाहर पड़ा रहा। वह सड़क के कुत्ते-बिल्लियों के साथ अपना वक़्त बिताता। अपने आशिक़ को पाने के लिए वह सात सालों तक रोता रहा। एक दिन हवेली के पहरेदारों ने उस फ़क़ीर को जान से मार देने का तय किया।

—उसका ख़ून कर दिया।

—फ़क़ीर को मार दिया जायेगा जान कर लड़की के मन में बहुत दया आई। एक दिन वह छुपकर आकर उससे बोली, "तुम एक अच्छे आदमी हो! लेकिन मैं एक नवाब की बेटी हूँ, मुझसे निक़ाह करने की बात तुम सोच भी कैसे सकते हो? देखो, यहाँ से चले जाओ और फिर कभी मत आना। यहाँ रहने से तुम्हें मार दिया जायेगा"।

बुलबुल ने बेताब हो कर पंख फड़फड़ा कर कहा, "फिर फ़क़ीर ने क्या कहा?"

—फ़क़ीर ने कहा, "जिस दिन से मैंने तुम्हें देखा है, मेरे लिए ज़िन्दगी और मौत एक हो गयी है। अब अगर मुझे कोई मारने भी आए तो मुझे डर नहीं लगेगा। दुनिया की कोई भी ताक़त मुझे तुम्हारी हवेली से दरवाज़े से हटा नहीं सकती। तुम्हारे पहरेदार मुझे मार देना चाहते हैं न? तो ऐसा ही होने दो। पर उससे पहले तुम मुझे एक पहेली का जवाब दोगी?"

—कौन सी पहेली?

—तुम मेरी तरफ़ देख कर हँसी क्यूँ थी?

—तुम सच में एक उज्बक हो। तुम्हें देख कर मुझे रहम आया, मुझे देखते ही तुम्हारे हाथ से रोटी तक गिर पड़ी, हँसती नहीं तो और क्या करती?

—उसके बाद? बुलबुल की आँखें भर आयी थीं।

हुदहुद ने कहा, "तुम्हारा गुलाब उस लड़की की तरह है। बस बाहर की ख़ूबसूरती"।

इसी तरह हुदहुद पंछियों को तरह-तरह के क़िस्से सुना कर, उनके दिए बहानों को हवा में उड़ाता रहा। तब पंछियों ने पूछा, "हमें अपने जहाँपनाह के लिए कुछ तोहफ़ा ले जाना चाहिए मुर्शिद, आप ही बताइये, हमें जहाँपनाह सिमुर्ग के लिए क्या ले जाना चाहिए?"

—ज़िक्र। रूह का ज़िक्र। जहाँपनाह के दरबार में सब कुछ है। पर वह उस रूह को चाहते हैं, जो बहुत सी तक़लीफ़ें झेल कर, आग में जल कर, पाक साफ़ हुआ हो।

कितने ही सालों तक वे पंछी हुदहुद के पीछे उड़ते रहे। उन्हें सात पर्वत पार करने पड़े। कितने पंछी राह में ही मर गये, कितनों में उड़ने की ताक़त ही नहीं रही। आख़िर में, काफ़ पहाड़ पर जहाँपनाह सिमुर्ग के महल के आगे सिर्फ़ तीस ही पंछी पहुँच सके। महल के दरबान उन्हें किसी तरह अन्दर नहीं जाने दे रहे थे। पर इतना लम्बा सफ़र तय कर वे पंछी इतने शान्त हो चुके थे कि दरबान की गालियों का भी उन्होंने बुरा नहीं माना। बस इन्तज़ार करते रहे। आख़िरकार जहाँपनाह के ख़ास नौकर आकर उन्हें दरबार में ले गए। वह एक हैरत भरी घटना थी। वे पंछी जिधर भी देखते, बस ख़ुद को ही देख पाते, तीसों पंछी एक-दूसरे को देख कर हैरान रह गए। तो फिर, जहाँपनाह सिमुर्ग कहाँ थे? भाई लोग, फ़ारसी में सिमुर्ग का मतलब है तीस पंछी। वे अब अपनी ही रूह के आमने-सामने खड़े थे। उनके जहाँपनाह थे सिमुर्ग। वे सारे पंछी गा उठे, "तेरे नाम से जी लूँ, तेरे नाम पर मर जाऊँ..."।

7

कहते हैं आगे था बुतों में रहम
हाय ख़ुदा जाने ये कबकी बात ।

मंटोभाई, काले महल की ज़िन्दगी में कितना भी ख़ालीपन क्यूँ न हो, तेरह साल की उम्र तक आगरा ने मुझे जो कुछ भी दिया, उसे मैं सारी ज़िन्दगी नहीं भूल सका। आगरा का हवा-पानी मेरी रूह का हिस्सा थे। उसकी हर राह पर अब भी मेरी यादों के मोती-मनके बिखरे हुए हैं। जिस इश्क़ ने मेरे दिल को ज़ख़्मी किया, उसका खेलघर आगरा ही तो था। वहाँ के हर बाग़ के फूलों से अनचखा प्रेम झरा करता था, हर पेड़ की पत्तियाँ जैसे मुझे प्यार करना चाहती थी। सच कहूँ तो मंटोभाई, आगरा ने मेरे भीतर एक निखरा, नीला आसमान भर दिया था। अक्सर ही उस आसमान में चमक उठती थी — फ़लक आरा। वह कभी न ख़त्म होने वाली एक हँसी का झरना थी। मैं हैरान हो कर उसकी ओर देखता रहता था और वह, वह सितारों की माला, मेरी तरफ़ देख कर हर पल रंग बदलती रहती थी। क्या ही उसके रंगों की छटा थी। वैसे रंग सिर्फ़ बादशाह अकबर के तस्वीरख़ाने की तस्वीरों में ही दिखते थे। कौन थी वह? मंटोभाई, सारी ज़िन्दगी गुज़र गयी, न मैं उसे पहचान सका और न ही कभी उसे छू सका। एक दिन बड़ा मज़ा आया। मैं चारबाग़ के रास्ते से अकेला चला जा रहा था। अचानक देखा कि बाग़ में मुझसे उम्र में काफ़ी बड़ी एक बेग़म साहिबा बैठी हुई हैं। शायद हफ़ीज़साहब ने उनके लिए ही लिखा होगा,

अगर आँ तुर्क-ए-शिराज़ी
बदस्त आरद दिल-ए-मारा
बख़ाल-ए हिंदबश बख़्शम
समरकंद व बुख़रारा ।

उन्हें देख कर मैं किसी ख़ुमारी में चला गया। बाग़ में जाकर मैंने बहुत दूर खड़े हो कर उन्हें पीछे से आवाज़ दी, "फ़लक आरा"।

बेग़म साहिबा ने पलट कर भी नहीं देखा। बस अपने सिर से दुपट्टे को हटा, उन्होंने अपने घुंघराले बालों को फैला दिया, लगा जैसे सुराही से शराब बिखर गयी हो। अहा, बेग़म साहिबा के बालों की ख़ूबसूरती को देख, मीर साहब का वह शेर याद आ गया,

उसके काकूलकी पहेली कहो तुम बूझे मीर,
क्या है ज़ंजीर नहीं, दम नहीं, मार नहीं ।

मैंने फिर आवाज़ दी, "फ़लक आरा"।

इस बार बेग़म ने मुड़ कर देखा। उनकी हँसी का बयाँ करना मेरे लिए मुमकिन नहीं। उनकी हँसी देख कर मुझे फिर हाफ़िज़ साहब का वह शेर याद आ गया,

बादा-ए-गुलरंग ब तलख़ ब
अजब ख़ुश्क बारे सुबूक
नुक्ले अज लाले निगार ब
नुक्ले अज याकूते जाम ।

—कौन हो तुम? उन्होंने हाथ के इशारे से मुझे बुलाया।

मैं उनकी तरफ़ बढ़ा, वह भी मेरी तरफ़ बढ़ीं। मेरे हाथों को कस कर पकड़ कर उन्होंने फुसफुसा कर कहा, "फ़लक आरा कौन है?"

मैं उनकी ख़ूबसूरती के आगे कुछ नहीं कह पा रहा था। उन्होंने फिर पूछा, "फ़लक आरा कौन है?"

इस बार मैंने हिम्मत करके कहा, "जानता नहीं जी"।

—यह नाम तुम्हें कहाँ से मिला?

—आगरा के आसमानों से जी।

बेग़म साहिबा हँस पड़ी।—इंशाअल्लाह, क्या यह नाम आगरा के आसमान पर लिखा हुआ है?

—जी।

—तुमने देखा है?

—जी।

—कब देखा?

—हर रोज़।

—मीर साहब का वह शेर जानते हो?

—बताएँ जी।

—*फिर कुछ एक दिल को बेक़रारी है, सीन: जुआ-ए ज़ख़्मकारी है।*

सच मंटोभाई, मेरा दिल बेक़रार हो उठा। मैं उसे ही तो ढूँढ़ने निकला था, जिसकी चोट से मेरा कलेजा फिर से फटने को था। और मैं उसे ढूँढ़े बग़ैर जाता भी कहाँ? ज़िन्दगी में मेरा अपना कोई घर नहीं था, लेकिन मुझे घर ढूँढ़ना ही था, मैं उस घर की तलाश में दोज़ख़ के बाद दोज़ख़ पार करता गया। वह राह एक लम्बी सर्द रात थी, अर-रहमान अर-रहीम, मैं चुपचाप चीख़ता रहा, अल बशीर, मुझे बचा लो, मुझे बस एक बार के लिए ख़ुशनसीब कर दो।

उसके बाद क्या हुआ जानते हैं, मंटोभाई? बेग़म साहिबा मेरा हाथ पकड़ चारबाग़ के अन्दर घूमते-घूमते, एक पिंजरे के सामने आकर खड़ी हो गईं। पिंजरे के भीतर बहुत सारी मैना उड़ रही थीं। बेग़म साहिबा ने मेरी तरफ़ देखा। जानते हैं उन्होंने मुझे कैसे देखा, मंटोभाई? जिस नज़र के लिए हफ़ीज़ साहब ने लिखा है,

अला ऐ आहु-ए-बहशी कुजाई
मरा बा तुस्त बिस्यार आश्नाई ।

इस शेर को सुनने के बाद अगर कोई किसी नाज़नीन की ओर नज़र उठा कर देख सके, तो मैं कहूँगा, वह नहीं जानता, इश्क़ किसे कहते हैं। इसके बाद तो सिर्फ़ आप उस नाज़नीन की क़दमबोसी कर कह सकते हैं,

हज़ारों ख़्वाहिशें ऐसी के हर ख़्वाहिश पर दम निकले
बहुत निकले मेरे अरमान, फिर भी कम निकले ।

हाँ, मंटोभाई मेरी भी ऐसी हज़ारों ख़्वाहिशें थीं जिन पर जान निकलने को हो जाये, मेरी बहुत सी ख़्वाहिशें पूरी भी हुईं, लेकिन फिर भी कम ही हुईं। पर जितनी कम पूरी हुईं, उन्हीं के लिए ही तो हम ज़िन्दा रहते हैं, हैं न? इन्तज़ार करते रहते हैं, फिर भी प्याला नहीं भरता। मैं उनकी पैरों की तरफ़ देख कर, मन ही मन गाने लगा,

भरा रहे, भरा रहे यादों की शहद से
हिज्र का प्याला ।

कहाँ से यह गीत तिरता हुआ आया, मुझे नहीं पता मंटोभाई। पहले कभी नहीं सुना था। पता नहीं कहाँ से क्या सामने आ जाता है! किस अतीत से, कितनी दूर के भविष्य से? अतीत भविष्य को धारण किए रहती है, क्या इसलिए आसमान इतना चमकता रहता है? हमारी ज़िन्दगी जले अंगारों की तरह धुकधुक कर जलती रहती है। इस तरह जलते रहने में बड़ी तक़लीफ़ होती है, है न मंटोभाई?

पिंजरे के अन्दर बहुत सारी मैना चहचहाते हुए उड़ रही थीं। बेग़म साहिबा ने मुझसे पूछा, "इसके अन्दर भी एक फ़लक आरा है। देखती हूँ, पहचान पाते हो क्या?"

मैं चिड़ियों को देखने लगा। थोड़ी देर बाद एक मैना की ओर मैंने ऊँगली दिखा कर कहा, "वह रही फ़लक आरा"।

बेग़म साहिबा ने मेरी तरफ़ हैरानी से देखते हुए कहा, "कैसे पहचाना? पहले कभी देखा है क्या?"

—नहीं।

—तो फिर?

—वह बहुत काँप रही है।

—कौन?

—फ़लक आरा।

—क्यूँ? बेग़म साहिबा के गले में नीला रंग उभर आया।

—वह किसी से बात करना चाहती है।

—किसके साथ?

सच में, किसके साथ? मैं क्या जानता था, मंटोभाई। बेग़म साहिबा ने मेरे चेहरे को दोनों हथेलियों में पकड़ कर फुसफुसाते हुए कहा, "तुम कौन हो?"

मंटोभाई, मैं उन्हें बता नहीं पाया, चुप खड़ा रहा, लेकिन मन ही मन कहा,

हाफ़िज़ ईं हाले अजब वा के गुफ़्त कि मा
बुलबुलाँनेम की दर मौसमें गुल ख़ामोशेम ।

सच, हफ़ीज़ साहब जैसे मेरी ही बात कह रहे हों—किससे कहूँ यह बात, मेरा हाल बेहद फ़िक्र करने लायक है, फूलों का महीना आ गया है और बुलबुल के गले से आवाज़ नहीं फूट रही है।

—तुमने किस तरह जाना, मेरा नाम भी फ़लक आरा है? बेग़म साहिबा की आवाज़ जैसे, इत्र की शीशी से हल्की सुगंध फैल रही हो।

—नहीं जानता।

—कैसे जाना तुमने, बताओ?

—बस तुम, बस तुम ही फ़लक आरा हो, और कोई नहीं।

मेरा ख़्वाब टूट गया। यह सब सच नहीं, बस मेरा ख़्वाब था। मेरी ज़िन्दगी के बारे में जानने के लिए, मेरी ख़्वाबों की बातें भी सुननी होंगी। जैसे एक दिन ख़्वाब में देखा, उस्ताद तानसेन ने फ़तेहपुर सीक्री के महल में मेरा हाथ पकड़ कर, एक के बाद एक कमरों से गुज़रते हुए, एक कमरे में पहुँच कर मुझे बैठने को कहा। उस दिन उस कमरे में बारिश हुई; और मैं पसीने से भीगा चीख़ उठा, "कल्लू, कल्लू बेटा, कहाँ गया तू?"

कल्लू संग-संग हाज़िर हुआ।—जी हुज़ूर।

मैंने बड़बड़ाते हुए कहा, "तर्जुमन अल अश्क"।

—हुज़ूर।

—हम तर्जुमन अल अश्क हैं।

—जी, हुज़ूर।

—बार-बार हुज़ूर क्यूँ बोलता है?

—क्या चाहिए आपको?

—सुबह-सुबह कुछ पिलायेगा कल्लू?

—दारू?

—जी हुज़ूर। मैं हँस कर कहता हूँ।

कल्लू मेरे पैर पकड़ लेता है।—माफ़ करियेगा हुज़ूर। सुबह-सुबह।

—थोड़ा दे न कल्लू, ख़्वाब देखूँगा।

—कौन सा ख़्वाब हुज़ूर?

—फ़लक आरा का।

—मैना देखेंगे? कितनी मैना देखना चाहते हैं, चलिए मेरे साथ।

—वह तू नहीं समझ सकता है कल्लू, मैं अपनी फ़लक आरा को देखूँगा।

मंटोभाई, कौन थी यह फ़लक आरा? मेरी ज़िन्दगी का एक ख़्वाब। वह आगरा के आसमान पर दिखती थी। मैं जानता था, मैं कभी अपनी फ़लक मैना को नहीं पा सकूँगा। वह किसी न किसी पिंजरे में क़ैद ही रह जायेगी। मीर साहब ने एक बार लिखा था—पूछा, कितने दिनों तक खिला रहेगा यह गुलाब; मेरा सवाल सुन कर गुलाब की कली हल्के से हँस दी, कुछ नहीं कहा। तो क्या मैं पिंजरे के अन्दर सींखचे पर बैठी उस मैना, उस फ़लक आरा को नहीं पहचान पाता? रातों को आगरा के आसमान में मैं रोज़ उसकी हँसी को देखते हुए सोचा

करता था, न जाने कितने जन्मों से मैं उसे पहचानता हूँ। और यह कल्लू कहता है, मुझे मैना दिखायेगा? छी:! मंटोभाई, क्या सारी मैना फ़लक आरा होती हैं, बताइए?

मैं आज भी सोचता हूँ, कहाँ से मेरे ख़्वाबों में फ़लक आरा नाम की बेग़म साहिबा चली आईं? मैंने ऐसी बेग़म कभी नहीं देखी थी। बेग़में तो पर्दे की आड़ में रहती हैं, यह कोई बताने की बात तो नहीं। तो फिर यह बेग़म?

इसके बाद एक दिन मैंने उन्हें मोती महल में देखा। उस दिन मैंने उन्हें नहीं पुकारा, बस दूर बैठा उन्हें देखता रहा। वह कभी कानों की बालियाँ उतार रही थीं तो कभी पहन रही थीं; वह अपनी नाक की लौंग उतार, उसके रूपहले चमक को निहारती रहीं, फिर उसे पहन लिया, फिर उतारा और फिर देखने लगीं उसे: मंटोभाई, क्या कोई नाक की लौंग के भीतर छुपा रह सकता है, नहीं तो वह इतनी बार उसे उतार क्यूँ रहीं थीं; मुझे बहुत उत्सुकता हुई, क्या था उस नाक की लौंग में? मैं उनके सामने जाकर खड़ा हो गया।

वह चमक उठीं, "फिर तुम? तुम मेरे पीछे क्यूँ पड़े हुए हो?"

—वह लौंग—

—क्या है इसमें?

—आप इसे बार-बार क्यूँ देख रही हैं?

बेग़म साहिबा खिलखिला कर हँस पड़ीं। —जानते हो, ख़्वाब कितनी बार देखने का मन करता है?

—कितनी बार?

—जन्नत और जहन्नुम तक।

—वह तो एक ही हैं बेग़म साहिबा।

—फ़लक आरा कहो।

बेग़म साहिबा ने मेरा हाथ पकड़ कर मुझे अपने पास बिठा लिया। मेरे दोनों हाथों की ऊँगलियों को छू कर देखा। उसके बाद कहा, "तुम क्या करते हो?"

—कुछ नहीं।

—मतलब?

—काले महल के अन्दर घूमता रहता हूँ। आगरा की सड़कों पर भी घूमता हूँ।

—और क्या करते हो?

—पतंगबाज़ी, शतरंज और शराब।

—और औरत?

मैं हँस पड़ा। मंटोभाई, औरत का जिस्म क्या है, तब तक मैं छानबीन कर देख चुका था।

एक-एक जिस्म, एक-एक पश्मीने का नक्शा। आगरा की एक तवायफ़ के साथ काफ़ी आश्नाई भी थी मेरी। वह एक हुस्न-ए लबे-बाम थी, बिल्कुल सुबह की तरह ताज़ा-तरीन। पका शरीफ़ा देखा है? मैं वैसा ही था। जिस तरह फल अकेले ही, अपने-आप पक जाता है, मैं उसी तरह पक चुका था। पूरे बदन में भंवरे की गुंजन सुन पाता था, मैं।

—जी। मैंने सर झुका कर कहा।

—क्या, जी?

—जी, इस्तेमाल किया है।

वह एक गुलफ़ाम दास्तान थी, मंटोभाई। उन्होंने मुझे अपने सीने के पास खींच लिया।

जिन सब कबूतरों को मैंने महल के छतों पर उड़ते देखा था, उन कबूतरों से भी अनोखे दो कबूतर उन्होंने मुझे दिखाए। मैं उन कबूतरों के होंठों पर अपना मुँह रगड़ता रहा, उनके पंखों को हाथ से सहलाने में कितना आराम महसूस हो रहा था, कितना आराम। जानते हैं मुझे कैसा लगा था, मंटोभाई? यह दुनिया बस एक बार ही मिलती है, फिर कभी नहीं, कभी नहीं . . . ।

—एक बार कहो, एक बार फिर कहो मियाँ। उन्होंने मेरे कानों पर जीभ फिराते हुए कहा।

मंटोभाई, उनकी गर्दन पर, घुँघराले बालों की गहराई में एक तिल छुपा हुआ था। आप तो जानते ही हैं कि तिल का मतलब है बिंदु। नुक्ते से ही तो सृष्टि की शुरुआत है। मैं उस दिन उस बिंदुमात्र को ही खा रहा था; उस बिंदु ने मेरे अन्दर ऐसी एक भूख पैदा कर दी, जो फिर ज़िन्दगी भर ख़त्म नहीं हुई। कभी-कभी मैं सोचता हूँ कि वह एक अनोखी निगार—तस्वीर थीं—जिसके भीतर से मैं चल कर गया था।

मंटोभाई, एक बार को भी मत सोचियेगा कि यह सब सच है, अल्लाह रहीम, मैं क़ुबूल करता हूँ कि मेरी ज़िन्दगी में कुछ भी सच नहीं, सब क़िस्सा हैं, ख़्वाब, दास्तान। मैं तब बहुत छोटा था, बेग़म साहिबा के सीने में मुँह गड़ा कर कहा था, "मुझे छोड़ कर मत जाइए"।

—क्यूँ?

—आप मेरी जान हैं।

—मुझे जान मत कहो मेरी जान।

—क्या कहूँ।

—फ़लक आरा।

मंटोभाई, आगरा छोड़ते वक़्त वह सितारों की माला मेरी ज़िन्दगी से खो गई। फ़लक आरा बस एक नाम बन कर रह गई। बिंदु, नुक्ता, शुरुआत। एक ऐसी शुरुआत मंटोभाई, जिसके अन्दर अन्त भी छुपा हुआ था।

8

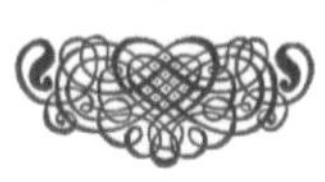

दो हफ़्तों से तबस्सुम के घर जाना नहीं हुआ। मेरे साथ ऐसा ही होता है, एक काम शुरू करने के बाद अचानक ही उत्साह खो बैठता हूँ। मेरी पत्नी कहती है, मेरे अन्दर किसी काम के पीछे लगे रहने का ज़ोर नहीं है। हो सकता है ऐसा ही हो, पर आख़िर मन का ज़ोर किसे कहते हैं? किसी काम को ख़त्म करने का एक ज़रूरी प्रत्यय? क्या यह प्रत्यय आख़िरकार इंसान के किसी काम आता है? सोचने पर मुझे महाभारत के युद्ध के बाद, मृतदेह, चिता और शकुनों से भरे शमशान की ही याद आती है। अनुशासन पर्व की वह कहानी बारबार वापस आ जाती है। यह गतिपथ चक्राकार है।

इसी बीच तबस्सुम का फ़ोन आता है।—क्या हाल है जनाब? अब तो आपकी ख़ुशबू तक नहीं आती। क्या मंटो का उपन्यास इसी तरह पड़ा रहेगा?

—क्यूँ?

—देख रही हूँ, आपको अनुवाद की कोई गरज़ ही नहीं।

—नहीं, नहीं फिर से शुरू करना है।

—क्या हुआ है आपको?

—कुछ नहीं।

उसकी हँसी लहराती हुई आती है।

—आपका यह "कुछ नहीं" कभी-कभी आप पर इस तरह क़ाबिज़ हो जाता है। यह "कुछ नहीं" क्या है, बताइए तो?

—किसी कोरे पन्ने के आगे बैठे रहना।

—मतलब?—मैं देख सकता हूँ, तबस्सुम की दोनों आँखें नाच रही हैं, जिनकी संगत उसकी आँखों पर खिंची सूरमे की रेखा कर रही है।

—हाँ, कोरे काग़ज़ के आगे ही बैठे रहना पड़ता है। न जाने कब, धीरे-धीरे अक्षरों के चित्र उभरें।

—कब उभरेंगे वे अक्षर?

—आपने बाशो की कविता पढ़ी है?

—कौन बाशो?

—सत्तर की दशक के जापानी हाईकु कवि। बाशो ने लिखा था, हम लोग जंगली हंसों की तरह बादलों के भीतर खो जायेंगे।

—जनाब, मैं आपके साथ ताल मिला कर नहीं चल सकती। यह तर्जुमा ख़त्म नहीं होगा, मैं यह तो समझ पा रही हूँ।

—क्यूँ?

—आप अभी कोरे पन्नों के आगे बैठे हुए हैं। कौन जाने, कब अक्षर फूटेंगे और चित्र दिखेंगे!

—ग़ालिब की वह ग़ज़ल सुनाएँगी?

—कौन सी?

—अरे वही, हूँ गरमी-ए-निशात-ए—

—हूँ गरमी-ए-निशात-ए-तसव्वुर-से नग़्मा संज मैं / अन्दलीब-ए गुलशन-ए न-अफ़रीद हूँ।

तो! कब बनेगा गीतों के नशे में चूर बुलबुल का बाग़?

—जिस दिन वह बुलायेगी।

—कौन?

—जो इस बार बीच ठण्ड में ही वसंत की बयार ले आयी है।

तबस्सुम हँस पड़ती है।—क्या बात है जनाब? किसी के प्यार में पड़ गये हैं क्या?

—आ निकलता है कभु हँसता, तो है बाग़ ओ बहार / उसकी आमद में है सारी फसलें आने की तरह।

—ओहो! तो क्या आप मीर में डूबे हुए हैं?

—आपको नहीं लगता उर्दू ग़ज़लों में मीर सबसे ज़्यादा सेन्सुयस हैं? ग़ालिब में ज़ेहनियत की चमक है जब कि मीर, जैसे ख़ून से सना दिल हाथों में पकड़ा देते हैं। ग़ालिब कहीं ख़ुद को छुपाए रहते हैं। उन्हें पर्दे की ओट की ख़ूबसूरती ही खींचती है।

—ठीक कहा आपने। लेकिन पोशीदगी का हुनर ग़ालिब से ही सीखना पड़ता है। मीर के सीने पर आप हाथ रख सकते हैं तो छुरा भी घोंप सकते हैं। ग़ालिब बहुत दूर खड़ा एक आईना हैं, जो बस परछाईयों को स्वीकार कर अकेला खड़ा रहता है। देखिए, कितना अद्भुत है यह आईना। इंसान हर चीज़ पर अपनी छाप छोड़ सकता है। लेकिन आईने के सामने आप जितनी देर हैं, बस उतनी ही देर आप रहते हैं, उसके बाद आप खो जाते हैं। ग़ालिब उसी तरह का एक आईना हैं। आईने के सामने से हटते ही आप फिर कहीं नहीं रहते।

—मैंने इस तरह बिल्कुल नहीं सोचा था।

—क्या? तबस्सुम की आवाज़ में एक चिड़िया उड़ जाती है।

—मैंने ग़ालिब को आपकी तरह कभी नहीं सोचा था।

—ज़ाहिर है, आप अपनी तरह ही सोचेंगे।

—नहीं तबस्सुम, मैं और इस तरह की इन्डिविज्युएल्टि पर विश्वास नहीं करता। सोचो, हम सूफ़ी, ज़ेन या एस्किमोज़ की कहानियों में निहित विचारों, भावनाओं की तरह क्यूँ नहीं सोच सकते? हम क्यूँ व्यासदेव या मीरा बाई की तरह नहीं सोच सकते हैं? याज्ञवल्क्य ने कहा था, "सब अधिक्रमण करने के बाद फिर कोई संज्ञा नहीं बचती"।

—क्या हुआ है आपको? तबस्सुम का कहना मेरे सिर के ऊपर से पुरसुकून हवा की तरह बह जाता है। ऐसी ही हवा, किसी समय मिनिएचर पेंटिंग के साईप्रस पेड़ों के ऊपर से बहा करती थी।

—क्यूँ?

—क्या आप किसी बात से परेशान हैं?

—नहीं। दरअसल, हर रोज़ बहुत से नये-पुराने लोग आकर मुझे घेर लेते हैं। मैं उनकी बातें सुनना चाहता हूँ। लेकिन मेरे हाथ में समय बहुत कम है।

—मतलब?

—अच्छा छोड़िए। हम फिर कल से काम शुरू करेंगे।

—बात मत घुमाइए। आपके हाथ में समय बहुत कम है का क्या मतलब है?

—तो फिर मैं आपको एक कविता सुनाता हूँ।

—किसकी?

—एक बूढ़े खेवट की। सुनिए—

देखा—अवसन्न चेतना की गोधूलि वेला में
मेरी देह बही चली जा रही है काली कलिंदी की प्रवाह में
अपनी अनुभूतियों का पुंज, विचित्र वेदना, चित्रित आच्छादन में
आजन्म का स्मृति संचय और
अपनी बाँसुरी लेकर।
दूर होते-होते, दूर जाते-जाते,
म्लान होता जाता है उसका रूप, परिचित किनारों पर
तरुओं की छाया के आलिंगन में बँधे लोकालयों में क्षीण होती जाती है
संध्या आरती की ध्वनि, रुद्ध हो जाते हैं घरों के द्वार,
बुझ जाती है दीपशिखा, घाट पर बँध जाती हैं नाव।
ठहर गये हैं तट के दोनों छोर, गहरा चुकी है रात्रि,
जंगल की शाखाओं पर है विहंगों का मौनगान।
महान मौन के पाँवों में उसने रच दी है अपनी आत्मबलि।
अरूप कृष्ण घोर उतर आया है सृष्टि की विविधता पर, स्थल में, जल में।
छाया बन, बिंदु बन देह मिल गयी है
अन्तहीन तमस में। नक्षत्रों की वेदी के नीचे
स्तब्ध अकेला खड़ा मैं, ऊपर देख हाथ जोड़ कहता हूँ—
हे सूर्य, कर लिया अपने रश्मिजाल का संहरण,
अब प्रकाश करो अपना कल्याणतम रूप,
देखूँ उस पुरुष को, जो एक है हमारे-तुम्हारे बीच।

—आप क्या थके हुए हैं?

—नहीं। मैं बहुत ख़ुश हूँ तबस्सुम। अपने आपको खो देने की ख़ुशी। यह जो मैं इस उपन्यास का अनुवाद करते-करते किसी खंडहर के भीतर खोता जा रहा हूँ। कितनी टूटी

चूड़ियों के टुकड़े, फटी-चिथड़ी मलमल, किताबों के फटे पन्ने और सूख चुके इत्र के अन्दर डूबता जा रहा हूँ। उपन्यास लिखना, इसी तरह खो जाने के लिए ही तो है।

उस आईने के अन्दर हम—मैं और तबस्सुम—सआदत हसन मंटो की पाण्डुलिपि के सामने बैठे हुए हैं। इस पाण्डुलिपि ने हमें एक गहरे समस्या में डाल दिया है। मंटो की पाण्डुलिपि में ग़ालिब और फ़लक आरा की कहानी छठवें अध्याय में है। सातवाँ अध्याय मंटो ने नहीं लिखा। कुछ पॉएंट्स लिखने के बाद मंटो ने लिखा है, "बाद में लिखा जायेगा। इस अध्याय को लिखने का मेरा अभी कोई आग्रह नहीं है"। सच में, मंटो को समझना मुश्किल है। जैसे कि पाठक नहीं, ख़ुद ही पढ़ने के लिए लिखे जा रहे हों। इसके बाद मंटो चले गये आठवें अध्याय पर, जिसमें मिर्ज़ा ग़ालिब दिल्ली जा रहे हैं। लेकिन सातवाँ अध्याय उन्होंने फिर कभी नहीं लिखा। तो अब हम क्या करें?

—पाण्डुलिपि पर झुकी हुई तबस्सुम कहती है—सात नम्बर का हिस्सा उन्होंने क्यूँ नहीं लिखा, बताइये तो?

—हो सकता है उनका तब लिखने का मन न हो। ख़ूब व्हिस्की पी कर होश में न हों। पर उन्होंने कौन से पॉएंट्स नोट किए थे?

—मिर्ज़ा साहब की शादी के बारे में।

—पढ़िए तो, सुनूँ।

—लिखा है, उनका निक़ाह 1820 में, नवाब इलाही बख़्श ख़ान की बेटी उमराव बेग़म के साथ हुआ था। तब ग़ालिब साहब की उम्र तेरह और उमराव बेग़म की ग्यारह साल की थी। इलाही बख़्श झिरका और लोहारू के नवाब अहमद बख़्श के भाई थे।

—उसके बाद?

—इलाही बख़्श भी ग़ज़लें लिखा करते थे। उनका तख़ल्लुस 'मारूफ़' था। वे दिल्ली के जाने-माने लोगों में से थे।

—उसके बाद?

—मिर्ज़ा इस निक़ाह को मान नहीं पाए। फिर किसी रईस आदमी के घर बंदी हो जाना। मिर्ज़ा ने ख़ुद कहा, मेरे पाँवों में ज़ंजीर पहना दी गयी है। जस दायम और पाँव की बेड़ी। मंटो साहब ने लिखा, शादी-वादी को लेकर एक अध्याय लिखने का कोई मतलब नहीं। लेकिन इस पर तो वह जम कर लिख सकते थे। ख़ानदानी मुसलमान परिवार की शादी। हाथी-घोड़ा, पाल्की, रोशनचौकी, नाच-गाना, तवायफ़-शराब। और मंटो साहब ने कुछ भी नहीं लिखा?

—और कुछ लिखा है?

—नहीं।...ओ हाँ, एक कहानी लिखी हुई है।

—कहानी?

—अपने ससुर मारूफ़ को लेकर।

—पढिए, सुनूँ।

—बड़ी मज़ेदार कहानी है। मारूफ़ साहब ने एक दिन मिर्ज़ा को उनके वंशतालिका की नक़्ल करके देने को कहा। मिर्ज़ा साहब ने नक़्ल तो करके दे दिया, लेकिन पहले नाम के बाद तीसरा नाम, उसके बाद पाँचवा नाम, इस तरह। दूसरे, चौथे पुरुष को छोड़ दिया। मारूफ़ साहब यह देख कर आगबबूला हो गए। "यह तुमने क्या किया है मिर्ज़ा?" मिर्ज़ा ने शान्त लहजे में कहा, "वंशतालिका सीढ़ी छोड़ कर और कुछ नहीं। इन्हीं सीढ़ियों से चढ़ कर ही तो अल्लाह के पास पहुँचना पड़ता है। बीच-बीच में एक-आध सीढ़ी छोड़ देने से नुकसान ही क्या है? बस चढ़ने के लिए थोड़ी ज़्यादा तक़लीफ़ उठानी पड़ेगी, और क्या!"

—उसके बाद?

—मारूफ़ साहब ने नाराज़ हो कर उसे फाड़ कर फेंक दिया। मिर्ज़ा भी छुप कर हँसते रहे।

—मंटो साहब ने और कुछ नहीं लिखा?

—नहीं।

—सिरफिरे। उस चैप्टर को लिख ही सकते थे।

—क्यूँ?

—नवाब की लड़की के साथ शादी। कितना स्कोप था बताइए तो? बंगाली उपन्यासकार ऐसा मौक़ा झपट लेते हैं। चार पन्ने जोड़ देते उमराव बेग़म की सौंदर्य वर्णना के। उसके बाद दस और पन्ने शादी के डेस्क्रिप्शन के। इतिहास से डिटेल्स खोज-खोज कर ला कर, एकदम ट्रू टू द लाईफ़ डेस्क्रिप्शन। सोच सकते हैं? पाठकों के मुँह को लगने वाला, चटकारेदार झालमुड़ी। मंटो साहब ने बस यही नहीं लिखा। पहली मुलाक़ात के प्यार के क़िस्से—बड़े-बड़े डायलॉग्स लिख सकते थे, जिससे—

—आप इस पर यकीन करते हैं?

—किसपर?

—इस तरह के लेखन पर?

—तबस्सुम—

वह मेरी तरफ़ देखती रहती है। मैं उसके दृष्टिपथ पर हज़ारों उड़ते हुए सारसों की तस्वीर देख पाता हूँ। उससे नज़र हटा कर मैं आईने में उसका अक्स देखता हूँ।

—उपन्यास क्यूँ लिखा जाता है, तबस्सुम?

—क्यूँ?

—अँधेरे में बहुत-सी आवाज़ों को सुनने के लिए।

—किनकी आवाज़ें?

—जिन्हें हम नहीं पहचानते हैं।

—इसका मतलब है, नॉवेलिस्ट अपने चरित्रों को नहीं पहचानता है?

—नहीं।

—तो फिर मंटो साहब ने मिर्ज़ा ग़ालिब को लेकर क्यूँ लिखा?

—वह ग़ालिब को नहीं पहचानते थे, इसलिए।

—उपन्यास लिखने के बाद पहचान पायेंगे?

—नहीं।

—तो फिर मंटो साहब का उपन्यास कहाँ पहुँचेगा?

—कहीं नहीं।

—और मिर्ज़ा?

—वह भी नहीं रहेंगे। बस एक परछाई रह जायेगी।

—किसकी?

—बहुतों की। जो लोग अब नहीं रहे। तबस्सुम, इसलिए अब मैं और उपन्यास नहीं लिख पाता। मैं बहुत-सी कठिन चीज़ें सहन कर सकता हूँ, बस उस साये को ढो नहीं पाता। चलिए, अगले चैप्टर से शुरू करते हैं।

—आज रहने दीजिए। चलिए कहीं चल कर कॉफ़ी पी जाये।

मैं उस आईने में तबस्सुम को देखता हूँ। कॉफ़ी पीने की बात कह कर वह किसी नृत्य के छंद में उठ कर खड़ी होती है और अपनी दोनों बाँहें पंखो की तरह फैला देती है।—कॉफ़ी पसन्द है न?

—हूँ।

—आज मैं आपको स्पेशल कॉफ़ी पिलाऊँगी।

मैं हँस देता हूँ।—मिर्ज़ा को छोड़ कर कॉफ़ी पीने जाना क्या ठीक होगा? थोड़ा सुरापान करने से उनके प्रति ज़्यादा सम्मान जताना नहीं होता क्या?

—जनाब, वह मेरे साथ तो नहीं हो सकता है न।

मैं कभी ऐसे किसी कॉफ़ी शॉप में नहीं गया था। जैसे, शहर में किसी नये ढंग के मुशायरा का आयोजन हो।

यहाँ बैठा जा सकता है, तो तकिए पर टेक लगा कर आधा लेटा भी जा सकता है। कॉफ़ी शॉप में हल्के-हल्के जॉन बेज़ या कभी कैलाश खेर का गीत तिरता रहता है, तो कभी कोई बंगाली फ़िल्मी गाना। तबस्सुम ब्लैक कॉफ़ी विद हनी का ऑर्डर देती है। काँच के एक बड़े से पात्र में, बदामी रंग का वह तरल पदार्थ आता है। एक घूँट भरते ही मुँह के अन्दर जैसे किसी कोमल पंछी ने उड़ान भरी हो, जिसकी पंखों पर है कैरेमल की सुगंध।

तबस्सुम अपनी आँखों को नचाते हुए कहती है—कैसा है?

—यह न थी हमारी किस्मत के विसाले यार होता, अगर और जीते रहते यही इन्तज़ार होता।

—अरे वाह! कॉफ़ी का टेस्ट ऐसा है क्या?

—क्या आपने ग़ौर किया तबस्सुम—

—क्या?

—कॉफ़ी जितनी ख़त्म होती जा रही है, सुधासागर उतनी ही उफ़नती जा रही है।

—ऐसा क्या?

—हूँ।

—मिर्ज़ा साहब को कैसी लगती यह कॉफ़ी?

—हो सकता है ग़ालिब मियाँ लिखते—ग़ालिब छूटी शराब पर अब भी कभी-कभी पीता हूँ रोज़ अब्र-ओ-शब-ए-माहताब में।

पर तबस्सुम, आज आप मुझे इस अमृत के स्वाद के पास क्यूँ लेकर आईं?

तबस्सुम बहुत देर तक चुप बैठी रहती है। वह थोड़ी देर बाद कहती है, "कल से हम सचमुच ही दोज़ख़ में दाख़िल हो जायेंगे, जनाब"।

—ऐसा क्या?

—अगले हिस्से में ग़ालिब दिल्ली जा रहे हैं। यह एक भयंकर अध्याय है। पता नहीं मंटो साहब ने कैसे लिखा इसे? दिल्ली में पहुँचते ही मिर्ज़ा की पहली बातचीत मुर्दों के साथ हुई। मुर्दे उन्हें रास्ता दिखाते हुए ले गए। पढ़ते-पढ़ते मैं रो पड़ी थी। मंटो साहब बड़े निष्ठुर हैं।

मैं मुँह में कैरेमल के स्वाद से खेलता रहा।

9

शिकवा-ए आबलह् अभी से मीर?
है प्यारे हुनूज़ दिल्ली दूर।

मंटोभाई, मैं बदनसीब रूहों की बातें सुनता-सुनता शाहजहानाबाद में दाख़िल हुआ था। सबकी ज़बान पर दिल्ली नाम चढ़ हुआ था, पर मुझे शाहजहानाबद कहना अच्छा लगता था; किसी-किसी नाम के साथ कैसी एक ख़ुशबू लिपटी रहती है, है न? जहाँगिरी इत्र जैसी ख़ुशबू। लगता है आपने नाम नहीं सुना है? कितने लोग यह सब कुछ जानते हैं, बताइये तो? जहाँपनाह जहाँगीर का दावा था कि इत्र का जन्म उनकी ही सल्तनत में हुआ था। यह सब बादशाहों के ख़्याल हैं। वैसे जानते हैं, किसने उस इत्र को बनाया था? बेग़म नूरजहाँ की माँ, असमत बेग़म ने। जहाँगीर को बेहद अफ़सोस था कि उनके वालिद जहाँपनाह अकबर, जहाँगिरी इत्र की ख़ुशबू सूँघ कर अपनी क़ब्र में नहीं जा सके। मंटोभाई, जहाँपनाह अकबर जैसे जन्नत का एक ख़ास दरवाज़ा थे। यह कहाँ तक सच है, मैं नहीं जानता, पर दिल्ली के ख़ास लोगों से सुना था, जब अस्मत बेग़म गुलाबजल बनाया करती थीं, पानी के ऊपर जो झाग जम जाया करती थी, उसपर गर्म गुलाबजल डाला जाता था; उसके बाद उस झाग को इत्रदान में धीरे-धीरे जमने दिया जाता था; और इस तरह पैदा हुई जहाँगिरी इत्र। इस इत्र की एक बूँद हाथ पर लगाते ही, हज़ारों की मगफ़िल में भी गुलबाग़ खिल उठता था। जिसकी ख़ुशबू से, खोई रूहें भी खिंची चली आती थीं।

मैं भी किसी खोई आत्मा की तरह चला आया दिल्ली। या किसी ख़्वाब की तरह, क्या लगता है आप लोगों को, बताइए? मेरी ज़िन्दगी एक ख़्वाब ही तो थी। पर मैं एक मुजस्सिम इंसान था, था नहीं क्या? मैं अल्लाह का ख़्वाब था—बदख़्वाब। पर जानते हैं, अल्लाह ने ऐसा बुरा ख़्वाब क्यूँ देखा था? वे जानते थे, मैं इस दुनिया में वह शायरी लेकर आऊँगा, जिसके बीच से आप एक के बाद एक आईनों के महल पार होते जायेंगे। और देखेंगे, आपकी हक़ीकत किस तरह बदलती रहती है। मेरा वजूद धूल की तरह आईना महल के फ़र्श पर बिखरा रहेगा। वही धूल, जिस धूल से अल्लाह ने पहला इंसान बनाया था।

किस बात से, किस बात पर आ गया। अच्छा मंटोभाई, मैं आप लोगों को अपने शाहजहानाबाद आने की बात बता रहा था न? नहीं तो ख़ुशबू की बात कैसे आती? जानते हैं, शब्दों की दुनिया बड़ी मज़ेदार है? मैं कह रहा था न, बदनसीब आत्माओं की बातें सुनता-सुनता मैं शाहजहानाबाद आया था? उसी में तो ख़ुशबू वाली बात आ गई। सारी रूहें ही ख़ुशबुएँ हैं। लेकिन यह ख़ुशबू आप किसी मुग़ल जहाँपनाह के ख़ुशबुख़ाने में नहीं पा सकते हैं। वे तो अल्लाह की तैयार ख़ुशबुएँ हैं। अल्लाहताला हर रूह को नयी-नयी ख़ुशबू देते हैं। कोई-कोई ख़ुशबू इस दुनिया की तैयार इत्र के साथ मिल जाती है। तभी वह ख़ुशबू इस दुनिया

और जन्नत, दोनों में रहती है। क्या हुआ है बताइये तो मंटोभाई, शाहजहानाबाद आने की बात बताते-बताते, मुझे इस क़ब्र में लेटे हुए, बार-बार क्यूँ आगरा के दिनों की याद आ रही हैं? मीर साहब तो कब यह कह कर चले गये:

वसीयत मीर ने मुझको यही की
के सब कुछ होना तू, आशिक़ न होना।

जब आशिक़ी की बात उठ ही गयी है और जब मीर साहब ने बोल ही दिया है कि चाहे और जो भी बनना चाहो, पर किसी भी सूरत आशिक़ मत बनना, तो फिर मीर साहब की दीवानगी की बात ही बताई जाये। हो सकता है मैं भूल जाऊँ और फिर कभी बता ही न पाऊँ, इसलिए गुस्ताख़ी माफ़, इस फ़ुर्सत में मैं मीर साहब के दर्द की बात बता ही देता हूँ। दोज़ख़ के मेरे जिगरी दोस्तों, इसी तरह कभी आगे बढ़ते हुए—कभी पलट कर वापस जाते हुए तो कभी खो कर, जिस तरह एक लहर के बाद कब दूसरी लहर आ जाती है, पता ही नहीं चलता, आगे चलने देते हैं हमारी बातचीत; क्या हुआ, आप सब उठ कर क्यूँ बैठ गये हैं? कैसा साया-सा उतर आया है आप लोगों के चेहरों पर? क्या हुआ है मंटोभाई? क्या मैंने कोई ग़लती की है? एक के बाद एक ग़लतियाँ करते ही तो मेरी ज़िन्दगी कटी है। उमराव बेग़म ने एक दिन मुझसे पूछा था, "आप कौन हैं, मिर्ज़ा साहब?"

—मतलब?

—आप कौन हैं?

मैं ज़ोर से हँस पड़ा था।—नुक्ता, बेग़म, मैं तो एक नुक्ता हूँ। नुक्ता—बिंदु, कब, कहाँ बैठेगा, कब, किस तरफ़ उस बिंदु से लकीर खींची जायेगी, यह किसे पता है, बताइए मंटोभाई? पर आप लोग मुझे इस तरह क्यूँ देख रहे हैं? अच्छा मुझे ज़रा रुकने दीजिए, सोच कर देखता हूँ। मैं ज़रूर समझ जाऊँगा, मेरी ग़लती कहाँ है, ज़रा वक़्त दीजिए...

हाँ, मुझे शाहजहानाबाद आने की बात पहले बतानी चाहिए थी। वे सब अभी-अभी मेरे साथ बात करके गये हैं, वही रूहें, दिल्ली आते वक़्त जिन्होंने मुझसे बातें की थीं। उन्होंने कहा, बुड़बक, पहले हमारी बात नहीं बताने पर, तुम्हारी बात कोई नहीं सुनेगा।

—क्यूँ?

—ज़मीन की गहराई की बातें ही तो लोग पहले सुनना चाहते हैं। और हम उस गहराई में—

—तुम लोग कहाँ सोए हुए हो?

—दिल्ली की मिट्टी के नीचे। पहले हमारी बात बताओ। यह शहर हमारे ख़ून और माँस की नींव पर ही तो खड़ा हुआ है। मीर साहब की बात कौन नहीं जानता है? हम तो बेनिशाँ हैं, हमारी बातें तुम नहीं बताओगे तो और कौन बतायेगा? तुम जिस दिन शाहजहानाबाद आए थे, उस दिन किन्होंने तुमसे बातें की थीं? तुम्हें कौन पहचानता था असद? हमने ही तो तुमसे बात की थी।

अब मैं उनकी बात बताता हूँ, आप लोग अपना दिमाग़ खुला रख कर सुनियेगा। यह एक शहर, अफ़सोस का क़िस्सा है—इसका जन्म दुख में हुआ और दुख में ही इसकी मौत हो

गई। उस मौत को मैंने देखा है, मंटोभाई, मैं रत्ती-रत्ती कर वह सब बातें बताता रहूँगा। बताना ही पड़ेगा। यह शहर ही तो मेरा शरीर था। मैं ज़रा भी बढ़ा-चढ़ा कर नहीं बोल रहा, चाँदनी चौक मेरी रीढ़ की हड्डी थी, क़िला-ए-मुयाल्ला मेरा यह बेढप सिर, और दिल? वह तो जामा मस्जिद था, इतना तो आप जानते ही हैं? क़िला-ए-मुयाल्ला का मुँह मग़रिब यानी पश्चिम, मक्के की ओर था। चाँदनी चौक भी मग़रिब की ओर था, और तो और जामा मस्जिद का भी मुँह मग़रिब की ही ओर था। शहर के दरवाज़े सारी दुनिया की ख़ूबसूरती समेटे हुए थे। चारों ओर के दरवाज़े असल में जन्नत के चार दरवाज़े थे। जामा मस्जिद के सामने बैठ कर ही मैंने पहली बार ख़्वाजा मोईनुद्दीन चिश्ती का क़िस्सा सुना था। जानते हैं, ख़्वाजा ने क्या कहा था? "किस ख़ूबसूरती ने मेरी रूह के आईने में ख़ुद को क़ैद कर लिया है? किसने इस क़ायनात को सजाया है? हर ज़र्रे पर किसकी परछाईं है? कौन भर देता है रोशनी रेत के हर कण में? मुझे तो माँस दिखाई देता है, पर कौन छुपा हुआ है मज्जा में? कौन गाता है रूह की सुकून के लिए? वह ख़ुद को ही देखता है, ख़ुद से ही प्रेम करता है। कौन है वह? वह कौन है?" वह ग़रीबनवाज़ हैं। भूखे इंसानों के दोस्त।

जिस दिन मैं शाहजहानाबाद आया, उन लोगों ने मुझसे आकर बातें की, जिनकी बातें इतिहास में नहीं लिखी जाती हैं, मंटोभाई। शाहजहानाबाद को बनाने के लिए उन्हें ज़िन्दा ही दफ़्ना दिया गया था। तो फिर मैं शुरू से इस क़िस्से को बताता हूँ। वैसे कहाँ इसका आग़ाज़ है और अंजाम कहाँ, वह मैं आज तक नहीं समझ पाया। जानते हैं, मैं वह बूढ़ा पेड़ हूँ जो हज़ारों सालों से ज़िन्दा है, जिसके तनों पर कोई कुल्हाड़ी से वार भी नहीं करता, क्यूँकि वह पेड़ अब किसी के काम का नहीं है। खड़ा है तो बस खड़ा ही है। लगता है, मेरा सिर ही जैसे उसकी जड़ें हैं जो कि आसमान भेद कर न जाने कहाँ चली जा रही हैं, नहीं, नहीं, जन्नत की ओर तो बिल्कुल नहीं और मेरे पाँव डूबे हुए हैं जहन्नुम की आग में। फिर भी मैंने अल्लाह से कहा:

अब जफ़ा से भी हैं महरुम, अल्लाह-अल्लाह;
इस क़दर दुश्मन-ए अरबाब-ए वफ़ा हो जाना ।

आप लोग तो जानते ही हैं, शाहजहानाबाद से पहले, मुग़लों की राजधानी अकबराबाद, यानी आगरा थी। जहाँपनाह अकबर, साल 1558 में आगरा आए थे। क्या आपको इतिहास की बातें सुनना पसन्द आएँगी? उसके लिए बहुत सी इतिहास की किताबें हैं ही। सम्राट बहादुरशाह ने मुझे मुग़लों का इतिहास लिखने को कहा था; पहले खंड के बाद मैं और लिख नहीं सका। मैं क़िस्से सुन-सुन कर बड़ा हुआ था मंटोभाई, क्या इतिहास मुझे जन्नत का रास्ता दिखा सकती थी? बल्कि सन 1857 से ही इतिहास के दोज़ख़ की आग में जलते-जलते हम सब ख़ाक़ हो चुके हैं।

फिर भी आगरा के मुत्तालिक़ दो-एक बातें बतानी ही होंगी। वहाँ की सड़कों की धूल के साथ मेरी ज़िन्दगी के पहले प्यार की कहानी मिली हुई है। यमुना की लहरें मुझसे बातें किया करती थीं। मैं चारबाग़ और मोती महल में घूमता रहता था। ज़फ़र ख़ान की क़ब्र के पास ही था बुलंदबाग़; वह एक अनोखा बाग़ था। असल में आगरा बाग़ों का ही शहर था। और न जाने कितने ही सराय थे वहाँ। ताजमहल के पास के सराय का नाम ताज-ए-मक़ाम था, वह हमारे अड्डेबाज़ी की जगह थी। कह सकते हैं कि ताज-ए-मक़ाम हमलोगों का

क़िस्साबाग़ था। एक कोई कहानी सुना रहा होता था तो दूसरा कोई और कहानी; आसमान पर छाए पतंगों की तरह बिखर जाते थे हमारे, हँसी-ठहाके। मैंने मीर सौदा का क़िस्सा पहली बार वहीं सुना था। सौदा को मैंने कभी बड़ा शायर नहीं माना, पर क़सीदा लिखने में उनके महारत को तो मानना ही था। एक बड़े मज़े की बात बताते थे सौदा, यह सब मैंने लोगों के मुँह से सुना है, मैंने उन्हें नहीं देखा था, वे बोलते थे, "यह ठीक है कि मैं बाग़ का सुन्दर फूल नहीं हूँ, लेकिन किसी की राह का काँटा भी तो नहीं हूँ"। सौदा ने मीर हसन के वालिद, मीर ज़ाहिद को लेकर यह मज़ेदार क़िस्सा लिखा था। मीर ज़ाहिद को खाने को मिल जाये तो उन्हें कुछ और नहीं चाहिए होता था। दुनिया-जहान में वह खाने की कोई न कोई चीज़ ढूँढ़ ही लेते थे। सौदा के क़सीदा सुन कर आप हँस-हँस कर लोट-पोट हो जायेंगे, मंटोभाई। एक दिन मीर ज़ाहिद मुँह फाड़े अपनी बेग़म की अंगिया को घूर रहे थे। अरे अंगिया, अंगिया जानते हैं न? जिससे औरतें अपना सीना ढक कर रखती हैं। बेग़म हैरान थीं, यह क्या बेशर्मी की बात है, उनका शौहर इस तरह उनकी अंगिया को क्यूँ घूर रहा है?

बेग़म शर्मा कर पूछती हैं, "कुछ ग़लत किया है जनाब?"

—नहीं।

—तो आप क्यूँ—

—देख रहा हूँ बेग़म।

—क्या?

—अंगिया के अन्दर क्या है बेग़म?

—क्या है जी?

मीर ज़ाहिद लपक कर बेग़म की दोनों छातियाँ दबाते हुए चिल्ला उठे, "रोटियाँ हैं, बेग़म, रोटियाँ, जैसे मख़मल"।

—या अल्लाह। कह कर बेग़म तो बेहोशी की हालत में आ गईं। किसी-किसी दिन वह बेग़म की पेटीकोट में हाथ डाल कर कहते, "ये क्या है बेग़म? इतना नरम, फिर भी इतना गरम। यह तो तवे की सिकी रोटी है बेग़म। क्यूँ मुझसे छुपा कर रखा हुआ है? दे दो बेग़म, इस रोटी का ज़ायका ही अलग है"। हा, हा, हा, सोच कर देखिए मंटोभाई, सरायख़ाने में बैठ कर क्या सब होता था? दिन में जाने-अन्जाने कितने लोग आया-जाया करते थे—कितने विदेशी भी, आप जानते हैं अकबराबाद में तब जितने लोग थे, उतने तो लंदन में भी नहीं थे। ऐसा था अकबराबाद, रंगीन धागों से बुनी कोई तस्वीर, तभी तो कहता हूँ, वह एक तस्वीरमहल था, जहाँ ख़ुदा की क़लम ने जैसे हमारी तस्वीर बना दी हो। हफ़ीज़ साहब का वह शेर यहाँ याद आता है, मंटोभाई:

रोशे वस्ले दोस्त दाराँ यादबाद
याद बाद आँ रोज़गाराँ यादबाद ।

साल 1637 में जहाँपनाह शाहजहाँ दिल्ली चले गए। आगरा का तस्वीरमहल टूट गया। जैसा कि मीर साहब ने लिखा था:

रबिशंकर बल

बू-ए गुल या नवा बुलबुल की
उम्र, अफ़्सोस क्या शिताब गया।

फिर शुरू हुआ शाहजहानाबाद को बनाने का काम। जहाँपनाह शाहजहाँ ने आगरा और लाहौर के बीच, राजधानी बनाने के लिए, कोई जगह देखने को कहा। यमुना नदी के किनारे की जगह मुक़र्रर की गई। आप जानते हैं शहर की कुण्डली तैयार की गयी थी? ज्योतिषों ने दिन, समय तय किया था। 1639 के 12 मई से कामकाज शुरू हुआ था। मंटोभाई, मैं आपको इस आग़ाज़ से पहले की शुरुआत का क़िस्सा सुनाने लगा हूँ। कैसे एक शहर, मुर्दों के ढेर पर उठ खड़ा हुआ, वह मुर्दे जिनकी रूहों ने आकर मुझे घेर लिया था।

उस दिन मैं दिल्ली के क़िला-ए-मुयल्ला के सामने खड़ा हुआ था। आसमान में चाँद नहीं था; क़िला-ए-मुयल्ला एक बड़े प्रेत की तरह लग रहा था। मुझे महसूस हो रहा था जैसे कुछ अदृश्य साए मुझे चारों ओर से घेर कर खड़े हो रहे हैं, उनकी साँसों में सड़े माँस की बदबू है।

—असद। न जाने किसने मुझे पुकारा।

मैंने चारों तरफ़ देखा, पर मुझे कोई नज़र नहीं आया। हाल ही में तो दिल्ली आया था, मुझे भला कौन पहचानता?

—कौन हैं आप? मैंने डरते हुए कहा।

—क़ुतुब।

—मैं तो आपको नहीं जानता। कहाँ हैं आप? मैं आपको देख नहीं पा रहा हूँ।

—मैं दिखता नहीं हूँ असद।

—क्यूँ?

—उन्होंने मुझे मिटा दिया है।

—किन्होंने?

—जिन्होंने शाहजहानाबाद तैयार किया है। वे छाँट-छाँट कर हमलोगों को पकड़ कर ले गये थे।

—फिर?

—सबको मार कर दफ़्ना दिया। उसी मिट्टी के ऊपर ही तो खड़ा है शाहजहानाबाद।

—आपको क्यूँ मारा गया था?

—मैं उनको ज़रा सी भी ज़मीन देना नहीं चाहता था। इसलिए उन्होंने मुझे ख़ल्लास कर दिया।

कहा, जहाँपनाह के ख़िलाफ़ इससे बड़ा कोई और जुर्म नहीं हो सकता। उन्होंने मुझे संगीन गुनहगार क़रार दिया। दिनों-दिन अँधेरे कारागार में बन्द रखा।

—असद भाई—

—तुम कौन हो?

—मैं यूसुफ़ हूँ।

—तुमने क्या किया था?

—सिर्फ़ उनको देखा था।

—किनको?

—मैं उनका नाम तक नहीं जानता। वे हवेली के बरामदे में खड़ी थीं। मैंने सिर्फ़ बुर्क़े के अन्दर से झाँकती उनकी आँखें देखी थीं। असद भाई, जानते हैं वे आँखें कैसी थी? जैसे दो बुलबुल। मैं उन बुलबुलों को देखने रोज़ हवेली के सामने जाता था। लेकिन वे फिर कभी नहीं दिखीं। फिर भी उन्होंने मुझे ज़ंजीरों से बाँध कर अँधेरी कोठरी में डाल दिया। उसके बाद एक दिन—

—तुम क़ब्र में पहुँच गये यूसुफ़।

—जी।

—किसी ने कुछ नहीं कहा।

—कौन क्या कहता? मुहब्बत हराम है, मुहब्बत दोज़ख़ है। कौन क्या कह सकता है, असद भाई? हमारी ज़िन्दगी में मुहब्बत है ही कहाँ?

—मैं बस सड़कों पर घूमता रहता था।

—तुम कौन हो?

—हसन। जानते हैं, मैं क्यूँ घूमता रहता था?

—क्यूँ?

—ग़र्द ढूँढ़ने?

—ग़र्द? क्यूँ? कैसी ग़र्द?

—जिस धूल से अल्लाह ने आदम को बनाया था। उस धूल को किसी न किसी को तो ढूँढ़ना ही पड़ता है न।

—इसलिए वे तुमको पकड़ कर ले गये?

—मुझसे कहा, धूल ढूँढ़ रहे हो? आदम बनाओगे? अल्लाह बनोगे? मुल्लाओं ने मेरे कपड़े फाड़ दिए। पत्थर मार-मार कर मुझे मार डाला। असद भाई, मैंने उन्हें कुछ नहीं कहा। बस सीना तान कर खड़ा रहा। मारो, कितना मारोगे तुमलोग, नोंच लो मेरी आँखें, ले जाओ काट कर मेरा माँस। जन्नत में भी तो मैं ग़र्द ही ढूँढूगा। तब तुमलोग मेरा क्या करोगे? मैंने चीख़-चीख़ कर उनसे कहा, मारो, कितने पत्थर फेंक कर मारोगे मुझे, मैं अल हल्लाज़ हूँ। अल हल्लाज़ को भी उन्होंने पत्थर मार कर ही मारा था न? अल हल्लाज ने ही तो कहा था, मैं ही अल्लाह हूँ। मैंने तो बस धूल से आदम बनाना चाहा था, असद भाई। बस इसीलिए मैं मुनाफ़िक हो गया?

मंटोभाई, उस दिन मैं सारी रात उन रूहों की बातें सुनता रहा, जिनको किसी न किसी वजह से गुनाहगार बना, उनकी हत्या कर दफ़्ना दिया गया था। उन्हीं क़ब्रों के ऊपर शाहजहानाबाद की नींव रखी गयी थी। मैं आँखों में बहुत से ख़्वाब लिए दिल्ली आया था, बड़ा शायर बनूँगा, मुशायरा दर मुशायरा, रईस लोग मेरी ग़ज़लें सुन कर 'क्या बात है' 'क्या बात है', 'मरहबा' 'मरहबा' कहेंगे। पर यह मैं कौन सी भटकती हुई आत्माओं के शहर में

आ गया था? सारी रात मैंने उनकी ज़िन्दगी की कहानियाँ सुनी। उनमें से कोई भी मुजरिम नहीं था, लेकिन मुजरिमों का ठप्पा लगा, उनका ख़ून कर दिया गया था। क्यूँकि एक शहर तैयार करने के लिए, ऐसे ही मुजरिमों की ज़रूरत होती है, जिन्हें बिला वजह क़त्ल कर दफ़्ना दिया जाता है। सादिक़ मियाँ की आत्मा ने मुझे बताया था, "आप ग़ज़लें लिखेंगे असद साहब?"

—मैं कुछ और जानता भी नहीं, मियाँ।

—हमारी जैसी रूहों के बारे में नहीं लिखेंगे?

—लिखूँगा।

—तब तो आपकी ग़ज़ल कोई नहीं समझेगा, असद साहब। क़ुतुब ने हँस कर कहा।

—क्यूँ?

—सबको सिर्फ़ मुर्दों की महक आयेगी।

—जानते हैं, फिर क्या होगा? सादिक़ मियाँ ने हँसते-हँसते कहा।

—क्या?

—आप एक लावारिस कुत्ते की मौत मरेंगे।

मंटोभाई, रूहों ने तो सही बात ही कही थी। सड़क का कुत्ता सही, पर एक वक़्त में मैं देखने में ख़ूबसूरत था। चंद मोहतरमाएं मुझसे मुहब्बत भी किया करती थीं। मुग़लजान, मुनीराबाई, वगैरह भी मुझे चाहती थीं। उसके बाद एक दिन देखा, शरीर के रोएँ झरते जा रहे हैं, सारे बदन पर कीड़े चल रहे हैं। फिर एक दिन सारे रोएँ झर गये, झुलसी हुई चमड़ी के नीचे बस चंद हड्डियाँ रह गयी थीं। दीवानख़ाने में बैठा मैं उन हड्डियों को देखता रहता था, फिर थक कर सो जाता था। और ख़्वाब में देखा करता था कि दिल्ली चकनाचूर हो गयी है, सिर्फ़ रेत ही रेत झड़ रही है; रेगिस्तान के अन्दर मैं धँसता जा रहा हूँ। ज़रा सोचिए तो मंटोभाई, मैं कितनी पुरानी रूहों का हाथ पकड़ कर दिल्ली पहुँचा था।

10

ख़राबी दिल की इस हद है के यह समझा नहीं जाता,
के आबादी भी हाँ थी या के वीराना है मुद्दत का ।

गुस्ताख़ी माफ़ मिर्ज़ा साहब, भाईजान लोग। अब आप लोग ज़रा इस बदनसीब मंटो की बात सुनिए। पेट के अन्दर बातें खदबदा रही हैं, वे निकलने को बेताब हैं। मेरे बात करना शुरू करते ही इस्मत हँसना शुरू कर देती थी और मुँह के अन्दर रखी बर्फ़ को हिलाती रहती थी। उसे बर्फ़ खाना बहुत अच्छा लगता था, और मैं पागलों की तरह बातें करता रहता था, बीच-बीच में सफ़िया बेग़म आकर मेरे मुँह पर हाथ रख कर बहुत हँसती थी। मुझे पता था, वह मेरी बातें ज़्यादा देर तक झेल नहीं पाती थी, क्यूँकि हर वक़्त मेरे मुँह से गालियाँ जो निकलती रहती थी, किसी भी बात से पहले और बाद में 'साला' लगाए बिना मैं बात ही नहीं कर पाता था; क्या करता बताइए, मेरी ज़िन्दगी भी तो मिर्ज़ा साहब की तरह सड़कों पर, चाय की दुकानों पर, कॉफ़ीघरों में कटी थी; अम्मीजान को छोड़ कर मेरा और कौन था, जो मेरी तरफ़ मुड़ कर देखता?

अब्बा के बारे में ऐसा कुछ बताने लायक़ नहीं है, मिर्ज़ा साहब। वह रईस आदमी थे, लुधियाना के समरालय के सरकारी अफ़्सर, उन्होंने दो-दो शादियाँ की थीं। मैं उनकी छोटी बीवी का बेटा था। मेरी तरफ़ उन्होंने कभी पलट कर भी नहीं देखा। मेरी सारी चुहलबाज़ियाँ मेरी माँ के ही साथ थीं, मैं उन्हें 'बीबीजान' कह कर बुलाता था। इक़बाल मेरी सगी बहन थी। मिर्ज़ा साहब, मेरे पिताजी किसी जिन्न की परछाई की तरह थे, जिस परछाई ने मुझे ज़िन्दगी भर नहीं छोड़ा। बहुत दिनों के बाद मैं काफ़्का की कहानी 'जज्मेंट' पढ़ कर चौंक उठा था। उस कहानी में भी पिता एक दैत्य की तरह था, जिसकी वजह से उसके बेटे ने खिड़की से नदी में छलाँग लगा कर आत्महत्या कर ली थी। मिर्ज़ा साहब, मेरी हर कहानी में, कोई न कोई दैत्य की तरह का पिता बन कर ज़रूर आता था, जिसकी मैं हत्या करना चाहता था।

मेरे वालिद, मौलवी ग़ुलाम हसन ने अपनी बड़ी बीवी के तीनों बेटों को पढ़ाया-लिखाया, विदेश भेजा, उनको प्रतिष्ठित किया, और इस मंटो को सड़क पर छोड़ दिया—जाओ साले, लावारिस कुत्ते की तरह घूमो और लोगों की फेंकी हड्डियों को बीन कर खाओ। उनकी बड़ी बीवी के बेटे—मुहम्मद हसन, सईद हसन, सलीम हसन इंग्लैंड में रहते थे मिर्ज़ा साहब, और मैं, समराला की सड़कों पर क्या कर रहा था? बन्दर का नाच देख रहा था, आग में कूदने का खेल देख रहा था। मैट्रिक तक पढ़ाई कर छोड़ दिया था। पढ़ने का ख़र्चा कौन देता? आख़िर मौलवी ग़ुलाम हसन को अपने तीनों बेटों को इंग्लैंड में अमीर आदमी नहीं बनाना था क्या? मिर्ज़ा साहब, मैं और क्या करता, एक दिन शराबख़ाने में घुस गया। पुलिस मुझे पीटती हुई जेल ले गई। दो-चार दिनों में छूट भी गया, कौन जाने किस तरह। उसके बाद से अक्सर ही

शराबख़ाने जाने लगा। इसी तरह बीबीजान के बक्से से पैसे चुराना शुरू किया। शराब के बाद नींद, नींद में ख़्वाब, और उस ख़्वाब में कौन आकर खड़ा होता था, जानते हैं? मौलवी ग़ुलाम हसन, साला सूअर का बच्चा, मैं उसपर पत्थर फेंकता था, पखाना फेंकता था, कीचड़ फेंकता, लेकिन वह आदमी फिर भी हा, हा करके हँसता रहता था, बड़ा ही बेशर्म इंसान था। ख़बीस, जानते हैं मिर्ज़ा साहब, वह आदमी मेरी ज़िन्दगी में शैतान की रूह छोड़ कर कुछ और नहीं था। जानते हैं, वह मेरी तरफ़ किस तरह देखता था? जैसे मैं कोई कीड़ा होऊँ, जो नाली से निकल कर उसके घर में घुस गया होऊँ। जानते हैं वह अम्मीजान को क्या कहते थे, 'तुम क्यूँ इस लफ़ँगे को प्यार करती हो, असल में तो इस पर मुक़दमा चलाना चाहिए'।

हाँ, मेरी सारी ज़िन्दगी तो मेरे ऊपर दायर किए गये मामलों में ही कट गयी, मिर्ज़ा साहब। सिर्फ़ कहानियाँ लिखने की वजह से, न जाने कितनी बार अदालतों में खड़ा होना पड़ा मुझे। बचपन से ही आग ने फन फैला, घेर लिया मुझे। मीर का वह शेर याद है, मिर्ज़ा साहब?

दिल के तंग-ए-आतश-ए हिजराँ से बचाया न गया
घर जला सामने पर हमसे बुझाया न गया।

बचपन में मैं एक ऐसी ही आग के अन्दर जाकर खड़ा हुआ था। बस उसी दिन से मैं आग का बाशिंदा हो गया, मिर्ज़ा साहब, या कि आग का दरिया कहेंगे मुझे? जो भी कहिए, पर जलते-जलते तैंतालिस साल गुज़र गए। सफ़िया बेग़म कहती थीं, 'इस तरह ख़ुद को जला कर आपने क्या पाया मंटो साहब?'

—क़िस्से बेग़म।

—किनके क़िस्से?

—अरे वह, जो बड़ी सड़क के उस पार खड़े हुए हैं, तुम देख नहीं पा रहीं? धुँए की कुण्डली के अन्दर जो घिरे हुए खड़े हुए हैं।

—कौन लोग?

—मंटो की आत्माएँ?

पहले मैं आग की कहानी बता लेता हूँ मिर्ज़ा साहब। भाईजान लोग, जान लीजिए, यही वह मंटो है, सआदत हसन तो कब का मर चुका, लेकिन मंटो आग के ऊपर से चल कर आया था। यह बात बिल्कुल सच है, ज़रा भी झूठ नहीं। मंटो को झूठ का पता नहीं था, वह झूठ नहीं जानता था, तभी वे लोग उसे बार-बार कोर्ट में घसीट कर ले जाते थे, बड़े-बड़े साहित्यकारों ने कहा, मंटो को कब लिखना आया, और कम्युनिस्टों ने कब उसे छोड़ा था, साला मंटो, सूअर का बच्चा, साहित्य के नाम पर कीचड़ उछालता है। जिन लोगों ने मुझे दोस्त होने का परिचय दिया था, वे ही मेरा मज़ाक़ उड़ाते रहे, कहा कि मैं सिनिक हूँ, प्रतिक्रियाशील हूँ। मैं मरे हुए लोगों की जेब से भी सिगरेट निकाल कर जला लेता हूँ। बचपन में मैं जिस आग के अन्दर जाकर खड़ा हुआ था, उस आग को छोड़ कर मेरे लिए कहीं और खड़े होने की जगह नहीं थी, मिर्ज़ा साहब। आपने कब एक शेर में लिखा था:

ग़मे हस्ती का असद, किस से जुज़ मर्ग़ इलाज,
शमा हर रंग में जलती है सहर होने तक।

मान लिया जाये, मेरा जन्म 1918 में हुआ हो, वैसे अगर मौलवी ग़ुलाम हसन इसे स्वीकार करें तो, मैं तब दस-बारह साल का एक पिल्ला था। आप लोगों को पता नहीं, उस बार लंदन के पिकाडिली सर्कस में मास्टर ख़ुदा बख़्श ने, आँखों पर काला कपड़ा बाँध गाड़ी चला कर, हलचल मचा दी थी। बड़ी सरगर्मी रही। साला, हमने जैसे सारा जहाँ पा लिया था। फिर पता है, एक हादसा हुआ, जैसे ख़ुदा ने ही मुझतक इसकी ख़बर पहुँचाई हो। मिर्ज़ा साहब, आप तो जानते ही हैं, किस तरह कोई-कोई हादसा ज़िन्दगी को पूर्णिमा की रात के समन्दर की तरह बदल देता है। जैसे कि बेग़म फ़लक आरा। मुझे पता है, आप कभी उनकी बात नहीं बतायेंगे; इश्क़ क्या है वह आपने उनसे ही तो सीखा था। हफ़ीज़ साहब ने आपके लिए ही तो लिखा था:

च कू हले बीनशे मा ख़ाके आस्ताने शूशस्त
कूजा रब में बफ़र्मा अजी जनाब कूजा ।

हाँ, किसी न किसी को दिल के सबसे पोशीदा दरगाह में दफ़्नाना पड़ता है, जो कि एक पीरस्थान है, इस जिस्म के अन्दर की जन्नत, मैंने भी वहीं इस्मत—इस्मत चुग़तई को दफ़्न किया था—वह बर्फ़ चबाना कितना पसन्द करती थी। वासना की उस दरगाह में सफ़िया बेग़म नहीं थी; नहीं थी तो नहीं थी; उसमें मैं क्या कर सकता था, मिर्ज़ा साहब, कौन हमारी जन्नत और जहन्नुम में रहेगा या नहीं, वह हम तय नहीं कर सकते हैं, मिर्ज़ा साहब, तय तो वह, अल-फ़तह करते हैं। यह तो आप भी मानते हैं न?

मिर्ज़ा साहब, इस मिस्कीन को माफ़ कीजीयेगा, मंटो अपने क़िस्से से बार-बार ग़ायब हो रहा है। यही मेरी फ़ितरत है। अगर आप मेरे क़िस्सों को पढ़ते तो समझ पाते कि उनमें मंटो अब है और अब नहीं, वह एक काफ़िर रूह की तरह भागा-भागा फिरता रहता है। भागने के अलावा कोई और चारा भी नहीं। सआदत हसन कभी मंटो का सामना नहीं कर पाता था। सआदत हसन के कितने ठाट थे, ख़ानदानी रूआब, ऐसे कपड़े चाहिए, वैसे लाहोरी जूतों के बिना नहीं चलेगा, अनारकली बाज़ार के करनाल बूट शॉप से कम-से-कम दस-बारह जोड़ी चप्पलें ख़रीदनी ही होंगी; कितनी और ख़ुश ख़्यालियाँ। और मंटो उसके कान खींचते-खींचते, झकझोरते हुए कहता, साला सूअर का बच्चा, नवाबी झाड़ रहा है, जो लिखा है, उसकी किस्मत जानता है? काले कपड़े से मुँह बाँध कर क़ैदख़ाने में डाल देंगे तुझे। सारा हिन्दुस्तान तेरे लिखे की बदबू से भर जायेगा। साला, सूअर कहीं का, इतना बड़ा काफ़िर है तू कि "ठण्डा गोश्त" जैसी कहानी लिखता है? लोग क्या कहते हैं, सुना है तूने? बस आदमी और औरत के गोश्त के बारे में लिखा है, रेड लाईट एरिया छोड़ कर और है क्या तुम्हारे लिखे में! हाथ खड़े कर दिए, मिर्ज़ा साहब, नहीं कुछ और नहीं है, ख़ून है, बलात्कार है, मुर्दों के साथ संभोग है, गालियाँ ही गालियाँ हैं—और इन सब तस्वीरों के पीछे छुपे हुए हैं कुछ साल—ख़ून में बह गये कुछ साल—1946, 1947 और 1948—नो मैंस लैंड है, देश के अन्दर एक भूखंड, जहाँ टोबा टेक सिंह मरा था। टोबा टेक सिंह का नाम आप लोगों ने नहीं सुना। सुनेगें भी कहाँ से? वह तो पागलपन से सिवा कुछ और नहीं था!

न, न, भाईजान लोग, घबराइए नहीं, आग का क़िस्सा अब शुरू होगा। मैं टोबा टेक सिंह को लेकर बातें बनाने नहीं बैठूँगा। पर जानते हैं, मंटो को तो बहुतों ने अलग-अलग ढंग

से समझने की कोशिश की है– आख़िर ये सूअर का बच्चा है कौन—पागल या मैनिऐक, मानसिक रोगी या फ़रिश्ता—मुझे लोगों की इस समझने की चाह पर मूतने का मन करता था, सालों किस तरह समझोगे तुम, क्या तुमने कभी मेरी तरह सूरज को डूबते हुए देखा है, तो कैसे समझ सकोगे कि मैं सबसे पहले औरतों के पाँवों को क्यूँ देखा करता था इसलिए इस समझने की कोशिश को छोड़ो, मंटो को अगर ढूँढ़ना चाहते हो तो उसके लिखे क़िस्सों को पढ़ो—वे लोग, वह लड़कियाँ जिन्हें तुम सड़कों, चालों, रंडीख़ानों और बॉम्बे के स्टुडिओ में देखते हो, चाहो तो उन्हीं में मंटो को ढूँढ़ सकते हो। वे कहते थे, ये कहानियाँ हैं या कीचड़? अरे भाई, जिस समय में रह रहे हो, अगर उस समय को समझ न सको तो मेरे अफ़सानों को पढ़ो, और अगर मेरे क़िस्से तुम्हें बर्दाश्त नहीं हो रहे हैं तो समझ लो कि इस समय को ही बर्दाश्त करना मुमकिन नहीं। लेकिन यह सब बोल कर क्या फ़ायदा? उन लोगों ने तो मंटो के बदन को आग में तपती सीकों से दाग़ दिया था; क्या वह लेखक है, वह तो पोर्नोग्राफ़र है, उसका कारोबार इंसानों की ज़िन्दगी के गंदे पहलुओं को लेकर है। जबकि मैंने जब भी कोई कहानी शुरू की, 786 की संख्या—बिसमिल्लाह का नाम लिखना कभी नहीं भूला। भाईजान लोग, यह सब मेरे जलते हुए अंगारों पर चलने का ईनाम था।

आप लोगों को मास्टर ख़ुदा बख़्श की बात याद है न? जिसने पिकाडिली सर्कस में आँखों पर काला कपड़ा बाँध, गाड़ी चला कर एक नया करतब दिखाया था? ख़ुदा बख़्श के बाद अमृतसर में अल्लारक्खा नाम के एक शख़्स हाज़िर हुए, सुना कि वह ख़ुदा बख़्श के गुरु थे। उन्होंने सड़क पर गड्ढा खोद कर कोयले जलते थे, और उन सुलगते अंगारों पर चलते थे। अल्लारक्खा का जादू देखने के लिए दिन पर दिन भीड़ बढ़ने लगी। उनको लेकर तमाम क़िस्से-कहानियाँ फैलने लगे। मैं चुपचाप बैठा उस आदमी को देखता रहता था। जलते अंगारों पर कैसे कोई इंसान चल सकता है? चलने के बाद वे पैर उठा कर दिखाते थे, जिन पर कोई भी फफोला नहीं होता था। मैंने बीबीजान से अल हल्लाज की कहानी सुनी थी। एक बार हल्लाज बहुतों को साथ लेकर, रेगिस्तान पार कर मक्का जा रहे थे। चलते-चलते मुसाफ़िर भूख से थक गए। उन्होंने हल्लाज से कहा, पीरसाहब, यहाँ खजूर नहीं मिल सकते हैं?

हल्लाज ने हँस कर कहा, 'खजूर खाओगे?'

—जी बहुत भूख लगी है। पैर उठ नहीं रहे हैं।

—रुको। हल्लाज के रेगिस्तान की हवा में हाथ घुमाते ही उनके हाथ में खजूरों से भरा एक बर्तन आ गया।

फिर चलना शुरू हुआ, फिर थोड़ी देर के बाद भूख से परेशान हो कर रेत पर बैठ जाना पड़ा। भाईजान लोग, एक वह वक़्त था, है न मिर्ज़ा साहब, जब ज़िन्दगी का मतलब एक के बाद एक रेगिस्तान पार होना होता था। और रातें मरुभूमि के आसमान के तारों का साथी बन कर कटा करती थीं। वह पीर, साधक और हजरतों की राह थी। कितने, कितने समय पहले हम सब उस राह से हट कर इस दोज़ख़ की ओर चले आए, अपने शोर-शराबे में, नर्क में, सड़ी माँस की बदबू में।

भूख मिटाने के लिए इस बार मुसाफ़िरों ने हलवा माँगा।

हल्लाज हँस दिए, 'सिर्फ़ हलवा खाकर पेट नहीं भरेगा, और कुछ चाहिए?'

—जी नहीं हुज़ूर, आगे चलने के लिए बस उतना ही काफ़ी है।

—वह तो है। पिंजरा भी न रहने से दीन की राह पर चलोगे कैसे? यह कह कर उन्होंने फिर से हवा में हाथ घुमा कर हलवा हाज़िर कर दिया। हलवे की ख़ुशबू से पूरा रेगिस्तान भर गया। हलवा खाने के बाद एक ने कहा, 'पीरसाहब, ऐसा हलवा तो बग़दाद छोड़ कर और कहीं नहीं मिलता है'।

हल्लाज ने हँस कर कहा, 'बग़दाद या रेगिस्तान, ख़ुदा के लिए सब जगह एक है।'

—और खजूर कहाँ से मिले थे?

हल्लाज कुछ देर तक ख़ामोश बैठे रहे, उसके बाद उठ कर सीधे खड़े हो गये, जैसे कि वह कोई पेड़ हों। कहने लगे, 'अब मुझे पकड़ कर झकझोरो'।

—क्यूँ पीरसाहब?

—देखो तो सही। हल्लाज हँसे।

सब मिल कर हल्लाज को हिलाने लगे; हल्लाज जैसे खजूर का पेड़ हो गये हों, उनके बदन से पके खजूर टपकने लगे। गाढ़े बदामी रंग के खजूर सूरज की रोशनी में जवहारातों की तरह चमक रहे थे।

अल्लारक्खा साहब का जादू देखते-देखते मैं मंसूर हल्लाज के उस क़िस्से के ही बारे में सोच रहा था। मिर्ज़ा साहब यह तो ख़ालिस जादू था, हाथ की सफ़ाई का खेल नहीं। एक इंसान अगर खजूर का पेड़ हो सकता है, तो फिर कोई इंसान जलते हुए अंगारों पर क्यूँ नहीं चल सकता? इसका मतलब है, इंसान दुनिया में कितनी कूवत लेकर आता है? लेकिन उस ताक़त का कितना छोटा सा हिस्सा उजागर हो पाता है? हम बस कितना थोड़ा सा देख पाते हैं? हम क्यूँ नहीं देख पाते हैं, मिर्ज़ा साहब? मीर साहब का वह शेर याद है आपको?

दुनिया में रहो ग़मज़दा या शाद रहो
ऐसा कुछ करके चलो जाके बहुत याद रहो।

दुनिया में रहो, पर इसे समझने की कोशिश मत करो, भाईजान लोग। यहाँ एक किताब की तरह रहो। जिसके वर्क़ों पर सब कुछ लिख कर ले जाना।

बताता हूँ उसके बाद क्या हुआ। देख रहा हूँ कि आपके चेहरे बेज़ार हो उठे हैं।

उस दिन अचानक अल्लारक्खा ने कहा, 'तुमलोग ख़ुदा पर ऐतबार करते हो?'

—जी हुज़ूर। भीड़ के अन्दर से आवाज़ आई।

—और मुझ पर?

—हुज़ूर नबी हैं। सब कहने लगे।

अल्लारक्खा साहब ज़ोर-ज़ोर से हँसने लगे।—नबी? नबी को देखा है? नबी कौन हैं जानते हो?

—हुज़ूर, बताइए।

—तो फिर एक क़िस्सा सुनाता हूँ, सुनो। अबु सईद अबुल ख़ैर के बारे में सुना है कभी?

—ख़ुरसान के सूफ़ी कामिल। यह सब बारहसौ-तेरहसौ साल पुरानी बातें हैं। तब दुनिया कैसी थी जानते हो?

—कैसी हुज़ूर?

—तब तरह-तरह की हवाएँ बहा करती थीं। और उन हवाओं को बदन से लिपटाए, अलग अलग इंसान, अलग-अलग तरह से पागल हो जाते थे। कहते-कहते अल्लारक्खा साहब हँस दिए।—तो पीर अबु सईद एक दिन अपने एक शागिर्द दरवेश को लेकर जंगल के बीच से गुज़र रहे थे। उस जंगल में ज़हरीले साँप रहते थे। अचानक एक साँप ने आकर अबु सईद के पैरों को कस लिया। शागिर्द तो डर से वहीं जम गया। उसकी ऐसी हालत देख, अबु सईद ने कहा, 'डरो मत। यह साँप मुझे सजदा करने आया है। यह मुझे काटेगा नहीं। क्या तुम चाहते हो, यह तुम्हें भी सजदा करे?'

—जी बिल्कुल। शागिर्द की आँखें और चेहरा चमकने लगा।

—जब तक तुम ख़ुद को नहीं भूल पाते, यह कभी तुम्हें सजदा नहीं करेगा। भाईयों, वह एक नबी थे। उनका कुछ भी अपना नहीं होता। सिर्फ़ अल्लाह की बात बताने के लिए वे इस दुनिया में हैं। तो लो, अब अपना इम्तहान दो।

—कैसा इम्तहान? अल्लारक्खा साहब कैसी परीक्षा चाहते हैं? भीड़ में सब एक-दूसरे का मुँह ताकने लगे।

—तुमलोगों ने कहा था कि तुम अल्लाह पर एतबार करते हो, और मुझ पर भी। तो जिस किसी को भी एतबार है, मेरे साथ आग पर चलने के लिए आ जाये।

अल्लारक्खा की बात सुन कर भीड़ धीरे-धीरे छँटने लगी। कोई चुपचाप सरक गया तो कोई आग की ओर देखते ही भाग गया। तब मुझसे रहा नहीं गया, मिर्ज़ा साहब, मैं अल्लारक्खा साहब की ओर बढ़ा। जूता-मोज़ा खोल, अपना कुर्ता समेट लिया।

अल्लारक्खा साहब ने हैरान हो कर मेरी तरफ़ देख कर कहा, 'बेटा तू मेरे साथ आग पर चलेगा?'

—जी।

—तो फिर आ। उन्होंने मेरा हाथ पकड़ कर खींचा।—क़लमा पढ़। ला इलाहा इल्लाल्लाहो मुहम्मदुर रसूलल्लाह।

—ला इलाहा इल्लाल्लाहो मुहम्मदुर रसूलल्लाह।

क़लमा पढ़ते-पढ़ते लगा, जैसे मेरा बदन हवा की तरह हल्का हो गया है। मिर्ज़ा साहब, मैं अल्लारक्खा साहब का हाथ पकड़ कर आग के घेरे में घुस गया। मैं उनके पीछे-पीछे सुलगते हुए अंगारों पर चलने लगा। मिर्ज़ा साहब, मैं पहली बार अपने आप को ढूँढ़ पाया। मेरे पिताजी के ग़ुस्से से बाहर, मेरे उच्चशिक्षित सौतेले भाईयों की उपेक्षा से बाहर, अल्लारक्खा साहब के पीछे-पीछे, आग के घेरे में चलते-चलते, मैं अपनी राह पर चलता रहा। नहीं, मेरे पैरों में छाले नहीं पड़े, मिर्ज़ा साहब।

सच कहूँ तो लावारिसों की तरह मेरे दिन कटते थे। स्कूल की पढ़ाई-लिखाई बिल्कुल अच्छी नहीं लगती थी। स्कूल में पढ़ने के दौरान ही साहित्य जैसे मेरी मज्जा के अन्दर घुल

गया था। हम कुछ दोस्तों ने मिल कर आग़ा जाफ़र कश्मीरी का नाटक करने के लिए, एक मंडली तैयार की। एक दिन पिताजी ने आकर हारमोनियम, तबला सब तोड़ दिया। कहा, मैं यह सब नहीं कर सकता। और मेरी ज़िद उतनी ही बढ़ गई। पढ़ाई की किताबें छोड़ कर तरह-तरह के बड़ों के लिए लिखे अफ़साने पढ़ने लगा; मेरी उम्र में कोई ऐसी किताबें नहीं पढ़ता था। ख़राब लड़का होने की वजह से, स्कूल में मुझे 'टॉमी' नाम का ख़िताब मिल गया। तीन बार कोशिश करके थर्ड डिविज़न से मैट्रिक का इम्तहान पास किया, और मज़े की बात क्या है, जानते हैं, मैं उर्दू में फ़ेल हुआ था।

वह भी दिन बीते थे, भाईजान लोग। पढ़ाई-लिखाई तो बट्टे-खाते में गयी; मैं जुआख़ाना जाने लगा। मैं वहाँ फ़्लश खेलता था। पहले मैं नौसिखिया था, लेकिन बहुत जल्दी ही मैं सारी चालें सीख गया, मेरे दिन-रात जुआख़ाने में बीतने लगे। कौन जाने कितने दिनों तक यह सब चलता रहा। जानते हैं, एक दिन मैं बहुत बोर हो गया। हर वक़्त ख़ुद की बाज़ी लगाने में खीझ आने लगी मुझे। तो क्या मैं कुछ भी नहीं था? बस एक ऐसा माल था, जिसको लेकर बाज़ी लगाई जा सके। तय किया, बस, चलो मंटो, अब किसी और राह पर चला जाये। ज़िन्दगी की डगर एक ही नहीं होती, अब न हो किसी और राह पर ही चल कर देखा जाये। लेकिन क्या करता? जुए के ठेके को छोड़ कर कहाँ जाता? सड़कों ने ही मुझे जगह दी, इस रास्ते से उस रास्ते, इस गली से उस गली, मैं ख़्वाबों में बेसुध घूमता फिरता था, सड़क के कुत्तों से मेरी दोस्ती हो गयी, मैं उनके साथ बैठा रहता, उन्हें प्यार करता, वे मेरा बदन चाटते। मैं क़ब्रस्तानों में घूमता रहता था, कितने ही फ़क़ीरों के पास बैठ कर कितनी ही कहानियाँ सुनी थीं, मिर्ज़ा साहब, वह सब कहानियाँ भी खो गईं, मैं उन्हें लिख नहीं पाया।

इससे पहले ही 1919 में जलियाँवाला बाग़ का वह हत्याकांड हुआ था। तब मेरी उम्र केवल सात साल की थी। पर मैंने देखा, कैसे सारा पंजाब जाग उठा था, अमृतसर की सड़कों पर मोर्चे, स्लोगन। भगत सिंह मेरे आदर्श थे। मेरे पढ़ने की मेज़ पर भगत सिंह की तस्वीर रखी रहती थी। जिन दिनों मैं सड़कों पर घूमता रहता था, एक दिन जलियाँवाला बाग़ के एक पेड़ के नीचे बैठे हुए मेरे मन में आया, क्या दुनिया को इस तरह तहस-नहस नहीं किया जा सकता है, जिससे ये टॉमी हमारे ऊपर बिना कुछ सोचे-समझे और गोलियाँ न चला सकें? जानते हैं मिर्ज़ा साहब, कई बार मेरे दिल में बम बनाने का भी ख़्याल आया था। साला अमृतसर को ही उड़ा दूँगा, गोरे सूअर के बच्चों को देश से भगाऊँगा ही। बाला, आशिक़, फ़क़ीर हुसैन, कैप्टन वाहिद, ज्ञानी अरूर सिंह को यह सब बातें बताया करता था। वे ज़ोर-ज़ोर से हँसते। वे सब मेरे दोस्त थे। उनका कहना था, मौज-मस्ती, ऐश करो, मारो गोली अमृतसर को। हम सब अज़ीज़ के होटल में बैठ कर गाँजा पीते थे। आशिक़ फ़ोटोग्राफ़र था, फ़क़ीर कविताएँ लिखता था और ज्ञानी अरूर सिंह दाँतों का डॉक्टर था। कैप्टन क्या करता था, वह याद नहीं। गाँजे में दम लगा कर आशिक़, रफ़ीक गजनवी स्टाईल में गाने गाया करता था। अनवर तस्वीरें बनाता और गाने सुन कर 'वाह,वाह' करता जाता था। अज़ीज़ के अँधेरे होटल में, बीच-बीच में अनवर भी गाने लगता था, 'ऐ इश्क़ कहीं ले चल'। अख़्तर शेरानी के शेरों को उसने तरन्नुम में ढाल लिया था। कौन जाने, अज़ीज़ का होटल अब कौन सी क़ब्र में है।

11

मुहब्बत से है इन्तज़ाम-ए-जहाँ
मुहब्बत से गर्दिश में है आसमाँ।

या अल्लाह, आपकी ज़िन्दगी भी कैसी शुरू हुई थी, मंटोभाई। ख़ुदा ने आपके नसीब में दोज़ख़ जाने का सारा इन्तज़ाम पक्का कर रखा था। जैसे मेरे समय में भी उन्हें याद था; बेटा तू जन्नत जाकर क्या करेगा? सच ही तो, वहाँ जाकर मैं क्या करता, हो सकता है मुझे कोई हूर-परी दे दी जाती, लेकिन सिर्फ़ एक ही चेहरे की ओर देख कर कितने दिन रहा जा सकता है? मर कर भी मुझे जन्नत का सुकून नहीं सुहाता। सब कुछ ही ख़ुदा की क़लम से लिखा हुआ है। मैं सारी ज़िन्दगी अपनी नाकामी की दास्तान सुनाने के लिए ज़बान नहीं तलाश पाया। कितनी फ़ारसी और उर्दू की ग़ज़लें लिखीं, उसके बाद भी लगता था, मंटोभाई, नहीं, मैं उन ज़ख़्मों को नहीं छू पाया, मेरी ग़ज़लों की ज़बान से उनका दर्द नहीं फूट पाया। वैसे अक्सर ही मुझे लगता था, क्या सच में, बिना दर्द के इस दुनिया में कोई ख़ूबसूरती पैदा हुई है? जैसे, साइप्रेस की डालों को काट-छाँट कर ही तो उसे ख़ूबसूरत बनाया जाता है। उस ख़ूबसूरती को पाने के लिए साइप्रेस को कितनी तक़लीफ़ें सहनी पड़ती हैं। शराब की ही बात लीजिए, वह तो आप अंगूरों को तक़लीफ़ दिए बग़ैर नहीं पा सकते हैं न। क़लम तैयार करने के लिए नरकट को सही तरीके से छीलना-काटना पड़ता है। सोचिए आप ख़त लिखेंगे। उसके लिए आपको काग़ज़ को नाप के मुताबिक़ कटना पड़ेगा, उसके सीने को स्याही से खरोंचना होगा। हर एक खरोंच एक-एक ज़ख़्म हैं, और उसका नतीजा? आपके आशिक़ तक आपके दिल के छुपे जज़्बात पहुँचेंगे। मैंने देखा है, हम दर्द के बग़ैर किसी भी तरह की ख़ूबसूरती पैदा नहीं कर सकते हैं। क्या ख़ुदा ऐसा कर सकते हैं? उनकी दुनिया में जो इतना टूटने-बनने का खेल चलता रहता है, यह सब ही तो नयी-नयी ख़ूबसूरतियों को रचने के लिए है। मेरी ही बात लीजिए। उन्होंने मुझे एक तो मुट्ठी ख़ाक़ से ही तो बनाया था; उसके बाद उसे आसमान में उछाल दिया, कुछ वक़्त तक मैं वहाँ रहा; फिर अचानक उन्होंने मुझे इस दुनिया के सीने पर फेंक दिया; और इस दुनिया ने उस ज़ख़्म को धारण किया, जिसका नाम था मिर्ज़ा ग़ालिब; लेकिन मंटोभाई, उस ज़ख़्म की ख़ूबसूरती को कौन नकार सकता है! दुनिया इसी तरह चलती रहती है, है न?

अरे देखिए, हमारे सभी भाईजानों ने सोना शुरू कर दिया है। क्या हुआ आप लोगों को? हम दोनों बुड़बकों की बातें बड़ी ज़ालिम लग रही हैं, है न? ठीक है, तो फिर आज कुछ और हो जाये, क्या कहते हैं मंटोभाई? ज़िन्दगी—चाहे मेरी हो, हज़रत की हो या शहज़ादे सलीम की हो बहुत उबाऊ होती है, उसे ढोने के लिए धोबी का गधा बनना पड़ता है, बोझ खींचते रहो, खींचते ही चले जाओ। इसको सहने के लिए कभी-कभी हमें हिकायतों का आसरा लेना पड़ता है; क़िस्सा नहीं, हिकायत; क़िस्सा हमारी ज़िन्दगियों को लेकर है; और हिकायत जैसे आईने में उभरी किसी दूसरी दुनिया की तस्वीर। हमारे क़िस्से तो रहेंगे ही, हममें

से कोई भी क़ब्र छोड़ कर कहीं भागने वाला नहीं, लेकिन जब हिकायत की बात आ ही गयी है, तो क्यूँ न उसे ही कहा जाये। हिकायत तो अब तिरती हुई आ गयी, और तब खो गई।

इस हिकायत का नाम है 'शिर-उल-बयान'। हाँ, एकदम सिर चकरा देने वाला गप्प। देखा मंटोभाई, सब फिर से उठ कर बैठने लगे। इस मसनवी को मीर हसन ने लिखा था। उसी मीर ज़ाहिद के बेटे ने, जिसको लेकर सौदा मज़ाक़ किया करते थे। मीर हसन मेरे पैदा होने के भी सत्तर साल पहले पैदा हुए थे। वे दिल्ली छोड़ कर फ़ैज़ाबाद चले गये थे; वैसे वह जाना नहीं चाहते थे, दिल्ली में उनकी महबूबा जो थीं; लेकिन क्या करते, पेट के लिए कमाना और इश्क़, ये दोनों कभी एक-दूसरे का हाथ थाम कर नहीं चलते हैं न। सुना था कि फ़ैज़ाबाद में हसन साहब की ज़िन्दगी ज़्यादा अच्छी नहीं कटी, बड़ी मुश्किल से उनकी गुज़र-बसर होती थी। लेकिन मसनवी लिखने में वे एकदम मस्तान थे। उनका लिखा 'शिर-उल-बयान' इतना मशहूर हुआ कि उसका नाम ही मीर हसन की मसनवी पड़ गया। यह मसनवी, दरअसल एक हिकायत थी, सुना है, यह मसनवी आसमानों में, हवाओं में, लोगों की ज़ुबान पर रवाँ थी।

मलिक शाह नाम के एक नवाब थे। कहाँ? वह नहीं बता सकता। सोच क्यूँ नहीं लेते, हो सकता है किसी आईने के अन्दर उनकी एक ख़ूबसूरत नगरी थी! कैसी दिखती थी वह नगरी? लफ़्ज़ों में शायद बयाँ नहीं किया जा सकता था। सुबह की अज़ान के बारे में सोचिए, वैसी ही नूरानी थी। चमकती हुई सड़कें, सारे मकान दूध से सफ़ेद, और उनके बीच में तरह-तरह के सुन्दर फूलों के बाग़ीचे, और बाग़ीचा का मतलब ही था तरह-तरह के पंक्षी और उनका गाना। उस शहर में एक ऐसा बाज़ार था, जहाँ जाने के बाद आपका बाहर आने का दिल ही नहीं करता, वह बाज़ार नहीं था, बल्कि आप जैसे किसी शीशमहल में घूम रहे हों। ऐसे किसी शहर में नवाब का क़िला कैसा हो सकता है, आप ही तसव्वुर कीजिए। हाँ, भाईजान, थोड़ा तसव्वुर करना पड़ेगा, हिकायत का यही दस्तूर है।

नवाब के दिल में बहुत दर्द था कि उनका कोई बेटा नहीं है। इन्तक़ाल के वक़्त किसको तख़्त पर बिठा कर जायेंगे? एक दिन उन्होंने अपने सारे वज़ीरों को बुला कर कहा, 'अब मुझे दुनिया छोड़ कर जाना होगा'।

सब हाहाकार करने लगे—क्यूँ जहाँपनाह?

—बताइये, इतनी धन-दौलत का क्या करूँगा मैं? किसके लिए छोड़ कर जाऊँगा? इतने दिन दिल लगा कर हुकूमत की, ख़ुदा की राह की ओर देखने की फ़ुर्सत भी नहीं थी मुझे। अब और नहीं। नवाबी छोड़ कर अब मैं उनकी राह पर जाना चाहता हूँ।

वज़ीरे आज़म ने कहा, 'नवाब, आप यह ग़लत सोच रहे हैं। ख़ुदा ने तो आपको हुकूमत चलाने की ही ज़िम्मेदारी दी है। आपके लिए तो यही ख़ुदा की राह है। इस ज़िम्मेदारी को नहीं सम्भालने पर, क़यामत के दिन आप क्या जवाब देंगे, हुज़ूर?'

—लेकिन मेरे बाद इस राज-पाट को कौन देखेगा?

—किसने कहा कि आपकी औलाद नहीं होगी? ब्राह्मण-ज्योतिषों को बुलवाता हूँ। उनको शुमार कर देखने दीजिए। बाद की बात बाद में सोची जायेगी।

नवाब ने वज़ीरे आज़म की बात मान ली। ब्राह्मण-ज्योतिषों ने आकर नवाब के भाग्य की गणना करने का काम शुरू किया। अन्त में सबने एक वाक्य में राय दी कि नवाब की बेग़म

बेटा ज़रूर पैदा करेंगी। विधि के इस लिखे को कोई खंडित नहीं कर सकता। वहाँ सौदा होते तो, मज़ाक़ में कहते, विधि का लिखा कहाँ छुपा है, एक बार दिखा सकते हैं? पजामे के नीचे? ब्राहमणों ने बताया, बेग़म की गोद में चाँद की तरह सुन्दर बालक ही आयेगा। लेकिन एक बात है। बारह साल तक लड़के को निगरानी में रखना पड़ेगा। इन बारह सालों में कोई ऐसी बाधा है, जिससे नवाब को अपने बेटे को खोना पड़ेगा।

—क्या कह रहे हैं आप लोग? नवाब का चेहरा काला पड़ गया।

—नहीं, नहीं, हम नवाबज़ादे की मृत्यु की बात नहीं कह रहे हैं। लेकिन, किसी भी सूरत से वह खो सकता है। इसलिए उसे हर वक़्त अपनी आँखों के सामने रखना होगा, हुज़ूर।

—आप लोगों के कहे मुताबिक़ इन्तज़ाम किया जायेगा। लेकिन, करना क्या होगा?

—बारह साल तक उसका महल से बाहर जाना नहीं चलेगा। यहाँ तक कि छत पर भी नहीं।

—क्यूँ?

—लगता है, कोई परी नवाबज़ादे के प्रेम में पड़ जायेगी।

—और?

—नवाबज़ादे किसी और सुन्दरी से प्रेम करेंगे।

एक बार सोच कर देखिए, मंटोभाई, लड़का अभी पैदा भी नहीं हुआ था, उससे पहले ही उसकी आश्नाई की बातें शुरू हो गईं। क्या भाईजान लोग, मज़ा आ रहा है न? आगे देखिए, सिर चकरा देने वाली और कितनी घटनाएँ घटेंगी। जिस बात की शुरूआत आश्नाई से हो, वह खेल क्या आसानी से रूकता है? तो, साल भर के अन्दर ही नवाब की एक बेग़म से बेटा पैदा हुआ। सारा शहर ख़ुशी से पागल हो गया।

और जानते हैं, उस लड़के का नाम क्या रखा गया? बेनज़ीर। नवाब ने रिआया में बेहिसाब धन-दौलत बाँटा। सारे शहर में छः दिनों तक नाच-गाना, खाना-पीना और मौज-मस्ती चलती रही। यहाँ तक कि नवाब ने ख़ुशी में बहुत सारे ज़रख़रीद ग़ुलामों को भी रिहा कर दिया। ये होती है नवाबी। जहाँपनाह ज़फ़र के वक़्त ऐसी नवाबी कहाँ थी? वह तो बस भिखारियों के एक वक़्त पुलाव खाने जैसी थी।

नवाबज़ादे के लिए बाग़ों से घिरा, नया एक महल तैयार हुआ। वह एक अनोखा महल था, बाग़ीचों में साइप्रेस के अलावा और बहुत से पेड़-पौधे थे, पंक्षी गानों में मशगूल रहते थे। कितनी ही ग़ुलाम-बाँदियाँ बेनज़ीर को घेरे रहती थीं। क्यूँकि नवाबज़ादे को नज़रों से ओझल नहीं होने देना था। कुछेक सालों में बेनज़ीर ने लिखना-पढ़ना, घुड़सवारी करना, तीर-कमान चलाना, गाना-बजाना, तस्वीर बनाना, बंदूकबाज़ी सब सीख लिया। लेकिन सबसे बड़ी बात थी कि उसका दिल बहुत अच्छा था, सारे ग़ुलाम-बाँदियाँ जैसे उसके भाई-बहन, नाते-रिश्तेदार हों। भाईजान लोग, नवाबज़ादे का नाम क़ामयाब है कि नहीं? वह जैसे सचमुच ही हफ़ीज़ साहब का कहा वही सुर्ख़ गुलाब था, जो अपनी चमक बिखेरने इस दुनिया में आया हो।

बेनज़ीर के बारहवें जन्मदिन पर, नवाब मलिक शाह ने ऐलान किया कि नवाबज़ादे उस दिन शहर का दौरा करने निकलेंगे। ख़ूबसूरत कनीज़ों ने बेनज़ीर को ख़ुशबूदार तेल से

मालिश कर नहलाया, उसके बाद उसे ऐसे सजाया जैसे वह उस्ताद विह्ज़ाद के क़लम से बनाई कोई तस्वीर हों। बेनज़ीर के महल से निकलते ही उनपर मोतियों की बारिश की जाने लगी। उन मोतियों को कौन कितना लूट सकता है, उसको लेकर हंगामा मच गया। शहर की हर हवेली और दुकान को मलमल के नक़्शेदार कपड़ों से सजाया गया। और चारों तरफ़ बड़े-बड़े आईने लगाए गये, जिनके ऊपर सूरज की रोशनी पड़ते ही चारों तरफ़ सातों रंग बिखर रहे थे और साथ ही उन आईनों में शोभायात्रा की तस्वीर भी झलक उठ रही थी। सच में, नवाबज़ादे का शहर का पहला दौरा सबों के दिलों में, सोने के पानी से बनाई तस्वीर की तरह जड़ गया।

लेकिन हिसाब में एक ग़लती हो गयी, जो नवाब या किसी और के ख़्याल में नहीं आया। मुसीबत के बारह साल ख़त्म होने में अभी भी एक रात बाक़ी थी। उस दिन पूनम की रात थी, चाँद की रोशनी में ज्वार उठ रहा था, और इधर सारे दिन के तमाशे के बाद बेनज़ीर को बहुत नींद आ रही थी। ऐसी चाँदनी रात में, उसको महल की छत पर सोने की इच्छा हुई। इंशाअल्लाह, यह होता है किस्मत का लिखा, मंटोभाई। आपकी कब क्या ख़्वाहिश होगी, आप ख़ुद भी नहीं जानते हैं, और वह आपको किस ख़ुमारी में ले जाये, कौन जाने! तो छत पर ही नवाबज़ादे के सोने का इन्तज़ाम किया गया, चाँद की नरम रोशनी और फूलों की ख़ुशबू की छुअन में बेनज़ीर सो गए। नवाबज़ादे पर नज़र रखने के लिए बहुत से दास-दासियाँ उनको घेरे बैठे थे। लेकिन अचानक कहीं से मीठी सुगंध बिखेरती हुई ठण्डी हवा बहने लगी और उस हवा के लगते ही सब सो गए। बेनज़ीर की ज़िन्दगी में क्या कुछ घटने वाला था, वह सिर्फ़ चाँद ही आसमान से देख रहा था।

कौन उस हवा के लेकर आया था, जानते हैं भाईजान लोग? एक परी। रात के आसमान में वह उस वक़्त, उड़न-सिंहासन पर बैठ कर घूम रही थी। ज़रा इस परी की बात बता लेने दीजिए, मंटोभाई। यहाँ बहुत से ऐसे हैं, जो मेरे आने के बहुत बाद में इन क़ब्रों में आए हैं, जो परी का मतलब, महीन पंख लगी किसी सुन्दरी को समझते हैं। वह सब गोरों की कल्पना है। जानते हैं, फ़ारसी में हम किसे परी कहते हैं? एक ग़ैर फ़ितरी रूह जो एक ख़ूबसूरत औरत बन किसी आदमी की ज़िन्दगी में आ जाये। जानते हैं क्यूँ? असल में प्यार के फ़रेब में वह आदमियों को क़ैदी बना कर रखना चाहती हैं। उन्हें अपनी मर्ज़ी के मुताबिक चलाती हैं, जिनकी हुक़्म की तामील न करने का मतलब होता है, मौत।

उस परी का नाम माहरुख़ था। आसमान से बेनज़ीर की ख़ूबसूरती को देख कर उसकी आँखें चुँधिया गईं। क्या दुनिया में इतना ख़ूबसूरत मर्द भी है? है वह तो, दिख ही रहा था। तो फिर? वह मुझे चाहिए, अगर इसे बंदी न बना सकी तो मैं कैसी परी हूँ? माहरुख़ छत पर आकर उतरी; उसे लगा, वह रात, पूनम की रात के चाँद की वजह से नहीं, बल्कि बेनज़ीर के ख़ूबसूरती की नूर से इतनी तिलिस्मी हो उठी थी। सोते हुए बेनज़ीर के होठों को उसने अपने होठों से छुआ। उसके बाद? वह बेनज़ीर को उड़ा कर अपने परीलोक में ले गई।

नींद टूटते ही दास-दासियों ने देखा कि नवाबज़ादा नदारद था। कहाँ गया वह? सारा महल, बाग़-बाग़ीचे ढूँढ़ने पर भी वह नहीं मिला। नवाब और उनकी बेग़में रो-रो कर बेहाल हो गए। क्या बस इतना ही? सारे पेड़-पौधे, फूल, पक्षी, झरने, सब रोने लगे। आह, इतनी मुरादों

से पाया नवाबज़ादा कहाँ खो गया? कौन ले गया उसे? समझ ही सकते हैं, सारा मुल्क ढूँढ़ कर भी उसका कोई सुराग़ नहीं मिला।

बेनज़ीर, परी माहरुख़ के देश में बंदी बना रहा। सालों पर साल बीतते गये, फिर भी वह अपने शहर को भूल नहीं पाया। माहरूख़ उसे सब कुछ देकर भुलाने की कोशिश करने पर भी कुछ नहीं हुआ। तब एक दिन उसने बेनज़ीर को आकर कहा, 'तुम मेरे क़ैद में हो, वह तो तुम जानते ही हो?'

—जानता हूँ।

—तो फिर मेरी बात मान कर चलो।

—मुझे घर ले चलो।

—वह नहीं हो सकता है। फिर भी प्यारे बेनज़ीर, तुम्हें हर वक़्त उदास देख कर मुझे बहुत दुख होता है। क्यूँकि मैं तुमसे प्यार जो करती हूँ।

—तो फिर मुझे मेरे घर ले चलो। बेनज़ीर ने माहरुख़ के हाथ कस कर पकड़ लिए।

माहरुख़ हँस पड़ी।—क़ैदी के पास लौटने का कोई उपाय नहीं होता है, बेनज़ीर। पर एक इन्तज़ाम हो सकता है। रोज़ शाम को जब मैं अपने अब्बाजान से मिलने जाती हूँ, उस वक़्त तुम भी इधर-उधर घूम आ सकते हो। मैं तुम्हें एक जादू का घोड़ा दे सकती हूँ। उस घोड़े पर दो-तीन घंटे घूम आने से, तुम्हारा मन अच्छा रहेगा। जहाँ भी जाना चाहो, जादू का घोड़ा तुम्हें वहीं ले जायेगा। लेकिन लिख कर देना होगा कि तुम चाहे जहाँ भी जाओ, अपना दिल किसी और को नहीं दोगे। अगर तुमने ऐसा किया तो तुम्हें इसकी वाजिब सज़ा मिलेगी। याद रखना, हमारे बीच चाहे जितनी भी मुहब्बत हो, आख़िरकार तुम मेरे क़ैदी हो।

बेनज़ीर ने माहरुख़ की बात मान ली। न मानने के अलावा उसके पास और चारा ही क्या था? परी की दी हुई सज़ा के बारे में तो नहीं जानते हैं न, भाईजान लोग, दोज़ख़ से भी ज़्यादा भयानक होती है। एक रात जादू के घोड़े पर सवार घूमते-घूमते बेनज़ीर को एक सुन्दर बाग़ीचा दिखाई दिया। उस बाग़ के अन्दर, चाँद की रोशनी में एक शानदार महल जगमगा रहा था। बाग़ में उतर कर बेनज़ीर, पेड़ों के पीछे छुप कर देखता रहा कि कोई कहीं है या नहीं। थोड़ी देर बाद उसने एक झरने के पास एक बहुत ही ख़ूबसरत लड़की को देखा। जैसे तारों के बीच रोशनी से भरा हुआ चाँद। वह किसी नवाब, मसूद शाह की नवाबज़ादी बदरे मुनीर थी। मलमल की पोशाक के अन्दर से उसका हुस्न, शमादान में जलती शमा की तरह झलक रहा था। बेनज़ीर अपनी नज़रें नहीं हटा पा रहा था। तभी उसे परी माहरुख़ की बात याद आई। अपना दिल किसी को मत देना बेनज़ीर। लेकिन बेनज़ीर क्या करता? दिल तो उसने पहली नज़र में ही दे दिया था। भाईजान, हमारी ज़िन्दगी में भी ऐसा ही होता था। नज़रों से नज़रें मिलीं और आश्नाई की आग जल उठी। जानते हैं क्यूँ? असलियत में हमारी ज़िन्दगी तो क़ैदियों की ही तरह कटती थी। उस ज़िन्दगी में मुहब्बत और निक़ाह के बीच कोई ताअल्लुक नहीं होता था। मुहब्बत का मतलब ही गुनाह था। औरतों की जगह ज़नानामहल में, उन्हें भाई-बिरादरों के अलावा किसी की ओर देखना मना था। और आदमी तो किसी भी औरत को नहीं देख पाता था। इसलिए एक बार अगर किसी आँख के जोड़े ने दूसरे को देख लिया, तो बस काम हो जाता था। मुहब्बत, गुनाह है। जिससे यह सब न हो, जल्दी-जल्दी शादी कर दो। लेकिन उससे क्या हुआ? आदमियों को कोठों पर जाना पड़ा, और बेग़में छुप-छुपके आश्नाई करती

रहीं। रुझान, मंटोभाई, रुझान को कौन रोक सकता है? मीर साहब को कोई रोक सका? नहीं रोक सके इसीलिए तो उन्हें पागल बना दिया गया। समाज तो बस यही कर सकता है, मंटोभाई, अगर तुम्हें मान नहीं पाए तो, तुम्हारे ऊपर पागल होने का ठप्पा लगा देगा। तुम तब सब तमद्दुनों से बाहर हो जाओगे। गूँगे, बहरे, बेज़ुबान।

हाँ उसके बाद क्या हुआ, बताता हूँ। उस दिन बदरे मुनीर के साथ बेनज़ीर की मुलाक़ात हो गई।

बेनज़ीर की ख़ूबसूरती देख कर, बदरे मुनीर बेहोश हो गई। तब वज़ीर की बेटी, उसकी सहेली, नज़्मुन्निसा, जो ख़ुद भी बेहद ख़ूबसूरत थी, गुलाब का पानी छिड़क कर नवाबज़ादी को वापस होश में लाई। होश में आने के बाद नवाबज़ादी ने झूठा ग़ुस्सा दिखा कर कहा, 'कौन इस तरह मेरे बाग़ में घुस आया है?' असल में तो इस बात के भीतर कोई दूसरी ही आग जल रही थी। शुरू-शुरू में ऐसा ही होता है, है कि नहीं? मान-अभिमान का दौर। एक-दूसरे की ओर चुपचाप देखते रहना। उसके बाद बेनज़ीर ने नवाबज़ादी को अपनी सारी बातें बताईं—परी माहरुख़ के पास बंदी हो जाने की भी बात बताई। तब बदरे मुनीर ने क्या कहा जानते हैं? कहा, 'मैं तुम्हें किसी के साथ नहीं बाँट सकती। तुम परी के पास ही जाकर रहो, यहाँ और मत आना'। बेनज़ीर ने नवाबज़ादी के पैर पकड़ कर कहा, 'माहरुख़ मुझे प्यार करती है या नहीं, मैं जानना नहीं चाहता। लेकिन मैं तुम्हारे बिना ज़िन्दा नहीं रह सकता। पर मुझे अब वापस जाना होगा। अगर छूट सका तो कल फिर इसी वक़्त आऊँगा। मैं अपना दिल तुम्हारे पास रखे जा रहा हूँ, अब सिर्फ़ यह जिस्म ही लौटेगा माहरुख़ के क़ैदख़ाने में'।

अगले दिन बेनज़ीर आने के लिए तैयार हुआ। उधर बदरे मुनीर इस तरह तैयार हुई जैसे कि उसका निक़ाह हो। फूलों और इत्र की सुगंध से सारा घर महक उठा। सुराही, सुरा, पकवान सब तैयार। बिस्तर के सिरहाने फ़ारसी शायर ज़ुहूरी और नज़ीरी की किताबें रखी गईं। बेनज़ीर भी अपने वक़्त पर आ गया। थोड़ी देर गुफ़्तगू के बाद बिस्तर पर जाकर, सुरापान करते-करते दोनों एक-दूसरे से लिपट गए। यह सब बातें तो कहने से ख़त्म नहीं होती हैं। जब वे कमरे से बाहर आए, बेनज़ीर तब और भी ज़्यादा दमक रहा था और बदरे मुनीर शर्म से सुर्ख़ हो गयी थी। वक़्त हो गया और बेनज़ीर को वापस लौट जाना पड़ा।

लेकिन इंसान की ज़िन्दगी में सुख के दिन ज़्यादा नहीं रहते। परी माहरुख़ को सारी बातों का पता चल गया, एक दिन उसने अपनी आँखों से भी सब देख लिया। उस दिन बेनज़ीर के लौटते ही माहरुख़ पागल हो उठी, उसके मुँह से आग निकलने लगी, 'ग़द्दार, सज़ा के लिए तैयार हो जाओ'। माहरुख़ ने एक जिन्न को बुला कर कहा, 'इसे रेगिस्तान में ले जाकर किसी सूखे कुएँ में डाल दो, और कुएँ का मुँह पत्थर से ढक दो'। वह जिन्न दिन में एक बार जाकर बेनज़ीर को ज़रा सा खाना दे आता था। अँधेरे, सूखे कुएँ में बेनज़ीर का एक और बंदी जीवन शुरू हुआ। और उधर बदरे मुनीर, दिन पर दिन बेनज़ीर का इन्तज़ार करते-करते, पंखुरी झरे फूल की तरह हो गई। ऐसे फूल की तरफ़ क्या देखते बनता है? दिनों-दिन उसके बिना सोए कटते। उसके बाद एक दिन जब उसे नींद आयी तो उसे सपने में, सेहरा के बीच वह कुआँ दिखाई दिया। कुएँ के अन्दर से बेनज़ीर की पुकार तिरती आ रही थी। बदरे मुनीर की नींद टूट गई। उसकी सहेली नज़्मुन्निसा ने सपने की बात सुन कर कहा, 'तुम और मत

रोओ। मैं सेहरा में जाकर बेनज़ीर को वापस लाऊँगी। अगर मैं ज़िन्दा रही तो तुम्हें बेनज़ीर ज़रूर मिलेगा'। साधू के भेस में, हाथ में वीणा लिए नज़्मुन्निसा निकल पड़ी।

एक दिन चाँदनी रात में वह रेगिस्तान में बैठी वीणा बजा रही थी। उसकी वीणा को सुन जानवर-पक्षी सब सोना भूल गये, पेड़ों पर हवा खेलने लगी, और चाँद हैरान हो उसकी तरफ़ देखता रहा। ठीक उसी वक़्त, उसी राह से, उड़नतख़्त पर बैठ कर जिन्न शहज़ादा फ़िरोज़ शाह जा रहा था। वह नीचे आकर नज़्मुन्निसा को देखते ही उसका आशिक़ हो गया, समझ गया कि साधू के भेस में असल में वह एक ख़ूबसूरत हसीना है। फ़िरोज़ शाह ने उसका तआरुफ़ पूछा। नज़्मुन्निसा ने फ़िरोज़ की मुग्धता को भाँपते हुए कहा, 'अल्लाह की ओर दिल लौटाइए, नहीं तो वापस चले जाइए'। फ़िरोज़ ने कहा, 'हाँ, लौट जाऊँगा, सिर्फ़ एक बार आपका बजाना सुनना चाहता हूँ'। नज़्मुन्निसा की वीणा सुनते-सुनते सुबह हो गयी और फ़िरोज़ शाह जैसा मर्द फूट-फूट कर रोने लगा। औरतें क्या नहीं कर सकती हैं, मंटोभाई! उसके बाद क्या हुआ जानते हैं? उड़न तख़्त पर फ़िरोज़ शाह, नज़्मुन्निसा को बैठा कर अपने पिता के दरबार में ले गया। जिन्न बादशाह के कहने पर नज़्मुन्निसा को फिर से वीणा बजाना पड़ा। उसका बजाना सुन कर किसी के आँख से आँसू नहीं रुक रहे थे। और फ़िरोज़ शाह? उसके समझ में आ गया कि इस औरत के बग़ैर उसकी ज़िन्दगी कुछ भी नहीं। नज़्मुन्निसा जिन्न बादशाह के महल में ही रह गयी और फ़िरोज़ के साथ खेल खेलने लगी। एक पल फ़िरोज़ को लेकर निहाल तो अगले ही पल ठण्डी पड़ जाती। एक दिन फ़िरोज़ उसके पाँव पड़ गया, 'मुझे क्यूँ इतना तक़लीफ़ दे रही हो? मैं तुम्हारे बिना नहीं रह सकता'। नज़्मुन्निसा ने देखा कि यही एक मौक़ा है, उसने हँस कर कहा, 'मैं जो कह रही हूँ, उसे दिल से सुनो, इस काम को करने से तुम्हें भी फ़ायदा हो सकता है'। तब नज़्मुन्निसा ने सारी बात खुल कर कही।

—बोलो, मैं क्या करूँ।

—तुम तो जिन्न हो। माहरुख़ ने बेनज़ीर को कहाँ क़ैद कर रखा है, चाहने पर वह तुम जान सकते हो। तुम्हारी मदद से बेनज़ीर भी बच जायेगा और तुम्हें जो चाहिए वह भी मिल जायेगा।

फ़िरोज़ शाह के हुक्म पर चारों तरफ़ जिन्न बेनज़ीर की तलाश में निकल पड़े। कुछ दिनों के बाद एक जिन्न बेनज़ीर को खोज कर वापस आया। फ़िरोज़ शाह ने सख़्त लफ़्ज़ों में माहरुख़ को ख़त लिख कर भेजा, बेनज़ीर को आज़ाद नहीं करने पर उसे कड़ी सज़ा मिलेगी। और यह भी वायदा करना होगा कि वह आगे से कभी किसी इंसान के साथ तआल्लुक़ात नहीं बनायेगी। माहरुख़ ने अपनी ग़लती मान कर यह गुज़ारिश की कि इस बारे में उसके पिता कुछ न जान पाएँ। आख़िरकार इस तरह बेनज़ीर आज़ाद हुआ।

उसके बाद एक दिन उड़न तख़्त पर फ़िरोज़ शाह, बेनज़ीर और नज़्मुन्निसा बदरे मुनीर के पास पहुँचे। होश वापस आने पर नज़्मुन्निसा ने उसे बताया, 'बेनज़ीर को तुम्हें वापस करने के लिए मैं किसी और को क़ैदी बना कर लाई हूँ। देखती हूँ, किस तरह उसे वापस भेज सकती हूँ'। इसके बाद, सारी रात दोनों कपोत-कपोतियों के जोड़ों का बकमबकम चलता रहा। जैसे बातें ख़त्म ही न होना चाहती हों। मंटोभाई, बातें भी कितना बड़ा फंदा है, अगर इंसान यह समझ पाता तो।

इसके बाद बदरे मुनीरा के वालिद ने मसूद शाह को ख़त लिख कर अपना परिचय दिया और बेनज़ीर के साथ निक़ाह की अर्ज़ी भी पेश की। नवाब ख़ुशी-ख़ुशी मान गए। मसूद शाह की नगरी ख़ुशी से झूम उठी। और एक दिन बेनज़ीर और बदरे मुनीर का निक़ाह भी बड़े धूमधाम से हो गया। वह शादी कैसी हुई थी? भाईजान लोग, कितने अर्से से क़ब्र में सोया पड़ा हूँ, मैं अब वह ज़बान ही भूल गया हूँ। इसके बाद बेनज़ीर की गुज़ारिश पर नज़्मुन्निसा के पिता भी फ़िरोज़ शाह के साथ उसकी शादी करने के लिए मंज़ूर हो गए। उड़न तख़्त पर फ़िरोज़ शाह अपनी बीवी को लेकर अपने देश लौट गया। बेनज़ीर भी अपनी बीवी को लेकर अपने शहर लौट जाने की तैयारी करने लगा।

भाईजान लोग, कैसी लगी हम दोनों के बदनसीबी के क़िस्सों के बीच, ये मधुर मिलन की कहानी? लेकिन इस मसनवी को लिख कर मीर हसन को क्या मिला? कुछ भी नहीं। बस इतने दिनों के बाद, इस क़ब्र के अँधेरे में, मैं आप लोगों को यह हिकायत सुना सका। शायर के नसीब में इसके अलावा और क्या होता है, बताइये?

12

हर क़दम दूरी-ए-मंज़िल है नुमाया मुझसे
मेरी रफ़्तार से भागे है बयाबाँ मुझसे ।

क्या बात है मिर्ज़ा साहब! नर्क को बिल्कुल गुलज़ार कर दिया। मगर बताइये तो, बेनज़ीर और बदरे मुनीरों की कहानियाँ सब कहाँ खो गईं हैं? अरे देखिए, हमारे भाईजान लोग कितने मुस्तैद हो उठे हैं, जैसे कि अज़ीज़ के होटल में हमारी मेज़ पर शाही कबाब की प्लेटें आईं हो, अब कबाब, गाँजा और मौज-मस्ती में जम कर मज़ा आयेगा। हमारे कैप्टन वाहिद उस वक़्त शायद किसी लड़की के पीछे पड़े हुए थे, अच्छी बात है, लेकिन एक लड़की के पीछे हर वक़्त दीवानों की तरह बैठे रहने का क्या कोई तुक है, मिर्ज़ा साहब? कैप्टन को हर समय डर लगा रहता था, लड़की अगर किसी और के साथ भाग जाये तो। अरे जाये तो जाये, दुनिया में क्या रंडियों की कमी है? माफ़ करियेगा मिर्ज़ा साहब, न जाने कब कौन सा लफ़्ज़ ज़बान से फ़िसल जाता है। इस तरह के लफ़्ज़ इस्मत के आगे मुँह से निकलते ही, बड़ी-बड़ी आँखें कर वह घूरने लगती थी, इस्मत ही वह लड़की थी जो मेरी कमीज़ खींच, मुझे झिंझोड़ कर बोल सकती थी, 'अबे साले, रंडी किसे बोल रहा है रे? तू किस रंडी के पेट से टपका है?' वैसे उसने कभी ऐसा नहीं कहा। इस्मत के अख़्लाक़ का कोई सानी नहीं था, बस बड़ी-बड़ी आँखों से घूरना, उसी से जो कुछ समझ सकते हो समझो। चलिए छोड़िए इस्मत की बातें, देख रहे हैं न? ये सब फिर से अज़ीज़ के जहन्नुम के क़िस्से को सुनने के लिए कुनमुना रहे हैं।

तो, एक दिन हमारा कैप्टन, आँधी से टूटी बेल की तरह टेबिल पर औंधा पड़ा हुआ था, शायद कई दिनों से उसकी लड़की से मुलाक़ात नहीं हुई थी। उसको चंगा करने की कितनी कोशिशें की, पर वह साला केंचुए की तरह सिकुड़ा रहा, हँसी-मज़ाक़-गालियाँ कुछ उसे छू नहीं पा रही थीं। बाप रे, ये कैसा मजनूँ था, और नाम तो देखिए, कैप्टन, कैप्टन वाहिद। बहुत कोशिशों के बाद उसने रूँआसे चेहरे से पूछा, 'सआदत भाई लड़कियाँ कैसी होती हैं?'

—मतलब?

—क्या वे प्यार करना जानती हैं?

—वह मैं क्या जानूँ? मेरा मिज़ाज गरम हो गया।

—अरे यार, बता न—आशिक़ ने मेरे पीठ पर धौल जमाते हुए कहा, 'तू कैप्टन को उस बिल्ली की कहानी सुना दे। फिर ये सारी ज़िन्दगी एक ही लड़की के पीछे दुम हिलाता नहीं फिरेगा'।

आशिक़ की बात सुन कर हमारी टेबिल पर हँसी का ठहाका गूँज उठा। कैप्टन ने छलछलाती आँखों से कहा, 'मैंने तो लड़कियों के बारे में पूछा है। ये बिल्ली की बात कहाँ से आ गयी?'

'मंटो से ही सुना है', आशिक़ ने मेरी तरफ़ देख कर आँख मारी, 'मतलब, जल्दी बता यार। साले कैप्टन की आश्नाई में बम्बू'। आशिक़ सबके पीछे पड़ने में उस्ताद था।

मैंने कैप्टन की पीठ सहलाते-सहलाते कहा, 'देख कैप्टन, अल्लाह की क़सम खाकर कह रहा हूँ, मैं बिल्लियों और लड़कियों को कभी नहीं समझ पाता'।

—क्यूँ? बिल्ली-बिल्ली होती है और लड़की-लड़की। इसमें न समझने का क्या है?'

—हमारे घर में एक बिल्ली थी, समझे। भाई, वह साल में एक बार ऐसा रोना रोती थी कि क्या बताऊँ। बिल्ली का रोना तो सुना ही होगा? लगता है जैसे पूरी दुनिया करबला हो गयी है। उस बिल्ली का रोना सुन कहाँ से एक बिल्ला हाज़िर हो जाता था। उसके बाद दोनों में झगड़ा, मारामारी होती यहाँ तक कि ख़ूनमख़ून हो जाता था।

—उसके बाद?

—उसके बाद क्या? वह बिल्ली चार बच्चों की माँ बन जाती। इतने रोने-धोने, मारापीटी का नीट नतीजा—चार बच्चे।

—तू साला हरामी की औलाद है। कहते-कहते कैप्टन फिर टेबिल पर औंधे मुँह पड़ गया। अज़ीज़ का होटल तब हँसी और सीटियों की गूँज से फट रहा था।

लेकिन मिर्ज़ा साहब, कितनी भी ये सब तिकड़मबाज़ियाँ क्यूँ न लगाता, मुझे बिल्कुल अच्छा नहीं लग रहा था। जैसे मैं जुआ खेलते-खेलते थक गया था, अज़ीज़ के होटल की सुबहें और शामें भी मुझे कुछ नहीं दे पा रही थीं। जानते हैं, क्या महसूस होता था? असल में मुझे कुछ और करना है। लेकिन क्या? मैं समझ नहीं पाता था, मिर्ज़ा साहब। एक दिन अचानक घड़ी का पेंडुलम उल्टी तरफ़ घूम गया। शायद इसी तरह, न माँगने पर भी ज़िन्दगी हमें बहुत कुछ दे देती है, बशर्ते हमारे अन्दर उसे लेने की ताक़त हो।

भाईजान लोग, अज़ीज़ के होटल में मेरी ज़िन्दगी ने एक दूसरा मोड़ लिया। मेरी मुलाक़ात बारी अलिग और अता मुहम्मद चिहाती के साथ हुई। ये लोग मुझसे उम्र में बड़े थे। कभी-कभी अज़ीज़ के यहाँ चाय पीने आते थे। अब्दुल रहमान साहब ने तब 'मसव्वत' नाम से अख़बार शुरू किया था, बारी साहब उसी अख़बार में काम करते थे। एक दिन अज़ीज़ के होटल पर बारी अलिग साहब के साथ एक टेबिल पर बैठा हुआ था। साथ में और भी कई लोग थे। अचानक किसी हवाले से मौत की सज़ा को लेकर बहस छिड़ गई। मौत की सज़ा सही है या ग़लत? क्या किसी को, किसी गुनाहगार को मौत की सज़ा देने का अधिकार है? मैंने बारी साहब से अर्ज़ किया, सर आप इस बारे में कुछ समझा कर बताएं। अगर मैं आपका ख़ून कर देता हूँ, तो मेरी हत्या क्यूँ नहीं की जा सकती है? बहुत दलीलें-बहस कर उन्होंने समझाया, ख़ून के बदले ख़ून कोई राह नहीं हो सकती है। सज़ा के तौर पर मृत्युदंड का कोई नैतिक आधार नहीं है। और इन्हीं सब बातों के बीच, विक्टर ह्युगो की किताब 'द लास्ट डेज़ ऑफ़ द कंडेम्ड' की बात आ गई। विक्टर ह्युगो का नाम आपके सुनने की बात नहीं है, मिर्ज़ा साहब। विक्टर ह्युगो फ्रांस के एक उम्दा कवि और कथाकार थे। मैं चौंक पड़ा। वह किताब मेरे घर पर थी। मैंने संग-संग बारी साहब से कहा, 'यह किताब मेरे पास है। क्या आप उसे एक बार और पढ़ना चाहेंगे?' बारी साहब बहुत देर तक मेरी तरफ़ देखते रहे। पता नहीं वे क्या देख रहे थे। उसके बाद उन्होंने कहा, 'कल किताब लेकर मेरे दफ़्तर आना'।

मिर्ज़ा साहब, उस रात मैं सो नहीं सका। अजीब फ़ख्र-सा महसूस हो रहा था। ह्युगो के जिस किताब के बारे में बारी साहब ने कहा, वह किताब मेरे पास है और मैं कल उन्हें वह किताब दे सकता हूँ। अच्छा, किताब तो मैं दे दूँगा, लेकिन उसके बाद मैं ऐसे शख़्स के साथ क्या बात करूँगा? वह मेरे साथ क्या बात करेंगे? सोचते-सोचते मैंने उनके साथ होने वाली बातचीत का ख़ाका तैयार कर लिया। कहानियाँ तो इसी तरह मेरे अन्दर जन्म लेती थीं, मिर्ज़ा साहब। एक-एक चेहरा तैर उठता था और मैं उनके साथ की गयी बातों को बुनता जाता था। बातें करते-करते ही सारे किरदार मेरे सामने उभर आते थे।

बारी साहब ने मुझे बिल्कुल अपना बना लिया। मैं रोज़ उनके अख़बार के दफ़्तर में जाने लगा। उनकी बातें, उनकी इल्मियत, उनके रसबोध से मैं एकदम तर हो गया। बाद में मैंने बारी साहब के बारे में, 'गंजे फ़रिश्ते' किताब में लिखा था। ऐसे इंसान को सारी ज़िन्दगी नहीं भूला जा सकता है। उनकी बातों और ख़ुशमिज़ाजी से कोई भी बँध जाता था। लेकिन साथ ही वे थोड़े बुज़दिल भी थे। बारी साहब मेरे अन्दर की अस्थिरता को समझते थे। उन्होंने मुझे उर्दू साहित्य पढ़ने के लिए कहा। उनकी बात सुन कर मैंने गोर्की, गोगोल, पुश्किन, चेखव, ऑस्कर वाईल्ड को पढ़ना शुरू किया। ये सब दुनिया के बड़े-बड़े लेखक हैं। मिर्ज़ा साहब, इन लोगों का लिखा पढ़ते-पढ़ते जैसे मैंने अपनी राह पा ली—मैं भी लिखूँगा। लिखना ही मेरा एकमात्र काम हो सकता है। जानते हैं, इसके बाद बारी साहब ने क्या किया? मुझसे ह्युगो का 'द लास्ट डेज़ ऑफ़ द कंडेम्ड' का उर्दू में तर्जुमा कराया। मैं लगातार दो हफ़्तों तक लगा रहा, शराब की एक बूँद नहीं छुई। उसके बाद लाहौर के उर्दू बुकस्टॉल से मेरा अनुवाद आया—असीर की ये शरगुज़स्त। अब कौन देखता मुझे? साला, फ़ालतू था क्या? यह देखो, सालों, यह देखो, सआदत हसन मंटो के नाम से छपी किताब।

मैंने 'मसव्वत' में नियमित तौर पर सिनेमा का रिव्यू लिखना शुरू किया। बारी साहब की राय में, उन समीक्षाओं के बीच ही कथाकार मंटो का जन्म हुआ। मिर्ज़ा साहब, तब मैं एक साथ कई सारे काम करना चाहता था। हसन अब्बास के साथ मिल कर ऑस्कर वाईल्ड का नाटक 'वेरा' का अनुवाद किया। अख़्तर शेरानी के पास एक बोतल शराब लेकर गया। सारी रात शेरानी साहब ने शराब पी और मेरी पाण्डुलिपि को सुधारा। उसी समय मैंने कई सारी रूसी कहानियों का भी अनुवाद किया, जो 'हुमायूँ' और 'आलमगीर' पत्रिकाओं में छपे।

अचानक एक दिन 'मसव्वत' बन्द हो गया। बारी साहब लाहौर के एक अख़बार में नौकरी लेकर चले गए। इस बीच और भी बहुत कुछ हुआ। मैं, अबु सईद क़ुरेशी, अब्बास, आशिक़, बारी साहब को लेकर अमृतसर की गलियों में घूमा करते थे। हमारे गुट का नाम था 'फ़्री थिंकर्स ग्रुप'। हमारी जो मर्ज़ी हम कर सकते थे, जो ख़ुशी वह सोच सकते थे। इंक़लाब लाने की बात भी सोची। मैंने और अब्बास ने मैप देख कर सड़क की राह, रशिया जाने का प्लान भी किया था। लेकिन बारी साहब के लाहौर चले जाने के बाद, मैं फिर से बेकार हो गया। लिखने में भी मन नहीं बिठा पा रहा था। किसी-किसी वक़्त दिल करता था, धत् साला, जुए के अड्डे पर ही चला जाता हूँ, वक़्त तो कट जायेगा। लेकिन तब और जुआ खेलने की कोई तमन्ना नहीं रह गयी थी, मिर्ज़ा साहब।

ख़बर मिली, बारी साहब 'ख़ुल्क' नाम की नयी साप्ताहिक पत्रिका शुरू कर रहे हैं। मैं और हसन अब्बास उनके साथ जाकर काम में लग गए। पत्रिका की पहले ही अंक में बारी साहब का मकाला 'फ़्रॉम हेगेल टू मार्क्स' छपा। ...क्या हुआ? आप लोग सब इस तरह क्यूँ देख रहे हैं? आँखें देख कर लग रहा है जैसे आप सबों को नींद आ रही है? मिर्ज़ा साहब, आपको भी? माफ़ कीजीयेगा भाईजान लोग, मेरी क़िस्सा सुनाने की बात थी और मैं न जाने कब इतिहास के पल्ले पड़ गया, पता ही नहीं चला। मुझे ख़ुद ही हँसी आ रही है। जैसे मैं साला आपबीती लिखने बैठा होऊँ। इसलिए बीच-बीच में ख़ुद को ही गाली देनी पड़ती है, साला सूअर कहीं का, क़ब्र में आया है अपनी आपबीती रगड़ने! लेकिन बस एक बात और कह लेने दीजिए। 'ख़ुल्क' के उस अंक में मेरी पहली कहानी 'तमाशा' आयी थी। कहानी बहुत कच्ची है सोच कर मैंने अपना नाम नहीं दिया। उस कहानी का विषय था एक सात साल के बच्चे की आँखों से देखा, 1919 के मार्शल लॉ के दिन। आप लोगों को ज़रूर याद होगा, 1919 में मेरी भी उम्र सात साल की ही थी। मैं इसी तरह बार-बार अपने अफ़्सानों में घुलमिल जाता हूँ।

अच्छा चलिए, आपको हमारे शराब के अड्डे के कुछ क़िस्से सुनाता हूँ। देखिए, देखिए, मिर्ज़ा साहब, सबकी आँखें कैसी चमक उठी हैं। क्या फ़ायदा भाई? इस क़ब्र में दारू कहाँ मिलेगी? जिस तरह गाएँ जुगाली करती हैं, आप अपने नशे के दिनों की यादों की ही जुगाली करते रहिए, हो सकता है थोड़ा-बहुत नशा हो जाये। बारी साहब कहते थे, अब्बास और मेरे जैसा कोई नशेड़ी नहीं हो सकता। सच कहूँ तो, ख़राब बात कहने के लिए माफ़ करियेगा, जिसे कहते हैं चूतड़ पलट कर खाना, मैं और अब्बास उसी तरह शराब पीते थे। शराब की बोतल का ढक्कन हर बार अबु सईद कुरेशी खोलता था। फिर कौन रुकता था? और बारी साहब? वैसे भी वह हर वक़्त बोलते रहते थे, एक ग्लास पेट में पड़ते ही उनकी बातों का फ़व्वारा फूट पड़ता था। मैं और अब्बास तो हरामी थे, मन ही मन कहते थे, बोलिए, जितना मर्ज़ी बोलते रहिए हुज़ूर, इधर तब तक हम माल उड़ा लें। बारी साहब को भाषण देने का मौक़ा मिलते ही उन्हें नशा चढ़ जाता था। लेकिन सभा-समितियों में भाषण देने का साहस उनमें नहीं था। बस सब कुछ हमारे सामने ही, दारू सूतते-सूतते होता था। लेकिन वह मज़ेदार इंसान थे, इसलिए उनके बग़ैर महफ़िल नहीं जमती थी। एक दिन शाम को वह मेरे घर हाज़िर हुए। मैं खिड़की के पास बैठा था। बारी साहब ने हँसते हुए पूछा, 'क्यूँ मियाँ, क्या हाल हैं?'

—हाल क्या बताऊँ, सूखा पड़ा हुआ है?

आँखों से शरारत भरी मुस्कान बिखेरते हुए उन्होंने कहा, 'रुको, रुको, अभी आता हूँ'। थोड़ी देर में वे फिर हाज़िर हो गए। हाथ में कपड़े में लिपटी शराब की बोतल। मेरे कुछ कहने से पहले ही उन्होंने बोतल का ढक्कन खोल दिया। उतनी देर में अब्बास भी हाज़िर हो गया। सारे खिड़की-दरवाज़े बन्द कर दिए। अब्बास बाहर कुएँ से एक लोटे में पानी ले आया। बस महफ़िल जम गई। बारी साहब को चिढ़ाने के लिए अब्बास ने कहा, 'इस घर में सब आपका अदब करते हैं। आप नमाज़ी हैं इसीलिए बीबीजान भी आपका बड़ा अदब करती हैं। अचानक वह आ जाएँ तो क्या करेंगे?'

बारी साहब कुर्सी से उठ कर बोले, 'तो मैं खिड़की से कूद कर भाग जाऊँगा, और फिर कभी उन्हें अपना मुँह नहीं दिखाऊँगा'।

मैं बारी साहब की बुज़दिली की जो बात कह रहा था, वह ऐसी थी। और इसी बुज़दिली की वजह से, बारी साहब जैसा आदमी जो कर सकता था, वह, वह सब कुछ नहीं कर पाए। ब्रिटिश हाई कमिश्नर के दफ़्तर में नौकरी मिलने के बाद वह हमसे काफ़ी दूर हो गए। कभी-कभार सड़क पर हमारी मुलाक़ात हो जाती थी। पर वह जैसे हमें पहचानते ही नहीं थे। उनकी मौत के दो दिन पहले मेरी उनसे ज़ोहरा चौक पर मुलाक़ात हुई। समझौता करते-करते एक इंसान किस हद तक टूट सकता है, यह उस दिन उन्हें देख कर समझ में आया। सच में मुझे बहुत दुख हुआ। यही वह बारी साहब थे, जिनका हाथ पकड़ कर मंटो का नया जन्म हुआ था?

भाईजान लोग, ज़रा सब्र से सुनियेगा। 'गंजे फ़रिश्ते' कहानी में मैंने बारी साहब के बारे में साफ़ लिखा था कि उनको समाजसुधारक बनने का बहुत शौक़ था। वह चाहते थे, सारा मुल्क उनकी एक आवाज़ पर उन्हें पहचाने। वह समाज के क़ाबिले अक़ीदत रहनुमा हों। वह हर वक़्त ऐसा कुछ करने का सोचते थे, जिससे अगली पीढ़ी उन्हें याद रखे। लेकिन उसके लिए जिस ताक़त की ज़रूरत थी, वह बारी साहब में नहीं थी। बस दो-चार पेग पी कर हीरामंडी की लड़कियों के साथ देश की मौजूदा हालात को लेकर बहस किया करते थे। उसके बाद लौट कर वज़ू कर नमाज़ पढ़ते थे। मुझे सचमुच बहुत दुख होता था, मिर्ज़ा साहब, आदमी अपनी पीठ की चमड़ी बचाने के लिए इतना नीचे गिर सकता है? क़ब्र में कहीं तो बारी साहब भी सोए हुए होंगे, हो सकता है मेरी बात भी सुन रहे हों, लेकिन यहाँ से भागने के लिए तो कोई खिड़की नहीं है। भागने के लिए कोई खिड़की खुली नहीं होती है, है न मिर्ज़ा साहब? ज़िन्दगी की क़ीमत, सूद और दर समेत यहीं चुका कर जानी पड़ती है। माफ़ करियेगा, भाईजान लोग, मैंने ज़्यादा बड़ी बातें कह दीं। बात क्या है जानते हैं, अलावा रहम के, मैं बारी साहब से जी-जान से नफ़रत भी नहीं कर सका था। मुझे लगता है, जो रहम करता है वह रहम पानेवाले इंसान से भी ज़्यादा ख़राब इंसान होता है।

न, न, बस और नौटंकीबाज़ी नहीं करूँगा, इससे अच्छा है हीरामंडी की बातें बताना। देश के बँटवारे से पहले, जानते हैं न, लाहौर को क्या कहा जाता था? मशरिक (पूर्व) का पैरिस, और हीरामंडी उसकी जान थी। बहुत से उसे टिब्बि बोलते थे।

टिब्बि में चल ज़रा जलवा-ए-परवरदिगार देख
और ये देखने की चीज़ है इसे बार-बार देख।

दीवार के घेरे के अन्दर पुराने लाहौर की जगमगाहट का एक और नाम था, हीरामंडी। भाईजान लोग, मैं यहीं तो सुल्ताना, सुगंधी, कांता को ढूँढ़ पाया था। अगर आप हीरामंडी को सिर्फ़ कुछ औरतों के गोश्त का ढेर समझते हैं, तो यह भूल है। एक समय में नवाब-बादशाह, राजा-महाराजाओं के बेटे, यहां की तवायफ़ों से अदब और तहज़ीब सीखने आते थे। नाच-गाने-तंज़ और गुफ़्तगू के ज़रिए तवायफ़ें ही तो अदब-क़ायदे सिखाती थीं। जिन्होंने मिर्ज़ा रुसवा की 'उमराव जान' पढ़ी है, उन्हें नया कुछ बताने के लिए है नहीं। और हमारे मिर्ज़ा साहब तो यह सब जानते ही हैं। मिर्ज़ा साहब की कितनी मशहूर तवायफ़ों के साथ मुलाक़ात

हुई थी। तवायफ़ों का कोठा सिर्फ़ मस्ती लूटने की जगह ही नहीं होती थी, उन महफ़िलों में जाने के लिए उनका तरीक़ा सीखना पड़ता था। कोई भी किसी के जिस्म पर हाथ थोड़े ही रख सकता था? आश्नाई की बात थी। दिल-ए-रंग जला सकने पर ही न हमबिस्तर होने की बात पैदा होती थी। नहीं तो ठुमरी, दादरा, ग़ज़ल सुनो, कत्थक देखो और पैसा फेंक कर घर लौट जाओ।

हाँ, तो आप हीरामंडी के किसी कोठे की सीढ़ी के आगे आकर खड़े हुए हैं। वहाँ दलाल हैं, फूलवाले हैं। दलाल के साथ बात करके तब ही न आप कोठे पर पहुंच सकते हैं। लेकिन कोठे पर जाने से पहले फूलवाले से माला लेकर कलाई में लपेटना होगा। उसके बाद सीढ़ियाँ चढ़ कर आप रंगमहल में पहुँचेगें। फ़ानूस की रोशनी, हर दीवार पर शीशे, ख़ानदानी तस्वीरें, फूल और इत्र की ख़ुशबू में आपका दिल एक पल में एक बाग़ बन जायेगा, और पेड़ों पर कोयलें गाने लगेंगी। फ़र्श पर ग़लीचों के ऊपर पतली सफ़ेद चादर बिछी होगी, तकिया भी मौजूद होगा, आप टेक लगा कर बैठेंगे। तवायफ़ बिल्कुल बीचोबीच आकर बैठेगी। उसके पीछे सारंगी, वीणा, तबला बजाने वाले कलाकार। दूर बैठी जिस अधेड़ औरत को देखेंगे, वह कोठे की मालकिन होगी। एक वक़्त में वह ख़ुद भी तवायफ़ रही थी, अब सब देखभाल करती है। नयी-नयी तवायफ़ों को रियाज़ करा, उन्हें ख़ूबसूरत बनाती है। मालकिन के पास सोने और चाँदी से मढ़ा, पान के गिलौरियों से भरा, चाँदी का पानदान रखा होगा। संगमरमर की चौकी के ऊपर सोने का काम किया हुआ गुलाबजल की सुराही। एक कटोरे में ज़ाफ़रान मिली सुपारियों के टुकड़े, मसाला, ज़र्दा। मालकिन पहले सबसे बातचीत कर समझ लेगी, किस मेहमान का क्या तरीक़ा है। उसके बाद एक जवान औरत सारा कमरा घूम कर सबको पान की गिलौरियाँ थमायेगी। तब आपको क्या करना होगा? कम-से-कम उसके हाथ पर एक चाँदी का सिक्का तो रखना ही होगा। उसके बाद रेशम की सलवार-कमीज़ में तवायफ़ आयेगी, जिसके कुर्ते के सीने पर सोने-चाँदी के ज़री का काम किया हुआ बहारों का नक्शा कढ़ा होगा। झीने से दुपट्टे से उसका चेहरा ढका होगा, जैसे एकमुश्त धुँध चेहरे पर बिखरी हुई हो। रोशनी में उसके ज़ेवर चमक रहे होंगे।

तवायफ़ गाना शुरू करेगी। हर मेहमान के लिए अलग-अलग तराना। गाते-गाते वह आपकी तरफ़ देख कर नज़रें टिका देगी, हल्के से मुस्कुरायेगी। गाना ख़त्म होने पर आप उसे पास बुलायेंगे, उसके हाथों में रुपयों की माला पकड़ायेंगे। अब वह दूसरे मेहमानों की तरफ़ नज़रें घुमायेगी। हो सकता है आपको गाने के साथ नाच भी देखने की ख़्वाहिश हो। तब घुँघरूओं के मुँह से बोल फूटने लगेंगे। गाने-बजाने और नाच की लय के साथ, 'वाह-वाह', 'बहुत ख़ूब', 'मरहबा-मरहबा' की आवाज़ गूँजेगी। गोरों के आने के बाद, हीरामंडी की पुरानी शानो-शौक़त चले जाने के बावजूद, डूबते सूरज की थोड़ी-बहुत रोशनी बची रह गयी थी। लेकिन दूसरे विश्वयुद्ध के समय से हीरामंडी जैसे गोश्त का क़ैदख़ाना बन गई। तब न जाने कैसे-कैसे लोग आने लगे? नये बने व्यवसायी, ठेकेदार, युद्ध के बाज़ार में फोकट का पैसा बनाने वाले लुच्चे, जिन्हें तरीक़ा शब्द का मतलब भी नहीं पता था। भाईजानों, मैंने ये दोनों हीरामंडी देखी थीं। कोठों की तवायफ़ों को कॉल-गर्ल्स होते देखा था, जो हाथ में पैसा

आते ही आपके साथ जिस किसी होटल में सो जायेंगी। लेकिन मेरे लिए तो हीरामंडी, सोने के पानी से मीनाकारी की हुई एक तस्वीर थी।

गोश्त नहीं, मैंने यहाँ लोगों को मुहब्बत के लिए बर्बाद होते देखा था। मैं उसका नाम नहीं बताऊँगा; वह पंजाब का एक ज़मींदार था। हीरामंडी की ज़ोहराजान के प्यार में पड़ गया। वह अक्सर ज़ोहराजान के पास आकर रहता था। लोग कहते हैं कि ज़ोहराजान उसी के हाथों जवान हुई थी। मतलब समझ रहे हैं न भाईजान लोग? अचानक एक दिन ज़मींदार को शौक़ हुआ कि वह गाड़ी ख़रीदेगा, और ज़ोहरा को गाड़ी में बिठा कर लाहौर की सड़कों पर घूमेगा। ज़मींदार होने से क्या हुआ, उसके पास ज़्यादा रुपये-पैसे नहीं थे; उसने ज़ोहरा के ख़ानदान के पीछे बेइन्तहा दौलत लुटाई थी। लेकिन गाड़ी तो उसे ख़रीदनी ही थी। आख़िरकार उसने क़र्ज़ पर एक गाड़ी कम्पनी से गाड़ी ख़रीद ली। खेती की फसल बेच कर, साल में दो किस्तों में पैसा देकर, तीन साल के अन्दर उसके पूरा पैसा चुका देने की बात थी। गाड़ी की कम्पनी को दो किस्तें तो सही समय पर मिलीं। लेकिन उसके बाद से ज़मींदार का कोई पता नहीं चला। किसी को नहीं मालूम था, वह कहाँ गया। बस इतना पता चला कि वह अपनी ज़मीन-जायदाद बेच कर ज़ोहराजान को लेकर कलकत्ता चला गया था। गाड़ी उसके घर पर ही रखी थी, इसलिए कम्पनी को कम-से-कम गाड़ी वापस मिल गई।

इसके बाद क़रीब दस साल बीत गए। उस गाड़ी कम्पनी का मैनेजर एक दिन अपने कुछ दोस्तों के साथ हीरामंडी में एक रंगीन शाम बिताने के लिए आया। एक कोठे के सामने उसने उस भागे हुए ज़मींदार को देखा; ज़मींदार का चेहरा दरक गया था, उसकी आँखें पनीली हो गईं थीं।

—हुज़ूर, ज़ोहराजान का गाना सुनेंगे? ज़मींदार ने आगे बढ़ कर मैनेजर से पूछा।

—आपकी ये क्या हालत हो गयी है? कहाँ थे इतने दिन?

—सब नसीब का लिखा है हुज़ूर। ज़ोहरा को लेकर मैं कलकत्ता गया था। कितनी कोशिशें की उसे फ़िल्मों में डालने की।

—फिर?

—कुछ नहीं हुआ। मेरे पास जितना रुपया-पैसा था, वह भी उड़ गया। उन लोगों ने ज़ोहरा को फ़िल्मों में जगह नहीं दी।

—इसलिए वापस आ गये?

—और क्या करता? ज़ोहरा की ज़िन्दगी तो चलानी थी। मैं उसे छोड़ कर कैसे जाता? इसलिए उसके लिए ख़रीददार पकड़ने का काम अब मैं ही करता हूँ, हुज़ूर।

हीरामंडी में जैसे बहुत रोशनी थी, वैसे ही वहाँ के लोगों के जीवन में अँधेरा था। भाईजान लोग, मैंने इस अँधेरे में भी एक जुगनू को जलते देखा था। मुहब्बत का जुगनू। लुट जाने के बाद भी वह शख़्स ज़ोहराजान को छोड़ कर नहीं गया। आशिक़ से दलाल हो गया, लेकिन उसके प्यार ने दम नहीं तोड़ा।

हीरामंडी में बारी साहब जैसे लोग यह सब नहीं देख पाते। और मैं हीरामंडी जाता था गोश्त के अन्दर छुपे जवाहारात ढूँढ़ने, ऐसी जुगनूओं की रोशनी देखने। अल्लाह क़सम, मंटो ने कभी उनके साथ सोने के बारे में नहीं सोचा। सच में? या यह भी झूठ कहा है मैंने?

13

दिल की वीरानी का क्या मज़्कूर है
यह नगर सौ मरतबा लुट गया ।

मंटोभाई, मेरी ही तरह यह शहर, दिल्ली, कितनी बार टूटी और फिर उठ खड़ी हुई है। कभी-कभी लगता है, ख़ुदा ने मेरी और दिल्ली की किस्मत एक ही क़लम से लिखी थी। मैं जब दिल्ली पहुँचा, उस वक़्त तक यहाँ कुछ सुकून लौट आया था, लेकिन वह असल में क़ब्रस्तान का सन्नाटा था, दिल्ली की रौनक़ तो कब की खो चुकी थी। वह सब कहानियाँ वैसे आपने इतिहास की किताबों में पढ़ी हैं; किस तरह फ़ारसी, अफ़ग़ान और मराठों के एक के बाद एक हमले और दरबार के अन्दर के झगड़ों से दिल्ली एक खंडहर बन गयी थी। जानते ही तो हैं, मीर, सौदा जैसे शायर दिल्ली छोड़ कर लखनऊ चले गये थे। उनको क्यूँ जाना पड़ा? तो फिर मीर साहब का एक शेर सुनाता हूँ:

अब ख़राब: हुआ जहान-ए आबाद
वर्ना हरेक क़दम पर यहाँ घर था ।

एक बार और मेरे सामने दिल्ली इस तरह उजड़ी, लगता था जैसे करबला में खड़ा हूँ, फिर भी मैं इस शहर को छोड़ कर न जा सका; जब कि बहुत बार सोचा, भला कौन पूछता है मुझे इस शहर में, मेरे लिए तो यह एक क़ैदख़ाने की तरह था, फिर भी मैं इसे अलविदा न कह सका। जानते हैं क्यूँ? वही, बताया था न, ख़ुदा ने मेरी और दिल्ली की किस्मत एक ही क़लम से लिखी थी। सो इसे छोड़ कर कहाँ जाता मैं? ज़िन्दगी में क्या पाया और क्या खोया, उसका हिसाब-किताब तो इस शहर की आत्मा में खुद चुका था। लोग इसे पागलपन कहते थे, लेकिन इस जुनून के बिना मैं किस तरह ज़िन्दा रहता, कहिए? मेरी पीठ दीवार से लग गयी थी, तो क्या हुआ? मैं मन ही मन कहता था, चलाओ, और गोलियाँ चलाओ, देखूँ तुम कितना ख़ून देखना चाहते हो, कितना मग़ज़ निकालना चाहते हो, कितना ज़लील करना चाहते हो करो, लेकिन तुमलोग मेरे अन्दर की ख़ुशबू को नहीं पा सकोगे, उस भाषा को नहीं छू सकोगे, जिसे सजा-सजा कर मैं शायरी लिखता हूँ। एक दिन न मेरे गुनाहों की बात रहेगी, और तुम्हारे गोलियाँ चलाने की बात भी सब भूल जायेंगे, रह जायेंगे तो सिर्फ़ चंद अल्फ़ाज़ और बंदिशें — जिसका नाम है, मिर्ज़ा ग़ालिब। चलिए, छोड़िए यह सब, लोग हँसेगे, कहेंगे, अपनी सफ़ाई देने में शायरों का जवाब नहीं है। जब मैं कलकत्ता गया था, पता नहीं किसके मुँह से सुना था, 'सरस्वती और लक्ष्मी के साथ घर एक साथ नहीं बसाया जा सकता है'। मैं भी लक्ष्मी के साथ घर नहीं बसा पाया। सरस्वती के प्रेम में जो पड़ गया था। या अल्लाह! क्या कुछ बोल जाता हूँ मैं! गुस्ताख़ी माफ़ कीजियेगा, दरअसल मैंने हिन्दुओं की किसी और देवी के हाथ में वीणा नहीं देखी है न। संगीत की वजह से ही मुनीराबाई से मुहब्बत हुई थी। उमराव

बेग़म तो हर वक़्त मेरे कानों के पास कुरान और हदीस की आयतें दोहराती रहती थीं। कितनी पवित्र फूल थीं वे, आप कल्पना कर सकते हैं, मंटोभाई, जिस पर एक भंवरा भी न आकर बैठा हो? फूल जिस रस को अपने अन्दर बटोर कर रखता है, अगर भंवरा आकर उस रस का पान न करे, तो उस रस की सार्थकता ही क्या है? मेरे ससुर, नवाब इलाही बख़्श ख़ान यह सब सुन कर आगबबूला हो जाते थे। वे भी शेरो-शायरी करते थे, जानते ही तो हैं उनका तख़ल्लुस मारूफ़ था। पता है, हँसी क्यूँ आती है? ढूँढ़ कर देखिए, क्या आप कहीं मारूफ़ का कोई शेर ढूँढ़ सकते हैं? लेकिन इतिहास में दर्ज है, वे एक मज़हबपरस्त मुसलमान थे। ऐसे दीनदार को सलाम बजाता हूँ। अल्लाह ने शायर मारूफ़ का ज़िक्र अपनी किसी भी किताब में नहीं किया है। जानते हैं क्यूँ? अल्लाह शायरी समझते हैं। उनके पैग़म्बर हज़रत की कितनी बीवियाँ थीं? और क़ुरान? वह तो हज़रत को अल्लाह से, शायरी की ही तर्ज पर मिला था। मंटोभाई, क़ुरान मेरे लिए एक ताज्जुब शायरी है, उस शायरी में विलादत-मौत-मुहब्बत-किस्मत, पूरी दुनिया इसी एक खेल में मशग़ूल है, जैसा कि आप वेद-उपनिषद, गीता, ज़िन्द अबेस्ता में पायेंगे; अपनी ग़ज़लों में उस खेल के अन्दर घुसते ही तो मैं तबाह हो गया। मैं क्या ज़ौक या मौमिन साहब की तरह नहीं लिख सकता था? लेकिन मैंने अपनी ज़िन्दगी की बाज़ी लगाई थी; अपने शागिर्द हरगोपाल तफ़्त: को एक बार लिखा था, 'सुनो, ग़ज़ल का मतलब ख़ूबसूरत अल्फ़ाज़ नहीं, छंद नहीं, दिल से गर ख़ून न बहे तो ग़ज़ल नहीं लिखी जा सकती।' मंटोभाई, एक-एक लफ़्ज़ कितने ख़ून में भीगा हुआ है, यह मैंने अकेले बैठ कर महसूस किया है।

बातों-बातों में बहुत दूर चला आया। क़ब्र के दोस्तों, जो भी मेरी बातें सुन रहे हैं, माफ़ कीजियेगा। असल में मेरी ज़िन्दगी की नाकामियाँ, इन्हीं बेसिर-पैर की बातों से जुड़ी हुई हैं। जिन्होंने मुझे गुनाहगार बनाया, मैं उन्हें भी कभी सही-सही जवाब नहीं दे पाया था; असल में मैं सब भूल जाता था। मेरे लिए हर दिन नया था—ज़िन्दगी एक दिन की ही होती है—अगले दिन के बारे में हम नहीं जानते हैं। मैं तहेदिल से आप लोगों से क़ुबूल करता हूँ कि मैंने बहुत गुनाह किए—चूँकि शरियत में उन्हें गुनाह कहा जाता है, जबकि इस दुनिया में पाप और पुण्य का विचार नहीं होता है, वह तो क़यामत के दिन, अल्लाह के दरबार में होगा—लेकिन मेरे दिल में किसी के लिए कोई जलन नहीं थी। जानते हैं क्यूँ? आप शायद हँसेगे, फिर भी बता रहा हूँ—किस्मत से, मैं शायरी के साथ हमबिस्तर हुआ, बड़ी किस्मत थी कि मैंने दिल्ली में अपनी हवेली बनाने के बारे में नहीं सोचा, किस्मत से मुझे एक के बाद एक मुशायरों में ज़लील किया गया, किस्मत से पेंशन के रुपये अदा करने के लिए मुझे दौड़-भाग करके भी कुछ नहीं मिला, किस्मत से मुझे नवाब-महाराजाओं की दान-ख़ैरात पर मुनहसर होना पड़ा, किस्मत से मुझे याद कराया गया, ग़ालिब, तेरे वालिद का कोई घर नहीं था, तेरा भी कोई घर नहीं है, किस्मत से मैं यतीमों की तरह पैदा हुआ, यतीमों की तरह ज़िन्दगी गुज़ारी और एक यतीम की तरह मेरी मौत हुई, किस्मत से मैंने जुआ खेलने की वजह से जेल में दिन गुज़ारे—और उतना ही मैंने लोगों को पहचानना सीखा—असल में वे सब तो परछाईयों के पुतले थे—जानते ही नहीं थे कि ज़िन्दगी उन्हें कौन सी राह पर ले जा रही है। मैं भी नहीं जानता था। लेकिन उन लोगों ने नादानों की तरह ऐतबार किया, और मक्का की राह पर चले। मंटोभाई, मैं उस राह पर कभी भी जाना नहीं चाहता था। आपको वह शेर याद है?

दोज़ख़नामा

हूँ मैं भी तमाशाई-ए-नैरंग-ए-तमन्ना
मतलब नहीं कुछ इससे के मतलब ही बर आए।

मंटोभाई, क्या कोई यकीन करेगा कि मैं मुरझाए हुए गुलाब की ज़रा सी एक पंखुड़ी का वज़न तक सहन नहीं कर पाता था। यह सुन कर लोग क्या कहते? वह बदज़ात, बातें तो बड़े क़ायदे की करना जानता था, लेकिन अपनी बीवी को क्या दिया उसने, इतनी औलादें पैदा होने के बावजूद कोई पन्द्रह महीने से ज़्यादा क्यूँ नहीं ज़िन्दा रहा, क्या किया था उस बुड़बक ने अपने बच्चों के लिए? मैं उन लोगों को एक कहानी सुनाना चाहता हूँ। आपने राबेया का नाम सुना है? बसरा की सूफ़ी, पाकदामन राबेया की बात ही कह रहा हूँ, वह भिखमंगों के घर पैदा हुई थीं, माँ-बाप की मौत के बाद उन्हें अपनी ज़िन्दगी एक बड़ा हिस्सा ज़रख़रीद ग़ुलामों की तरह बिताना पड़ा था। अतर साहब ने 'तद्ख़िरात-अल-औलिया' में उनका एक मज़ेदार क़िस्सा लिखा था।

राबेया से किसी ने पूछा, 'कहाँ से आयी हैं आप?'

—दूसरी दुनिया से।—राबेया ने हँस कर जवाब दिया।

—और कहाँ जा रही हैं?

—एक और दुनिया में।

—तो फिर इस दुनिया में क्या कर रही हैं?

—मैं यहाँ खेलने आयी हूँ, भाईजान।

मैंने यह क़िस्सा सुनाया, इसलिए यह मत सोचियेगा कि मैं भी कोई सूफ़ी क़ामिल था। मेरे अन्दर वह क़ाबलियत ही नहीं थी। मैं तो पूरी ज़िन्दगी आईने के सामने बैठे रहने वाला एक इंसान था जो सिर्फ़ अक्स ही देख रहा हो। मैं भला क़ामिल कैसे हो सकता था, बताइए? मैंने इसका कभी दावा भी नहीं किया। लेकिन सारी ज़िन्दगी जिन्होंने सब कुछ तरीके से किया, जिससे उनपर कोई दाग़ न लगे, जब वे लोग कहते हैं कि बस वे ही दीन की राह पर चल रहे हैं, तब मुझे दबे मुँह हँसना पड़ता है। अगर ऐसा ही था तो अल्लाह ने आदम को ख़ाक़ से क्यूँ बनाया था? क्यूँ उसे गुनाह की राह पर धकेला था? अल्लाह अगर ख़ुद अपने ही अन्दर रहते, तो अपने आप को कैसे देखते? आदम के अन्दर से उन्होंने ख़ुद को देखा। पाप के रास्ते पर चलते-चलते उन्होंने देखा कि उनका पुण्य कहाँ है। नहीं, नहीं मैं अपनी सफ़ाई में गीत नहीं गा रहा। मैंने महाभारत के बहुत से क़िस्से सुने थे। उसमें किस किरदार का पुण्य पर सबसे ज़्यादा अधिकार था? सिर्फ़ युधिष्ठिर का, जबकि उनका सारा जीवन ही पापों की कहानी है। पंचपांडवों में किसी और ने इतने पाप नहीं किए थे। फिर भी धर्मराज कुत्ते के रूप में उनके ही संग रहे। क्यूँ? मुझे इसका जवाब नहीं पता है, मंटोभाई। और एक की बात बताता हूँ। वेश्या पिंगला का नाम सुना है? 'उद्धवगीता' में उसका ज़िक्र है। मैंने जामा मस्जिद में किसी दास्तानगो से यह क़िस्सा सुना था। दत्तात्रेय अवधूत ने 'उद्धवगीता' में राजर्षि यदु को अपने चौबीस गुरुओं की बात बताई थी। एक शाम अवधूत ने पिंगला को अपने घर के सामने ग्राहक के इन्तज़ार में खड़े देखा। शाम से रात हो गयी, कोई नहीं आया। पिंगला ने सोचा, आज कोई नहीं आया? भगवान को याद न करने की वजह से ही मेरी ये अवस्था है। निराश

होते-होते निरूद्वेग हो वह भोर की तरफ़ सो गई। पिंगला ने अवधूत को क्या सिखाया? आशा का त्याग करने से ही शांति मिलती है। सोच कर देखिए, एक वेश्या भी गुरु हो सकती है।

लेकिन मेरे ससुर मारुफ़ साहब दुनिया की हर बात का जवाब जानते थे। दिल्ली आकर मैं और उमराव बेग़म उन्हीं की हवेली में आए थे, बहुत दिनों तक रहे भी, लेकिन उन्हें बर्दाश्त करना मुश्किल था। पाई-पाई सब कुछ, तराज़ू लेकर तोलते थे। क्या इस तरह किसी इंसान को तोला जाता है? इसलिए मैं भी उनके साथ मज़ा किया करता था। ये लोग, जो अपने आपको पाक साफ़ समझते हैं, जो हर बात पर आपको सलाह देते हैं कि आपकी ज़िन्दगी के लिए कौन सा रास्ता सही है, ऐसे लोगों को लेकर मज़ाक़ करने के अलावा और क्या किया जा सक्ता है? जितना मज़ाक़ करेंगे, देखेंगे, उतनी ही उनकी तस्वीर टूट कर टुकड़े-टुकड़े हो रही है। ये पाक लोग बस एक ही चीज़ जानते हैं, किस तरह से, कितनी तरह से दूसरों का अपमान किया जा सकता है। मेरे वालिद का मकान न भी रहा हो, मेरे बदन में तो तुर्की ख़ून ही बहता था, क्या मैं ज़िल्लत बर्दाश्त कर सकता था? तभी मज़ाक़ बनाना जैसे मेरे हाथ में तुरुप का पत्ता था, साले मारूफ़ को लेकर इतना मज़ाक़ बनाओ कि उसका बुत टूट कर चूर-चूर हो जाये।

मंटोभाई, बचपन से मैं सड़क के कुत्तों को बहुत प्यार करता था। अकबराबाद के सड़क के कुत्ते मेरे पैरों के आस-पास घूमते रहते थे, मैं उनको प्यार करता था, उनके साथ बातें करता था। मैं दिलो-जान से मानता हूँ कि जिस तरह सड़क के कुत्ते दोस्त बन जाते हैं, उस तरह कोई और नहीं बन सकता। वे भी मेरे बदन से सट कर बैठते थे, मेरे बदन को सूँघते थे और इस तरह मुझे ताकते रहते थे, जैसे वे सचमुच बहुत कुछ कहना चाहते हों। लेकिन मुझे उनकी भाषा नहीं आती थी, अगर अल्लाह ने रहम कर मुझे वह सलाहियत दी होती, तो मेरी ज़िन्दगी दिन पर दिन इतनी कठोर नहीं हो जाती। मारूफ़ साहब को कुत्ते बिल्कुल पसन्द नहीं थे। एक दिन उन्होंने मुझसे कहा, 'मियाँ, हवेली में रहते हो, सड़क के कुत्तों के साथ इतनी मुहब्बत क्यूँ?'

मेरे कहने का मन था, साला कुत्ता कहीं का। कह तो नहीं पाया। जिसके घर में रहता हूँ, जिसका खाता हूँ, उसे तो ऐसा नहीं कह सकता था। लेकिन इसका मतलब यह नहीं कि मैं उनका ज़रख़रीद ग़ुलाम हो गया था। इसलिए मैं उनके साथ मज़ाक़ करने लगा।

—उन्होंने आपका तो कुछ नहीं बिगाड़ा है।

—कोई और जानवर इतना गंदा होता है क्या! परछाई पर भी पैर पड़ जाये तो गुसल करना पड़ता है। तुम करते हो?

—नहीं।

—तौबा-तौबा, क़ुरान की एक भी बात नहीं मानते?

—मानता तो हूँ।

—तो फिर कुत्तों के साथ इतनी यारी-दोस्ती किसलिए?

मैं हँस पड़ा। —मैं भी तो एक कुत्ता ही हूँ, मारूफ़ साहब।

—मतलब?

—मेरे वालिद की कोई हवेली नहीं। दादा के घर पर बड़ा हुआ, उसके बाद आपकी बेटी से निक़ाह कर आपके घर आ गया। तो फिर मुझे कुत्ता क्यूँ नहीं कहेंगे? मेरी तो सड़क पर ही रहने की बात है।

—मियाँ तुम्हारी ज़ुबान बहुत लम्बी है। जिसका खाते हो, उसके ही सर पर हगना चाहते हो।

मारूफ़ साहब ग़ुस्से में ग़ुर्राने लगे।

—कुत्ते की ज़ुबान की तरह ही, जी।

—मियाँ, ज़बान सम्भालो।

—भादो के कुत्तों को देखा है, मारूफ़ साहब? सड़क पर क्या करते हैं? इसी तरह भादो के कुत्ते इंसानों के अन्दर छुपे रहते हैं, हज़ार बार गुसल करने पर भी वे साफ़सूरत नहीं होते।

—तुम क्या कहना चाहते हो?

—पहले ख़ुद को तो साफ़सूरत करिए।

मंटोभाई, जिसकी ज़ुबान पर क़ुरान-हदीस की इतनी बातें रहती हों, फिर वह घर में बीवी के रहते कोठे पर क्यूँ जाता है? क्या उसे किसी दूसरे की साफ़सूरती को लेकर बात करने का कोई अधिकार है?

मैंने कभी दावा नहीं किया कि मैं बहुत सच्चा इंसान था। सच कहूँ तो मैं लालच में पड़ कर दिल्ली आया था। मारूफ़ साहब का ख़ानदानी परिवार था, दरबार के साथ उनके ताल्लुक़ात थे, सोचा था मुझे शायर के हिसाब से दरबार में जगह मिल जायेगी, अपनी मर्ज़ी के माफ़िक ज़िन्दगी बितेगी, उन दिनों मेरा शराब और औरत की तरफ़ बड़ा खिंचाव था। बेग़म के साथ तो कोई संबंध नहीं था मेरा। वे हदीस और क़ुरान को लेकर जानमाज़ रहतीं थीं; दिन पर दिन यह सब बढ़ता जा रहा था, और एक समय तो उन्होंने अपने खाने-पीने के बर्तन भी इसलिए अलग कर लिए, क्यूँकि मैं शराब पीता था, ग़ज़लें लिखता था; और क़ुरान में यह सब हराम था। वैसे वे अपनी ज़िम्मेदारी बख़ूबी समझती थीं, मुझे किसी बात की परेशानी है या नहीं, उस तरफ़ उनकी पूरी नज़र थी, लेकिन उसे मुहब्बत नहीं कहा जा सकता है न। पता नहीं, हो सकता है वही उमराव बेग़म के प्यार करने का तरीक़ा था। पर जानते हैं, मेरी जितनी उम्र बढ़ती गयी, उतना ही प्यार नाम के लफ़्ज़ पर बेएतिमादी बढ़ती गई। क्या सच में मेरा एतबार उठ गया था? बस इतना जानता हूँ, दिन-ब-दिन मेरे अन्दर ख़ालीपन भरता गया। क्यूँ? हो सकता है मेरे ही अन्दर मुहब्बत नहीं थी, मैं ही किसी को प्यार न कर सका। आज क़ब्र में लेटे हुए लगता है, मैं प्यार का भिखारी था, लेकिन मैंने ख़ुद किसी को प्यार नहीं किया। मैं तो मीर साहब नहीं था। सिर्फ़ मुहब्बत के लिए उन्होंने कितने ज़ुल्म बर्दाश्त किए थे। लैला-मजनू की कहानी तो आपसब जानते हैं, लेकिन मीर साहब की बातें कितने लोग जानते हैं? इश्क़ में दीवाना किसे कहते हैं, मीर साहब ने अपनी ज़िन्दगी से दिखा दिया था।

हाँ, हाँ, मीर साहब की ही बात बता रहा हूँ; मुझे पता है, एक ही इंसान की ज़िन्दगी का रिरियाना, ज़्यादा देर बर्दाश्त नहीं होता। अपनी बातों को मैं बहुत खोल कर बता रहा हूँ, मुझे पता है, अगर एक लफ़्ज़ में मेरी ज़िन्दगी की कहानी बतानी पड़े, तो बस एक सवाल का

निशान क़ाग़ज़ पर बिठाना होगा। उससे बेहतर है, चलिए, मीर साहब के उन दिनों में लौटा जाये।

क्षत-विक्षत एक शहर, जिसका दिल थे मीर साहब। उस शहर की बात उन्होंने 'मुआमलात-ए-इश्क़' मसनवी में लिखा था। मुझे लगता है, मुहब्बत के मुत्ताअलिक उन्होंने जो भी मसनवियाँ लिखीं, उनमें 'मुआमलात-ए-इश्क़' ही सबसे बेहतरीन थी; वह जैसे शीशमहल में फिरती कोई चीख़ हो। जानते हैं, वह चीख़ थी किसलिए? चाँद को देखने के लिए। बचपन में जब उनकी नानी शाम को मुँह धुलाते वक़्त कहती थीं, 'ऊपर देखो बेटा, चाँद को देखो', तभी से चाँद उनकी ज़िन्दगी के साथ जुड़ गया, और बाद में चाँद के ही हाथों उन्हें फ़ना होना पड़ा। चाँद के जिस्म में वे अपने आशिक़ को देख पाते थे, इसी तरह देखते-देखते वे एक दिन पागल हो गए। कौन था उनका आशिक़?

मंटोभाई मैं उसका नाम नहीं जानता। हम जिस समाज में रहते थे, वहाँ मसनवी और दास्तान को छोड़ कर लड़कियों का नाम कहीं भी और ढूँढ़ा नहीं जा सकता था। क्या ज़रूरत थी उनके नामों की? मुल्लाओं ने उन्हें बुर्क़ों से ढक दिया था, उनका अपना कोई वजूद है, यह परिचय ही मिटा दिया था उन्होंने। लेकिन आज हम उनका कोई नाम रख सकते हैं। क्या नाम दूँ बताइये तो? मेहर निगार, कैसा है? बहुत सुन्दर नाम है न? तो मीर साहब, जब उनकी उम्र तक़रीबन अट्ठारह साल की थी, इन्हीं मेहर निगार की मुहब्बत में गिरफ़्त हो गए। शादीशुदा मेहर बेग़म, मीर साहब से उम्र में कुछ बड़ी थीं, लेकिन ख़ानदानी रिश्ता होने की वजह से, उन्हें ज़्यादा पर्दा नहीं करना पड़ता था, मीर साहब के साथ वे बेफ़िक्री से मिलती-जुलती थीं। सारा ख़ानदान अदब-क़ायदे और तरीक़े के लिए बेग़म की बहुत तारीफ़ किया करता था। मीर साहब उनके बारे में सुनते-सुनते ही उनसे प्यार करने लगे थे। वे उन्हें छुप-छुप कर देखते, लेकिन बात नहीं कर पाते थे। क्या कहते? मंटोभाई, जब अन्दर बहुत बातें जमा हो जाती हैं तो कुछ कहते बनता है क्या? धीरे-धीरे एक दिन पर्दा हट गया, उन्होंने उन्हें छुआ भी। 'मुआमलात' में मीर साहब ने ख़ुद लिखा था, मैं उनकी ख़ूबसूरती का बयान नहीं कर सकता, वे जैसे मेरी ही ख़्वाहिशों के साँचे में पैदा हुई हों। मीर साहब ने, उनके चलते-फिरने, आँख उठा कर देखने की अदा, उनकी गर्दन की लोच से अपनी ग़ज़लों के बन्द ईजाद किए थे। एक दिन क्या हुआ जानते हैं? मेहर बेग़म पान खा रही थीं, उनके होंठ उगते हुए सूरज के आसमान की तरह रंगे हुए थे, उनके होठों को देख कर मीर साहब ख़ुद को सम्भाल नहीं पाए, उन्होंने बेग़म से उनके होठों के रस को पीने की तलब ज़ाहिर की। पहले तो बेग़म ने हँस कर नाराज़गी दिखाई, आख़िर में उन्होंने ख़ुद ही मीर साहब के होंठों को चूम लिया। उसके बाद क्या हो सकता था, सोचिए। बेग़म के साथ अकेले मिलने की ख़्वाहिश, और बेग़म भी वही चाहती थीं। इसी तरह काफ़ी दिनों तक यह सिलसिला चलने के बाद, एक दिन बेग़म ने कहा, 'इस प्यार का कोई अंजाम नहीं है मीर। इस तरह यह ज़्यादा दिन नहीं चल सकता है'।

फिर मेहर बेग़म ने ख़ुद को अलग कर लिया। और मीर साहब जैसे सपनों की ख़ुमारी में चले गए। ख़्वाबों में हर रात उनकी मेहर बेग़म के साथ बितती थी, लेकिन दिन बिताना उनके लिए मुश्किल हो जाता। उसके बाद सालो-साल उन्होंने एक-दूसरे को नहीं देखा। ऐसे में क्या हाल होता है? अपने चारों ओर की दुनिया झूठी हो जाती है, उसका कोई वजूद नहीं रहता। एक दिन सबको इस बारे में ख़बर हो गई। नाते-रिश्तेदार और दोस्तों ने मीर साहब की

ओर से मुँह फेर लिया, उनको पागल कहना शुरू कर दिया। आप तो जानते ही हैं, मंटोभाई, हाथी अगर गड्ढे में गिर जाये तो चीटियाँ भी उसे लात मारती हैं, मीर साहब की हालत भी वैसी ही थी। उसके बाद एक दिन मेहर बेग़म छुप कर उनके पास आईं। कहा, 'हमें एक-दूसरे से दूर जाना ही होगा। ऐसी मुहब्बत में सबको एक दिन जुदाई का सामना करना पड़ता है। मैं जितने दिन ज़िन्दा रहूँगी, तुम मेरे दिल में रहोगे'। अब जुदाई मुकम्मल हो गयी, रह गईं बस यादें और उन यादों का भार। मीर साहब दीवाने हो गए। 'ख़्वाब-औ-ख़्याले-मीर' में मीर साहब ने उन्हीं दिनों का ज़िक्र किया है। वे चाँद की ओर देखने से घबराने लगे, फिर भी उनकी आँख चली जाती थी, और चाँद के जिस्म में वे मेहर बेग़म को देखते। यकीन कीजिए, उनकी आँखों से नींद उड़ गयी, नहाना-खाना भूल गये, जिधर भी देखते, सिर्फ़ मेहर निगार। वे बस तस्वीरों के घेरे में खो गए।

कितने हकीम उनका इलाज करने आए, कितनी झाड़-फूँक की गयी, लेकिन कौन समझता मीर साहब के, चाँद के बदन पर चाँद लगने, और उस चाँद का उनकी ज़िन्दगी से खो जाने वाली हालत को। बहुत कोशिशों के बाद भी जब उन्हें ठीक नहीं किया जा सका, तब क्या किया गया जानते हैं? मीर साहब को एक छोटी-सी कोठरी में बन्द करके रखा गया, हाँ बता रहा हूँ, सुनिए, क़ब्र से भी छोटी कोठरी में। दिन में बस एक बार उन्हें खाने को दिया जाता। लोग तंदरुस्ती का क्या मतलब समझते हैं? खाओ, हगो, खाओ, हगो, और जिन पर तुम ख़ुद भी विश्वास नहीं करते, वही बातें कहे जाओ। उसके बाद क्या हुआ, जानते हैं? सबने तय किया कि उनके बदन से ख़राब ख़ून निकाल देना चाहिए। ख़ून के बहते रहने से मीर साहब बेहोश हो गए। उससे क्या? ख़राब ख़ून तो निकालना ही होगा। बाद में मीर साहब ने एक शेर में लिखा था, चाहे ज़रख़रीद ग़ुलाम हो जाओ या जेल में सड़ कर मरो, लेकिन मुहब्बत के चक्कर में कभी मत पड़ो। एक दिन प्यार में आग भड़क उठी थी, उसके बाद बस राख़ पड़ी रही।

उस आग ने मीर साहब को छुआ था, और मैं उस राख़ को बस अपने बदन पर मल सका। मैं किसी को मीर साहब की तरह प्यार न कर सका। जानते हैं क्यूँ? या तो ख़ुदा ने मेरे अन्दर प्यार जैसी कोई चीज़ नहीं दी थी, या फिर यतीमों की तरह ज़िन्दगी काटते-काटते मैं प्यार का मतलब ही भूल गया था; सिर्फ़ अल्फ़ाज़ों से प्यार किया, शब्द इंसानों को कैसे छूते हैं, मैं समझ नहीं पाता हूँ।

ज़िन्दगी के शुरुआती दिनों में उमराव बेग़म ने एक बार पूछा था, 'आप बात नहीं करते हैं मिर्ज़ा साहब?'

—क्या बात?

—आपको मेरे साथ बात करने का दिल नहीं करता है?

—करता तो है, लेकिन—

—क्या?

—तुम मुझसे बहुत दूर हो बेग़म।

—कितनी दूर?

मैंने आसमान की तरफ़ ऊँगली उठा कर एक तारा दिखा दिया।

14

नग़मा है, महब-ए साज़ रहे;
नशा है, बेनियाज़ रहे

मिर्ज़ा साहब, अरे ओ मिर्ज़ा साहब! यह देखो बुड्ढा फिर से सो गया। इतने बरसों से क़ब्र में सोते हुए भी, इनकी नींद में कोई कमी नहीं आई। या बीच-बीच में ढोंग करके पड़े रहते हैं? इनकी ग़ज़लों की तरह इनको भी समझना बड़ा मुश्किल है, भाईजान लोग। बाहरी रंग-रूप में डूबे रहने से अन्दर क्या छुपा है, समझा नहीं जा सकता है। मौमिन और ज़ौक जैसे शायर जब चाँद-फूल-पंछी-औरत को लेकर एक ही तरह की शायरी कर रहे थे, या फिर बादशाह की शान में क़सीदे लिख रहे थे, तब मिर्ज़ा साहब ने मृत ग़ज़लों में लहर पैदा की। कोई फ़नकार किस तरह इतना बड़ा काम कर सकता है? जब कोई अपनी ज़िन्दगी को जला कर अपने फ़न की आग को रोशन रख सकता है। जानते हैं, ऐसे लोग बड़े ही अनप्रेडिक्टेबल होते हैं, मतलब कि पहुँच के बाहर; हमारे हर दिन के रूटीन के ग़ज़-फीते से मिर्ज़ा साहब जैसे इंसान को नापना भूल है। एक वक़्त लगेगा कि यह आदमी शैतान छोड़ कर कुछ और नहीं है, हो सकता है ऐसा ही हो, एक ऐसा शैतान जो अपनी ज़िन्दगी को लेकर खेल खेल सकता हो। मिर्ज़ा साहब का एक मज़ेदार क़िस्सा याद आ गया। उस वक़्त रंग-रसिकता में उनका कोई जोड़ीदार नहीं था, लेकिन ज़्यादातर तंज़ का चाबुक वह अपनी ही पीठ पर मारा करते थे। अरे भाईजान, परेशान मत होईये, क़िस्सा बता रहा हूँ। मत सोचियेगा कि मैं मिर्ज़ा साहब की सफ़ाई के गीत गा रहा हूँ। मैं कौन होता हूँ उनकी सफ़ाई देने वाला? और फिर मिर्ज़ा साहब की ज़िन्दगी तो अब एक क़िस्से के सिवा कुछ और नहीं। सिर्फ़ ज़िन्दा रह गयी हैं उनकी ग़ज़लें; भाईजान, हम ग़लती करते हैं, ज़िन्दगी में किसी फ़नकार को खो देना बहुत आसान है, लेकिन एक फ़नकार की असल ज़िन्दगी उसके मौत के बाद ही शुरू होती है, तब इब्राहिम ज़ौक जैसे लोग हज़ारों कोशिशों के बावजूद उसे धुंधला नहीं पाते हैं।

अब वह क़िस्सा सुनिए। सारा दिन मिर्ज़ा साहब जिस कमरे में रहते थे, वह कमरा घर के दरवाज़े की छत के ऊपर था। उसके एक तरफ़ एक छोटी-सी अँधेरी कोठरी थी, जिसका दरवाज़ा बहुत ही छोटा था, अन्दर बिल्कुल झुक कर जाना पड़ता था। गर्मियों के दिनों में उस कमरे में एक दरी पर मिर्ज़ा साहब सुबह दस बजे से शाम के तीन-चार बजे तक बैठे रहते थे। कभी अकेले तो किसी दिन कोई साथी मिल जाने पर चौसर खेल कर सारी दोपहरी बिता देते थे। उन दिनों रमज़ान का महीना चल रहा था। एक दिन दोपहर में मौलाना अर्ज़ुदा आकर हाज़िर हुए। वह मिर्ज़ा साहब के चहेते लोगों में से थे। मिर्ज़ा साहब उस दिन अपने किसी दोस्त के साथ चौसर खेल रहे थे। रमज़ान के महीने में चौसर खेलना? मौलाना की आँख में

तो यह गुनाह था। उन्होंने कहा, 'हदीस में पढ़ा था, रमज़ान के महीने में शैतान क़ैद में रहते हैं। इसके बाद अब हदीस की बात मानना मुश्किल होगा'।

—क्यूँ?

—आप चौसर खेल रहे हैं, बताइए, तो फिर हदीस की बात मैं कैसे मान सकता हूँ?

मिर्ज़ा साहब ने अपनी हँसी दबाते हुए कहा—हदीस में कितना बड़ा सच लिखा हुआ है, आप देख नहीं पा रहे हैं?

—मतलब?

—हदीस की बात तो सही है। यह जो कोठरी है, इसी में तो शैतान क़ैद हो कर बैठा है, आप देख नहीं पा रहे हैं? क्या कहते हैं मियाँ? अपने चौसर के साथी से सवाल पूछ कर मिर्ज़ा साहब हो-हो कर हँस पड़े।

—आप अपने आपको शैतान कह रहे हैं?

—और नहीं तो क्या? मेरे जैसा शैतान नहीं होता तो आप कैसे मुफ़्ती बनते?

—मतलब?

—आसान बात भी नहीं समझते हैं? शैतान हैं तभी ही तो शरियत में इतने नियम-क़ानून की ज़रूरत पड़ती है। अर्जुदा साहब, मैंने कितनी बार कहा है कि मैं आधा मुसलमान हूँ। शराब पीता हूँ, लेकिन सूअर नहीं खाता।

जैसा मिर्ज़ा साहब ने कहा, वैसा ही कुछ मैं भी कहा करता था। मैं कितना मुसलमान हूँ, इसको लेकर मेरे एक दोस्त ने सवाल किया था। मैंने कहा, 'इस्लामिया कॉलेज और डीएवी कॉलेज के बीच मैच में इस्लामिया के गोल मारने पर मैं उछल जाऊँगा। मैं बस उतना ही मुसलमान हूँ। उससे ज़्यादा नहीं'।

एक और क़िस्सा सुनिए भाईजान लोग। यह मिर्ज़ा साहब के बुढ़ापे की घटना है। तब दिल्ली में महामारी फैली हुई थी, यानी कॉलेरा। मीर मेहदी हुसैन मजरूह ने एक दिन ख़त लिखा, 'हज़रत शहर से महामारी भाग गयी या अभी भी मौजूद है?' जवाब में मिर्ज़ा साहब ने लिखा, 'मुझे समझ में नहीं आता ये कैसी महामारी है। जो महामारी सत्तर साल के बुड्ढे-बुढ़िया को नहीं मार पा रही है, उसके आने की ही क्या ज़रूरत थी?'

इन जनाब को समझना मेरे-आपके बस की बात नहीं है। लेकिन एक आदमी दूसरे आदमी को पूरी तरह से समझना चाहता है। ग़ल्ती यहीं पर है। जहाँ एक इंसान अपने आप को ही पूरी तरह पहचान नहीं पाता—सिर्फ़ बर्फ़ के पहाड़ की चोटी भर देख सकता है—कहिए, वहाँ दूसरे इंसान को पूरी तरह से समझने की ख़्वाहिश मज़हकाख़ेज़ (हास्यास्पद) नहीं है? हमारी बात जाने दीजिए, उमर ख़ैय्याम को फ़रीदुद्दीन अतर जैसे सूफ़ी कामिल भी नहीं समझ पाए थे। जानते हैं क्यूँ? ख़ैय्याम साहब मानते थे कि मौत के बाद पुनरुत्थान नहीं होता। फ़ल्सफ़ी इब्न सीना की तरह ख़य्याम साहब को भी लगा था, अल्लाह शायद ख़ुशबू महसूस करते हैं, लेकिन हर फूल की अलग-अलग ख़ुशबू उन तक नहीं पहुँचती। इब्न सीना कहते थे, इस कायनात को रचने वाला कोई नहीं, यह भी ख़ुदा की ही तरह अज़ल से अबद तक है। और ख़ैय्याम साहब ने अपनी एक रूबाईयत में लिखा था, जब इस दुनिया में मेरे रहने के लिए

जगह नहीं है, तो फिर शराब और आशिक़ को छोड़ कर रहना ग़लत है; यह दुनिया बनी है या अनंतकाल से है, यह सोच भी कितने दिन की है? मेरे चले जाने के बाद, इन सब सवालों का भी कोई मायने नहीं रह जायेगा। इसलिए अतर साहब ने क़यामत के दिन, ख़ैय्याम साहब का जिस तरह तसव्वुर किया, वहाँ, अल्लाह के दरबार में ख़ैय्याम साहब जैसे शैतान की कोई जगह नहीं थी। 'क्यूँ नहीं थी?'—ख़ैय्याम साहब की एक रंडी ने एक शेख़ से यह सवाल किया था। सोचिए उसमें कितनी हिम्मत थी। शेख़ ने उस रंडी से कहा, 'तुम नशे में हो, हर वक़्त अय्यारी में लिप्त हो'। उस रंडी ने जवाब दिया, 'जैसा आपने कहा मैं वैसी ही हूँ, लेकिन आप अपने आप को जैसा समझते हैं, क्या आप वैसे ही हैं?'

ख़ैय्याम साहब अपनी मौत के बाद की बात ख़ुद ही कह कर गये थे। निज़ामी साहब ख़ैय्याम साहब के शागिर्द बने थे। उन्होंने आख़री बार ख़ैय्याम साहब को बल्ख़ के ज़रख़रीद ग़ुलामों के बाज़ार वाली सड़क पर एक दोस्त के घर देखा था। वहाँ ख़ैय्याम साहब की बात सुनने के लिए बहुत लोग मौजूद थे। शायद ख़ैय्याम साहब ने कहा था, 'मेरी क़ब्र ऐसी जगह पर होगी, जहाँ साल में दो बार पेड़ से फूल झरेंगे'। निज़ामी साहब इस बात पर विश्वास नहीं कर पाए थे। ख़ैय्याम साहब की मौत के चार साल बाद, निज़ामी साहब अपने उस्ताद की क़ब्र देखने निशापुर गए। फूलों से ढके उस क़ब्र को देख कर वे रो पड़े।

माफ़ करियेगा भाईजान लोग, मैं बातों-बातों में बहुत दूर चला आया। असल में, मिर्ज़ा साहब का जो क़िस्सा मैं आप लोगों को सुना रहा हूँ, वह सिर्फ़ उनका क़िस्सा नहीं है न। ख़ुदा ने हमें ख़ाक़ से तैयार किया है। तो फिर सोचिए, कितनी पुरानी, कितने दूर देशों की ख़ाक़ और उनकी यादें हमारे भीतर रह गयी हैं। सोचने में मुझे मज़ा आता है कि हम अज़ल से कहीं न कहीं, ख़ाक़ के अन्दर छुपे हुए हैं।

(अनुवादक की बात : यहाँ आकर मंटो साहब अचानक रुक जाते हैं। क़िस्सा दुबारा शुरू करने से पहले मंटो साहब ने एक पन्ने पर जो लिखा, वह मैं आप लोगों के समक्ष प्रस्तुत कर रहा हूँ। उस हिस्से को छोड़ देने से भी कोई असुविधा नहीं थी। लेकिन हम चाहते हैं जितना भी सम्भव हो हम मूल से जुड़े रहें। इसीलिए, मंटो साहब के इस बयान को भी उपन्यास का एक अंश नहीं मानने का कोई कारण नहीं दिखाई देता है। इस क़िस्से के बाहर और भीतर मंटो साहब ने जितना लिखा है, वह मैं हूबहू लिख रहा हूँ :)

'बीच-बीच में सवाल उठ रहा है, क्या यह उपन्यास सचमुच ग़ालिब की ज़िन्दगी को लेकर है? पहले मुझे इतना वहम नहीं था। लेकिन लाहौर में आने के बाद से, शराब पीने की लत इतनी बढ़ गयी थी—घर चलाने के लिए भी धांधलेबाज़ी करनी पड़ रही थी—वैसे घर की तरफ़ मेरी नज़र ही कितनी थी—ख़ुद को बनाए रखने के लिए यह सब फ़रेब था—जिसका अब मैं हिसाब भी खो बैठा था। मिर्ज़ा ग़ालिब को लेकर जिस फ़िल्म की कहानी लिखी थी, वह एक फ़्रॉड था, पूरी फ़िल्मी दुनिया ही फ़्रॉड है, वे मिर्ज़ा के नाजायज़ रिश्तों को लेकर कोई कहानी चाहते थे। लिख दी। सिनेमा के लिए कहानियाँ और स्क्रिप्ट तो मैं सिर्फ़ पैसे कमाने के लिए लिखता था। लेकिन मेरे उपन्यास के ग़ालिब तो गोगोल के 'ओवरकोट' कहानी के उस आदमी की तरह थे, जिसे मैं पकड़ नहीं पा रहा था। सो मैंने बेग़म

को बुला कर जहाँ तक लिखा था सुनाया। लाहौर में आने के बाद कोई ऐसा नहीं था जिसे मैं अपना लिखा सुनाता। इसलिए सफ़िया बेग़म को ही यह सज़ा झेलनी पड़ी।

—क्या मतलब है तुम्हारा, सफ़िया? मैंने पूछा।

—मैं लेखन के बारे में क्या समझती हूँ, कहिए? सफ़िया हँसती है, 'इस्मत होती तो समझती'।

—इस्मत तो नहीं है, तुम ही बताओ।

—गुनाह माफ़ कीजीयेगा मंटो साहब।

—कहो।

—मिर्ज़ा साहब पर आप ख़ुद हावी हो रहे हैं।

—तुम्हें ऐसा लग रहा है?

—जी।

मैंने बेग़म से और भी कुछ बातें पूछीं। वह बार-बार यही कहती रही, 'मैं लिखने के बारे में कितना समझती हूँ, बताइए? इस्मत होती तो—'। इस्मत, इस्मत, इस्मत। बार-बार बस एक ही नाम। मेरी सबसे बड़ी दोस्त और सबसे बड़ी दुश्मन। वह जानती थी कि मैं मरने चला हूँ, फिर भी वह चिट्ठी लिखने पर भी जवाब नहीं देती थी। मैं जानता था, पाकिस्तान चले जाने की वजह से वह मुझसे नफ़रत करने लगी थी। पर इस्मत तो इस्मत थी। 'लिहाफ़' जैसी कहानी और कौन लिख सकता था? बिल्कुल हलचल मच गई। मुल्लाओं से लेकर प्रगतिशील सब उसपर झपट पड़े। समलैंगिकता को लेकर कहानी? वह भी औरतों के बीच। इस्मत ने सचमुच एक कांड कर दिया था।

आख़िरकार मैंने मिर्ज़ा साहब को बुला कर अपने सामने बिठाया।

—क्या मियाँ? आप क्या चाहते हैं? मिर्ज़ा साहब हँसने लगे।

—आपको लेकर एक उपन्यास लिख रहा हूँ। ज़रा सुनेंगे? अगर आप कहते हैं कि कुछ नहीं बना है, तो मैं सलाम बजा कर हट जाऊँगा।

—पढ़ो, सुनता हूँ। ख़ुद का क़िस्सा कौन नहीं सुनना चाहता है?

पढ़ना ख़त्म होने पर, मिर्ज़ा साहब कमरे के अन्दर टहलक़दमी करने लगे। मैंने पूछा, 'कैसा लगा आपको?'

मिर्ज़ा साहब टहलक़दमी करते-करते एक शेर पढ़ने लगे,

गर्दिश-ए साग़र-ए जल्वा-ए रंगीन तुझसे
आईनादारी-ए एक दीदा-ए हैराँ मुझसे ।

उसके बाद उन्होंने कहा, 'लिखो मंटोभाई। ज़िन्दगी में कोई किसी को छू नहीं पाता, और लेखन में तुम मुझे छू सकोगे, यह उम्मीद भी फ़िज़ूल है। फिर भी लिखो। लिखना ही तो दीन की राह है'।

इसका मतलब इतने गुनाहों के बावजूद, मेरे लिए भी कोई दीन की राह है?

मंटो साहब का लिखा यह हिस्सा पढ़ कर मुझे बहुत मज़ा आता है। तबस्सुम को कहता हूँ, मिर्ज़ा ग़ालिब को लेकर उपन्यास लिखना तो मुझसे हुआ नहीं, वैसे मंटो साहब को लेकर एक उपन्यास लिखने का मन ज़रूर हो रहा है।

—क्यूँ जनाब? तबस्सुम हँसते हुए पूछती है।

—इतना बड़ा शैतान मैंने नहीं देखा। शैतान को एक्सप्लोर करने का मज़ा ही कुछ और है।

—आप अपने आप को क्या समझते हैं?

—क्या?

—बताइए न।

—जानता तो कोई समस्या नहीं थी। मंटो साहब जैसे बातों-बातों में कहा करते थे, 'फ्रॉड', 'फ्रॉड', समझ लो मैं भी एक फ्रॉड हूँ। कह सकती हो, लिखना मेरा 'फ्रॉड' का धंधा है।)

मिर्ज़ा साहब की ही बात पर लौटा जाये। मिर्ज़ा साहब अपने ससुर मारूफ़ साहब के घर ज़्यादा दिन नहीं रहे। एक तो वह उन्हें बर्दाश्त नहीं कर पाते थे, ऊपर से दिल्ली आकर वह अपने आपको बहुत बड़ा कुछ समझने लगे थे। हाँ, यह फ़ितरत उनके अन्दर पूरी सोलह आने थी, वही, बताया था न, वह कभी नहीं भूल पाते थे कि वह तुर्की फ़ौजियों की नस्ल के थे। मिज़ाज में अमीरी दिखाना उनके ख़ून में ही था। इसलिए ससुराल में रहना बर्दाश्त नहीं हुआ। चाँदनी चौक के पास हवास ख़ान का फाटक था, उसी के पास उन्होंने शब्बन ख़ान की हवेली किराए पर ले ली। तब जाकर अपनी मर्ज़ी के मुताबिक़ आज़ाद ज़िन्दगी बिताने की सूरत बनी। उधर ज़नानामहल में उमराव बेग़म अपना कुरान, हदीस और तस्बीह लेकर पड़ी रहीं।

भाईजान लोग, एक बात तो बतानी ही होगी, मिर्ज़ा साहब ने कभी बेग़म की ओर पलट कर नहीं देखा था। वे हर वक़्त ग़ज़ल, शराब, मुशायरा, तवायफ़ और रंगरलियों में मशग़ूल रहते थे। क्या कभी ऐसा नहीं हुआ होगा कि उमराव बेग़म अपने शौहर के साथ बात करना चाहती हों, उनके क़रीब जाना चाहती हों? ज़रूर चाहती होंगी। लेकिन मिर्ज़ा साहब की लापरवाही और संगदिली की कोई सीमा नहीं थी। वे बेग़म के साथ हमबिस्तर हुए, सात-सात औलादें पैदा की, जिनमें से कोई भी डेढ़ साल से ज़्यादा ज़िन्दा नहीं रहा, लेकिन वे अपनी ज़िन्दगी की रईसी में चूर रहे। मैं समझ सकता हूँ, क्यूँ दिन पर दिन उमराव बेग़म अपनी ज़िन्दगी कुरान के अन्दर क़ैद करती जा रहीं थीं, क्यूँ आख़िरकार उन्होंने अपने खाने के बर्तन तक अलग कर लिए थे। हर औलाद का पैदा होना और उसकी मौत, उनके भीतर के अँधेरे से उन्हें और भी गहरे अँधेरे में धकेल रही थी। मिर्ज़ा साहब उनको कोई तवज्जो नहीं देते थे, बल्कि उनका मज़ाक़ बनाया करते थे। जानते हैं कैसे? एक बार मिर्ज़ा साहब घर बदलने के लिए सिर-पैर हो गये, ख़ुद ढूँढ़ कर नया घर देख भी आए। उमराव बेग़म ने पूछा, 'हवेली कैसी लगी मिर्ज़ा साहब?'

—दीवानख़ाना तो अच्छा-ख़ासा है। पर मैंने ज़नानामहल नहीं देखा।

—क्यूँ?

—मैं देख कर क्या करता? वह तो तुम्हारी मस्जिद है, एक बार तुम ही जाकर देख आओ। मिर्ज़ा साहब ने हँसते-हँसते कहा।

—मस्जिद?

—नहीं तो और क्या? ज़नानामहल को तो तुमने मस्जिद ही बना कर छोड़ा हुआ है न। अब बात मत बढ़ाओ, जाकर एक बार देख आओ।

शौहर की बात मान कर उमराव बेग़म हवेली देख आईं। मिर्ज़ा साहब ने पूछा, 'कैसा लगा? तुम्हें पसन्द आया?'

—जी। लेकिन—

—लेकिन क्या?

—सब कहते हैं उस हवेली में जिन्न है।।

—कौन कहता है, जिन्न है?

—जो लोग हवेली के आस-पास रहते हैं।

—उन लोगों ने तो तुम्हें देखा है?

—जी।

मिर्ज़ा साहब ठहाका लगा कर हँसने लगे।—अरे बेग़म, दुनिया में तुमसे ज़बरदस्त जिन्न कोई और है क्या?

अपने शौहर के मुँह से ऐसी बात सुनने के बाद, किसी के पास कुछ और कहने को रह जाता है क्या? उमराव बेग़म अपना रोना रोकते हुए ज़नानामहल के अन्दर चली गईं। भाईजान, इन मिर्ज़ा साहब को मैं कभी माफ़ नहीं कर सकता। एक पति के रूप में मैं भी सफ़िया बेग़म को बहुत कुछ नहीं दे पाया था, मैं अपने ही ख़्याल और ख़ुशी से चलता रहा, लेकिन इस तरह कभी उनका अपमान नहीं किया था। मिर्ज़ा साहब बड़ी आसानी से किसी को भी ज़लील कर देते थे, कम-से-कम अपनी जवानी के दिनों में तो करते ही थे। किसी को ज़लील करने से ख़ुद भी तो ज़लील होना पड़ता है। लेकिन अपना अपमान वह सह नहीं पाते थे। मैं इतना कुछ बोल रहा हूँ इसका मतलब यह नहीं कि आप मिर्ज़ा साहब को कीचड़ में उतार दें। ज़िन्दगी सिर्फ़ काली-सफ़ेद तस्वीर नहीं होती, उसमें तरह-तरह की परछाईयाँ भी होती हैं। और मिर्ज़ा साहब की ज़िन्दगी हमारी रोज़ाना की ज़िन्दगी से बहुत बड़ी थी, वह अंग्रेज़ी में कहते हैं न, लार्जर दैन लाईफ़? आप उनकी ज़िन्दगी को लेकर तन्क़ीद कर सकते हैं, सवाल उठा सकते हैं, पर शार्क से भरे समन्दर में गोते खाते हुए उनके वजूद को इन्कार नहीं कर सकते।

दिल्ली में शायर के हिसाब से इज़्ज़त पाने के लिए मिर्ज़ा साहब को कम अपमान नहीं सहना पड़ा था। एक के बाद एक मुशायरों में उनकी ग़ज़लों को, उनको बेइज़्ज़त किया गया था। क्यूँ? उनके लिखे को समझने वाले तब तक पैदा नहीं हुए थे; छोटे क़द के शायर ऐसे में क्या करते हैं? क़ाबलियत पर कीचड़ उछालते हैं, मज़ाक़ बनाते हैं, शायरी पर दक़ीक़, दुरूह होने का लेबल चिपका देते हैं। आपको ऐसे ही एक मुशायरे का क़िस्सा सुनाता हूँ। उस मुशायरे में दिल्ली के नामी-गिरामी शायर और रईस लोग आए थे। एक के बाद एक उन लोगों

ने अपनी शायरी पढ़ी। 'क्या बात है, क्या बात है' की आवाज़ें बुलंद हुईं, तालियाँ बजी, मिर्ज़ा साहब समझ गये, सब सारहीन चीज़ें थीं, अलंकारों से भरी, उसी तरह जैसे, ढेरों ज़ेवरों से लदी औरत की ख़ूबसूरती खो जाती है। जब मिर्ज़ा साहब की पढ़ने की बारी आई, हकीम आग़ा जान आईश उठ कर खड़े हो गये, कहा, 'इतने बड़े शायर के ग़ज़ल पढ़ने से पहले, मैं कुछ कहना चाहता हूँ। मुझे आप लोग इजाज़त दें'।

मुशायरे में शोर उठा, 'कहिए जी, कहिए जी'।

—अर्ज़ किया है?

—इरशाद, इरशाद।

हकीम आग़ा जान ने पढ़ना शुरू किया,

वह शायरी बेमतलब की है, जिसे सिर्फ़ समझ सके ख़ुद शायर
मज़ा तो तब है जब दूसरे भी समझ पाएँ उसका मतलब।
मीर को समझता हूँ, मिर्ज़ा को भी, लेकिन जो कुछ लिखते हैं ग़ालिब
अल्लाह उन्हें मुआफ़ करे, वे ही जानते हैं कौन समझता है उसे!

मुशायरे में हँसी का फ़व्वारा फूट पड़ा। इसके बाद क्या कोई शायर अपनी शायरी पढ़ सकता है, भाईजान लोग?

और एक बार क्या हुआ था, सुनिए। रामपुर के मौलवी, अब्दुल क़ादिर ने आकर कहा, 'मिर्ज़ा साहब, आपका एक शेर मैं किसी तरह समझ नहीं पा रहा हूँ, अगर समझा दें तो'।

—कौन सा शेर जनाब?

—वह जो आपने लिखा है:

गुलाब की ख़ुशबू तुम
ले लो भैंस के अंडे से
और भी कुछ ख़ुशबुएँ है उसमें,
ले लो भैंस के अंडे से।

—क़ादिर साहब यह तो मेरा लिखा शेर नहीं है।

—लेकिन आपके दीवान में ही तो पढ़ा था। क्या आप एक बार खोल कर देखेंगे?

मिर्ज़ा साहब समझ गये, दरअसल वह उनकी शायरी का मज़ाक़ बना रहा है। लेकिन उन्होंने अपने दोस्त फ़ज़ल-ए-हक़ की तन्क़ीद को स्वीकार किया था। एक फ़नकार पर हमला कर हम उसे बदल नहीं सकते। अगर कोई एक दोस्त की तरह पास आकर कहे, वह भी अगर उसमें उस विषय को लेकर बात करने की क्षमता हो तो, एक फ़नकार उसे मान लेता है। मिर्ज़ा साहब, फ़ज़ल-ए-हक़ की आलोचना को स्वीकार कर अपने लिखने की ज़ुबान को बदलने लगे थे, क्यूँकि एक दोस्त की तन्क़ीद मसखरी नहीं, पीठ पर रखा हुआ हाथ होती है। और फिर फ़ज़ल-ए-हक़ शायरी की ज़बान की बारीकियों को समझते थे। लेकिन जो यह सब न

समझता हो, क्या उसे मिर्ज़ा साहब की शायरी में नुक्ताचीनी करने का हक़ था? रसायनविद्या, पदार्थविद्या वगैराह को लेकर बात करने के लिए आपको ज्ञान अर्जन करना ही पड़ता है। और कविता या शायरी के समय आप जो मर्ज़ी वही कह कर पार पा जायेंगे, यह तो नहीं हो सकता है न। कविता, शायरी की भाषा किस तरह जन्म लेती है, उसके इतिहास और विकास के बारे में जाने बिना क्या आपको कुछ कहने का अधिकार है? चूँकि शायर के हाथ में सिर्फ़ एक क़लम होती है, और वैज्ञानिक को ढेर सारे यंत्र घेरे रहते हैं, इसलिए शायर, कवि के बारे में बड़ी आसानी से कुछ भी कह दिया जाता है? इतनी ज़िल्लत सहने के बाद ही मिर्ज़ा साहब ने यह शेर लिखा होगा,

थी ख़बर गर्म के ग़ालिब के उड़ेंगे पुर्ज़े
देखने हम भी गये पर तमाशा न हुआ।

बहुत उम्मीदें लेकर मिर्ज़ा साहब दिल्ली आए थे। कुछ दिनों में ही वे समझ गये कि उनकी उम्मीदों का कोई नतीजा नहीं निकलने वाला। दिल्ली के दरबार में भी उन्हें जगह नहीं मिली। दीवानख़ाने में अकेले नशे में धुत, वे रोते-रोते बड़बड़ाते थे,

नहीं गर सर ओ बर्ग-ए अदराक-ए माने,
तमाशा-ए नैरंग-ए सूरत सलामत।

15

मुहब्बत ने ज़ुल्मत से काढ़ा है नूर
मुहब्बत न होती न होता ज़ुहूर ।

मंटोभाई, आपने ठीक ही पकड़ा, मैं सोया नहीं था, बस आँख बन्द किए लेटा हुआ था। असल में बात करने का मन नहीं हो रहा था। 1857 साल के बाद से मुझे और जागते रहने का मन नहीं करता था, सच कहूँ तो ख़ुदा से तब मैं बस एक ही इल्तिजा करता रहता था, अर-रशीद, मुझे अब क़ब्र की राह दिखा दो। लेकिन मुझे अपने नाते-रिश्तेदार, दोस्त-एहबाब सबको खो कर और बारह साल तक ज़िन्दा रहना पड़ा। यह तो होना ही था, आख़िर मेरी ज़िन्दगी में क्या ही ठीक तरह से हुआ था! इसलिए धीरे-धीरे मैंने अपने आप को बाहर से देखना सीख लिया, अपनी ही दुर्दशा को देख कर ख़ुशी महसूस करने लगा। हो सकता है आप हँसे, लेकिन एक समय मैंने अपने आप को ही दुश्मन की नज़र से देखना शुरू कर दिया। किस्मत की चाबुक का हर वार मेरे बदन पर आकर पड़ा और मैंने चीख़ कर ख़ुद को ही कहा, 'देख, देख कुत्ते ग़ालिब को फिर मार खानी पड़ रही है, बहुत नाज़ था न अपने आप पर? तेरे जैसा और कोई शायर नहीं, फ़ारसी में भला तेरे बराबर कौन है? अब देख, तेरे नाम के साथ क्या लिखा हुआ है! क्या? तू साला दोज़ख़ का बाशिंदा है। ख़ुद को गाली-गलौज करते-करते मैं रो पड़ता था। एक वक़्त के बाद आँखों से पानी आना भी बन्द हो गया, अन्दर रेगिस्तान धू-धू करता रहता था। मैं उनसे गुज़ारिश करता था, अल्लाह, पानी नहीं अब मेरी दोनों आँखों से लहू टपकना चाहिए, मैं अब अपने हाथों पर, मुँह पर ख़ून मलके यतीमों की तरह मर जाना चाहता हूँ। लेकिन अल्लाह ने मुझे इसी दुनिया में दोज़ख़ दिखा कर क़ब्र में भेजा। जानते हैं क्यूँ? मेरा एक ही गुनाह था। ख़ुदा तो इस नश्वर ज़िन्दगी को मिटा ही देना चाहते हैं, लेकिन मैंने अपनी शायरी के ज़रिए, ज़िन्दगी के कुछ पलों को अनंत का स्वाद देना चाहा था। इसके लिए क्या ख़ुदा मुझे सज़ा नहीं देते? देते ही। कौन हो तुम ऐ ग़ालिब, ख़ुदा की दुनिया के समानांतर शब्दों से रची एक और दुनिया तैयार करना चाहते हो? बेवकूफ़! शायरी करते हो, क़िस्से गढ़ते हो, तस्वीरें बनाते हो, सुर बाँधते हो—तुम बेवकूफ़ छोड़ कर और क्या हो! लेकिन मैं क्या करता मंटोभाई? मुझे तो शब्दों से प्यार था, अल्फ़ाज़ों को छान कर उनसे रंग निकालता था, लफ़्ज़ों की गहराई में डूब कर सुर सुन पाता था, अँधेरे में भी देख पाता था—यह सब जो मैं कर पाता था, वह तो अल्लाह की ही मेहरबानी थी।

लेकिन दिल्ली आने के बाद, पहले दस-बारह साल तक यह सब कुछ नहीं सोचा था मैंने। थोड़ी देर पहले आप कह रहे थे न, मैं दीवानख़ाने में बैठा रोया करता था, वह थोड़ा बढ़ा-चढ़ा कर बोला है आपने। नहीं मंटोभाई, मैंने तब तक रोना नहीं सीखा था। हताश हो जाता था, परेशान होता था, कभी-कभी बहुत अकेलापन भी लगता था, लेकिन तब तक आँखों में

बादल नहीं घिरे थे। मिट्टी गीली होगी, भाप तैयार होगी, आसमान तक पहुँचेगी, उसके बाद ही न बादल दिखेंगे; उसके लिए वक़्त लगता है। और तब तो मैं तरो-ताज़ा नौजवान था। सब मेरी तरफ़ घूर-घूर कर देखते थे, जानते हैं क्यूँ? मेरे बदन का रंग जूही के फूल की तरह सफ़ेद था। जिस झुक चुके, झुर्रियोंदार चमड़ी वाले ग़ालिब को देख रहे हैं, इसे देख कर उस ग़ालिब का अन्दाज़ा भी नहीं लगा सकते हैं आप लोग। लम्बा, कसा चेहरा, घने घुँघराले काले बाल, अपने ही बालों पर ऊँगलियाँ फिराने से मख़मल को छूने का एहसास होता था। पर्दों के पीछे से कितनी ही बेग़में मेरी तरफ़ देखती रहती थीं, मुझे भी इसका एहसास रहता था, मंटोभाई। और देखती भी क्यूँ नहीं? दिल्ली में मेरे जैसे कितने लोग थे? सब एक जैसी पोशाकें पहनते थे, उन सबों के बड़े-बड़े बाल और मुँह भर दाढ़ियाँ थीं। सब भेड़ों के झुंड थे, समझे न! इसलिए जब मिर्ज़ा ग़ालिब पालकी पर बैठ कर रास्ते से गुज़रते, लोग उनकी तरफ़ न देखें, ऐसा कैसे हो सकता था? पजामे के ऊपर महीन कपड़े का कुर्ता और उस कुर्ते के सीने पर जामदनी का काम, कितने फूलों के बहार के नक़्शे, सिर पर लम्बी अस्त्रख़ान की टोपी। हर चीज़ में मैं दूसरों से अलग हूँ, यह मैं साफ़ ज़ाहिर कर देता था। यह सब मैंने 'मिर्ज़ानामा' से सीखा था। वह भी क्या किताब थी भाईजान लोग, एक अच्छे मिर्ज़ा होने के अदब-क़ायदे लिखे थे उसमें। कोई भी उठ कर मिर्ज़ा बन सकता है क्या? उसका एक तरीक़ा होता है। पहनावे और अदब-क़ायदे से ही समझ में आ जाता है, कौन मिर्ज़ा है और कौन नहीं। अपने बराबर के आदमी के अलावा मिर्ज़ा किसी ऐरे-ग़ैरे के साथ बात ही नहीं करेगा। वह आम आदमी से अलग है यह बताने के लिए, मिर्ज़ा चल कर कहीं नहीं जाता है, वह हर जगह पाल्की में चढ़ कर जायेगा। बाज़ार में कुछ पसन्द आए तो क़ीमत चाहे जितनी भी हो, मिर्ज़ा ख़रीद लेगा; दूसरों की तरह दर-दाम नहीं करेगा। वह और क्या-क्या करेगा? हवेली में रईस लोगों को बुला कर महफ़िल जमायेगा। एक बात जान कर रखियेगा। जो तम्बाखु सब खायेंगे, वह सुगंधी और हशिश मिली हुई होगी। शराब में पिसे हुई मोती मिले होगें। मिर्ज़ा होने पर आपको अपनी याददाश्त से सादिर के 'गुलिस्तान' और 'बुस्तान' को बयाँ करना जानना होगा। उससे भी बड़ी बात, आप जब बात करेंगे, उसमें व्याकरण की ग़लती नहीं होनी चाहिए। बीच-बीच में ग़ज़लों के शेर पढ़ने होंगे। फूलों में उसका पसन्दीदा फूल होगा नर्गिस। और फलों में नारंगी। उसके लिए आगरे का क़िला ही दुनिया का सबसे बेहतरीन क़िला होगा; और पारस का सबसे अच्छा शहर होगा इश्फ़ाहन। जो सिर पर बड़ी पगड़ी बाँधते हों, मिर्ज़ा उनसे हमेशा घृणा करेंगे।

बूढ़े हो जाने पर उसी मिर्ज़ा ग़ालिब की ओर देख कर मुझे बड़ी हँसी आती थी। दरअसल जानते हैं, जब इंसान किसी सपने में खोया रहता है, तब वह इसी तरह ख़ुद को सबसे अलग समझता है, फिर जब सपना टूटने लगता है, तब वह धीरे-धीरे ज़मीन पर पाँव रखना सीखता है, समझ जाता है, सबसे अलग होना चाहना असल में जवानी का ग़ुरूर है; सच तो यह है कि हर इंसान अलग ही होता है, कोई किसी के जैसा नहीं होता, सब अलग-अलग हैं। इस सच को समझने के लिए ज़िन्दगी की राह में बहुत सी करबलाएँ पार करनी पड़ती हैं, मंटोभाई।

नहीं, नहीं भाईजान लोग, परेशान मत होइए, जूही के फूल से सफ़ेद जिस मिर्ज़ा ग़ालिब का क़िस्सा आप लोग सुनना चाह रहे हैं, वह मैं आपको सुनाऊँगा। लेकिन याद रखियेगा,

ज़िन्दगी के बाहर खड़े हो कर जब अपनी ज़िन्दगी को देखा जाता है, तब वह कहानी सीधी राह पर नहीं चल पाती है, कितनी ही बातों की डाल-डगालें उसे आकर घेर लेती हैं; मैं एक ख़त्म हो चुकी ज़िन्दगी की ओर मुड़ कर देख रहा हूँ, उस ज़िन्दगी के आगे अब कोई और नयी राह नहीं खुलेगी, इसलिए इस वक़्त मुझे बहुत-सी बातें याद आएँगी, लगेगा अगर ऐसा न हो कर वैसा होता तो कैसा होता, मैं इस समय किसी भी स्मृति को फेंक नहीं सकता।

मंटोभाई, आपने ठीक ही कहा, मारूफ़ साहब के घर से निकलने के बाद मुझे अपने पंख फैलाने का मौक़ा मिला। वहाँ मेरा दम घुट रहा था। एक आदमी ग़ज़ल भी लिखना चाहता है, ऊपर से ज्ञान भी देना चाहता है, ऐसे लोगों को ज़्यादा देर सहन करना मुश्किल है। ऐसे लोगों की ज़िन्दगी फीते की तरह है और वे उस फीते के नाप से दूसरों की ज़िन्दगी भी काट-छाँट लेना चाहते हैं। पर मैं ठहरा एक यतीम, वालिद को कभी नहीं देखा था, मेरे लिए ज़िन्दगी का कोई नाप-वाप नहीं था। शब्बन ख़ाँ की हवेली किराए पर लेकर मुझे अपनी तरह से जीने का ज़ायका मिला। शराब पीना, जुआ खेलना, कोठों पर जाने से लेकर कुछ भी करने से यहाँ मुझे कौन रोक सकता था? किसी-किसी रात बेग़म के साथ सोया, जो कुछ करना था किसी यंत्र की तरह किया, उससे ज़्यादा बेग़म भी कुछ और नहीं चाहती थीं, उनके लिए दो जिस्मों के मिलने का मतलब था, बच्चा पैदा करना। तो बच्चे पैदा हुए, लेकिन वे एक-डेढ़ साल के अन्दर ही मर जाते थे। कैसे बचते बताइये? वे सब तो प्यार की पैदाईश नहीं थे। वैसे यह सही है कि मैंने भी उनके बचने या मरने की ओर कभी नज़र नहीं किया। उनमें से कोई अगर ज़िन्दा रहता तो शायद बेग़म के साथ मेरा रिश्ता इतना ठण्डा न हो जाता। और मैं तो तब किसी दूसरी हवा के नशे में चूर था। वह एक ऐसा नशा होता है मंटोभाई, जिसमें आप इंसान को इंसान नहीं समझते, सब बातों को हँसी-मज़ाक़ में उड़ा कर बर्बाद कर देना चाहते हैं। और मेरे अन्दर वह क्षमता भी थी। तो फिर एक गप्प सुनिए। एक दिन एक मुल्ला मेरे सामने शराब पीने को लेकर उल्टी-सीधी बातें कह रहा था। शराब हराम है, इसलिए तुम्हें दोज़ख़ तो जाना ही होगा। बहुत देर तक चुपचाप सुनने के बाद मैं फिर रह नहीं पाया, कहा, 'शराब में इतनी क्या ख़राब बात है मियाँ?'

—शराबी वह नहीं समझता है।

—कौन समझता है?

—ख़ुदा इन सबका हिसाब रखते हैं।

—क्या हिसाब रखते हैं?

—शराबी की दुआ कभी क़ुबूल नहीं होती।

मेरे अन्दर जमी हँसी एकदम फट पड़ी। कहा, 'मियाँ, मेरे पास शराब है, जो सब भुला देता है, तो फिर किस बात के लिए दुआ माँगू?'

शराबी की दुआ सच में क़ुबूल नहीं होती, वह आज मैं समझ पाता हूँ, मंटोभाई। शराबी का दिमाग़ एक ऐसी जगह अटका रहता है, जहाँ से वह कुछ और देख नहीं पाता, फिर भी मैं शराब नहीं छोड़ पाया; नशा एक ऐसी बन्द दुनिया तैयार करता है, जिसे छोड़ कर निकल नहीं पाता, इंसान बस वहीं चक्कर खाता रहता है, और उस भँवर के बीच आप दिन पर दिन अकेले होते जाते हैं।

सच कहूँ तो, मैं बड़ी उम्मीदें लेकर शाहजहानाबाद आया था, शायर के हिसाब से मेरा नाम भी फैल रहा था, फिर भी मुशायरों में मुझे ज़लील करने वाले लोग कम नहीं थे। ज़ौक़ और मौमिन जैसे बँधे बोलों की ग़ज़लें मैं लिखना नहीं चाहता था। मेरे लिए एक-एक लफ़्ज़ स्फ़टिक के जैसा था, दिल की रोशनी पड़ने पर जैसे लफ़्ज़ों से धनक पैदा होता हो। मंटोभाई, काले महल के अन्दर घूमते-घूमते, अकबराबाद की सड़कों पर चलते-चलते मैं शब्दों के भीतर छुपे आँसुओं के झरने की आवाज़ सुन पाता था। जानते हैं, उन शब्दों के अन्दर कौन रोया करते थे? आसमान, हवा, और अन्तरिक्ष में खो चुकी रूहें। ग़ज़लें लिखते-लिखते मैं उनकी आह सुनता था। जो रोज़ मुशायरे गर्म करते हैं, वह क्यूँ मेरी ग़ज़लों को समझना चाहते? उनके लिए बस एक काम था, इस साले ग़ालिब को हटाओ, इसे ज़लील करो, किसी तरह इसे दरबार में जगह न मिले। साला, किसी को कुछ नहीं मानता, किसी को आला बुज़ुर्ग नहीं मानता। हाँ, नहीं मानता था, मुझे पता है अमीर ख़ुसरो के बाद बस एक मैं ही था। मैं ही फ़ारसी की ग़ज़ल का मान रख सकता था। जिसमें फ़ारसी में ग़ज़लें लिखने का दम नहीं, मैं उसे शायर ही नहीं मानता था, मंटोभाई। ये सब बातें बतानेवाला मेरी ज़िन्दगी में कोई नहीं था। मैं अकेले में ख़ुद को ही ये सब बातें कहता था।

भाईजान लोग, ऐसे वक़्त में वह मेरी ज़िन्दगी में आई। मैंने पहले सिर्फ़ उसकी दोनों आँखें ही देखी थीं। उनको देखते ही मीर साहब का वह शेर मेरे दिमाग़ में गुनगुनाने लगा:

जी में क्या-क्या है अपने ऐ हमदम ।
पर सुखन ता बलब नहीं आता ।

मैंने उस दिन बहुत शराब पी रखी थी। कोठे से निकल कर मैं हवेली तक पहुँच नहीं पाया था। कोठे के बरामदे में ही सो गया था। पता नहीं किसने मुझे नींद के अँधेरे से खींच कर उठाया। मैंने सिर्फ़ दो आँखें देखी, जिनमें सूरमे की रेखा खिंची हुई थी और उन आँखों में चिकना पानी था।

—मिर्ज़ा साहब।

सर्दी की रात की हवा के जैसी वह आवाज़ मुझसे लिपट गई। मैं सिर्फ़ उन आँखों को देख रहा था, जिनके भीतर न जाने कितने पंछी उड़ रहे थे, जैसे सुबह हो गयी हो। दो आँखों के अन्दर, मेरी ज़िन्दगी की पहली सुबह हुई थी। जैसे चित्रकार विहज़ाद ने तूलिका से हवा के बदन पर दो आँखें बना दी हों।

—मिर्ज़ा साहब।

—कौन हो तुम?

—घर क्यूँ नहीं लौटे?

—घर? मैं हँस दिया। —कहाँ है?

—हवास ख़ान के फाटक में।

—वहाँ तो मेरा घर नहीं है।

वह बहुत देर तक चुप रही, उसके बाद उसने कहा, 'चलिए, आपको हवेली तक पहुँचा आती हूँ'।

—क्यूँ?

—आप इस तरह सड़क पर नहीं पड़े रह सकते, मिर्ज़ा साहब।

—क्यूँ, मियाँ?

—आप एक बेनज़ीर शायर हैं जी।

—बेनज़ीर?

—सच।

—बेनज़ीर?

—जी मिर्ज़ा साहब।

—फिर से बोलो।

—आप बेनज़ीर हैं।

मैंने उसका हाथ कस कर पकड़ लिया। कितनी तपिश, कितनी उत्तेजना! मैंने उसके हाथों में अपना मुँह रख दिया। उसके हाथों का माँस चूसने लगा। वह गहरे साँवले रंग की थी। और इतनी काली होने की वजह से अँधेरे में इतनी चमकदार।

—छोड़ दीजिए जनाब।

पर मैं उसके अँधकार में धंसता जा रहा था। उसे सीने से चिपटाए बिना आराम नहीं था। बिना किसी रुकावट के उसने भी ख़ुद को ढीला छोड़ दिया। मंटोभाई, वह पहली औरत थी जिसके जिस्म से मैंने भीगी मिट्टी की ख़ुशबू पाई थी। बारिश के बाद, पेड़ की जड़ों से जैसी ख़ुशबू आती है, ठीक वैसी। यह तो कोठे की तवायफ़ के जिस्म के इत्र की ख़ुशबू नहीं थी, यह तो भीगे हुए आदिम दुनिया के अँधेरे की ख़ुशबू थी।

मंटोभाई, मैं उस ख़ुशबू का दीवाना हो गया। वह किसी कोठे की मशहूर तवायफ़ नहीं थी। वह एक मामूली डोमनी थी। डोमनी किसे कहते हैं, जानते हैं न? डोमनियाँ लोगों के घरों में शादी-ब्याह-त्योहारों में नाच-गाकर पैसे कमाती हैं, इसके अलावा वे मर्दों के साथ हमबिस्तर भी होती हैं; वैसे कोई रईस मिर्ज़ा डोमनी को छूता तक नहीं। डोमनियों के हाव-भाव, बातचीत बिल्कुल नाली के गिरे हुए लोगों की तरह की होती है। लेकिन मुनीरा—मुनीराबाई सबसे अलग थी।

उस दिन के बाद से मुझे मुनीराबाई के घर में ही आश्रय मिला। वह सिर्फ़ मेरी ही ग़ज़लें गाया करती थी। गाते-गाते कृष्णवर्ण मुनीराबाई के चेहरे पर लाल मेघों की रोशनी बिखर जाती थी।

—मुनीरा—

—जी।

—मेरी ग़ज़लें तुमने कहाँ सुनीं?

मुनीराबाई हँस कर कहती, 'जी, आसमान से मिलीं'।

—आसमान से?

—जी।

—कहाँ है वह आसमान, वह तारे?

—जी, इधर। मुनीरा हँसती और अपने सीने पर हाथ रख कर कहती, 'सीने में है, जनाब'।

दिल के भीतर आसमान और उस आसमान से तिरती आती हैं मेरी ग़ज़लें, इस तरह कभी किसी ने मुझसे नहीं कहा था। सिर्फ़ मुनीराबाई ही कह सकती थी। मेरी ग़ज़लों के साथ उसका कोई लेन-देन का संबंध जो नहीं था। मैंने भी उसे अपने दिल में समेट लिया। जैसे मैंने एकखंड सजल, काले बादल को लिपटा लिया हो। मंटोभाई, बेग़म फ़लक आरा मेरी ज़िन्दगी की धूप से चमकता दिन थीं, और मुनीरा जैसे घनघोर वर्षा, मुसलसल गिरती बारिश, मेरे जिस्म पर कितने ही नये पत्ते उग आए; यकीन जानिए, मुनीरा के सामने बैठे-बैठे एक वक़्त के बाद मुझे सिर्फ़ उसकी दोनों आँखें दिखा करती थीं, हिरन की तरह चपल, कभी-कभी वे अजीब-सी स्थिर हो जाया करती थीं। उस स्थिर दृष्टि में मुझे डर दिखाई देता था, जिस तरह दौड़ते-दौड़ते हिरण डर से ठिठक कर खड़ा हो जाता है।

मंटोभाई, हर तरफ़ बात फैलने लगी। ठीक है तुम मिर्ज़ा ग़ालिब हो, तुम कोठे पर जा सकते हो, तवायफ़ के साथ रात भी बिता सकते हो, लेकिन एक डोमनी के घर जाकर रहना? तुम अपनी ज़मीन भूल रहे हो। मंटोभाई, अपनी ज़मीन किसे कहते हैं? एक के बाद एक मुशायरों में बेइज़्जत हो कर मैं बस उसी के सामने जाकर खड़ा हो सकता था। वह कुछ नहीं कहती थी, बस मेरी ग़ज़लें गाती रहती थी:

दिल-ए-नादाँ तुझे हुआ क्या है?
आख़िर इस दर्द की दवा क्या है?

जहाँ आसरा है, वहीं मुक्ति है। इसलिए मेरे बारे में कितनी भी गंदी बातें फैलाई गई हों, मैंने उनपर तवज्जो नहीं दी। आम आदमी मुझ पर पत्थर फेकेंगे इसलिए मैं दुम दबा कर भाग जाऊँ? मैं ऐसा बंदा कभी न था। हालाँकि अपने पुरखों की तरह मैं कभी लड़ाई के मैदान में नहीं गया था, पर मेरी ज़िन्दगी तो ख़ुद एक युद्ध का मैदान बन गयी थी, और मुझे वह लड़ाई अकेले ही लड़नी पड़ी थी। गोली मारो लोगों की बातों को। बिस्तर पर मुनीरा को पा कर मैं सारे अपमान भूल जाता था, ऐसा मुनीरा ही करवा सकती थी, और दिनों-दिन मैं उसे और जकड़ता जा रहा था। उसकी आवाज़ में एक के बाद एक अपनी ग़ज़लें सुन कर लगता था, मुशायरों में मुझे जितना भी ज़लील किया गया हो, एक इंसान ने तो अपनी आवाज़ में मेरी ग़ज़लों को बचा कर रखा है। मैंने मुनीरा को सिर्फ़ अपने लिए पाना चाहा, मैं उसे बाहर गाने नहीं देता था, किसी को उसके घर आने भी नहीं देता था। मैंने उसके रख-रखाव की ज़िम्मेदारी अपने ऊपर ले ली। महीने में बासठ रुपये पचास पैसे ब्रिटिश पेंशन आती थी। उसी में घर चलाना होता था, ऊपर से शराब और जुआ, इसके बाद अब उसकी भी ज़िम्मेदारी। वैसे मेरी ख़ाला कभी-कभी मुझे कुछ रुपये-पैसे भेजती थीं, गाहे-बगाहे लोहारू से अहमद बख़्श भी कुछ पैसे भेजा दिया करते थे, कभी-कभार अम्मीजान भी आगरा से पैसे भेज दिया करती थीं। लेकिन मेरे नवाबी मिज़ाज की वजह से वह भी कम पड़ जाते थे। इसलिए उधारी करनी पड़ती थी। उस वक़्त वैसे मथुरा दास, दरबारीमल, ख़ूबचंद जैसे लोग भी थे, जो उधार माँगने पर कभी मना नहीं करते थे। कुल मिला कर दिन मौज-मस्ती से गुज़र रहे थे। और मुनीरा को लेकर तैयार हो रही थीं न जाने कितनी ग़ज़लें।

रबिशंकर बल

जान तुम पर निसार करता हूँ
मैं नहीं जानता दुआ क्या है ।

एक दिन मुनीरा के घर पर कुछ लोगों ने हमला किया, उसे मारा-पीटा, चीज़ें तोड़-फोड़ दीं। जानते हैं क्यूँ? जिससे वह मुझे अपने घर न आने दे। फिर भी मैं गया, मैं ज़िद में आ गया था। मुनीरा ने मेरे दोनों हाथों को पकड़ कर रोते-रोते कहा, 'मिर्ज़ा साहब, आप चले जाइए। वह लोग देखेंगे तो—

—क्या करेंगे? मुझे मारेंगे?

—आपकी बदनामी होगी, मैं यह नहीं चाहती जी।

—तुम भी चाहती हो, मैं और न आऊँ?

वह मेरा चेहरा अपने सीने के एकांत में खींच कर रोते हुए कहती जाती है, 'आपके बिना मैं ज़िन्दा नहीं रह सकती, आप मेरी जान हैं, मिर्ज़ा साहब। फिर भी—

मंटोभाई, उसके बिना मैं भी ज़िन्दा रहने की बात नहीं सोच सकता था। जिस तरह पतंगा आग की तरफ़ खिंचता जाता है, मैं भी तो उसी तरह मुनीरा के पास खिंचा गया था। उसकी ख़ूबसूरती के बग़ैर मेरी ज़िन्दगी अधूरी थी। मेरी दिल की हालत कैसी थी जानते हैं? अब शायद कोई उसे मुझसे छीन कर ले जायेगा। मैं उसे बाग़ में भी सैर कराने नहीं ले जाता था, लगता था, उसकी ख़ूबसूरती को देख कर नार्सिसस भी अपने रूप को भूल कर, उसकी तरफ़ भागा चला आयेगा। मैं जितना मुनीरा के भीतर गहराई में उतरता गया, उतना ही लगा, मैं उसे पूरी तरह नहीं पा सका था।

ये न थी हमारी किस्मत के विसाले यार होता
अगर और जीते रहते, यही इन्तज़ार होता ।

मुझे ऐसा लगता था, उसके साथ पूरा मिलन मेरी किस्मत में नहीं है। अगर और ज़िन्दा रहूँ भी तो उसे मैं पा नहीं सकूँगा, उसके इन्तज़ार में ही उम्र पूरी गुज़र जायेगी। मंटोभाई, ज़िन्दगी में पहली बार मैं इस तरह प्यार कर सका था। शायरों में फ़िरदौसी, पीरों में हसन बसरी और आशिक़ों में मजनूँ—दुनिया के तीन नूर हुए थे। मजनूँ की तरह मुहब्बत न हो तो मैं उसे मुहब्बत नहीं कहता था। मंटोभाई, मैंने सोच कर देखा, पर मैं मजनूँ की तरह मुहब्बत नहीं कर सका था। वह राह बड़ी कठिन है। कितने लोग ख़ुद को भूल जाने की रियाज़त कर पाते हैं? मैं भी नहीं कर पाया था।

पहले ग़ुरूर में मैंने मुनीराबाई के पास जाना आना कम कर दिया। धीरे-धीरे वह ग़ुमान मिट गया और उसके साथ-साथ वह भी मिटती चली गई। मंटोभाई, मुग़लिया ख़ून बड़ा क्रूर होता है, मेरे बदन में भी वही ख़ून बहता था। जानते हैं, यह ख़ून क्या करता है? जिसे प्यार करता है उसी की हत्या कर देता है। मैंने ही मुनीरा की हत्या की थी। उसे भुला कर मैं फिर से ज़िन्दगी की नयी राह पर मशग़ूल हो गया। लेकिन मुनीरा ने अपने आपको मेरे भीतर क़ैद कर रखा था, उसके लिए कोई नयी राह नहीं खुली। औरत ऐसी ही होती है, एक बार जिसे प्यार करती है, फिर उसके प्यार के पिंजरे से बाहर नहीं निकल पाती, सूख कर मर जाने पर भी ख़ुद को उसी पिंजरे में अटकाए रखती है। एक वक़्त पर सोचता था, उनकी दुनिया बहुत

छोटी होती है। लेकिन किसी के मुहब्बत में जो जान भी दे सकता हो, असल में वह किसी साधना के पथ पर चल रहा होता है—ख़ुद को पार कर किसी दूसरे के अन्दर खो जाने की साधना। मंटोभाई, अल्लाह ने मर्दों को ये रियाज़त की ज़िन्दगी नहीं दी है। हम पतंगों की तरह हैं, और वे शमा की लौ, ख़ुद को जला कर वे रोशनी को जन्म देती हैं। आप इस मुहब्बत को मीराबाई के पदों में देख सकते हैं। गिरिधारी के बिना मीरा की दुनिया अँधेरी थी। कैसे जिऊँ रे माई, हरि बिन कैसे जिऊँ रे।

एक दिन ख़बर मिली कि मुनीराबाई नहीं रही। उसकी मौत के साथ-साथ बेख़ुद मुहब्बत भी मुझे छोड़ कर चली गई। लेकिन उसकी दोनों आँखें मुझे छोड़ कर नहीं गईं। मोर पंख से बनाई उसकी वह आँखें बारबार मेरे पास लौट आती थीं, मृतशैय्या पर लेटे हुए मैंने उन्हें मेरी ओर देखते हुए देखा था। जब मौत ने मेरा हाथ आकर पकड़ा, उस पल मैंने समझा था, मुनीरा को मैं मजनूँ की तरह ही प्यार करना चाहता था, नहीं तो इन्तकाल के वक़्त वह मुझे नहीं दिखती।

मुद्दत हुई है यार को मेहमाँ किए हुए
जोश-ए-क़दा से बज़्म चराग़ाँ किए हुए ।
करता हूँ जमा फिर जिगर-ए-लख़्त-लख़्त को
अर्सा हुए हैं दावत-ए-मिज़गाँ किए हुए ।
फिर वाज़-ए-एहतियात से रुकने लगा है दम
बरसों हुए हैं चाक-ए-ग़रेबाँ किए हुए ।
माँगे है फिर किसी को लब-ए-बाम पर हवस
ज़ुल्फ़-ए-सियाह रुख़ पर परेशाँ किए हुए ।
इक नौबहार-ए-नाज़ को ताके है फिर निगाह
चेहरा फ़रोग़-ए-मय से गुलिस्ताँ किए हुए ।
जी ढूँढ़ता है फिर वही फ़ुर्सत के रात दिन
बैठे रहें तसव्वुर-ए-जानाँ किए हुए ।

मुनीराबाई चली गई। धूसर दिन और भी धूसर हो गए। बेग़म फ़लक आरा मेरी ज़िन्दगी के आसमान में एक चमकती बिजली की लक़ीर थी, और मुनीराबाई वह तारा थी, मरने के करोड़ों साल बाद भी जिसकी रोशनी हमारे आँगन को छूती है।

शब दर शब मैं उस मौत के अँधेरे को देखता हुआ मीर साहब का शेर दोहराता रहता था:

सरसरी तुम जहान से गुज़रे
वर्ना हर जा जहान-ए दीगर था ।

मुनीराबाई, मेरी जान, तुम इतनी जल्दबाज़ी में इस दुनिया को छोड़ कर चली गईं, तुमने देखा ही नहीं, यहाँ हर मोड़ पर एक नयी दुनिया थी।

16

आग़ोश-ए गुल कुशादः बरा-ए विदा है;
ऐ अन्दलीब चल के चले दिन बहार के ।

अच्छा मिर्ज़ा साहब, कभी सोच कर देखा है, कितने ग़ालिब एक साथ आपके अन्दर छुपे हुए थे? उनमें से आप कितनों को जानते थे? हो सकता है किसी को सारी ज़िन्दगी पहचान ही न पाए हों, है न? समाज आप जैसे इंसानों को लेकर बड़ी परेशानी में पड़ जाता है। समझना मुश्किल होता है कि कौन असली मिर्ज़ा ग़ालिब है। जैसे मिर्ज़ा हातिम अली साहब मिहर को लिखा आपका ख़त। याद है, 1860 में लिखे उस ख़त की बात? मिर्ज़ा मिहर की माशूका की मौत हो गयी थी, ख़त में उन्होंने अपनी जुदाई का ग़म बयान किया था। आपने उसके जवाब में लिखा, मेरी उम्र अब पैंसठ साल की है, मैंने पिछले पचास सालों से दुनिया को बहुत अच्छे से नापा है। बहुत कम उम्र में एक दरवेश ने मुझसे कहा था, अपने आप को कभी तकलीफ़ मत देना। खाओ, पिओ, मौज करो, लेकिन एक बात याद रखना, तुम एक चीनी की कटोरी के चारों तरफ़ उड़ती हुई मक्खी हो, कभी शहद की मक्खी की तरह एक ही फूल के साथ अटके मत रहना। और क्या लिखा था, याद है मिर्ज़ा साहब? लिखा था, मरने वाले के लिए सिर्फ़ वह ही दुख कर सकता है, जो कभी ख़ुद नहीं मरेगा। आप क्यूँ रोते हैं? बल्कि आज़ादी का मज़ा लीजिए, ग़म भुला दीजिए। और अगर आप रिश्तों के बंधन से ही प्यार करते हैं तो, जो मुन्नजान, वही चुन्नाजान है। कभी-कभी तसव्वुर करता हूँ, मुझे बहिश्त में ले जाया गया है, वहाँ मुझे एक हूरी भी दी गयी है, जिसके साथ मुझे सदियों तक रहना है। सोच कर ही मैं डर से काँप जाता हूँ। मियाँ, फिर तो ज़िन्दगी एक बोझ बन कर रह जायेगी। जन्नत में वही घर, वही हरियाली, और मैं सदियों तलक एक ही चेहरे को देखते हुए बैठा हुआ हूँ, उससे प्यार की बातें किए जा रहा हूँ। मियाँ, दिल को कहीं और जोत लो। आपकी ज़िन्दगी में नयी-नयी बहार में, नयी-नयी परियाँ आएँ। सारी ज़िन्दगी एक ही चीज़ में फँसे रहने जैसी बचकानी बात कुछ और नहीं हो सकती है। मिर्ज़ा साहब, आप क्यूँ किसी के दर्द का मज़ाक़ बनाते थे? नहीं, नहीं मुझे इस तरह मत देखिए, क्या सोचते थे आप अपने आपको, सब आपके खेलने के खिलौने हैं? आप मिर्ज़ा मिहर को लिखी एक दूसरी चिट्ठी की बात बताना चाहते हैं न? हाँ, मैंने भी उस ख़त को पढ़ा है। उसमें आपने तसलीम किया है कि परोक्ष रूप से (ग़ैरवाजेह) आप ही मुनीराबाई की मौत का कारण थे। आपकी उस चिट्ठी से मेरे सामने एक तस्वीर उभर आती है। एक टूटा इंसान, यानी कि आप, मिर्ज़ा मिहर का हाथ पकड़ कर कह रहे हैं:

—मियाँ, हमारी खोई माशूकाओं को अल्लाह निजात दें। और हम लोग जो जुदाई सह रहे हैं, हम पर वह रहम करें। मुनीराबाई मेरी ज़िन्दगी में चालीस-बयालिस साल पहले आयी थी। उसके बाद मैं फिर उस राह पर नहीं गया, लेकिन उसका देखना, उसके हुस्न की

लताफ़त को मैं आज भी नहीं भूल पाया हूँ। मैं सारी ज़िन्दगी उस ग़म से निजात नहीं पा सकता। मियाँ, अगर जवानी की मुहब्बत की आग अभी तक आपके अन्दर बची हुई है तो उस मुहब्बत को अल्लाह के पैरों पर न्योछावर कर दीजिए। ख़ुदा ही आख़री बात हैं, और सब सराब है।

ये दोनों ख़त जो आपने एक ही समय में लिखे थे, इनमें से कौन असली मिर्ज़ा ग़ालिब है? कौन सा चेहरा है और कौन सा मुखौटा, मिर्ज़ा साहब? मैं आपसे प्यार करता हूँ, आपकी बेपरवाह ज़िन्दगी को देख कर मेरी आँखों में पानी की पर्तें काँप उठती हैं, लेकिन चेहरे और मुखौटे के इस नाइत्तफ़ाकी को मैं मान नहीं पाता हूँ। मैं दरअसल एक सीधा-सपाट इंसान हूँ, आपकी भूल-भुलैया में मैं खो जाता हूँ। मैं आपको शैतान कह कर भी खारिज नहीं कर सकता, जबकि कभी-कभी आप शैतान से भी ज़्यादा नीचे गिर जाते हैं। आप इस पल जिसे प्यार करते हैं, अगले ही पल उसका मज़ाक़ बना सकते हैं। शायद इसी को बादशाही चाल कहते हैं। यह क्या, आप फिर क्यूँ सो रहे हैं? मेरी बातें बर्दाश्त नहीं हो रहीं हैं, है न? मैं जानता हूँ मिर्ज़ा साहब, आप अपने बारे में कोई बात नहीं सुन पाते थे, अमीर ख़ुसरो के बाद बस एक आप हैं, बीच में और कोई नहीं, इस बात को आप कभी भूल नहीं पाते थे, है न? मैं भी यही मानता हूँ मिर्ज़ा साहब कि अमीर ख़ुसरो के बाद बस एक आप ही ऐसा शेर लिख सकते हैं:

बेतलब दें तो मज़ा उसमें सिवा मिलता है;
वह गदा जिसको न हो ख़ूँ-ए सवाल, अच्छा है ।

लेकिन आप क्यूँ बारबार इतने क़िस्म के मुखौटे पहन लेते हैं? किसके डर से? किसके वार से ख़ुद को बचाने के लिए?

—मंटोभाई—

—जी, मिर्ज़ा साहब।

—आप मुझे लेकर क़िस्सा लिख रहे हैं, इसलिए आप मुझे चीर-फाड़ कर मेरी चिंदियाँ नहीं उड़ा सकते।

—लेकिन मैं आपको समझना चाहता हूँ।

—इस बात की कोशिश मत कीजीयेगा। जानते हैं, मैं मारूफ़ साहब के घर से क्यूँ निकल आया था। वहाँ तो मैं आराम से ही था। लेकिन वह हर क़दम पर मुझे समझना चाहते थे, नापना चाहते थे। आपको क्या हक़ है मुझे पूरी तरह समझने का?

—इंसान तो इंसान को समझना ही चाहता है, मिर्ज़ा साहब।

—बकवास बन्द कीजिए। इंसान, इंसान कर आप लोगों की बड़ी-बड़ी बातें मुझसे सहन नहीं होती हैं। समझने के नाम पर आप लोग असल में एक इंसान को शतरंज के एक चौख़ाने में क़ैद करके रखना चाहते हैं। आप क्या समझेंगे मुझे? क्या आप कभी मेरे ख़्वाबों और बदख़्वाबों के अन्दर दाखिल हो सकेंगे? क्या आप समझ सकेंगे, क्यूँ मैं सारी रात नींद में अपने आप से बातें करता रहता था? मैं अपनी तक़लीफ़ों की बात नहीं कर रहा। बेइज़्ज़त होते-होते मैंने उसकी परवाह करना छोड़ दिया था। इंसान सबसे ज़्यादा अपने क़रीबी इंसान की बेइज़्ज़ती करके ख़ुश होता है। जानते हैं किस तरह? तुमसे बहुत प्यार करता हूँ कह कर।

लिख लीजिए, मैं किसी से प्यार नहीं करता था। इसलिए मैं सबका अपमान करता था, मज़ाक़ बनाता था। लेकिन, 'मैं तुम्हें प्यार करता हूँ' कह कर किसी को नाली में नहीं धकेला। मैंने दुनियादारी को आपसे कहीं ज़्यादा देखी है। सुनिए मंटोभाई, यह मैं ख़ुद अपने बारे में कह रहा हूँ, एक इंसान ख़ुद एक जल्लाद था—और वह मैं—मैं, मिर्ज़ा ग़ालिब हूँ। जिस तरह लिखते हुए स्याही छलक कर काग़ज़ पर धब्बा बना देती है, उसी तरह मेरी किस्मत की किताब भी एक निर्वासित जीवन की रात की चित्रलिपि है।

—मिर्ज़ा साहब—

—कहिए।

—मैं आपकी चीरफाड़ नहीं कर रहा।

—मंटोभाई, कोई ज़्यादा देर तक मेरी तरफ़ देखता रहे तो मुझे परेशानी महसूस होती थी। जानते हैं क्यूँ? सब असली मिर्ज़ा ग़ालिब को ढूँढ़ना चाहते थे। लेकिन मैं तो एक परछाई के सिवा कुछ नहीं था।

—किसकी परछाई मिर्ज़ा साहब?

—मैं उन्हें सारी ज़िन्दगी नहीं देख पाया। सुबह की अज़ान सुनते-सुनते लगता था, वे हैं, कहीं हैं, मैं बस उनकी परछाई बन कर इस दुनिया में पड़ा हुआ हूँ।

—मैं भी उनका ही साया हूँ, मिर्ज़ा साहब।

—बहुत ख़ूब। तो फिर अब आप अपने इश्क़ का क़िस्सा सुनाइए। वैसा कुछ आपकी झोली में है न? आप किसी इस्मत की बात बार-बार कहते रहते हैं। मैं ज़रा लेटे-लेटे सुनता हूँ।

एक धुंध का पर्दा हिल रहा था, जिसके पार मेरी ज़िन्दगी थी।

इस्मत की बात बाद में बताऊँगा, भाईजान लोग। आज अगर क़ब्र में लेटे हुए मैं तसलीम करूँ कि मैं इस्मत से प्यार करता था, तो क्या वह मुझसे प्यार नहीं करती थी, ऊपर की दुनिया के बाशिंदे सुनेंगे तो बहुत हँसेगे। असल में हम दोनों ही इस बात से बच कर रहते थे, दबा कर रखना चाहते थे, नहीं तो, यह दोस्ती भी नहीं बची रहती। मुहब्बत को लेकर हम बहुत बातें करते थे, लेकिन मैं हर वक़्त ऐसा रुख़ रखता था कि मुहब्बत तो बस एक बात की बात है, उस शब्द का कोई मायने नहीं। मैंने उससे एक बार कहा, 'तुम मुहब्बत कहने पर क्या समझती हो, बताओ?'

—मैं तो वह तुमसे सुनना चाहती हूँ, मंटोभाई।

—मैं—मैं क्यूँ—और मैंने तो कितनी बार कहा है, मैं प्यार-व्यार को कुछ नहीं समझता।

—हर वक़्त ज़्यादा मत बना करो।

इस्मत की धमकी सुन कर मैं हँस पड़ा।—तो फिर ठीक है, सुनो। मैं अपने सुनहरे ज़री की कढ़ाई वाले जूतों को प्यार करता हूँ, रफ़ीक उसकी पाँच नम्बर की बीवी को प्यार करता है। यही तो है मुहब्बत।

—मंटोभाई, तुम अपने आप को क्या समझते हो?

—कुछ नहीं बहनजी। मैंने तो कितनी बार कहा है, मैं एक फ्रॉड हूँ।

—फिर वही बात।

—अब तुम कहो, प्यार क्या है?

—जो कुछ एक जवान लड़का और लड़की के बीच होता है।

—ओह! यह बात है। तब तो कहा जा सकता है, मैंने भी प्यार किया था।

—कैसे? इस्मत बड़ी-बड़ी आँखें कर देखती है, जैसे कि वह मेरी बात पर विश्वास न कर पा रही हो।

मिर्ज़ा साहब, मैं वह क़िस्सा आप लोगों को सुनाता हूँ। मेरी ज़िन्दगी का देखा पहला इंद्रधनुष। तब मेरी उम्र बाईस-तेईस साल की थी। तीन बार कोशिश करके मैट्रिक पास करने के बाद मुझे अलीगढ़ मुस्लिम युनिवर्सिटी भेजा गया। मेरे साथ, जानबूझ कर फ़ेल हुआ मेरा दोस्त सईद कुरेशी भी था। पर मैं युनिवर्सिटी के सख़्त नियम-क़ानून मान कर चल नहीं पाता था। वैसे वहाँ के कई शिक्षक और छात्र मुझे बहुत पसन्द करने लगे थे। पर ख़ुद को व्यवस्थित न कर पाने की वजह से मेरी वहाँ तबियत ख़राब रहने लग गई। कई सालों से मेरे सीने में दर्द रहता था और साथ में बुखार भी। बिमारी इतनी बढ़ गयी, दर्द इतना बढ़ गया कि मैं दोनों घुटने मोड़ कर, अपने सीने को दबा कर बैठा रहता था। इस तरह बैठे रहने की आदत मुझे सारी ज़िन्दगी के लिए लग गई। दर्द को भूलने के लिए मैं देसी शराब पीने लगा। लेकिन नशे के वक़्त को छोड़ कर दर्द से निजात नहीं था। इलाज कराने के लिए मैं दिल्ली आया। एक्स-रे करने पर पता चला कि मुझे टीबी यानी रूहआफ़ हुआ है। यूनिवर्सिटी छोड़नी पड़ी। इलाज करवाने लायक पैसे भी नहीं थे। मेरी दीदी इक़बाल बेग़म ने आकर मुझे बचाया। उन्होंने ही सारा ख़र्चा उठा कर मुझे बतोत के एक अस्पताल में भेजा। बनियाल की तरफ़, जम्मू-श्रीनगर हाईवे पर पहाड़ के ऊपर, बतोत जैसे एक आश्चर्य द्वीप था। भाईजान लोग, जिंदगी में मैंने वही पहली और आख़री बेहतरीन ख़ूबसूरती देखी थी। चारों तरफ़ सिर्फ़ पहाड़ ही पहाड़, पाईन, चिनार-मजनू के जंगल जैसे हाथ बढ़ाते ही उन्हें छुआ जा सकता हो, बर्फ़ से ढकी हिमालय की कितनी ही चोटियाँ। अगर वैसी ही किसी जगह सारी ज़िन्दगी रह पाता, अगर कभी कुछ लिखना न पड़ता, इतनी ज़िल्लत-बर्बरता-ख़ूनख़राबे के इतिहास के बीच से गुज़रना न पड़ता और अगर किसी पहाड़ी गाँव में बेगू के साथ रह सकता मैं!

उसका असली नाम क्या था, मैं भूल गया। हाँ, मैं उसे शायद बेगू कह कर ही पुकारता था, कभी वज़ीर या कभी बेग़म कह कर भी बुलाता था। वह पहाड़ी लड़की थी, बिल्कुल गुलाबों की तरह उसके बदन का रंग था और शर्मा जाने पर उसका चेहरा सुबह की सूरज की तरह सुर्ख़ हो जाता था। बेगू सारा दिन पहाड़ों पर बकरियाँ चराती फिरती थी। बीच-बीच में किसी बकरी के खो जाने पर, बेगू मुँह के पास अपने दोनों हाथ ला आवाज़ लगाती थी और उसकी आवाज़ की गूँज से पहाड़ जैसे प्राण पा कर जाग उठते थे।

दुनिया को ऐसी लड़की बस एक बार ही मिलती है। पतली, लम्बी नाक। और आँखें? वैसी आँखें मैंने बहुत कम देखी थीं। बेगू की आँखों ने जैसे पहाड़ की गहराईयों को पकड़ रखा था। लम्बी, मोटी भवें। वह जब मेरे सामने से चल कर जाती थी, लगता था, सूरज की रश्मि उसकी पलकों पर अटकी हुई है। चौड़े कंधे और गोल-गोल हाथ। उसकी दोनों छातियाँ पहाड़ी मुर्गियों की तरह लगती थीं। भाईजान लोग, मैं कुछ भी बना कर नहीं बोल रहा, ऐसी

ख़ूबसूरती सिर्फ़ पहाड़ी मिनियेचर तस्वीरों में ही दिखती हैं। उसके हुस्न का ज़िक्र करने पर उन चित्रों में दिखती अभिसारिका, राधा की बात तो करनी ही होगी। पहाड़ी रास्तों पर उसका चलना, बीच-बीच में गाना, अपने ही ख़्यालों में दबे मुँह हँसना, जैसे वह किसी के मिलन की आशा में पगडंडी पर चली जा रही हो। वह एक गुप्त मिलन की यात्रा ही तो थी।

मैंने जब पहली बार उसे देखा, लगा मेरे अन्दर बहुत समय से जमे अँधेरे में बिजली कौंध गयी हो। काफ़ी दिनों तक मैं उसे पेड़ की ओट से देखता रहा। वह अपनी भेड़-बकरियों को सुर में बुलाती, जैसे कि वह किसी गीत की कलियाँ हवा में बहा रही हो, और उसकी आवाज़ की गूँज से मेरे अन्दर गीत, झरना बन कर फूट पड़ता था। एक दिन मैं अपने आपको और नहीं रोक सका। दौड़ कर जाकर उसका हाथ कस कर पकड़ लिया, और वह डरी हिरणी की तरह मुझसे ही लिपट गई। मुझे उसे चूमने का दिल कर रहा था, उसे जकड़ कर चूमने की कोशिश भी की, लेकिन एक झटके के साथ बेगू मुझे धक्का देकर भाग गई। मैंने फिर कभी ऐसी कोशिश नहीं की। एक दिन वह अपने आप ही आकर मुझसे बात करने लगी। उसके बाद दिनों-दिन हम लोग बैठ कर न जाने कितनी बातें करने लगे। वह सब मुझे अब पूरी तरह याद नहीं। जानते हैं, पहले शराब दिमाग़ को खाता है, धीरे-धीरे सारी यादें मिटने लगती हैं, जीवन में जो नहीं घटा, वह भी सच लगने लगता है।

मैंने बेगू को अपनी मुहब्बत का इज़हार किया। वह खिलखिला कर हँस पड़ी थी। उसके बाद अपने दुपट्टे का कोना चबाते-चबाते कहने लगी, 'तुम तो इस सरायख़ाने से चले जाओगे। क्या तब भी मुझे प्यार करोगे?

—कौन सा सरायख़ाना?

—ये पहाड़ का सराय! मैं उसकी बात पर हँस पड़ा।

—ऐसा दादी कहती है—

बेगू ने आगे कुछ और नहीं कहा। मैं समझ गया, सारी बातें बताने लायक भाषा उसके पास नहीं थी। लेकिन वह महसूस कर पाती थी। मिर्ज़ा साहब, बहुत दिनों के बाद मैं एक कहानी सुन कर बेगू की बात समझ सका।

माफ़ करियेगा भाईजान लोग, वह क़िस्से मुझे बताना ही होगा। न बताने पर आप लोग कैसे समझेंगे कि हम दोनों—यानी बेगू और मेरी मुलाक़ात एक सराय में हुई थी।

एक दिन इब्राहिम इब्न आदम दीवान-ए-आम में बैठे थे। साथ में उनके वज़ीर और दूसरे लोग भी थे। उसी वक़्त एक लम्बी दाढ़ीवाला, फटा अलखल्ला पहने एक फ़क़ीर सीधा बादशाह के सिंहासन के सामने आकर खड़ा हो गया।

इब्राहिम ने पूछा, 'क्या चाहिए आपको?'

—मुझे थोड़ी देर खड़ा रहने दीजिए। बस अभी-अभी तो इस सराय में पहुँचा हूँ।

—आप पागल हैं क्या! इब्राहिम ने ऊँची आवाज़ में कहा, 'यह सरायख़ाना नहीं, मेरा महल है'।

—आपसे पहले यह महल किसका था? फ़क़ीर ने पूछा।

—मेरे वालिद का।

—उससे पहले?

—उनके वालिद का।

—उससे पहले?

—ये कई पुश्तों की बात है।

—वे लोग अब कहाँ हैं?

—क्या इतने दिनों तक ज़िन्दा रहेंगे? सब दफ़्न हो गये हैं।

—जहाँ इंसान आता और जाता रहता है, वह सराय नहीं तो और क्या है? यह बात कहते ही फ़क़ीर ग़ायब हो गया।

बेगू की दादी ने ठीक ही कहा था, एक के बाद एक सरायख़ाने पार करते हुए ही तो हम मौत की तरफ़ बढ़ते हैं।

बेगू ने एक दिन कहा, 'तुम मुझसे नाराज़ तो नहीं हो न?'

—क्यूँ?

—वही जो उस दिन—

—क्या?

—मैंने तुम्हें चूमने नहीं दिया।

—वह तो मैं भूल चुका हूँ, बेग़म।

—जानते हो, सब मेरे साथ क्या-क्या करते हैं। कोई आकर कहता है, तुम्हारी आँखें कितनी सुन्दर हैं, तुम्हारे होंठ देख कर चूमे बिना रहा नहीं जाता। मैं क्या जवाब दिया करूँ, बताओ? मुझे यह सब सुनना अच्छा नहीं लगता है। मैंने तुम्हें उनके जैसा ही समझा था।

—तो फिर मैं कैसा हूँ?

बेगू गालों पर हाथ रख मेरी तरफ़ देखती रही। फिर हँस कर कहा, 'तुम उनके जैसे नहीं हो, तुम शरीफ़ हो'।

एक दिन मैंने देखा, बेगू के कुर्ते की ज़ेबों में कुछ भरा हुआ है। मैंने कहा, 'ज़ेबों में क्या भर कर ले जा रही हो?'

—नहीं बताऊँगी। बेगू अपनी चोटी हिलाती हुई हँस दी।

—नहीं बताओगी? रूको। मैंने उसके हाथ कस कर पकड़ लिए।—दिखाओ क्या है। दिखाना ही पड़ेगा।

—छोड़ दो न—

—नहीं, दिखाना ही होगा।

बेगू बेबस नज़रों से मेरी तरफ़ देखती हुई, जेब से एक के बाद अजीब सी चीज़ें निकालने लगी। चिनार के सूखे पत्ते, ख़ाली मचिस की डिब्बी, कुछ छोटे-छोटे पत्थर, अख़बार से काटी हुई पीली हो चुकी तस्वीर, बालों का रिबन। लेकिन एक चीज़ वह किसी तरह नहीं दिखा रही थी, जिसे उसने हाथ की मुट्ठी में दबा कर रखा हुआ था।

—वह क्या है?

—नहीं दिखाऊँगी।

—ठीक है। मैं हँस पड़ा।—अब जाओ।

बेगू काफ़ी दूर तक जाकर वापस लौट आई। मैं एक पेड़ के नीचे बैठा हुआ था। दूर से अपने हाथ की चीज़ मेरी गोद में फेंक कर वह भाग गई। जानते हैं वह क्या था? एक लॉजेंस। मैं हैरान हो गया, वह क्यूँ एक लॉजेंस दिखाने में इतना शर्मा रही थी, क्यूँ ही फिर वापस आकर मुझे वह दे गई। मिर्ज़ा साहब, बस उस दिन ही मैंने उसे आख़री बार देखा था। उसके बाद फिर कभी नहीं देखा। दो-एक दिनों के अन्दर मैं भी बतोत से विदा हो गया। लॉजेंस मेरे कुर्ते की जेब में ही पड़ा रहा। घर आकर मैंने उसे मेज़ की दराज़ में रख दिया। बेगू की एकमात्र याद। लेकिन यादें भी कितने दिनों तक बची रहती हैं, एक दिन दराज़ खोल कर देखा, लॉजेंस को घेर कर चिटियाँ दावत मना रही है।

एक दिन इस्मत को बेगू की बात बताई। सब सुन कर उसने कहा, 'यह कोई मुहब्बत हुई मंटोभाई? मैंने तुमसे एक ज़बरदस्त लव स्टोरी की उम्मीद की थी। यह तो बड़ी बचकानी सी थी'।

—क्यूँ बचकानी क्यूँ?

—एक सड़ी हुई थर्ड क्लास लव स्टोरी। एक चीनी की डली पॉकेट में डाल कर सोचा जैसे किसी हीरो की तरह का कुछ काम किया है। च्च, च्च।

मैं चुप हो गया।

—क्या हुआ? कुछ तो बोलो। इस्मत मुझे चिढ़ाने लगी।

—और मैं क्या करता इस्मत? क्या करने से तुम ख़ुश होती? बेगू के साथ सो कर, उसके पेट में एक नाजायज़ बच्चा रख आता, यही न? वैसा होने से लव स्टोरी जमती, है न? तब हाथ की पेशियों को फुला कर कहा जा सकता था, मेरे जैसा मर्द दुनिया में नहीं है। हा, हा, क्या तुम मुझे इस तरह देखना चाहती थीं, इस्मत?

इस्मत ने मेरे दोनों हाथ कस कर पकड़ लिए, उसकी आँखों में धुंध तैर रही थी।

17

तरीक-ए इश्क़ में रहनुमा दिल
पयम्बर दिल है कि बला दिल ख़ुदा दिल ।

मुनीराबाई मुझे छोड़ कर चली गयी, मेरी उर्दू गज़लों का पहला दीवान तैयार हुआ, उसी के साथ मैंने तय किया कि अब मैं फ़ारसी में ही लिखूँगा, फ़ारसी छोड़ कर ग़ज़लों में रोशनाई नहीं फूटती है, लेकिन मंटोभाई, पता नहीं क्या से क्या हो गया, मुझे लेकर नसीब का खेल शुरू हो गया। दिल के साथ ख़ुशी का जो रिश्ता था, वह टूट गया, कहीं छुपी गहराई में, टप-टप कर ख़ून की बूँदे टपकने लगीं। ख़ुशी के साथ हमारा एक ज़बरदस्त रिश्ता है, है न मंटोभाई? ख़ुशी के अलावा हम और क्या चाहते हैं ज़िन्दगी में? और सोचिए ज़रा, कितनी और ताक़तवर शक्तियाँ आकर हमारे इस स्वाभाविक रिश्ते को तोड़ देती है। एक दिन रात को मैंने अपने दिल से कहा, हाँ, बस दिल को ही तो कहा जा सकता है, वही तो हमारी इबादतगाह है, 'मुझे कहने की ताक़त दो कि मैं जहाँपनाह के पास जाकर कह सकूँ, हुज़ूर, मैं ही सारे रहस्यों का आईना हूँ, मुझे चमका दीजिए; शायरी मेरे अन्दर पैदा होती है। मुझे थोड़ा आराम दीजिए'। मेरा दिल चुपके से हँस दिया, 'बेवकूफ़ कहीं के, यह सब कहने का वक़्त अब निकल चुका है। अगर कुछ कहना ही है तो बस इतना ही कहना, मैं ज़ख़्मी हूँ, मेरे जख़्मों के लिए मरहम दीजिए; मैं मर चुका हूँ, मुझे फिर से ज़िन्दा कर दीजिए'। मैं जैसे किसी मुसव्विर के हाथों बनाया, एक बेरंग बुलबुल का चित्र था; हज़ारों गुलाबों की ख़ुशबू के बावजूद जिसका दिल नहीं गायेगा।

नहीं, नहीं, भाईजान लोग, इस तरह उदास चेहरा लेकर सो मत जाईयेगा, जब आप लोगों ने दो बदनसीब रूहों की कहानी सुननी शुरू कर ही दी है तो फिर उसे आख़िर तक सुनने की ज़िम्मेदारी भी तो आपको लेनी होगी। लेकिन इतनी देर से हमारी मुहब्बत की बातें सुनते-सुनते आप लोग जिस ख़ुमारी में डूब गये हैं, उस ख़ुमारी को मैं अभी तोड़ना नहीं चाहता। और मैं आपको ज़ुबान देता हूँ कि जब तक हमारे ये अँधेरों के क़िस्से चलेंगे, बीच-बीच में आप लोगों को हवा-रोशनी मिलती रहेगी, भाईजान लोग, मैं आप लोगों को बीच-बीच में ऐसे क़िस्से-हिकायतें सुनाऊँगा, ऐसी दास्तानों के क़रीब ले जाऊँगा कि आप लोगों को अपनी ये ज़िन्दगी, भारी पत्थर की तरह नहीं लगेगी। अच्छा, आप लोग सब उठ कर बैठ जाइए, अब मैं आपको तरह-तरह के मुहब्बत के क़िस्से सुनाना चाहता हूँ। सच कहूँ तो, ज़िन्दगी में जितना मैं दोज़ख़ की गहराई में डूबता चला गया, उतना ही इश्क़ की यादों ने मुझे बचाए रखा। ये हमारी ज़िन्दगी, हमारा पैदा होना, ये भी इश्क़ छोड़ कर और क्या है? ये है इश्क़-ए-मजाज़ी, इस दुनिया का प्रेम। और जितना हम मौत की तरफ़ बढ़ते जाते हैं, हमारे सामने इश्क़-ए-हक़ीकी की राह खुलती जाती है। इश्क़-ए-हक़ीकी तो ख़ुदा के लिए ही उठा कर रखनी पड़ती है। उस वक़्त आपके सामने बेग़म फ़लक आरा, मुनीराबाई, मंटोभाई की

बेगू, इस्मत कोई नहीं होता, सिर्फ़ वे होते हैं, अल्हमदुलिल्लाह। लेकिन कितने लोग इश्क़-ए-हक़ीकी की राह पर जा पाते हैं? मौला रूमी जा सके थे। हम सब तो बस पतंगें हैं, जो इश्क़-ए-मजाज़ी के शिकंजे में चक्कर खाते रहते हैं। मंटोभाई, मज़ा क्या है, ख़्याल किया? इस दुनिया का प्रेम इश्क़-ए-मजाज़ी है, जैसे किसी तस्वीर या प्रतीक से प्यार करना; और इश्क़-ए-हक़ीकी, जो प्रेम अल्लाह के लिए है, वही जो सच्चा प्रेम है। बताइए, इसका क्या मतलब निकलता है? हम सब पुतलों की परछाई हैं, प्रेम के प्रतीक जंगल में चक्कर काट रहे हैं। इश्क़-ए-हक़ीकी की राह पर अगर न भी जा सकें, तो ये भी क्या कम है, मंटोभाई? एक तस्वीर को प्यार कर पाना भी क्या कम है? इस दुनियादारी की ज़िन्दगी में इतना ही काफ़ी है। तस्वीर को प्यार करते हुए कोई मौत भी चुन लेता है—वह मौत क्या इश्क़-ए-हक़ीकी की राह की ओर रुख किए हुए नहीं है?

तो फिर भाईजान लोग, मैं आप लोगों को मीर साहब की एक मसनवी के बारे में बताता हूँ। इश्क़ की बात करने पर हमें मीर साहब की ही बातें आपको बार-बार बतानी होगी। उनके लिए प्यार में चोट खाया, हारा इंसान पिंजरे में क़ैद बुलबुल की तरह था, और उस बुलबुल का विलाप सुनते-सुनते उन्हें लगा था, असल में वे ही उस पिंजरे में क़ैद पंछी हैं। मंटोभाई, क्या आपने कभी 'दरिया-ए-इश्क़' पढ़ा है? आँखें बड़ी-बड़ी कर क्यूँ देख रहे हैं? अरे, मुझे पता है आपने नहीं पढ़ा है। मैंने दिल्ली और कलकत्ता में भी, कितने लोगों को देखा था जो हिन्दुस्तान का लिखा तो पढ़ते नहीं थे, गोरों का लिखा हुआ उनके लिए आख़री बात होती थी। एक वक़्त पर गोरी चमड़ी वाले और उनके तमद्दुन के प्रति मुझे बहुत मोह था। उन्हें दोस्त भी समझता था, लेकिन 1857 ने मेरी आँखें खोल दीं। तमद्दुन के नाम पर वे लोग इस मुल्क में एक के बाद एक कर्बला तैयार करने आए थे, और ये मैं समझ गया था।

नहीं, नहीं उतावले मत होइए भाईजान लोग, अब मैं आप लोगों को 'दरिया-ए-इश्क़' का ही क़िस्सा सुनाऊँगा। आप लोगों के इस क़िस्से को सुनने की बात नहीं थी। जब किसी दूसरे जन्म में जाएँ, तो इस क़िस्से की यादें साथ ले जा सकते हैं। कितना ही बदनसीब क्यूँ न होऊँ, मुझे इसी दुनिया में फिर से जन्म लेने का मन करता है। जानते हैं क्यूँ? हम असराफ़-उल-मख़्लाक़ात हैं, अल्लाह के तैयार किए हुए बेहतरीन जीव, आदम; जिब्राईल ने भी हमारे आगे सर झुकाया था, इब्लिस ने नहीं झुकाया इसलिए उसे बहिश्त से फेंक दिया गया। भाईजान, हम सब एक आईना हैं, जिसमें ख़ुदा अपने आप को देख पाते हैं। और इश्क़ उस आईने की गहराई में छुपा वह साया है, जिसे आप लोग कभी नहीं देख पायेंगे।

बीच में दो-चार बातें कह लेने दीजिए। यह मत सोचियेगा कि बूढ़े-खिसके ग़ालिब के दिल में जो आ रहा है, वही कहे चला जा रहा है। क़िस्सा कहने का भी तो एक तरीक़ा होता है। तरीक़े की पहली बात यह है कि जिस क़िस्से में आप नहीं हैं, उस क़िस्से को आप नहीं कह सकते हैं। तो फिर आप किस तरह उस क़िस्से में रह सकते हैं? आप बड़े मन से अपने बाग़ीचे के जिस पेड़ की बात बताते हैं, वह इसलिए, क्यूँकि आप उस पेड़ से प्यार करते हैं। आप इसी प्यार में बसते हैं; आप से मुराद बस एक ख़ून और गोश्त के जिस्म का नहीं, बल्कि आप अपने अन्दर के कितने अन्दरूनी रहस्यों के साथ उस पेड़ को प्यार करते हैं। इस जज़्बे को समझाने के लिए ही मैं इतनी बातें कह रहा हूँ। मीर साहब की मसनवियाँ मैंने नहीं लिखीं

हैं, लेकिन पाठक के हिसाब से कहीं मैं भी तो उससे जुड़ा हुआ हूँ, वही तो रहना है; इसी तरह एक कवि अपनी कविताओं में रहता है। जिस तरह एक बाज़ जब आसमान में उड़ता है, तो उसकी परछाई ज़मीन के सीने पर पड़ती है; रहना, ऐसा ही है, साये की तरह; मैं नहीं हूँ, लेकिन मैं हूँ किसी दूसरे चेहरे में।

एक आशिक़ भी उसी तरह रहता है। वह सारी ज़िन्दगी साथ नहीं होता, यहाँ तक कि पास रहने पर भी दरअसल वह पास नहीं होता है। सिर्फ़ उसकी परछाई रहती है, जिसे हम सारी ज़िन्दगी प्यार करते हैं। वह साया लम्बे समय से रिसते हुए ख़ून की तरह है; नग्न बालिका की तरह, कोमल, जैसे वह अभी सो जायेगी।

'दरिया-ए-इश्क़' इसी तरह सो जाने का क़िस्सा है। शायद उस लड़के ने प्यार में वैसी ही कोई नींद चाही थी? कौन जाने! लड़की भी तो नहीं जानती थी, एक दिन सोने के लिए उसे इश्क़ के पास ही जाना होगा। भाईजान लोग, वह लड़का बहुत ख़ूबसूरत था। साईप्रस के पेड़ की तरह चौड़ा, उसका दिल मोम की तरह नर्म था, जिस्म की हर रग़-रग़ में प्यार बहता था। इस तरह के आदमी दुनिया में मरने के लिए ही पैदा होते हैं। नहीं तो उन जैसों को बेमतलब जेल में क़ैद कर दिया जाता है, पागलख़ाने भेज कर मार दिया जाता है। अक्सर मीर साहब को मैं सपने में देखता था, उसी कोठरी में जहाँ उन्हें क़ैद में रखा हुआ था, वह कुत्ते की तरह सिकुड़े सोए हुए हैं। एक दिन उनके सामने मेहर निगार उभर आईं।

—तुम? मीर साहब ने हल्की आवाज़ में कहा।

—क्या इसी तरह ज़िन्दा रहोगे?

—ख़्वाब-ओ-ख़्याल में बेग़म।

—सिर्फ़ मेरे किए?

—नहीं।

—तो फिर?

—मेहर निगार। बेग़म, इस नाम ने मुझे प्यार किया था। मैं इसलिए इस तरह ज़िन्दा हूँ।

—और मैं?

—तुम कोई नहीं। तुम तो डर गयी थीं। सब को सारी बातें बता दीं।

—मुझे कोई ज़िन्दा नहीं रहने देता मीर। वे मुझे क़ब्र में भेज देते।

—जानता हूँ।

—तुम मुझसे नफ़रत करते हो?

—नहीं। मेहर निगार को मैं अब भी देख सकता हूँ। वह अब भी मेरे दिल की मंज़िल में ज़िन्दा है। जब वह मेरी ज़िन्दगी में आयी थी, वह बहुत पुरानी बात है।

—कहो कि मुझसे घिन करते हो।

—नहीं।

—क्यूँ नहीं?

—तुम आज मेरी ज़िन्दगी में नहीं हो, बेग़म। बस एक नाम बचा हुआ है। ख़ुदा का दिया हुआ एक नाम, मैं उसे ही प्यार करता हूँ।

मुहब्बत की दरिया में ऐसे कितने ही नाम बह जाते हैं।

नहीं, मैं आप लोगों से धोखा नहीं करूँगा। उस सुन्दर नौजवान क़िस्से पर लौट रहा हूँ, जिसकी 'दरिया-ए-इश्क़' में डूब कर मौत हो गयी थी। उसका भी नाम यूसुफ़ था। ख़ुदा भी क्या दिन लेकर आए उसकी ज़िन्दगी में, सड़क पर चलते-चलते उसकी नज़र एक महल की खिड़की पर अटक गई। कौन था उस खिड़की पर? किस्मत कहिए, या फिर आशिक़ कहिए, लड़के को उसी का चेहरा खिड़की पर दिखा। शिकारी की तरह दो आँखें उसी की तरफ़ देख रही थीं, यूसुफ़ को लगा, शायद मरने के लिए ही उन आँखों को देख कर, वह मुहब्बत में पड़ गया। यूसुफ़ पत्थर की तरह सड़क पर खड़ा रहा। लड़की ने उसकी परवाह नहीं की, दुपट्टे से मुँह ढक कर खिड़की से ओझल गई। लेकिन यूसुफ़ तो दीवाना था, बेताब था।

उस दिन से यूसुफ़ खिड़की पर नज़र गड़ाए, पत्थर का बुत बना सड़क पर खड़ा रहा, खिड़की पर फिर कब उसे पूनम का चाँद दिखेगा। रास्ते से जाते लोग, यूसुफ़ की ओर हैरान हो कर देखते और सोचते यह लड़का ज़रूर पागल हो गया है। किसी-किसी को तक़लीफ़ भी होती, यूसुफ़ को पूछते, क्या हुआ है भाई, किस दुख में ऐसे पत्थर बने हुए हो? यूसुफ़ कुछ नहीं कहता, सिर्फ़ खिड़की की ओर ऊँगली उठा कर दिखा देता। एक दिन सब इस राज़ को जान गए। अरे, ये लड़का तो बिल्किस का दीवाना हो गया है। बोलना भूल गया, भाईजान लोग, लड़की का नाम बिल्किस था। तो बिल्किस के पिता और भाईयों ने पहले तो सोचा, उस लड़के का काम तमाम कर देना चाहिए; उसके बाद उन्हें लगा, ख़ून के इल्ज़ाम में पकड़े जाने से उनके महल पर फिर चील-कौवे भी आकर नहीं बैठेंगे। फिर क्या किया, जानते हैं? ख़बर फैला दी कि यूसुफ़ पागल है। कोई पागल हो गया है, ऐसी ख़बर फैलाने से तो कोई ज़िम्मेदारी नहीं बनती है न। एक इंसान की ज़िन्दगी नर्क बनाने के लिए, इससे बढ़िया उपाय और क्या हो सकता है? वह पागल है? ठीक है, तो फिर उसके बदन पर थूको, उसको पत्थर मारो, उसे ज़ंजीरों से बाँध दो, कोठरी में क़ैद कर दो। लेकिन यूसुफ़ पर पत्थर मारने पर भी कुछ नहीं हुआ, ख़ूनम-ख़ून हो जाने के बावजूद वह उसी जगह पर खड़ा रहा।

हज़ार दुश्मनम अर मी कुंदन कसदे हनाक
गरम तू दोस्ती दुश्मना न ददारम वाक ।
मरा उम्मीदे विसाले — तू ज़िन्दा मीदारद
वगरना हरदमम अज हिज्रतस्त वीमे हलाक ।

तब बिल्किस के माँ-बाप ने तय किया कि बिल्किस को नदी के दूसरे छोर पर बसे शहर में, उसके चाचा के घर पर रखना ठीक होगा। बिल्किस को छुप कर पाल्की में बिठा कर घर से निकाला गया, उसके साथ उसकी एक पुरानी दासी थी। जैसे ही यूसुफ़ को उसके महबूब की ख़ुशबू आई, वह पाल्की के साथ-साथ दौड़ता हुआ चीख़ने लगा, 'रहम करो मेरी जान, एक बार मुझसे बात करो'। बिल्किस ने कोई बात नहीं की, लेकिन उस बाँदी का दिल परेशान हो उठा। उसने पाल्की से मुँह निकाल कर कहा, 'थोड़े दिन और इन्तज़ार करो, मेरी बेटी के साथ तुम्हारी ज़रूर मुलाक़ात होगी'। पाल्की नदी के किनारे पहुँचते ही बिल्किस नाव पर चढ़ गयी, यूसुफ़ नाव की ओर देखता हुआ घाट पर ही बैठा रहा, जब नाव बीच दरिया में पहुँचा, दासी ने बिल्किस की जूती नदी में फेंक कर चिल्लाते हुए कहा, 'अगर सचमुच

मेरी बेटी से प्यार करते हो तो उसकी जूती वापस ला कर दो'। दरअसल दासी चाहती थी कि यूसुफ़ और बिल्किस मिल जाएँ, उसे पता नहीं था कि यूसुफ़ को तैरना नहीं आता था। लेकिन यूसुफ़ दरिया में कूद पड़ा और गोते खाता हुआ नदी में समा गया। बिल्किस नाव पर खड़ी यूसुफ़ की मौत देखती रही। वह कौन था? किस बहिश्त का फूल था, जो उसे इतना प्यार करता था? बिल्किस कुछ नहीं कह पाई, शायद उसे लग रहा था—बहार आ चुकी, फूल भी शजर पर खिल उठे, फिर भी ऐ मेरे प्यारे बाग़, उसे क्यूँ इस तरह मुझसे छीन लिया?

बहार और बाग़। ये दोनों लफ़्ज़ कहते हुए मेरा गला क्यूँ रूँधने लगता है, मंटोभाई? जब भी ये दो लफ़्ज़ बोलता हूँ, लगता है, मुँह के भीतर गुलाबों की पंखुड़ियों ने पर फैला लिए हैं। फिर भी ये दो लफ़्ज़ क्यूँ मौत के कोहरे से घिरे हुए हैं, बताइए तो? ओ बहार, ओ बाग़। वसंत और बाग़ बार-बार क्यूँ मुझे मौत की ही बात कहते हैं?

भाईजान लोग, डरिए मत, मैं क़िस्से की बात भूला नहीं हूँ। बस कहते-कहते, हरेक लफ़्ज़ के लिए इतनी तक़लीफ़ होती है, जी करता है उन्हें लिपटा कर सो जाऊँ। जो मैं कह रहा था, यूसुफ़ तो पानी में डूब कर मर गया। बिल्किस के कुछ दिनों तक उसके चाचा के घर में रहने के बाद, उसके माँ-बाप ने सोचा, लड़का तो मर ही गया है, अब लड़की को वापस ले आया जाये। वापस तो उसी नदी के रास्ते से ही आना था। बिल्किस ने नाव पर सवार होते ही दासी से कहा, 'ख़ानम, एक बार इस नदी को देखने दोगी? मैंने ऐसी नदी कभी नहीं देखी है'।

—देखो न बेटी, जी भर कर देखो। एक बार नदी को देखने लगोगी तो तुम्हारा दिल ही नहीं भरेगा।

नदी के बारे में बिल्किस ने कितनी ही बातें जाननी चाहीं, नदी के किनारे-किनारे जितनी भी बस्तियाँ थीं, उनमें कौन रहते थे, वे कैसे लोग थे, क्या करते थे—जैसे उसकी बातें ख़त्म ही नहीं होना चाह रही हों। आख़िर में उसने पूछा, 'ख़ानम, वह कहाँ डूबा था, उस जगह को पहचान सकती हो?'

—क्यूँ बेटी?

—क्या वहाँ बहुत पानी है?

—हाँ, बीच दरिया जो है।

—मुझे दिखाओगी?

—क्या देखना चाहती हो बेटी?

—बीच दरिया में कितना पानी है।

—दिखाऊँगी बेटी। बीच दरिया में कितना पानी होता है, कितना तेज़ बहाव, फिर भी दरिया कितना शान्त रहता है। ख़ुदा ही जानते हैं, ऐसा क्यूँ है?

बिल्किस अपने ही ख़्यालों में कुछ बुदबुदा रही थी, जिसे ख़ानम नहीं सुन पा रही थी। बिल्किस क्या कह रही थी, जानते हैं?—वह क्यूँ पानी की तरह घूमते-घूमते, अकेले बातें करता है! ख़ुदा ही जानते हैं, ये सब बातें मीर साहब को कहाँ से मिलीं, और बिल्किस के मुँह में उन्होंने वह बातें बिठाईं। मंटोभाई, क्या आपने कहीं इस शेर को सुना है?

नाव बीच दरिया में पहुँचने पर, ख़ानम ने बिल्किस को बाहर बुलाया। —बेटी, वह वहाँ, यूसुफ़ वहाँ डूबा था। बिल्किस कुछ देर तक देखती रही, ख़ानम के कुछ समझने से पहले ही उसने नदी में छलाँग लगा दी। बहुत ढूँढ़ने के बाद, गहरे दरिया से यूसुफ़ और बिल्किस की लाशों को लाया गया। वे एक-दूसरे का हाथ पकड़े पानी के नीचे सोए हुए थे। ज़िन्दगी रहते उन्हें जो न मिला, वह मौत उन्हें दान में दे गयी थी। भाईजान लोग, इसी का नाम इश्क़-ए-मजाज़ी से इश्क़-ए-हक़ीकी की ओर जाना है।

हमलोगों की ज़िन्दगी में यूसुफ़ की तरह की शहादत नहीं है। जानते हैं क्यूँ? हम ताउम्र राह भटक कर किसी अलामती जंगल में चक्कर लगाते रहते हैं। जो ज़िन्दगी की बाज़ी लगा सकता है, सिर्फ़ वही इश्क़ तक पहुँच सकता है। इस कायनात की ख़ूबसूरती का कोई नाम नहीं है। हम किसे ख़ूबसूरती कहते हैं? शराब, बहार, जवानी, इश्क़। ये सब बहुत जल्दी मुरझा जाते हैं। जिस गुलाब के रूप को आप देख रहे हैं, हो सकता है वह किसी हसीना की क़ब्र की मिट्टी फोड़ कर पैदा हुआ हो। हसीना भी एक दिन क़ब्र में चली गयी थी, गुलाब भी एक दिन मुरझा गया। जो बुलबुल गाना गाती है, हो सकता है उसके गाने में किसी मृत शायर की शायरी छुपी होती हो, लेकिन वह बुलबुल भी एक दिन मर जाती है। इस दुनिया की ख़ूबसूरती ज़्यादा दिनों तक ज़िन्दा नहीं रहती है, भाईजान। गुलाब की ख़ुशबू, बुलबुल का गाना और हमारी ज़िन्दगी, कितनी जल्दी हवा में मिल जाते हैं। और जवानी, इस ज़िन्दगी की ये बहार तो और भी जल्दी ख़त्म हो जाती है। सिर्फ़ ख़ुदा की दुनियादारी की ख़ूबसूरती ही है।

वह ख़ूबसूरती मंटोभाई, आप सड़क की धूल में देख सकते हैं। इसी धूल से आदम का जन्म हुआ है, और इसी धूल में एक दिन सब मिल जाते हैं। भाईजान लोग, मैंने एक ही बात समझी है, अगर हम ख़ुदा की राह पर न भी जा सकें, तो ठीक है, मगर इत्र की शीशी को तक़लीफ़ मत दीजिए। क्या मंटोभाई, ऐसे घूर-घूर कर क्यूँ देख रहे हैं? अरे, इतनी छोटी सी बात नहीं समझ पाए? दिल की ही बात कह रहा हूँ। दिल एक इत्र की शीशी है कि नहीं, बताइए? मीर साहब को यह बात किसी पीर ने कही थी, 'बेटा, किसी की इत्र की शीशी कभी मत तोड़ना। वहीं तो है अल्लाहताला का घर'। इस जिस्म के पिंजरे में उसका वजूद कितना छोटा सा है, लेकिन उसी के भीतर महासागर है और उसी के अन्दर छुपा हुआ है रेगिस्तान। जो इस बात को जानता है, वह ही कह सकता है, तुम कौन हो नवाब कि वज़ीर, मुझे इसकी क्या परवाह, देखो, क्या मैं फ़क़ीर नहीं?

मैं तो यमुना के पानी से निकले दरवेश बाबा के साथ एक दिन अनजान किसी राह पर चले जाना चाहता था। उन्होंने मुझे साथ नहीं लिया, कहा, आईने को बार-बार पोंछो, तुम्हारे लिए लफ़्ज़ों का जादू और एक जादुई आवाज़ इन्तज़ार कर रही है। उसके बाद एक दिन आईना टूट गया, मैंने क्या देखा जानते हैं? अरे, मैं जैसा फ़क़ीर पैदा हुआ था, अब तक वैसा ही फ़क़ीर था, बीच में बस मिली थी थोड़ी शराब, कुछ औरतें और नवाबों से मिले ख़िताब। और इन सबको मुरझाने में वक़्त ही कितना लगा?

1857 के कई एक साल बाद का वाक़या है। एक फ़क़ीर मेरे दरवाज़े के आगे गाना गाकर भीख माँग रहा था। मैं चमक उठा। वह मेरी लिखी ग़ज़ल थी। फ़क़ीर साहब को कैसे मिली? मैंने उससे पूछा, 'यह गाना किसका लिखा हुआ है?'

—हुज़ूर, ये सब तो राह चलते-चलते लिख लिया जाता है।

मैं फ़क़ीर बन सका या नहीं, नहीं जानता। पर मेरी शायरी तो फ़क़ीरी की राह पर चल सकी, मंटोभाई। धूल-धूल में जिनके क़दमों के निशान हैं, उन क़दमों के निशान पर तो अपना सर रख सका। एक शायर के लिए वही तो उसके रिज़वान का बाग़ीचा है।

18

फ़लक को देख कर करता हूँ याद उसको, असद;
जफ़ा में उसके है अन्दाज़ कारफ़रमा का ।

रिज़वान का बाग़ीचा। नहीं, मिर्ज़ा साहब, मुझे जन्नत के बाग़ीचे में घुसने का हक़ नहीं था, मुझतक कभी उस बाग़ की ख़ुशबू भी नहीं पहुँची थी। फिर भी मैंने अल्लाह से गुज़ारिश की थी, सआदत हसन मंटो, इस काली आत्मा, जो ख़ुशबू को छोड़ बस बदबू के पीछे भागता है, को दुनिया से उठा लो। वह जलते हुए सूरज से नफ़रत करता है और अँधेरे की भूल भुलैया में घुस जाता है। शराफ़त और शालीनता के मुँह पर लात मार कर, नंगे सच से लिपटा रहता है। उसे कड़वे फल ही खाना पसन्द है। उसे घर की बेग़मों की तरफ़ कोई खिंचाव नहीं, रंडियों को लेकर सुख के सातवें आसमान पर जाना चाहता है। सब जब रोते हैं, वह हँसता है; और जब सब हँसते हैं तो वह रोता है। जो चेहरा गंदगी से काला हो चुका है, मंटो उसे धो-पोंछ कर, उसके पुराने चेहरे को ढूँढ़ना चाहता है। ख़ुदा, इस शैतान, इस भ्रष्ट फ़रिश्ते को एक बार तुम बचा लो।

नहीं, भाईजान लोग, ख़ुदा ने मेरी आवाज़ नहीं सुनी। मैं तब क्या करता? अपनी जेबों में क़िस्से जमा करने लगा। क़िस्से सबके दिमाग़ में रहते हैं और मेरी जेब में। जानते हैं क्यूँ? मैं क़िस्से लिखने के लिए पेशगी लेता था। जैसे ही पैसे जेब में घुसते, जेब से क़िस्सा निकल आता। लोग मुझे जादूगर समझते थे। कहाँ से इसे इतने क़िस्से मिलते हैं? अरे भई, क़िस्सों की क्या कमी है? अगर आँखों में पट्टी न बँधी हो तो हर जगह तुम क़िस्सा ढूँढ़ सकते हो। अगर तुम्हारे हाथ में ग़ज़-फ़ीता न हो तो हर इंसान कहानी तुम्हारा क़िस्सा है। इसलिए, प्रगतिशील और मुल्ले मुझे बर्दाश्त नहीं कर पाते थे, उनके हाथों में तो ग़ज़-फ़ीता होता है न, उनके नाप से नाप मिलने पर ही कहानी लिखी जा सकती है, नहीं तो वे कहते, अलग करो ऐसी कहानियों को ज़िन्दगी से। कहिए, उन्हें किस तरह समझाता कि मंटो कभी ख़ुद को लेखक के रूप में नहीं दिखाना चाहता था। उन्हें कैसे समझाता कि एक टूटी हुई दीवार की पलस्तर झड़ रही है और फ़र्श पर अनजाने नक़्शे बनते जा रहे हैं—मैं उसी तरह की एक दीवार हूँ। गाड़ी के पीछे जो पाँचवा चक्का होता है, जो काम आ भी सकता है और नहीं भी, मैं वह चक्का हूँ। यकीन मानिए, मुझे कभी सुकून नहीं मिला, किसी भी चीज़ को हासिल कर मुझे कभी मुकम्मल होने का एहसास नहीं हुआ। मुझे हर वक़्त किसी कमी का, मैं पूरा नहीं हूँ का एहसास होता रहता था। मेरे बदन का तापमान स्वाभाविक से एक डिग्री ऊपर ही रहता था। जैसे हर वक़्त कोई भँवर मेरे अन्दर पेच खा रहा हो। हो सकता है आप लोग सुन कर हँसेंगे, फिर भी मुझे लगता था, जिनके शरीर का तापमान हर वक़्त स्वाभाविक रहता है, शायरी-क़िस्से लिखना तो छोड़ दीजिए, वे किसी पेड़ या नदी तक से भी प्यार नहीं कर सकते। भाईजान लोग, पागलपन के बिना, किसी तरह की अस्वाभाविकता के बिना, किसी भी चीज़ की सृष्टि, प्यार का भी जन्म

नहीं होता है। प्यार नापतोल कर नहीं होता; मैं तुम्हें इतना दूँगा, तुम मुझे उतना देना, इसका नाम दुनियादारी है, प्यार नहीं, मज़े की बात यह है कि इस तरह के हिसाब-किताब को इंसान प्यार समझता है। असल मुहब्बत मैंने हीरा मंडी में देखी थी, फ़रास रोड में देखा थी—ये सब लालबत्ती इलाक़े थे जहाँ—प्यार के लिए कंगाल भी हुआ जा सकता था और ख़ून भी किया जा सकता था। लेकिन बाबू लोगों की नज़र में तो वे सब रंडियाँ थीं, जिस्म का पेशा करने वाली, उन्हें क्या मुहब्बत के बारे में पता? नहीं, नहीं मिर्ज़ा साहब, ऐसी मजबूर निगाहों से मेरी तरफ़ मत देखते रहिए, मैं जानता हूँ, आप, बस एक आप ही, तवायफ़ों के दिल की मंज़िल तक पहुँच सके थे। वही तो मैंने भी देखा था, हर कोठे पर बिक रहा है गोश्त, और गोश्त के अन्दर का नूर—सुगंधियों के दिल—इश्क़ के लिए ख़ुद को जला-जला कर राख कर रही हैं।

बारी साहब के साथ लाहौर में काम करते हुए, मेरा हीरा मंडी में जाना शुरू हुआ। तब से ही मैंने उन रंडियों को ग़ौर करना शुरू किया था, जिनके लिए सारी ज़िन्दगी 'घर' शब्द, एक सपना छोड़ कर और कुछ नहीं था। वे सब जुदा थीं, सबकी कहानियाँ भी जुदा। टॉल्सटॉय ने कहा था, सारे सुखी परिवार एक जैसे होते हैं, लेकिन दुखी परिवारों की कहानियाँ कई अलग रंगों की। हीरा मंडी की उस रंगीन दुनिया में पहुँच कर लगता था, मेरे हाथों में कितने तरह के दिल धड़क रहे हैं, कोई मालकौंस, तो कोई विहाग, कोई भैरवी तो कोई पूरवी; राग-रागिनियों के तरह-तरह के खेल। राग में ही थे आँसू, ख़ून, चीख़, छुरी को धार देने की आवाज़। बारी साहब के साथ तो मैं हीरा मंडी जाता ही था, इसके अलावा भी मैं वहाँ अकेले हो आता था। रंडियाँ तो थीं ही, उसके अलावा दलाल, फूलवाले, पानवालों के साथ भी मैं गप्पें करता था, मुझको देखते ही वे लोग हल्ला मचाने लगते, 'मंटोभाई आ गये, अब मज़ा आयेगा'। तो भाईजान लोग, आप लोगों के करम से मज़ा जमाने में मेरा कोई जवाब नहीं था, मज़ा ख़त्म होते ही देखता था, मंटो के भीतर की बंजर ज़मीन जैसी थी, वैसी ही रह गयी है, उसपर एक भी घास नहीं उगी। अरे भई, मैं तो जानता था, उस बंजर ज़मीन पर कभी घास नहीं आयेगी, जितने दिन ज़िन्दा हो, देख लो, जो कुछ देख रहे हो उसके बारे में कुछ लिख लो, हो सकता है उस लिखे के अन्दर कोई ही तैयार हो जाये, बस यही न कि वह कंटीले पेड़ों से भरा होगा।

हीरा मंडी में हम बादशाहों की तरह जाते थे। एक दिन की बात बताता हूँ। उस दिन मैंने और बारी साहब ने बलवंत गार्गी को घेर लिया। बलवंत निहायत ही शरीफ़ लेखक था, इसलिए यह उसे नहीं बताया कि कहाँ जा रहे हैं। एक पेशावरी टाँगा किराए पर लिया। बलवंत बार-बार पूछता रहा, 'कहाँ जाओगे मंटोभाई?'

बारी साहब धीमे-धीमे मुस्कुरा रहे। मैंने कहा, 'सिर्फ़ अख़बार के दफ़्तर में बैठे रहने से लेखक नहीं बना जाता है बलवंत। चलो आज थोड़े गुनाह करके आते हैं'।

—मतलब?

—बलवंत, क्यूँ न आज मंटो की बात ही सुन ली जाये। वह हमें दोज़ख़ तो नहीं ले जा सकता है न। उससे तो बेहतर ही जगह होगी। बारी साहब खिलखिला कर हँसने लगे।

हमारा ताँगा शाही मस्जिद के पास जाकर रुका, साथ में ही ज़िन्दा गोश्त का बाज़ार था।

शाम का वक़्त था; सड़क पर रंडियों, दलाल, फूलवाले और कुल्फ़ीवालों की भीड़ थी, चारों तरफ़ टिक्के-क़बाब की ख़ुशबू, सारंगी के सुर हवा में तैर कर रहे थे, साथ में ठुमरी के दो-चार बन्द भी; बलवंत ने मेरा हाथ दबा कर कहा, 'मंटोभाई, यह कहाँ ले आए हो?'

—हीरा मंडी। नाम नहीं सुना है?

वह आँखें फाड़े मेरी ओर देखता रहा।

—डर रहे हो क्या?

—नहीं। बलवंत ने थूक सटकते हुए कहा, 'तुम तो हो'।

—भरोसा रखो दोस्त, मंटो पर भरोसा रखो।

उधर देखा कि बारी साहब ने एक पठान दलाल के साथ मोल-भाव करना शुरू कर दिया है। अजीब आदत थी इस इंसान की। मस्ती करने आते हुए भी सौदेबाज़ी ज़रूर करता था। साला, आरामकुर्सी का इंकलाबी था न, सब कुछ तराज़ू में तौल कर करता था। इसलिए मैं हरामी कम्युनिस्टों को बर्दाश्त नहीं कर पाता था, अय्याशी करने की ख़्वाहिश सोलह आना। लुक-छिप कर सब करेंगे भी, लेकिन हर वक़्त माथे पर हँसिया-हथौड़ी का तिलक लगा कर रखेंगे, फिर हर बात पर सौदेबाज़ी भी करेंगे। उनके हिसाब से बाहर पैर रखते ही आप प्रतिक्रियाशील कहलायेंगे। ये लोग क्रांति कर रहे हैं! किसने तुम पर सब को एक सा बनाने की ज़िम्मेदारी लादी है? वह तो सिर्फ़ सूफ़ी रियाज़त से ही मुमकिन है, वह राह फ़कीरों और दरवेशों की है, कम्युनिज़्म में उसका कोई रास्ता नहीं। जिनका लक्ष्य ताक़त हासिल करना हो, उनके लिए सबको एक नज़र से देखने की साधना का पथ नहीं है। माफ़ करियेगा भाईजान लोग, मैं फिर बकवास करने लग पड़ा; आधुनिक आदमी हूँ न, एक भी कहानी सहज भाव से नहीं कह पाता, ज्ञान देने का भूत हर वक़्त सिर पर सवार रहता है।

बारी साहब को कहा, 'कितनी बार आपसे कहा है दर-दाम करना हो तो आप अकेले किसी कोठे पर जाया कीजिए'।

—अरे, ये सूअर का बच्चे—

—आप और मैं क्या कम सूअर के बच्चे हैं? याद नहीं रहता है क्या?

मेरी इस तरह की गालियों को सुन बारी साहब एकदम चुप हो जाते थे। मेरी बात सुन कर एक पठान दलाल ने फ़ुर्ती से उठ कर कहा, 'ऊपर चलिए साहब। बेजोड़ लड़की है, एकदम दमपुख़्त'।

उस कोठे पर हम उस दिन पहली बार गये थे। दूसरी मंज़िल के एक कमरे में घुस कर देखा, पैंतीस साल की एक पठान औरत बैठी हुई थी, शायद वह मालकिन थी। भरा चेहरा, जूड़े में मोटे मोतियों की माला, पान से रंगे होंठ। काफ़ी दिलख़ुश लग रही थी।

—क्या देख रहे हैं मियाँ? उसने नकली गुस्सा दिखाते हुए कहा।

मैं भी तो कम बदमाश नहीं था, खेल गया मिर्ज़ा साहब, एक बैंत शुरू कर दी,

इश्क़ मुझको न सही वहशत ही सही
मेरी वहशत, तेरी शोहरत ही सही

—क्या बात, क्या बात। जब्बार... जब्बार मियाँ...

—जी मालकिन। भीतर से आवाज़ आई।

—मेहमान हाज़िर हैं, गिलास ले आओ।

गिलास आ गए। जब्बार मियाँ को मैंने सोडा, टिक्का और कबाब लाने को कहा।

बलवंत चूँकि गोश्त नहीं खाता था, इसलिए उसके लिए ऑमलेट लाने को कहा। दस मिनट के अन्दर ही जब्बार ने सारा इन्तज़ाम कर दिया। जॉनी वाकर बारी साहब अपने संग ही ले आए थे। तीन गिलासों में व्हिस्की-सोडा डाला गया, साथ में बर्फ़। मैं जानता था बलवंत नहीं पियेगा। एक गिलास मालकिन की तरफ़ बढ़ा कर, उसकी जाँघों पर हाथ मार कर कहा, 'पीजिए मेरी जान'।

छुरी की नोक-सी उसकी नज़र मुझ पर गड़ गयी, मेरे हाथ से गिलास लेकर उसने कहा, 'मेरी जान का मतलब जानते हैं जनाब?'

—जी।

—बताइये।

—सूरत आईने में टुक देख तो क्या सूरत है! बदज़बानी तुझे उस मुँह पर सज़ावार नहीं।

—मीर साहब; है न?

—जी, मेरी जान।

—वह तो कल देर तलक देखता इधर को रहा हमसे ही हाल-ए तबाह अपना दिखाया न गया।

—माशाअल्लाह। मैंने झुक कर उसके पैरों का बोसा लिया।

—यह क्या कर रहे हैं मियाँ?

—मुहब्बत पाँवों में रहती है। मैंने हँस कर कहा।

—क्यूँ?

—देखा नहीं, मीरा के गिरिधर लाल कैसे श्रीराधा के पादसेवन करते हैं? हम, मर्द लोग ऊपर से उतरते हैं, होंठों को चूमते हुए, और मोहन जी श्रीराधा के पावों का चुम्बन करते-करते ऊपर उठते हैं। इसीलिए हमारा प्रेम एक दिन खो जाता है, उनका प्रेम लीला बन कर उजागर होता है।

—सुभान अल्लाह, हीरा मंडी में यह कौन फ़रिश्ता आया है आज!

बारी साहब हा-हा कर हँस पड़े।—देखो बलवंत, सानिहा देखो, इब्लीस भी हीरा मंडी में आकर फ़रिश्ता बन गया है।

पैंतीस साल की उस रंडी ने मेरा हाथ दबा कर पकड़ लिया, उसकी दोनों आँखें नम थीं, जैसे मैं ही मीरा का गिरिधारी लाल था। मैंने गला खंखार कर कहा, 'माल कहाँ है?'

वह बात नहीं कर पायी; आँखों में उसकी बेएतबारी झलक उठी।

—माल तो दिखाइए। रात ऐसे ही गुज़र जायेगी? मैंने एक घूँट में गिलास ख़त्म कर के कहा।

मालकिन के पठान दलाल की ओर देखते ही वह उठ कर चला गया। थोड़ी देर में वह गुलाबी जॉर्जेट साड़ी पहने एक लड़की को लेकर आ गया। मैंने उसे नज़रें गड़ा कर देखा। ग़ौर किया कि बलवंत भी तिरछी आँखों से लड़की को देख रहा है। लड़की काफ़ी दुबली थी, मुँह पर बहुत रंग-रोगन पोत रखा था, आँखों में गाढ़ा काजल। उसने मेरी तरफ़ देख कर, कुछ कहने के लिए, आँखें मटका कर पूछा, 'कहाँ से तशरीफ़ लाये हैं?'

—तुम्हारे अम्मीजान के गाँव से।

—जी? उसने आँखें फाड़ कर देखा।

—तुम कहाँ से आयी हो?

—जी—

इन लड़कियों के साथ बात करना तो दूर की बात, सोया भी नहीं जा सकता था।

मैंने रिजेक्ट कर दिया। पठान दलाल एक के बाद एक कई सारी लड़कियाँ लेकर आया, लेकिन मुझे एक भी पसन्द नहीं आई। इस वजह से बारी साहब हर बार मुझ पर ग़ुस्सा हो जाते थे।—क्या बात है मंटो, बिस्तर पर सोना ही तो है, उसके लिए इतनी बातों की क्या ज़रूरत?

—आप जाइए न किसी को लेकर।

लेकिन मुझे पता था, जब तक मैं राय न दूँ, बारी साहब बिस्तर पर नहीं जाते थे।

इसके बाद जो लड़की आई, वह बहुत लम्बी थी, दमकती हुई, कहा जा सकता है उसकी हँसी उत्तेजक थी। वैसे उसकी आँखें काले चश्मे में ढकी हुई थीं। नमाज़ अदा करने के अन्दाज़ में वह हमारे सामने बैठ गई। मुझे वह काफ़ी पसन्द आई। उससे पहले जितनी भी लड़कियाँ आईं थी, उन सबों से मैंने कुछ न कुछ सवाल पूछे थे, जिसका कोई जवाब नहीं दे पाई थीं, सारी मोटी बुद्धि की थीं, लगा कि यह लड़की दे पायेगी। पूछा, 'एक पहेली का जवाब दे सकती हो?'

—जी कहिए।

—भुरान नाम की एक बाईजी थी। उसका मिज़ाज और मर्ज़ी सबसे बिल्कुल जुदा था। एक दिन उसने मिर्ज़ा मज़हर जान-ए जन्नत को एक ख़त भेजा, 'मैं आपके लिए बेचैन हूँ। लेकिन आप चार जनों को चाहते हैं। पर मैं ऐसा कभी नहीं कर सकती। चार लोगों को प्यार करना औरत के लिए सही नहीं'। बताओ तो, मिर्ज़ा साहब ने क्या जवाब दिया था?

—बारहजनों के बदले जो चारजनों को प्यार करता है, वह कहीं ज़्यादा मज़हबपरस्त है।

जवाब सुन कर मैं चौंक गया।—कैसे जाना?

लड़की हँस पड़ी, कहा, 'चार लोगों को जो प्यार करता है, वह सुन्नी—वह चार ख़लीफ़ाओं को मानता है। और जो बारहजनों से प्यार करता है, वह शिया है—बारह इमाम उसको राह दिखाते हैं'।

—यह क़िस्सा तुमने कहाँ से जाना?

लड़की हँस दी, जवाब नहीं दिया। मुझे वह पसन्द आ गयी। जिसके साथ बात नहीं कर सकता, ऐसी रंडी के साथ रात बिताई जा सकती है क्या? लेकिन लड़की ने शाम के वक़्त आँखों पर काला चश्मा क्यूँ लगाया हुआ था? मैंने यह बात पूछी।

लड़की बहुत चुस्त थी। संग-संग उसने जवाब दिया, 'आपकी ख़ूबसूरती ने मेरी आँखें चुँधिया दी हैं जनाब'।

—क्या बात है। लगता है तुम्हारे साथ सोने से मुझे बहिश्त जाना नसीब हो जायेगा, मेरी जान'।

—तो फिर पहले मैं ही जाता हूँ। बारी साहब चीख़ उठे।—मंटोभाई, तुमसे पहले जन्नत जाने का मौक़ा फिर मुझे ही दे दो।

—दूँगा, दूँगा, पर पहले मुझे सच्चाई तो देख लेने दीजिए। कहते-कहते मैंने उस लड़की की आँख से काला चश्मा उतार दिया। वह बिल्कुल भैंगी लड़की थी। मैंने उसके हाथ में चश्मा लौटाते हुए कहा, 'चश्मा बिना पहने आती तो, भैंगेपन के बावजूद मैं तुम्हारे साथ सो सकता था। लेकिन झूठ मैं बर्दाश्त नहीं कर पाता, मेरी जान। चलो निकलो, कट लो यहाँ से। चालबाज़ी मुझे सहन नहीं।

वह लड़की भी चली गई। रात के लगभग ग्यारह बजने को थे। दुबारा तली चीज़ें और कबाब आ गए। हम पाँच पेग तक पी चुके थे। छठाँ पेग गिलास में उड़ेलने के वक़्त मालकिन ने मेरा हाथ कस कर पकड़ लिया, 'और मत पीजिए, जनाब'।

—क्यूँ?

—मंटोभाई बात मानिए। बलवंत ने कहा।—वह तुम्हारे अच्छे के लिए ही बोल रही हैं।

—मेरे अच्छे के लिए? बलवंत तुम इन्हें नहीं पहचानते हो। बाक़ी का माल ये दलाल के लिए रखना चाहती हैं। अरे भई, दल्ले के लिए चाहिए तो कहो, पूरी बोतल मँगवा कर देता हूँ। तुम इन हरामज़ादियों को नहीं जानते।

मेरे गिलास से घूँट भरते ही मालकिन ने फिर से मेरा हाथ पकड़ लिया।—अल्लाह क़सम, और मत पीजिए, जनाब। आप जैसा इंसान मैंने कभी नहीं देखा है।

—ऐसा क्या? और तुम्हारी जैसी ख़ूबसूरत इस दुनिया में कोई नहीं। मैं उसके पेट पर हाथ फेरने लगा, उसने मुझे एक बार भी नहीं रोका। मैं उसके गले को चूमते-चूमते कहने लगा, 'तुम क्लियोपेट्रा हो, तुम ही हेलेन हो। तुम जानती हो? नहीं जानती, तो मंटो से जान लो'।

उस रात मैं कोठे पर ही रह गया। बारी साहब और बलवंत कब चले गये, पता नहीं। मालकिन मुझसे लिपटी बैठी रही; मैं नशे की ख़ुमारी में था, उसके रोने ने एक मरी नदी की तरह मुझे जकड़ रखा था। सुबह की तरफ़ जब नशा उतरा, देखा, मैं उसकी गोद में सर रख कर सोया हुआ हूँ और उसकी आँखें मुझ पर जमी हुई हैं। पता नहीं क्यूँ मुझे रोना आ गया, मैं उसके पेट में मुँह धँसाए फूटफूट कर रोने लगा। वह मेरे सिर पर हाथ रखे बैठी रही, उसने मुझसे कुछ भी नहीं पूछा।

मैं उसके कोठे पर ही नहाया। वह मेरे लिए चाय-नाश्ता लेकर आई। सुबह की रोशनी में मैंने उसे पहली बार अच्छे से देखा। बेरंग, फिर भी पता लग रहा था कि एक वक़्त में उसका बदन, चंदन के रंग का नूर लिए रहा होगा; आँखों के नीचे कालिख़ थी, फिर भी एक वक़्त इन्हीं आँखों में मरकत मणि की चमक रही होगी; उसका जिस्म काफ़ी टूट चुका था, पर एक समय ज़रूर चिनार की तरह गठा रहा होगा।

—तुम्हारा नाम क्या है? मैंने पूछा।

—कांता।

—यहाँ कब आईं?

—याद नहीं।

—तुम्हें क्या याद है कांता?

—कुछ नहीं, जनाब।

—किसी की याद नहीं आती?

कांता ने बहुत देर तक चुप रहने के बाद कहा, कभी-कभी ख़ुशिया की याद आती है'।

—कौन ख़ुशिया?

—दलाल। मेरे लिए ख़रीददार लेकर आता था।

—क्या ख़ुशिया मर गया है?

—पता नहीं।

—ख़ुशिया कहाँ है, नहीं जानती?

—नहीं।

—तो फिर ख़ुशिया के बारे में बताओ। मैंने उसका हाथ पकड़ लिया।

—ख़ुशिया ने मुझे ग़लत समझा।

—क्यूँ?

—मैंने ख़ुशिया के सामने शर्म नहीं की। क्यूँ करती, बताइये? वह तो ख़ुशिया था, हमारे कोठे का ख़ुशिया।

—क्या किया था ख़ुशिया ने?

—जनाब, अब आप जाइए, सुबह के वक़्त आप लोगों को इस मुहल्ले में नहीं होना चाहिए। मैं भी अब थोड़ा सोऊँगी।

—एक दिन ख़ुशिया की बात बताओगी?

—बताऊँगी। आप आइयेगा, लेकिन अकेले। इतने सारे लोगों के साथ नहीं।

—क्यूँ?

कांता हँसने लगी।—रंडी की क्या बात हो सकती है? वह कपड़े उतारती है और आपको जो करना है आप करते हैं। कुछ असल नाम पूछते हैं, क्यूँ इस धंधे में आयी जानना चाहते हैं। माफ़ कीजियेगा जनाब, इन कुत्तों के मुँह के अन्दर मूतने का मन करता है। चोदने आए हो, चोदो। मुझे समझने की क्यूँ ख़्वाहिश करते हो? घंटे भर का मामला है, बदन देखो, जो करना है करो और फूटो। लेकिन, आप फिर आयेंगे न? ख़ुशिया ने ऐसा क्यूँ किया, मैं आज तक नहीं समझ पाई, जनाब।

19

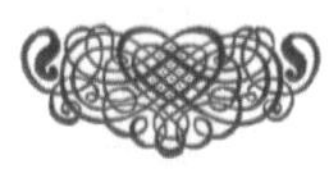

सब्ज़ होती ही नहीं यह सरज़मीं
तुख़्म-ए-ख़्वाहिश दिल में तू बोता है क्या ।

सुबह का एक सपना देख कर मैं दहशत से हड़बड़ा कर उठ गया। गला सूख कर काठ हो गया था, हाथ-पाँव थरथर काँप रहे थे, कल्लू को बुलाने की कोशिश की, लेकिन गले से आवाज़ नहीं निकली। मैं सारी ज़िन्दगी उस सपने को नहीं भूल पाया। रेगिस्तान के बीच से एक काफ़िला जा रहा था। हर सिम्त एक नीली रोशनी फैली हुई थी। लग रहा था जैसे ऊँट और लोग असल नहीं थे, परछाईयों का जुलूस चला जा रहा हो। कोई किसी से बात नहीं कर रहा था। बस बीच-बीच में दूर से उनकी चीख़ों की आवाज़ तैरती आ रही थी, जैसे कि कहीं युद्ध चल रहा हो, और मैं समझ पा रहा था कि वह चीख़, मौत के साथ मुलाक़ात की चीख़ थी। मेरा सब से बात करने का मन कर रहा था। मैं समझ नहीं पा रहा था कि मैं काफ़िले के साथ कहाँ जा रहा था? साथ के किसी से पूछा, 'हम कहाँ जा रहे हैं, जनाब?'

उस आदमी ने कोई जवाब नहीं दिया।

थोड़ी देर के बाद फिर किसी से पूछा, 'हमको और कितनी दूर जाना है?'

उसने भी कोई जवाब नहीं दिया।

क्या ये लोग बात करना नहीं जानते थे? या, मेरे साथ बात नहीं करेंगे? अगर ऐसा था तो उन लोगों ने मुझे अपने दल में शामिल ही क्यूँ किया था?

मेरे दिल के अन्दर जैसे एक काला साया फैलता जा रहा था। मैंने कुछ लोगों से पानी माँगा, उन्होंने सिर्फ़ मेरे चेहरे की ओर देखा, न कुछ कहा और न ही मुझे पानी दिया। मैंने तय किया, मुझे इस दल को छोड़ कर भागना ही होगा। मैंने ऊँट का मुँह उल्टी दिशा में घुमाने की कोशिश भी की, लेकिन वह किसी तरह काफ़िले से अलग नहीं हुआ। आख़िर में उसने एक झटके के साथ मुझे अपनी पीठ से गिरा दिया। रेत पर गिर जाने के बाद मैंने देखा कि काफ़िला आगे बढ़ता चला जा रहा है। लेकिन, क्या बताऊँ भाईजान लोग, मुझमें उठ कर खड़े होने की हिम्मत नहीं थी। लग रहा था जैसे यह सेहरा मुझे ग्रास कर लेना चाहता है। फिर देखा, एक गहरे अँधेरे का साया मेरे ऊपर उतरता आ रहा है। एक विशाल पंखोंवाला पंक्षी, जिसकी लम्बी गर्दन पर सिर्फ़ काँटे ही काँटे थे, ऐसा पंछी जिसे मैंने पहले कभी नहीं देखा था, कहाँ से आया था और क्यूँ मेरी तरफ़ धावा करता आ रहा था? भागने की कोशिश की तो देखा, मेरे अन्दर शरीर को हिलाने की ज़रा भी ताक़त नहीं थी। वह पंछी मेरे छाती के ऊपर आकर बैठ गया, उसके दोनों पंख फैले हुए थे, वह मेरे मुँह की ओर देख रहा था, मैंने देखा कि उसकी आँखें नहीं हैं, सिर्फ़ दो गड्ढे हैं, उसके बाद उसकी लम्बी चोंच मेरे सीने पर उतर आई, और

उसने मेरे सीने को खोंटना शुरू कर दिया, वह मेरा सीना छेद कर ख़ून और गूदे को खाना चाहता था, वह नोंचता गया और माँस फटता गया...

तभी मेरी नींद टूट गयी। सच कहूँ तो मंटोभाई, ज़िन्दगी में पहली बार मुझे डर लगा। क्या मतलब था इस सपने का? तो क्या मेरे क़यामत का दिन आ गया था! मैं खाना कितना पसन्द करता था, पर उस दिन कुछ न खा सका, जितनी बार खाने की तरफ़ देखता, उस ख़तरनाक पंछी की लम्बी चोंच नज़र आने लगती थी। कल्लू ने यह बात शायद ज़नानामहल में जाकर बता दी, इसीलिए शाम को बेग़म मेरे पास आईं।

—सुना सारा दिन कुछ नहीं खाया आपने। तबियत ख़राब है क्या?

—नहीं, बेग़म।

—तो फिर?

जानते ही हैं उमराव बेग़म के साथ मेरी बातचीत लगभग बन्द ही हो गयी थी। लेकिन सपने की बात मैं उन्हें बताना चाहता था। हो सकता था, मुझे बेग़म का कुछ सहारा मिल जाता। मर्द लोग कभी-कभी कितने असहाय हो जाते हैं, मंटोभाई। अल्लाह का हाथ पकड़ने की बजाए, किसी औरत के सामने बैठने की जगह ढूँढ़ते रहते हैं।

—एक बदख़्वाब देख कर सारे दिन मितली आ रही थी।

—क्या देखा आपने, मुझे बताइए।

मैंने बेग़म को सपना सुनाया। सुन कर उनके होंठो के किनारों पर हँसी खेल गई।—आपके ऐसे ख़्वाब देखने की ही बात है, मिर्ज़ा साहब।

—जी...

—मितली आ रही थी इसलिए कुछ नहीं खाया, पर शराब तो पी, न?

मैंने कुछ नहीं कहा।

—शराब और जुए में डूबे रहते हैं तो और क्या ख़्वाब देखेंगे आप? अच्छे ख़्वाब तो आपके लिए हैं ही नहीं, और आप उन्हें देखना भी नहीं चाहते हैं।

मैंने मन ही मन अपने गाल पर तमाचा लगाया। क्यूँ बेग़म को ख़्वाब की बात बताने गया? अब तो मुझे सुनना ही पड़ेगा, मैं कितना बेशरियती हूँ, और जो शरियत नहीं मानते, उनकी ज़िन्दगी ख़ुद एक बदख़्वाब है। ऐसे वक़्त पर अपने आप को बचाने के लिए, मैं एक ही काम कर पाता हूँ, हँसी-मज़ाक़, बस उतना-सा ही मेरा सहारा है। मैंने बेग़म से कहा, 'हज़रत मूसा की बहन, तो फिर मेरे लिए दुआ कीजिए'।

—आपके लिए दुआ? आप शरियत नहीं मानते, रोज़ा रखना तो दूर की बात, नमाज़ भी नहीं पढ़ते, आपके लिए क्या दुआ करूँ कहिए। अल्लाह ही जानते हैं, आपका क्या होगा।

मैंने हँस कर कहा, 'मेरा हशर आपसे ज़्यादा ख़राब नहीं होगा बेग़म। अच्छा ही होगा'।

—यह आपने कैसे जाना?

—मैं अपनी आँखों के सामने देख रहा हूँ।

—क्या देख रहे हैं?

—कि हशर में तुम्हारे साथ सर मुड़ाए मज़हबपरस्त लोग होंगे, जिनकी पोशाकें नीली होंगी, उनकी कमर में दातून बँधे होंगे, हाथ में लोटा होगा और सबके मुँह लटके हुए होंगे।

—अच्छा? बेग़म भी हँस दीं।—और आपके संग कौन लोग होंगे?

—मेरे साथ सारे भयंकर, अत्याचारी बादशाह होंगे, जैसे फ़रायुन, निमरोद। उनकी कमर में तलवारें लटकी होंगी। मैं अपनी मूँछों पर ताव देता हुआ, सीना फुला कर उनके साथ चलूँगा। और मेरे दोनों ओर फ़रिश्ते मुझे पहरा देते हुए ले जायेंगे।

—बहुत अच्छा, फिर उसी तरह जाईयेगा। बेग़म उठ कर खड़ी हो गईं।—मैं जाती हूँ रात में कुछ खा लीजियेगा। ख़ाली पेट शराब पीना ठीक नहीं।

—बेग़म—

—कहिए।

—शरियत क्या इतना कठोर होता है कि जो उसे नहीं मानता, उसकी बात भी सुनना हराम है? एक क़िस्सा सुनने का वक़्त है आपके पास?

—किसका क़िस्सा?

—शेख़ अबु सईद का। ख़ुरासान के सूफ़ी कामिल। एक दिन शेख़ से उनके शागिर्दों ने पूछा, इस शहर में सबसे साफ़ इंसान कौन है? शेख़ ने कहा, क्यूँ, लोकमान, उसके जैसा साफ़ इंसान कोई और है क्या? शागिर्द बिल्कुल हैरान हो गए। लोकमान तो पागल था, उसके सिर पर जटाएँ थीं, फटा-चिथड़ा अलखल्ला पहने रहता था, और बात-बात पर गालियाँ देता था। शेख़ ने तब समझाया, 'साफ़ आदमी किसे कहते हैं, जानते हो? जो किसी चीज़ से जकड़ा नहीं रहता। इसलिए लोकमान की तरह साफ़ और कौन है?'

—आप ख़ुद को ऐसा ही साफ़सूरत समझते हैं?

—नहीं, बेग़म। आपके शरियत मानने में कोई साफ़सूरती नहीं, उतना मैं ज़रूर समझता हूँ। सच बात अगर पत्थर की तरह चोट करती है तो मेरे लिए उसकी कोई क़ीमत नहीं। उससे, झूठ को लेकर ज़िन्दा रहना ज़्यादा अच्छा है। हममें से कोई भी नहीं जानता है, क़यामत के दिन कौन कहाँ खड़ा होगा।

बेग़म कुछ देर तक खड़ी रहने के बाद महलसराय में चली गईं।

तब मेरी उम्र उनतीस साल की थी, मंटोभाई। कितनी जल्दी मैंने ख़्वाब में क़यामत के दिन की तस्वीर देख ली। उसी साल मेरा भाई यूसुफ़ मिर्ज़ा पूरी तरह पागल हो गया। एक साल पहले मेरे ससुर मारूफ़ साहब चल बसे थे। तब तक पेंशन की छोटी-सी रक़म, कुछ दान-ख़ैरात, और क़र्ज़-उधारी कर, ज़िन्दगी खुल्लम-खुल्ला बसर हो रही थी। लेकिन अब मैं किसी अंधी गली के भीतर खड़ा था। मारूफ़ साहब के मरने के बाद मेरी नींव ही काँप गयी थी। क़र्ज़दार पैसे लौटाने के लिए दबाव डालने लगे। जैसी ज़िन्दगी जीने का मैं आदी था, वह बदल पाना तो नामुमकिन था, बस एक ही काम हो सकता था, किस तरह, कहीं से, रुपये-पैसे जुगाड़ हो पाते? मैं अपने आप को एक ही बात कहता रहता था, मिर्ज़ा ग़ालिब, रोज़गार

बढ़ाना होगा नहीं तो ज़िन्दा कैसे रहोगे, और अपनी तरह ज़िन्दा नहीं रह पाए तो ग़ज़लें कैसे लिखोगे? रोज़ा रख कर दुनिया में कौन, कब ख़ूबसूरती को जन्म दे पाया है, मंटोभाई?

गोरों से जो पेंशन मिलती थी, अब उसका हिसाब-किताब लेकर बैठना ही था मुझे। यह मत सोचियेगा कि मैं बस अपने लिए सोच रहा था। यूसुफ़ मिर्ज़ा का ख़ानदान, नौकर-चाकर-दासी, उनके बच्चों को भी देखना था मुझे। हाँ, मैं अपने नशे में ज़रूर रहता था, लेकिन किसी को अपनी ज़िन्दगी से अलग कर देने का ख़्याल कभी नहीं आया मुझे। ऐसा सोचता भी कैसे? ये लोग मेरे आस-पास हैं इसलिए ही तो मैं हूँ। अकेले मेरी क्या क्षमता थी? दो लाईनें भी लिखने के लिए बहुत से लोगों में रहना पड़ता है, वह तो आप भी जानते ही हैं, मंटोभाई।

मैंने कभी नहीं सोचा था, मुझे अपना सर रुपयों-पैसों के हिसाब-किताब में खपाना पड़ेगा। अय्याशियों के लिए तो रुपये-पैसों की ज़रूरत पड़ेगी ही, कहाँ से आयेंगे रुपये, किस तरह जुगाड़ करूँगा, इन सब धंधों की बातें सोचते ही मेरे माथे पर गाज गिरने लगती थी। लेकिन एक आदमी क्या नहीं कर सकता है? बादल के साथ बादल बन कर बह सकता है, चाहे तो कनखजूरे की तरह मिट्टी में सेंध लगा सकता है। इसलिए ब्रिटिशरों के द्वारा दी जाने वाली पेंशन के मामले को मुझे जाँच-पड़ताल कर देखना ही पड़ेगा।

आप लोगों के सामने थोड़ा खुलासा करना ही पड़ेगा, नहीं तो आप नहीं समझेंगे। गोरों का दिया पेंशन हमें लोहारू-फ़िरोज़पुर के नवाब, अहमद बख़्श ख़ान के पास से मिलते थे। वे मेरे ससुर मारूफ़ साहब के बड़े भाई थे। मेरे चाचा नसरुल्ला बेग ख़ान मराठा फ़ौज में काम करते थे। 1803 में ब्रिटिशरों के हाथों मराठों के हार जाने के बाद चाचा का भी हाल बहुत बुरा हो गया। इधर अहमद साहब की बहन चाचा की बेग़म थीं। अहमद साहब चुस्त आदमी थे। अलवर के राजा की तरफ़ से वे ही लॉर्ड लेक और ब्रिटिशरों के साथ बातचीत किया करते थे। एक साथ राजा और फ़िरंगियों को ख़ुश कर उन्होंने लोहारू और फ़िरोज़पुर की नवाबी हासिल कर ली थी। उन्होंने मेरे चाचा को ब्रिटिश फ़ौज में घुसा दिया। 1806 में चाचा के इन्तकाल के बाद, अहमद साहब ने गोरों को समझाया कि नसरुल्ला बेग ख़ान के ख़ानदान का भरण-पोषण करना उनकी ज़िम्मेदारी है। वैसे, ब्रिटिशरों की तरफ़ से वे ही इस ज़िम्मेदारी को उठायेंगे, सिर्फ़ नवाब होने की वजह से उन्हें साल में पच्चीस हज़ार रुपयों का मुआवज़ा देना होगा। बदले में वे नसरुल्ला बेग ख़ान के ख़ानदान की देखभाल तो करेंगे ही, इसके अलावा उनके लिए पचास घुड़सवारों की फ़ौज भी तैयार रखेंगे। पेंशन के मामले की छानबीन करने पर देखा कि चाचा के परिवार के लिए दस हज़ार की रकम मुहैय्या की गयी थी, लेकिन सिर्फ़ पाँच हज़ार ही दिया जाता था। मुझे डेढ़ सौ रुपये मिलना था। मेरे भाई के लिए कुछ भी मुक़र्रर नहीं किया गया था। इधर ख़्वाजा हाजी नाम का एक आदमी पैसे लिए जा रहा था, जिसके साथ मेरे चाचा का कोई संबंध नहीं था। यह एक बहुत बड़ी गुत्थी थी, मंटोभाई, आप तो जानते ही हैं, रुपये-पैसों की गुत्थी आसानी से सुलझाई नहीं जा सकती है।

यह तो हुई एक बात, लेकिन उधर एक और परेशानी तैयार थी। अहमद बख़्श ख़ान की दो बीवियाँ थीं। एक बीवी का बेटा था शम्सुद्दीन, दूसरी बीवी के बेटे थे अमीनुद्दीन और ज़ियाउद्दीन। अमीनुद्दीन की मेरे साथ बहुत अच्छी दोस्ती थी। सन 1822 में अलवर के राजा

और अंग्रेज़ों की राय लेकर अहमद साहब ने शम्सुद्दीन को अपनी नवाबी का वारिस होने का ऐलान कर दिया। इससे दोनों छोटे भाई चिढ़ गए। उनकी माँ ख़ानदानी मुसलमान थीं जबकि शम्सुद्दीन की माँ साधारण मेवाती, और शम्सुद्दीन बनेगा वारिस? अमीन भाई मेरे दोस्त थे, इसलिए मैं भी मुसीबत में पड़ गया। शम्सुद्दीन ने मेरे को लेकर खेल शुरू कर दिया। कभी वे मुझे कम रुपये भेजते, कभी महीनों नहीं भेजते था। मारूफ़ साहब के चले जाने के बाद तो मैं बिल्कुल खाई में गिर गया। इतने सारे लोगों की देखभाल करना और उसके ऊपर से लेनदारों के तक़ाज़े। अहमद साहब को कितनी बार चिट्ठी लिखी, सोचा था वह ज़रूर कुछ इन्तज़ाम करेंगे। लेकिन उनकी तरफ़ से कोई जवाब नहीं मिला। एक दिन फ़िरोज़पुर पहुँच गया। तब उनकी हालत बहुत बुरी थी। पूरे बदन पर घाव हो गया था, बड़ी मुश्किल से वे बिस्तर पर उठ कर बैठे। मैंने उनको साफ़-साफ़ कह दिया, 'जनाब, या तो आप अपने कहे का पास रखिए, जिससे हमें सही तरीक़े से पैसे मिलते रहें, नहीं तो कहिए, मैं सरकार के दरबार में जाकर अर्ज़ी पेश करता हूँ'। वे मेरा हाथ पकड़ कर रोने लगे। मैं समझ गया, अहमद साहब अब कुछ करने लायक़ थे नहीं, उनको शम्सुद्दीन की ही बात मान कर चलना पड़ेगा। तय किया, शम्सुद्दीन से ही मिलूँगा, अब हिसाब-किताब निबटाना ही था। मुझे अब अपनी राह ख़ुद ही देखनी थी। 1806 के मई महीने में अहमद साहब और ब्रिटिश के बीच समझौते में कहा गया, नसिरुल्ला बेग ख़ान के वारिसों को साल में दस हज़ार रुपयों का मुआवज़ा देना होगा। और उसी साल जून महीने के समझौते में इस रकम को घटाके पाँच हज़ार कर दिया गया। पर ऐसा कैसे हो सकता था? ज़रूर वह नकली समझौते के अलावा कुछ और नहीं था। मैं शम्सुद्दीन से मिला। बातचीत और बर्ताव में वह काफ़ी अच्छे थे, उन्होंने मेरी अच्छी ख़ातिरदारी भी की। असल बात जानते ही उन्होंने कहा, 'मैं उन समझौतों की बात नहीं जानता मिर्ज़ा'।

—तो फिर मैं क्या करूँ?

—जो तुम अच्छा समझते हो, वह करो।

—लेकिन आप तो पैसे भी समय से नहीं भेजते हैं।

—पैसे क्या आसमान से टपकते हैं?

—मतलब?

—पैसे हाथ में आने पर ही तो भेजूँगा।

—लेकिन मैं किस तरह अपना घर-परिवार चलाऊँ, बताइए?

—अरे यार, तुम्हारा घर-परिवार क्या है शराब, रंडी और ग़ज़ल—यही न? तुम बड़े शायर हो, हम तुम्हारी इज़्ज़त करते हैं, इतना रुपया-रुपया क्यूँ करते रहते हो? यहीं कुछ दिन रहो, मस्ती करो।

—यूसुफ़ मियाँ की तबियत ठीक नहीं है। अक्सर बहुत तेज़ बुखार आ जाता है, उल्टा-सीधा बकते रहते हैं।

—बदन से ख़राब ख़ून निकलवा दो। ठीक हो जायेंगे।

—आपके वक़्त से पैसे भेजते रहने से ही मेरा कुछ भला हो सकता है, शम्स भाई।

—देखता हूँ। ख़ुदा जो करें।

ये 'ख़ुदा जो करें' वाली बात, मेरे सीने पर शम्सुद्दीन की मारी आख़री लात थी। उसी वक़्त तय कर लिया, मुझे राजधानी कलकत्ता जाना ही होगा, राजा के दरबार में नकली समझौते का पर्दाफ़ाश करना ही होगा। ख़ुद से कहा, मिर्ज़ा, तुम आसमानों में विचरते रहते हो, घूमते-घूमते ग़ज़लें लिखते हो, लेकिन एक बार इस ज़िन्दगी की ओर मुँह करके खड़े तो हो, जो तुम्हारी वाजिब-वसूली है उसे तो समझ लो। देखूँ कितना जिगर है तुम्हारा, एक ही साथ आसमान में उड़ो और इस दुनियादारी का हिसाब-किताब भी समझो। वैसे तुम शायर हो न। अगर मीर साहब, मेहर निगार की मुहब्बत के लिए इतनी ज़िल्लत उठा सके थे, पागल हो जाने की सज़ा बर्दाश्त कर सके थे, क्या तुम इतना भी नहीं कर सकोगे? कितने लोग सिर्फ़ दो वक़्त की रोटी के लिए तुम्हारी तरफ़ देख रहे हैं; ग़ज़ल की ख़ूबसूरती और सही तरीक़े से जीने की ख़ूबसूरती अलग-अलग तो नहीं हैं मिर्ज़ा। इसलिए मुझे दरबार में हाज़िर होने के लिए कलकत्ता जाना ही होगा।

लेकिन कैसे जाता बताइए? हाथ में रुपये-पैसे नहीं थे; सफ़र के ख़र्चे के अलावा, पीछे से घरवालों के गुज़ारे के बारे में भी तो सोचना था। शम्सुद्दीन कब पैसे भेजें उसका कोई ठिकाना नहीं था। ऊपर से यूसुफ़ मियाँ पूरी तरह पागल हो चुके थे। उनकी तरफ़ देखते नहीं बनता था। अकेले-अकेले बैठे हुए न जाने क्या बड़बड़ाते रहते थे। कभी कुछ दिनों के लिए लापता हो जाते, उसके बाद फिर लौट आते। कभी लगता था उन्हें पागलख़ाने भर्ती कर आऊँ। लेकिन वहाँ तो उन्हें ज़ंजीरों से बाँध कर रखा जाता। मंटोभाई, यूसुफ़ बहुत नर्म दिल का इंसान था। उसे ज़ंजीरों से बाँध कर रखा जायेगा, उसपर कोड़े चलाए जायेंगे, यह मैं सोच नहीं पाता था। इस दुनिया में पागल की तरह असहाय और कोई नहीं है, उनके साथ जो मर्ज़ी किया जा सकता है; लेकिन क्या किसी इंसान को ऐसा करने का अधिकार है? जो आदमी हर समय युक्ति से दुनिया का विचार करता है, क्या वह पागल नहीं है? जो सिर्फ़ दलीलों के बिना पर जीता है, ख़ुद उसके ही अन्दर एक पागलख़ाना है। बताइये, कौन समझाए लोगों को कि पागल और एक स्वाभाविक इंसान के बीच सिर्फ़ एक सूत का अन्तर है। कोई अपनी ख़्वाहिशों को कुचल कर मार सकता है, कोई ऐसा नहीं कर पाता; जो नहीं कर पाता वह पागल हो जाता है और दूसरा, एक स्वाभाविक इंसान की तरह चलता-फिरता, बातें करता रहता है, लेकिन वह जिस बात को छुपाए रहता है, वह एक दिन उजागर हो भी सकता है, जिसमें उसका कोई हाथ नहीं होता; इसीलिए मैं यह समझता हूँ कि सब इंसान पागल होने की राह पर ही होते हैं, बस कब उनपर वह जिन्न हावी हो जाये, इसका किसी को पता नहीं।

एक दिन यूसुफ़ को धर-पकड़ कर मैंने अपने सामने बिठाया उसके सिर को सहलाते-सहलाते कहा, 'तुझे क्या तक़लीफ़ है, मुझे बता'।

वह बस हँसता रहा, जैसे कि उसे मेरी बात समझ ही न आयी हो।

—यूसुफ़—

—जी।

—तू क्या सोचता रहता है?

उसने कोई बात नहीं की। मैंने उससे कितने सवाल किए, पर वह बस बैठा-बैठा मेरी मुँह की ओर देखता रहा। मंटोभाई, मैं समझ गया चाहे आपकी दलीलों में कितनी भी ताक़त

हो, एक पागल के दिमाग़ के अन्दर घुस पाना संभव नहीं। उसकी और मेरी भाषा अलग थे; उसने हमारी भाषा खो दी थी।

तब, कुछ और सोचने का समय नहीं था मेरे पास, मुझे कलकत्ता जाना ही था। पेंशन के मामले को लेकर कुछ करना ज़रूरी हो गया था। जून महीने में किया गया समझौता, जो कि जाली था, यह मुझे साबित करना ही था। इसलिए बेग़म को सब बताने गया।

—आप कलकत्ता जायेंगे? सुना है वह तो बहुत दूर है।

—लेकिन मुझे जाना ही होगा। नहीं तो हमें एक दिन भूखों मरना होगा।

—आप यह कर पायेंगे, मिर्ज़ा साहब?

—करना ही पड़ेगा बेग़म।

उमराव ने मेरे हाथ पर अपना हाथ रखते हुए कहा, 'रुपये-पैसों के लिए झगड़ा-फ़साद करना तो आपका काम नहीं है, मिर्ज़ा साहब।

—लेकिन अब करना ही होगा।

—और आपकी ग़ज़लें?

—ग़ज़ल! क्या आप उसके बारे में सोचती हैं बेग़म?

—नहीं। ग़ज़लों के साथ आप ख़ुश रहते हैं, बस इतना समझती हूँ।

भाईजान लोग, उस दिन मैंने बेग़म का एक दूसरा ही रूप देखा। पहली बार उन्होंने मेरी ग़ज़लों को लेकर बात की।

मैंने कहा, 'कुछ साल सब कुछ की आपको निगरानी करनी होगी, बेग़म'।

—उसके बारे में आप चिंता मत कीजिए। आप इतनी दूर जायेंगे, रुपये-पैसों की तो ज़रूरत पड़ेगी, कहाँ से मिलेंगे?

—क़र्ज़ा लूँगा।

—फिर क़र्ज़ा?

—बेग़म, मैं जीत कर ही लौटूँगा। सबका उधार चुका दूँगा।

—कोई आपको उधार देगा ?

—अल्बात देगा। सारा लेन-देन समझने के लिए ही तो कलकत्ता जा रहा हूँ, बेग़म। बहुत दिनों से धोखा खाता आ रहा हूँ। अब मुझे कोई नहीं ठग सकता।

—आपको तो धोखा खाना पसन्द है, मिर्ज़ा साहब। बेग़म हँस दीं।

—नहीं, बेग़म नहीं, अब कोई और मुझे धोखा नहीं दे सकता। ग़ज़लें लिखता हूँ इसका मतलब क्या मेरा पेट नहीं है?

कलकत्ता जाऊँगा सुन कर मथुरा दास, दरबारी मल और दूसरों ने मेरे ऊपर बाज़ी लगा ली। मैं भी उन्हें समझाने में क़ामयाब हो गया कि इस मामले में मैं ही जीत कर लौटूँगा। तब असल-सूद सब वापस मिल जायेंगे। बड़ा मज़ा आया। खेल अब जम उठा था। मुझे जीत कर ही लौटना होगा। आईने में ख़ुद को देख कर लगता था, जैसे मैं किसी लोमड़ी के चेहरे को देख रहा था। चलो मियाँ, कलकत्ता चलो, देखो तुम्हारा नसीब बदलता है या नहीं।

20

सब कहाँ कुछ लाला-ओ-गुल में नुमायाँ हो गयी,
ख़ाक में क्या सूरतें होंगी कि पिन्हा हो गईं।

उठ बैठिए, भाईजान लोग, अब मैं आप लोगों को उन हुस्नो नाज़ के क़िस्से सुनाऊँगा, जिनका हुस्न हीरामंडी, फ़रास रोड, जीबी रोड के कोठों पर जलते-जलते राख़ हो गया। बॉम्बे फ़िल्म इंडस्ट्री में मैंने कितनी ही ख़ूबसूरत अदाकाराएँ देखी, लेकिन वे सब मेरे दिल की किताब पर कोई भी निशान नहीं छोड़ पाईं; और तस्वीरों में जड़ी, सजी-धजी घरेलू औरतों को मैं बिल्कुल सहन नहीं कर पाता था, सब एक जैसी, मुँह में प्यार की बातें और अन्दर बिल्कुल ख़ाली, वहाँ केवल सोने-गहने और रुपये-पैसों का हिसाब। अरे भई मुहब्बत करने के लिए पागलपन की ज़रूरत होती है, हिसाब लगा कर प्रेम नहीं होता। यकीन जानिए, कोठे की लड़कियाँ जानती हैं, इश्क़ किसे कहते हैं। जानते हैं क्यूँ? उन्हें अपना जिस्म बेच कर खाना जुटाना पड़ता है न, इसलिए वे जानती हैं, प्यार क्या होता है और क्या नौटंकीबाज़ी। उन्हें देखते-देखते मैं समझ पाया था, किस तरह औरतों के अन्दर जन्नत छुपी होती है; यही औरतें घर-समाज-पर्दे के घेरे में खटमल की तरह हो जाती हैं। यह मत सोचियेगा मैं उन्हें बहुत महान दर्शाना चाह रहा हूँ, महानता जैसा कुछ नहीं होता, भाईजान, ज़िन्दगी की सच्चाई सिर्फ़ टुकड़ों में होती है, वह भी एक की सच्चाई दूसरे के काम नहीं आती, इतना सा मान लेने पर हमारी ज़िन्दगी काफ़ी सहज हो सकती है। वे सहज कर पाईं थीं। जानते हैं क्यूँ? उन्होंने कभी दिखावा नहीं किया; वे जो हैं, उन्होंने ख़ुद को उसी तरह दिखाना चाहा।

सुनिए, एक क़िस्सा बताता हूँ। इस क़िस्से को सुनने के बाद मैं काफ़ी दिनों तक ठीक से खा-पी नहीं पाया। लगता था जैसे किसी सुरंग के अन्दर मैं बहुत सारे साँपों के साथ रह रहा हूँ। एक दिन एक आदमी शाम को कौसर पार्क के बाहर, सड़क पर एक लैम्प पोस्ट से टिका खड़ा हुआ था। नहीं, नहीं, वह मैं नहीं था, हर चीज़ को मुझसे मत जोड़ कर देखिए। उस आदमी का नाम? भूल गया, वैसे कोई नाम होने से अच्छा होता, है न? अच्छा फिर उसका नाम सज्जाद रख लेते हैं। तो सज्जाद वहाँ अपने एक दोस्त का इन्तज़ार कर रहा था और बार-बार अपनी घड़ी देख रहा था, दोस्त के आने का वक़्त काफ़ी पहले ही निकल चुका था। मन ही मन दोस्त को गालियां देता-देता वह, सामने के एक होटल में जाकर चाय पीने की सोचने लगा। तभी किसी ने उसे, 'साहब-साहब' कह कर पुकारा। सज्जाद ने गर्दन घुमा कर देखा, एक पकी दाढ़ी के चेहरे का आदमी उसकी तरफ़ देख रहा है। उसने काफ़ी दिनों का बिना धुला, तेल के दाग़ों से भरा पजामा और शर्ट पहन रखा था। सज्जाद ने कहा, 'मुझे बुला रहे हैं?'

—जी।

—क्या चाहिए?

—कुछ नहीं हुज़ूर। कहते-कहते वह आदमी उसकी तरफ़ आगे बढ़ा, उसी के। साथ एक भयानक बदबू का झोंका आया, सज्जाद को कै आने लगी।

—आपको कुछ चाहिए, जनाब?

—क्या?

—ज़नाना, हुज़ूर।

सज्जाद ने थोड़ी देर चुप रहने के बाद कहा, 'कहाँ है तुम्हारी ज़नाना?'

समझ ही रहे होंगे, सज्जद को उस वक़्त औरत की कोई ज़रूरत नहीं थी। लेकिन उसे तरह-तरह के हादसों में ख़ुद को फंसाने का शौक़ था। ज़िन्दगी में नया कुछ देखने की, जिस राह के बारे में नहीं पता, उस राह पर चलने की एक बीमारी-सी थी उसे।

—पास में ही है हुज़ूर। वह वहाँ सड़क के उस पार जो मकान देख रहे हैं—

—उतने बड़े मकान में?

—जी हुज़ूर। आदमी अपने घिसे हुए दाँत निकाल कर हँसा। मैं आगे चलता हूँ। आप मेरे पीछे-पीछे आइए।

सज्जाद उस दलाल के पीछे-पीछे उस घर में दाख़िल हो गया। मकान ना कह कर उसे खंडहर कहना ही सही था। मकान का पलस्तर उतर चुका था, ईंटों का ढाँचा निकला हुआ था, इधर-उधर ज़ंग लगे पाईप, कूड़ा। घर के अन्दर बिल्कुल अँधेरा था। दलाल के पीछे वह सीढ़ियाँ चढ़ने लगा। थोड़ी सीढ़ियाँ चढ़ने के बाद, दलाल ने उससे कहा, 'साहब, ज़रा रुकिए। मैं एक मिनिट में आता हूँ'।

सज्जाद इन्तज़ार करने लगा। उधर उस आदमी का कुछ पता नहीं था। सज्जाद ने मुँह उठा कर देखा, ऊपर बिजली जल रही थी। वह सीढ़ियाँ चढ़ने लगा। रोशनी के क़रीब पहुँच कर उसने दलाल की आवाज़ सुनी, 'साली, उठेगी कि नहीं?'

एक लड़की की आवाज़ सुनाई दी।—कहा ना नहीं, मुझे सोने दो।

—कह रहा हूँ न उठ, बात नहीं सुनेगी तो—

—क्या करेगा? मार डाल मुझे। मैं नहीं उठूँगी। मुझे इस बार के लिए छोड़ दे।

—उठ...उठ मेरी जान। ज़िद मत कर, ऐसे ज़िद करेगी तो हम खायेंगे क्या, बता?

—मुझे खाने की ज़रूरत नहीं। बिना खाए मर जाऊँगी। मुझे थोड़ा सो लेने दे।

—कुत्ती, तो तू नहीं उठेगी?

—कह तो रही हूँ—नहीं—नहीं-नहीं।

—धीरे बोल। कोई सुन लेगा। सुन, उठ जा। देर ही कितनी लगेगी? तीस-चालीस रुपये मिली जायेंगे।

लड़की अब रो रही थी।—तेरे पैर पड़ती हूँ। कितने दिनों से सोई नहीं हूँ, बस आज मुझे थोड़ा सो लेने दे।

—चुप्प। कितनी देर लगेगी? बहुत ज़्यादा हुआ तो दो घंटे। उसके बाद आकर जितना मर्ज़ी सो जाना।

उसके बाद सब ख़ामोश हो गया। जिस कमरे से बात करने की आवाज़ें आ रहीं थीं, सज्जाद दबे पाँव उस कमरे के सामने जाकर खड़ा हो गया। वह भिड़े हुए दरवाज़े की दरार से अन्दर देखने लगा। छोटे से कमरे के फ़र्श पर एक लड़की लेटी हुई थी। दो-चार बर्तनों के अलावा कमरे में और कुछ नहीं था। वह आदमी लड़की के पाँव दबा रहा था। वह हँसते-हँसते कह रहा था, 'उठ जा। घंटे दो के अन्दर तू वापस आ जायेगी। उसके बाद जितना सो सकती है सोना। मैं तुझे बिल्कुल परेशान नहीं करूँगा, मेरी जान'।

—मेरी जान? लड़की तंज़ से हँसी।—साला कुत्ता कहीं का। बोलते ही वह एक झटके से उठ बैठी।

सज्जाद दबे पाँव नीचे उतर आया। उसका मन कर रहा था, इस शहर, इस दुनिया को छोड़ कर वह कहीं भाग जाये। लेकिन जायेगा कहाँ? क्यूँ ही जायेगा? ये लड़की कौन थी? क्यूँ उसके ऊपर इतना ज़ुल्म किया जा रहा था? दलाल से उसका क्या रिश्ता था, जो न चाहने पर भी उसे उसकी बात माननी पड़ रही थी? उसने कमरे में झाँक कर देखा, उतने से तंग कमरे में बहुत तेज़ रोशनी थी! बल्ब एक सौ वॉट का तो होगा ही। अँधेरे में आकर खड़े होने के बावजूद रोशनी उसकी आँखों को भेदती हुई घुसी जा रही थी। सज्जाद सोच रहा था, उतनी तेज़ रोशनी में कोई कैसे सो सकता था?

थोड़ी देर में उसने क़दमों की आहट सुनी। दो परछाईयाँ उसके पास आकर खड़ी हो गईं। दलाल ने हँसते हुए कहा, 'देख लीजिए, साहब'।

—देखा।

—ठीक है न?

—ठीक है।

—चालीस रुपया दीजियेगा।

पॉकेट में हाथ डाल कर सज्जाद ने कुछ नोट निकाल कर दलाल के हाथ में पकड़ा दिए।—गिन लो कितने हैं?

—पचास हुज़ूर।

—पचास ही रख लो।

—सलाम साहब।

सज्जाद तब सोच रहा था, हाथ के पास अगर बड़ा सा पत्थर मिल जाता तो उस पत्थर से वह दलाल का सिर फोड़ देता।

दलाल ने मिनमिनाते हुए कहा, 'ले जाइए साहब, पर ज़्यादा तक़लीफ़ मत दीजियेगा'।

सज्जाद ने कोई जवाब नहीं दिया और लड़की को लेकर चल दिया। सामने एक ताँगा खड़ा था। वह उस लड़की को लेकर ताँगे पर चढ़ गया। दलाल की आवाज़ पीछे से तैरती हुई आई, 'सलाम साहब'। सज्जाद सोच रहा था, उसे बड़ा सा पत्थर क्यूँ नहीं मिला?

लड़की को लेकर सज्जाद एक होटल के कमरे में आ गया। अब पहली बार उसने लड़की को सिर से पाँव तक देखा। वह अपनी सूजी आँखों से सीधा देख भी नहीं पा रही थी।

लग रहा था जैसे वह लड़की कोई पुराना, झुका चुका मकान हो, जो किसी भी वक़्त भरभरा कर ढह सकता है।

सज्जाद ने कहा, 'ज़रा मुँह ऊपर करके देखो'।

—क्या चाहते हैं?

—कुछ नहीं। बस दो-चार बातें करो।

लड़की की आँखें सुर्ख़ लाल थीं। भावहीन आँखों से वह सज्जाद की ओर देखती रही।

—तुम्हारा नाम क्या है?

—कुछ नहीं।

—घर कहाँ था?

—आप कहाँ चाहते हैं?

—इस तरह क्यूँ बात कर रही हो?

जैसे एक झटके से लड़की की नींद खुल गयी हो।—आपको जो करना है करिए। मुझे जल्दी जाना है।

—कहाँ?

—जहाँ से मुझे लेकर आए हैं?

—तुम अभी जा सकती हो।

—जो करना है करिए। इतनी बातें क्यूँ कर रहे हैं साहब?

—मैं तुमको समझना चाहता हूँ।

—लड़की एकदम भड़क जाती है।—इतना समझने-बूझने की ज़रूरत नहीं है साहब। आप अपना काम करिए, नहीं मैं चली जाऊँगी।

सज्जाद आकर लड़की के पास बैठ कर उसके सिर पर हाथ रखता है। लड़की एक झटके से उसका हाथ झटक देती है।—तंग मत करिए साहब। मैं बहुत दिनों से सोई नहीं हूँ। जिस दिन से यहाँ आयी हूँ, मैं सो नहीं पाई।

—यहाँ सो जाओ।

उसकी आँखें और लाल हो जाती हैं।—मैं यहाँ सोने नहीं आयी हूँ। यह मेरा घर नहीं है।

—क्या वह घर तुम्हारा है?

—बकवास बन्द कीजिए साहब। मेरा कोई घर नहीं है। आप अपना काम निबटाइए, नहीं तो मुझे ले चलिए, उस चूतिए से पैसे वापस ले लीजियेगा।

उसके बाद कोई और बात नहीं हुई। सज्जाद लड़की को वापस उसी मकान पर छोड़ने आ गया।

नहीं, नहीं, भाईजान लोग, क़िस्सा यहीं ख़त्म नहीं हुआ। कोई क़िस्सा क्या इतनी जल्दी ख़त्म होना चाहता है? क़िस्से की भी अपनी दावेदारी है, है कि नहीं? आख़िर वह तो यतीम नहीं है कि उसे इधर-उधर फेंक दिया जाये।

अगले दिन शाम को कैसर पार्क के पास एक होटल में चाय पीते-पीते सज्जाद अपने दोस्त को पिछले दिन की बात बता रहा था। दोस्त को भी सुन कर बहुत ख़राब लगा, उसने पूछा, 'कम उम्र की लड़की थी?'

—पता नहीं। मैंने उसे ठीक से देखा भी नहीं। बार-बार बस एक ही बात दिमाग़ में आ रही है, मैंने क्यूँ सड़क से भारी पत्थर उठा उस दलाल का सिर नहीं फोड़ दिया।

उस दिन सज्जाद को अपने दोस्त के साथ भी रुकना अच्छा नहीं लग रहा था। पिछले दिन के हादसे से वह किसी तरह निकल नहीं पा रहा था। दोस्त के चले जाने के बाद वह फ़ुटपाथ पर आकर खड़ा हो गया; चारों तरफ़ नज़रें घुमाता हुआ वह उस दलाल को ढूँढ़ने लगा। सड़क के पार ही वह झुका हुआ मकान था। सज्जाद घर के अन्दर घुस गया। दबे पाँव सीढ़ियाँ चढ़ने लगा। वह फिर उसी तेज़ रोशनी से भरे कमरे के सामने पहुँच गया। कहीं कोई आवाज़ नहीं थी। सज्जाद ने भिड़े हुए दरवाज़े को धीरे से खोलते हुए अन्दर देखा। तेज़ रोशनी में उसकी आँखें चुँधिया-सी गईं, उसने देखा, वह लड़की फ़र्श पर सोई हुई थी। उसका चेहरा दुपट्टे से ढका हुआ था। तो क्या लड़की मर चुकी थी? सज्जाद कमरे के अन्दर दाख़िल हो गया, लड़की की तरफ़ देख कर समझ गया कि वह सोई हुई थी। उसके बाद ही उसने उस आदमी को देखा, वह थोड़ी दूर, फ़र्श पर जमे ख़ून के बीच मरा पड़ा हुआ था, बगल में ख़ून से सनी एक ईंट पड़ी हुई थी। उसके फूटे सिर से अभी तक ख़ून बह रहा था।

उसके बाद सज्जाद फिर कभी कैसर पार्क के आस-पास नहीं दिखा। उसके बाद उसे एक दिन पागलख़ाने भर्ती कर देना पड़ा। आख़िर में उसका क्या हुआ, मुझे नहीं पता।

कोठे की लड़कियाँ बड़ी अजीब होती हैं। सब कुछ के बावजूद, ज़िन्दा रहना जैसे उनके लिए एक नशे के जैसा था। सुगंधी के जीवन में क्या था? दिनों-दिन माधो उसके साथ बेईमानी करता रहा; जिस दिन सुगंधी को यह समझ आया, उसने माधो को लात मार कर सड़क पर फेंक दिया, लेकिन उसने ख़ुद को ख़त्म करने की बात नहीं सोची। क्यूँ करती वह? किसी ने उसे एक बूँद भी प्यार नहीं दिया था; अपनी ज़िन्दगी को उसने ख़ुद ही प्यार किया था।

क्या कह रहे हैं भाईजान लोग? ख़ुशिया की कहानी सुनना चाहते हैं? हाँ, हाँ उसकी कहानी अभी सुनाई नहीं है। मैं सोच रहा था आपको सुगंधी की कहानी सुनाऊँगा। चलिए ठीक है, ख़ुशिया का ही क़िस्सा सुनाता हूँ। ख़ुशिया के बारे में जानने की क्या मुझे कम बेताबी थी? आख़िर क्यूँ उसने कांता को ग़लत समझा? वही जानने के लिए एक दिन मैं अकेला ही कांता के कोठे पर पहुँच गया।

—अरे मंटो साहब, आज आपके यार-दोस्त सब कहाँ गये?

—उस दिन तुमने ही तो मुझे अकेले आने को कहा था।

कांता हँस पड़ी।—अकेले आने को कहा था? मेरे पास है ही क्या जो मैं आपको दे सकूँ?

—बहुत कुछ है कांता। कितनों की कमर में ऐसे बल पड़ते हैं?

कांता ज़ोरों से हँसने लगी।—मेरे कमर के बल देखने आए हैं क्या?

मैंने उसके पेट पर हाथ फिराते-फिराते कहा, 'इस गोश्त का स्वाद ही अलग है'।

—बकवास बन्द कीजिए। कुछ कर नहीं पाते हैं, बस मुँह से बातों का फ़व्वारा छूटता रहता है।

—क्या करूँ कांता? बस एक सेकेंड के क़िस्से से मेरा मन नहीं भरता है। मुझे एक बहुत बड़ा क़िस्सा चाहिए जो बहुत दिनों तक चले, जो कि मेरा नहाना-खाना-नींद सब छीन ले।

—तो फिर यहाँ क्यूँ आते हैं, मंटो साहब?

—क़िस्सों की खोज में। आज तुम मुझे ख़ुशिया की कहानी सुनाओगी।

—ख़ुशिया?

—उसके लिए ही तो तुमने मुझे अकेले आने को कहा था। याद नहीं? चलो, शराब मँगवाओ, पीते-पीते ख़ुशिया का क़िस्सा सुनूँगा।

हम कोठे की छत पर जाकर बैठ गए।

—ख़ुशिया बहुत अच्छा था। पर वह इस तरह का पागलपन करेगा, मैं बिल्कुल नहीं समझ पाई थी, मंटो साहब।

—क्या किया था ख़ुशिया ने?

—वह ही मेरे लिए ख़रीददार पकड़ कर लाता था। मैं जो कहती थी, वह ख़ुश हो कर करता था। मैं तब नयी-नयी इस धंधे में आयी थी। किसी-किसी दिन वह मेरे मुँह की तरफ़ ऐसे देखता रहता था, लगता था, जैसे वह अन्दर ही अन्दर मेरे लिए दर्द महसूस करता है। ख़ुशिया के लिए मुझे भी तक़लीफ़ होती थी। इतना ख़ूबसूरत लड़का था वह—कितनी उम्र होगी, सत्रह या अट्ठारह—पेट की ख़ातिर कोठों पर दलाली करनी पड़ती थी। ख़ुशिया इतनी सुन्दर कहानियां सुनाता था।

—क्या कहानियाँ सुनाता था?

—उसने ही पहली बार मुझे यूसुफ़ और जुलेखा का क़िस्सा सुनाया था।

—अच्छा। फिर?

—एक दिन शाम को मेरे कमरे के बाहर दस्तक हुई। मैं तब नहा रही थी। चिल्ला कर पूछा कौन है? ख़ुशिया, मैं ख़ुशिया। ओ ख़ुशिया, इस समय अचानक कैसे? उस वक़्त ग्राहक नहीं आते थे। भीगे बदन ही मैंने एक छोटी-सी तौलिया लपेट कर आकर दरवाज़ा खोल दिया। मुझे उस हालत में देख कर, ख़ुशिया की दोनों आँखें न जाने कैसी हो गईं। मैंने कहा, 'क्या हुआ ख़ुशिया? मैं नहा रही थी। आओ, आओ, अन्दर आकर बैठो। जब आ ही रहे थे तो चाय भी लेते आते। रामू आज सुबह ही भाग गया है'। ख़ुशिया मेरी तरफ़ नहीं देख पा रहा था, लेकिन वह किस तरफ़ देखे वह भी नहीं समझ पा रहा था। वह इतना ही सीधा

था, मंटो साहब। सिर नीचा किए बहुत देर तक खड़े रहने के बाद उसने कहा, 'जाओ, जाओ, जाकर नहाओ, कोई क्या ऐसी हालत में दरवाज़ा खोलता है। मैं बाद में भी आ सकता था।'

—तुम्हें भी बहुत शर्म आयी होगी न, कांता?

—नहीं तो। शर्म क्यूँ आती भला? वह तो हमारा ख़ुशिया था। उसके सामने कैसी शर्म?

—क्या ख़ुशिया ने पहले कभी तुम्हें ऐसी हालत में देखा था?

—नहीं। पर ख़ुशिया तो हमारे घर का ही आदमी था। वह तो हमारा ग्राहक नहीं था।

—उसके बाद?

—क्या ख़ुशिया पागल हो गया था, मंटो साहब?

—क्यूँ?

—वह चला गया। शाम ढल गयी, ख़ुशिया नहीं आया। मेरे पास भी उस दिन कोई ग्राहक नहीं आया। अचानक एक वक़्त दरवाज़े पर दस्तक हुई। देखा एक अनजान आदमी खड़ा हुआ था। कहा, 'जाओगी? बाबू बाहर गाड़ी में बैठे हैं?'

—उन्हें यहाँ ले आओ।

—बाबू कोठे पर नहीं आयेंगे।

—क्यूँ?

—कहा न, बाबू कोठे पर नहीं आयेंगे। जाना हो तो चलो। कितना लोगी? पहले ही दे देता हूँ।

—तुम गईं? मैंने कांता से पूछा।

—ख़ुशिया नहीं, ख़रीददार नहीं, मुझे तो दिन की कमाई करनी ही थी। जो कोठों पर नहीं आते हैं, वे ज़्यादा रुपये देते हैं। नहीं जाती तो और क्या करती? बड़ी सड़क पर टैक्सी खड़ी थी। दलाल ने मुझे टैक्सी पर बिठाते ही, हाथ बढ़ा कर अपना हिस्सा ले लिया। टैक्सी दौड़ने लगी।

टैक्सी के अन्दर अँधेरा था इसलिए पहले मैंने ख़्याल नहीं किया। आँखें अभ्यस्त होते ही मैंने ख़ुशिया को देखा। —ख़ुशिया तुम?

—रुपये मिल गये हैं, न?

—ख़ुशिया—

—चुप। रुपये मिल गये, जो कहूँगा, वही करोगी।

—क्या किया ख़ुशिया ने?

—कुछ नहीं। बहुत दूर जाने के बाद, उसने मुझे टैक्सी से उतार दिया।

—और तुम?

—मैं रास्ता नहीं पहचानती थी। अकेली खड़ी रही। फिर सड़क पर ही सो गई। सुबह होने पर, कोठे पर वापस आई। मंटो साहब, बता सकते हैं, ख़ुशिया ने मेरे साथ ऐसा क्यूँ किया?

मैं उस दिन कांता को कुछ न कह सका था। बहुत दिनों तक ख़ुशिया के बारे में सोचता रहा। प्रतिशोध मनुष्य की आदिम प्रवृत्ति है। ख़ुशिया बदला लेना चाहता था। वह कोठे का दलाल ज़रूर था, लेकिन था तो वह भी एक मर्द। ख़ुशिया को दलाल समझते-समझते कांता इस सच को भूल गयी थी, शायद इसलिए लगभग नग्न कांता उसके सामने खड़े हो कर कह पाई थी, 'अरे तुम तो हमारे ख़ुशिया हो। तुमसे शर्म कैसी?'

भाईजान लोग, पौरुष एक भयंकर चीज़ है, अगर जग जाये तो पूरी दुनिया को ही ध्वस्त कर देना चाहती है। जानते हैं क्यूँ? पौरुष एक काँच के खिलौने की तरह है, गिरते ही टूट जाता है। इसलिए हल्की सी चोट से ही विचलित हो उठता है। यह मत सोचियेगा कि यह सिर्फ़ आदमियों में ही होता है; औरतों के साथ भी ऐसा ही है। पौरुष क्या है, जानते हैं?—बस मैं ही आख़री बात हूँ, इसके बाद और कोई बात नहीं हो सकती।

अरे भई, आख़री बात कहने का हक़ तुम्हें किसने दिया है? जिस दुनिया का आग़ाज़ कहाँ से हुआ और अन्त कहाँ है, हम वह ही समझ नहीं पाते हैं—वहाँ तुम आख़री बात कहने आए हो? इसलिए मैं प्रोग्रेसिव राईटर्स को बर्दाश्त नहीं कर पाता था। इन लोगों ने ज़िन्दगी में कुछ नहीं देखा था, बना-बना कर कहानियाँ लिखते थे, फिर आकर कहते थे, यही आख़री बात है। तुम कौन से पैग़म्बर हो कि तुम्हारी बात ही ज़िन्दगी की आख़री बात होगी, जिसे मुझे मानना होगा?

21

ताके यह दश्तगर्दी कब तक यह ख़स्तगी;
इस ज़िन्दगी से कुछ तुझे हासिल है, मर कहीं ।

युवक रोहित को देवराज इंद्र ने जो कहा था, वही बात मैं आप लोगों को बता रहा हूँ, भाईजान लोग, दिल से सुनियेगा ज़रा। ये अपनी ज़िन्दगी को लेकर एकदम सड़क पर खड़े हो जाने की बात है; कितने लोग ऐसा कर पाते हैं? यदि कोई ऐसा कर पाए, तो उसके आँखों के आगे से सारे पर्दे हट जाएँ, मंटोभाई, तभी समझा जा सकता है कि हम किस खेल-तमाशे के बीच आए हैं। हाँ तो मैं देवराज इंद्र की बात बताता हूँ। उन्होंने रोहित से कहा, याद रखना, जो सड़क पर नहीं आ पाता, उसके जीवन में सुख नहीं आता है। मनुष्यों के समाज में ज़्यादा दिन रहने से अच्छा इंसान भी एक दिन पापी हो जाता है। इसलिए कहता हूँ, जाकर सड़क पर खड़े हो जाओ, भ्रमण में रहते हुए ज़िन्दगी को ढूँढ़ लो। पथिक के दोनों चरण फूल के समान हैं, उसकी आत्मा दिन पर दिन विकसित हो, कितने तरह के फल-फूल उगाती है। रास्ते की थकान ही उसके सारे पापों का जड़ से विनाश कर देती है। इसीलिए, भ्रमण करो, घूमो, घूमते रहो, रोहित।

मैं शाहजहानाबाद से तक़रीबन तीन साल के लिए निकल पाया था, तभी तो मेरी ज़िन्दगी कितने फूलों और फलों से भर गई। तक़लीफ़ें कुछ कम नहीं हुईं थी, बड़ी बेइज़्जती भी हज़म करनी पड़ी थी, और आख़िर में पेंशन की रकम भी अदा नहीं करवा पाया। फिर भी इन तीन सालों में एक अजीब से तस्वीरख़ाने घूमता रहा था मैं। जब दिल्ली वापस आया, तब कोई दूसरा ही इंसान था मैं; जानते हैं क्यूँ? उससे पहले मैं अपनी ख़राब किस्मत के लिए बहुत से लोगों को, यहाँ तक कि ख़ुदा तक को कोसा करता था। लेकिन देश-देश घूम कर जो ग़ालिब दिल्ली लौट कर आया, वह समझ चुका था, ज़िन्दगी जिस भी सूरत से तुम्हारे पास आए, उसे उसी तरह से स्वीकार करो, अगर कीड़े की तरह मरना पड़े, तो वैसे ही मरो, शिकायत करने से कुछ बढ़ती नहीं मिलता है।

नहीं, नहीं उतावले मत होईये भाईजान लोग, अब मैं आपको अपने सफ़र की दास्तान सुनाऊँगा। कभी सोचा था, उन दिनों की बातें मैं फ़ारसी में लिख कर रखूँगा। लेकिन वक़्त नहीं मिला। उससे भी बड़ी बात यह है कि दिल्ली वापस आने के बाद, मैं ज़िन्दगी भर के लिए तमाम ऐसी उलझनों के जाल में फँस गया कि लिखने की बात सोचने पर, मेरे हाथ हिलना नहीं चाहते थे। लेकिन मैं जानता हूँ, उन दिनों के वाक़ये लिखने से मैं फ़ारसी के गद्य की दुनिया का एक नया दरवाज़ा खोल सकता था। आईये, आप लोगों के साथ मैं फिर से मिर्ज़ा के सफ़र-वृतांत का ज़ायक़ा ले लेता हूँ।

दोज़ख़नामा

1827 का वसंत। मिर्ज़ा ग़ालिब अपनी किस्मत की खोज में शाहजहानाबाद से निकल पड़े। उनके पुरखे घुड़सवारों की फ़ौज लेकर तलवारें घुमाते हुए, धूल के ग़ुबार उड़ाते हुए कूच किया करते थे; वह सफ़र बहादुर सिपाहियों का होता था। और मिर्ज़ा ग़ालिब अपनी पेंशन के लिए कलकत्ता की ओर रवाना हुए थे। साथ में दो-चार नौकर-चाकर, किताबें बस और कोई नहीं। कभी घोड़े तो कभी बैल गाड़ी में सवार, ढिक-ढिक करती चाल से बढ़ते हुए। रात में किसी सरायख़ाने में ठहरना, अगर वह न मिले तो रास्ते में कहीं तम्बू गाड़ कर रुकने का इन्तज़ाम करना। दिन के वक़्त सफ़र एक तरह का होता था, सामने मुसलसल रास्ता, लेकिन रात बिल्कुल घुप्प अँधेरे से घिरी होती थी, रास्ते का कोई सुराग़ नहीं, नौकरों के साथ कितनी देर बात की जा सकती थी, इसलिए ख़ुद ही ख़ुद से बातें करते रहते थे। अकेले-अकेले बात करने की आदत वहीं से मिर्ज़ा को पड़ी। अकेले-अकेले बात करने का मतलब क्या होता है जानते हैं न, भाईजान लोग। बातें करते हुए अपने-आप को ही को ठगना, कितनी सपनों की मीनारें तैयार करना, अगले ही पल उनका टूट कर चूरचूर हो जाना।

कानपुर पहुँच कर मिर्ज़ा की तबीयत काफ़ी ख़राब हो गई। उधर उन्हें कोई हकीम नहीं मिल रहा था। फिर तो लखनऊ जाये बिना कोई उपाय न था। इस सफ़र में मिर्ज़ा को लखनऊ जाने की बिल्कुल मर्ज़ी नहीं थी। वैसे मिर्ज़ा कलकत्ता जा रहे हैं सुन कर लखनऊ के कई शरीफ़ लोगों ने उन्हें शहर में आने की दावत दी थी। लखनऊ के प्रति मिर्ज़ा को भी कम लालच न था। दिल्ली ने कबकी अपनी रोशनाई खो दी थी। तब जो कुछ मुग़ल संस्कृति बची हुई थी, लखनऊ में ही थी। सौदा और मीर जैसे शायर कबके दिल्ली छोड़ वहाँ जाकर बस गये थे। मिर्ज़ा ने बहुत सोच कर कि नवाब के पास से ज़रूर कुछ ईनाम मिलेगा, दो-एक मुशायरों में ग़ज़लें सुनाने से कुछ कमाई होगी; रास्ते का ख़र्चा निकल आयेगा, लखनऊ हो कर जाने का तय किया। किराए पर पालकी लेकर, गंगा पार कर मिर्ज़ा लखनऊ पहुँचे।

क्या कहूँ, भाईजान लोग, उस लखनऊ के बारे में बयाँ करने लायक़ ज़बान मेरी झोली में नहीं है। मैं बस एक ही बात बता सकता हूँ, वह शहर जैसे हिन्दुस्तान का बग़दाद था। और लखनऊ की रातों के बारे में तो क्या कहूँ? उन्हें ओढ़ते-ओढ़ते प्यार करने का मन करता है, हर रात जैसे कोई नयी सूरत की रात होती थी, जैसे हर चुम्बन के बाद और भी कई चुम्बन बाक़ी रह जाते हैं, रातें वैसी ही उम्मीद लिए जगे रहने की होती थीं। जानते हैं, तब उस शहर के सबसे उम्दा शायर कौन थे? नासिख़ साहब। ग़ज़ल छोड़ कर उन्होंने कभी कुछ और लिखा नहीं। मेरी पहले के दौर की ग़ज़लों में नासिख़ साहब की परछाईं ढूँढ़ने पर मिल भी सकती है। नासिख़ साहब ने मुझे अपनी हवेली पर दावत दी थी। मैंने उनसे कहा, 'एक दफ़ा नवाब के पास नहीं जाया जा सकता है नासिख़ साहब?'

—अब पहले जैसे दिन नहीं रह गये, मियाँ।

—मतलब? नवाब मुझसे नहीं मिलेंगे?

—अब बहुत सी सीढ़ियाँ चढ़ कर उनके पास पहुँचना पड़ता है।

—कैसे?

—नवाब के वज़ीर हैं मुतामीद्दौला आग़ा मीर। उनके बाद के वज़ीर हैं सुब्हान अली ख़ान। सुब्हान अली को ख़ुश करके मीर साहब तक पहुँचना होगा। फिर उनके ख़ुश होने

पर तब जाकर नवाब के सामने पहुँच सकेंगे। यह तो नवाब असफ़ुद्दौला का अमल नहीं है, जिन्होंने ख़ुद सौदा को दरबार में बुलाया था। बेग़म शम्सुन्निसा भी शायरा थीं। नवाब के एक ग़ज़ल के जवाब में उन्होंने क्या लिखा था जानते हैं?

—सुनाईये जनाब।

ख़ुशी दिल में हम अपने कम देखते हैं
अगर देखते हैं तो ग़म देखते हैं ।
न क़तरा कोई ख़ून का बाक़ी है दिल में
न आँखों को हम अपनी नम देखते हैं ।
तू आए न आए यहाँ हम तो हर शब
पड़े वाह ता सुबह दम देखते हैं ।

—क्या बात, क्या बात। दिल का एक टुकड़ा निकल गया जनाब।

—मियाँ, अब हमारे नवाब ग़ाज़ीउद्दीन हैदर के वक़्त में दिल के टुकड़े नहीं निकला करते हैं।

—या अल्लाह! फिर भी एक बार कोशिश करके देखिए। ग़रीब के नसीब से अगर कुछ रुपये-पैसे जुट जाएँ तो।

—जानता हूँ मियाँ, आपको बहुत दूर जाना है। कोशिश करके देखता हूँ। पहले तो सुब्हान अली के पास जाना होगा।

ख़ैर सुब्हान अली तक तो पहुँच सका। जल्दी-जल्दी में उनके लिए क़सीदा लिख कर नहीं ले जा सका, हम्द (स्तुति) कर एक छोटा हिस्सा नस्र (गद्य) का लिख सका था। वैसे मुझे क़सीदा लिखना पसन्द नहीं था; फिर भी लिखना पड़ा था। सच कहूँ तो, आधी ज़िन्दगी नवाब-बादशाह और उनके वज़ीरों के शान में क़सीदे लिख कर ही बर्बाद हो गयी, मंटोभाई। क्या कोई शायर उन गधों की तारीफ़ में शायरी लिखने के लिए ही पैदा होता है? पर क्या करता कहिए, पेट की ख़ातिर शायरी को कीचड़ में उतारना पड़ा। लेकिन ये शायर का मज़हब नहीं हो सकता है न। मैं एक शायर के ईमान की राह से भटक गया था, और यह मैं जानता था। वैसे एक बात ग़ौर करने की है। जिस तरह दिलो-जान से मैंने क़सीदे का आग़ाज़ किया था, आगे हम्दवाले हिस्से में बस बला टालने के लिए दो-चार बातें ही कहीं। सुब्हान अली मेरी नस्र को पढ़ संजीदा-सा मुँह बना कर बैठे रहे। और इसको-उसको बहुत कुछ कहने लगे। मेरी तरफ़ मुँह फिरा कर भी नहीं देखा।

—जनाब।

—क्या अर्ज़ी है आपकी, मियाँ?

—नवाब बहादुर को एक बार सलाम करना चाहता हूँ।

—करिए, यह तो नवाब बहादुर की ही दुनिया है।

—एक बार दरबार में जाने का इन्तज़ाम कर दीजिए हुज़ूर।

—देखता हूँ क्या किया जा सकता है।

—वैसे दो बातें हैं, जनाब।

—अब क्या है?

—मैं शाहजहानाबाद का शायर हूँ। दरबार में वैसी ही इज़्ज़त पाने की उम्मीद रखता हूँ। बुज़ुर्ग लोग शायरों की किस तरह बेइज़्ज़ती करते हैं, वह तो आप जानते ही हैं।

—देखता हूँ।

—और—

—और भी कुछ है क्या?

—नवाब बहादुर को पर कोई नज़राना नहीं दे सकूँगा। उसके लिए मुझे माफ़ करना होगा।

सुब्हान अली मेरी तरफ़ आँखें तरेर कर देखते रहे। फिर ऐश से पान चबाते-चबाते उन्होंने कहा, 'घर लौट जाइए मियाँ। नज़राना नहीं देंगे और नवाब बहादुर से भी मिलेंगे, ऐसा होता है क्या? लगता है दरबार में पेश होने का तरीक़ा नहीं जानते हैं आप?

नवाब ग़ाज़ीउद्दीन हैदर के साथ मिर्ज़ा की मुलाक़ात नहीं हो सकी। बहुत उम्मीदें थीं एक बार नवाब के आगे पेश होने पर कुछ ईनाम तो ज़रूर मिलता। सुब्हान अली ने उस उम्मीद पर पानी फेर दिया। फिर भी मिर्ज़ा कुछ दिन और लखनऊ में रुके। लखनऊ के मुशायरों की रातों ने तो उन्हें नहीं लौटाया था न, उनकी ग़ज़लों की बेहद इज़्ज़त अफ़ज़ाई हुई, सबकी बातें सुन मिर्ज़ा को समझ में आया कि मरी हुई दिल्ली उनकी क़द्र न भी कर पाई हो पर, लखनऊ की जान ने उनकी शायरी पर आवाज़ दी थी।

उसके बाद मैं फिर निकल पड़ा। बाँदा, इलाहाबाद हो कर काशी जा पहुँचा। बाँदा के नवाब ज़ुल्फ़िकार अली बहादुर ने राह के ख़र्चे के लिए कुछ मदद भी दी। इलाहाबाद को मैं बिल्कुल बर्दाश्त नहीं कर पाया, मंटोभाई। एकदम लावारिस शहर, जिसका कोई तमद्दुन नहीं। काशी पहुँच कर इत्मीनान की साँस ली। वह एक हैरान कर देनेवाला रोशनी का शहर था। लगा, इतने दिनों से मैं ऐसे ही किसी शहर में पहुँचना चाहता था। सब कहते हैं बनारस, बनारस; मुझे चिढ़ होती थी, अंग्रेज़ कहते हैं इसलिए हमें भी कहना होगा? या तो वाराणसी कहो या फिर काशी। इस शहर का असली परिचय तो काशी नाम से ही है। नौरंगाबाद में एक हवेली में कमरा किराए पर लेकर मैं महीना भर काशी में रहा। दशअश्वामेध और मणिकर्णिका घाट पर बैठे-बैठे लगता था, देवादिदेव महेश्वर के इस शहर में अगर मैं सारी ज़िन्दगी रह सकता, तो मुझे नवाब-बादशाहों की दया का भिखारी नहीं बनना पड़ता, ग़ज़ल नहीं लिखता, बस काशी की सड़कों पर घूमते-घूमते, तवायफ़ों के गाने सुनते-सुनते, सुबह-शाम पूजा-आरती देखते-देखते और घाटों पर बैठे हुए गंगाप्रवाह को देखते हुए एक राहगीर की ज़िन्दगी गुज़ार देता।

भाईजान लोग, परेशान मत होइए, काशी की बात खुलासा करके बयान करना होगा। अपनी ज़िन्दगी में जिसने एक बार काशी नहीं देखा, मैं मानता हूँ उसका अभी जन्म ही नहीं हुआ है। मंटोभाई, क्या आप कभी काशी गये थे? नहीं? तो फिर फिर आपको एक बार और जन्म लेना होगा, एक बार काशी देखना ही होगा, तब ही न आप समझेंगे कि आपका इस दुनिया में एक बार जन्म हुआ था! क्या कह रहे हैं? आपकी पिछली ज़िन्दगी? नहीं, नहीं वह

तो एक ख़्वाब थी मंटोभाई, सुनिए, आपका अभी जन्म नहीं हुआ है। काशी देखने के बाद ही न समझ पायेंगे, जन्म और मृत्यु का अर्थ क्या है?

कह सकते हैं ये समूची दुनिया काशी ही है। भाईजान लोग, भारत के सारे तीर्थस्थान और सभी पवित्र जल मिल कर रोशनाई का शहर काशी है। देवादिदेव शिव की घर-गृहस्थी यहीं पर थी। काशी एक ऐसी रोशनी है जो आपकी आँखों के आगे सब कुछ उजागर कर देती है; नहीं, यह मत सोचियेगा कि आप कुछ चमकदार चीज़ देख पायेंगे; जो इस दुनिया में है, वह सब आप उस रोशनी में साफ़ देख पायेंगे। और देखिए, अगर हम काशी में मृत्यु को प्राप्त होते हैं, तब ही इस हम जीवजन्म से मुक्ति पा सकते हैं। काशी की कितनी ही महात्म की बातें सुनी थीं मैंने; मैं दोज़ख़ का कीट, वह सब बातें कबका भूल चुका। लेकिन हाँ, मणिकर्णिका के जन्म का क़िस्सा मैं नहीं भूला, मंटोभाई। जिस दिन मैं कोठे पर नहीं जाता था, या जाने पर भी, वहाँ से निकल कर मैं रोज़ मणिकर्णिका के घाट पर जाकर बैठा करता था। मणिकर्णिका वह जगह है जहाँ इस पृथ्वी की सृष्टि और विनाश एक हो कर मिल जाते हैं। जानते हैं क्यूँ? काल के आरंभ में भगवान विष्णु ने यहाँ एक पवित्र कुण्ड तैयार किया था, और यहीं महाशमशान भी, समय के अन्त में जल कर राख़ हो जाने के लिए। मणिकर्णिका के जन्म की बात सुनेंगे क्या, भाईजान लोग? एकमात्र हमारे देश ने ही यह कहा है, पुण्य की बात सुनने से भी हमारे पाप काफ़ी कम हो सकते हैं।

वह एक समय था, नहीं, नहीं, ग़लत कह रहा हूँ, तब तो मैं भी पैदा नहीं हुआ था, जब सिर्फ़ अँधकार और जलप्रवाह था। आसमान में सूर्य-चंद्र नहीं थे; ग्रह-नक्षत्र भी कहाँ से आते? दिन-रात कह कर कुछ नहीं था। शब्द-गंध-स्पर्श-स्वाद-आकार, कुछ भी नहीं थे। सिर्फ़ वे थे, अनादि ब्रह्म, जिन्हें किसी भी प्रकार से छुआ नहीं जा सकता था। लेकिन उस असीम निःशब्दता, उस गहरे अँधकार में वे कब तक अकेले रहते? इसलिए उन्होंने ईश्वर की सृष्टि की, जो शिव थे। शिव के ही अंश से शक्ति ने जन्म लिया। वे ही प्रकृति और माया थीं। उन दोनों ने मिल कर पाँच सौ कोस भूखंड में काशी तैयार की। एक दिन शिव और शक्ति ने सोचा, अगर किसी और की भी सृष्टि की जाये तो, जो इस पृथ्वी की रचना करेगा और उसकी देखभाल करेगा। तब विष्णु का जन्म हुआ। शिव और शक्ति ने विष्णु को इस पूरी दुनिया को सृष्टि करने का निर्देश दिया।

विष्णु ने तब कठोर तपस्या शुरू की। सुदर्शन चक्र से एक पद्मकुण्ड तैयार किया, उनके शरीर के पसीने से ही वह कुण्ड भर गया, चक्रपुश्करणी के किनारे पत्थर की भाँति बैठे वे तपस्या में डूब गए। देखते-ही देखते पाँच लाख वर्ष बीत गए। मुँह क्यूँ फाड़े हुए हैं, भाईजान लोग? उनके लिए पाँच लाख-करोड़ साल तो चंद लम्हों की बात थी। ये एक अनोखा मज़ा है!

एक दिन शिव और शक्ति ने उस रास्ते से गुज़रते हुए विष्णु को देखा। तपस्या के प्रभाव में विष्णु जैसे अग्निशिखा की तरह जल रहे थे। शिव ने उनसे वर माँगने के लिए कहा, विष्णु ने कहा, मुझे कुछ नहीं चाहिए भगवन, बस आपके साथ रहना चाहता हूँ। विष्णु की भक्ति देख कर शिव ने आनंद से ऐसे सिर हिलाया कि उनके कान का अलंकार चक्रपुश्करणी के जल में जा गिरा। विष्णु को 'तथास्तु' कह कर शिव ने और भी कहा, अब से चक्रपुश्करणी का नाम

मणिकर्णिका होगा। कुण्ड के पास के घाट का नाम भी मणिकर्णिका हो गया। इस घाट के शमशान में ही मनुष्य अपने पार्थिव शरीर को मृत्यु के हाथ समर्पित करता है, उसके बाद कोई दूसरा शरीर पा कर ऊर्ध्वलोक में चला जाता है। मंटोभाई, मैं आधी-आधी रात तक घाट पर बैठा रहता था, एक के बाद एक जलती चिता की शिखा को देखता रहता था और सोचता था, अगर मुझे कभी और जन्म लेना पड़े तो मेरे शरीर को ऐसे ही चिता में जलाया जाये, जिससे मैं अन्तरिक्ष में मिल जा सकूँ। लोगों के मुँह से कितने ही क़िस्से सुने। एक बार एक ने कहा, कहीं और राजा होने से अच्छा है, काशी की सड़कों पर गधा हो कर घूमना, यहाँ के आसमान में पंछी बन कर उड़ना कहीं ज़्यादा पुण्य की बात है।

नहीं भाईजान लोग, मैं सिर्फ़ मौत की ही बातें आपको सुनाने नहीं बैठा हूँ। मृत्यु की उल्टी तरफ़, हमारी जो काम वासनाएँ हैं, उनके बारे में नहीं बताने से काशी का वृतांत पूरा नहीं हो सकता है। काम सिर्फ़ नारी के शरीर में ही नहीं होता है, संगीत-नृत्य-हवा के स्पर्श-सौरभ, सब कुछ में काम है; हमारी कामवासना के कितने ही क़िस्से हैं। मंटोभाई, काशी की तवायफ़ों की कोई तुलना नहीं थी, चाहे ख़ूबसूरती के बारे में कहिए या उनके मुहब्बत के इज़हार के बारे में कहिए। भगवान बुद्ध के समय की एक तवायफ़ के बारे में सुना मैंने। वह एक रात का इतना रुपया लेती थीं, जो काशी के राजा के एक दिन के राजकीय कर के बराबर था। मौत के साथ, यह एक अलग काशी थी, जिसके शरीर पर कामना के कितने ही चंदन-प्रलेप चढ़े हुए थे। यह काशी जैसे एक नारी थी, नहीं तो ऋषि अगस्त्य के काशी छोड़ने पर ऐसी दशा क्यूँ होती, बताइए? काशी छोड़ कर अगस्त्य को दक्षिण भारत जाना पड़ा। गोदावरी के तीर पर घूमते रहने पर भी वह काशी का विरह नहीं सह पा रहे थे। उत्तर से बहती आती हवा को जकड़ कर वह पूछते, कहो तो मेरी काशी कैसी है? मैंने भी काशी जाकर किसी के लिए लिखा था,

फिर कुछ एक दिल को बेक़रारी है,
सीना जुआ-ए ज़ख़्मकारी है ।

माफ़ करियेगा मंटोभाई, उसका नाम मुझे याद नहीं, लेकिन दफ़्न होने के दिन तक वह छुरी मेरे सीने में धँसी रही। मैंने उससे न जाने कितने क़िस्से सुने थे; दरअसल उसके साथ सोने नहीं, मैं उसकी ख़ुशबू और उससे क़िस्से सुनने के लिए उसके पास जाता था। उससे ही 'कूट्टनीमत' काव्य के बारे में सुना था मैंने। दामोदर गुप्त का नाम सुना है आपने? वह कश्मीर के राजा जयापीड़ के प्रधानमंत्री थे, उन्होंने बहुत उम्र में 'कूट्टनीमत' लिखा था। वात्सायन के 'कामसूत्र' के बाद जितने भी कामशास्त्र पाए जाते हैं, उनमें प्राचीनतम। इस काव्य की कहानी काशी को ही लेकर है। ये नगरी कैसी है? माफ़ करियेगा भाईजान लोग, उस नगरी की कहानी हमारी इस घिसी-पिटी भाषा में बताना संभव नहीं।

एक तरफ़ कामना और वासना के तवायफ़घर और दूसरी तरफ़ मृत्यु की मणिकर्णिका—दोनों को एक साथ एकमात्र काशी ही धारण कर सकती थी। ऋषि नारद का एक आश्चर्यजनक क़िस्सा सुना मैंने। यह भैरवी-यातना की कहानी थी। जैसे मैं स्वप्न के भीतर से कई जीवन पार कर आया था, जहाँ कामना-वासना-मृत्यु सब एक थे। भाईजान लोग, नारद की कहानी सुने बिना, भैरवी-यातना की बात आप लोग समझ नहीं पायेंगे। एक दिन ब्रह्मा ने नारद को गंगा में डुबकी लगाने के लिए कहा। नारद ने डुबकी लगा कर उठते

ही जानते हैं क्या देखा? सामने एक परम सुन्दरी कन्या खड़ी हुई है। विवाह हुआ; बच्चे, नाती-पोते भी हो गये, उसके बाद एक दिन उस कन्या के पिता और पति के बीच भयंकर युद्ध छिड़ गया, लड़ाई में दोनों की मृत्यु हो गयी, कन्या की कई संतानें भी मर गईं। साथ मरने के लिए कन्या पति की चिता पर बैठ गई। आग जलने लगी, लेकिन आग के अन्दर एक अद्भुत ठण्डक थी, जैसे वह किसी नदी के अन्दर खड़ी हो। नारद ने देखा कि उनके डुबकी लगा कर उठने के बीच ही इतना कुछ घट गया? यह सब काशी के महात्मय की बात है, मंटोभाई। देवादिदेव महादेव ने पार्वती से क्या कहा था जानते हैं? पार्वती, काशी में रह कर मैं जो आनंद पाता हूँ, वह किसी योगी के हृदय में भी नहीं मिलता, यहाँ तक कि कैलाश या मंदार पर्वत पर भी नहीं। पार्वती मैं इस विश्व में बस दो अनंतस्वरूपों को प्यार करता हूँ। एक पार्वती, मेरी गौरी तुम, जो सारी कलाविद्याएँ जानती है और एक यह काशी। काशी छोड़ कर मेरे लिए कोई और जगह नहीं। काशी में ही आनंद है, काशी में ही निर्वासन। हम अनंतकाल तक काशी में ही रहेंगे।

इस रोशनी के शहर से मेरा एकदम जाने का मन नहीं था। लेकिन मैं तो पेंशन की अर्ज़ी लेकर निकला था। कलकत्ता तो जाना ही था मुझे, नहीं तो क्या खाता मैं, बताइए? शाहजहानाबाद की हवेली में कितने ही चेहरे मेरी तरफ़ देखते बैठे हुए थे। उसके ऊपर से लेनदार भी थे। मैं काशी में रह जा सकता था। लेकिन उधर लेनदार मेरे घरवालों को सड़क पर ला कर बिठा देते। हो सकता है मैंने उमराव बेग़म से प्यार न किया हो, लेकिन मैं उसकी इज़्ज़त तो सड़क पर नीलाम नहीं होने दे सकता था। इधर काशी के कोठे की सुन्दरी भी मुझे छोड़ नहीं रही थी, बार-बार कहती, मियाँ आप यहीं रह जाइए, मेरी ज़िन्दगी आपके साथ कट जायेगी। लेकिन काशी में मुझे पैसे कौन देता, मंटोभाई? पैसे ख़त्म होते ही मुहब्बत भी ख़त्म हो जाती है, यह मैं अच्छे से जानता था। इतनी मुहब्बत, मगर पैसे न होने पर, वह भी मुझे लात मारने से पहले एक बार भी नहीं सोचती। बस एक इंसान की यादें साथ लेकर मैंने काशी से विदा ली। आज बहुत नींद आ रही है, भाईजान लोग, उसके बाद की बात बाद में बताऊँगा। संत कबीर की बात क्या इतनी आसानी से कही जा सकती है? काशी की तरह वह भी जैसे अनंतकाल से ज़िन्दा हैं। नहीं तो मेरी उनसे मुलाक़ात होने की कोई बात नहीं थी।

22

री में है रक़्से उम्र, कहाँ देखिए थमे,
नै हाथ बाग़ में है, नै पाँव है रक़ाब में ।

मिर्ज़ा साहब, आप कलकत्ता चल दिए और मुझे बम्बई ने बुला लिया। बिल्कुल बेकार बैठा हुआ था अमृतसर में। वालिद के मरने के बाद अम्मी की देखभाल का भी ज़िम्मा मुझ पर आ गया था। उधर रोज़गार कुछ नहीं था। बीबीजान के जमाए पैसे से ख़र्चा चल रहा था; लेकिन उससे कितने दिन चलता? किसी धंधे में न लगने से, हम माँ-बेटे को फ़ाक़ा कर मरना पड़ता। अचानक किस्मत पर कुछ रोशनी पड़ी। बम्बई से नज़ीर लुधियानवी का बुलावा आया। जल्दी बम्बई आकर मुझसे मिलो। बीबीजान को बताने पर उन्होंने रोना-धोना शुरू कर दिया। —तुम बम्बई कैसे जाओगे बेटा? क्या तुम बम्बई शहर के बारे में जानते हो? सुना है बहुत बड़ा शहर है, वहाँ कौन तुम्हारी देखभाल करेगा?

हाँ, माहीम में मेरी बड़ी बहन रहती ज़रूर थी, लेकिन उसके पति मुझे बिल्कुल देख नहीं पाते थे, मुझे उन्होंने कभी अपने घर घुसने नहीं दिया।

—बीबीजान, मैं अमृतसर में रह कर क्या करूँगा भला? यहाँ मुझे कोई काम नहीं मिलेगा। बम्बई जाने से कुछ न कुछ हो जायेगा, और जब नज़ीर साहब ने बुलवाया है—

—बेटा तुम्हारी दीदी से सुना है, उस शहर में कोई किसी की तरफ़ देखता तक नहीं है।

—अच्छा ही तो है। एक बार कोशिश करके तो देखने दीजिए, बीबीजान।

तब मेरी उम्र चौबीस साल की थी। ख़ुदा के पास बीबीजान को छोड़ कर मैंने बम्बई की सदा को आवाज़ दी। भाईजान लोग, बम्बई न देखने पर मैं जान भी नहीं पाता कि इस दुनिया में लोग कितनी तरह से ज़िन्दा रहते हैं। बम्बई की तरह ऊँचे और नीचे तबके का फ़र्क़, किसी और शहर में नहीं है। ऊपर के तबके में पैसे उड़ रहे हैं, कितनी रोशनी, कितना ग्लैमर; और नीचे की दुनिया में भूख, अँधेरा और ख़ूनख़राबा। लेकिन इन दोनों दुनिया के बीच एक छुपा रिश्ता था। वह सब हैरतनाक़ क़िस्से हैं।

नज़ीर लुधियानवी ने मुझे काम पर लगा दिया। मैं उनकी साप्ताहिक पत्रिका 'मुसव्विर' का संपादक बन गया। पगार महीने के चालीस रुपये। मुझे अब कौन देखता! यह तो साला चाँद हाथ में पा लेने जैसा था। दफ़्तर के ही एक कमरे में मैंने रहने का इन्तज़ाम कर लिया। लेकिन यह जुगाड़ ज़्यादा दिनों तक नहीं चल पाया। ऑफ़िस के ही कमरे में रहता था इसलिए नज़ीर साहब मुझे जब-तब आकर परेशान करते थे। मैं किस तरह उन्हें समझाता कि मेरा जन्म सिर्फ़ अख़बार की नौकरी करने के लिए नहीं हुआ था। मुझे पढ़ना था, लिखना था और उससे भी बड़ी बात थी, मुझे अकेले रहने का मन करता था। इसलिए किराए पर घर लेना तय किया।

रबिशंकर बल

महीने का वेतन चालीस रुपया। इतने में बम्बई में तो रहने के लिए कोई अच्छी जगह नहीं मिल सकती थी। माह के नौ रुपये किराए पर एक खोली में आ पहुँचा। वह खोली इंसानों के रहने की जगह थी या चूहों के रहने का गड्ढा, न देखने पर आप समझ नहीं सकते थे, भाईजान लोग। एक ढहते हुए से दुमंज़िले मकान में चालीस खोपचे, सूरज की रोशनी भी नहीं आती थी, हर वक़्त सीलन, दिन में भी बिजली का बल्ब जला कर रखना पड़ता था। मच्छर, खटमल, चूहे — क्या नहीं थे वहाँ! मिर्ज़ा साहब, बम्बई की उस खोली में ही मैंने पहली बार दोज़ख़ देखा था। खोली में अगर आप मरे भी पड़े रहें तो कोई खोज लेने नहीं आयेगा। उन चालीस खोलियों में न जाने कितने मर्द-औरत और बच्चे थे! और उन सबके हगने-मूतने और नहाने के लिए दो टूटे दरवाज़ों के टॉयलेट। किसी के जागने से पहले ही मैं गुसल निबटा कर निकल पड़ता था। सारा दिन ऑफ़िस में बिता कर रात गये लौटता था; सारे दिन की थकान और खोली की गर्मी में सिकते-सिकते मैं सो जाया करता था।

खोली के दिनों की बात बताने पर मुझे आप लोगों को मुहम्मद भाई का भी क़िस्सा बताना पड़ेगा। मैंने बम्बई में जितने भी अजीब लोग देखे, मुहम्मद भाई उन सबों से अलग थे। मेरी खोली अरब गली में थी। थोड़ा समझा कर बताना पड़ेगा। फ़रास रोड रंडीपट्टी के लिए मशहूर था फ़रास रोड से थोड़ा आगे मुड़ने पर सफ़ेद गली थी। वहाँ बहुत सारे कैफ़े और रेस्तराँ थे। पूरी जगह घेर कर ही रंडियों के कोठे थे। वहाँ हिन्दुस्तान की सारी जाति और धर्म की वेश्यायें मिलती थीं। सफ़ेद गली के आगे एक सिनेमाघर था, प्ले हाऊस, जहाँ सारे दिन फ़िल्म चल रही होती थी। एक आदमी सारे समय चिल्लाता रहता था, 'आइए, आइए, दो आना में फ़र्स्ट क्लास शो'। जिन्हें सिनेमा देखने का दिल नहीं होता था, उन्हें भी वह ज़बरदस्ती हॉल में घुसा देता था। और एक मज़ेदार चीज़ थी। मालिशवाला। लोग जब-तब सड़क पर बैठ कर सिर की मालिश करवाया करते थे। कोई-कोई मालिश का मज़ा लेते हुए आँखें बन्द कर गाना गाने रहते थे। मुझे बड़ा मज़ा आता था। बाँस के चिक डले छोटे-छोटे कमरों में लड़कियाँ बैठी रहती थीं। उनकी क़ीमत? आठ आने से लेकर आठ रुपये तक। आठ रुपये से लेकर आठ सौ रुपये तक। इस बाज़ार में आकर आप देख-सुन कर, अपनी पसन्द से ताज़ा गोश्त ख़रीद सकते थे।

अरब गली में कुल पच्चीस एक अरबी रहते थे; शायद मोतियाँ बेचना-ख़रीदना ही उनका व्यवसाय था। इस गली में और जो रहते थे, वे या तो पंजाबी या फिर रामपुरी थे। मुहम्मद भाई हमारी अरब गली में ही रहते थे। कोई किसी की ख़बर रखे या न रखे, सुना था कि मुहम्मद भाई मुहल्ले के हरेक आदमी की ख़बर रखते थे। रामपुर के आदमी थे इसलिए लाठी और छुरा चलाने में उस्ताद थे। बीस-पच्चीस लोगों को एक साथ क़ाबू कर लेना उनके लिए चुटकियों का काम था। उनके छुरी चलाने की उस्तादी को लेकर कितनी कहानियाँ सुनीं। उनका हाथ इतना साफ़ था कि मरनेवाला समझ भी नहीं पाता था। लेकिन क़सम खाकर सब एक ही बात कहा करते थे, मुहम्मद भाई को औरतज़ात के लिए कोई कमज़ोरी नहीं थी। सुना था, वह ग़रीब, भिखारिनों की मदद किया करते थे। भाई के चेले-चपाटे उन लोगों को रोज़ पैसे देकर आते थे। मैं नहीं जानता था, उनका क्या धंधा था, सुना था, वे बहुत फ़िटफ़ाट कपड़े-लत्ते पहनते थे, अच्छा खाते-पीते थे, और अपने दो-तीन शार्गिदों के साथ

चमचमाते ताँगे पर मुहल्ले में घूमा करते थे। उनका काफ़ी वक़्त ईरानी कैफ़े में बैठ कर गुज़रता था। तो, बहुत दिनों से मुझे इन मुहम्मद भाई को देखने की ख़्वाहिश थी। चूँकि मैं बहुत सुबह निकल कर रात गये लौटता था, इसलिए उनसे मिलने का मौक़ा मिल नहीं पा रहा था। मैंने उनके बारे में आशिक़ हुसैन से अनोखी कहानी सुनी। आशिक़ हुसैन मेरी बगल की खोली में रहता था, वह सिनेमा में नाचता था।

एक दिन बातों-बातों में आशिक़ ने कहा, 'मुहम्मद भाई का कोई जवाब नहीं, मंटो साहब?

—क्यूँ, क्या उन्होंने तुम्हारे लिए कुछ किया है?

—उस बार जब मुझे कॉलेरा हुआ था, ख़बर पाते ही मुहम्मद भाई हाज़िर हो गये थे। उसके बाद क्या हुआ जानते हैं? फ़रास रोड के जितने भी डॉक्टर थे, सब मेरी खोली में पहुँच गए। मुहम्मद भाई ने सिर्फ़ कहा, आशिक़ को अगर कुछ गया तो मैं तुम सबों को देख लूँगा। सारे डॉक्टर उनकी बात सुन कर थरथर काँपने लगे।

—उसके बाद?

—दो दिन में मैं ठीक हो गया। फ़रिश्ता, मंटो साहब, फ़रिश्ता छोड़ कर कुछ और नहीं हैं मुहम्मद भाई।

मुहम्मद भाई को लेकर और भी कितने क़िस्से थे। उनकी जाँघों के पास एक तेज़ धारवाला चाकू बँधा रहता है। वे हँसते-हँसते उस छुरे को निकाल कर, तरह-तरह के खेल दिखाते हैं। यह सब सुनते-सुनते मैं उनके चेहरे का तसव्वुर किया करता था। लम्बा, पेशियों से भरा बदन, देखते ही सीना बर्फ़ हो जाये। लेकिन किसी भी तरह उन्हें देखना नसीब नहीं हो पा रहा था। कभी-कभी सोचता था, एक दिन छुट्टी लेकर उन्हें देखना होगा। लेकिन रिसाले की नौकरी के सौ झमेले। संपादक से लेकर बैरागिरी — लगभग सब मुझे ही करना पड़ता था।

अचानक एक दिन मुझे तेज़ बुखार आ गया, बिस्तर से उठने की हिम्मत ही नहीं हुई। आशिक़ अपने गाँव गया हुआ था। दो दिन अकेले खोली में पड़ा रहा। बीच-बीच में ईरानी होटल का लड़का आकर खाना दे जाता था। बम्बई में कौन मेरी ख़बर लेता? मैं भी कितनों को पहचानता था? मैं कहाँ रहता हूँ, नज़ीर साहब नहीं जानते थे। मर जाने पर किसी को ख़बर भी नहीं मिलती। और बम्बई एक ऐसा शहर था, जहाँ कौन मरा, कौन ज़िन्दा है, कोई खोज-ख़बर नहीं रखता था।

तीसरे दिन तय किया, जिस भी तरह हो डॉक्टर के पास जाना होगा। अचानक दरवाज़े पर दस्तक हुई। सोचा होटल का लड़का आया है, कहा — अन्दर आओ?

दरवाज़ा खोलने पर देखा, एक आदमी खड़ा हुआ था। सबसे पहले मेरी आँखें उसकी घनी मूँछों पर गयी, जिसे वह दोनों हाथों से ताव दे रहा था। मुझे लगा, मूँछें न रहने से कोई उसकी तरफ़ पलट कर भी नहीं देखता, इतना मामूली सा था वह। चार-पाँच लोगों के साथ वह कमरे के अन्दर आ गया। उसने नर्म आवाज़ में बुलाया, 'विमटो साहब' —

—विमटो नहीं मंटो।

—साला एक ही बात है। विमटो साहब ये तो ठीक बात नहीं। तुम्हें बुखार हुआ और तुमने मुझे ख़बर क्यूँ नहीं दी?

—आप कौन हैं?

उसने अपने साथियों की तरफ़ एक नज़र देख कर कहा, 'मुहम्मद भाई'।

मैं हड़बड़ा कर बिस्तर पर बैठ गया।—मुहम्मद भाई, मुहम्मद भाई—दादा?

—हाँ विमटो साहब, मैं मुहम्मद हूँ, दादा। होटल के छोकरे ने कहा, तुम्हारी तबीयत बहुत ख़राब है, यह तो साला ठीक बात नहीं। मुझे ख़बर नहीं भेजी? ऐसा होने से साला मुहम्मद भाई का मिज़ाज ठीक नहीं रहता है। उन्होंने अपने चेले की तरफ़ देखा, 'ए—ए साले तेरा नाम क्या है? जा, उस साले डॉक्टर के पास जा। कहना, मुहम्मद भाई ने डबल कुईक आने को कहा है। और साले को सारे औज़ार भी लाने को कहना'।

मैं मुहम्मद भाई को देखते-देखते उनके बारे में सुने क़िस्सों के बारे में सोच रहा था। मैंने जिस मुहम्मद भाई का तसव्वुर किया था, ये तो वैसे नहीं थे। सिर्फ़ उनकी मूँछें ही दिख रही थीं, लग रहा था, एक नरम दिल इंसान बस बड़ी मूँछें रख मुहल्ले का दादा बना फिर रहा है। मेरे कमरे में कोई कुर्सी नहीं थी, इसलिए उन्हें बिस्तर पर ही बैठने के लिए कहा। मक्खी उड़ाने के अन्दाज़ में मुहम्मद भाई ने हाथ हिला कर कहा, 'यह सब सोचने की ज़रूरत नहीं विमटो साहब'।

दमघोंटू खोली के भीतर मुहम्मद भाई टहलक़दमी करने लगे। एक वक़्त देखा कि उनके हाथ में उनका मशहूर छुरा चमचमा रहा है। मुहम्मद भाई अपने हाथ के ऊपर छुरा घिस रहे थे, और उनके रोएँ झड़ रहे थे। वह देख कर लग रहा था जैसे मेरा बुखार एक-दो डिग्री उतर गया हो। मैंने धीरे से कहा, 'छुरे में तो बहुत धार है। आपका हाथ कट सकता है'।

—विमटो साहब, छुरा मेरे दुश्मनों के लिए है। मेरा हाथ क्यूँ काटेगा? उसके बाद उन्होंने छुरे को हाथ से सहलाते-सहलाते कहा, 'बेटा क्या बाप को मार सकता है?'

डॉक्टर आ पहुँचा। वह एक बहुत मज़े की बात थी, मिर्ज़ा साहब, मेरा नाम हो गया विमटो और डॉक्टर का नाम पिंटो।

डॉक्टर पिंटो ने घिघियाते हुए पूछा, 'क्या हुआ है?'

—वह साला मैं बताऊँगा? विमटो साहब को ठीक नहीं करने से, साला, तुझे क़ीमत चुकानी पड़ेगी।

डॉक्टर पिंटो ने मेरी अच्छी तरह से जाँच करने के बाद मुहम्मद भाई को कहा, 'डर की कोई बात नहीं। मलेरिया हुआ है। मैं एक शॉट दे देता हूँ'।

—डॉक्टर मैं ये सब कुछ नहीं जानता। शॉट देना है तो साला, शॉट दो, लेकिन अगर कुछ गड़बड़ हुई तो—

—सब ठीक हो जायेगा मुहम्मद भाई। तो फिर शॉट दे देता हूँ। कह कर डॉक्टर पिंटो ने बैग से सिरिंज और इंजेक्शन का ऐम्प्यूल निकाल लिया।

—रुको डॉक्टर। मुहम्मद भाई जैसे दहशत से चीख़ उठे। डॉक्टर ने डर कर सिरिंज वापस बैग में रख लिया।

—साला वह सुई-फुई देना, मैं नहीं देख सकता। कहते-कहते मुहम्मद भाई अपने चेले चपाटों के साथ खोली से निकल गए।

डॉक्टर पिंटो ने बड़ी सावधानी के साथ मुझे कुइनाईन का इंजेक्शन दिया। पूछा, कितना देना होगा?

—दस रुपया।

बैग निकाल कर डॉक्टर पिंटो के हाथ में रुपया देते ही मुहम्मद भाई अन्दर आ गए।—साला, यह सब क्या हो रहा है?

डॉक्टर पिंटो ने थरथराती आवाज़ में कहा, 'ख़ुदा क़सम मुहम्मद भाई, मैंने कुछ नहीं माँगा'।

—साला, रुपया चाहिए तो मुझसे माँगो। विमटो साहब को अभी पैसे वापस दो। उसके बाद मेरी तरफ़ देखते हुए उन्होंने कहा, 'मेरे इलाक़े के डॉक्टर तुमसे पैसा लेंगे विमटो साहब? साला, यह कभी हो सकता है? तब तो मुझे अपनी मूँछें साफ़ कर लेनी होंगी। जान कर रखो विमटो साहब, मेरे मुहल्ले के सब तुम्हारे नौकर हैं'।

डॉक्टर के चले जाने के बाद मैंने उनसे पूछा, 'मुहम्मद भाई, आप मुझे पहचानते हैं?'

—नहीं पहचानता क्या? यहाँ क्या कोई ऐसा है, जिसको साला, मुहम्मद भाई न पहचानता हो? यार सुनो, मुहम्मद भाई मुहल्ले का राजा है, सबकी खोज-ख़बर रखता है। जानते हो, मेरे कितने आदमी हैं? वह मुझे सब बताते हैं। कौन कब आया, कब गया, कौन क्या कर रहा है? तुम्हारे बारे में मैं सब जानता हूँ'।

—ऐसी बात है क्या?

—साला, मुझे छोड़ कर और कौन जानेगा? तुम अमृतसर से आए हो न? कश्मीरी हो, ठीक है कि नहीं, साला? तुम एक अख़बार में काम करते हो। बाज़ार में बिस्मिल्लाह होटल का तुम्हारे ऊपर दस रुपये बक़ाया है, इसलिए तुम उस सड़क से नहीं जाते। ठीक कहा मैंने? भिंडीबाज़ार का पानवाला तुम्हें दिन-रात गाली देता है। साला, उसे तुमसे सिगरेट का बीस रुपये दस आना लेना है।

मैं फटे मुँह उनकी तरफ़ देखता रहा, और मुझे लग रहा था मैं मिट्टी की गहराई में धँसता जा रहा हूँ। इस आदमी की आँख हर जगह थी?

—विमटो साहब, कोई डर नहीं। तुम्हारे सारे क़र्ज़े मैंने चुका दिए हैं। तुम सब अब फिर नये से शुरू करो। शर्मा क्यूँ रहे हो विमटो साहब? इस लम्बे जीवन में कितना कुछ होता है। मैंने सब सालों को बोल दिया है, तुम्हारे पीछे कोई न लगे। मुहम्माद भाई की बात साला, कहीं उन्नीस-बीस नहीं होती।

भाईजान लोग, मुहम्मद भाई सुन पाए कि नहीं, पता नहीं, पर मैंने बुदबुदा कर कहा था, 'ख़ुदा आपको ख़ुश रखे'। मुहम्मद भाई मूँछों को ताव देते-देते अपने चेले-चपाटों के साथ चले गए।

दो हफ़्ते के अन्दर मैं ठीक हो गया। मुहम्मद भाई के साथ मेरी अच्छी दोस्ती जम गई। बहुत बार वे मेरी बात चुपचाप सुन लेते थे। वे मुझसे पाँच-एक साल बड़े थे। बस उनकी मूँछें मेरी उम्र से बहुत ज़्यादा बड़ी थीं। बाद में सुना था, मुहम्मद भाई रोज़ मक्खन लगा कर अपनी

मूँछों की तरबियत करते थे। मैं सोचा करता था, असल में कौन मुहम्मद भाई था, उनकी मूँछें या उनका धारवाला छुरा?

एक दिन अरब गली के चीना होटल के सामने उनसे मुलाक़ात हो गई। बातों-बातों में मैंने उनसे कहा, 'मुहम्मद भाई, यह ज़माना तो बंदूक और रिवॉल्वर का है। आप छुरा लेकर क्यूँ घूमते हैं?'

उन्होंने अपनी मूँछें सहलाते-सहलाते कहा, 'विमटो साहब, साला बंदूक जैसी बेज़ार चीज़ और कोई नहीं। कोई बच्चा भी बंदूक चला सकता है। ट्रिगर दबाओ और हो गया। लेकिन छुरा . . . ख़ुदा क़सम . . . छुरा चलाने का मज़ा ही कुछ और है। तुमने एक बार न जाने क्या कहा था? हाँ, हाँ, आर्ट, सुनो विमटो साहब, छुरा चलाना एक आर्ट है। और रिवॉल्वर क्या है? एक खिलौना'। कहते-कहते उन्होंने अपना चमचमाता छुरा निकाल लिया। —देखो, इसे देखो, साला, क्या धार है इसकी। जब चलाओगे, कोई आवाज़ नहीं आयेगी। पेट में घुसा कर एक बार घुमाने पर, सब ख़त्म। बंदूक-फंदूक सब रबिश।

मैं जितना मुहम्मद भाई के साथ मिलता था, लगता था, न जाने सब क्यूँ उनसे इतना डरते हैं? इतनी बड़ी मूँछों के अलावा भाई में डरने जैसा कुछ भी नहीं था। असल में डर बाहर नहीं रहता है, भाईजान लोग। डर इंसान के मन के अन्दर के अँधेरों में छुपा होता है।

एक दिन ऑफ़िस जाते समय चीना होटल के सामने सुना, मुहम्मद भाई को पुलिस पकड़ कर ले गयी है। यह कैसे मुमकिन था? पुलिस के साथ तो भाई की अच्छी बनी हुई थी। तो फिर? हादसा कुछ ऐसा था: अरब गली में शीरीन नाम की एक वेश्या रहती थी। उसकी एक बेटी थी। भाई की गिरफ़्तारी के पहले दिन शीरीनबाई मुहम्मद भाई के पैरों पर आकर गिर पड़ी थी। किसी ने उसकी लड़की का बलात्कार कर दिया था।

—भाई आप मुहल्ले के दादा हैं और आपके रहते मेरी बेटी को कोई बेइज़्जत कर गया। आप बदला नहीं लेंगे?

भाई ने पहले तो शीरीनबाई को बहुत गालियाँ दीं, उसके बाद संजीदा हो कर कहा, 'क्या चाहती हो, मादरचोद का पेट फाड़ दूँ? जा साली, कोठे पर जा, जो करना होगा मैं करूँगा'।

आधे घंटे के अन्दर काम ख़त्म हो गया। उस आदमी का ख़ून हो गया। पर मुहम्मद भाई को पुलिस ने कैसे पकड़ा? भाई तो इन सब कामों में कोई सबूत नहीं छोड़ते थे, किसी के देखने पर भी कोई भाई के ख़िलाफ़ बोलने नहीं आता। दो दिन लॉक-अप में रहने के बाद मुहम्मद भाई को बेल मिली। लेकिन लॉक-अप से निकल कर आया भाई कोई दूसरा ही आदमी था। चीना होटल में जब उनसे मुलाक़ात हुई, लगा कोई पिटा हुआ इंसान बैठा था। मेरे कुछ कहने से पहले ही उन्होंने कहा, 'विमटो साहब, साले ने मरने में इतना वक़्त ले लिया। सब मेरी ग़लती थी। ठीक से छुरा घुसा नहीं पाया'। क्या हैरानी की बात थी, सोचिए भाईजान लोग, एक इंसान को मारने का उसे ज़रा भी दुख नहीं था, वह सोच रहा था कि उससे छुरा ठीक से नहीं चला।

कोर्ट में हाज़िर होने का दिन जितना पास आ रहा था, मुहम्मद भाई उतना ही मुरझाते जा रहे थे। उनके साथ बात करने पर लगा, कोर्ट के बारे में उन्हें कोई धारणा ही नहीं थी,

इसलिए उन्हें इतना डर था। कोर्ट तो दूर की बात, भाई को कभी हाजत में भी रहना नहीं पड़ा था। एक दिन उन्होंने मेरा हाथ कस कर पकड़ कर कहा, 'विमटो साहब, कोर्ट जाने से अच्छा मैं साला मर ही जाऊँ। मैंने कोर्ट-फ़ोर्ट कभी देखा ही नहीं है न'।

अरब गली के उनके सारे चेले-चपाटों ने उन्हें समझाया, डर की कोई बात नहीं, कोई गवाह भी नहीं था, कोई उनके ख़िलाफ़ बोलने भी नहीं वाला था। लेकिन हाँ, उनकी बड़ी मूँछें देख कर मैजिस्ट्रेट के मन में कुछ और विचार ज़रूर आ सकता था—ऐसी बड़ी मूँछों वाला, क्रिमिनल न हो ऐसा होना मुश्किल है।

एक दिन हम लोग ईरानी होटल में बैठे थे। मुहम्मद भाई ने छुरा निकाल कर सड़क पर फेंक दिया। मैंने कहा, 'यह क्या किया मुहम्मद भाई'।

—विमटो साहब, सबने मेरे साथ बेईमानी की है। सब कहते हैं, मैजिस्ट्रेट साला, मेरी मूँछें देखते ही मुझे जेल में बन्द कर देगा। मैं क्या करूँ, बताइए?

बहुत बातें कह लेने के बाद, मैंने आख़िर में कहा, 'आपके ख़िलाफ़ कोई गवाह या सबूत तो है नहीं, लेकिन मूँछें देख कर मैजिस्ट्रेट को लग सकता है'—

—तो क्या उड़ा दूँ? मूँछों पर हाथ फेरते-फेरते मुहम्मद भाई ने मेरी तरफ़ असहाय नज़रों से देखा।

—अगर ठीक समझते हैं तो।

—मेरे समझने से कुछ नहीं आता-जाता, साला मैजिस्ट्रेट क्या समझे, वह बड़ी बात है। तुम क्या कहते हो?

—तो फिर काट ही डालिए।

दूसरे दिन मुहम्मद भाई को देखा, बिना मूँछों के वे, और भी मजबूर लग रहे थे।

कोर्ट ने मुहम्मद भाई को भयानक गुंडा क़रार दिया। कहा कि उन्हें बम्बई के बाहर चले जाना होगा। हाथ में बस एक दिन का वक़्त था। हम सब कोर्ट गए। मुहम्मद भाई फ़ैसला सुन कर चुपचाप बाहर आ गए। बार-बार उनका हाथ नाक के नीचे चला जाता था।

शाम को ईरानी होटल में क़रीबन बीस-एक चमचों के साथ मुहम्मद भाई चाय पी रहे थे। मैं उनके सामने जाकर बैठ गया। देखा, उनकी नज़र इस होटल, मुहल्ले को छोड़ बहुत दूर चली गयी है। पूछा, 'क्या सोच रहे हैं?'

मुहम्मद भाई फट पड़े।—साला जिस मुहम्मद भाई को तुम जानते थे, वह मर गया है।

—इतना क्यूँ सोच रहे हैं? आपको ज़िन्दा रहना ही होगा। बम्बई या और कहीं।

—सुनो विमटो साहब, जीने-मरने को लेकर मैं नहीं सोचता। मैं साला बुड़बक, तुमलोगों की बात सुन कर, अपनी मूँछ कटवा डाला। कहीं जाना ही था तो मैं अपनी मूँछें तो साथ लेकर जा सकता था। इससे अच्छा तो वह मुझे फाँसी दे देते।

मैंने मुहम्मद भाई को फिर कभी नहीं देखा। कितनी बार सोचा, उन्हें मूँछों के लिए इतना दर्द क्यूँ था? क्या असल में मूँछ ही मुहम्मद भाई थे? मुझे अभी भी नहीं पता। दो-एक दिनों में अमृतसर से बीबीजान का ख़त मिला, बम्बई आएँगी, मेरे लिए उनका मन बेहद ख़राब रहता है। मैंने भी जवाब भेजा, आ जाओ बीबीजान, बम्बई में मैं भी बहुत अकेला हूँ, इतना अकेला मैं कभी नहीं रहना चाहता था।

23

सरापा आरज़ू होने ने बंदा कर दिया हमको
वगरना हम ख़ुदा थे गर दिल बेमुद्दआ होता ।

किसी-किसी दिन आधी रात को मणिकर्णिका घाट पर बैठा रहता था। मुझे काशी छोड़ कर हिलने का मन नहीं था। गंगा की ठण्डी बयार मेरे अन्दर के सारे रंज और जुनून को शान्त कर देती थी; लगता था, कलकत्ता जाकर क्या होगा, क्यूँ मैं थोड़े से रुपयों के लिए इतने लम्बा रास्ता दौड़ता मर रहा हूँ। मणिकर्णिका की चिताओं की आग मेरी सारी इच्छाओं-वासनाओं को जला रही थी; और उस राख़ पर न जाने कौन ऊपर अदृश्य से, गंगा का पवित्र जल छिड़क रहे थे। सोचता था, इस्लाम का खोल उतार फेकूँ, माथे पर तिलक लगा, हाथ में जपमाला लेकर गंगा के किनारे बैठ कर ज़िन्दगी बिता दूँ, जिससे मेरा अस्तित्व बिल्कुल मिट जाये, गंगा देवी की बहती धारा में एक बूँद पानी की तरह खो जा सकूँ। क्या आप हँस रहे हैं, मंटोभाई? हँसने की ही तो बात है; इतनी भोग-लालसाओं में डूबे रहने वाला ग़ालिब यह क्या बोल रहा है? यकीन जानिए, मणिकर्णिका के घाट पर बैठे हुए मन एकदम कोरा पन्ना हो जाता है, जैसे इतने दिनों तक कहीं, कुछ नहीं हुआ था, मेरी नया जीवन अब शुरू होने वाला है। लेकिन अभिशप्त शाहजहानाबाद मुझे क्यूँ छोड़ता बताइए? मैंने उसका नमक खाया था, उसका हिसाब तो चुकाना ही था। काशी के जैसा रोशन शहर, मुझ जैसे ढोंगी के लिए थोड़े ही था।

काशी छोड़ने के पहले दिन, मैं शाम से ही मणिकर्णिका के घाट पर जाकर बैठा रहा। उस दिन कोठे पर नहीं गया; जानता था, वहाँ जाते ही दिलरुबा के खिंचाव में फंस जाता, और मुझे फिर कुछदिन और यहीं रुक जाना पड़ता। लेकिन समझ ही सकते हैं भाईजान लोग, मेरे वहाँ बैठे रहने से काम बनने वाला नहीं था, मुझे जितनी जल्दी संभव कलकत्ता पहुँचना था। जानता था वह मेरे लिए इन्तज़ार कर रही थी, सारी रात मेरे लिए जागती भी रही होगी; मेरे काशी से चले जाने के बाद, हो सकता था मुनीराबाई की किस्मत ही उसका इन्तज़ार कर रही हो। कौन जाने, उसका क्या हुआ! हो सकता था वह मुझे भूल गयी हो और मैं चाहता भी यही था। मैंने गंगा देवी से कहा था, 'मेरी यादें तुम्हारे बहाव के साथ धुल जाएँ', लेकिन मज़े की बात ये थी कि मैं ही उसे भूल नहीं पा रहा था; उसके जिस्म के ख़्याल ने मुझे गिरफ़्त कर रखा था, काशी की गलियों से उसकी आवाज़ तैरती आती थी। और मैं राबेया बल्ख़ी की बात सोच रहा था। मैं देख रहा था, मणिमर्णिका घाट की सीढ़ीयों से ताज़े ख़ून की धार बही जा रही थी।

आप राबेया के बारे में जानते हैं, मंटोभाई? वैसे न जानने की ही बात है। मुल्लाओं ने राबेया की ज़िन्दगी मिटा दी थी। वह इस्लामी दुनिया की पहली औरत और शायरा थी, जिसने ख़ुदकुशी की थी। राबेया की ज़िन्दगी की ज़मीन पर शायरी, मुहब्बत और मौत का

जटिल नक्शा खिंचा हुआ था। वह बल्ख़ की शहज़ादी थी; गहरी बददुआ लेकर आयी थी इस दुनिया में; ख़ुद को उसने इस दुनिया में बेपनाह समझा। बचपन से ही उसे कविताएँ लिखने का नशा था। शायरा के तौर पर उसका नाम भी हुआ। लेकिन उधर किस्मत उसके लिए कोई दूसरा ही खेल तैयार कर इन्तज़ार कर रही थी, और एक दिन उसकी मुलाक़ात बख़्तास के साथ हो गई। वह राबेया के भाई हारेथ का एक मामूली ज़रख़रीद ग़ुलाम था। पहली मुलाक़ात में ही इश्क़ की आग धधक उठी। उनका छुप-छुपके मिलने का सिलसिला शुरू हो गया, शायरी पर शायरी लिखी जाने लगी। बख़्तास, बख़्तास—राबेया की शायरी में बस बख़्तास के जलवों की ही बातें होती। जैसे मीराबाई के गीतों में नीलाम्बर श्यामराय, उनके प्रेमी गोवर्धन की लीला होती है।

हारेथ को एक दिन राबेया के छुप कर मिलने की बात का पता चल गया। बख़्तास को राजधानी से निकाल दिया गया; दो-चार दिनों के बाद पता चला कि उसका ख़ून हो गया है। यह ख़बर राबेया तक भी पहुँची। मंटोभाई, तब शाम ढल रही थी। राबेया ने खिड़की पर खड़े हो कर देखा, काले आसमान का सीना चीरते हुए, एक झुण्ड सारस उड़े चले जा रहे हैं। उसके बाद वह ग़ुसलख़ाने में चली गयी; बालों के काँटे से अपने हाथ की नस काट ली, वह बेसुध-सी बहते हुए ख़ून को देखती रही, उसके बाद उस ख़ून से उसने ग़ुसलख़ाने की दीवार पर आख़री ग़ज़ल लिखी, राबेया ज़हर पीयो पर मुँह पर मीठा लगा रहे। मंटोभाई, उस रात मैं बहुत बेचैन हो गया; मेरी दिलरुबा भी अगर राबेया की तरह... लेकिन क्यूँ... मेरी दुनिया में तो कोई किसी से प्यार नहीं करता; कोठे की एक लड़की, जिसके साथ मेरी दो दिन की मुलाक़ात थी, वह क्यूँकर मुझे राबेया की तरह प्यार करेगी? मुहब्बत के लिए अपने ही ख़ून का स्वाद, कितने लोग चख पाते हैं, मंटोभाई? यही सब सोचते-सोचते मणिमर्णिका के घाट पर बैठे-बैठे, किसी के इस गीत को गुनगुनाने की आवाज़ सुनाई दी:

कौन मुरली शब्द सुन आनंद भयो
जोत बढ़े बिन बाती।
बिना मूल के कमल प्रगट भयो
फुलवा फूलत भाँति-भाँति।
जैसे चकोर चंद्रमा चितवे।
जैसे चातक स्वाति।
जैसे संत सूरत के हो के
हो गये जन्म संघाती।

काफ़ी दूर एक साए-सा आदमी बैठा हुआ था। समझ में आया, वह ही इस गीत को गा रहा था। अपने में मगन वह फिर सिर हिलाते-हिलाते गाने लगा,

चरखा चले सूरत-बिरहिन का।
काया नगरी बनी अति सुन्दर
महल बना चेतन का।
सूरत बावरी होत गगन में
पीड़ा ज्ञान रतन का।

महीन सूत बिरहिन काते
माँझा प्रेम भक्ति का ।
कहे कबीर सुनो भई साधो ।
माला गूँथो दिन रैन का ।
पिया मोर एहैं पग रखिहैं
आँसू भेंट देहौं नैनन का ।

गीत सुनते-सुनते मैं उसके पैरों के पास जाकर बैठ गया। एक जीर्णकाय आदमी, जिसकी कमर पर छोटा सा एक कपड़े का टुकड़ा लिपटा हुआ था, और गले में तुलसी की माला। मंटोभाई, यकीन जानिए, वह गीत नहीं, जैसे बहुत दिनों का जमा हुआ रोना था। आदमी की दोनों आँखें बन्द थीं, उसके गाल आँसूओं से भीगे हुए थे, वह जितना गाता जा रहा था, जितना रोता जा रहा था, उसका चेहरा उतना ही चमकता जा रहा था। उसकी ओर देखते-देखते, उसका गीत सुनते-सुनते, मेरा अन्तर शान्त होता जा रहा था, एक समय मैंने भी गाना शुरू कर दिया, 'चरखा चले सूरत-बिरहिन का'।

उसने आँखें खोल कर, मेरी ओर देख और हँस कर कहा, 'क्या मज़े की बात है मिर्ज़ा साहब, प्रेमबिरहिन का चरखा चल रहा है तो चलता ही जा रहा है'।

—गुरुजी—

—गुरु कहाँ, मियाँ! मैं तो कबीरदास हूँ। आप जिस गुरु के दास हैं, मैं भी उसी गुरु का ही दास हूँ।

—कौन है वह गुरु?

—मियाँ, विषयवासना को लेकर मन का पंछी इधर-उधर उड़ता रहता है। जब तक उसे बाज़ झपट्टा मार उठा कर नहीं ले जाता, तब तक उसे गुरु नहीं मिल सकता है। तो, मियाँ, कल आप काशी छोड़ कर चले जायेंगे, है न?

—आप जानते हैं?

कबीर जी हँस दिए।—रोज़ ही तो आपको काशी रास्ते-घाट पर घूमते हुए देखता हूँ। रोज़ आपको थोड़ा-थोड़ा देखता हूँ और आपके भीतर थोड़ा-थोड़ा प्रवेश करता रहता हूँ। किसी को इसी तरह ही तो जाना जाता है, है न?

—मेरे भीतर प्रवेश करते हैं? किस तरह?

—ग़लत कह दिया मिर्ज़ा साहब। क्या मजाल है कि मैं प्रवेश कर सकूँ! ये जो दो नूर देख रहे हैं—कबीरदास उँगली के इशारे से अपनी दोनों आँखें दिखाते हैं—इन्हीं दो नूरों से मेरे अन्दर सब कुछ प्रवेश कर जाता है। जानते हैं मिर्ज़ा साहब, इन्हीं दोनों आँखों को लेकर एक बार बड़ी मज़ेदार बात हुई। इसी काशी में शेख़ तुकी नाम के एक पीर हुआ करते थे। पीरसाहब ने सिकंदर लोधी के पास जाकर मेरी शिकायत की कि मैं लोगों को कहता फिरता हूँ, मैंने भगवान को देखा है। हँसी नहीं आयेगी, बताइए? मुझ जैसे साधारण दास को वे क्यूँ दर्शन देंगे? वह जाने दीजिए। बादशाह ने मुझे बंदी बनाने के लिए परवान भेजा। उनकी

विचारसभा में हाज़िर होने के लिए मुझे ले जाने, मेरे घर पर आदमी भेजे। मैंने उनसे कहा, 'सम्राट की इतनी बड़ी विचारसभा में, मुझ जैसे मामूली आदमी को क्यूँ बुलाया जा रहा है?'

—विचार किया जायेगा, इसलिए। एक प्यादे ने कहा।

—जहाँपनाह का काम विचार करना है, तो वे विचार करें। जो उन्हें शांति दे, मैं सर झुका कर मान लूँगा। लेकिन मैं जाकर क्या करूँगा?

—बादशाह का हुक्म है।

—उनका हुक्म उन्होंने जारी किया है, इसलिए मुझे क्यूँ जाना होगा?

—भूल गये हो क्या, जहाँपनाह के राज्य में रह रहे हो?

—मैं रामरहीम की प्रजा हूँ। उन्हीं के राज्य में मेरा वास है। आपके जहाँपनाह की इतनी बड़ी दुनिया में मेरी वास करने की क्षमता कहाँ है?

—तो फिर तुम्हें बाँध कर ले जाना होगा।

—वही कीजिए। आपकी इतनी क्षमता है, उसे दिखाए बिना, ऐसे ही क्यूँ ले जाते हैं मुझे? लेकिन उससे पहले मैं ज़रा नहा लूँ।

—क्यूँ?

—साफ़सूरत हुए बिना क्या बादशाह के दरबार में जाया जाता है?

मैंने गंगामाई के सीने में आश्रय लिया, प्यादे सब घाट पर बैठे रहे। अपने मन से तैरते-तैरते, पानी में डूबे रहते-रहते शाम होने लगी। उधर घाट पर से प्यादे चिल्लाते रहे, ढेरों गालियाँ निकालते रहे, लेकिन पानी में उतर कर नहीं आए। जहाँपनाह की दी हुई वर्दी जो भीग जाती।

तब लगभग शाम ढल चुकी थी, मुझे रस्सियों से बाँध कर दरबार में ले जाया गया। मैं चुपचाप जहाँपनाह के सामने खड़ा रहा। जहाँपनाह ने प्यादों से सारी बातें सुन कर कहा, 'तुम्हें सुबह लेने भेजा था, अब शाम को आकर हाज़िर हुए हो? नहाने में तुम्हें इतना वक़्त लगता है?'

—नहीं, जहाँपनाह। मैं तो कितने-कितने दिनों तक नहाता नहीं हूँ।

—तो फिर?

—आज नहाते-नहाते मैंने जो कुछ देखा, उसे देख कर मैं पानी से बाहर आ ही नहीं पा रहा था।

—क्या देखा? हज़ार-हज़ार मगरमच्छ तुम पर धावा डालने भागे आ रहे हैं?

सम्राट की बात पर सारा दरबार हँसी की गूँज से भर गया।

—वह बड़ा मज़ेदार नज़ारा था जहाँपनाह। सुईं के सिर पर छेद देखा है न?

—सुईं? वह क्या चीज़ है?

—गुस्ताख़ी माफ़ कीजीयेगा। वाक़ई, जहाँपनाहों ने कब सुईं देखी है। अब क्या समझाऊँ आपको—

सिकंदर लोधी चीख़ पड़े, 'कौन है, सुईं लेकर आओ। ऐसी कौन सी चीज़ है जिसे मैंने न देखी हो'।

मैं हँस दिया। जहाँपनाह और ज़ोर से गरज उठे, 'हँस क्यूँ रहा है काफ़िर? हँसने की क्या बात है?'

समझे मिर्ज़ा, जो हँसते हुए को भी देख कर भड़क उठते हैं, उनकी दुर्दशा का कोई अन्त नहीं। जहाँपनाह की ओर देखता हुआ मैं ख़ुद को ही एक कविता सुनाने लगा;

इस नगर का होगा पहरी कौन?
फैला है इतना माँस—
जिसकी करता शकुन पहरेदारी।
चूहे की नाव, बिल्ली खेवे,
मेंढक सोए, साँप पहरे पर।
बैल बियाएँ, बाँझ हुई गाएँ,
हर साँझ तभी बछड़ों को दूध पियाएँ।
सियार हर दिन सिंह से जूझे
कबीर की विरल बानी किसउ न सूझे।

तभी दरबार में सुईं आ गई। बादशाह ने सुईं को घुमा-फिरा कर देखा, सुईं की छेद पर आँख रखा। उसके बाद मेरी तरफ़ देख कर कहा, 'सुईं की क्या बात हो रही थी?'

—सुईं की छेद से कुछ दिखा, जहाँपनाह?

—नहीं। इस छेद से कुछ दिखता है क्या?

—तो फिर मैं बताता हूँ, मैंने क्या देखा था। सुईं के छेद से भी सँकरी गली से, ऊँट का एक झुंड चला जा रह था।

—बन्द करो बकवास। झूठे कहीं के।

—हुज़ूर झूठ नहीं बोल रहा। आप तो जानते ही हैं जहाँपनाह, जन्नत और ये दुनिया कितनी दूर हैं। सूरज और चाँद के बीच की दूरी से करोड़ों हाथी और ऊँट जा सकते हैं। आँख की पुतली के एक बिंदु से हम उन्हें देख सकते हैं। जहाँपनाह आप तो जानते हैं, आँख की पुतली का वह बिंदु सुईं के छेद से भी छोटा होता है।

जहाँपनाह बहुत देर तक मेरी तरफ़ देखते रहे। उसके बाद उन्होंने मुझे छोड़ दिया। मिर्ज़ा साहब, आप सब कुछ छुपा सकते हैं, लेकिन आँखों की भाषा नहीं छुपा सकते। आनंद में, विषाद में हमारा मन आँखों में घर ढूँढ़ लेता है। वे आश्चर्य सरोवर हैं। उन्हें मैं पूरी गहराई तक देख सकाता हूँ। मैं आपको हर रोज़ देखता हूँ मिर्ज़ा साहब, और सोचता हूँ, रामरहीम के पाँव छूने के बावजूद आपको कितनी ख़िदमतगारी करनी पड़ रही है। आप कहीं भी स्थिर हो कर नहीं हो पा रहे हैं।

कबीर जी की बात सुन कर मुझे हँसी आने लगी, कहा, 'दुनिया में अगर कोई सबसे बड़ा काफ़िर है तो वह मैं हूँ। मुझमें कहाँ रामरहीम के पाँव छूने की योग्यता है'।

—आप शब्द के साधक हैं, मिर्ज़ा साहब। उनका जन्म शब्द से हुआ है। क्या वे आपको अपने से दूर रख सकते हैं?

—लेकिन आपकी जैसी साधना तो मेरे जीवन में नहीं है?

—साधना क्या इतनी सहज बात है, मियाँ? क्या मेरे में ही उसकी योग्यता है! साँई जो चादर दस महीनों में बुनते हैं, मैं बस उसकी थोड़ी देखभाल करता हूँ, जिससे कि वह मैली न हो जाये। जिसकी चादर है, उसी के हाथों एक दिन लौटानी होगी न। मैली चादर क्या लौटाई जाती है, कहिए?

—पर मैं तो उनको मैली चादर ही लौटाऊँगा, कबीर जी।

—ऐसा कैसे हो सकता है? वह आप नहीं कर सकेंगे मिर्ज़ा साहब। वक़्त आने पर वे ख़ुद ही आपसे चादर साफ़ करवा लेंगे। तो फिर आपको कबीरदास का गीत सुनाता हूँ—

साहिब है रंगरेज़ चुनर मेरी रंग डारी ।
स्याही रंग छुड़ाए के रे दियो मजीठा रंग ।
धोए से छूटे नहीं रे दिन-दिन होत सू-रंग ।
भाव के कुण्ड, नेह के जल में प्रेम दंग दई बोर ।
दुख दई मैल छुटाए दे रे खूब रंगी झकझोर ।
साहिब ने चुनरी रंगी रे पीतम चतुर सुजान ।
सब कुछ उनपर वार दूँ रे तन-मन-धन और प्राण
कहें कबीर रंगरेज़ पिया रे मुझ पर हुए दयाल ।
शीतल चुनरी ओढ़ के रे भई हूँ मगन निहाल ।

मियाँ, इस भवकुण्ड में प्रीति के जल से प्रेम के रंग में, वे ही आपकी चादर रंग देंगे। उन्होंने दिया है, वे ही लेंगे, लेकिन रूप-रस-रंग में रंग के ही न लेंगे। आपकी क्या क्षमता है कि आप उनके हाथों में मैली चादर लौटा दें! अब घर लौट जाइए मियाँ, सुबह होने में ज़्यादा देर नहीं, और आपको तो आगे भी निकलना है।

—आप नहीं जायेंगे?

—गंगामाई को भैरवी सुना कर ही घर जा पाऊँगा।

—मैं और कहीं नहीं जाऊँगा कबीर जी। काशी में ही रहूँगा। इतनी दौड़-भाग मुझे अच्छी नहीं लगती।

कबीर जी सिर हिलाने लगे।—नहीं, नहीं, मियाँ, यह बात ठीक नहीं, जीवन ने आपके आगे जिस राह को खोला है, उस राह को तो आपको पार करना ही होगा। उस राह में चाहे कितनी भी तक़लीफ़ें हों, ज़िल्लत हो, साहिब की लिखी राह को आप मना नहीं कर सकते हैं। आपकी राह पर आपके अलावा और कौन चलेगा, कहिए?

—कलकत्ता जाकर मुझे कुछ मिलेगा?

—जो चाहते हैं, वह शायद नहीं मिलेगा। और बहुत कुछ मिलेगा, जो शाहजहानाबाद आपको नहीं दे सका, काशी नहीं दे सकती है। सुनिए मियाँ, मरने से पहले मैं काशी छोड़ कर मगहर चला गया था। मगहर जाऊँगा सुन कर सबने कहा, काशी जैसा पवित्र स्थान छोड़ कर मगहर? वहाँ मरने से तो अगले जन्म में गधा बन कर पैदा होना होगा। तो वही होगा। अगर साहिब चाहते हैं, मैं फिर से गधा बन कर पैदा होऊँ, तो होऊँगा। लेकिन उन्होंने ही तो तय किया है कि मुझे मगहर में ही मरना है। मगहर पहुँचने से पहले मैं कुछ दिनों तक अमी नदी के

किनारे, कसरवाल गाँव में रहा। उस समय मगहर में बिजली ख़ाँ का राज था। उन्होंने हमारे लिए भंडारे का इन्तज़ाम किया। मगहर में पिछले बारह सालों से सूखा पड़ा हुआ था, कहीं भी एक बूँद पानी नहीं था। हमारे भंडारे में गोरखनाथ नाम के एक साधु थे। सबने उनको जाकर पकड़ लिया। साधू जी ने मिट्टी पर पैर ठोक कर पानी का सोता बहा दिया। लेकिन उससे भी पानी की कमी पूरी नहीं हुई। तब सबने मुझको आकर पकड़ा। मैं जितना उन्हें समझाता, मैं गोरखनाथ जी जैसा साधु नहीं था, मेरे अन्दर कोई क्षमता नहीं थी, वे लोग कुछ सुनने को तैयार नहीं हुए। मियाँ, सच कहता हूँ, मिट्टी पर पैर ठोक कर पानी का सोता बहा देने की क्षमता मेरे अन्दर बिल्कुल नहीं थी। मैंने कहा, सब मिल कर रामनाम करो, जो कुछ करना है, प्रभु ही करेंगे। भंडारे में सब राम नाम गाने लगे। यकीन जानिए मियाँ, रामनाम के गुण से बारिश हो गई। अमी नदी जल से लबालब भर गई। राम नाम से क्या कुछ हो सकता है, वह मैंने मगहर जाने के रास्ते में ही देख लिया था। तभी तो दयाल मुझे काशी से मगहर ले आए थे। इसके बाद अगर मैं गधे के रूप में पैदा होता, उससे क्या फ़र्क़ पड़ता?

कबीर जी ने उठ कर मेरा हाथ पकड़ लिया।—चलिए मियाँ, आपको घर पहुँचा आता हूँ।

—मैं अकेला चला जाऊँगा।

वे हँसे।—आप अभी तक अकेले चलना भी नहीं सीखे हैं मियाँ। और अपमान सहिए। तभी तो सीखेंगे।

—और कितनी ज़िल्लत सहनी पड़ेगी मुझे?

—आपके जीवन में ज़िल्लत अभी आयी नहीं है, मियाँ। पर अब आयेगी। रामरहीम से प्रार्थना करता हूँ कि आप वह अपमान सह पाएँ। मुझे पता है, आपका कोई घर नहीं है। कबीरदास की दुआ मंज़ूर हो, आप शब्दों के अन्दर अपना घर ढूँढ़ लेंगे। मियाँ, शब्द ही आपकी जड़ें हैं। कहते-कहते उन्होंने मेरा माथा चूम लिया। उसके बाद मेरी पीठ पर हाथ रख कर कहा, 'जाने से पहले एक क़िस्सा सुनते जाइए मियाँ। ख़ुशदिल जा पायेंगे। चलिए, चलते-चलते बताता हूँ'।

काशी की गलियों से जाते-जाते कबीरदास क़िस्सा बुनने लगे, 'बहुत दिनों से रेगिस्तान में घूमते-घूमते एक दरवेश एक गाँव में जा पहुँचा। वहाँ बहुत सूखा था, हरियाली कहीं भी नज़र नहीं आती थी। वहाँ के लोग पशुपालन कर अपना जीवन बिताते थे। रास्ते में दरवेश ने एक आदमी से पूछा, 'यहाँ रात में रहने के लिए कहीं कोई जगह मिलेगी?'

आदमी ने सिर खुजाते हुए कहा, 'हमारे गाँव में रहने के लिए अब कोई जगह नहीं है। कौन भला आता है यहाँ। वैसे आप शाकिर साहब के घर जा सकते हैं। वह बहुत ख़ुश हो कर लोगों को पनाह देते हैं'।

—शायद वह बहुत नेक इंसान हैं।

—हाँ, इस पूरे इलाक़े में उनके जैसा कोई दूसरा नहीं है। उनके पास धन-दौलत भी बहुत है। हद्दाद भी उनके आस-पास नहीं आता।

—कौन हद्दाद?

—पास के गाँव में रहता है। चलिए, आपको शाकिर साहब के घर का रास्ता दिखा देता हूँ।

शाकिर और उसकी बेग़म-बेटियों ने दरवेश की ख़ूब ख़ातिरदारी की। एक रात की जगह दरवेश कई दिन और रुक गए। जाते समय शाकिर ने रास्ते के लिए बहुत सारा खाना-पानी बाँध दिया। दरवेश ने शाकिर को दुआएँ देकर कहा, 'अल्लाह करे तुम और फलो-फूलो'।

शाकिर ने हँस कर जवाब दिया, 'दरवेश बाबा, जो कुछ आपने देखा, उसके भुलावे में मत रहियेगा। एक दिन यह ही चला जायेगा'।

शाकिर की बात सुन कर दरवेश हैरान हो गए। क्या मतलब था इस बात का? फिर उन्होंने ख़ुद से ही कहा, मेरा रास्ता तो सवाल करने का नहीं, सब कुछ ख़ामोशी से सुनने का है। सारी बातों का मतलब ख़ुद-ब-ख़ुद एक दिन सामने आ जायेगा। सूफ़ी रियाज़त से यही सबक़ तो उन्होंने सीखा था।

देश-देश घूमते हुए पाँच साल बीत गए। दरवेश फिर एक बार उसी गाँव में आए। उन्होंने शाकिर के बारे में जानना चाहा। पता लगा, शाकिर अब पास के गाँव में रहता है। हद्दाद के घर काम करता है। दरवेश उस गाँव में जाकर शाकिर से मिलने गए। शाकिर पहले से बहुत ज़्यादा बूढ़ा दिख रहा था। उसके कपड़े भी फटे-चिथड़े थे। शाकिर ने पहले की ही तरह दरवेश की ख़ातिरदारी की।

—तुम्हारी यह हालत कैसे हुई? दरवेश से उससे पूछा।

—तीन साल पहले भयानक बाढ़ आयी थी। मेरे सारे जानवर बह गये, घर डूब गया। तब हद्दाद भाई के दरवाज़े आकर खड़ा होना पड़ा।

दरवेश काफ़ी दिनों तक शाकिर के घर पर रुके रहे। जाने के वक़्त शाकिर ने पहले की ही तरह खाना-पानी बाँध कर दिया। दरवेश ने शाकिर से कहा, 'तुम्हारी यह हालत देख कर मुझे बड़ी तक़लीफ़ हो रही है। पर यह भी जानता हूँ, ख़ुदा बिना किसी वजह के कुछ नहीं करते हैं।

शाकिर ने हँस कर कहा, 'एक दिन यह भी चला जायेगा'।

इसका मतलब? क्या शाकिर अपनी इस हालत से फिर उठ कर खड़ा हो पायेगा? कैसे? दरवेश ने इन सवालों को, दिमाग़ में आने पर भी हटा दिया। मतलब तो एक दिन अपने-आप ही उजागर होना था।

और भी कुछ सालों बाद, दरवेश घूम-फिर कर फिर उसी गाँव पहुँचे। देखा, शाकिर फिर से अमीर आदमी हो गया है। हद्दाद की कोई औलाद नहीं थी। मरते वक़्त उसने अपनी सारी दौलत-जायदाद शाकिर को दे दी। इस बार भी दरवेश शाकिर के पास रुके। जाते वक़्त शाकिर ने फिर वही कहा, 'एक दिन यह भी चला जायेगा'।

इस बार दरवेश मक्का घूम कर आकर शाकिर से मिलने पहुँचे। शाकिर की मौत हो चुकी थी। दरवेश शाकिर की क़ब्र के सामने जाकर हैरान खड़े रहे। क़ब्र पर लिखा था, 'एक दिन यह भी चला जायेगा'। दरवेश ने सोचा, ग़रीब-अमीर बनते हैं, अमीर भी ग़रीब हो जाते

हैं, लेकिन क़ब्र कैसे बदल सकती है? उसके बाद से दरवेश हर साल शाकिर की क़ब्र को देखने जाने लगे, वे क़ब्र के सामने बैठ कर दुआ करते। एक बार उन्होंने आकर देखा, सब बाढ़ में बह गया है। शाकिर की क़ब्र के निशान भी मिट गए हैं। खंडहर बन चुके क़ब्रस्तान में, आसमान की ओर देख कर दरवेश बड़बड़ाए, 'एक दिन यह भी चला जायेगा'।

बाद में दरवेश जब और चल-फिर नहीं पाते थे, तब उन्होंने एक जगह डेरा जमा लिया। बहुत लोग उनसे नसीहत लेने आते थे। चारों तरफ़ ख़बर फैल गयी थी कि उनके जैसा कोई और इल्मदार नहीं। ये बात नवाब के वज़ीर-ए-आज़म के कानों तक भी पहुँची।

वह भी एक मज़े की बात थी, मियाँ। नवाब का अँगूठी पहनने का मन हुआ। लेकिन ऐसी अगूँठी जिसमें कुछ ऐसा लिखा हो, जिसे पढ़ कर जब नवाब ग़मगीन हों तो ख़ुश हो जाएँ, जब ख़ुश हों तो पढ़ कर ग़मगीन हो जाएँ। कितने मणिकार आए, कितने ज्ञानी-गुणियों का समागम हुआ, लेकिन किसी की भी सलाह से नवाब संतुष्ट नहीं हुए। तब वज़ीर-ए-आज़म ने दरवेश को ख़त लिखा कि उनकी मदद के बग़ैर इस मुश्किल का हल नहीं होगा। इसलिए उन्हें एक बार वहाँ जाना होगा। लेकिन दरवेश में तब चलने-फिरने की ताक़त कहाँ थी? उन्होंने भी चिट्ठी के ज़रिए अपनी सलाह लिख भेज दी।

कुछेक दिनों के बाद नवाब को तोहफ़े में एक नयी अँगूठी दी गई। नवाब का कई दिनों से मन ख़राब था, बड़ी मायूसी से उन्होंने अँगूठी को पहन कर उसकी तरफ़ देखा। अँगूठी के ऊपर लिखे को पढ़ते ही, उनकी होठों पर हँसी खेल गई। उसके बाद वे हा, हा कर हँस उठे। अँगूठी के ऊपर क्या लिखा था जानते हैं, मिर्ज़ा? "एक दिन यह भी चला जायेगा"।

उसके बाद ही मैंने देखा, काशी की सड़क पर मैं अकेला खड़ा हूँ। कबीर जी कहीं भी नहीं हैं।

24

पिन्हाँ था दाम सख़्त क़रीब आशियाँ के,
उड़ने न पाए थे कि गिरफ़्तार हम हुए ।

समझ रहा हूँ भाईजान लोग, आप बहुत देर से बेचैन हो रहे हैं। मिर्ज़ा साहब ने बड़ा भारी क़िस्सा सुनाया है, पर हम तो सड़क के कुत्ते हैं, घी पेट में कहाँ पचता है? देखिए, देखिए मिर्ज़ा साहब, हमलोगों के रोएँ झड़ने शुरू हो गये हैं। चिंता की कोई बात नहीं भाईजान लोग, यह मंटो किसलिए है? इस बीच मैं आप लोगों के लिए कूड़ेदान से हड्डियाँ बीन कर लाया हूँ, बड़े मज़े से चबा सकेंगे।

मिर्ज़ा साहब, कभी-कभी मैं हैरान हो जाता हूँ, मैं भी साला किस जाल में फँस गया! बम्बई आकर मस्ती से दिन बीत रहे थे; खोली में रहने पर भी अकेले रहने का मज़ा अलग ही था, कोई ज़िम्मेदारी नहीं, किसी को कैफ़ियत देने की ज़रूरत नहीं, जैसे मर्ज़ी रहो, वह जैसे हफ़ीज़ साहब ने कहा था,

इश्क़बाज़ी व जवानी
व शराबे लालाफ़ाम
मजलिसे इन्स व हरीफ़े
हमदब व शुर्बे मुदाम ।

मतलब समझे भाईजान लोग? जवानी दो, मुहब्बत दो, लाल सुरा दो, जम उठे महफ़िल एहबाबों से, जिगरी दोस्त मिले, ऐ ख़ुदा, और खाना-पीना मिलता रहे। अकेले आदमी को और क्या चाहिए? इस तरह की जीने की आज़ादी किसको नसीब होती है? लेकिन साला मंटो जाल में फँस गया। भाईजान लोग, वही क़िस्सा मैं आप लोगों को बताने जा रहा हूँ।

बीबीजान अमृतसर से बम्बई आ पहुँची। मेरी बड़ी बहन इक़बाल बेग़म के घर पर उनके रुकने का इन्तज़ाम किया गया था। खोली में मैं ख़ुद सिमटा-सिकुड़ा ज़िन्दगी बसर कर रहा था, वहाँ तो अम्मीजान को लाया नहीं जा सकता था। मैं सड़कों पर बीबीजान से मिला करता था, किसी चाय की दुकान पर बैठ कर हम चाय पीते-पीते बातें करते। दीदी के घर पर तो मुझ जैसे काफ़िर को घुसने की इजाज़त नहीं थी। इक़बाल बेग़म के बादशाह मुझे बर्दाश्त नहीं कर पाते थे। बीबीजान मुझे हर रोज़ कहतीं, बेटा तुम कहाँ रहते हो, मुझे वहाँ ले चलो। तुम्हारे लिए ही तो मैं आयी हूँ। लेकिन उस खोली में बीबीजान को लेकर नहीं आया जा सकता था। सच कहूँ तो, इंसान कितने घिनौने ढंग से ज़िन्दा रह सकता है, वह मैं बीबीजान को दिखाना नहीं चाहता था। उनके सुन्दर मन को ख़राब करना क्या सही होता, बताइए? लेकिन आख़िर में मैं उन्हें रोक नहीं पाया। एक दिन बीबीजान मेरे साथ खोली में आ ही गईं। अँधेरी खोली के चारों ओर नज़र घुमा कर वह मेरी तरफ़ देखती रहीं, उनकी दोनों आँखों से

आँसूओं की धार बह रही थी। मैंने बीबीजान को इस तरह रोते कभी नहीं देखा था। मेरी भी आँखें भर आईं। मैंने फिर भी हँस कर कहा, 'एक आदमी को इससे बड़े घर की क्या ज़रूरत है, बताओ?'

—मंटो—

बीबीजान मेरा हाथ पकड़ कर मैले बिस्तर पर बैठ गईं। मैं उनके पास बैठ कर, उनका सिर और पीठ सहलाते-सहलाते उन्हें शान्त करने की कोशिश करता रहा। फिर भी बीबीजान का रोना नहीं रुक रहा था। बीच-बीच में वह कह उठतीं, 'या ख़ुदा, यह तूने मुझे क्या दिखाया'। बहुत देर के बाद जब उनका रोना रुका, कुछ कहे बग़ैर बीबीजान मेरे मैले कपड़े-लत्ते इधर-उधर से उठा कर बटोरने लगीं।

—अरे, यह क्या कर रही हो बीबीजान?

—तुम अभी मेरे साथ चलोगे।

—कहाँ जाऊँगा मैं?

—इक़बाल के घर।

—बीबीजान, तुम तो जानती हो, उस घर में मेरे लिए नफ़रत के सिवा और कुछ नहीं है।

—तो क्या इस जहन्नुम में—

—मैं ठीक हूँ, बीबीजान। ख़ुदा क़सम, बहुत अच्छा हूँ। नफ़रत की दावत खाने से इस तरह अकेले रहना कहीं बेहतर है।

बीबीजान चुप बैठी रहीं। मैंने उनके कंधों पर हाथ रख कर कहा, 'चलो तुम्हें छोड़ आता हूँ। इसलिए मैं तुम्हें यहाँ लाना नहीं चाह रहा था। बीबीजान, मैं तुम्हें तक़लीफ़ नहीं देना चाहता था'। अपने आप को बहुत देर रोकने के बाद, मिर्ज़ा साहब, मैं और ख़ुद को संभाल नहीं पाया, मैं बेतहाशा रोने लगा। इसलिए नहीं कि मैं खोली में रहता था, बल्कि इसलिए कि बीबीजान को इस नर्क की ज़िन्दगी को देखना पड़ा।

एक अर्से के बाद, बीबीजान मुझे बच्चे की तरह चिपटा कर, चूमती हुई कुरान की एक ही आयत बड़बड़ाती रहीं। वह क्या कह रही थीं, मैं नहीं समझ पा रहा था। कुरान तो कभी पढ़ी नहीं थी। मरने से पहली रात को जब मैं ख़ून की उल्टियाँ कर रहा था, तब बीच-बीच में मैं जैसे बीबीजान का वही बड़बड़ाना सुन पा रहा था, पहली बार तब लगा था काश मैं उसे समझ पाता। समझ पाने से भी क्या होता? तब तो इन्तज़ार का बस आख़री पल था।

बीबीजान ने रास्ते में जाते-जाते कहा, 'तुम थोड़ा और कमा नहीं सकते?'

—क्यूँ?

—तो फिर इस कीचड़ से—

—मैं ठीक हूँ बीबीजान। ज़्यादा कमा कर क्या करूँगा, बताओ? जितना कमाता हूँ, उतने में मेरा अच्छे से गुज़ारा चल जाता है।

—नहीं, मैं जानती हूँ, नहीं चलता है। पढ़ाई-लिखाई ज़्यादा नहीं की इसलिए ज़्यादा रोज़गार कहाँ से करोगे?

मैंने कभी बीबीजान पर ग़ुस्सा नहीं किया। लेकिन उनकी इस बात को सुन कर मेरा मिज़ाज गरम हो गया। फिर भी ख़ुद को क़ाबू कर कहा, 'मैंने कह तो रहा हूँ, जितना भी कमाता हूँ, उसमें मेरा गुज़ारा चल जाता है। लिखाई-पढ़ाई सीखे बग़ैर भी पैसे कमाए जा सकते हैं।

—तुम कोशिश क्यूँ नहीं करते?

मुझे तब मज़ाक़ करने का मन हुआ। और यही मज़ाक़ मेरे लिए काल बन गया। मैंने कहा, 'बताओ, और किसके लिए कमाऊँ? बीवी होती तो देखतीं, मैं कितना कमा सकता था'।

—सुब्हान अल्लाह, निक़ाह करना चाहते हो?

—हाँ, न करने का क्या है?

यह सिर्फ़ हाज़िरजवाबी थी। लेकिन यह कह कर मैंने बहुत बड़ी बेवकूफ़ी कर दी, जो मैं उस वक़्त समझ नहीं पाया था। अगले हफ़्ते बीबीजान ने मुझे माहिम आने को कहा। इक़बाल माहिम में ही रहती थी। मिर्ज़ा साहब, ख़ुद को फँसाने का फंदा मैंने ख़ुद ही बिछा लिया था, जो मैं अगले इतवार माहिम पहुँच कर समझा।

मैं इक़बाल के घर के सामने सड़क पर खड़ा था। बीबीजान मुझे चार मंज़िल की खिड़की से देख कर नीचे उतर आईं।

—मुझे आने को क्यूँ कहा?

—बेटा, चल मेरे संग।

—कहाँ?

—अरे पास ही में, चल न—

—क्या बात है, बताओ तो?

—तेरे लिए बीवी पसन्द की है।

—मतलब?

बीबीजान ने हँस कर कहा, 'सफ़िया। बड़ी अच्छी लड़की है। तुम्हें अच्छे से संभाल सकेगी'।

—तुम्हें किसने कहा, मैं निक़ाह करूँगा?

—क्यूँ? बेटा, उस दिन तुमने ही तो कहा था। जिस दिन मैंने सफ़िया को देखा,

मुझे बहुत पसन्द आई। संग-संग उसके चाचा से बात की। हम कश्मीरी हैं और वह लोग भी, एक बार में तैयार हो गए।

—बीबीजान—

—तक़लीफ़ क्या है?

—तुम तो मेरी कमाई जानती हो। इस तरह क्या निक़ाह किया जाता है?

—बीवी आने पर सब ठीक हो जायेगा। चलो-चलो—सफ़िया को देखोगे तो तुम भी पसन्द करोगे।

बीबीजान मेरा हाथ पकड़ कर घसीटते-घसीटते आगे चलने लगीं। मैं तब बच कर भागना चाह रहा था। लेकिन बीबीजान की मुट्ठी में मेरा हाथ था।

बीबीजान मुझे एक दरियाई घोड़े जैसे आदमी के सामने बिठा कर अन्दर चली गईं। उनका नाम मलिक हसन था, सफ़िया के चाचा, ख़ुफ़िया विभाग में काम करते थे। वह सवाल पर सवाल करते रहे। मैं भी बोलता गया और मौक़ा पा कर उन्हें यह भी बता दिया कि हर दिन शाम को मुझे पीने की आदत है। मैं तो इस फंदे से बाहर निकलना चाहता था। क्या यह निक़ाह मुमकिन भी था? ये रईस लोग थे और मैं बम्बई की सड़क का कुत्ता।

सब सुन कर हसन साहब चहल-क़दमी करते-करते कहने लगे, 'बहुत ख़ूब, बहुत ख़ूब'। फिर किसी को बुला कर कहा, 'बहन जी को बुलाओ'। थोड़ी देर में बीबीजान हाज़िर हो गईं। हसन साहब ने बीबीजान का हाथ पकड़ कर कहा, 'कैसा बेटा पैदा किया है, बहन जी'।

बीबीजान मेरी ओर देखने लगीं। मैं सोच रहा था, अब शायद वे हम दोनों को गर्दन से धक्का देकर बाहर कर देंगे। और इससे ख़ुशी की और क्या बात हो सकती थी?

—बात ख़त्म।

—मतलब? बीबीजान ने फुसफुसाते हुए कहा।

—निक़ाह पक्का। पहली बात, कश्मीरी ख़ानदान के अलावा मैं सफ़िया की कहीं और शादी नहीं करूँगा। और आपका बेटा, बिल्कुल साफ़ दिल। हर रोज़ पीता है, उसने यह भी क़ुबूल किया। हमको सच्चा आदमी चाहिए।

मिर्ज़ा साहब, यह कैसी बदनसीबी थी बताइए, मलिक हसन जैसे ख़ुफ़िया विभाग के अफ़सर ने मुझे सच्चा आदमी मान लिया? हीरामंडी की रातों के बारे में न बता कर कितनी बड़ी ग़लती कर दी थी मैंने। इसके बाद जो भी हुआ, मैं ख़ुद-ब-ख़ुद उसमें फँसता चला गया। हसन साहब ने कहा, 'बहन जी, बिटिया को ले आइए'।

सफ़िया आई। उसका चेहरा दुपट्टे से ढका हुआ था। मैंने उसे धुंधला, साया-साया सा देखा। उसको छूने का मन हुआ, पहली बार मुझे समझ में आया कि मैं अकेले रह सकने वाला इंसान नहीं था, मेरे अकेलेपन के लिए भी किसी के आस-पास रहने की ज़रूरत थी। सफ़िया बेग़म को सारी ज़िन्दगी मेरी उस बेपरवाही की क़ीमत चुकानी पड़ी। दो-चार दिन मैं जब अच्छा रहता था, मैं ख़ुद को कहा करता था, ये सब लिख कर क्या होगा मंटो? कम-से-कम एक इंसान को तो तुम ख़ुश रखो। जला दो काग़ज़-क़लम। उसके सीने में आँख मूँद कर सिर छुपा लो, वह तुम्हारे बालों में अदृश्य तस्वीरें बनाए और तुम धीरे-धीरे सो जाओ।

मेरे निक़ाह का दिन भी ठीक हो गया। मुझे यकीन नहीं हो रहा था। ये सब मैंने सपने में भी नहीं सोचा था। सिर पर जैसे बिजली गिर पड़ी हो। जेब में फूटी कौड़ी नहीं और मैं निक़ाह करूँगा? बीबीजान को कितना समझाया, वह मेरी बात सुनने को तैयार ही नहीं थीं, सिर्फ़ कहतीं, 'बेटा सब ठीक हो जायेगा। बीवी तुम्हारा नसीब बदल देगी। बिना ख़ुदा की रज़ामंदी के हसन भाई राज़ी नहीं होते'।

मैं और क्या करता, नसीब के हाथों ख़ुद को छोड़ दिया। नाव तो बहा दी, ऐ दरिया, अब तुम जहाँ ले जा सको इसे, ले जाओ। उन दिनों कुछ वक़्त तक मैंने इम्पिरियल फ़िल्म कम्पनी में, अफ़्सानानिगार के तौर पर पार्ट-टाईम काम किया था। अब कम्पनी की भट्टा बैठने वाली नौबत थी, नहीं तो कुछ रुपया एडवांस ही मिल जाता। अचानक याद आया, साला मुझे ही तो कम्पनी से डेढ हज़ार रुपया लेना था। मैंने सेठ आरदेशार को बकाया चुकाने के लिए पकड़ा। सेठ की हालत उस वक़्त बहुत ख़राब थी। वह बकाया चुकाने की हालत में नहीं थे, लेकिन उसने मेरी होने वाली बीवी के लिए कुछ ज़ेवर और साड़ी का इन्तज़ाम कर दिया। सोचिए भाईजान लोग, मेरे पॉकेट में एक भी फूटी कौड़ी नहीं, और बीवी के लिए साड़ी-ज़ेवर का इन्तज़ाम हो गया। इसी का नाम था मंटो-मैजिक। तो मैंने अकेले ही निक़ाह का सब इन्तज़ाम कर लिया। इसी तरह सफ़िया से भी थोड़ा-थोड़ा प्यार हो गया।

आख़िरकार, साले मंटो का निक़ाह भी हो गया। सफ़िया अपने चाचा के घर पर ही रही, मैं अपनी खोली में वापस आ गया। हाँ, भाईजान लोग, निक़ाह वाले दिन ही मैं वापस खटमलों से भरे बिस्तर पर लेटे-लेटे सोच रहा था, साला सच-सच मेरा निक़ाह हुआ है न? या कि मैं ख़्वाब देख रहा था? मेरी जेब में सूखे खजूर और इलायची थे। इसका मतलब हाँ, आज मेरा निक़ाह हुआ था। फिर भी न जाने क्यूँ यकीन नहीं हो रहा था। पागल न होने पर कोई अपनी बेटी का ब्याह मंटो के साथ कर सकता है?

साल भर बीत गया। सफ़िया उसके चाचा के घर, मैं अपनी खोली में। हसन साहब बहुत चाह रहे थे कि हम साथ-साथ रहें, लेकिन बीवी को तो उस खोली में नहीं लाया जा सकता था। आख़िर में मैं ही और नहीं रह पा रहा था। कौन रह सकता है, बताइये भाईजान लोग? आपकी मासूम दुल्हन रहे किसी जगह, और आप और किसी जगह, गंदे बिस्तर पर उसके बारे में सोचते-सोचते सोएं? पैंतीस रुपये किराए पर एक फ़्लैट ले लिया। वह भी मंटो-मैजिक था। मेरी पगार चालीस रुपये, और फ़्लैट का किराया पैंतीस रुपये। पूरे महीने घर चलाने के लिए पाँच रुपये।

मुझे प्रोडयुसर नानूभाई देसाई से भी अट्ठाहर सौ रुपए मिलने थे। मैंने उनकी फ़िल्मों के लिए कुछ कहानियाँ लिखी थीं। बीवी को घर लाने के दिन मुझे दावत का भी तो कुछ बंदोबस्त करना था। पैसों के लिए नानूभाई को जाकर पकड़ा। साला एक बार हँसता तो एक बार रोता था, और कहता, 'देखिए मंटो साहब, अपनी आँखों से देखिए, कितना बड़ा छेद है मेरी जेब में। मैं कहाँ से आपको रुपया दूँगा?'

मैंने सेठ को सब साफ़-साफ़ बताया, फिर भी वह कुछ समझने को राज़ी नहीं था। आख़िर में हाथापाई की नौबत आ गई। नानूभाई ने अपने आदमी बुलवा कर मुझे ऑफ़िस से निकाल दिया। मैंने भी तय कर लिया, रुपये नहीं मिलने पर दफ़्तर के दरवाज़े से नहीं हिलूँगा। ज़रूरत पड़ने पर अनशन करूँगा। ये लोग कथाकारों को क्या समझते हैं? कहानी लेकर क्या एहसान किया है? कथाकार अपना पेट मार कर बैठे रहें, है न? साला, सब कुछ के लिए तुम सबको पैसा दे सकते हो, और कहानी चाहते हो मुफ़्त में? लिखना क्या लावारिस है? अख़बारों में भी मैंने यही चीज़ देखी थी, अफ़्सानानिगारों के लिए सबसे कम पैसा तय किया जाता था। क्यूँ भई? ख़्वाबों की क्या कोई क़ीमत नहीं है?

नानूभाई के साथ मेरी लड़ाई की ख़बर बाबूराव पटेल के कानों में जा पहुँची। सुना था, ऊँट के शरीर का कोई भी अंग सीधा नहीं होता। तब तो ऊँट के बाद बाबूराव का ही नाम आना चाहिए था। वे बात-बात पर 'साला भैनचोद' कह कर गालियाँ देते थे। उनकी छोटी-छोटी आँखें, मोटी नाक, मोटे होंठ और घिसे हुए दाँत थे, वैसे उनका माथा काफ़ी चौड़ा था। फ़िल्म-इंडिया के संपादक बाबूराव, 'कारवाँ' नाम की एक उर्दू पत्रिका भी निकालते थे, जहाँ मैंने कुछ महीने काम भी किया था। सुना था, जवानी में बाप के साथ अनबन हो जाने के बाद बाबूराव घर छोड़ कर निकल गये थे। पिता की बात उठते ही कहते, 'वह साला पूरा हरामी है'। सुन कर हँसी आती। बूढ़ा पटेल अगर सचमुच हरामी था, तो फिर बाबूराव हरामीपने में उनसे भी चार क़दम आगे थे। लड़की देखते ही वे उसके पीछे पड़ जाते। सबके सामने रीटा के पिछवाड़े चपत मार कर खी, खी कर हँसते। तो बाबूराव जी ने नानूभाई को फ़ोन पर पहले तो ख़ूब झाड़ा, बाद में ख़ुद ही नानूभाई के दफ़्तर आ गए। बहुत हुज्जत करने के बाद मामला आठ सौ रुपयों में रफ़ा-दफ़ा हुआ। फड़फड़ाते नोट हाथ में आते ही मैं बादशाह बन गया।

सफ़िया के लिए साड़ी-ज़ेवर और अपने लिए एक बोतल जॉनी वाकर ख़रीदने के बाद देखा कि मेरी जेब की हालत पहले जैसी ख़ाली हो गयी थी। किराए के नये घर में घुसते ही अचानक लगा, घर तो मेरे जेब से भी ज़्यादा ख़ाली था। वहाँ कोई भी सामान नहीं था। वैसे भाईजान लोग, मैंने एक बात देखी है, इंसान हमेशा दूसरे इंसान के साथ आकर खड़ा होता है। मेरे साथ ही एक और परिवार रहता था। तो उस परिवार के आदमी ने किश्तों पर कुछ असबाब ख़रीदने का इन्तज़ाम कर दिया। उसके बावजूद घर के दोनों कमरे रेगिस्तान ही लग रहे थे।

घर में बीवी आयेगी, दावत का तो इन्तज़ाम करना था। नज़ीर लुधियानवी साहब ने दावतनामा छाप दिया। ज़ोरदार पार्टी हुई। फ़िल्म के सभी लोग आए—कारदार साहब, गुंजली, बिलीमोरिया साहब, बाबूराव जी, नूर मुहम्मद, पद्मा देवी और भी न जाने कितने। पद्मा देवी को तब कोई नहीं पहचानता था। बाबूराव जी ने उसकी काया पलट कर उसे "कलर क्वीन" बना दिया। फ़िल्म-इंडिया के हर अंक में उसकी तस्वीरें, बाबूराव जी अपने हाथों से कैप्शन लिख कर देते थे। खेल समझ रहे हैं न, भाईजान लोग? फ़िल्मी दुनिया ऐसी ही है। सही आदमी के बिस्तर पर जाने से, फिर आपको कौन रोक सकता है!

दावत जम कर हुई। खाने-पीने के मामले में, मिर्ज़ा साहब मैं बिल्कुल आपके जैसा था। इस मामले में कोई मिलावट या कंजूसी नहीं चलती थी। सारा खाना कश्मीरी ढंग से पका। इधर बाबूराव जी ने नाचना शुरू कर दिया, उधर रफ़ीक गज़नवी, नंदा और आग़ा कश्मीरी लगातार इसको-उसको गालियाँ दे रहे थे। जिसको कहा जाये कि नरक गुलज़ार हो गया। सब निबटने के बाद बिलीमोरिया साहब की गाड़ी में बीबीजान, मैं और सफ़िया अपने नये घर में आए। भाईजान लोग, क्या बताऊँ, अगले दिन देखा, मेरा आधा हिस्सा सफ़िया का शौहर हो गया है। वैसे मुझे बहुत अच्छा लगा। उस एहसास का ज़ायका ही अलग था।

अगले दिन शाम को घर लौट कर बोतल खोल कर बैठा था कि सफ़िया ने आकर मेरा हाथ पकड़ लिया। वह अभी नयी-नयी बीवी थी उसका कोई लक्षण नहीं दिखता था। उसने सीधे मेरी तरफ़ देख कर कहा, 'ये मत पीजिए, मंटो साहब'।

—क्यूँ?

—आपके तबीयत को नुकसान पहुँचायेगी।

—पिए बिना मैं लिख नहीं पाऊँगा।

—लिखने के लिए क्या शराब पीना पड़ता है?

—ऐसा नहीं है—

—तो फिर छोड़ दीजिए।

—ठीक है। आज तो पी लेने दो।

—नहीं, एक दिन भी और नहीं।

—आज बहुत ख़ुशी का दिन है सफ़िया।

—क्यूँ?

—पहली बार तुम्हें अपने पास पाया है।

—तो फिर शराब की क्या ज़रूरत है?

—ज़रूरत है, ज़रूरत है। मैं उससे लिपट गया।—नहीं तो बिस्तर पर तुम असल मंटो को कैसे पाओगी?

सफ़िया भी हँसते-हँसते मुझसे लिपट गई। वह ऐसी ही थी—सहज, सरल, दिल की बात साफ़-साफ़ कहने वाली, जिस सहजता से वह एतराज़ जताती, उसी सहजता से वह प्यार भी कर पाती थी, उसमें कुछ भी बनावटी नहीं था। लेकिन मंटो के साथ उसकी ज़िन्दगी का जुड़ जाना सही नहीं था, भाईजान लोग। मंटो अपने ही संग लुका-छिपी खेलते-खेलते बड़ा हुआ था। खुले रास्ते के बदले भूलभुलैय्या में खो जाना ही उसे अच्छा लगता था। सफ़िया ने बहुत कोशिश की, लेकिन मेरी शराब नहीं छुड़ा पाई। नशे के लिए मैंने उससे कितने झूठ बोले, धोख़ा दिया, मिर्ज़ा साहब। बीच-बीच में मैं काफ़ी दिनों तक पीना छोड़ देता था। तब बहुत अच्छा लगता था, लगता, मेरा नया जन्म हुआ हो। लेकिन वापस फिर वही। सारी ज़िन्दगी मैं उस राह को छोड़ कर निकल नहीं पाया। बहुत बाद में, सफ़िया ने एक दिन कहा, 'मंटो साहब, आप अगर कहानी नहीं लिखते तो मेरी ज़िन्दगी इस तरह बर्बाद नहीं होती'। हो सकता है...

25

अपने ख़्वाहिश-ए-मुर्दह को रोइए
थी हमको उससे सैंकड़ों उम्मीदवारियाँ ।

मुर्शिदाबाद पार कर मैं जब कलकत्ता पहुँचा, तब वहाँ बहार का मौसम था। मंटोभाई, दिलो-जान बाग़-बाग़ हो गए। दिल्ली में उस तरह से वसंत का पता नहीं चलता है, लेकिन बंगाल-कलकत्ता-बस सब्ज़ ही सब्ज़, एक ही हरे रंग की प्रकृति के कितने रूप, वह मैं बंगाल न जाने से जान ही नहीं पाता। वहाँ वसंत की अद्भुत हवा बहा करती थी, मेरे दोस्त कहते थे, उस हवा में प्रेम का नशा मिला होता है। मुझे भी उसका एहसास हुआ। आप, मलमल की छुअन-सी उस हवा के छू जाने से ही बेचैन हो उठेंगे, लगेगा, कहीं कोई मायाविनी आपके लिए इन्तज़ार कर रही है। और तब वसंत की हवा में आपको खो जाने का मन करेगा। लगेगा हवा के साथ बह जाऊँ। मीर साहब का वह शेर याद आ जाता:

जैसे नसीम हर शहर तेरी करूहूँ जुस्तजू,
ख़ानह बख़ानह दर-बदर शहर ब शहर कू ब कू ।

मेरे दोस्त राजा सोहनलाल ने, शिमला बाज़ार में मिर्ज़ा अली सौदागर की हवेली में दस रुपये महीने के किराए पर एक कमरा दिला दिया। सफ़र के घोड़े को बेच कर मैंने आने-जाने के लिए एक पाल्की किराए पर ले ली। ठीक किया किसी भी तरह पचास रुपये महीने से ज़्यादा ख़र्च नहीं करूँगा। क्या मंटोभाई, अपने इस मिर्ज़ा को पहचान रहे हैं न? शाहजहानाबाद से निकल कर कलकत्ता आते-आते, मुझे यह समझ आ चुका था कि समझौते किए बग़ैर, ज़िन्दगी को खींच पाना नामुमकिन था। और फिर मुझे तो समझौता करना ही था। सिर पर क़र्ज़ों का बोझ लेकर कलकत्ता, पेंशन के मामले का फ़ैसला करवाने आया था। लेकिन कुछ नहीं हुआ। भाईजान लोग, मैं जैसा फ़क़ीर था, वैसा ही फ़क़ीर बन कर दिल्ली वापस लौट गया। अंग्रेज़ों से इंसानियत की उम्मीद में मैं कलकत्ता गया था, लेकिन पत्थर पर सिर फोड़ कर मुझे लौट जाना पड़ा। मैं वह सब बातें बता कर आप लोगों का दिल भारी नहीं करना चाहता। सारी बातों का नतीजा यह था कि मुझे साल के पाँच हज़ार रुपयों के पेंशन को ही मान लेना पड़ा।

लेकिन कलकत्ता ने मुझे जो दिया, उसे क्या मैं भूल सकता था, भाईजान लोग। दुनिया में ऐसा एक तरोताज़ा शहर, ये तो अल्लाह की ही नेमत थी। बादशाह के तख़्त पर बैठने से मैदान की हरी घास पर बैठे रहना, ज़्यादा लुत्फ़ का था, अहा! गंगा से बहती आती वह हवा और कहाँ मिलती, बताइए! सुबह-शाम गोरी मेमें घोड़ों पर सवार मैदान में घूमतीं, जैसे तगड़े अरबी घोड़े, वैसी ही ख़ूबसूरत मेमें, लगता था जैसे, हरे मैदान में एक से एक तस्वीरें बनाई जा रही हों। घोड़ों की गति के साथ बदलती उनकी बदन की भंगिमाएँ, जैसे एक-एक तीर

सीने में जाकर बिंध रहे हों। वैसे ही ज़बरदस्त लाटसाहबों के घर, और चौरंगी में, बाग़ीचों से घिरे मकानों को देख कर कितना लालच होता था। वह सब साहबों के घर थे। यकीन करिए मंटोभाई, अगर परिवार की ज़िम्मेदारी न होती तो मैं क़ब्र में जाने से पहले तक, उसी शहर में रह जाता। इतना विशुद्ध हवा-पानी शाहजहानाबाद में नहीं था। यह तो बिल्कुल कोई जन्नत थी।

कलकत्ते का जो ज़िक्र किया तूने हमनशीं
इक तीर मेरे सीने में मारा के हाय, हाय।

कलकत्ता जैसी बेहतरीन शराब मैंने पहले कभी नहीं पी थी। और आम! यहीं आकर मैं आमों के प्यार में पड़ा था। पहले भी आम खाए थे। लेकिन बंगाल का आम, जैसे लम्बे इन्तज़ार के बाद आशिक़ का चुम्बन हो। देखते ही मेरी जीभ लपलपाने लगती थी। एक-एक टुकड़ा मुँह में रखता और मेरी आँखें बन्द होने लगतीं, मंटोभाई, जन्नत के सारे फलों को अगर आपके सामने सजा दिया जाये, तब भी कलकत्ता के आम की बात आप भूल नहीं सकते। मैं इतना पेटू था कि एक बार मैंने हुगली के इमामबाड़े के मुताल्ली को भी आम भेजने के लिए ख़त लिख दिया। 'मुताल्ली साहब, मैं वह फल चाहता हूँ, जिसे दस्तरख़ान पर सजाने पर वह जितना ख़ूबसूरत लगे, उतना ही दिलो-जाँ को तर कर जाये। आप तो जानते ही हैं, बस एक आम ही में वह ख़ूबी है। और हुगली के आमों की तो तुलना ही नहीं, जैसे बाग़ से अभी-अभी तोड़े हुए फूल हों। आम का मौसम ख़त्म होने से पहले अगर दो-एक बार मुझे याद कर लें, तो मैं आपका एहसानमन्द रहूँगा'। मुताल्ली साहब ने मेरी दरख़्वास्त पर आवाज़ दी। मेरे नौकर रात में आमों को पानी में भिगो कर रखते, मैं उन्हें एक बार सुबह और फिर दोपहर के बाद खाता था। जानते हैं, ठण्डे आमों का स्वाद कैसा होता है, मंटोभाई? जैसे आप अपनी सबसे महबूब दिलरुबा के पूरे बदन को चाट रहे हों।

आम की बात आयी है तो मैं आप लोगों को दो-एक क़िस्से सुनाता हूँ। दरअसल ये क़िस्से नहीं हैं, लेकिन मेरी ज़िन्दगी तो अब एक क़िस्सा ही है। शाहजहानाबाद के हकीम रज़िउद्दीन ख़ाँ मेरे बहुत अच्छे दोस्त थे, पर वह आम नहीं खाते थे। एक दिन हम दोनों हवेली के बरामदे में बैठे थे। गली से एक आदमी गधा लेकर जा रहा था। गली में आम का छिलके पड़े हए थे। गधे ने आम के छिलके को सूँघा लेकिन खाया नहीं, हकीम साहब ने हँसते हुए कहा, 'देखिए मिर्ज़ा, आप जो इतना आम-आम करते हैं, गधा तक भी इसे नहीं खाता है'।

मैंने सिर्फ़ इतना कहा, 'सही बात है। गधे के लिए तो आम का स्वाद समझना मुमकिन नहीं, हकीम साहब'।

हकीम साहब पहले तो हँसे, उसके बाद ख़ामोश हो गए। कहा, 'मतलब?'

मैंने हँसते-हँसते कहा, 'कोई भी गधा आम नहीं खाता'।

'समझा', कहते ही वह उठ गए।

मंटोभाई, आम के बारे में मैं बस दो बातें ही जानता हूँ। एक तो ख़ूब मीठा होना चाहिए और दूसरा, जितनी देर खाना चाहूँ, खा सकूँ। कलकत्ता में मैंने दोनों का मज़ा लिया। सिर्फ़ खाता ही नहीं था, कभी-कभी पानी में भीगे आमों पर मैं हाथ फेरता रहता था, वाह!

क्या—मज़ा है उसमें! आँखों को भी कितना आराम मिलता था। आम पानी में लेटे हुए हैं। हिमसागर आम, जिसके बदन पर उगते सूरज का हल्का नारंगी रंग फैला हुआ है; फिर लंगड़ा देखिए, एकदम हरा, बीच-बीच में जिसके हल्के पीले रंग की छटा; गुलाबख़स के बदन पर कहीं सुर्ख़ लाल, तो कहीं हरा या पीला रंग। इतने रंगों का खेल किसी और फल में नहीं है, मंटोभाई। आमसुन्दरियों की बातें, कह कर ख़त्म नहीं की जा सकती हैं। मेरा नशा देख कर, दूर-दूर से दोस्त, शागिर्द मेरे लिए तरह-तरह के आम भेजते थे। एक बार बेग़म ने कहा, 'जब आम से इतना प्यार है तो शराब तो छोड़ सकते हैं'।

—मेरी बाहर की ज़िन्दगी के बारे में तो आप सब जानती हैं बेग़म। तब भी क्या मैं आपको छोड़ सका? मुझे दोनों चाहिए।

—और मेरा चाहना?

—आप तो चाहती हैं मैं एक अच्छा शौहर बन जाऊँ। बेग़म, इस ज़िन्दगी में यह हो नहीं सकता। लेकिन मैं आपको छोड़ भी नहीं सकता। नहीं तो कबका तलाक़ दे चुका होता।

—क्यूँ नहीं दे सकते, मिर्ज़ा साहब?

—मेरी बदख़्याल-सी ज़िन्दगी का एक आप ही तो आसरा हैं। नहीं तो सब कुछ के बावजूद मैं क्यूँ इस हवेली में लौट कर आता हूँ? सारा दिन आपके साथ एक भी बात न होने पर भी क्यूँ लगता है, अभी भी मेरा कोई घर है?

मंटोभाई, मैंने बेग़म को यह सब कुछ भी नहीं कहा था। सब मेरे ख़्वाबों में कही बातें थीं। मैं उमराव बेग़म के साथ सपनों में ही बातें करता था। ज़रूर बेग़म भी इसी तरह मुझसे बातें किया करती होंगी। नहीं तो किस तरह हम इतने सालों तक एक साथ रह गये! कहीं तो कुछ प्राण था, जिसे हम दोनों नहीं पहचान सके थे।

प्राण! कितना अवास्तविक सा एक शब्द है। मैंने कलकत्ता जाकर ही इस शब्द को सीखा था। नवाब सिराजुद्दीन अहमद, मेरे कलकत्ते के दोस्त ने एक दिन आकर मुझसे कहा, 'चलिए मिर्ज़ा, आज आपको एक ऐसे आदमी के पास ले जाऊँगा, आपका दिल ख़ुश हो जायेगा'।

—किसके पास?

—निधूबाबू।

—यह कहाँ के बाबू हैं?

—नहीं, नहीं, बाबू नहीं। सब उन्हें निधूबाबू बुलाते हैं। उनका असल नाम रामनिधी गुप्त है। वे गाना लिखते और गाते हैं, वैसे अब और गा नहीं पाते।

—तो फिर जाकर क्या होगा?

—बात करके बहुत ख़ुश होगे, मिर्ज़ा।

दिन के वक़्त भी अँधेरी गली के अन्दर, दुमंज़िले मकान का एक छोटा सा कमरा। हम वहाँ दोपहर के कुछ बाद पहुँचे। उस वक़्त वे सो रहे थे। नौकर के जगाने पर अंगड़ाई लेते हुए निधूबाबू धीरे-धीरे उठ बैठे। सिराजुद्दीन की तरफ़ देख कर बोले, 'नवाबसाहब, अचानक इस अवेला में?'

—अपने एक दोस्त को लेकर आया हूँ।

—गाना-बजाना करते हैं?

—शायर हैं। दिल्ली में रहते हैं।

उन्होंने दोनों हाथ जोड़ नमस्कार करते हुए कहा, 'नवाबसाहब आपको लेकर आए हैं। मेरी आयु इस समय लगभग नब्बे वर्ष की है। आपको प्रसन्न करने लायक़ कुछ भी नहीं है इस बंदे के जीवन में। गाना भी अब गा नहीं पाता हूँ'।

—अगर दिल करे तो दो-एक सुनाईयेगा। सिराजुद्दीन ने कहा।

—दिल तो करता है, लेकिन गला तो नहीं खेलता है, नवाबसाहब; आप ये तो जानते ही हैं, जिस गाने में प्राण नहीं, वह क्या गाया जाता है?

—आपके गाते ही जन्नत उतर आयेगी।

—वह नहीं हो सकता, नवाबसाहब। ये आप भी जानते हैं और मैं भी। क्यूँ झूठ बोल रहे हैं। स्वर नाभि से आता है—स्वर से सुर—नाभि के सूख जाने पर गले में सुर का जन्म कैसे होगा? आपको पता ही है, कौवे के गले से गाना गाकर दुनिया को भुलाना मेरा पेशा नहीं। आप लोग बैठिए, इस तरह खड़े मत रहिए।

उस कमरे में बैठने की कोई व्यवस्था नहीं थी; हम निधूबाबू के बिस्तर पर ही बैठ गए। उन्होंने पूछा, 'कलकत्ता किसी काम से आए हैं?'

मैंने उन्हें सब बताया। वे थोड़ी देर चुपचाप बैठे रहे, फिर कहने लगे, 'ये हरामज़ादे यहाँ हमारे देश को चूसने आए हैं। ये मेरे-आपके लिए कुछ नहीं करेंगे। आपने साधक रामप्रसाद का गायन नहीं सुना है। नवाबसाहब, आपको याद है?'

मेरा आशा लेकर आना, केवल आना ही रहा।
जैसे चित्र में कमल के धोखे से भृंग छला गया।
खेलने के छल से उतारा इस भूतल पर।
इस बार जो खेल खिलाया, माँ गो, पूरी न हुई कोई आशा।।

मिर्ज़ा साहब, उन गोरे साहबों की तरह, इस शहर का भी दिल नहीं है। आपको यहाँ कुछ नहीं मिलेगा। दिल्ली लौट जाइए। इस शहर में आजकल नये बाबूओं का उदय हुआ है, वे कहते हैं, निधूबाबू के सारे गाने अश्लील हैं। साले, गू खाने वाले, तुम्हारे अंग्रेज़ तय करेंगे, क्या शील है और क्या अश्लील? तो फिर कवि भारतचंद्र को कहाँ जगह दोगे तुमलोग? विद्यासुन्दर को धो-पोंछ दोगे? वह साला साहब है, डेरोज़ियो—मांस-मदिरा पिला कर सबको सिखा रहा है, अंग्रेज़ी विद्या ही सबसे श्रेष्ठ विद्या है। अरे, हमने क्या कम मांस-मदिरा खाया-पीया है? रखैल भी रखी है। तो क्या हम उच्छृंखल हो गये हैं? तो एक गीत सुनिए:

प्राण तुम समझे नहीं मेरी वासना
इसी खेद में मरता हूँ मैं, तुम वह समझते नहीं
हृदय सरोज में रह जाये, मुझे कोई दुख नहीं
प्राण चले जाएँ सदाचार में, कहो, यह भी क्या गुण हुआ

कहिए, क्या निधूबाबू का यह गीत अश्लील है?

वे एक के बाद एक टप्पा गाने लगे। और हर गीत में वही एक शब्द, प्राण। जब-जब वह इस शब्द का उच्चारण करते, लगता जैसे वे खिले हुआ कमल चुन कर मेरे हाथों में दे रहे हों। फिर गाते-गाते थक कर वे बहुत देर तक चुपचाप बैठे रहे।

सिराजुद्दीन साहब बोले, 'क्या नसीब है मेरा! कितने दिनों के बाद आपका गाना सुन सका'।

निधूबाबू ने मेरी तरफ़ देख कर कहा, 'लौट जाइए मियाँ, दिल्ली लौट जाइए। कलकत्ता आपको कुछ नहीं देगा। यहाँ सिर्फ़ अपमान मिलेगा। आजकल अँधे ही सबसे ज़्यादा देखते हैं। यहाँ के लोग निंदा-चुगली छोड़ कर कुछ नहीं जानते। मुर्शिदाबाद के महाराज, महानंद राय बहादुर कभी-कभी यहाँ आकर रहते थे। श्रीमती नाम की उनकी एक बँधी रखैल थीं। मैं रोज़ शाम महाराज को गाना गाकर उनका मन प्रसन्न करता था। पता नहीं क्यूँ, श्रीमती मुझे चाहने लगीं, मैं जितनी देर रहता, वे ध्यान रखती कि मेरी किसी तरह से भी उपेक्षा न हो। सबने अफ़वाह फैला दी कि श्रीमती मेरी रखैल हैं। हालाँकी उन्हें ख़्यालों में रख कर मैंने कई सारे गीत रचे थे, उसका मतलब यह नहीं था कि वे मेरी रखैल हो गई थीं? कलकत्ता चीज़ों को इसी तरह समझता है। कुछ दिन रहेंगे तो ख़ुद-ब-ख़ुद समझ जायेंगे। यहाँ गुण की क़दर नहीं, बस बकबक करना आना चाहिए। सब अंग्रेज़ी शिक्षा का फल है मिर्ज़ा, ये लोग अपने अलावा किसी को इंसान नहीं समझते हैं।

लौटते समय निधूबाबू ने मेरे कंधे पर हाथ रख कर कहा, 'हताश मत होइए मिर्ज़ा साहब, अभी आपके सामने बहुत रास्ते हैं। मैं तो ख़त्म हो चका हूँ, इसलिए अनाप-शनाप बहुत कुछ बक दिया'।

जब निधूबाबू की बात बताई है तो फिर एक और कवि के गाने की बात भी बतानी होगी। कवि रामप्रसाद सेन, जिनका निधूबाबू से बहुत पहले इन्तकाल हो गया था। वह एक साधक-कवि थे, मंटोभाई। सुना था, जब वे अपने घर में बाड़ा लगा रहे थे, माँ काली ने उनकी बेटी का रूप धारण कर उनका हाथ बँटाया। उनको लेकर और भी न जाने कितने क़िस्से थे। उनका गाना सुनने के लिए काशी की देवी, अन्नपूर्णा आई थी। वे जिस दफ़्तर में नौकरी करते थे, वहाँ के बही-खातों पर गाने लिख लिया करते थे। पीलू-बहार के सुर में बँधा उनका एक गीत बहुत दिनों तक, भँवरे की तरह मेरे मन में डोलता रहा, और एक दिन वह भी खो गया; धीरे-धीरे सारे रंग, सारे सुरों ने मुझे अलविदा कह दिया।

निधूबाबू की बातें सुन कर, उनकी आँखों से मंटोभाई, मैंने कलकत्ता की एक और ही तस्वीर देखी। और वह कलकत्ता—बुज़ुर्गों की इज़्ज़त करना नहीं जानता था—कुछ दिनों में उसने मुझे भी अपने लपेटे में ले लिया। वहाँ हर महीने के पहले इतवार को एक बड़ा मुशायरा होता था। एक बार उस मुशायरे में मुझे फ़ारसी ग़ज़ल पढ़ने की दावत दी गई। ऐसा बड़ा मुशायरा दिल्ली में भी नहीं होता था। लगभग पाँच हज़ार लोगों का मजमा। मेरी ग़ज़ल को सुन कर एक दल लोगों ने क़तील का नाम लेकर मेरी गज़ल की भाषा और शैली को लेकर सवाल उठाया। जो चाहे कुछ भी बोले, मैंने कभी क़तील को फ़ारसी का बड़ा शायर नहीं माना। कैसे मानता, बताइए? असल में वह फ़रीदाबाद का एक क्षत्रिय, दिलवाली सिंह था, जो बाद में मुसलमान बना था। हाँ, अमीर खुसरो की बात कहते तो मान सकता था।

मुशायरा में यह कहते ही चीख़ा-चिल्ली शुरू हो गई। मुझे निधूबाबू की बात याद आ गई। बहस को और न बढ़ा कर, मैं मुशायरे से चला आया। लेकिन मेरे चुप रहने से क्या होता? क़तील साहब के मुरीद क्या मुझे ऐसे ही छोड़ देते? वे मेरे पीछे लग गए। सोच कर देखा, मैं तो यहाँ अपनी पेंशन व्यवस्थित करने आया था, लोगों को नाराज़ करने से क्या होता, कहा नहीं जा सकता था, कौन किस काम आए। मैंने 'बाद-ए-मुख़ालिफ़' नाम की एक ग़ज़ल लिख कर माफ़ी माँग ली। सब बहुत हैरान हुए। राजा सोहनलाल ने पूछा, 'ये क्या किया मिर्ज़ा साहब?'

—क्यूँ?

—आपने ख़ुद को इतना छोटा क्यूँ किया?

—जानते नहीं, हाथी गड्ढे में गिर जाये तो चीटियाँ भी लात मारती हैं। और तब उठने के लिए चीटियों से भी मिन्नतें करनी पड़ती हैं।

—फिर भी आप—

—मैं कोई नहीं। कह सकते हैं, मैं, अज़ल से चली आ रही एक नींद हूँ।

—मतलब?

—मतलब क्या मैं ख़ुद भी ख़ाक़ जानता हूँ! मुँह में जो बात आ जाये, कह देता हूँ।

मंटोभाई, सब कुछ अगर सोच-समझ कर कह पाता, तब तो ज़िन्दगी मख़मल बिछा बिस्तर होती। मैं वह चाहता भी नहीं था। कलकत्ता से इतनी हताशा लेकर दिल्ली लौटा, फिर भी कलकत्ता को कहाँ भूल पाया? जानते हैं, बहुत-सी छोटी-छोटी बातें याद आती रहीं। पेंशन के लिए कितने बड़े-बड़े साहबों से मिला, जिनकी बातें मुझे अब याद नहीं। जबकि एक मछलीवाली की बात मैं अभी तक नहीं भूला। मैं रोज़ अपने साथ एक नौकर को लेकर शिमला बाज़ार जाता था, घूम कर, देख-दाख कर सब्ज़ी-मछलियाँ और फल ख़रीदता था। तो उस बाज़ार में मेरी एक मछली बेचनेवाली के साथ दोस्ती हो गई। वह अक्सर मेरे लिए तोपशे मछली; साहब लोग जिसे मैंगो फ़िश बोलते थे, लाती थी। नारंगी रंग की छोटी-छोटी मछलियाँ। मुझे तली हुई तोपशे बहुत पसन्द थीं। शराब के साथ हो तो जवाब नहीं। वह मछलीवाली मुझे रोज़ कोई न कोई क़िस्सा सुनाया करती थी। उस वक़्त अगर कोई उसके पास मछली ख़रीदने आता तो वह अपनी गर्दन झटक कर कहती, 'जाओ यहाँ से, देख नहीं रहे मैं मियाँ को दिल की बात बता रही हूँ'।

ख़रीदने वाला कहता, 'दिल की बात? तो क्या मछली नहीं बेचोगी?'

—न, नहीं बेचूँगी। मेरी मछली, मैं बेचूँ या नहीं, तुम्हें उससे क्या? फिर मेरी तरफ़ पलट कर कहती, 'सुनो मियाँ, भट्टाचार बामन की बात सुन कर तुम हँसते-हँसते यहीं बाज़ार में लोटपोट हो जाओगे'।

क़िस्सों के नशे में मैं भी उसके पास बैठा रहता।

—भट्टाचार बामन लोग तो सिर्फ़ पोथियाँ पढ़ते हैं और आकाश की ओर देखते हुए सोचते रहते हैं। दुनिया का कुछ भी उन्हें दिखाई नहीं देता है। एक भट्टाचार बामन की पत्नी दाल पका रही थी। अचानक देखा कि घर में पानी नहीं है। अपने पति को रसोई में बिठा कर वह पानी लेने चली गई। उधर पत्नी गयी और इधर दाल का पानी उफ़न कर गिरने लगा।

बामन समझ नहीं पा रहा था कि वह दाल का उफनना कैसे रोके? ये तो विषम विपदा थी। अन्त में उसने क्या किया जानते हैं? हाथ में जनेऊ लपेट कर दाल के बर्तन के ऊपर हाथ फैला चंडीपाठ करने लगा। मियाँ, ऐसा मज़ेदार क़िस्सा कभी सुना है? चंडीपाठ क्या दाल का उफनना रोक सकता था भला?

—उसके बाद?

—पत्नी लौट कर आकर माजरा देख कर बोली, 'ये क्या? दाल में थोड़ा तेल नहीं डाल सकते थे?' तेल डालते ही दाल का उफनना बन्द हो गया। उसके बाद भट्टाचार बामन ने क्या किया जानते हो मियाँ?

—क्या?

मछलीवाली हँसती-हँसती मेरे बदन पर ढलक गई। उसे कोई शर्म-लिहाज नहीं थी। मेरी दाढ़ी पर हाथ फेरते-फेरते कहने लगी, 'बामन अपनी पत्नी के पैर पकड़ कर कहने लगा, माँ तुम कौन हो, जहाँ मैं हार मान गया, वहाँ तुमने बस तेल का एक बूँद छिड़क कर सब जय कर लिया'।

—उसके बाद?

—उसके बाद और क्या? पत्नी 'हे भगवान' कह गर्दन झटक कर चली गई। मछलीवाली ने फिर हँसते-हँसते कहा, 'मियाँ, औरतों से क्या मर्द कभी जीत सकते हैं?'

अगर पौरुष की बात कहें, मंटोभाई, तो मुझे बस एक की ही याद आती है, वे थे राममोहन राय। मैंने उन्हें नहीं देखा था। पूरे कलकत्ते में उनका बहुत नाम सुना। लोग कहते थे, उनके घर में भोजसभा में बाईजी नाचा करती थीं। तब कलकत्ते में बहुत मशहूर बाईजियाँ हुआ करती थीं, बेग़मजान, हिंगुल, नन्हीजान, सूपनजान, ज़ीनत, सैयद बख़्श। नहीं, नहीं भाईजान लोग, मैंने इन लोगों को नहीं देखा था। वे सब कलकत्ता के बड़े-बड़े बाबूओं की बँधी रखैलें थीं। मेरा तो बाबूओं के साथ उठना-बैठना नहीं था। सुना था, बाबू राममोहन राय 'मिरात-उल-अख़बार' नाम का एक फ़ारसी अख़बार निकालते थे। मेरे कलकत्ता जाने के बहुत पहले ही वह अख़बार बन्द हो चुका था। वैसे 'जामीजहानुमा' नाम से एक फ़ारसी अख़बार निकलता था। उसके अलावा अंग्रेज़ी, बंग्ला के कितने अख़बार प्रकाशित होते थे। कलकत्ता ने मुझमें अख़बार पढ़ने का नशा डाल दिया। दिल्ली में तब तक अख़बार नहीं आया था। आता भी कैसे? अख़बार की बात तो छापाख़ाना होने पर ही आती। और कलकत्ता में तब कितने ही छापेख़ाने थे। सिराजुद्दीन साहब ने मुझे एक किताब दिखाई थी। कवि भारतचंद्र की 'अन्नदामंगल'; बताया, गंगाकिशोर भट्टाचार्या नाम के किसी ने उस किताब को छापा था। पंचानन कर्मकार नाम के एक व्यक्ति के बारे में भी सुना। छापाख़ाना के लिए उन्होंने ही पहला बंग्ला का हर्फ़ तैयार किया था।

मंटोभाई, मैं राममोहन की बात बता रहा था न? उनको मैंने नहीं देखा था, पर उनके बारे में बहुत उल्टी-पुल्टी बातें सुनीं थी। सतीदाह के विरुद्ध उनकी लड़ाई की बात सुन कर मैंने उनके बारे में कही और बातों को याद नहीं रखा। नीमतला घाट के शमशान पर मैंने सतीदाह देखा था। और गंगायात्रिओं को भी देखा था। मृतप्राय लोगों को गंगा के किनारे ले जाया जाता था, वहाँ उन्हें एक घर में रख दिया जाता था, रोज़ ज्वार के समय नाते-रिश्तेदार

उनके शरीर को बहुत आगे तक, गंगा के पानी में डुबा कर रख देते थे। इसका नाम अन्तर्जली यात्रा थी, मंटोभाई। वे दिनों-दिन धूप में जल कर, बारिश में भीग कर, ठण्ड से तक़लीफ़ पा कर मरते थे। तब ज़रा-सी मुखाग्नि देकर उन्हें पानी में बहा दिया जाता था। और सतीदाह के समय चंदन, लकड़ी और घी डाल कर चिता जलाई जाती थी; पति के साथ ही पत्नी को जला कर मार दिया जाता था। मंत्रोच्चार चलते रहते थे, काँसा-घंटा-ढोल बजता था, जैसे कोई उत्सव हो। जीवित औरत के जल जाने की यंत्रणा को कोई सुन भी नहीं पाता था। जिस दिन मैंने पहली बार इस दृश्य को देखा, मेरे अन्दर निधूबाबू के वही शब्द, लौट-फिर कर गूँजने लगे, प्राण... ओ... प्राण। बाद में सुना, राममोहन की कोशिशों से सतीप्रथा बन्द हो गई।

सारी आशाएँ त्याग कर मैंने कलकत्ता छोड़ा। बस ऐसी ही कुछ स्मृतियाँ बची रहीं। हाँ, मंटोभाई, वहाँ अद्भुत वसंत की बयार ज़रूर बहती है, लेकिन उसी शहर से, पत्थर पर सिर ठोक-ठोक कर, ख़ूनमख़ून हो कर अपने घर वापस भी आना पड़ता है। जब दिल्ली लौटा, मेरे सिर पर लगभग चालीस हज़ार रुपये का क़र्ज़ा चढ़ चुका था।

26

बहुत दिनों तक मंटो के उपन्यास के अनुवाद का काम बन्द रहा। उसकी वजह, तबस्सुम एक परी-सी बेटी की माँ बन गयी थी। इसलिए उसे दो महीनों तक परेशान नहीं किया। उसने अपनी बेटी का नाम फ़लक आरा रखा। इसी बीच, मैं भी जीवन के एक अपरिचित पर्व को पार कर वापस लौटा था। अचानक मेरा शराब पीना इतना बढ़ गया था कि इलाज के लिए मुझे अस्पताल में भर्ती होना पड़ा। पन्द्रह दिनों से नशा और उन्मादग्रस्त लोगों के बीच रहते-रहते मैं समझ रहा था कि उन लोगों के पास भी संवाद है, फ़र्क़ सिर्फ़ इतना है कि वह संवाद हमारे स्वाभाविक दैनन्दिन की तरह का नहीं होता, बल्कि ढेरों सपनों और ऊल-जलूल बातों से रंगा हुआ होता है। उस मानसिक अस्पताल की खिड़की पर बैठे हुए मुझे आसमान के शरीर से आते खट्टे-खट्टे गंध का एहसास हो रहा था। उन्माद एक बेपता आत्मा का नाम है।

सच कहूँ तो, मंटो के उपन्यास के अनुवाद में मेरा आग्रह ख़त्म हो चुका था। उसकी वजह थी, उस मानसिक अस्पताल के मरीज़ मुझे खींच रहे थे; बार-बार लग रहा था, मैं उनके बीच लौट जाऊँ। वहाँ—कब, क्यूँ, कहाँ, किस तरह जैसे प्रश्न नहीं थे; था सिर्फ़ किसी का अनर्गल संलाप या फिर दूर तक फैली नीरवता की छाया।

एक दिन 'फ़लक आरा' की ख़बर लेने के लिए मैंने तबस्सुम को फ़ोन किया।

—बच्ची कितना हँसती है, आप सोच भी नहीं सकते। आकर देख जाइए एक दिन। यह कैसी तरबियत है आपकी, सिर्फ़ फ़ोन पर ही ख़बर लेते हैं?

—आऊँगा किसी दिन।

—और काम का क्या होगा?

—वह, मंटो का उपन्यास—

—आप तो भूल ही बैठे हैं।

—भूला नहीं हूँ।

—तो फिर आइए, फिर से काम शुरू करते हैं।

मैंने कुछ नहीं कहा।

—क्या हुआ? बात क्यूँ नहीं कर रहें हैं, जनाब?

—सोच रहा हूँ—

—क्या?

—ये मंटो का भूत आख़िर मेरी ही गर्दन पर क्यूँ चढ़ बैठा!

तबस्सुम की हँसी सुनाई दी।—आपने ख़ुद ही अपनी गर्दन आगे बढ़ाई थी। अब आप उसे गर्दन से उतार फेंकना चाहते हैं?

—हाँ, कैसा रहेगा?

—नहीं जनाब, ऐसा मत करिए। फ़लक आरा की देखभाल करने के दौरान मैंने पूरा उपन्यास पढ़ लिया। पढ़ते-पढ़ते मुझे मंटो साहब से इतना प्यार हो गया है न! एक क़लमकार—कोई दिखावा नहीं, क़ायदा नहीं—उन्होंने मिर्ज़ा ग़ालिब के हवाले से ख़ुद का इज़हार किया है। ऐसे भले क़लमकार के साथ नाइंसाफ़ी मत करिए। चले आइए, हमें इस तर्जुमे को पूरा करना ही होगा।

मैंने हँस कर कहा—मंटो भले लेखक थे, तुमने कैसे समझा?

—समझ गई। मैं लेखक नहीं हूँ, आपको समझा कर नहीं कह पाऊँगी। वैसे ही, जिस तरह आदमी सच्ची मुहब्बत को समझता है।

—तुम किस तरह समझती हो?

—पता नहीं।

मैंने मन ही मन कहा, अपनी इस अज्ञानता को बचा कर रखना तबस्सुम। तभी मैं कुछ दिन और तुम्हारे पास जाकर बैठ सकूँगा।

—कुछ कह क्यूँ नहीं रहे हैं?

—कल आऊँगा।

—आइए। पूछना होगा, फ़लक आरा को तो देखेंगे न?

—हाँ। जो उपन्यास तुमने अभी-अभी लिखना शुरू किया है!

—कौन सा उपन्यास?

—फ़लक आरा। वह भी तो एक उपन्यास है।

—आपका दिमाग़ सिर्फ़ उपन्यासों से भरा हुआ है, है न?

—मेरे दिमाग़ में तो सिर्फ़ गू-गोबर-जंजाल है।

अगले दिन मैं तबस्सुम के घर चला गया हूँ। उसकी बेटी फ़लक आरा सचमुच एक सितारों की हार की तरह थी; जैसे चित्रकार विह्ज़ाद की क़लम से बनी कोई तस्वीर हो। बच्ची के चेहरे से मेरी नज़र हटती ही नहीं थी।

तबस्सुम हँसते हुए कहती है।—ऐसे क्या देख रहे हैं?

—मीर साहब ने एक शेर लिखा था,

आलमे हुस्न है अजब आलम।
चाहिए इश्क़ इस भी आलम से।

—आपका भी जवाब नहीं। इतने छोटे-से बच्चे के लिए मीर साहब का शेर?

—रूप कब, कहाँ से अपनी छुरी से वार करे, तुम समझ भी नहीं सकतीं तबस्सुम।

—क्या इस बीच आपने ऐसी छुरी का वार खाया है?

—सब छुरियाँ ज़ंग लगी हैं, तबस्सुम। गलगला कर ख़ून नहीं निकलता। बस सब कुछ अन्दर ही सड़ा देता है।

—आपने तो बड़े दरबारी डायलॉग्ज़ ज़बानी कर लिए हैं!

—इसलिए तुम मुझे अच्छी लगती हो, तबस्सुम।

—क्यूँ?

—इसलिए।

—मतलब?

—नहीं जानता।

—रुकिए, बिटिया को किसी के पास छोड़ कर आती हूँ।

तबस्सुम के कमरे से जाते ही दीवार पर लटके राक्षसी आईने ने मुझे निगल लेता है।

आईने के अन्दर बहुत दूर आगरा का चारबाग़ उभर आता है। अरे वह—अरे वह—बेग़म आरा के आगे, असदुल्ला सिर झुकाए खड़ा हुआ है। और इसी बीच कलकत्ता की गली में, तबस्सुम के घर, एक और फ़लक आरा ने जन्म लिया है। लोग वापस नहीं आते, फिर भी किस तरह नाम लौट-लौट कर आ जाते हैं। थोड़ी देर में उसी आईने के भीतर तबस्सुम दिखती है।

—इस आईने में आप इतना क्या देख रहे हैं?

—तुम्हारे इस आईने में न जाने कितनी राहें छुपी हुई हैं।

—राहें?

—अच्छा छोड़ो। अब मंटो साहब की बात बताओ।

—हूँ। फिर से काम शुरू करिए—। कहते हुए वह अल्मारी खोल कर मंटो की पाण्डुलिपि निकाल पायी। बिस्तर पर बैठ कर उसके पन्ने उलटते-पलटते कहा, 'क्या आज आप लिखेंगे?'

नोटबुक तो लाया नहीं।

—आपके पास काम न करने के कितने बहाने हैं।

—अगली बार लिखूँगा। आज तुम्हारे मुँह से ही सुन लेता हूँ। इन दिनों लिखने में बड़ी थकान महसूस होती है।

—लेकिन आपको इस तर्जुमे को पूरा करना ही होगा।

—करूँगा, ज़रूर करूँगा। तुम पढ़ो।

तबस्सुम पढ़ने लगती है—मैंने एक ऐसे वक़्त पर मिर्ज़ा ग़ालिब को लेकर क़िस्सा लिखना शुरू किया, जब मेरे हाथ में बस गिने-चुने दिन ही बचे हैं। पाकिस्तान आकर मैं बिल्कुल ख़त्म हो चुका हूँ। दिल झुलसी हुई ज़मीन के सिवा कुछ और नहीं, जिस पर कुछ ज़ख़्मी कंटीली झाड़ियाँ बची हुई हैं। क्या करूँ, कुछ समझ नहीं पा रहा हूँ। कभी-कभी लगता है, लिखना बन्द कर दूँ; फिर लगता है, कौन क्या कहेगा, इसकी परवाह किए बग़ैर लिखता ही चलूँ। ऐसी हालत में पहुँच चुका हूँ कि दिल करता है, काश काग़ज़-क़लम छोड़ कर बस अकेले एक कोने में पड़ा रह सकता, दिमाग़ में कोई भी सोच आने पर उसे सूली पर लटका देता; अगर इतना भी सुकून न मिले, तो कालाबाज़ार जाकर पैसे कमाऊँगा, ज़हर मिली शराब तैयार कर रुपये कमाऊँगा। पैसों की बहुत ज़रूरत है, बहुत सख़्त ज़रूरत है। सारा दिन कहानियाँ और अख़बारों के लिए लिख कर भी घर चलाने लायक़ रुपये-पैसे हाथ

में नहीं आते। बस डर लगता है, अगर अचानक मर गया तो, मेरी बीवी और तीन बेटियों का क्या होगा? जो दिल करे मुझे आप लोग कह सकते हैं—अश्लील अफ़्सानानिगार, प्रतिक्रियाशील—लेकिन उसी के साथ मैं एक औरत का शौहर और तीन बेटियों का बाप भी तो हूँ। किसी के भी बीमार होने पर मुझे दर-दर जाकर भीख माँगनी होगी। घर के ख़र्चे के अलावा, मुझे रोज़ अपनी ऐल्कोहॉल के लिए भी तो पैसों की ज़रूरत है। चार्ज्ड न होने पर मैं अब एक जुम्ला भी तो नहीं लिख पाता। अंकल सैम, आप ही बताइए, क्या यही है एक अफ़्सानानिगार का मुस्तक़्बिल?

कल फिर अस्पताल से वापस आया हूँ। मेरी शराब छुड़ाने के लिए सफ़िया कितनी कोशिशें कर रही है। ये लोग समझ नहीं रहे, शराब अब मुझे निगल रही है। शराब पीने के लिए मैं ऐसे कितने ही दोस्तों के घर पर पड़ा रहता हूँ, जिनका लेखन से कोई वास्ता नहीं। वे जानते भी नहीं, मंटो कौन है? मैंने भी कभी उन्हें बताना नहीं चाहा। दिन-ब-दिन मैंने अपने शरीर और मन को क्षय हो जाते देखा है। सच में, कभी-कभी ख़ुद को देख कर घिन आती है। मैं हर वक़्त सब कुछ साफ़-सुथरा रखना चाहता था, सफ़िया अकेली नहीं कर पायेगी, इसलिए मैं घर की साफ़-सफ़ाई भी किया करता था, ज़रा सी भी धूल रह जाये तो उसे साफ़ किए बग़ैर मुझे चैन नहीं आता था। सफ़िया कहती, मुझे वहम की बीमारी है। लेकिन अपने आस-पास को साफ़-सुथरा, सुन्दर न रखने से इंसान का अन्दर भी सुन्दर नहीं रहता है। शराब पीना मेरे लिए सिर्फ़ नशा करना नहीं था; शराब पीने के तौर-तरीक़े को मैं विशुद्ध रूप से मान कर चलता था। बम्बई में रहते हुए मैंने अपनी पसन्द से कितने तरह के गिलास ख़रीदे थे। और अब मैं शराब की बोतल बाथरूम में कमोड के पीछे छुपा कर रखता हूँ। मुझे सफ़िया से छुपा कर बाथरूम में जाकर शराब पीनी पड़ती है। सफ़िया कभी-कभी पूछती है, मैं इतनी दफ़े बाथरूम क्यूँ जाता हूँ? झूठ बोलता हूँ कि बारबार पेशाब आता है या आँख-मुँह धोने का दिल कर रहा है। आजकल मेरे मुँह में कोई झूठ नहीं अटकता है। सफ़िया से पहले कभी झूठ नहीं बोलता था। दिनो-दिन नशा मुझे अख़्लाकी गिरावट की ओर ले जा रहा है।

लेकिन क्या करूँ? पिए बिना क़लम चलना ही नहीं चाहती है। और न लिखने पर कमाई बन्द। जानता हूँ, मैं अपनी ही तैयार की हुई भूलभुलैया में घूम रहा हूँ। यह भी जानता हूँ, बस मौत के अलावा इस हालत से छुटकारा पाना मुमकिन नहीं। लेकिन मुझे मिर्ज़ा को लेकर लिख रहे इस क़िस्से को पूरा करके ही जाना होगा। सुबह की तरफ़ काग़ज़-क़लम लेकर बैठा था। अस्पताल से लौटने के बाद दो-चार दिन शराब छूने का दिल नहीं करता है। लगता है, सारे बदन पर नयी घास उग आयी है, मुझे उस घास की ख़ुशबू भी आती है, काफ़ी फ्रेश लगता है। हर बार क़सम खाता हूँ, नहीं! और नहीं, ज़िन्दगी में अब और शराब नहीं छुऊँगा, सफ़िया और बेटियों के साथ बातें करना अच्छा लगता है। लेकिन कुछ ही दिनों के बाद फिर शराब की लाईन में जाकर खड़ा हो जाता हूँ।

हाँ, तो सुबह की तरफ़ काग़ज़-क़लम लेकर बैठा था। बहुत देर तक काग़ज़ पर आड़ी-तिरछी लाईनें खींचता रहा, लेकिन एक भी लफ़्ज़ नहीं लिख पाया। दिमाग़ बिल्कुल ख़ाली था। किस तरह शुरू करूँ, समझ नहीं पा रहा था। मैं जानता था, ज़रा सा पेट में पड़ते ही क़लम

धड़ाधड़ चलने लगेगी। अचानक बाहर गली में पता नहीं किसने चीख़ कर पुकारा, 'ख़ालिद मियाँ—ख़ालिद मियाँ'।

मेरे हाथ से क़लम गिर पड़ी। लगा, अभी कुछ भयानक हादसा होने वाला है; हो सकता है यह घर टूट कर गिर पड़ेगा। मैंने चिल्ला कर कर पुकारा, 'जुज़िया जी—जुज़िया जी'।

अपनी छोटी बेटी नुसरत को मैं प्यार से इसी नाम से पुकारता हूँ। वह कहीं से दौड़ती हुई मेरे पास चली आई। मैं उसे गोद में लेकर चूमता रहा। तभी सफ़िया कमरे में आ गई। हँसते-हँसते कहने लगी, 'आज बाप-बेटी में बड़ा लाड़ हो रहा है'।

—बैठो सफ़िया।

नुसरत को गोद से उतार कर कहा, 'खेल रहीं थी?'

—जी अब्बा।

—तो जाओ खेलो।

टिड्डी सी दुबली लड़की हँसते-हँसते दौड़ गई।

मैं सफ़िया की ओर देखता हूँ। मंटो की ज़िन्दगी में आकर ये औरत कितनी जल्दी बूढ़ी होती जा रही थी। सफ़िया मेरे पास आकर, कंधे पर हाथ रख कर कहती है, 'आँखों में आँसू क्यूँ है मंटो साहब'।

—तुम्हें ख़ालिद मियाँ की याद आती है?

सफ़िया के नाख़ून मेरे कंधे पर धँसने लगते हैं। पल में ही वह एक बुत-सी हो जाती है।

—बहुत दिनों के बाद उसकी याद आयी मुझे।

तूफ़ान से उखड़े पेड़ की तरह सफ़िया ज़मीन पर गिर पड़ती है। मैं जाकर उसके सामने बैठ जाता हूँ। सफ़िया बहुत देर तक सिर नीचा किए बैठे रहने के बाद, अपना चेहरा उठाती है: उसका वह चेहरा, मुझे लगा, जैसे किसी ने अभी पत्थर पर खुदाई कर बनाया हो।

—ख़ालिद मियाँ को लेकर मैंने एक कहानी लिखी थी सफ़िया। तुम्हें कभी पढ़वाई नहीं।

—क्यूँ?

—तुम्हें तक़लीफ़ होती।

—ख़ालिद ने मेरे हाथों में दम तोड़ा था, मैंने बर्दाश्त नहीं किया क्या मंटो साहब?

—मौत को बर्दाश्त किया जा सकता है सफ़िया। यादों को नहीं। हम ज़िन्दगी की बड़ी-बड़ी चोटें सह लेते हैं, हो सकता है बाद में वह हमें याद भी न आएँ। लेकिन कोई-कोई कहानी हमें बारबार रुलाती है। यादें के अलावा मज़मूननवीसी में कुछ और नहीं होता।

—आज वह कहानी सुनायेंगे?

—तुम्हें सुनने का मन है?

—ख़ालिद के लिए।

—उस कहानी में मेरा नाम मुमताज़ था। रोज़ सुबह-सुबह नींद से उठ कर मुमताज़ घर के तीनों कमरों की झाड़ू लगाता, जिससे ज़रा सी भी गंदगी न रह जाये। उसके बेटे ख़ालिद

ने हाल में ही डगमगाते पाँवों से चलना शुरू किया था। ऐसे बच्चे ज़मीन पर पड़ी कुछ भी चीज़ मुँह में उठा कर रख लेते हैं। मुमताज़ हैरान हो जाता, जितना भी वह घर साफ़ रखे, बच्चा ज़रूर कुछ न कुछ ढूँढ़ कर मुँह में रख लेता था। चाहे दीवार से झड़ी हुई पलस्तर या फिर कमरे के कोने में छुपी कोई जली माचिस की तीली। और मुमताज़ मन ही मन ख़ुद को गालियाँ देता।

ख़ालिद की पहली सालगिरह जितनी पास आती जा रही थी, मुमताज़ के दिल में एक अजीब सा डर फैलता जा रहा था। उसे हर वक़्त लगता था कि साल पूरा होने के पहले ही ख़ालिद कि मौत हो जायेगी। एक दिन उसने अपनी बीवी को इस डर के बारे में बताया। बीवी सुन कर हैरान हो गई। मुमताज़ तो इस तरह के कुसंस्कारों पर विश्वास नहीं करता था। बीवी ने कहा, 'ताज्जुब की बात है! आपके मुँह से डर की बात? सुनिए मुमताज़ साहब, मेरा बेटा सौ साल तक ज़िन्दा रहेगा। उसकी सालगिरह के लिए मैंने जो इन्तज़ाम किया है, देख कर आप हैरान रह जायेंगे'। फिर भी डर उसे घेरे रहता है।

ख़ालिद की सेहत काफ़ी अच्छी थी। गालों का रंग देख कर लगता था जैसे रूज़ लगाया हो। ऑफ़िस जाने से पहले मुमताज़ रोज़ अपने बेटे को पानी के गमले बिठा कर, नहला कर जाता था। लेकिन इन दिनों ख़ालिद को नहलाते-नहलाते, उसकी तरफ़ देख कर मुमताज़ के मन में काले बादल घिर आते थे। वह ख़ुद को कहता था, 'मेरी बीवी ठीक कहती है। पता नहीं ख़ालिद की मौत का डर मेरे अन्दर कहाँ से पैदा हो गया है? वह क्यूँ मरेगा? उसकी सेहत बहुत बच्चों से ज़्यादा अच्छी है। ख़ालिद को बहुत चाहता हूँ इसलिए शायद इतना डरता हूँ?'

रोज़ सुबह घर में झाड़ू लगाने के बाद, फ़र्श पर दरी बिछा कर लेटे रहना मुमताज़ को बहुत अच्छा लगता था। बस एक दिन बाद ही ख़ालिद का जन्मदिन था। अचानक सीने पर वज़न महसूस कर उसने आँख खोल कर देखा, ख़ालिद उसके सीने के ऊपर लेटा हुआ है। पास में उसकी बीवी खड़ी है। ख़ालिद शायद सारी रात छटपटाता रहा है, किसी डर से वह काँप-काँप जा रहा था। मुमताज़ ने अपने बेटे के बदन को सहलाते-सहलाते कहा, 'अल्लाह मेरे बेटे को — '।

— किस बात का इतना डर है मुमताज़ साहब! हल्का सा बुखार है, अल्लाह के करम से चला जायेगा। कह कर बीवी चली गई। मुमताज़ बेटे को तरह-तरह से प्यार करता रहा।

ख़ालिद की पहली सालगिरह के लिए मुमताज़ की बीवी ने बहुत सारा इन्तज़ाम किया था। सारे रिश्तेदारों और दोस्तों को दावत दी थी। ख़ालिद के लिए नये कपड़े सिलने को दिए थे। मुमताज़ को यह दिखावा अच्छा नहीं लग रहा था। वह चाहता था, चुपचाप एक साल बीत जाये। उसके बाद कोई डर नहीं रहेगा।

थोड़ी देर में ख़ालिद डगमगाता हुआ दूसरे कमरे में चला गया। अचानक भीतर से बीवी के चीख़ने की आवाज़ आई, 'मुमताज़ साहब जल्दी आइए, मुमताज़ साहब'।

मुमताज़ ने दौड़ कर भीतर जाकर देखा, बाथरूम के सामने उसकी बीवी ख़ालिद को गोद में लिए खड़ी है। ख़ालिद हाथ-पाँव पटक रहा है। उसने ख़ालिद को अपनी गोद में ले लिया। पानी से खेलते-खेलते अचानक ही ख़ालिद को फ़िट आ गया था। मुमताज़ की गोद

में ख़ालिद तड़प रहा था। मुमताज़ ने उसे बिस्तर पर लिटा दिया। थोड़ी देर हाथ-पैर पटकने के बाद ख़ालिद बेहोश हो गया। बिल्कुल बेजान। मुमताज़ ज़ोर-ज़ोर से रोने लगा, 'ख़ालिद नहीं रहा'।

उसकी बीवी खिसिया गया। 'या अल्लाह, ये क्या बात है! थोड़ा मरोड़ पड़ा है, देखियेगा अभी ठीक हो जायेगा'।

थोड़ी देर के बाद ख़ालिद ने आँखें खोल दीं। मुमताज़ ने उसके ऊपर झुक कर कहा, 'ख़ालिद मेरे बेटे, क्या हुआ है, बहुत तक़लीफ़ हो रही है?'

ख़ालिद के होठों पर मुस्कान फूट पड़ी। मुमताज़ उसे गोद में लेकर पास के कमरे में जाते ही ख़ालिद का शारीरिक उन्माद फिर से शुरू हो गया। मिर्गी के मरीज़ की तरह ख़ालिद काँपता रहा। मुमताज़ उसे संभाल नहीं पाया। थोड़ी देर के बाद ख़ालिद के शान्त होते ही, मुमताज़ डॉक्टर को बुलाने चला गया। डॉक्टर ने ख़ालिद को देख कर कहा, 'बच्चों को कभी-कभी ऐसे मरोड़ आ जाते हैं, जो कृमि की वजह से भी हो सकता है। दवाईयाँ लिख दे रहा हूँ। चिंता की कोई बात नहीं''।

लेकिन ख़ालिद की हालत बिगड़ती जाती है, उसका बुखार बढ़ता जाता है। अगले दिन सुबह डॉक्टर फिर आता है, कहता है, 'मियाँ घबराइए मत, लगता है ब्रॉन्काईटिस है। तीन-चार दिन में ठीक हो जायेगा'।

ख़ालिद का बुखार बढ़ता ही जाता है। डॉक्टर की दी हुई दवाईयों के अलावा, घर के नौकर जमशेद के कहने पर, उसे पानी पढ़वा कर भी पिलाया जाता है। दोपहर में एक दूसरा डॉक्टर आता है। मलेरिया के शक में उसे कुईनाईन का इंजेक्शन देता है। ख़ालिद का बुखार 106 डिग्री पहुँच जाता है। मुमताज़ ख़ालिद को अस्पताल ले जाने का तय करता है। ताँगा बुला वह गोद में ख़ालिद और बीवी को लेकर निकल पड़ता है।

सारा दिन मुमताज़ को बस प्यास लगती रहती है। कितना पानी पिया था उसने! ताँगे में जाते-जाते उसे लगता है, कहीं गाड़ी रुकवा कर पानी पी ले। तभी न जाने कौन बोल उठता है, 'मियाँ याद रखना, पानी पीते ही तुम्हारा ख़ालिद मर जायेगा'। उसका गला सूख कर काठ हो जाता है, वह फिर भी पानी नहीं पीता।

अस्पताल के पास पहुँच कर वह एक सिगरेट जलाता है, लेकिन दो कश खींचते ही सिगरेट फेंक देता है। न जाने कौन बोल उठता है, 'मुमताज़ सिगरेट मत पिओ, नहीं तो तुम्हारा बेटा मर जायेगा'। कौन, कौन उसके कानों में आकर यह सब बकवास कर रहा है? वह फिर से सिगरेट सुलगाने लगता है, लेकिन सुलगा नहीं पाता।

अस्पताल में ख़ालिद को दाख़िल कर डॉक्टर बताते हैं, उसे ब्रॉन्कियल निमोनिया हुआ है। हालत अच्छी नहीं है।

ख़ालिद को होश नहीं था। उसकी माँ बिस्तर पर उसके सिरहाने बैठी थी। मुमताज़ को फिर प्यास लगी। वार्ड के पास लगे नल से पानी पीने जाते ही मुमताज़ को फिर वही आवाज़ सुनाई दी, 'क्या कर रहे हो मुमताज़? पानी मत पिओ। नहीं तो तुम्हारा ख़ालिद मर जायेगा'। फिर भी मुमताज़ पानी पीता ही रहता है; उसे लगता है, एक समन्दर पानी पी लेने से भी उसकी प्यास नहीं बुझेगी। वह पानी पी कर आकर देखता है कि ख़ालिद का रंग और भी उड़ा हुआ

है। मुमताज़ को लगता है, उसके पानी न पीने से शायद ख़ालिद इतनी जल्दी और भी मुरझा नहीं जाता। लेकिन वह आवाज़ बारबार भीतर से कहती जाती है, एक साल होने से पहले ही ख़ालिद मर जायेगा।

तब शाम हो रही थी। कितने डॉक्टर ख़ालिद को देखने आए। कितनी दवाईयाँ और इंजेक्शंस दी गईं, लेकिन ख़ालिद का होश नहीं लौटा। अचानक उस आवाज़ ने कहा, 'मुमताज़ अभी अस्पताल से निकल जाओ, नहीं तो ख़ालिद मर जायेगा'।

मुमताज़ अस्पताल से निकल जाता है। उसके सिर के अन्दर वह आवाज़ न जाने कितनी बातें करती रहती हैं। उस आवाज़ की हिदायत पर वह एक होटल में जाकर बैठ जाता है, शराब का ऑर्डर देता है, शराब आते ही आवाज़ उससे कहती है, 'फेंक दो शराब'। मुमताज़ शराब फेंकते ही आवाज़ सुनाई देती है, 'शराब का ऑर्डर दो'; फिर शराब आती है; फिर वही आवाज़ ने, 'फेंक दो'।

शराब और टूटे गिलासों का हिसाब चुकाने के बाद मुमताज़ होटल के बाहर आकर खड़ा हो जाता है। उसे लगता है, उस आवाज़ के अलावा दुनिया के सारी और आवाज़ें खो गयी हैं। वह अस्पताल लौट जाता है, ख़ालिद के वार्ड में जाते वक़्त वह आवाज़ फिर कहती है, 'मुमताज़ वहाँ मत जाओ, नहीं तो ख़ालिद मर जायेगा'।

मुमताज़ अस्पताल के ही एक पार्क की बेंच पर लेट जाता है। तब लगभग रात के दस बजे होते हैं। अँधेरे में सिर्फ़ अस्पताल के बाहर की घड़ी दिख रही होती है। वह बड़बड़ा रहा होता है, 'ख़ालिद बच तो जायेगा? बच्चे क्यूँ मरने के लिए इस दुनिया में आते हैं? पैदा होने के बाद मौत क्यूँ उन्हें इस तरह ग्रास कर लेती है? ख़ालिद ज़रूर . . . '

वह आवाज़ उसे कहती है, 'ऐसे ही लेटे रहो। ख़ालिद के ठीक होने तक बिल्कुल नहीं हिलना'।

मुमताज़ अन्दर ही अन्दर चीख़ उठता है, 'अल्लाह मेहरबान, मुझे बचाओ। ख़ालिद को मारना चाहते हो तो मार दो। पर मुझे क्यूँ इतनी तक़लीफ़ दे रहे हो?'

उसके पास दो लोग बैठे बात कर रहे होते हैं।

—कितना सुन्दर बच्चा था!

—उसकी माँ की तरफ़ देखा नहीं जा रहा था। बस डॉक्टरों के पैर पकड़े रोए जा रही थी।

—बच्चे को बचाया नहीं जा सकेगा।

—अचानक वे लोग ने मुमताज़ को देखते हैं। —आप यहाँ क्या कर रहे हैं?

मुमताज़ उनके सामने जाकर खड़ा हो जाता है।

—आप कौन हैं? एक पूछता है।

मुमताज़ का गला सूख कर काठ हो जाता है। वह फुसफुसा कर कहता है, 'डॉक्टर साहब मैं पेशेंट हूँ'।

—पेशेंट हैं तो बाहर क्यूँ हैं? अन्दर जाइए।

—सर, मेरा बेटा ऊपर के वार्ड में है। आप लोग शायद मेरे बेटे, ख़ालिद की ही बात कर रहे थे।

—आप उसके अब्बा हैं?

मुमताज़ ने सिर हिलाता है।

—यहाँ क्यूँ लेटे हैं? जल्दी ऊपर जाइए।

मुमताज़ दौड़ता हुआ सीढ़ियाँ चढ़ कर ऊपर पहुँचते ही वार्ड के सामने जमशेद को देखता है। जमशेद उसका हाथ पकड़ कर रोने लगता है, 'साहब ख़ालिद मियाँ चले गये'।

वार्ड में घुस कर मुमताज़ ने देखता है, बिस्तर पर उसकी बीवी बेहोश पड़ी हुई है। डॉक्टर और नर्सें उसे घेर कर खड़े हुए हैं। मुमताज़ बिस्तर के पास जाकर खड़ा होता है। ख़ालिद आँखें मूँदे सोया हुआ है। उसके चेहरे पर मौत का सुकून पसरा हुआ है। मुमताज़ उसके रेशम से बालों पर हाथ फेरते-फेरते कहता है, 'ख़ालिद लॉजेंस खाओगे?'

उसकी ओर देखते-देखते मुमताज़ बड़बड़ाता है, 'ख़ालिद मियाँ, मेरे डर को तुम अपने साथ लेकर नहीं जाओगे?'

मुमताज़ को लगता है, जैसे ख़ालिद ने सिर हिला कर कहा हो, 'जी अब्बा'।

कहानी सुनते-सुनते सफ़िया ने न जाने कब मेरा हाथ कस कर पकड़ लिया। मैं हैरान हो गया, उसकी आँखें रेगिस्तान की तरह चमक रही थीं। वह खड़ी हो कर आवाज़ लगाती है, 'ज़ुज़िया जी—ज़ुज़िया जी'।

सफ़िया ने तो कभी नुसरत को उस नाम से नहीं पुकारा था।

27

कुछ ख़ूब नहीं इतना सताना भी किसी का
है मीर फ़क़ीर, उसको ना आज़ार दिया कर।

नसीब का लिखा देखिए, यह समझ कर कलकत्ता गया था कि रुपयों का झोला लेकर लौटूँगा, और लौटा फ़क़ीरों की पैबन्द लगी झोली लिए। मंटोभाई, एक सूफ़ी क़िस्सा याद आ गया। इन्हीं सब क़िस्सों ने ही तो मुझे ज़िन्दा रखा था, वर्ना कब का फ़ौत हो चुका होता। एक सूफ़ी उस्ताद ने एक दिन अपने शागिर्दों से कहा, चाहे इंसान की जितनी भी मदद करने की कोशिश करो, पाओगे कि उसके अन्दर कुछ ऐसा है, जिसकी वजह से वह कभी अपनी मंज़िल तक नहीं पहुँच सकता। उनके बहुत से शागिर्द उनकी इस बात से सहमत नहीं थे।

कुछ दिनों बाद उन्होंने अपने एक शागिर्द से कहा, नदी के पुल के बीचोबीच सोने के मुहर की एक बोरी रख आओ। दूसरे शिष्य से कहा, शहर में घूम कर पता करो कौन ऐसा आदमी है, जो क़र्ज़ के बोझ से दबा हुआ है। उसे पुल के एक छोर पर ले आओ और पुल पार करने को कहो। देखो उसके बाद क्या होता है! उस्ताद की बात पर शागिर्दों ने वैसा ही किया। उस आदमी के पुल पार कर आते ही उस्ताद ने उससे पूछा, 'पुल के बीच में क्या देखा?'

—क्या, कुछ भी नहीं।

—तुम्हें कुछ नहीं दिखा?

—नहीं।

—ऐसा कैसे हो सकता है? एक शिष्य ने कहा।

—पुल पार करते वक़्त अचानक मैंने सोचा, अगर आँख बन्द कर पुल पार करूँ तो कैसा रहेगा?

देखता हूँ, कर पाता हूँ या नहीं। देखा, आँख बन्द कर बिल्कुल ठीकठाक पार कर लिया।

उस्ताद अपने शागिर्दों की तरफ़ देख कर हँसने लगे।

कलकत्ता से लौटते वक़्त मुझे बारबार वही क़िस्सा याद आ रहा था। ख़ुद को समझाया, ग़ालिब तुम्हारी राह में भी बहुत सोने की मुहरें बिखरी हुई थीं, लेकिन तुम अपने ख़्यालों के गिरफ़्त में आँख बन्द किए चलते रहे, इसलिए तुम्हें कुछ हासिल नहीं हुआ। बहुत बाद में सोच कर देखा, ज़िन्दगी में इसके अलावा मेरे साथ और हो भी क्या सकता था। कितनी ग़ल्तियाँ की थीं मैंने। मेरे दिमाग़ में दुनियादारी की हक़ीकत घुसती ही नहीं थी। मैं सोचता कुछ था और हो कुछ और जाता था। ऐसा क्यूँ था, बताइए तो मंटोभाई? वैसे मैं इतना भोलाभाला इंसान भी नहीं था, पेंशन के रुपये लेने कलकत्ता तक दौड़ कर गया ही था, जिस किसी को ख़ुश करने की ज़रूरत थी, उसे ख़ुश भी किया, जिसके पीछे पड़ने में मज़ा आता

था, उसके पीछे भी पड़ा, फिर भी मेरी हालत उसी इंसान की तरह हुई, मैंने उसी की तरह अपने ख़्यालों के वश में पुल पार किया।

इसी वजह से ही तो मुझे दिल्ली के दरबार में जगह मिलने में इतनी देर लगी। वैसे उसे जगह मिलना नहीं कहा जा सकता, बस किसी तरह टिका रहा था मैं। दरबार की सियासत नहीं समझता था, उसपर अंग्रेज़ों का ज़माना शुरू हो रहा था, सब कुछ मिलजुल कर, समझे मंटोभाई, हालत बिल्कुल गड़बड़ा गई। राजनीति समझना मुझ जैसे बुड़बक का काम नहीं था। कोशिश करने पर क्या समझ नहीं पाता? कोशिश ही तो नहीं की। ज़ौक साहब यह सब बहुत अच्छे से समझते थे। तभी जहाँपनाह बहादुरशाह उन्हें अपनी नज़रों से ओझल नहीं होने देते थे। लेकिन आपको ज़ौक साहब के कितने शेर याद हैं? मंटो साहब, एक आदमी दो काम नहीं कर सकता। सियासत और शायरी—ये दो अलग दुनिया की बातें हैं। एक को जीतना चाहो तो दूसरे को हारना पड़ता है। मैं सियासत की दुनिया नहीं जीत सका। ज़ौक साहब मुझे देख कर दबी हँसी हँसते थे। मैं मन ही मन कहता, ठीक है मियाँ, हँसो, बहुत ख़ूब, और हँसो, लेकिन दरबार की ख़िदमतगारी में शायरी तुम्हें छोड़ कर जा रही है, यह तुम समझ नहीं पा रहे हो। ज़ौक साहब ने एक दिन मज़ाक करते हुए पूछा, 'मिर्ज़ा, आपके शेर आसानी से समझ में क्यूँ नहीं आते? इतना सख़्त क्यूँ लिखते हैं?'

मैंने हँस कर कहा, 'आपका दिल तो सख़्त नहीं हुआ है न?'

—मतलब?

मैंने जवाब नहीं दिया। मौमिन साहब का एक शेर पढ़ दिया:

रोया करेंगे आप भी पहरों इसी तरह
अटका कहीं जो आपका दिल भी मेरी तरह।

मंटोभाई, मैं जितना ज़्यादा दिल्ली दरबार से जुड़ता गया, उतना ही समझता गया कि शायरी की सियासत के साथ कभी दोस्ती नहीं हो सकती। हमारे बादशाह, बहादुरशाह ढेरों शेर लिखा करते थे, सब कीचड़-जंजाल, और मैं उनका नौकर था इसलिए मुझे उन सारे शेरों को ठीक करना पड़ता था। कुछ दिनों तक मेरा गोरों पर भरोसा बना रहा, शायद वे कुछ नया करें, लेकिन 1857 के बाद मैं समझ गया कि यह सब ताक़त का खेल था। और एक शायर को इस ताक़त के खेल से अलग रहना चाहिए, नहीं तो मंटोभाई, मेरा कहा लिख लीजिए, शायरी उसे छोड़ कर चली जाती है। ऐसा शायर दरबार में बड़ी-बड़ी बातें बोल सकता है, बहुत से मुद्दों पर राय दे सकता है, पर सब—सब फ़ालतू; असल में तो हम उससे शायरी चाहते हैं। बदले में उसने हमें क्या दिया? बादशाह बहादुरशाह की शान में लिखे क़सीदे! ज़ौक साहब जैसे शायर, जो किसी न किसी ताक़त के आगे बिक चुके हों, इसके अलावा और दे भी क्या सकते थे? उनकी बाज़ार में क़ीमत तो तय थी। सच कह रहा हूँ, मंटोभाई, मार सकता तो मैं उस ज़ौक के पिछवाड़े लात मारता; ग़ज़लों के साथ इतनी बेईमानी? एक बार सियासत में घुसने के बाद, आपको पता ही नहीं चलता, कब आपके ख़ून में बेईमानी मिल जाये। राजनीति तो दरअसल मुखौटे बदलते रहने का खेल है। बहादुरशाह के समय में दरबार में कोई रोशनाई नहीं बची, सब बिक चुका था, फिर भी मैंने कितनी ही साज़िशें और इसके पीठ पर उसका छुरा घोंपना देखा।

तख़्त पर तब बादशाह अकबर शाह, मतलब, दूसरे नम्बर के अकबर शाह थे। हाँ, 1834 साल ही होगा, जब मुझे पहली बार दरबार में जाने का मौक़ा मिला। उनके बाद ज़फ़र, यानी बहादुरशाह बादशाह बनने वाले थे। लेकिन मैं जानता था, अकबर शाह अपने दूसरे बेटे सलीम को अपने वारिस के रूप में देखना चाहते थे। इस बाबत अकबर शाह, अंग्रेज़ों से भी बातचीत कर रहे थे। मैंने सोचा मुझे सलीम की तरफ़ ही रहना चाहिए, क्यूँकि ज़फ़र ने तब तक ज़ौक को अपना उस्ताद बना लिया था। अकबर शाह के लिए लिखे एक क़सीदे में मैंने सलीम की बहुत तारीफ़ लिखी, बादशाहों के पास पहुँचने का यही एक तरीक़ा था। लेकिन सब उल्टा हो गया। अंग्रेज़ों ने सलीम को स्वीकार नहीं किया; तीन साल बाद अकबर शाह की मौत हो गयी, और बहादुरशाह का नाम लेकर ज़फ़र, बादशाह बन गए। मेरी हालत तो समझ ही रहे होंगे। बहादुरशाह ने मुझे बिल्कुल नामंज़ूर कर दिया। मैंने उनकी शान में कई क़सीदे भी लिखे, लेकिन उनका दिल न जीत सका, इस तरह दरबार में भी जाना नहीं हो पाया। बाद में काले साहब और अहसानुल्ला ख़ाँ साहब की सिफ़ारिश पर उन्होंने मुझे दरबार में जगह तो दी, लेकिन मैं जैसे उनके गले का काँटा ही बना रहा।

ख़्याल बहुत ख़ौफ़नाक़ चीज़ है; जो भी ख़्यालों के पल्ले पड़ता है, उसकी ज़िन्दगी शतरंज के प्रकोष्ठों से बाहर निकल जाती है। और मैं जो अंधों की तरह सोचता था कि मेरे बदन में मुग़लों का ख़ून है, अमीर ख़ुसरो के बाद कौन मुझ जैसा फ़ारसी ग़ज़लें लिख सकता है, मैंने कभी समझने की कोशिश ही नहीं की कि रुपया न रहने पर ख़ून की भी कोई क़ीमत नहीं रहती, और लोग आपकी ग़ज़लें पैरों से रौंदते हुए चले जाते हैं। वैसे तो मुझे दिल्ली कॉलेज में पढ़ाने की नौकरी मिल जाती। कॉलेज में फ़ारसी पढ़ाने के लिए एक उस्ताद की ज़रूरत थी, जिसके लिए भारत सरकार के सचिव, थॉमसन साहब साक्षात्कार लेने आए थे। फ़ारसी के उस्ताद के ओहदे के लिए शायर मौमिन ख़ाँ, मौलवी इमाम बख़्श और मेरे नाम की सिफ़ारिश की गयी थी। थॉमसन साहब ने पहले मुझे ही बुलवाया था। मैं भी पाल्की पर चढ़ कर साहब के घर गया; घर पहुँच कर साहब को ख़बर भिजवा बाहर खड़ा रहा। अगर साहब ख़ुद बाहर आकर मुझे अन्दर न ले जाते तो भला मैं अन्दर क्यूँ जाता? आपके दरवाज़े पर कोई मिर्ज़ा आए तो, उसे ख़ुद आकर अदब के साथ अन्दर ले ज़ाना ही तरीक़ा है। साहब बहुत देर के बाद आए। पूछा, 'क्या बात है, आप यहाँ क्यूँ खड़े हैं?

मैंने साहब को मिर्ज़ाओं की ख़ातिरदारी के तरीक़े की बात बताई। साहब हँस कर बोले, 'जब आप गवर्नर के दरबार में जायेंगे तब ज़रूर आपकी ख़ातिरदारी की जायेगी। लेकिन अभी तो आप नौकरी के लिए आए हैं मिर्ज़ा'।

मैंने कहा, 'इज़्ज़त में इज़ाफ़े के लिए ही तो सरकारी नौकरी करने के बारे में सोचा था। देख रहा हूँ, जितनी मेरी इज़्ज़त है, अब वह भी नहीं रहेगी'।

—इस मामले में मैं कुछ नहीं कर सकता मिर्ज़ा।

—तो फिर आप भी मुझे माफ़ कीजिए। मैं यह नौकरी नहीं कर सकता।

यह कह कर मैंने साहब की तरफ़ पलट कर भी नहीं देखा। सीधे जाकर पाल्की में बैठ गया।

वैसे नौकरी मिलने से राह थोड़ी आसान हो जाती, उमराव बेग़म के चेहरे पर भी हँसी देख पाता, लेकिन ख़ुदा ने मेरी ज़िन्दगी के लिए किसी दूसरे ही खेल का ख़ाका खींच रखा था।

कलकत्ता से लौटने के बाद शाहजहानाबाद मेरे लिए क़ैदख़ाना बन गया था। सिर पर चालीस हज़ार से भी ज़्यादा रुपयों के क़र्ज़ का बोझ, नहीं जानता था किस तरह चुकाता। मंटोभाई, घर में अकेले बैठे-बैठे सिर के एक-एक बाल नोंचता रहता था। सड़क पर निकलते ही लेनदार पकड़ लेते, 'क्या हुआ मियाँ, कलकत्ता जाने से पहले तो बड़ी-बड़ी हाँक कर गये थे'।

मुझे मिनमिनाते हुए कहना पड़ता, 'थोड़ा वक़्त और दीजिए। ज़रूर कुछ होगा। मेरा मामला ऊँची अदालत में लगा हुआ है'।

लेकिन मैं जानता था कि कुछ भी नहीं होना था। ऊँची अदालत में भेजी गयी रिपोर्ट तो किसी हब्शी के घुँघराले बालों की तरह, आशिक़ के ख़ून रिस चुके दिल की तरह, या फिर फाँसी के मैदान में फाँसी के ऐलान करने जैसा थी।

एक ओर लेनदार और दूसरी तरफ़ शम्सुद्दीन के चेले-चपाटे। आंखें मटका कर हँसते हुए मुझसे पूछते, 'क्या मियाँ, कलकत्ता में क्या हुआ बताइए?' वे लोग सब जानते थे। लेकिन एक इंसान, दूसरे इंसान के कटे पर नमक छिड़क कर कितना सुख पाता है। मैं उन लोगों के लिए हँसी की ख़ुराक़ बन गया था। बाहर निकलने का मन नहीं करता था। अकेले दीवानख़ाने में बैठे-बैठे नासिख़ साहब, मीर आज़म अली और हाक़िर को एक के बाद एक ख़त लिखा करता था। ख़त लिखते-लिखते जैसे मैं उनके साथ बातें कर रहा होता था। और कोई तो बात करने के लिए था नहीं; न हवेली में और न ही शाहजहानाबाद में; सारी ज़िन्दगी मेरी जितनी भी बातचीत रही, दूर के लोगों के साथ ही रही। उनमें से कुछ इस दुनिया में रहते हैं, तो कुछ आसमानों में विचरते रहते हैं। मंटोभाई, मैं धीरे-धीरे समझ रहा था कि इस दुनिया में मेरा कोई देश नहीं, मैं यहाँ निर्वासन पर आया था।

अचानक एक दोपहर उमराव बेग़म दीवानख़ाने में आईं। मन ही मन तब मैं एक नयी ग़ज़ल बाँध रहा था और कपड़े में गाँठ लगाता जा रहा था। कपड़े में गाँठ लगाने के बारे में नहीं जानते हैं न? वह मेरी आदत थी। कौन जाने, कब कहाँ से, कोई ग़ज़ल तिरती हुई आ जाये। मुझे काग़ज़-क़लम लेकर बैठने की आदत नहीं थी। मन में एक-एक शेर तैयार होता, और मैं कपड़े में एक-एक कर गिरह बाँधता जाता था। हर गिरह में एक शेर बँधा होता था। बाद में किसी समय, किसी से लिख लेने को कहता था। कपड़े की एक-एक गाँठ खुलते ही एक-एक शेर निकल आते थे। मुझे ज़्यादा किसी चीज़ की ज़रूरत नहीं थी मंटोभाई। अपनी हवेली बनाने का ख़्याल कभी दिल में नहीं आया, कुछ जोड़ न पाने का दुख भी नहीं था मुझे, बस चाहता था, चंद मेरे अपने थोड़ा-बहुत अच्छा खा-पी कर, पहन-ओढ़ कर रह सकें, रोज़ शाम को बस अपनी पसन्द के पीने का सामान मिल जाये। मैंने कभी एक किताब तक नहीं ख़रीदी थी। उधार लेकर पढ़ाई की। मंटोभाई, मेरे घर में कोई किताब नहीं थी। किताब लेकर क्या होता? ख़ुदा ने फिर दिलकिताब क्यूँ दी है?

मैं बातों-बातों में फिर भटक गया। हाँ, तो एक दोपहर उमराव बेग़म मेरे पास आईं। उस वक़्त एक शेर मेरे दिल के अन्दर गोते खा रहा था:

मौत का एक दिन मुआईन है
नींद क्यूँ रात भर नहीं आती ।

सच में, तब मेरे दिल की कैफ़ियत वैसी ही थी। हर वक़्त लगता था, बस मौत ही मुझे इस ज़िल्लत और नफ़रत से आज़ाद कर सकती है। ख़ैर, मेरे बुलाने से तो मौत आने वाली नहीं थी। लेकिन मुझे सारी रात नींद क्यूँ नहीं आती थी? लगता था अपनी ही क़ब्र के सामने बैठा हुआ हूँ। ख़ुद ही को नज़रबन्द कर लेने के अलावा, मेरे पास कोई और रास्ता नहीं था। बाहर निकलते ही लेनदार घेर लेते थे। कभी-कभी घर पर भी आ जाते थे। दो लेनदारों ने अदालत में जाकर शिकायत दायर कर दी। फैसला हुआ, या तो मुझे पाँच हज़ार रुपये देने होंगे, या फिर जेल जाना होगा। पाँच हज़ार रुपये मैं कहाँ से लाता? इसलिए घर से निकलना बन्द कर दिया। शाहजहानाबाद के रईस लोगों के लिए एक नियम था। किसी के नाम गिरफ़्तारी का परवान जारी होने पर, अगर वह आदमी अपने घर से न निकले, तो उसे घर जाकर गिरफ़्तार नहीं किया जाता था। इसलिए मुझे अपने ही घर को कारावास बना लेना पड़ा। सभी दोस्तों ने आना बन्द कर दिया था। मंटोभाई, शायद इसी को काफ़िर की ज़िन्दगी जीना कहते हैं। वैसे दोज़ख़ में काफ़िर सौ साल रह कर जो तक़लीफ़ें सहता है, मैंने उससे दुगुनी तक़लीफ़ सही है।

बेग़म ने कहा, 'मैंने सुना, आप घर से बिल्कुल नहीं निकलते हैं मिर्ज़ा साहब?'

मैंने हँस कर कहा, 'तुम मेरी ख़बर रखती हो बेग़म?'

—क्या आप तंज़ किए बग़ैर बात नहीं कर सकते?

—तंज़ क्यूँ करूँगा? तुम तो मस्जिद में रहती हो, काफ़िर की ख़बर वहाँ कैसे पहुंचती होगी?

—शायद मैं आपकी ज़िन्दगी की सबसे बड़ी दुश्मन हूँ, है न?

—वह क्यूँ? वह क्यूँ? मज़ाक नहीं समझतीं? बैठो बेग़म। मैंने उन्हें सारी बातें खोल कर बताईं।

—लेकिन इस तरह आप कैसे रहेंगे, मिर्ज़ा साहब?

—रह तो रहा हूँ, बेग़म।

—नहीं, नहीं। इस तरह रहने से इंसान पागल हो जाता है। आपका कोई दोस्त क्यूँ नहीं आता?

—कौन है मेरा दोस्त? हाँ, सिर्फ़ एक है—मौत—वह कब आयेगी, उसका पता नहीं।

—या अल्लाह। आप मौत की बात क्यूँ कहते हैं?

—इसके अलावा माँगने के लिए और क्या है मेरे जीवन में? मेरी ज़िन्दगी यूँ ही बेमक़सद कट रही है। कहीं, कोई नक़्शा नहीं दिखता। किसी एक नक़्शे की रहने की तो बात थी। कई दिनों से मौला रूमी के मुर्शिद, शम्सुद्दीन तबरीज़ी की बात याद आ रही है,

बेग़म। शम्सुद्दीन साहब तब जवान थे। वे दिनो-दिन सो नहीं पा रहे थे, उन्हें भूख़ भी नहीं लगती थी। घर के लोग बारबार पूछते थे, क्या हुआ है मुहम्मद—हाँ, उनका असली नाम मुहम्मद मालेक्दाद था—सो क्यूँ नहीं पा रहे हो? क्यूँ कुछ नहीं खा रहे हो? शम्सुद्दीन ने कहा, 'अल्लाह ने मुझे ख़ाक़ से बनाया है। वह मुझसे बात क्यूँ नहीं कर रहे हैं? फिर मैं क्यूँ खाऊँ? क्यूँ सोऊँ? मैं उनसे जानना चाहता हूँ, उन्होंने मुझे क्यूँ बनाया है, मैं क्यूँ आया हूँ यहाँ, मुझे कहाँ जाना है? अगर वह मुझे जवाब दे दें, तभी मैं खाऊँगा, सो पाऊँगा'। बेग़म, काश मैं भी अपनी ज़िन्दगी का नक़्शा देख पाता।

—तो फिर मेरा मज़ाक़ क्यूँ बनाते हैं, मिर्ज़ा साहब?

—मज़ाक़ नहीं बनाता हूँ बेग़म। वैसे मेरी और तुम्हारी राहें अलग-अलग हैं। तुम्हारे अल्लाह मस्जिद में रहते हैं, जिनके लिए तुम पाँचों वक़्त का नमाज़ अदा करती हो। मुल्ला-मौलवी तुम्हें राह दिखाते हैं। और मेरे ख़ुदा दरगाह में रहते हैं, वहाँ मौला रूमी गाना गाते हैं, शेमा करते हैं। तुम्हारी राह मेरे लिए नहीं है बेग़म; मैं आनंद-उत्सव के अन्दर ख़ुदा को पाना चाहता हूँ।

—मैं भी वही चाहती हूँ, मिर्ज़ा साहब। लेकिन आप मेरे साथ बात ही नहीं करते। कहते-कहते उमराव रो पड़ीं। मंटोभाई, वह पहली बार मुझे लगा, कितने लम्बे अर्से से उमराव बेग़म भी इस क़ैदख़ाने में बंदी हैं। अगर एक बार मैं उनकी तरफ़ हाथ बढ़ा देता! नहीं बढ़ा पाया। मंटोभाई, एक बार अगर दिशा ग़लत हो जाये, तो उसे सही होने में कितना वक़्त लगता है?

उमराव बेग़म महलसराय चली गईं। और उसी के साथ मैंने कपड़े में गाँठ बाँधी:

दिखाऊँगा तमाशा दी अगर फ़ुर्सत ज़माने ने
मेरा हर दाग़-ए-दिल एक तुख़्मा है सब्रे चिराग़ाँ का ।

सुनो, सुनो बेग़म, मैं तुम्हें कह रहा हूँ, अगर वक़्त मिला तो मैं भी दिखा दूँगा, मेरे दिल के हर ज़ख़्म अँखुवाए बीज हैं।

क़ैद के दिनों में मेरा एक दोस्त मेरे साथ रहा—मेरी ग़ज़ल। मंटोभाई, मैंने उस गहरे—गोपन सुर से पूछा था, बताओ तो, मेरे नसीब में उम्रक़ैद क्यूँ लिखी हुई है? जानते हैं उसने क्या कहा? अरे, क्या तुम कौवे हो, जिसे छोड़ देने के लिए, जाल बिछा कर पकड़ा जाता है? तुम तो बुलबुल हो, इसलिए तुम्हें पिंजरे में क़ैद किया गया है, तुम आने वाली कितनी ही नस्लों को गीत सुनाओगे। इंसान इसी तरह अपने लिए कितनी ही मरीचिकाएँ तैयार करके रखता है! ग़ालिब की नाकामी की कहानी, किन्हीं शब्दों में बयान नहीं की जा सकती है, मंटोभाई। मेरा घर अँधेरे में डूब गया है और मैं एक बुझी मोमबत्ती के अलावा कुछ नहीं। मैं शर्म से अपने कालिख़ लगे चेहरे की ओर ख़ुद ही नहीं देख पाता हूँ।

दिन इसी तरह बीत रहे थे। मैं वक़्त का हिसाब नहीं रख पाता था। लगता था, जन्म से इसी घर में क़ैद हूँ। जो भी बातचीत होती बस कल्लू से। शाम को जब कल्लू शराब देने आता था, थोड़ी देर मेरे पास बैठ जाता था। और उसको तो एक ही नशा था, क़िस्से सुनने का। वह कुछ नहीं कहता था, बस आँखें बड़ी-बड़ी कर मेरी तरफ़ देखता रहता था, मैं कब कुछ

बोलूँगा, इस इन्तज़ार में। थोड़ी देर बाद ही कल्लू क़िस्सा सुनने की ज़िद करता। भाईजान लोग, ऐसा अजीब आदमी मैंने कहीं नहीं देखा था। क़िस्सा सुनने के बाद वह एक भी लफ़्ज़ नहीं कहता था। रोज़-रोज़ क़िस्सा सुनाना क्या अच्छा लगता है? बस किसी-किसी दिन सुना दिया करता था। नहीं तो कल्लू भी कैसे ज़िन्दा रहता? एक दिन कल्लू को इश्क़ का एक मज़ेदार क़िस्सा सुनाया। सुनिए, भाईजान लोग, आप लोगों को भी अच्छा लगेगा; ग़ालिब की कफ़न-ढकी ज़िन्दगी की कहानी कितना सुनेंगे?

वह एक हसीना की कहानी थी। उसका नाम जहानारा था। उसकी ख़ूबसूरती ऐसी थी! जैसा मीर साहब ने अपने एक शेर में लिखा था:

उसके फ़रोग़-ए-हुस्न से चूके हैं सबने
शमा-ए-हरम हो या दिया सोमनाथ का ।

तीन नौजवान जहानारा से निक़ाह करने के लिए नवाब के दरबार में आए। कोई किसी से कम नहीं था; नवाब तय नहीं कर पा रहे थे, किसके साथ वह अपनी बेटी का निक़ाह करेंगे। आख़िर में उन्होंने अपनी बेटी को ही पसन्द करने को कहा। महीने बीत गये, जहानारा कुछ तय नहीं कर पा रही थी। ख़ुदा का क्या ख़्याल, उस हसीना का फिर निक़ाह ही नहीं हो पाया; अचानक हमारी कहानी की जहानारा बीमार हो कर मर गई। तीनों नौजवान एक साथ मिल कर जहानारा को क़ब्र में दफ़्न कर आए। पहला नौजवान वहीं उसकी क़ब्र के पास रह गया। वह सोच रहा था, नसीब का यह कैसा खेल था कि उसकी महबूबा को इतनी जल्दी दुनिया छोड़ कर चला जाना पड़ा। दूसरा नौजवान फ़क़ीर बन राह पर निकल गया। उसने जिससे प्यार किया था, वह उसकी मौत की वजह जानना चाहता था। और तीसरा नौजवान नवाब को दिलासा देने के लिए, उनके पास ही रह गया।

फ़क़ीर बन चुका नौजवान बहुत सी जगहें घूमते-घूमते एक नये देश में जा पहुँचा। उसने सुना कि उस देश एक ऐसा आदमी रहता था, जो हैरतअंगेज़ घटनाएँ घटा सकता था। फ़क़ीर-नौजवान उसके घर जाकर हाज़िर हो गया। रात में जब वे दोनों खाना खाने बैठे, तब उस इल्मयाफ़्ता आदमी का नाती रोने लगा। उसने संग-संग उठ कर बच्चे को आग में फेंक दिया।

नौजवान चीख़ उठा, 'यह क्या किया आपने? मैंने दुनिया में बहुत पाप और दुख देखे हैं, लेकिन क्या कोई ऐसा गुनाह भी कर सकता है?'

वह आदमी हँस दिया, 'इतना मत सोचिए। हक़ीकत का इल्म न होने से मामूली चीज़ें भी अलग लगती हैं' । कहते ही उसने एक मंत्र का उच्चारण किया। उसी वक़्त आग के अन्दर से बच्चा निकल आया।

फ़क़ीर-नौजवान काफ़ी समय के बाद अपने देश वापस आया। उसे वह मंत्र याद था। अपनी महबूबा के क़ब्र के आगे खड़े हो कर उस मंत्र का उच्चारण करते ही जहानारा सामने आकर खड़ी हो गई। बेटी को वापस पा कर नवाब ने पूरे मुल्क में जश्न मनाना शुरू कर दिया। तीनों नौजवान जहानारा से निक़ाह करने के लिए फिर से आए। जानते हैं जहानारा ने किसको चुना? अपने आशिक़ को। कौन था उसका आशिक़, बता सकते हैं मंटोभाई?

मुँह खोले क्यूँ देख रहे हैं? इतना भी नहीं बता पाने से, मैं आपको लेखक नहीं मान पाऊँगा।

क्या कहा, हाँ...हाँ...सही कहा, मैं जानता था आप सही बता पायेंगे। जिस फ़क़ीर-नौजवान ने जहानारा को ज़िन्दगी दी, उसका नाम मानवता है। तीसरे नौजवान ने बिल्कुल अपनी संतान की तरह नवाब को सांत्वना दी। लेकिन पहला युवक, जो इतने दिनों तक उस हसीना के क़ब्र के पास ही बैठा रहा, सच्चा आशिक़ बस वह था। जिसे मौत भी उससे दूर नहीं कर पाई।

इसी तरह दिन बीत रहे थे। एक दिन अचानक सुना, दिल्ली के रेज़िडेंट फ़्रेज़र साहब का ख़ून हो गया है। या अल्लाह!

28

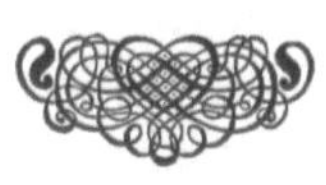

तुम से बेजा है मुझे अपनी तबाही का गिला,
उसमें कुछ शाइब-ए-ख़ूबी-ए-तक़दीर भी था ।

मिर्ज़ा साहब, बम्बई नगरी मुझसे बातें किया करती थी। क्यूँ न करती, बताइए? बम्बई और मेरी ज़िन्दगी कितनी मिलती-जुलती थी, कभी-कभी लगता था, एक दिन मैं आऊँगा, इसलिए यह शहर मेरे इन्तज़ार में था। भाईजान लोग, देश विभाजन के बाद लाहौर जाकर भी मुझे यही लगता था, जैसे मैं बम्बई में ही हूँ। बारह साल तक मेरा बम्बई के साथ मुहब्बत का रिश्ता रहा; शहर को छोड़ कर जाते वक़्त मुझे लगा था जैसे एक पंगु सिंधुसारस, अपने दोनों पंख कटवा कर पाकिस्तान जा रहा है। बम्बई ने ही तो मुझ जैसे लातख़ोर को आसरा दिया था, मेरे कान में फुसफुसा कर कहा था, मंटो, चाहे दिन में दो पैसा या दस हज़ार, जो भी क्यूँ न कमाओ, गर चाहो तो यहाँ मस्ती से रह सकते हो। या फिर, दुनिया के सबसे नाख़ुश इंसान की तरह भी ज़िन्दगी बिता सकते हो। यहाँ जो मर्ज़ी, वही कर सकते हो। यहाँ कोई तुम्हारी ग़लती ढूँढ़ने नहीं आयेगा। कोई तुम्हारे पास आकर तुम्हें अच्छा होने की सलाह देने नहीं आयेगा। सबसे मुश्किल काम ख़ुद तुम्हें अकेले करने होंगे और सबसे अहम फ़ैसले भी ख़ुद तुम्हें ही लेने होंगे। तुम फ़ुटपाथ पर भी रह सकते हो और महल में भी; उससे मेरा कुछ नहीं आता-जाता। तुम मुझे छोड़ कर चले जाने से भी मेरा कुछ नहीं आयेगा-जायेगा। मैं जहाँ हूँ वहीं रहूँगी। बम्बई ने ही मेरा हाथ पकड़ कर यहाँ के गली-कूचों, अमीरों के इलाक़े, समन्दर, दिन-रात, ख़ुशी-सिहरन-पाप-पतन सबसे मेरी पहचान करवाई थी। कभी-कभी लगता है, अगर मैंने कभी किसी से प्यार किया था, तो इस शहर से, किसी और से नहीं।

भाईजान लोग, मिर्ज़ा साहब की तुलना में मेरी ज़िन्दगी बहुत छोटी थी। इसलिए मेरी ज़िन्दगी का कहानी बताने में, मुझे कितने ही और लोगों की बातें बतानी पड़ेगी। बम्बई ने ही इन सबों से मेरी पहचान करवाई थी। मैंने जितनी भी कहानियाँ लिखीं हैं, उनके सारे चरित्र मेरे जाने-पहचाने लोग थे; जाने-पहचाने इसलिए कह रहा हूँ, क्यूँकि उन लोगों के साथ मैंने अपनी ज़िन्दगी बिताई थी, वे सब मेरे क़रीबी लोग थे। मैंने जो कुछ भी लिखा है, सब व्यक्तिगत है, मेरा ख़ुद का देखा-सुना-जाना-अनुभव किया हुआ है। लेखन के पीछे कोई विशेष राजनीति मेरी प्रेरणा नहीं रही। इसलिए कभी मुझे प्रगतिशील, कभी प्रतिक्रियाशील कह कर, मेरे ऊपर वार किए गए। प्रगतिशील साहित्य के नाम पर टनों काग़ज़ ख़र्च कर जो कुछ भी सोवियत यूनियन में छापा गया, उसके जैसा घटिया और नकली साहित्य मुझे और कहीं नहीं देखने को मिला है। दरअसल उसे साहित्य नहीं कहा जा सकता। किसी राजनीति या तत्व का चश्मा आँखों में लगा कर मैंने दुनिया नहीं देखी थी भाईजान लोग। बस अपनी तरह से समझना चाहा था, जिसे कभी नहीं देखा, उसकी कहानी सुन कर भी एक ही बात

समझनी चाही—ज़िन्दगी हमारे लिए क्या लेकर आयी है? तो फिर आपको पेरिन का ही क़िस्सा सुनाता हूँ। पेरिन को मैंने कभी नहीं देखा था, बस बृजमोहन से उसके बारे में सुना था, फिर भी इस कहानी का प्रधान चरित्र पेरिन है। पेरिन जैसे बम्बई की रूह हो।

मैं तब उसी खोली में रहता था, जिसके बारे में आप लोगों को मैंने पहले बताया था। बृजमोहन मेरे साथ की खोली में रहता था। हर इतवार बृजमोहन अपनी सहेली पेरिन से मिलने बांद्रा जाता था। पेरिन पारसी थी। दरअसल बृजमोहन का उसके साथ क्या रिश्ता था, मुझे कभी समझ में नहीं आया। बृजमोहन क्यूँ हर इतवार बांद्रा जाता था? पेरिन जैसे उसकी ज़िन्दगी का एक तेज़ नशा थी। बृजमोहन को जाने के लिए मुझे हरबार उसे आठ आना उधार देना पड़ता था। बांद्रा जाकर पेरिन के साथ कुछ घंटे बिता कर बृजमोहन लौट आता था। मैंने उससे पूछा था, 'तुमलोग क्या करते हो? घूमने जाते हो या घर में रह कर एक-दूसरे से प्यार-व्यार करते हो?'

—नहीं, नहीं। बृजमोहन ने हँस कर कहा था, 'मैं पेरिन के लिए क्रॉसवर्ड पहेली हल करके देता हूँ'।

—क्रॉसवर्ड?

—इलस्ट्रेटेड वीकली में निकलता है न। पेरिन उसे भेजती है। उसे कई ईनाम मिल चुके हैं।

बृजमोहन कोई काम नहीं करता था। खोली में बैठ कर वह पेरिन के लिये क्रॉसवर्ड पहेली के हल निकाला करता था। एक दिन मैंने उससे पूछा, 'पेरिन को तो ईनाम मिलता है। तुम्हें क्या मिलता है?'

—कुछ नहीं।

—वह ईनाम का एक रुपया भी तुम्हें नहीं देती है।

—नहीं।

—क्यूँ? तुम तो उसे क्रॉसवर्ड हल करके देते हो।

—उससे क्या हुआ? पेरिन उसे अपने नाम से भेजती है। उसे ईनाम मिलता है। मुझे क्यूँ पैसे देगी?

—अच्छे बुड़बक हो तुम!

वह अपने पीले दाँत दिखा कर हँस देता था।

बृजमोहन फ़ोटो खींचा करता था। उसने मुझे पेरिन की बहुत सी तस्वीरें दिखाई थीं। कितने लिबासों में, कितनी अदाओं के साथ। कभी सल्वार-कमीज़ में तो कभी साड़ी या पैंट-शर्ट में, यहाँ तक की तैरने की पोशाक में भी। तस्वीरों में पेरिन मुझे कतई भी सुन्दर नहीं लगी थी। लेकिन, मिर्ज़ा साहब, बृजमोहन को यह मैंने कभी नहीं कहा। कौन किसको ख़ूबसूरत लगे, यह उसके आँखों की बात है। वह कहते हैं न, मेरे ही चेतना के रंग में हरा हो उठा है मरकत। मैंने बृजमोहन से कभी भी पेरिन के बारे में कुछ जानने की कोशिश नहीं की। बृजमोहन ने भी कभी कुछ नहीं बताया। बस मैं इतना ही जानता था, हर इतवार बृजमोहन नाश्ता करके बांद्रा जाने के लिए मुझसे आठ आना माँगने आता था, और वह मुझे देना ही

पड़ता था। दोपहर तक वह लौट आता था। एक इतवार उसने लौट कर कहा, 'सब ख़त्म कर दिया है'।

—मतलब?

—मंटोभाई, मैंने आपको पहले कभी नहीं बताया। पेरिन असल में मेरी ज़िन्दगी की बददुआ है। जब भी मैं उससे लगातार मिलता रहता हूँ, मेरा काम नहीं रहता है। यही आज मैंने पेरिन को बताया।

—सुन कर उसने क्या कहा?

—कहा, तो फिर मत मिलो। देखो कोई नौकरी मिलती है या नहीं। तुम सोचते हो, मेरी वजह से तुम्हें कोई काम नहीं मिलता है, असल में ग़लती तो तुम्हारी है। तुम ही काम नहीं करना चाहते।

—तुमने क्या कहा?

—वह छोड़िए मंटोभाई। कल से मैं ज़रूर कोई काम तलाश करूँगा। तुम कल सुबह मुझे सिर्फ़ चार आना दे देना। मैं सेठ नानूभाई से मिलने जाऊँगा।

सेठ नानूभाई सिनेमा के निर्देशक थे। पहले भी उन्होंने बृजमोहन को काम नहीं दिया था। फिर भी अगली सुबह मैंने बृजमोहन को बस का किराया दे दिया। रात को लौट कर सुना कि नानूभाई ने बृजमोहन को ढाई सौ रुपये महीने की तन्ख़्वाह पर काम दे दिया है। बृजमोहन ने जेब से सौ रुपये निकाल कर कहा, 'यह है एडवांस। मुझे पेरिन को जाकर बताने का बहुत मन था। पर लगा, उसके पास जाते ही नौकरी चली जायेगी। हर बार ऐसा ही तो हुआ है, मंटोभाई। काम मिला, पेरिन को बताने गया, उसके बाद ही मुझे बरख़ास्त कर दिया गया। भगवान ही जानता है, कौन से ग्रह-नक्षत्र में उसका जन्म हुआ है। वैसे उसके ग्रह अशुभ है, यह मैं जानता हूँ। सुनिए मंटोभाई, कम-से-कम सालभर तक मैं उससे दूर रहूँगा। मुझे रहना ही होगा। मेरे कपड़ों की हालत देखी है? सालभर ठीकठाक काम करने से, कम-से-कम कुछ पैंट-कमीज़ें तो बन जाएँगी।

मिर्ज़ा साहब, छ: महीने तक बृजमोहन पेरिन के पास नहीं गया। मज़े से नौकरी करता रहा, नये कपड़े-लत्ते बनवाए। उसे रूमाल का बड़ा शौक़ था। उसने सुन्दर धागों से कढ़े हुए कई रूमाल ख़रीदे। अचानक एक दिन उसके नाम एक ख़त आया। चिट्ठी को हाथ में लेकर ही बृजमोहन ने कहा, 'सब ख़त्म हो गया, मंटोभाई'।

—क्यूँ?

—पेरिन की चिट्ठी है।

—क्या लिखा है?

—इतवार को आने को कहा है। मुझसे बहुत सी बातें करनी हैं। आज शनिवार है न?

—हाँ, तो उससे क्या?

—इसका मतलब परसों सेठ नानूभाई मुझे लात मार देगा।

—तो फिर पेरिन के पास मत जाओ।

—वह नहीं हो सकता है, मंटोभाई। उसके चाहने पर मुझे जाना ही होगा।

—क्यूँ?

थोड़ी देर बृजमोहन चुपचाप बैठा रहा। उसके बाद मेरी तरफ़ देख कर हल्के से हँस कर कहा, 'मैं भी काम करते-करते थक जाता हूँ, मंटोभाई। छ: महीने तो हो गये हैं'।

अगले दिन बृजमोहन बांद्रा गया। लौट कर आकर पेरिन के बारे में कुछ नहीं बताया। हाज़िर होटल में खाना खाते हुए बस एक बार कहा, 'देखता हूँ कल क्या होता है!'

सोमवार को लौट कर बृजमोहन ज़ोर-ज़ोर से हँसने लगा।—जानता था, मंटोभाई, मैं जानता था। पेरिन ने ठीक अपना काम कर दिया'।

—क्या हुआ?

—मंटोभाई, स्टूडियो बन्द हो गया, सिर्फ़ मेरे लिए। मैं अगर कल पेरिन के पास न जाता—

कहते-कहते गर्दन में कैमरा लटका कर बृजमोहन निकल गया। इतनी रात को कैमरा लेकर वह कहाँ गया होगा?

बृजमोहन फिर से बेकार हो गया। जितना पैसा जमा था, वह भी ख़त्म हो गया। फिर से उसका पुराना ढर्रा शुरू हो गया। हर इतवार को नाश्ते के बाद, मेरे पास आकर आठ आना लेकर बांद्रा चला जाता, कुछ घंटे पेरिन के साथ बिता कर वापस खोली में आ जाता।

एक दिन बृजमोहन से पूछा, 'पेरिन तुमसे प्यार करती है?'

—नहीं।

—तो फिर क्यूँ हर इतवार को जाते हो?

—बिना गये नहीं रह पाता, मंटोभाई।

—क्या पेरिन—

बृजमोहन झुँझला उठा, 'हाँ, हाँ। पेरिन किसी और को प्यार करती है। लेकिन उसमें ग़लत क्या है?'

—ग़लत कुछ नहीं है। पर तुम्हें क्यूँ बुलाती है?

—पेरिन बहुत अकेला महसूस करती है।

—क्यूँ?

—पता नहीं। उसने यह कभी नहीं बताया।

अपने बिस्तर पर लेट कर बृजमोहन सीलिंग को देखता हुआ कहता जाता है, 'हो सकता है मुझे देख कर उसे मज़ा आता हो। मंटोभाई, ज़िन्दगी में ऐसे भी इंसान की ज़रूरत होती है, जिसे देख कर आपको मज़ा आए। हो सकता है, मैं उसकी तस्वीरें खींचता हूँ, इसलिए। तस्वीरों में वह बहुत सुन्दर दिखती है न, कौन जाने, हो सकता है क्रॉसवर्ड हल कर देता हूँ, इसलिए। मंटोभाई, ऐसी लड़कियों को आप नहीं समझ सकते'।

—क्यूँ?

—क्यूँकि आपको प्यार चाहिए।

—और तुम्हें?

—पता नहीं। वैसे मैं पेरिन जैसी लड़कियों को जानता हूँ।

—कैसी होती हैं वे?

—वे किसी दूसरे को प्यार करती हैं, उसमें जो नहीं मिलता है, वह वे किसी और के अन्दर ढूँढ़ लेती हैं, और मन ही मन साँप की तरह कुंडली बना उसे जकड़ लेती हैं। लेकिन उस इंसान को अपने शरीर तक किसी तरह नहीं पहुँचने देती।

—तो फिर तुम क्यूँ जाते हो?

—अच्छा लगता है।

—क्या अच्छा लगता है? पेरिन तो तुम्हें कुछ नहीं देती है।

बृजमोहन हँसता है।—देती तो है। मंटोभाई, अपने ग्रहों का दोष मेरे ऊपर चढ़ा देती है। मैं तो एक ही खेल खेलता जा रहा हूँ। कितने काले बादल वह मेरी ज़िन्दगी में ला सकती है! पेरिन का जवाब नहीं। जितनी बार मैं उसके पास गया, मेरी नौकरी चली गई। मेरी सिर्फ़ एक ही ख़्वाहिश है।

—क्या?

—मुझे एक बार पेरिन को ठगना है।

—कैसे?

बृजमोहन थोड़ी देर चुप रहता है। सुन पाता हूँ, एक चूहा कमरे के अन्दर कटकट कर कुछ काट रहा है। बृजमोहन बिस्तर से उतर कर चहलक़दमी करता रहता है। मैं फिर पूछता हूँ, 'पेरिन को ठगने का प्लान बना लिया?'

—हूँ।

—क्या?

—नौकरी से निकालने से पहले ही मैं इस्तीफ़ा दे दूँगा। मालिक को साफ़-साफ़ कह दूँगा, मैं जानता हूँ, आप मुझे नौकरी से निकाल देंगे, लेकिन ऐसा ग़लत काम आप न कर सकें इसलिए मैं ख़ुद ही अपना इस्तीफ़ा दे रहा हूँ। मैं उसे एक और बात कहूँगा। असल में आप नहीं, पेरिन मुझे बरख़ास्त कर रही है।

—अजीब ख़्वाहिश है।

बृजमोहन कमरे से चला जाता है। बहुत देर बाद लौट आने पर, मैं पूछता हूँ, 'कहाँ गये थे?'

—आसमान देखने। मंटोभाई, मैं रात को ज़्यादा देर सो नहीं सकता। खोली में दम घुटता है। इसलिए आसमान देखने चला जाता हूँ।

—क्या देखते हो बृजमोहन?

—कुछ नहीं।

—तारे देखते हो?

—सिर्फ़ नीला अँधेरा देखता हूँ, मंटोभाई, जिसके भीतर मेरी अजीब-सी ख़्वाहिशें जाग उठती हैं। पिछले इतवार को ही पेरिन की एक तस्वीर खींची थी। उसका प्रेमी उस फोटो को अपने नाम से एक कम्पटिशन में भेजेगा। मैं श्योर हूँ, मंटोभाई, उस तस्वीर को ज़रूर ईनाम मिलेगा।

—उस आदमी को तुम पहचानते हो?

—नहीं। इससे पहले भी कितनी बार मेरी खींची तस्वीरें भेज कर उसने प्राईज़ जीता है।

—पेरिन ने तुम्हें कुछ नहीं कहा?

—नहीं।

एक इतवार बांद्रा से लौट कर बृजमोहन कहता है, 'मंटोभाई, इस बार सचमुच मैं सब ख़त्म कर आया हूँ। कुछ दिनों के अन्दर नौकरी का जुगाड़ कर लूँगा। सेठ नियाज़ अली नयी पिक्चर बना रहे हैं। सेठ का पता जुगाड़ करके दे सकते हो?'

—देखता हूँ।

एक दोस्त को फ़ोन कर सेठ नियाज़ अली का पता मिल जाता है। अगले दिन बृजमोहन सेठ से मिलने जाता है। लौट कर आकर मुझसे लिपट कर कहता है, 'मंटोभाई, काम मिल गया है। महीने में दो सौ रुपया मिलेगा। कहा है जल्दी ही पैसे बढ़ा देंगे। तुम ख़ुश हुए न?'

—तुम्हारे ख़ुश होने से मैं भी ख़ुश हूँ।

—उफ़! बच गया। कह कर बृजमोहन बिस्तर पर कूद पड़ता है।

अगले दिन मैं उससे पूछता हूँ, 'पेरिन से मिलने नहीं जाओगे?'

बृजमोहन मन्द-मन्द हँसते हुए कहता है, 'मन तो कर रहा है। लेकिन नहीं, मंटोभाई, अब जल्दबाज़ी नहीं करूँगा। कुछ नयी पैंट-कमीज़ें ख़रीदनी हैं। यह देखो—पचास रुपये एडवांस मिला है, पच्चीस रुपये तुम रखो'।

—क्यूँ?

—उधार चुकता।

इसके बाद के दिन बुरे नहीं बीत रहे, मिर्ज़ा साहब। मैं क़रीब सौ रुपये के कमाता था। बृजमोहन वैसे मुझसे दुगुना कमाता था। ज़्यादा पैसों की तंगी नहीं थी। खोली की ज़िन्दगी के लिए काफ़ी था।

तक़रीबन पाँच महीनों के बाद बृजमोहन के नाम एक चिट्ठी आई। लिफ़ाफ़े पर नज़र फेरते ही उसने कहा, 'मौत की रानी'। मैं समझ गया, पेरिन की चिट्ठी थी।

हँसते-हँसते बृजमोहन ने चिट्ठी खोली। पढ़ कर मेरी ओर देख कर कहा, 'इतवार को मिलने को कहा है। ज़रूरी काम है'।

—तुम जाओगे?

बृजमोहन कूद पड़ा। —नहीं जाऊँगा क्या? मंटोभाई, तुमने कैसे सोच लिया, पेरिन के बुलाने पर मैं नहीं जाऊँगा?'

किसी नये फ़िल्मी धुन की सीटियाँ बजाता-बजाता बृजमोहन बिस्तर पर बैठे-बैठे पैर झुलाता रहा। मैंने थोड़ी देर चुप रहने के बाद कहा, 'बृजमोहन, पेरिन के पास जाकर कोई फ़ायदा नहीं। तुम सोच भी नहीं सकते, कितनी तक़लीफ़ों से हर इतवार को मैं तुम्हें आठ आने देता हूँ'।

बृजमोहन हा, हा कर हँसने लगा। —मैं जानता हूँ। मंटोभाई, फिर वही दिन लौट कर आने वाले हैं, पता नहीं, कहाँ से फिर तुम मुझे हर इतवार को आठ आने दिया करोगे!'

अगली सुबह वह पेरिन से मिलने चला गया। रात में उससे पूछा, 'क्या कहा पेरिन ने?'

—कुछ भी नहीं।

—लिखा था, ज़रूरी काम था।

—वह तो उसकी आदत है। शायद हमेशा डरती रहती है।

—क्यूँ?

—कौन जाने! पर मैं उसे बोल आया हूँ, इस बार को लेकर बारहवीं बार मैं तुम्हारी वजह से बरख़ास्त होऊँगा। ज़राथुस्ट्र तुम्हें बचाए रखे।

—पेरिन ने क्या कहा?

—तुम एक बुड़बक हो।

—सही कहा। मैंने हँसते हुए कहा।

—एक सौ बार सही कहा। बृजमोहन हँसने लगा।—कल ऑफ़िस जाते ही मैं इस्तीफ़ा दे दूँगा।

—क्यूँ?

—जिससे वह लोग मुझे बरख़ास्त न कर सकें। पेरिन के घर पर ही बैठ कर इस्तीफ़ा तैयार लिया था।

उसने मेरे हाथ में चिट्ठी पकड़ा दी।

अगले दिन सुबह-सुबह बृजमोहन निकल गया। रात में आकर देखा, वह बिस्तर पर लेटा सीलिंग की ओर देख रहा है। मैंने पूछा, 'अब किसके पास नौकरी माँगने जाओगे?'

—क्यूँ। वह बिस्तर पर उठ कर बैठ गया।

—पेरिन की दया नहीं हुई?

बृजमोहन बिना कुछ कहे मेरी ओर देखता रहा। मैंने देखा उसकी दोनों आँखें डबडबा रही थीं। ख़राश भरी आवाज़ में उसने कहा, 'सेठ नियाज़ अली के हाथ में मैंने इस्तीफ़ा पकड़ाया था, मंटोभाई। थोड़ी देर बाद सेठ ने मुझे एक चिट्ठी दी। मेरी तनख़्वाह दो सौ से बढ़ा कर तीन सौ कर दी है'।

मिर्ज़ा साहब, उस दिन के बाद से बृजमोहन का पेरिन के प्रति कोई आग्रह नहीं रहा। एक दिन उसने मुझसे कहा, 'जब पेरिन का अभिशाप ही नहीं रहा, मंटोभाई, तो अब पेरिन भी नहीं रही। हर रंग मेरी ज़िन्दगी का खो चुका है। कहिए, मैं अब किसकी वजह से काम छोड़ सकूँगा?'

उस दिन पहली बार मैंने पेरिन को देखा। पेरिन अरबसागर के समुद्रतट पर सो चुकी थी। एक अँधेरा जहाज़ दूर समन्दर की लहरों पर तैर रहा था। मिर्ज़ा साहब, बम्बई ऐसे ही धुँधले लोगों का शहर है।

29

राहगुज़र सैल-ए हवादिस है बेबुनियाद दहर
इस ख़राबे में नै करना फ़िक्र तुम तामीर का ।

मंटोभाई, कलकत्ता से लौटने के बाद, मेरे क़ैदख़ाने के सत्रह साल, किसी न किसी तरह कट ही गए। मुझे हर वक़्त मीर साहब की याद आती थी। उन्हें एक अँधेरी कोठरी में हाथ-पाँव बाँध कर क़ैद में रखा गया था। और मीर साहब बड़बड़ाते रहते थे:

पत्ता-पत्ता, बूटा-बूटा हाल हमारा जाने है
जाने न जाने गुल ही न जाने, बाग़ तो सारा जाने है ।

हाँ, मंटोभाई, फूल बड़े निष्ठुर होते हैं, वह किसी की ख़बर नहीं रखते, अपनी ही ख़ुशबू में मतवाले हुए रहते हैं। बताएँ तो क्यूँ? बस दो-एक दिन की ज़िन्दगी है, इसलिए? या बहुत जल्दी झर जाते हैं, इसलिए? झर तो हम भी जाते हैं, बस फूल से कुछ दिन और ज़्यादा दुनिया में रहते हैं। फिर भी हम फूलों के पास जाते हैं, उन्हें प्यार करते हैं, लेकिन फूल हमारी तरफ़ पलट कर भी नहीं देखते। आपको फूल का जन्म लेने की इच्छा नहीं करती है, मंटोभाई? सारी रात अकेले-अकेले अपने ही सौरभ में खिले रहना, उसके बाद सुबह झर जाना। आह, यह फूलजन्म ख़ुदा की कैसी अनोखी सृष्टि है, जैसे एक सुर के जगते ही दूसरे सुर के अन्दर खो जाना। जानते हैं कैसा है यह फूलजन्म? जैसे मियाँ तानसेन के गले से सुर का एक दाना गिरा हो — जन्म-मृत्यु दोनों एक हो चुके हों उस दाने के भीतर। जिसे आप सारी ज़िन्दगी भूल नहीं सकते। बूढ़े हो जाने के बाद मैंने जब पीछे मुड़ कर देखा, चारबाग़ की वह फ़लक आरा बेग़म, मुझे सुर का एक दाना ही लगीं थीं, जो शायद किसी तवायफ़ के गले से बिखर कर खो गयी हो, जिसकी रोशनी किसी मृत तारे की तरह जगी हुई हो। और मैं उस फूलजन्म की ओर देखते हुए जराग्रस्त हो गया हूँ।

होश ओ सब्र ओ ख़ैर ओ दीन ओ हवास ओ दिल ओ ताब
उसके एक आने में क्या-क्या न गया मत पूछ ।

मंटोभाई, वह बस एक बार आयी थी। जानने की कोशिश मत कीजियेगा कि उसके आने से मेरा क्या कुछ चला गया। मेरा सब्रो-सुकून, सेहत और ताक़त, जवानी और जोश, और भी न जाने कितना कुछ! और वह मुझे क्या दे गयी? इक जुनून। रात को चीर कर खो जाने वाली एक पुकार। वह देखिए, वह पुकार अपने साथ मिर्ज़ा ग़ालिब के एक यतीम शेर को लिए जा रही है:

इश्क़ से तबीयत ने ज़ीस्त का मज़ा पाया
दर्द की दवा पाई, दर्द ही ला दवा पाया ।

हाँ, भाईजान लोग, ज़िन्दगी की कितनी ही ख़ुशियाँ लेकर आयी थी मुहब्बत, कितनी तक़लीफ़ों की दवा भी पाई, लेकिन वह एक ऐसा दर्द छोड़ गयी, या ख़ुदा, जिसकी आपके पास भी कोई दवा नहीं। क्यूँ नहीं है? क्यूँकि ख़ुदा ख़ुद एक दर्द हैं। जितनी उम्र बढ़ती गयी, मंटोभाई, उतना ही मुझे लगा, असल में अल्लाह ही एक आदिम पीड़ा हैं। अश-शहीद। बताइए, दर्द के अलावा और कौन हमारे जीवन का साक्षी हो सकता है?

न, न उतावले मत होइए, भाईजान, मुझे याद है, आप लोगों को फ्रेज़र साहब के क़त्ल का क़िस्सा सुनाना है। असल में अब अपनी ज़िन्दगी के बारे में बताने का मन भी नहीं करता है, ख़ुद को जितना मिटा दिया जाये, उतना ही सुकून है। एक वक़्त मैंने ग़ज़ल लिखना छोड़ दिया था, उसकी वजह दर्द या ग़रीबी नहीं थी, मेरा लिखा कौन पढ़ेगा, यह भी नहीं सोचा था; लगा था, बस अब ख़ुद के साथ ही बातें करने का समय है; हाँ, यकीन जानिए मंटोभाई, मैंने सिर्फ़ दर्द की क़दमबोसी करने के लिए, अपने ही हाथों अपने फ़न की हत्या की थी। मैं मानता हूँ कि एक फ़नकार को अपनी ज़िन्दगी का वह पल ढूँढ़ लेना चाहिए, जब वह ख़ुद अपने फ़न की हत्या करेगा। असल में इस दुनिया में वह किसलिए आया है? नहीं, कुछ रचने के लिए नहीं आया है। अल्लाह के बाद किसी और के लिए कुछ सृष्टि करने के लिए है ही नहीं। हम बस उनकी रचना की नक़्ल कर सकते हैं। हम सिर्फ़ ज़िन्दगी को छू सकते हैं। ख़ुदा की इस नेमत का कोई जवाब नहीं है, मंटोभाई। कलकत्ता से लौटते वक़्त, बारिश के एक दिन मैंने एक सुनसान टीला देखा था। वह टीला हरियाली सरहद के बीच खड़ा था, उसके पैताने बहुत-सी काई जमी क़ब्रें फैली हुई थीं। मैं रो पड़ा था। ज़िन्दगी कितनी नि:संग, कितनी सुन्दर, बारिश की दुलार से सराबोर थी। गहरी रात में एक सूफ़ी क़ामिल ने रोते-रोते कहा था, 'हम इस दुनिया के बन्द कॉफ़िन के भीतर, अपनी कितनी ही ग़लतियों और अज्ञानताओं के साथ ज़िन्दा हैं, सुन रहे हो न तुमलोग? जब मौत आकर कॉफ़िन का ढकना खोलेगी, पंखवाले अनंत की राह पर उड़ जायेंगे, और जिनके पंख नहीं हैं, वह कॉफ़िन के अन्दर ही अटके रहेंगे। दोस्त, कॉफ़िन का ढकना खुलने से पहले ही कुछ ऐसा करो जिससे तुम पंछी बन सको, पंख उगाओ, जितनी जल्दी हो सके अपने दोनों हाथों को पंख बना लो'। सब कुछ सुना था मंटोभाई, फिर भी मेरे पंख नहीं उगे, एक दिन शाहजहानाबाद के खंडहरों में मुँह के बल गिर कर मरा पड़ा रहा।

उतावले मत होइए, भाईजान लोग। इस बूढ़े को अपनी तरह से कुछ कह लेने दीजिए। वादा करता हूँ, कोई भी क़िस्सा नहीं छोड़ूँगा। तो एक रात फ्रेज़र साहब का ख़ून हो गया। उनकी कश्मीरी गेट के पास गोली करके हत्या कर दी गयी थी। ख़बर सुन कर मैं पत्थर हो गया। फ्रेज़र साहब दिल्ली के रेज़िडेंट ज़रूर थे, पर मेरे साथ उनका, कह सकते हैं कि दोस्ती का रिश्ता था। वे गोरों में बिल्कुल अलग क़िस्म के इंसान थे। जिनके साथ नौकरी करते थे, उन्हें वे बिल्कुल पसन्द नहीं करते थे। वे हमारे मुल्क को जानना चाहते थे, नियम-क़ानून की परवाह वे बिल्कुल नहीं करते थे। मैंने उनके किताबख़ाने से कितनी किताबें ला कर पढ़ी थीं। वहाँ बैठ कर फ्रेज़र साहब के साथ कितनी गप्पें की थीं। पहली बार उन्होंने ही मुझे सूफ़ी क़ामिल जामी की एक अनोखी बात बताई थी, मंटोभाई। जामी ने कहा था, इंसान क्या है? उस नूर का परछाई। और यह दुनिया? अनंत समुद्र की एक लहर। नूर से क्या उसकी परछाई

को अलग किया जा सकता है? समुद्र से क्या उसकी लहर को अलग किया जा सकता है? सुन कर रखो, ये परछाई और लहर ही नूर और समन्दर हैं। फ्रेज़र साहब के साथ मेरी दोस्ती की एक और भी वजह थी। जायदाद के क़ानूनी मामलों में वे शम्सुद्दीन के सौतेले भाई अमीनुद्दीन और ज़ियाउद्दीन की मदद किया करते थे। और मैं, शम्सुद्दीन की आँख का किरकिरी था।

फ्रेज़र साहब की हत्या के आरोप में सहिस करीम ख़ान को गिरफ़्तार किया गया था। करीम ख़ान शम्सुद्दीन का नौकर था। मेरी दिल्ली के मैजिस्ट्रेट के साथ दोस्ती थी। सिर पर क़र्ज़ का बोझ, दिन में हवेली से बाहर निकल नहीं पाता था। गिरफ़्तारी के डर से, मैं रात में उल्लूओं की तरह चुपचाप मैजिस्ट्रेट साहब के घर उड़ जाया करता था। फ्रेज़र साहब के क़त्ल के बारे में भी बातें हुआ करती थीं। शम्सुद्दीन के बारे में मैंने उन्हें कभी कुछ नहीं बताया था। लेकिन छानबीन करने पर पता चला कि शम्सुद्दीन ने ही फ्रेज़र साहब का ख़ून करने के लिए करीम ख़ान को इस्तेमाल किया था। शाहजहानाबाद की सड़क पर खुले आम दोनों को फाँसी दी गई। मैं फाँसी देखने नहीं गया; सुना, फाँसी का नज़ारा देखने के लिए भीड़ उमड़ पड़ी थी। लोगों की क्रूरता की कोई हद नहीं है, मंटोभाई। पहली बार मुझे समझ में आया कि अंग्रेज़ भी उसी तरह बर्बर थे। क्या पता, शायद सभ्यता का इतिहास दूसरे अर्थों में बर्बरता का इतिहास है।

इस हादसे के बाद शाहजहानाबाद में मेरे को लेकर गाली-गलौज शुरू हो गई। मैं ही शम्सुद्दीन की फाँसी का ज़िम्मेदार था। किसी ने समझने की कोशिश नहीं की कि जैसा बीज तुम बोओगे, वैसी ही फसल तुम्हें काटनी होगी। यहाँ तक कि उमराव बेग़म ने भी मुझसे आकर पूछा, 'मिर्ज़ा साहब, क्या आपने मैजिस्ट्रेट साहब को शम्सुद्दीन भाई की बात बताई थी?'

—तुम इस पर यकीन करती हो बेग़म?

—हर मुहल्ले में इसी बात की चर्चा है।

—सब कह रहे हैं इसलिए सच है?

—मैं जानती हूँ—

—क्या?

—आप यह काम नहीं कर सकते।

—फिर भी आप मुझसे पूछने आईं?

—गुस्ताख़ी माफ़ कीजिए।

—शम्सुद्दीन चाहे कितना भी बड़ा दुश्मन क्यूँ न हो, क्या मैं उसकी मौत चाह सकता हूँ?

—मुझसे ग़लती हो गयी, मिर्ज़ा साहब।

—बेग़म, बहुत लोगों की कही बात में सच्चाई नहीं होती। सच सिर्फ़ एक अकेले का, अकेले इंसान का होता है। बहुत लोगों की राय मतलब ही वह झूठ है।

—मुझे माफ़ कर दीजिए, मिर्ज़ा साहब।

मैं उमराव बेग़म का हाथ पकड़ कर बैठा रहा। यह जैसे नये सिरे से मुहब्बत करना था।

मर जाओ तुम इसी में असद। तुम्हारी राह अलग है। बन जाओ तुम आसमान, कुल्हाड़े से तोड़ो कारागार की दीवार। भागो। जन्म लो तमाम रंगों के भीतर, अभी। मरो, और चुप रहो। ख़ामोशी का मतलब ही है कि तुम मर चुके हो। पिछले जन्मों में तुम सिर्फ़ ख़ामोशी से भागते रहे हो। देखो, ख़ामोश चाँद अब आसमान पर उग रहा है।

भाईजान लोग, मुझ पर ठप्पा लग गया कि मैं ही शम्सुद्दीन का ख़ूनी था। काफ़ी सालों तक शम्सुद्दीन की मज़ार, दिल्ली के लोगों के लिए मुकद्दस जगह बनी रही। और फ़ौजी बग़ावत के वक़्त फ़िरंगियों की बहुत सी मज़ारें सही-सलामत रहने के बावजूद, फ्रेज़र साहब की मज़ार को मिटा दिया गया। असल में लोग, इंसान को, उसकी वैयक्तिकता को नहीं देखते—बल्कि ज़ात की बिना पर परखते हैं।

इसी तरह अंग्रेज़ों ने हम मुसलमानों को हमेशा शक़ की नज़र से देखा, और हिन्दुओं को अलग नज़र से। जानते हैं क्यूँ? क्यूँकि कलकत्ता के बंगाली हिन्दुओं ने रेनासाँ का झंडा उठा रखा था। मंटोभाई, इनमें से ज़्यादातर लोग सूदखोर, महाजन छोड़ और कोई नहीं थे। सिराजुद्दीन ने कलकत्ता से मुझे कई ख़त लिखे, मैं जवाब भी देता था। उनके ख़त पढ़-पढ़ कर मैं समझ सका, कलकत्ता दरअसल दो-चेहरों का शहर था; राजधानी के रुप में उसकी बात ही कुछ और थी, शिक्षा-संस्कृति, सब कुछ की लहर थी वहाँ, लेकिन निधूबाबू के गीतों का 'प्राण' अब वहाँ नहीं था।

प्राण तो शाहजहानाबाद में भी नहीं था। दरबार किसी तरह लंगड़ा-लंगड़ा कर चल रहा था। अंग्रेज़ सब कुछ ग्रास करते जा रहे थे। मंटोभाई, उनकी ख़ुराक़ शार्क मछलियों की तरह थी। एक दिन कल्लू एक फ़क़ीर को लेकर दीवानख़ाने में हाज़िर हुआ। फ़क़ीर साहब बहुत देर तक मेरी तरफ़ देखते रहे।

मैंने पूछा, 'क्या देख रहे हैं?'

—मियाँ आगे वक़्त बहुत ख़राब है।

—और कितना ख़राब वक़्त आयेगा मेरी ज़िन्दगी में?

—आपकी बात नहीं कर रहा हूँ।

—तो फिर?

—मियाँ, शाहजहानाबाद करबला बन जायेगा।

मैंने हँस कर कहा, 'क्या मेरे अन्दर उस करबला को देख लिया है आपने?'

—बिल्कुल। मियाँ, मैंने आपके अन्दर पूरे शाहजहानाबाद को देख लिया है। इस शहर की सारी पुरानी हवेलियाँ और मस्जिदें टूट रही हैं। सड़कों पर लोगों को फाँसी पर लटकाया जा रहा है। सारी बेग़में फटे-चिथड़े कपड़ों में घूम रही हैं। बकरियों के पेट से साँप के बच्चे पैदा हो रहे हैं।

मैं ज़ोर से हँस पड़ा।—कब होगा यह सब फ़क़ीर साहब?

—होगा, होगा। आप भी तो देखने जायेंगे, मियाँ।

—और मेरा क्या होगा?

—आप तब इंसान-ए-क़ामिल हो जायेंगे।

—काफी हँसा चुके हैं मुझे फ़क़ीर साहब। मेरे अन्दर इंसानियत तक तो है नहीं।

—मियाँ, कोई इंसानियत लेकर पैदा नहीं होता है। आग में जल-जल कर ही तो हक़ीका तक पहुँचेंगे। चलिए आपको एक क़िस्सा सुनाता हूँ।

कल्लू उछल पड़ा।—हाँ, हाँ क़िस्सा हो जाये। कल्लू फ़क़ीर के शरीर से सट कर बैठ गया।

—एक दिन शाह अबदुल्ला अपने शागिर्दों को दीन की बात बताते-बताते किसी ख़ुमारी में चले गए। उनकी आँखें लाल हो गईं, वे बार-बार अपनी गर्दन हिला रहे थे और उनके बदन में झटके आ रहे थे। अगले दिन इब्न सलीम ने पूछा, 'मुर्शीद साहब आपको क्या हुआ था?' अब्दुल्ला ने हँस कर कहा, 'तुम जो सोच रहे हो वह बात नहीं है। मेरे अन्दर कोई ताक़त नहीं घुस आयी थी। बल्कि वह मेरी कमज़ोरी थी'। दूसरे शागिर्द ने पूछा, 'अगर वह कमज़ोरी थी तो ताक़त क्या है?' अब्दुल्ला थोड़ी देर चुप रह कर बोले, 'जब ताक़त अन्दर दाखिल होती है, तब शरीर और मन दोनों बिल्कुल शान्त हो जाते हैं'। कुछ समझे मियाँ? वही इंसान, इंसान-ए-क़ामिल होता है।

—बाबा। कल्लू ने फ़क़ीर साहब के पैर पकड़ लिए।

—बोलो बेटा।

—एक और क़िस्सा सुनाइए बाबा।

कल्लू फ़क़ीर साहब से साथ क़िस्सों में मस्त हो गया; मैं अपनी कोठरी यानी शैतान के कमरे में घुस गया। लेकिन जानते हैं मंटोभाई, अपनी मर्ज़ी से नज़रबन्द हो जाने के दिनों में ही मैं अपना कुछ काम कर सका था। मैंने अपने उर्दू दीवान को सहेजा। उसमें से कितनी ही ग़ज़लें निकाल दी। दुबारा से पढ़ने पर पाया कि बहुत-सी ग़ज़लें दीवान में रखने लायक़ नहीं थीं। फ़ज़्ल-ए-हक़ साहब ने ठीक ही कहा था, मेरी बहुत-सी ग़ज़लों में फ़ारसी का असर था, जो कि आसानी से समझ में नहीं आता था। और मैं इतने दिनों में समझ चुका था, जो ग़ज़ल पहली ही बार तीर की तरह सीने के पार न हो जाये, उस ग़ज़ल की फ़नकारी का कोई मोल नहीं। असल में कम उम्र में लोगों को अच्छे कपड़ों-लत्तों और ज़ेवरों का बहुत शौक़ होता है; ख़ुद को सुन्दर दिखाने के लिए वे बड़े ज़बरदस्त ढंग से तैयार होते हैं। लेकिन जब तक ख़ूबसूरती अन्दर से न खिले, बताइए तब तक सुकून कहाँ? इसी दौरान मैं अपनी फ़ारसी रचनाओं के संकलन पर भी काम कर सका। पाँच खंडो का संकलन तैयार हुआ। पाँचवे खंड में अपने दोस्तों को लिखे मेरे ख़त थे। उस खंड का नाम दिया, पन्ज आहंग। उन चिट्ठियों को पढ़ कर आप लोगों को बहुत मज़ा आता। एक बात और बताऊँ? अपने ही लिखे फ़ारसी गद्यों को पढ़ कर मैं ख़ुद ही चमक उठता था; अपनी ही पीठ थपथपा कर कहता था, माशाअल्लाह, क्या लिखा है मियाँ, बहुत ख़ूब। हँस क्यूँ रहे हैं, मंटोभाई? आपने कभी इस तरह अपनी पीठ नहीं थपथपाई? किसी कहानी को लिख कर आपको कभी नहीं लगा, अरे भई, यह चीज़ मेरे अन्दर कहाँ छुपी हुई थी? मैं इसे इतने दिनों तक अपने ही अन्दर-अन्दर ढोता रहा था? इसमें ग़लत क्या है, मंटोभाई? क्या फ़नकार अपने आप को इतना भी नहीं दे

सकता है? अपने लिए सामान्य-सी इस मुग्धता को सारी ज़िन्दगी अपने अन्दर ज़िन्दा रखना चाहिए।

अलिफ़ बेग को लिखे मेरे एक ख़त की बात बताता हूँ भाईजान लोग, सुन कर आपको मज़ा आयेगा। बहुत उम्र में अलिफ़ साहब का एक बेटा हुआ। उन्होंने मुझे चिट्ठी लिख कर गुज़ारिश की, मियाँ मेरे बेटे के लिए कोई नाम चुन कर बताइए। मैंने उनको लिख कर भेजा, आपके बेटे का नाम चुनने के लिए मुझे ज़रा भी नहीं सोचना पड़ा, न ही वक़्त बर्बाद करना पड़ा। नाम दिमाग़ में आते ही मैंने एक जुम्ला भी लिख डाला है।

बुढ़ापे में अलिफ़ के
ख़ूबसूरत एक बेटा हुआ।
मैंने नाम दिया हम्ज़ा
यह तो सब जानते ही हैं
बुढ़ापे में सारे अलिफ़ हो जाते हैं हम्ज़ा।

ऐसा होता है कि नहीं, बताइए भाईजान लोग? अलिफ़ एक सीधी लक़ीर है और हम्ज़ा मुड़ी हुई। बुढ़ापे में हर इंसान सिकुड़ कर हम्ज़ा हो जाता है।

इसी तरह मैं शैतान कमरे में बैठा, चिट्ठियाँ लिख कर, मज़ाक बना किसी तरह अपने दिन काट रहा था। इसी बीच मेरा एक फ़िरंगी लेनदार, जिसका नाम मैकफ़ारसन था, ने कोर्ट से ऑर्डर निकलवाया कि मुझे उसके ढाई सौ रुपये वापस करने होंगे। मेरा ऐसा नसीब, उसी दौरान मैं एक दिन घर से निकला और फ़िरंगी फ़ौजियों ने मुझे गिरफ़्तार कर लिया। जेल ही जाना पड़ता; लोहारू के नवाब, मेरे दोस्त अमीनुद्दीन भाई ने आकर मुझे बचाया। मेरी तरफ़ से चार सौ रुपये देकर उन्होंने मामले को निबटाया। भाईजान लोग, क्या इसे इंसानों की तरह ज़िन्दा रहना कहते हैं? कितने दिनों तक अपने आप को किसी कोठरी में क़ैद रखा जा सकता है? फिर भी ख़ुद से हँसते-हँसते कहा:

रंज से ख़ूगर हुआ इंसाँ तो मिट जाता है रंज
मुश्किलें इतनी पड़ीं मुझ पर कि आसाँ हो गईं।

शम्सुद्दीन के फाँसी के बाद फ़िरोज़पुर-झिरका की नवाबी ज़ब्त हो गई। मुझे अंग्रेज़ बहादुर से पेंशन मिला करती थी। बासठ रुपये, आठ आने। उस आठ आने ने कभी मेरा पीछा नहीं छोड़ा, मंटोभाई। मेरे नसीब में सब कुछ आठ आने पर ही रहा; सोलह आने कभी नहीं मिले। इतनी दुर्दशा में भी कुछ लोगों के साथ ने मुझे बचाए रखा। फ़ज़ल-ए-हक़ साहब के दिल्ली से जाने के बाद मेरे दिल के अन्दर जैसे कोई इमारत ढह गई। उनके जैसा बुज़ुर्ग शाहजहानाबाद में और कितने थे, बताइए? वे जितने इल्मयाफ़्ता थे, उतना ही उनमें इंसानों को समझने की क़ाबलियत थी। वे जिस ओहदे पर नौकरी करते थे, वह उनकी क़ाबलियत के माफ़िक नहीं था। वे फिर भी नौकरी कर रहे थे। लेकिन अंग्रेज़ बेइज़्ज़त करने का कोई मौक़ा नहीं छोड़ते हैं। वैसे उन्हें मौक़ों की ज़रूरत भी नहीं थी; वे हर वक़्त हमलोगों को किसी ऊँचाई पर खड़े हो कर देखते थे; जैसे कि वे चींटियाँ या कीड़े-मकौड़े देख रहे हों। तभी पैरों से

कुचलने से पहले वे पल भर भी नहीं सोचते थे। ठीक उसी तरह उन्होंने फ़ज़्ल-ए-हक़ साहब का अपमान किया गया। वे एक ईमानदार इंसान थे; उन्होंने इस्तीफ़ा दे दिया। लेकिन वे बैठे रहने वाले इंसान भी नहीं थे। नवाब फैज़ मुहम्मद ख़ान उन्हें पाँच सौ रुपये महीने पर अपनी रियासत में ले गए। मैं अपने टूटे दिल को लेकर पड़ा रहा। यह भी जानता था, फ़ज़्ल-ए-हक़ साहब भी बहुत से आँसू सीने में लेकर दिल्ली को अलविदा कह कर गये थे। यहाँ तक कि जहाँपनाह बहादुरशाह ने भी आँसू पोंछते-पोंछते, अपने बदन का शाल उतार कर उन्हें ओढ़ाते हुए कहा था, 'जब आप मुझे अलविदा कहेंगे, मुझे पता है, मैं कुछ नहीं कर पाऊँगा। लेकिन जब मुझे आपको ख़ुदा हाफ़िज़ कहना होगा, सिर्फ़ ख़ुदा ही जानते हैं, उन दो लफ़्ज़ों को कहने में मुझे कितना दर्द होगा'। मंटोभाई, मेरे अज़ीज़ दोस्त, मेरी ग़ज़लों को समझने वाले, ज़िल्लत सिर पर लेकर शाहजहानाबाद छोड़ कर चले गए।

वैसे मेरी ज़िन्दगी में एक और इंसान आया। तो क्या ख़ुदा मुझे बिल्कुल ही सड़क पर ला कर बिठा देते? मैंने नवाब मुस्तफ़ा ख़ान शईफ़्ता को एक दोस्त के रूप में पाया। वह मुझसे नौ साल छोटे थे। शाहजहानाबाद के ही बाशिंदे। उनके पुरखे अफ़ग़ानिस्तान से आए थे। वे अरबी और फ़ारसी में माहिर, बहुत अच्छी ग़ज़लें भी लिखा करते थे। एक वक़्त शराब और औरत ही शईफ़्ता की ज़िन्दगी की बहार थीं। रामजू तवायफ़ के साथ उनकी बहुत आश्नाई थी। रामजू कोई ऐसी-वैसी तवायफ़ नहीं थी। जितनी उसके पास धन-दौलत थी, उतनी ही वह पढ़ी-लिखी भी थी।

शईफ़्ता साहब ने न जाने कितनी ही तरह से मेरी मदद की थी, जिसका हिसाब लगाना मुमकिन नहीं था, भाईजान लोग। मेरी ज़िन्दगी के सबसे अँधेरे वक़्त में बस एक वे ही मेरे साथ रहे। ख़ुदा क़सम, मुझे लगता था वे सच में शायरी की रूह हैं, जिसके जिस्म पर इस दुनिया के किसी भी कलंक का दाग़ नहीं। इसी बीच, आगरा में अम्मीजान का इन्तकाल हो गया, भाई यूसुफ़ बिल्कुल पागल हो गया। मैं और सह नहीं पा रहा था। ऊपर से, ख़ुद को लेकर बाज़ी लगा ली। शैतान के कमरे में जुए का अड्डा खोल लिया। जुआ तो पहले भी खेला करता था, जिसकी वजह से एक बार सौ रुपये जुर्माना भी भरना पड़ा था, लेकिन इस बार मैं स्थिर-निश्चित था, जुए से ही मुझे अपनी किस्मत लौटानी होगी। उस वक़्त दिल्ली में जुआ बन्द करने के लिए काफ़ी सख़्ती चल रही थी। मैंने सोचा, बड़े-बड़े अंग्रेज़ मेरे दोस्त हैं, कौन पकड़ेगा मुझे? यही सोच मेरे लिए काल बन गयी, मंटोभाई। दिन पर दिन जुए की महफ़िलें सरगर्म होती गईं। बीच-बीच में हाथ में पैसे भी आने लगे। मैंने मन ही मन ख़ुद को कहा:

हमको मालूम है जन्नत की हक़ीकत लेकिन
दिल के ख़ुश रखने को ग़ालिब ये ख़्याल अच्छा है ।

30

तमाशा-ए गुलशन, तमन्ना-ए चीदन
बहार-आफ़रीना, गुनाहगार हैं हम ।

मेरी कमाई ज़रूर कम थी, मिर्ज़ा साहब, लेकिन सफ़िया के साथ गृहस्थी में मेरा मन बैठ गया था। सफ़िया मुझे जान से ज़्यादा प्यार करती थी। सबसे बड़ी बात यह थी कि वह मुझे समझना चाहती थी। इसलिए पहले-पहले मेरे शराब पीने को लेकर ऐतराज़ करने के बावजूद, बाद में उसने मान लिया था। लेकिन वह हर वक़्त नज़र रखती कि मैं ज़्यादा न पी लूँ। मैं कितना गृहस्थ हो गया था, आप सोच भी नहीं सकते हैं, भाईजान लोग। अपने हाथों से घर की झाड़ू लगाता, चीज़ें झाड़-पोंछ कर साफ़ करता। किसी-किसी दिन खाना पकाने में भी हाथ बँटाता था मैं। खाना पकाने में मुझे बड़ा मज़ा आता था, ख़ासकर कबाब बनाने में। मांस और मसालों के सिकने-भूनने की गंध से मुझे नशा चढ़ जाता था। बाहर, मैं धीरे-धीरे सिनेमा के जगत से जुड़ता जा रहा था; उस दुनिया में जाकर मुझे लगता था जैसे मैं अमीर हम्ज़ा हूँ और कितने ही एडवेंचर मेरा इन्तज़ार कर रहे हैं। पाकिस्तान जाने के बाद, मैंने बम्बई की फ़िल्मी दुनिया के रंगीन लोगों को लेकर 'गंजे फ़रिश्ते' किताब लिखी। बिना कोई साजपोशाक पहनाए, बिना स्नो-पाऊडर—मेकअप लगाए, मैं इन लोगों का असली चेहरा देखना चाहता था। बहुतों ने ऐतराज़ किया। लेकिन जिस समाज में किसी के मरने के बाद, उसके किए कामकाज को लाण्ड्री भेज कर साफ़-सुथरा करके दिखाया जाता है कि वाह! वह कितना शरीफ़ आदमी था, ऐसा समाज भाड़ में जाये। मुझे याद है, 'साक़ी' में इस्मत की 'दोज़ख़ि' कहानी छपी थी। इस कहानी में इस्मत ने अपने मृत बड़े भाई, अज़ीम बेग चुगतई को बिल्कुल नंगा कर दिया था। कहानी को पढ़ कर मेरी बहन इक़बाल ने कहा था, 'ये तो अजीब लड़की है सआदत। अपने मरे भाई तक को भी नहीं छोड़ा इसने। कहानी में यह सब बातें लिखना क्या सही है?'

मैंने कहा था, 'इक़बाल, मेरी मौत के बाद अगर तुम कुछ ऐसा लिख सको तो, ख़ुदा क़सम, मैं आज ही मरने के लिए तैयार हूँ' ।

—मैं तुमको लेकर क्या लिखूँगी?

—तुम्हारा सआदत नर्क का सबसे घिनौना कीड़ा था।

—तुम पागल हो सआदत। अपने प्रिय इंसान को क्या कोई इस तरह देखना चाहता है?

—प्रिय इंसान को ही इस तरह दिखाया जा सकता है इक़बाल। तुम उसका अच्छा-बुरा सब जानते हो। तुम उसके प्रति कोई अविचार नहीं कर सकते। क्या इंसान सिर्फ़ एक अच्छे गुणों का पिंड है? क्या उसके अन्दर कोई ख़राबी नहीं?

—तुम लेखक हो, तुम इस तरह सोच सकते हो।

—नहीं इक़बाल। तुम भी इसी तरह सोच सकती हो। सिर्फ़ सच्चाई को देखने से डरती हो। एक दिन तुमको सितारा की कहानी सुनाऊँगा। सौ साल में, दुनिया में ऐसी लड़की पैदा होती है। जबकि चारों तरफ़ उसकी कितनी बदनामी थी। सब सोचते थे, सेक्स छोड़ कर उसकी ज़िन्दगी में कुछ और नहीं था।

न, न, भाईजान लोग, इतने उतावले मत होइए। सितारा का क़िस्सा, मेरे हाथ में छुपा हुआ ताश का पत्ता है, उसे बाद में दिखाऊँगा। उस शेरनी की कहानी क्या इतनी जल्दी बताने की है? न जाने हमें अभी दोज़ख़ में कब तक सड़ना है, हाथ में बहुत वक़्त पड़ा है। सितारा आयेगी, नसीम बानू, नर्गिस और नूरजहाँ वगैराह सब आएँगी। बस थोड़ा सब्र करना पड़ेगा, भाईजान लोग। ये सब कितनी पुरानी बातें हैं, मैं साल-तारीख़ सब भूल चुका हूँ, लगता है जैसे मैंने बहुत लम्बे समय तक, उन्हें किसी लम्बे सपने में देखा था। फ़िल्हाल इस हरामी मंटो की ज़िन्दगी के दो-चार क़िस्से सुनिए।

'मुसव्विर' अख़बार में काम करने के दौरान बाबूराव पटेल ने मुझे एक फ़िल्म का स्क्रीनप्ले, उर्दू में तर्जुमा करने के लिए दिया था। प्रभात स्टूडियो को फ़िल्म बनानी थी। इसी तरह मैंने बम्बई की फ़िल्म इंडस्ट्री में क़दम रखा। एक दिन 'मुसव्विर' के मालिक, नज़ीर लुधियानवी साहब ने मुझे इम्पीरियल फ़िल्म कम्पनी वालों से मिलवा दिया। फ़िल्म के लिए मुझे डॉयलॉग्ज़ लिख कर देना था; महीने के चालीस रुपये मिलने थे। सोचा, अब तो किस्मत खुल गई। लेकिन लुधियानवी साहब ने मेरी तनख़्वाह चालीस रुपये से घटा कर बीस रुपये कर दी। समझे मतलब? एक तरफ़ से दिलवा दिया और दूसरी तरफ़ से छीन लिया। मेरी महीने की कमाई जाकर साठ रुपये हुई। लेकिन तब इम्पीरियल कम्पनी की जो हालत थी, हर महीने ठीक से पैसे नहीं दे पाती थी। मैं कभी-कभी एडवांस ले लेता था। लेकिन काम ज़्यादा दिन नहीं चला। लुधियानवी साहब की कोशिश से ही मुझे फ़िल्म सिटी में सौ रुपये महीने की तनख़्वाह पर नौकरी मिली। पैसों के लिए तब मैंने न जाने कितनी फ़िल्म कम्पनियों में काम किया, लेकिन 'मुसव्विर' की नौकरी नहीं छोड़ी। 'मुसव्विर' ही तो मुझे बम्बई लेकर आया था। आख़िर में लात लुधियानवी साहब ने ही मारी। बिना कोई वजह बताए ही मुझे नौकरी से बरख़ास्त कर दिया गया। भाईजान लोग, मेरी पैरों तले ज़मीन खिसक गई। फ़िल्म कम्पनियों में तो आज हूँ, कल नहीं। इस्तीफ़े का ख़त लेकर मैं सीधे बाबूराव पटेल से मिला। बाबूराव जी मुझे अपनी पत्रिका 'कारवाँ' के संपादक के रूप में नौकरी देने के लिए राज़ी हो गए। उन्होंने अपनी सेक्रेटरी रीटा कारलाईल को बुलाया। सुना था कि रीटा उनकी सेक्रेटरी, स्टेनो, प्रेमिका सब कुछ थी। रीटा के कमरे में घुसते ही बाबूराव ने उसे पास आने के लिए कहा।

रीटा के पास जाते ही बाबूराव जी ने उसके नितम्बों पर हाथ मारते हुए कहा, 'जाओ काग़ज़ पेंसिल ले आओ'।

उसके कमरे से निकलते ही बाबूराव जी ने हँस कर कहा, 'मंटो, इतने गठे नितम्ब पहले नहीं देखे'।

—लगता है बहुत थप्पड़ जमाते हैं?

—हाँ भई, जमाता तो हूँ। और हाथ फिराने में जो मज़ा आता है, जैसे पोल्सन मक्खन पर हाथ फिरा रहा हूँ।

रीटा शॉर्ट-हैंड नोट-पैड और पेंसिल लेकर वापस आ गई। मेरा नियुक्ति-पत्र लिखवाते-लिखवाते उन्होंने मेरी तरफ़ मुँह उठा कर देखा। पूछा, 'मंटो, कितना होने से चलेगा?' फिर थोड़ा रुक कर ख़ुद ही बोले, 'सौ रुपये से चल जायेगा न?'

—नहीं।

—मंटो, इससे ज़्यादा मैं नहीं दे पाऊँगा।

—मैं सिर्फ़ साठ रुपये लूँगा। उससे ज़्यादा भी नहीं और कम भी नहीं।

बाबूराव कुर्सी छोड़ कर खड़े हो गये, 'तुम निरे गधे हो'।

—बिल्कुल वही।

—इसका मतलब?

—मैं साठ रुपये से ज़्यादा बिल्कुल नहीं लूँगा। लेकिन कोई टाइम-टेबिल मान कर नहीं चलूँगा। जब मर्ज़ी आऊँगा, जाऊँगा। बस पत्रिका समय पर निकलने से चलेगा न?

नौकरी तो मिल गयी, लेकिन सात महीनों से ज़्यादा नहीं टिकी। इधर बम्बई में काम नहीं था। 1941 में रेडियो में नौकरी लेकर दिल्ली चला आया। तनख़्वाह महीने के डेढ सौ रुपये। रेडियो के लिए बहुत से नाटक लिखे। लेकिन डेढ साल से ज़्यादा यहाँ भी नहीं टिक पाया। सरकारी नौकरी मेरे लिए नहीं थी, मिर्ज़ा साहब। चारों तरफ़ सब खिझानेवाले लोग। वैसे भी मैं बम्बई की फ़िल्मी दुनिया के मुहब्बत में पड़ चुका था। वहाँ आप अमीर हैं या फ़क़ीर, कोई पलट कर नहीं देखता था, वैसे ही जैसे आपका क्या अच्छा है और क्या बुरा उसको लेकर भी कोई सवाल नहीं उठाता था। बस ज़िन्दा रहो, अस्थी-मज्जा तक ज़िन्दा रहने के आनंद का उपभोग करो। जैसे मेरा दोस्त श्याम कहता था, 'मंटो, यह ज़िन्दगी ही मेरी माशूका है। बताओ फिर और क्या चाहिए? बस ज़िन्दगी सलामत रहे, और सब जाये जहन्नुम में। तुम ऐसा नहीं चाहते, कहो, नहीं चाहते क्या?' भाईजान लोग, एक दिन आप लोगों को श्याम का भी क़िस्सा सुनाना होगा। पाकिस्तान में शराब छुड़ाने के लिए मानसिक अस्पताल में रहने के दौरान श्याम की मौत की ख़बर सुनी थी। जैसे श्याम ने मेरे कानों में आकर कहा हो, 'मंटो, मौत का स्वाद सचमुच बिल्कुल अलग है। ऐसा कि कभी सोचा न था'।

एक दिन दिल्ली की नौकरी छोड़ दी भाईजान लोग। तब कोई अडवानी दिल्ली रेडियो के निदेशक हुआ करते थे। वह एक दिन मेरा एक नाटक पढ़ कर बोले, कुछ शब्द बदलने होंगे। तब रेडिओ के डायरेक्टर जनरल बुख़ारी साहब हुआ करते थे; अडवानी उनके बहुत चहेते आदमी थे। कोई अडवानी के ख़िलाफ़ कुछ नहीं कह सकता था। मैंने उन्हें साफ़-साफ़ कह दिया था, अडवानी जी न उर्दू जानते हैं और न ही समझते हैं, पढ़ तक नहीं पाते हैं। मेरे नाटकों में ग़ल्तियाँ ढूँढ़ने की क्षमता उनमें नहीं है। मुझे नौकरी से इस्तीफ़ा देना पड़ा। और वह बुख़ारी साहब? वे मुझे फिर कभी बर्दाशत ही नहीं कर पाए। देश के बँटवारे के बाद वे रेडिओ पाकिस्तान के डायरेक्टर जनरल बने, लेकिन उन्होंने कभी मुझे रेडिओ के किसी कार्यक्रम में नहीं बुलाया। मेरा क्या गया मिर्ज़ा साहब। मेरी मौत के बाद उन्हें रेडिओ पाकिस्तान पर, मुझ पर आधे घंटे का कार्यक्रम करना पड़ा। उस वक़्त बुख़ारी साहब ही रेडिओ पाकिस्तान के सर्वे-सर्वा थे। मिर्ज़ा साहब, लोग ये भूल जाते हैं, आप बस एक सरकारी मुलाज़िम हैं,

चाहे जितने ऊँचे ओहदे पर क्यूँ न हो, कुर्सी के हटते ही कोई आपकी तरफ़ मुड़ कर भी नहीं देखता है।

डेढ़ साल दिल्ली में काट कर, मैं दुबारा बम्बई लौट गया। 'मुसव्विर' से फिर बुलावा आया था, ऊपर से बम्बई की ज़बरदस्त कशिश, मुझे तो लौटना ही था। वहाँ पैसा उड़ा करता था, बस पकड़ने की देर होती थी। मैं, कृष्ण चन्दर, राजिन्दर सिंह बेदी, उपेन्द्रनाथ अश्क़, इस्मत — हम सब सिर्फ़ पैसों के लिए फ़िल्मी दुनिया में जाकर भिड़ गए। बस अच्छा खा-पी कर ज़िन्दा रहने के लिए। जिससे कि मैं रोज़ जॉनी वॉकर पी सकूँ, जेब में कैवर्न सिगरेट का पैकेट रख सकूँ। फ़िल्म की कहानियाँ लिखने के साथ साहित्य का कोई संपर्क नहीं होता है। कृष्ण सीधा था, पहले-पहले वह यह सब समझ नहीं पाता था। सोचता था, सिनेमा के लिए कहानियाँ लिख कर वह कोई महत्वपूर्ण काम कर रहा है। एक बार हम दोनों सिनेमा के लिए 'बंजारा' नाम की एक कहानी लिख रहे थे। कहानी बेचने के लिए जगत टॉकीज़ के मालिक सेठ जगत नारायन के पास गए। कहानी सुन कर सेठ ने कहा, 'बहुत ख़ूब। मैं स्टोरी लूँगा। लेकिन मंटो साहब, आपने कारखाने के मैनेजर को बड़ा बुरा आदमी दिखाया है। उसे थोड़ा अच्छा नहीं बना सकते? कारखाने के वर्कर इस बात को अच्छी नज़र से नहीं देखेंगे। समझ रहे हैं न, मैं क्या कह रहा हूँ'।

— बिल्कुल। मैंने कहा। — कारखाने के मैनेजर को अच्छा बनाने में ज़्यादा वक़्त नहीं लगेगा, सेठजी।

— मतलब?

— बस थोड़ी देर काग़ज़-क़लम लेकर बैठना होगा, और क्या।

— सही बात। सेठ हँसने लगा।

कृष्ण मेरी तरफ़ मुँह खोले देखता रहा। वह कुछ कहना चाह रहा था, पर मैंने उसे रोक दिया।

— एक और बात कहूँ मंटो साहब?

— जी।

— मैनेजर की बीवी क्यूँ दिखाई है? उसे मैनेजर की बहन बना दीजिए।

— क्यूँ?

— उससे बड़ी आसानी होगी।

— क्या आसानी? कृष्ण ने लगभग गरज कर कहा।

— कृष्ण तुम चुप रहो। सेठ जी कहानी ख़रीद तो रहे हैं। वह जैसा चाहेंगे —

— सही बात। मेरे बारे में भी तो सोचोगे। सुनिए मंटो साहब, बहन की शादी न हुई हो। थोड़ा वैम्प टाईप बना दीजिए उसे। हीरो के साथ नख़रा करेगी। मामला जम जायेगा कि नहीं बताइए?

— इंशाअल्लाह। इससे अच्छा और कुछ नहीं हो सकता है सेठजी।

कृष्ण मेरी बातों पर विश्वास नहीं कर पा रहा था। मैं उसका वही जाना-पहचाना मंटो था, जो रेडिओ के नाटक का एक शब्द भी बदलने को तैयार न था? देखा, अविश्वास और घृणा से उसकी आँखें छलछला रही थीं।

सेठ के घर से निकलकते ही कृष्ण ने चीख़ना शुरू कर दिया। —तुम लेखक हो मंटो? ख़ुद को इस तरह बेच दिया है तुमने? और मैंने तुम पर विश्वास किया था।

—क्या मैंने तुम्हारे विश्वास को तोड़ दिया?

—अपने लिखे एक भी शब्द को बदलने के लिए कहने पर, तुम उसे छपने दोगे?

—नहीं।

—और सेठ जी की बात तुमने मान ली?

—मान ली कृष्ण भाई। सेठ के पास हम साहित्य के लिए नहीं गये थे। तुम क्या सोचते हो, इस कहानी का कोई साहित्यिक मूल्य है? यह कहानी हमने फ़िल्म के लिए सोची थी। जहाँ माँ बहन बन सकती है, बहन वैम्प बन सकती है, हीरो के साथ जो मर्ज़ी कर सकती है। उससे मेरा-तुम्हारा क्या आता-जाता है? सिनेमा की कहानियाँ तो पैसों के लिए लिखने आए हैं। साहित्य की बात यहाँ मत सोचो कृष्ण। मेरी बात समझे?

—हूँ।

—तो फिर कहानी बदली जा सकती है, है न?

कृष्ण ने सिर हिला दिया।

मिर्ज़ा साहब, मैं जानता था, किस चीज़ के लिए ज़िन्दगी देनी है, और किस बात के लिए नखरा करना है। फ़िल्मी दुनिया उन्हीं नखरों की दुनिया है। कितने लोग कहानियाँ लिख कर इन्तज़ार करते रहते हैं, कब उनकी कहानी पर फ़िल्म बनेगी। क्या आप इन्हें लेखक कहेंगे, मिर्ज़ा साहब? मैं काग़ज़-क़लम लेकर बैठे-बैठे सोचता रहता था, मैं जो लिखने जा रहा हूँ, दुनिया का कोई भी व्यक्ति इस कहानी पर फ़िल्म नहीं बना सकता है। साहित्य के सारे सत्य, उसके शब्द-वाक्य और अनुच्छेदों में छुपे रहते हैं, जिसे कोई भी तस्वीर प्रकाश नहीं कर सकती है; जिस तरह हम किसी भी तस्वीर को शब्द देकर समझा नहीं सकते। क्या बम्बई की फ़िल्मी दुनिया कभी मंटो, कृष्ण चंदर, इस्मत चुगतई की कहानियों को छू सकती थी? एक दिन बॉम्बे टॉकीज़ से ट्राम से लौटते-लौटते मैंने इस्मत को कहा था, 'इन दिनों मैं कृष्ण के लेखन में अक्सर दो चीज़ें ग़ौर कर रहा हूँ'।

—क्या?

—बलात्कार और इंद्रधनुष।

—एकदम सही कह रहे हैं मंटोभाई।

—सोच रहा हूँ, इसी नाम से कृष्ण को लेकर एक निबंध लिखूँगा। 'ज़िना बिलजबर और क़ौस ओ क़ज़ा'। लेकिन मैं यह समझ नहीं पा रहा हूँ कि उसके लेखन में बलात्कार और इंद्रधनुष का क्या संबंध है?

इस्मत कुछ देर चुप रहने के बाद बोली, 'धनक के इतने सारे रंग कितने ख़ूबसूरत लगते हैं। लेकिन तुम तो विषय को दूसरी तरह से सोच रहे हो, मंटोभाई'।

—हाँ। आग और ख़ून का रंग लाल है। मंगल ग्रह के साथ उस रंग का गहरा योग है इस्मत। और वही रंग बलात्कार और इंद्रधनुष में भी दिखता है।

—हो सकता है। तो फिर वह लेख लिख ही डालो।

—थोड़ा और सोचो इस्मत। ईसाई चित्रकला में लाल, ईश्वरीय प्रेम का प्रतीक है। यह रंग यीशु को क्रॉस पर चढ़ाने के साथ भी जुड़ा हुआ है। 'कुँवारी मेरी' भी यही रंग पहनती हैं। पवित्रता का रंग। कहते-कहते देखा, इस्मत का लिबास उस दिन पूरा सफ़ेद था।

इस्मत हँस पड़ी, कहा, 'लिख डालो मंटोभाई। लेकिन लेख के नाम में बिलजबर— 'ज़बरदस्ती' शब्द को मत रखना।

—लेकिन कृष्ण ऐतराज़ करेगा। बिलजबर है इसीलिए कृष्ण को बलात्कार से नफ़रत है।

—वह ऐतराज़ नहीं टिकेगा मंटोभाई।

—क्यूँ?

—कृष्ण कैसे जानेगा, उसकी नायिका वायलेंस पसन्द करती थी या नहीं।

हाँ, इस्मत ऐसी ही थी, बेपरवाह, नहीं तो वह 'लिहाफ़' जैसी कहानी नहीं लिख पाती।

मिर्ज़ा साहब, वह कहानी उर्दू साहित्य में एक विस्फोट थी; वह भी एक लड़की की क़लम से। इस्मत के साथ हुई पहली मुलाक़ात के दिन ही उस कहानी को लेकर चर्चा हुई थी। वह शायद 1942 के अगस्त की बात थी। क्लेयर रोड पर ऐडल्फ़ी चेम्बर्स में, 'मुसव्विर' के दफ़्तर में मैं काम कर रहा था। तब महात्मा गाँधी व और कांग्रेसी नेताओं को गिरफ़्तार किया गया था। पूरे शहर में हलचल थी। तभी एक दिन शहीद लतीफ़ अपनी बेग़म, इस्मत को लेकर आया। शहीद से मेरा परिचय अलीगढ़ युनिवर्सिटी में पढ़ने के दौरान हुआ था। ग़ौर किया इस्मत, एक ही साथ, लजीली और सीधा आँखों में देख कर बात कर सकने वाली लड़की थी। कुछ देर आज़ादी की लड़ाई को लेकर बात करने के बाद, हमारी कहानी-कविताओं को लेकर आलोचना शुरू हो गई।

मैंने इस्मत को कहा, 'आदाब-ए-लतीफ़' में आपकी लिहाफ़ कहानी पढ़ी थी'।

—तब आप दिल्ली में थे न?

—हाँ। बहुत अच्छी लगी। पर कहानी का आख़री वाक्य—अहमद नदीम क़ासमी की जगह अगर मैं संपादक होता तो काट देता।

—क्यूँ?

—आपने क्या लिखा था, याद है?

—हाँ।

—लिहाफ़ के एक इंच उठने के बाद मैंने जो देखा, वह कोई लाख रुपया देने पर भी नहीं बताऊँगी। वह लाईन ऐसी ही थी, है न?

—हाँ।

—क्या यह कहने की ज़रूरत थी?

—क्यूँ, मुश्किल क्या थी?

मैं और भी कुछ कहने जा रहा था, लेकिन इस्मत का चेहरा देख कर कुछ न कह सका।

जैसे मैंने ऐसा कुछ कह दिया हो, जो सुनना उसके लिए पाप हो। इस्मत ऐसी ही थी; अचानक ऐसा कुछ कह देती थी, मिर्ज़ा साहब, जिसे आप सह नहीं सकते, और अगले ही पल वह जैसे एक शर्मीली छुईमुई की बेल हो।

इस्मत की बातें तो जल्दी ख़त्म नहीं होने वाली हैं, भाईजान लोग। हैदराबाद से मुझे किसी ने लिखा था, 'क्या बात है, आपका अभी तक इस्मत चुगतई के साथ निक़ाह नहीं हुआ? अगर मंटो और इस्मत एक हो जाते, तो कितना अच्छा होता। बड़े अफ़्सोस की बात है मंटो साहब, इस्मत ने आपसे शादी न करके शाहिद लतीफ़ से शादी कर ली'।

तब हैदराबाद में प्रगतिशील लेखकों का एक सम्मेलन चल रहा था। वहाँ, सुना, बहुत सी लड़कियों ने इस्मत से पूछा था, आपने मंटो साहब से शादी क्यूँ नहीं की? यह सब कहाँ तक सच है, मैं नहीं जानता। वैसे इस्मत ने बम्बई लौट कर सफ़िया को बताया था कि हैदराबाद में एक लड़की ने उससे पूछा था, 'क्या मंटो साहब अविवाहित हैं?' 'जी नहीं', इस्मत का जवाब सुन कर वह मुरझा-सी गयी थी।

मिर्ज़ा साहब, बाद में इसके बारे में बहुत सोचा था। अगर सचमुच मेरा और इस्मत का निक़ाह हुआ होता, तो कैसा मामला होता? इस 'अगर' का मायने ढूँढ़ने में काफ़ी परेशान होना पड़ेगा। फ़र्ज़ करिए, इस सवाल का आप क्या जवाब देते, अगर क्लियोपेट्रा की नाक एक इंच के अट्ठाहरवें भाग का एक भाग बड़ी होती, तो नील नदी की हालत क्या होती? मंटो और इस्मत की शादी को लेकर सवाल भी ऐसा ही ऊटपटांग है। सिर्फ़ इतना ही कहा जा सकता है, यह शादी होने से उर्दू साहित्य के इतिहास में एक आणविक विस्फ़ोट हो जाता। हो सकता है निकाहनामा पर दोनों के हस्ताक्षर ही हमारा आख़री लिखना होता। और मैं कल्पना कर सकता था, उस शादी की मजलिस में इस्मत और मेरी क़ाज़ी साहब के साथ बातचीत को:

—क़ाज़ी साहब इनका माथा बहुत चौड़ा है, स्लेट की तरह लगती है न इस्मत?

—क्या कहा?

—कान का सर खा गयी हो क्या?

—मेरे कान ठीक हैं। तुम्हारे गले में क्या चूहा घुसा हुआ है?

—तौबा, तौबा, मैं तो कह रहा था क़ाज़ी साहब का माथा बिल्कुल स्लेट के जैसा है।

—वैसे है बहुत मुलायम।

—मुलायम किसे कहते हैं, तुम्हें क्या पता।

—नहीं, मैं नहीं जानती। जैसे कि तुम बहुत जानते हो।

—तुम जानती हो, तुम्हारा सिर।

—क़ाज़ी साहब का माथा बहुत सुन्दर है। तुम बहुत ज़्यादा बकबक कर रहे हो, मंटो।

—बकबक तो तुम ही कर रही हो।

—नहीं। मैं नहीं, तुम।

—तुम—तुम—बातों के अनार छुड़ा रही हो।

—अच्छा, देख रही हूँ, अभी से शौहर बन गये हो।

मैंने क़ाज़ी साहब की तरफ़ देख कर चीख़ कर कहा, 'इस लड़की से मैं कतई निक़ाह नहीं करूँगा। अगर आपकी बेटी का माथा आपकी तरह है तो मेरा निक़ाह उसके साथ पढ़वा दीजिए।

इस्मत भी चिल्लाई, 'मैं भी इस आदमी के साथ निक़ाह नहीं करूँगी, क़ाज़ी साहब। अगर आपने अब तक चार बीवियाँ नहीं की हैं तो मुझसे निक़ाह कर लीजिए। मैं आपको पसन्द करती हूँ, क़ाज़ी साहब'।

बम्बई की ज़िन्दगी ऐसे ही किसी क़िस्से की तरह है, जहाँ सच-झूठ मिल कर एक हो जाते हैं। मेरे पाकिस्तान चले जाने के बाद, इस्मत ने मेरे एक भी ख़त का जवाब नहीं दिया, उस ख़ामोशी में क्या कोई भी सच नहीं छुपा हुआ था, मिर्ज़ा साहब? इस्मत ने एक बार मेरा हाथ पकड़ कर कहा था, 'मंटोभाई, ज़िन्दगी में कोई भी बात तुम मुँह खोल कर कह नहीं पाए?' मिर्ज़ा साहब, मैंने इस्मत को आपका शेर सुनाया था :

आ ही जाता है वह राह पर ग़ालिब,
कोई दिन और भी जिए होते ।

शायद अब आप मुझे अपनी कोई कहानी पढ़ने के लिए न दें। क्यूँकि आपको इसकी दरकार नहीं। आपके जीवन में अब बहुत सक्षम लोग हैं। संजीव जी, सुशील जी। पर उनकी समझ और मेरी समझ बिल्कुल अलग स्तर पर हैं। मैं उन दोनों का बहुत-बहुत सम्मान करती हूँ। वे लोग सामाजिक ढाँचे से बँधे, सामाजिक व्यवस्था के अनुसार जीवन बिताने वाले, व्यक्तिगत अनुभवों के कमी वाले वह लेखक हैं, जिनके लिए साहित्य का सृजन कठिन परिश्रम से प्राप्त एक दु:साध्य प्राप्ति है। हाँ कठिन परिश्रम किसी भी कार्य के लिए अनिवार्य है।

31

ख़राबी दिल की इस हद है के यह समझा नहीं जाता,
के आबादी भी यहाँ थी या के वीराना था मुद्दत का ।

उस दिन मेरे शैतान के कमरे में जुए की महफ़िल काफ़ी जम चुकी थी। हम चौसर खेलते थे। कई सारे रईस व्यवसाई आए हुए थे। मंटोभाई, उस दिन मेरी किस्मत बहुत अच्छी थी। मैं कई बाज़ियाँ जीत चुका था। दिल में मीर साहब का एक शेर भंवरे की तरह गुंजन कर रहा था:

इश्क़ माशूक़, इश्क़ आशिक़ है
यानी अपना ही मुब्तला है इश्क़ ।

उसी वक़्त कल्लू ने आकर ख़बर दी की घर के सामने एक पाल्की आकर रुकी है। पाल्की में कुछ औरतें हैं। मैंने उसे धमकाते हुए कहा, 'तो मुझे क्यूँ बताने आया है? बेग़म साहिबा के पास आयी होंगी। महलसरा में ले जाओ'।

कल्लू के जाने के कुछ पलों में ही दो-चार बुर्क़ेदार औरतें कोठरी के अन्दर आ गईं। हम सब हैरान रह गए। कौन थीं वे? संग-संग सबने अपने बुर्क़े उतार दिए। देखा, कोतवाल फ़ैज़ुल हसन और उसके सिपाही थे। फ़ैज़ुल हसन ने गरज कर कहा, 'हथकड़ी लगाओ सबको'।

मैंने शान्त रहते हुए कहा, 'बैठिए कोतवाल साहब। मैं मिर्ज़ा ग़ालिब हूँ। मुझे तो आप पहचानते हैं। ये मेरे दोस्त, शाहजहानाबाद के ईमानदार लोग हैं'।

—इसलिए जुआ खेलते हैं?

मैंने हँस कर कहा, 'जुआ कहाँ? चौसर खेलना क्या जुर्म है?'

—मैं जानता हूँ मिर्ज़ा, चौसर की आड़ में जुआ चल रहा है। एक बार पहले भी आपको

गिरफ़्तार किया गया था। पहले तो आप थाने चलिए।

मलिक राम ने फ़ैज़ुल हसन का हाथ पकड़ कर कहा, 'मिर्ज़ा जैसे शायर जुआ खेलेंगे, आपको इस पर यकीन है?'

फ़ैज़ुल हसन ज़ोरों से हँसने लगा, 'मिर्ज़ा जुआ नहीं खेलते हैं, आपने सोचा इस बात पर कोई यकीन करेगा'।

—खेलता तो हूँ कोतवाल साहब। मैं हँस दिया।

—लीजिए, अपने कानों से ही सुन लीजिए।

—लेकिन ज़िन्दगी के साथ।

—मिर्ज़ा, बड़ी-बड़ी बातें करके आप पार नहीं पा सकते। उसके बाद फ़ैज़ुल हसन ने सिपाहियों की तरफ़ देख कर कहा, 'सबको हथकड़ी लगाओ'।

अब मेरे भीतर आग लग गई। मैंने दाँत भींच कर कहा, 'साहब लोग मेरे दोस्त हैं, याद रखियेगा कोतवाल साहब'।

—वह सब बातें अदालत में कहियेगा।

मंटोभाई, मुझे यकीन नहीं हो रहा था। हमें सचमुच हथकड़ियाँ पहना शाहजाहानाबाद की सड़कों से थाना ले जाया गया। इस ज़िन्दगी में क्या यह बेइज़्ज़ती भी हासिल थी? मेरे साथ जिन लोगों को गिरफ़्तार किया गया, कोई पैसे देकर तो कोई ज़मानत लेकर छूट गया। मुझे सारी रात हाजत में गुज़ारनी पड़ी।

ख़बर पा कर अगले दिन शईफ़्ता साहब मुझसे जेल में मिलने आए। उन्होंने मेरे दोनों हाथों को कस कर पकड़ कर कहा, 'फ़िक्र मत कीजिए मिर्ज़ा साहब। मैं आपको ज़रूर छुड़ा कर ले जाऊँगा'।

—कैसे?

—देखता हूँ, क्या कर सकता हूँ। मैं पूरी कोशिश करुंगा।

शईफ़्ता साहब की कोई भी कोशिशें काम नहीं आईं। मुझे अदालत ले जाया गया।

कोतवाल फ़ैज़ुल हसन मेरे ऊपर क्यूँ इतने नाराज़ थे, मुझे समझ नहीं आया। नये मैजिस्ट्रेट साहब मेरे बारे में नावाक़िफ़ थे। मैजिस्ट्रेट तो कोतवाल से ऊपर होते हैं, फिर भी फ़ैसले के वक़्त उनका रुख़ ऐसा था कि कोतवाल का कहना ही आख़री बात थी। सेशन जज मेरे दोस्त थे, मेरे साथ खुल कर मिलते थे, इस बार वे भी मुझे नहीं पहचान रहे थे। फ़ैसला सुनाया गया, दो सौ रुपये जुर्माना और साथ में छः महीने की बामशक्कत क़ैद। जुर्माना न देने पर क़ैदख़ाने में रहने की मियाद बढ़ जायेगी। दो सौ के ऊपर पचास रुपये और देने पर, जेल में मुझे काम नहीं करना पड़ेगा। दिल्ली के अख़बारों में इसको लेकर बहुत कुछ लिख गया। शईफ़्ता साहब ने ऊँची अदालत में सज़ा पर दुबारा ग़ौर करने के लिए दरख़्वास्त की। लेकिन वहाँ भी यही फ़ैसला बहाल किया गया। शईफ़्ता साहब से सुना, इस फ़ैसले से शाहजहानाबाद में काफ़ी खलबली मच गयी थी। अख़बारों में लिखा गया, मेरे जैसे इज़्ज़तदार और ज़हीन इंसान को इतने ग़ैरमामूली अपराध के लिए सज़ा देना ठीक नहीं था। सबसे बड़ी बात थी कि बादशाह बहादुरशाह, जो कि मुझे पसन्द नहीं करते थे, ने साहबों को ख़त लिख कर गुज़ारिश की थी कि मुझे छोड़ दिया जाये। उनकी सिफ़ारिश को भी ख़ारिज कर दिया गया, मंटोभाई।

मैं मन ही मन ख़ुद को तैयार करने लगा। सालो-साल अपने घर में भी तो मैं बंदी हो कर रहा था, क़ैदख़ाने में ऐसी कौन सी नयी सज़ा पानी थी मुझे? दूसरी तरफ़ मेरा दिल टूट रहा था। मुझे जेल जाना होगा सुन कर कैसे मेरे जिगरी दोस्त भी मुझसे दूर हो गये? क्यूँ नहीं होते? आख़िरकार मीर साहब को भी तो उनके अपने ख़ानदान के लोगों ने ही अँधेरी कोठरी में बन्द कर रखा था। सबसे ज़्यादा हैरान मैं नवाब अमीनुद्दीन के रवैये से हुआ था। कितनी दोस्ती थी उनके साथ। और उन्होंने मुझे बिल्कुल नकार दिया। उनके भाई ज़ियाउद्दीन भी हट गए।

रोने से ऐ नदीम मलामत न कर मुझे,
आख़िर कभी तो उक्दा-ए-दिल वा करे कोई ।

ऐसे वक़्त पर मेरा हाथ सिर्फ़ शईफ़्ता साहब ने थामा। फ़रिश्ते की तरह वे मेरे साथ खड़े रहे। मामले का ख़र्च, जुर्माने के पैसे सब उन्होंने ही दिए। वे मुझसे मिलने लगभग रोज़ ही क़ैदख़ाने में आया करते थे।

एक दिन मैंने उनसे पूछा, 'आप तो हज कर आए हैं। अब शराब भी नहीं पीते हैं। फिर मुझ जैसे काफ़िर के पास क्यूँ आते हैं?'

—तौबा, तौबा। यह क्या कह रहे हैं, मिर्ज़ा साहब?

—सब तो मुझे छोड़ चुके हैं। आप अब भी क्यूँ आते हैं?

—मिर्ज़ा साहब, आप कितने शरीफ़ हैं, कितना शरियत की राह पर चलते हैं, मैंने इन सबको लेकर कभी नहीं सोचा। आप मेरे लिए वह शायर हैं, जिसे मैं अमीर खुसरो के साथ बिठा सकता हूँ। मियाँ तानसेन के सुर और आपकी ग़ज़लें, मेरे आगे एक हो जाती हैं।

—यह आप क्या कह रहे हैं? मियाँ तानसेन तो ख़ुदा का नूर थे। उनके सामने मैं हूँ ही क्या? आपको याद है, जब मियाँ ने मल्हार गाकर बारिश को उतारा था? रात में, अपने शैतान के कमरे में लेटा-लेटा मैं वह मंज़र देखा करता था। कबके गए वह दिन! क्या फिर कभी दुनिया में लौट कर आयेंगे?

—आते तो हैं।

—कैसे?

—वह जो आपका शेर है—

है ख़बर गर्म उनके आने की,
आज ही घर में बोरिया न हुआ ।

मैं देख सकता हूँ, मिर्ज़ा साहब, ख़बर गर्म है कि अल मुसव्विर आ रहे हैं। और फिर देखता हूँ, आज ही मेरे घर पर एक भी दरी नहीं है।

—मुझे इस तरह शर्मिंदा मत कीजिए शईफ़्ता साहब।

—आप शराब पीते हैं, जुआ खेलते हैं, क्या ये हम नहीं जानते हैं, मिर्ज़ा साहब! आप क़ैदख़ाने में बन्द हैं क्या इसलिए आपसे दूर हो जाऊँगा? आप शायर हैं—अब भी आप लफ़्ज़ों के साथ जो मर्ज़ी वह कर सकते हैं—मेरे लिए इससे बड़ी बात और कुछ नहीं।

मैं हँस कर कहता हूँ, 'आप हज करके आए हैं। शरियत लोग आपकी ये सब बातें सुन कर, पत्थर मार कर आपका ख़ून कर देंगे'।

—मैं उन लोगों से कहूँगा, मुहम्मद मिराज में गये थे। जन्नत और जहन्नुम दोनों ही देख कर आए हैं। भाई लोग, तुम सब उनके पीछे-पीछे जाओ।

—इन लोगों को ले जाने के लिए आपको ही इनकी रहनुमाई करनी होगी शईफ़्ता साहब।

—वही सही। अल्लाह की राह पर तो चलूँगा।

रबिशंकर बल

मंटोभाई, मैंने देखा, दुनिया जो एक जेलख़ाना है, उससे यह क़ैदख़ाना ज़्यादा बुरा नहीं था। मैं चोर, डकैत, ख़ूनी, पागल — कितनी तरह के लोगों के साथ मिला। उनके कितने क़िस्से थे, कितनी तरह के कहने का अन्दाज़ था। गोरे साहबों के घर, पियानो-वायलिन पर कितनी तरह के सुरों का उतार-चढ़ाव सुना था, क़ैदख़ाने का जीवन ठीक उसी तरह का था। हाँ, हाँ याद आ रहा है, हारमनी — फ्रेज़र साहब के मुँह से ही पहली बार यह शब्द सुना था — वही हारमनी जेलख़ाने में आकर सुन पाया था। तब जेलख़ाने में बैठ कर 'हब्शिया' नाम की एक नज़्म लिखी थी।

यहाँ क़ैद में, शायरी की वीणा पर उठाता हूँ झंकार,
हृदय के दुख के स्रोत से सुर होता है तैयार
ख़ून से छान कर लाता हूँ गीत — क़ैदी हूँ मैं
खोल देता हूँ अदृश्य खिड़की,
बना लेता हूँ पंछियों का सराय।
कितना काम दोगे, दो,
तुम्हारे इस बंदितत्व का उपहार,
क्या ज़ंजीरों से बाँध सकोगे कंठस्वर
जब विलाप हो उठेगा आबशार?
पुराने दोस्त, मत आओ यहाँ,
मत खड़काना,कभी मेरे दरवाज़े
मैं नहीं होऊँगा पहले सा सहज।
अब मेरे संगी हैं चोर,
मुझे ही ख़ुदावंद मान लेते हैं,
मैं कहता हूँ, 'बाहर मत जाना भाई,
वफ़ादारी नहीं है वहाँ ज़रा भी'।
वे आते हैं, जेल के रक्षक और प्रहरी
क्यूँकि मैं जो आया हूँ।
खोल देते हैं दरवाज़े।
जानते हैं, मैं ही आया हूँ।
जेल की कोठरी के दोस्तों, जश्न करो,
मैं आ गया हूँ।
शायर के लफ़्ज़ों में तुम ढूँढ़ पाओगे घर,
देखो, मैं ही आया हूँ।
दोस्तों ने फेर लिया है मुँह,
नाते-रिश्तेदार हो गये हैं दूर,
ओ, अनजाने इंसान, बंदी हृदय,
तुम्हारी ओर ही बढ़ाया है हाथ।

भाईजान लोग, मैं तीन महीने तक क़ैद में रहा, वहाँ सबों के साथ मेरा प्यार-मुहब्बत का रिश्ता बन गया। कितने लोग मेरे पास आकर शेर सुनना चाहते थे। जेलख़ाने में जाकर समझा, तक़रीबन सभी ग़ज़लें सुनना पसन्द करते हैं, लेकिन उन्हें ऐसे-ऐसे कामों में घिरे रहना पड़ता है कि सुनने का वक़्त ही नहीं मिलता है। शाम के बाद जेलख़ाने में सब मुझे घेर कर बैठ जाते थे; जैसे कि मुशायरा हो रहा हो। शेर पढ़ने वाला आदमी तो एक बस मैं ही था। एक दिन एक नया शेर तैयार कर उन लोगों को सुनाया:

दाइम-उल-हब्स उसमें है लाखों तमन्नाएँ, 'असद'
जानते हैं सीना-ए-पुर-ख़ूँ को ज़िन्दाँ-ख़ाना हम ।

—मियाँ—। एक महीन-सी आवाज़ तैरती हुई आई। देखा, अक़्सर जो आदमी कम्बल ओढ़े सोया पड़ा रहता था, उठ कर बैठ गया है।

एक ने कहा।—इक़बाल भाई, नींद टूट गयी है क्या?

—भाईजान लोग, नींद कहाँ? कम्बल के अन्दर अँधेरे में लेटा रहता हूँ, फिर भी नहीं आती है।

लेकिन मियाँ—वह मेरी ओर देख कर कहता है—आप क़ैद में हैं इसलिए क्या आपके दिल को भी क़ैदख़ाना हो जाना चाहिए?

भाईजान लोग, इक़बाल के जेल आने का क़िस्सा भी अजीब था। शादी के बाद बहुत दिनों तक उसकी कोई औलाद नहीं हुई थी। अचानक एक बार उसकी बीवी पेट से हो गई। इक़बाल के बेटा पैदा हुआ। बेटा पैदा होने के दो साल बाद इक़बाल को पता लगा कि वह नहीं बल्कि उसके ख़ानदान का कोई और उसके बेटे का बाप था। इक़बाल ने उस लड़के की हत्या कर दी और उसे दफ़्ना कर घर आ गया। उस दिन के बाद से वह फिर सो नहीं पाया। फिर एक दिन वह ख़ुद ही थाने में जाकर हाज़िर हो गया। सारी बात क़ुबूल कर इस तरह वह जेल में आ गया।

उस दिन, पहली बार मैंने इक़बाल का चेहरा देखा था। जैसे धरती पर गिरा कोई फूल हो, जिसकी चंद सूखी पपड़ियाँ अभी भी बची हुई थीं। उसने अचानक बोलना शुरू किया:

भला गर्दिश फ़लक की चैन देती है किसे, इंशा
ग़नीमत है के हमसूरत यहाँ दो चार बैठे हैं ।

अहा, कितने दिनों के बाद इंशा अल्लाह ख़ाँ इंशा का शेर सुना। अवध में कहाँ इंशा जैसा कोई दूसरा शायर था? इन लफ़्ज़ों पर ज़रा ग़ौर कीजियेगा, मंटोभाई, समय का भंवर किसी को नहीं बख़्शता, बाख़ुदा, कुछ दोस्त कम-से-कम अभी भी बैठ कर बात कर रहे हैं। इससे ज़्यादा और क्या मिल सकता है ज़िन्दगी में?

मैंने कहा, 'इक़बाल भाई, मैंने ऐसे ही दो-चार दोस्तों पर एतबार किया था। लेकिन मेरे जेल में जाने की ख़बर सुन कर वे सब दूर हो गये'।

—क्यूँ एतबार किया था? क्या ख़ुदा को छोड़ कर किसी और पर एतबार किया जा सकता है?

तो फिर एक क़िस्सा सुनिए मियाँ।

संग-संग मुझे कल्लू की याद आ गई। सब शोर मचाने लगे, 'सुनाओ इक़बाल-आज मशहूर क़िस्सों की रात है'। और इक हँसी की लहर दौड़ गई।

—सिकंदर की ज़िन्दगी में एक बड़ी राज़ बात थी। वह बात सिकंदर किसी को नहीं बताते थे।

—सिकंदर? सब एक साथ चीख़ उठे, 'क्या बात है इक़बाल भाई'।

कोई कहने लगा, 'क़ैदख़ाने में सिकंदर का क़िस्सा। लाजवाब इक़बाल मियाँ'।

मैंने हँस कर कहा, 'सिकंदर को छोड़ कर और कोई क़ैदख़ाने में आ सकता है भला?

—बहुत ख़ूब।

—वह राज़ की बात क्या थी, इक़बाल भाई? मैंने पूछा।

—सिकंदर के कान हाथी के कान की तरह बड़े थे। इस बात को कोई नहीं जानता था। लोग देख कर हँसेगे इसलिए वे बड़ी-सी टोपी पहन अपने कानों को ढक कर रखते थे। सिर्फ़ उनका एक बूढ़ा नाई इसके बारे में जानता था। एक बार नाई इतना बीमार पड़ गया कि उसके अन्दर और काम करने की ताक़त नहीं बची। लेकिन सम्राट के लिए उसे ऐसा आदमी खोज कर देना था, जो कभी इस राज़ को किसी के सामने न खोले। सम्राट के दरबार में बिलाल नाम का एक लड़का काम करता था। बूढ़ा नाई उसे जानता था; उसने बिलाल को चुन लिया। पहले सिकंदर राज़ी नहीं हो रहे थे, लेकिन बाद में बिलाल को नाई के काम पर रख लिया।

—उसके बाद? सबने इक़बाल को घेर लिया।

—पहली बार सिकंदर के बाल काटते वक़्त बिलाल के बेहोश हो जाने वाली हालत हो गई।

इंसानों के इतने बड़े कान? डर और हैरानी से उसके हाथ से कैंची गिर पड़ी। सिकंदर समझ गये, उन्होंने गम्भीर आवाज़ में कहा, 'जो देखा है, उसे अपने तक ही रखो। याद रखना, यह बात किसी और को पता चलते पर तुम्हारी जीभ खींच लूँगा, और गर्दन तो जायेगी ही'। यह बात सुन कर बिलाल डर से काँटा हो गया। वह हर वक़्त अपने कटे हुए सिर को इधर-उधर लुढ़कते देखता। डर से किसी के साथ बात करना भी बन्द कर दिया उसने। अगर कभी सम्राट के कानों वाली बात मुँह से निकल गयी तो! साथ ही वह यह भी समझ रहा था कि यह बात किसी से कहे बग़ैर उसे चैन नहीं मिलेगा। यह राज़ की बात उसके दिमाग़ से निकलने के बाद ही उसे मुक्ति मिलेगी। उसे पता था, किसी पहचान वाले को बताने से बात सारे शहर में फैल जायेगी, और संग-संग उसका सर धड़ से अलग हो सड़क पर इधर से उधर लुढ़कता रहेगा।

—तो बिलाल ने क्या किया?

—एक दिन छुप कर महल से निकल कर वह थोड़ी दूर एक जंगल में गया। वहाँ एक तालाब था। चरवाहे उस तालाब में अपनी भेड़-बकरियों को पानी पिलाने लाते थे, और तालाब के किनारे ख़ुद भी आराम कर लेते थे। उस दिन बिलाल ने किसी को भी आस-पास न देख कर तालाब की ओर मुख़ातिब हो कर कहा, 'अरे बाप रे, सम्राट सिकंदर के कितने

बड़े-बड़े कान हैं'। बात को कह लेने के बाद बिलाल को बहुत हल्का महसूस हुआ, जैसे सीने पर रखा कोई पत्थर हट गया हो।

एक चिल्ला उठा—गप्प, गप्प, बिल्कुल गप्पबाज़ी है यह।

—बेवकूफ़! इक़बाल ने कहा, 'गप्प छोड़ कर कब कोई क़िस्सा पैदा हुआ है? इंसान की ज़िन्दगी ही गप्पों से भरी हुई है, और क़िस्से—वह तो लोगों के ही तैयार किए हुए हैं।

—इस साले हरामख़ोर की बात न सुन कर क़िस्सा सुनाओ इक़बाल भाई।

—कई महीने बीत गए। तब तक बिलाल का डर ख़त्म हो चुका था; सिकंदर भी अपने नये नाई से ख़ुश थे। लेकिन इस बीच एक अनोखी घटना घटी। जंगल के उस तालाब में नरकुट पैदा हो गए। एक दिन एक चरवाहे ने एक नरकुट को तोड़ कर उसमें छेद किया और उसे बाँसुरी की तरह बजाने लगा। बाँसुरी की आवाज़ सुन कर उसकी आँखें फटी रह गईं, कान खड़े हो गए। बाँसुरी की आवाज़ के बीच कोई दूसरी आवाज़ आ रही थी, 'अरे बाप रे, सम्राट सिकंदर के कितने बड़े-बड़े कान हैं'।

—उसके बाद?

—एक दिन उस जंगल से गुज़रते हुए सम्राट सिकंदर ने भी उस बाँसुरी की आवाज़ सुनी।

आवाज़ का पीछा करते-करते वे चरवाहों के डेरे में पहुंच गए। जो चरवाहा बाँसुरी बजा रहा था, उसे गिरफ़्तार कर दरबार में लाया गया। पूछताछ करने पर चरवाहे ने सारी बात बता दी। 'असंभव', सम्राट गरज उठे। सिकंदर ने बिलाल को बुलवाया। बिलाल ने डर से काँपते-काँपते कहा, 'हुज़ूर, मैंने तो कान की बात किसी को नहीं बताई। सिर्फ़ तालाब को कहा था'।

—तालाब को? सम्राट की त्योरियाँ चढ़ गईं।

—हुज़ूर, मैं इस राज़ को अपने अन्दर नहीं रख पा रहा था। और किसी को तो बताया नहीं जा सकता था, इसलिए तालाब को कह दिया'।

—उसके बाद?

—उसके बाद सिकंदर ने उस तालाब से एक और नरकुट लाने को कहा। चरवाहे ने उस नरकुट से बाँसुरी बनाई। उस बाँसुरी से भी वही आवाज़ आने लगी, 'अरे बाप रे, सम्राट सिकंदर के कितने बड़े-बड़े कान हैं'। सुन कर सिकंदर बहुत देर तक ख़ामोश बैठे रहे। इसके बाद उन्होंने सिपाहियों से कहा, 'चरवाहे को छोड़ दो'। और बिलाल की तरफ़ देख कर हताश गले से कहा, 'चाहो तो तुम अभी भी मेरे नाई रह सकते हो'।

—उसके बाद?

—सिकंदर ने शहर के सबसे मशहूर सुलेखकार को बुलवाया। उसने सोने की स्याही से कुछ लिख कर दिया; जिसे सिकंदर ने अपने सोने के कमरे में जड़वा दिया, ताकि वे रोज़ सुबह नींद से उठ कर उसे देख सकें।

—वह क्या बात थी?

—अपने आपको छोड़ कर किसी और पर विश्वास मत करो। यहाँ तक कि तालाब भी दग़ा दे सकता है।

सब हँसी से फट पड़े।

इक़बाल ने मेरी तरफ़ देख कर कहा, 'क्या समझें मियाँ?

—जो तुम कहना चाह रहे हो, वह मैं समझ गया हूँ। वैसे इस क़िस्से के अन्दर एक बात और छुपी हुई है।

—क्या मियाँ?

—बादशाह तक का भी कुछ छुपा नहीं रहता है। ख़ुदा एक दिन सबका पर्दाफ़ाश कर देते हैं। सारी ताक़तें इसी तरह एक दिन मज़ाहिया वाक़या हो जाती हैं, है न इक़बाल भाई?

—जी। मैंने कभी इस तरह से सोचा नहीं था।

—सब अपनी मर्ज़ी के माफ़िक ही सोचते हैं। तभी तो दुनिया का खेल टिका रहता है।

ख़ुदा के करम से मैंने क़ैदख़ाने को भी एक समय खेलघर बना लिया था, मंटोभाई। और क़ैदख़ाने से निकलने के बाद, पहली बार मेरी किस्मत मेरी ओर देख कर मुस्कुराई। वह भी सिर्फ़ चंद सालों के लिए। यह भी तो ज़िन्दगी की ही देन थी। इस दान का मतलब तो समझते हैं न, मंटोभाई? ख़ुदा ने जो कुछ अपनी मर्ज़ी से दिया, और जुए की बाज़ियाँ चल कर मैंने जो कुछ भी छीना। बस, आईने में आने वाली मौत की परछाई उभरी आयी थी।

32

ये न थी हमारी किस्मत के विसाले यार होता,
अगर और जीते रहते यही इन्तज़ार होता ।

मिर्ज़ा साहब, इस दोज़ख़ में, आज मैं आप लोगों के सामने कुबूल करता हूँ कि मैं इस्मत को चाहता था। पर कभी उसे यह कहने की ज़रूरत नहीं पड़ी, क्यूँकि ये हम दोनों ही जानते थे। इस्मत के साथ शादीशुदा ज़िन्दगी गुज़ारने की बात मैंने कभी नहीं सोची; शादी एक औरत और मर्द के रिश्ते को बस कुछ आदतों का शिकार बना देती है, और उसके बाद वह रिश्ता बेरंग होते-होते धूसर हो जाता है। इस्मत को मैं एक तस्वीर महल की तरह देखता था; उस महल में घूमते-घूमते आँखों के आगे कितनी नयी-नयी तस्वीरें उभर जाती थीं, कितने मंज़र पैदा होते थे। इस्मत बहुत ख़ूबसूरत नहीं थी, पर वह एक ही साथ कोमल और तेज़, दोनों थी। चश्मे के काँच के पार उसकी दोनों आँखें जैसे हर वक़्त हैरान होने के इन्तज़ार में मुखर रहती थीं। उसके गालों में जब गड्ढे पड़ते थे तो सचमुच नज़रें नहीं हटती थीं। और मुझे उसका आईसक्रीम खाना देखने में बड़ा मज़ा आता था। आईसक्रीम मिलते ही वह बिल्कुल बच्ची हो जाती थी।

उसे मेरी आँखें देख कर मोरपंख की याद आती थी। एक दिन मैंने उससे पूछा, 'तुम्हें ऐसा क्यूँ लगता है?'

—पता नहीं। लगता है।

—तुम्हें अफ़्साने लिखते-लिखते बातें बनाने की अच्छी आदत पड़ गयी है।

—मैं झूठ नहीं बोलती मंटोभाई।

—क्यूँ नहीं बोलतीं? झूठ के बिना ज़िन्दगी में कोई रंग रहता है?

—तुम तो बोलते हो। वहीं से रंग चुरा लेती हूँ?

—माशाअल्लाह।

—और एक बात सुनो मंटोभाई। तुम्हारी आँखों की ओर देख कर मेरे हार्ट की बीट मिस हो जाती है।

—अरे ग़ज़ब। सफ़िया को बोलना होगा। उसके साथ कभी ऐसा हुआ हो, मैंने तो नहीं सुना।

—अपनी तारीफ़ सुनना बहुत अच्छा लगता है न?

—किसे नहीं लगता है?

—तुम्हें सबसे ज़्यादा लगता है। तुम्हारे जैसा नार्सिसस मैंने नहीं देखा।

हमारा रिश्ता जैसे एक खेल की तरह गढ़ उठा था। बात-बात पर जिरह छिड़ जाती।

इस्मत किसी बात पर किसी को छोड़ देने वाली इंसान नहीं थी। मेरा काम था उसे ग़ुस्सा दिलाना। ग़ुस्सैल इस्मत की ख़ूबसूरती कितनी आदिम थी, क्या मुझ जैसा कोई ये नहीं जानता मिर्ज़ा साहब। किसी-किसी दिन हमारा झगड़ा ऐसे मक़ाम पर जा पहुँचता, लगता, इसके बाद हमारा मिलना कभी नहीं होगा। एक बार किसी झगड़े के दौरान मैंने अचानक कह दिया, 'तुम अगर लड़की न होतीं तो मैं ऐसी बात कहता कि तुम कुछ और बोलने की मुराद नहीं रखतीं'।

—कह दो जो मन में आए। मुझपे रियायत करने की ज़रूरत नहीं। इस्मत ने संजीदा आवाज़ में कहा।

—ऐसा? तुम अगर लड़का होतीं तो—

—और ज़्यादा बोलने की ज़रूरत नहीं। गाली ही दोगे न मुझे? और क्या करोगे?

—शर्मा जाओगी तुम इस्मत।

—बिल्कुल भी नहीं।

—तो तुम लड़की नहीं हो। मैंने उत्तेजित हो कर कहा।

—क्यूँ? शर्म महसूस न होने पर भी, क्यूँकि मैं लड़की हूँ इसलिए मुझे शर्मा कर दिखाना होगा? मंटोभाई, तो तुम भी इसी तरह औरत और मर्द को अलग-अलग करके देखते हो? मैंने सोचा था, तुम आम लोगों से अलग हो।

ऐसी बातें करते वक़्त इस्मत की जीभ बिल्कुल छुरी की धार की तरह हो जाती थी।

मैंने लड़खड़ाती ज़बान में कहा, 'बिल्कुल भी नहीं...मैं कभी औरत और मर्द को अलग करके नहीं देखता'।

—तो फिर अपनी बात क्यूँ नहीं कह रहे हो?

मैं चुप ही रहा। इस्मत मुझे बच्चों की तरह छेड़ने लगी, 'बोलो मंटोभाई, बोलो, सुनूँ तुम्हारी बात'। मैं हँस पड़ा, 'नहीं इस्मत, अब मेरा ग़ुस्सा ठण्डा हो गया है'।

इसी तरह मुझे इस्मत के आगे हार जाना पड़ता था। बिल्कुल अकेले अपने आप ही इस्मत ने अपनी दुनिया तैयार की थी। उसके पिता क़ासिम बेग चुग़ताई मैजिस्ट्रेट थे; बदली होने की वजह से उन्हें अलग-अलग जगहों पर रहना पड़ा। जब अलीगढ़ में इस्मत नौवीं कक्षा में पढ़ रही थी, उसके पिता की बदली साम्भर, राजस्थान में हो गई। इस्मत हॉस्टल में रह कर पढ़ना चाहती थी; पर उसके माता-पिता तैयार नहीं हुए। साम्भर आकर इस्मत की साँस घुटने की हालत बन गई। वहाँ पढ़ने-लिखने की कोई सुविधा नहीं थी। एक दिन सवेरे नाश्ते के बाद उसके पिता अख़बार पढ़ रहे थे; उसकी माँ पास एक चौकी पर बैठ कर सुपारी काट रहीं थीं। इस्मत कमरे में आकर अपनी माँ के पास बैठ गई। उसने बड़े ही ठण्डे लहजे में कहा कि वह पढ़ने के लिए अलीगढ़ जाना चाहती है। माँ ने आँखें तरेर कर इस्मत की ओर देखा। क़ासिम बेग चुग़ताई ने देखा, उनकी बेटी सीधा उनकी आँखों में देख रही है। उनकी किसी औलाद ने कभी इस तरह उनकी आँख से आँखें नहीं मिलाई थी।

इस्मत ने फिर साफ़-साफ़ कहा, 'मैं अलीगढ़ पढ़ने जाऊँगी'।

—यहाँ बड़े अब्बा से पढ़ तो रही हो।

—मुझे मैट्रिक का इम्तहान देना है।

—क्यूँ? जुगनू की और दो साल की पढ़ाई बाक़ी है। उसके बाद ही तुम दोनों की शादी हो जायेगी।

—मैं मैट्रिक का इम्तहान दूँगी।

—कोई ज़रूरत नहीं है।

—तो फिर मैं भाग जाऊँगी।

—भाग जाओगी? कहाँ?

—जहाँ मर्ज़ी।

इस्मत की माँ बहुत नाराज़ हो गईं। लेकिन क़ासिम बेग चुग़ताई बात समझ गए।

उन्होंने इस्मत को अलीगढ़ भेज दिया। इस्मत की ज़िन्दगी की वह पहली जीत थी। अपनी दूसरी बहनों की तरह उसने बचपन में गुड़ियों से नहीं खेला था, वह लड़कों के साथ हाथापाई किया करती थी; इस्मत को ये कतई मंज़ूर न था कि उसकी बहनों की तरह, उसकी भी बीस साल के अन्दर ही शादी हो जाये।

इस्मत के साथ छ: सालों तक मेरा रिश्ता जैसे पानी के रंगों से बनाई तस्वीर की तरह रहा। वह तस्वीर किस तरह बननी शुरू हुई और कब ख़त्म हुई, कुछ भी अब याद नहीं। ऊपर से शराब पीते-पीते, समझ ही सकते हैं भाईजान लोग, मेरे दिमाग़ की हालत बहुत ख़राब हो चुकी थी, क्या पहले है, क्या बाद में, मैं कुछ हिसाब नहीं रख पाता था। एक मज़ेदार रात की बात याद आ रही है। शाहिद और इस्मत तब मलाड में रहते थे। एक दिन मैं, सफ़िया, नंदा जी और ख़ुर्शीद अनवर ने रात के बारह बजे के बाद उनके घर जाकर धावा बोल दिया। सफ़िया को इस सबकी आदत नहीं थी, पर वह मुझे अकेला नहीं छोड़ना चाहती थी, तभी वह भी साथ हो ली। दरवाज़ा खुलते ही सफ़िया इस्मत का हाथ पकड़ कर कहने लगी, 'कितनी बार कहा इन्हें, इतनी रात गये तुमलोगों को परेशान न करें, लेकिन तुम्हारे मंटोभाई आने की ज़िद पर अड़े हुए थे'।

—तुम मुझे रोकना चाहती हो सफ़िया? मेरी जब जहाँ मर्ज़ी वहीं जाऊँगा।

शाहिद ने मेरी पीठ पर हाथ रख कर कहा, 'रात जम जायेगी मंटो, आओ, आ जाओ'।

हमें बहुत भूख लगी थी। लेकिन तब तक सारे होटल बन्द हो चुके थे। मैंने कहा, 'इस्मत आज हम ख़ुद ही बना कर खायेंगे। दाल, आटा और आलू होने से ही चलेगा'।

सफ़िया किसी तरह हमें रसोई में घुसने नहीं दे रही थी। मर्द ख़ुद खाना पका कर खाएँ, ऐसा कभी होता है क्या? लेकिन हम बोतल और गिलास लेकर रसोई में ही बैठ गए। मैं आटा मलने लगा, नंदा जी स्टोव ठीक कर रही थीं और ख़ुर्शीद आलू छीलने बैठ गया। थोड़ी देर में ख़ुर्शीद कहने लगा, 'ये साला आलू छीलना मेरे बस का नहीं है। मंटोभाई कच्चा नहीं खा सकते हैं क्या?' मैंने अधजली रोटियाँ और पुदीने की चटनी बनाई। खा-पी कर हम कुछ लोग रसोई में ही सो गए। ऐसी कितनी रातें इस्मत और शाहिद ने हमारे ज़ुल्म सह कर काटी थीं। मेरी शराब की ख़ुराक जितनी बढ़ती जाती, मैं उतना इस्मत को समझाने की कोशिश करता, 'अल्लाह की क़सम इस्मत, मैं शराबी नहीं हूँ। देखना चाहती हो? शर्त लगाओ। कल से ही मैं शराब पीना छोड़ दूँगा। शराब छोड़ना मेरे लिए कोई बड़ी बात नहीं'।

—बाज़ी मत लगाओ मंटोभाई, तुम हार जाओगे। तुम अभी नशे में चूर हो।

सोच कर बड़ा मज़ा आता है मिर्ज़ा साहब, कैसे आप और मुझ पर शराबी का ठप्पा लग गया। आप अगर हर वक़्त नशे में होते, तो क्या इतनी ग़ज़लें लिख सकते? इतने ख़त लिखना भी क्या मुमकिन था? मैंने भी इतने अफ़्साने कैसे लिखे? उल्टी-सीधी, आवारा ज़िन्दगी, दो रोटी जुटाने के लिए सुबह से लेकर रात तक गंदगी में डूबे रहनाद—शराब पी कर ही तो ठीकठाक फ़ोकस कर पाता था, अपना लिखने का कमरा ढूँढ़ पाता था। उस कमरे में अल्फ़ाज़ घुमा-फिरा करते थे, उड़ते फिरते थे, गाते गुनगुनाते थे, कितने दर्द और ग़ुरूर से भर उठते थे, लफ़्ज़ों के भीतर ही तो मैं अपने छुपे आँसू, दबी हँसी, मेहनत से खाई लोगों की गालियाँ, कहकहे, कितने टूटे सपने, नाउम्मीदियों को ढूँढ़ पाता था। और लफ़्ज़ों के भीतर ही जल उठती थी वह नीली रोशनी, जिसकी गहराई में ख़्वाहिश की लाल लपट छुपी होती है। मिर्ज़ा साहब, मैं अपनी बात कभी नहीं लिखना चाहता था। क्या कोई मज़मूननवीस (लेखक), वह किस तरह ज़िन्दा है का रोज़नामचा लिखना चाहता है? क्या वह अपने सुख-दुख, पसन्द-नापसन्दगी के बारे में लिखता है? वह तो अल्फ़ाज़ों के भीतर जाने-अनजाने लोगों की वह तस्वीरें ढूँढ़ता रहता है, जो लोग छुपा कर रखने के लिए मजबूर होते हैं, जिन तस्वीरों की यादें उन्हें फ़ना होने की राह पर ले जाती हैं। सारे दिन की कड़ी मेहनत के बाद जो औरत रात को बेफ़िक्र हो कर सो सकती हो, वह औरत कभी मेरी कहानी की नायिका नहीं बन पाई, भाईजान लोग। जो औरत सारी रात बिजली जलाए अपने ख़रीददार का इन्तज़ार करने के बाद, दिन में सो जाती हो और अचानक कोई ख़्वाब देख कर डर कर जाग जाती हो, मैंने हमेशा उसके बारे में ही सोचा। कैसा ख़्वाब देखा होगा उसने? उसकी बूढ़ी, झुर्रीदार चमड़ी की देह उसके ही दरवाज़े का साँकल खटखटा रही है।

इस्मत हर वक़्त कहती, यह जो मैं तरह-तरह के कोठों और वेश्याओं की कहानियाँ सुनाता हूँ, वह सब मेरा बनाया हुआ है। अपने दोस्तों के बारे में भी मैं जो कुछ बोलता, वह उसपर यकीन नहीं करती। रफ़ीक़ ग़ज़नवी की ही बात लीजिए। वह एक लोफ़र था, बिल्कुल लुच्चा। उसने एक ही घर की चार बहनों से शादी की थी, लाहौर के कोठों में ऐसी कोई लड़की नहीं थी, जिसके साथ वह सोया न हो। मुझे रफ़ीक़ सचमुच अच्छा लगता था। ज़िन्दगी जैसे उसके लिए कोई खेल हो। एक दिन मैंने इस्मत से कहा, 'चलो, रफ़ीक़ भाई से तुम्हारी मुलाक़ात करा दूँ'।

—उससे मुझे क्या फ़ायदा? तुम तो कहते हो, वह एक लुच्चा आदमी है।

—इसलिए ही तो मिलना चाहिए। तुम्हें किसने कहा कि लुच्चा होने का मतलब वह इंसान ख़राब है? रफ़ीक़ के जैसे शरीफ़ बहुत कम लोग होते हैं।

—मंटो साहब, तुम्हारी बातों का मैं मतलब नहीं समझ सकती। मैं शायद इतनी अक़्लमन्द नहीं हूँ।

—ज़्यादा मत बनो! एक बार मिल लो। रफ़ीक़ भाई बड़े मज़ेदार इंसान हैं। ऐसी कोई लड़की नहीं जो उन्हें देख कर प्रेम में न पड़ी हो, समझीं?

—मैं भी तो लड़की हूँ।

—अरे तुम तो मेरी इस्मत बहन हो।

—फिर बहन। तुम्हारा ये नाटक मुझे अच्छा नहीं लगता है, मंटोभाई। इस्मत मेरे कुर्ते के कंधे को नोच कर पकड़ लेती है।

—तुम्हें छोड़ कर मैं किसी और को इस तरह बहन कह कर नहीं बुलाता हूँ, इस्मत। इक़बाल को भी नहीं।

—क्यूँ बुलाते हो?

इस बात का मेरे पास कोई जवाब नहीं था, मिर्ज़ा साहब। इस्मत ने एक दिन कहा, 'ज़िन्दगी में तुम कोई भी बात मुँह खोल कर नहीं कह पाए?' इस्मत जानती थी, मंटो के जैसे शैतान को भी मुखौटे की ज़रूरत पड़ती है।

मैंने रफ़ीक़ भाई के साथ इस्मत की मुलाक़ात कराई। इस्मत ने माना, वह वाक़ई एक शरीफ़ आदमी था। उसने मुझसे पूछा, 'ऐसा कैसे होता है, मंटोभाई?'

—पता नहीं। मैंने कभी रफ़ीक़ भाई को समझने की कोशिश नहीं की। वह जैसा है, मैंने उसी तरह उसे स्वीकार किया।

—मंटोभाई—

—हुक्म करो।

—कहाँ कीचड़ से मोती ढूँढ़ कर लाते हो?

—ख़ुदा को सलाम करो।

—और कोठों की कहानियाँ? वह सब सच हैं? मुझे यकीन नहीं। तुम्हारी तरह कोई झूठ भी तो नहीं बोल सकता है न।

—इसमें झूठ बोलने की क्या बात है? जेब में पैसे हों तो कोई भी कोठे पर जा सकता है।

—तुम्हारे दो नम्बरी दोस्तों में वह कलेजा नहीं है, मंटोभाई। हाँ, मुजरा सुनने ज़रूर गये होंगे, पर उनमें उससे ज़्यादा कुछ करने का दम नहीं।

—अरे, मैं भी तो गया हूँ।

—मुजरा सुनने। इस्मत तंज़ कर हँसती है।

—क्यूँ? सिर्फ़ मुजरा सुनने क्यूँ? कोठे पर जाकर जिस और चीज़ पर आदमी पैसा ख़र्च करता है, उसके लिए भी गया हूँ।

—चुप करो। बेहया कहीं के! इस्मत चीख़ पड़ती है। झूठ बोलने की भी एक हद होती है!

—क्यूँ? क्या परेशानी है?

—नहीं हो सकता। तुमने जानबूझ कर अपनी इस तरह की इमेज तैयार की है।

—ख़ुदा की क़सम इस्मत, मैं कोठों पर गया हूँ।

—ख़ुदा का नाम मुँह पर मत लाओ। तुम ख़ुदा पर यकीन करते हो?

—मेरे मरे बेटे की क़सम।

—मंटोभाई। वह दोनों हाथों से मेरे बाल नोच कर पकड़ लेती है।—तुम कैसे इंसान हो? अपने मरे बेटे के नाम पर क़सम खा रहे हो? देखा इस्मत की आँखें धुंधला गयी हैं। मैं हँसने लगा।

—तुम यकीन क्यूँ नहीं करतीं इस्मत बहन, मैं लड़कियाँ पटाने में उस्ताद हूँ।

—मंटो साहब, बोले दे रही हूँ, यह हमारी आख़री मुलाक़ात है। इस्मत फुँफकारती रहती है। उसके दोनों गालों पर गड्ढे पड़े हुए हैं। ऐसे में उसे और भी ग़ुस्सा दिलाने का मन करता था मेरा। कहता हूँ, 'रुको, सफ़िया को बुलाता हूँ। सुनो वह क्या कहती है'।

सफ़िया के आते ही इस्मत फट पड़ती है, 'मंटोभाई ने तुम्हें बताया है, वे कोठे की लड़कियों के पास जाते थे?'

—कितनी बार तो बताया है।

—नहीं हो सकता। इस्मत ग़ुस्से से ग़ुर्राती हुई चहलक़दमी करती रहती है।—अच्छा, चलो गये थे, अगर गये भी थे तो मंटोभाई उनके साथ दो-चार बातें करके चले आए, सही है न सफ़िया?

—क्या पता। यह तो मंटो साहब ही बता सकते हैं।

मैं हो, हो करके हँसता रहता हूँ। और इस्मत उतना ही चिल्लाती रहती है। 'नहीं हो सकता है, किसी तरह नहीं हो सकता। मंटोभाई अगर क़ुरान भी छू कर कहेंगे तब भी मैं नहीं मानूँगी'।

कैसा बच्चों का सा विश्वास! लगता ही नहीं था कि इसी इस्मत ने अपने मरे हुए बड़े भाई, अज़ीम बेग को लेकर 'दोज़ख़ी' जैसी कहानी लिख होगी। इस्मत ने लिखा था, अज़ीम बेग की लिखी-कही सारी कहानियाँ झूठी हैं। सुना था, अज़ीम बेग बात कहना शुरू करते ही उनके पिता कहते थे, 'फिर तुमने हवाई क़िले बनाने शुरू कर दिए?' अज़ीम बेग कहते, 'अब्बाजान, ज़िन्दगी में जितना रंग है, वह झूठ की वजह से है। सच के साथ झूठ न मिलाने से, सुनने में मज़ेदार नहीं लगता'। अज़ीम बेग का पागलपन कुछ हद तक इस्मत में भी था। उसके दिमाग़ में भी अनोखे ख़्याल आते थे। एक बार उसने कहा कि वह मुर्ग़ा-मुर्ग़ी के इश्क़ पर एक कहानी लिखेगी। एक दिन उसे लगा कि वह लिखना छोड़ कर फ़ौज में नाम लिखवा कर हवाई जहाज़ उड़ायेगी। जानते हैं मिर्ज़ा साहब, वह ऐसी लड़की थी, हो सकता है आपके मुहब्बत में वह गोते खा रही हो लेकिन आप पर ही सबसे ज़्यादा वार करेगी, या आपके साथ शायद बात ही न करे। हो सकता है आपको चूमने का उसे बहुत मन कर रहा हो, उसके बदले वह आपको सुई चुभा कर तमाशा खड़ा कर देगी। सफ़िया भी इस्मत को बहुत चाहने लगी थी। यह बात उसे बताने पर इस्मत ने सफ़िया से कहा, 'अरे बाबा! तुम्हारे प्यार में पड़ने के नखरे तो कम नहीं! तुम्हारी उम्र की लड़कियों के पिता मेरी मुहब्बत में गोते खा रहे हैं, और तुम आयी हो बड़ा . . . '। एक लेखक तो इस्मत की मुहब्बत में बिल्कुल दीवाना हो गया था; वह एक के बाद एक चिट्ठियाँ लिखता रहता था। इस्मत भी उसे ख़त लिखा करती थी। बाद में इस्मत ने उसे ऐसी लंगड़ी मारी कि लेखक की हालत—अरे, मुझे छोड़ दो मेरी माँ, वाली हो गई। ऐसी ही थी इस्मत, उड़ते हुए बादल के टुकड़े की तरह। जब नहीं लिखती तो महीनों नहीं लिखती थी, ज़बरदस्ती उसे लिखने नहीं बिठाया जा सकता था। और लिखने बैठ जाती

थी तो नहाना-खाना-सोना, सब भूल कर पन्नों पर पन्ने लिखती जाती। बस उसे आईसक्रीम चाहिए होती थी।

अच्छा, मिर्ज़ा साहब, यह जो इस्मत की इतनी बातें बता रहा हूँ, क्या आप उसे पहचान रहे हैं? लगता नहीं जैसे आँगन में—हरा, लाल, पीला, गुलाबी, कई रंगो के गुलाल रखे हुए हैं और कहीं से हवा आकर उन रंगों को आपस में मिला गयी हो, और अब किसी एक रंग को अलग कर छुआ नहीं जा सकता है। ठीक वैसी ही थी न, इस्मत? अपने बड़े भाई, अज़ीम बेग को लेकर लिखी 'दोज़ख़ी' कहानी का वह हिस्सा याद आ रहा है, मिर्ज़ा साहब। एक दिन सुबह शमीम ने इस्मत से आकर कहा, 'तैयार हो जाओ, अज़ीम भाई आख़री साँसें ले रहे हैं'। इस्मत ने कहा, 'अज़ीम भाई कभी नहीं मरेंगे। क्यूँ बेमतलब मुझे नींद से उठा रही हो'।

शमीम उसे धक्का देने लगी, 'उठो इस्मत। अज़ीम भाई तुम्हें ही पूछ रहे हैं'।

—कह दो क़यामत के दिन मुलाक़ात होगी। कह रही हूँ न अज़ीम भाई मर नहीं सकते'।

इस्मत ने लिखा था, जन्नत या जहन्नुम, मुन्नाभाई जहाँ भी रहें, मैं उन्हें देखना चाहती हूँ। मैं जानती हूँ, वह अब भी हँस रहे हैं। कीड़े उनका बदन खोंट-खोंट कर खा रहे हैं, उनकी हड्डियाँ धूल हो गयी हैं, मुल्लाओं के फ़तवों से उनकी गर्दन टूट गयी है। फिर भी वे हँस रहे हैं। अपनी शैतान आँखें नचा रहे हैं। ज़हर से उनके होंठ नीले पड़ गये हैं, फिर भी उनकी आँखों में कोई आँसू नहीं देख सकता। दरअसल वे एक दोज़ख़ से दूसरे दोज़ख़ में चले गये हैं।

अज़ीम बेग के बाद इस्मत ने मेरे अन्दर एक और दोज़ख़ी को ढूँढ़ लिया था। जहाँ हमारे पाँच मिनट मिलने की बात होती, वहाँ पता नहीं कैसे पाँच घंटे बीत जाते। बस तर्क और जिरह। उसे मुझे हराना ही होता था। उसका मुझे हराना क्या अपने मुन्नाभाई से बदला लेना था? शराब पीते-पीते मुझे बहुत खाँसी आती थी। बचपन से ही मुझे कफ़ की बिमारी थी। मेरी खाँसी इस्मत बिल्कुल बर्दाश्त नहीं कर पाती थी। एक दिन उसने कहा, 'तुम्हें इतनी खाँसी होती है, इलाज क्यूँ नहीं कराते, मंटोभाई?

—इलाज! डॉक्टर का मतलब गधा है। कुछ साल पहले इन्हीं डॉक्टरों ने कहा था, मैं जल्दी टीबी से मर जाऊँगा। देख ही रही हो, मेरी तबीयत बहाल है। डॉक्टरों से जादूगर बेहतर होते हैं।

—तुमसे पहले, किसी और से भी मैंने यही बात सुनी थी। इस्मत संजीदा हो कर कहती है।

—कौन था वह फ़रिश्ता?

—मेरे बड़े भाई, अज़ीम बेग। अब क़ब्र में ख़र्राटे ले रहे हैं।

हाँ, मिर्ज़ा साहब, एक तरफ़ मैं उसका मंटोभाई था, कभी मंटो साहब, और दूसरी तरफ़ उसका मुन्नाभाई—अज़ीम बेग चुग़ताई। वह जो खेल अपने भाई के साथ नहीं खेल पाई, उसने मुझे उस खेल का टार्गेट बना लिया। और उसका खाविंद शाहिद इस खेल का मज़ा

लेता रहता था; शाहिद जानता था, इस्मत बस मंटो को तहस-नहस कर शान्त होगी; केवल मंटो नाम का भांड ही इस्मत की सारी दराज़दस्तियाँ बर्दाश्त करेगा।

दराज़दस्ती को लेकर ही इस्मत के साथ बहुत जिरह हुई थी। एक बार शाहिद और इस्मत ने हमलोगों को उनके मलाड के घर में जाने का न्यौता दिया। खाते-खाते शाहिद ने कहा, 'मंटो, तुम्हारी उर्दू में अभी भी ग़ल्तियाँ क्यूँ रहती हैं?'

—बकवास मत करो।

बस इस बात पर जिरह छिड़ गई। रात के डेढ़ बज गए। शाहिद ने थक कर कहा, 'छोड़ो अब, बहुत नींद आ रही है'।

इस्मत किसी तरह नहीं जाने देना चाहती थी। वह बहस करती रही। किसी एक वाक़्ये में वह 'दस्तदराज़ी' लफ़्ज़ कह बैठी। मुझे मौक़ा मिल गया। कहा, 'तब से बड़ी-बड़ी बातें कह रही हो। दस्तदराज़ी कोई लफ़्ज़ नहीं होता इस्मत, वह दराज़दस्ती है'।

—बिल्कुल नहीं।

—लुग़त देख लो।

—ज़रूरत नहीं है। मैं कह रही हूँ, दस्तदराज़ी है।

—फ़ालतू की बहस मत करो।

—तुम अपने आप को क्या समझते हो मंटोभाई? उर्दू साहित्य के शहनशाह हो?

अन्त में शाहिद बगल के कमरे से लुग़त(शब्दकोश) ले आया। दस्तदराज़ी नाम से कोई लफ़्ज़ नहीं था। दराज़दस्ती लिखा हुआ था। शाहिद ने कहा, 'इस्मत, तुम्हें मानना पड़ेगा कि तुम हार गयी हो'।

लेकिन इस्मत किसी तरह नहीं मानने को तैयार नहीं थी। अब मियाँ-बीवी में झगड़ा शुरू हो गया। मैं पैर पर पैर चढ़ा कर हँसता रहा। तब तक सुबह हो गयी; मुर्ग़े बाँग देने लगे। इस्मत ने लुग़त को उठा कर फेंक कर कहा, 'मैं जब लुग़त तैयार करूँगी, उसमें दस्तदराज़ी लफ़्ज़ ही रहेगा। दराज़दस्ती भी कोई लफ़्ज़ है। हुँ...'।

इस्मत सचमुच पागल थी। अगर कोई, कभी हमसे सचमुच ये सवाल करता, तुम दोनों के बीच इतना प्यार और खिंचाव क्यूँ है? बताओ मंटो, इस्मत की कौन-सी बात तुम्हें अच्छी लगती है? इस्मत क्या तुम जानती हो, मंटो के भीतर का क्या तुम्हें अपनी ओर खींचता है? मैं जानता हूँ, हम दोनों कुछ पल के लिए अँधेरे में डूब जाते, जहाँ इस्मत और मैं एक-दूसरे को हैरानी से देख रहे होते। एक ज़िन्दगी किसी के लिए भी काफ़ी नहीं होती है, मिर्ज़ा साहब।

33

मौज़ू करो और भी, शायद के मीर जी
रह जाये कोई बात ज़बान पर ।

भाईजान लोग, एक सूफ़ी क़िस्सा याद आया। एक भिखारी भूख से परेशान शहर में दर-दर भटक रहा था। सब भिखारी को खिड़की से देखते पर दरवाज़ा कोई नहीं खोलता। आख़िर में एक घर का दरवाज़ा खुला। घर के मालिक ने पूछा, 'क्या हुआ, तब से दरवाज़े पर धक्का क्यूँ दे रहे हो?'

—हुज़ूर, कुछ खाने को दे दीजिए। तीन दिन से कुछ नहीं खाया है।

—तो मैं क्या करूँ? अभी घर में कोई नहीं है।

—मुझे बस थोड़ा सा खाना चाहिए, और कुछ नहीं।

मैं भी उसी भिखारी की तरह दर-दर भटक रहा था। जेल से छूटने के बाद ख़ुदा ने कुछ दिनों के लिए मेरे खाने का बंदोबस्त कर दिया। मियाँ नसीरुद्दीन ने मुझे अपने गले लगा लिया। सब उन्हें मियाँ काले शाह कह कर बुलाते थे। बादशाह बहादुरशाह ने उन्हें अपना मुर्शिद माना हुआ था। तो, जेल से निकल कर मैं लाल कुआँ में, मियाँ काले साहब की हवेली के एक हिस्से में आकर रहने लगा। मेरी तब किराया देकर रहने की हालत नहीं थी; काले साहब ने इस बाबत मुझसे कुछ नहीं कहा। एक दिन काले साहब के साथ उनके बैठकख़ाने में बैठा था, किसी ने आकर कहा, 'मिर्ज़ा साहब, मुबारक'।

—किसलिए?

—जेल से छूट गये, इसलिए।

मंटोभाई, मेरे दिमाग़ में तो हर वक़्त बदबुद्धि खेलती थी। मैंने काले साहब की ओर देख कर हँस कर कहा, 'छूट गया? क्या कहते हैं मियाँ! गोरों के जेलख़ाने से निकल कर काले साहब के जेलख़ाने में आ गया कहिए'।

काले साहब रसिक आदमी थे; हा, हा करके हँसने लगे। उसके बाद उन्होंने कहा, 'समझ नहीं पाता जहाँपनाह ने आपको इतने दिनों तक दरबार में क्यूँ नहीं बुलाया। उनके बदन पर आपके रस के छींटे पड़ने से, उनकी ज़िन्दगी ऐसी बेरौनक़ न होती'।

—जहाँपनाह मुझे क्यूँ बुलायेंगे, मियाँ साहब। मैं तो ख़ुदा का कुत्ता हूँ।

—माशाअल्लाह! यह हुई न मिर्ज़ा ग़ालिब की तरह की बात।

—कुछ ग़लत कहा क्या?

—आपने वह क़िस्सा नहीं सुना? नक़्शबंदी क़ायदे के मुर्शिद, मौला दरवेश ख़ुद को कुत्ता कहते थे।

—जनाब आप वह क़िस्सा सुनाइए, बस उससे पहले मैं एक बार कल्लू को बुला लूँ।

—क्यूँ?

—क़िस्सा सुने बिना उसे नींद नहीं आती है। जैसे मुझे दारू का नशा है, वैसे ही उसे क़िस्सों का नशा है।

—आपका नौकर बड़ा अजीब है, मिर्ज़ा?

कल्लू को बुलवाया। क़िस्सा सुनने के लालच में उसकी आँखें चमक रही थीं; काले साहब के पास बैठ कर उसने उनका पैर दबाना शुरू कर दिया। मंटोभाई, कल्लू को लेकर मुझे कोई नज़्म ज़रूर लिखनी चाहिए थी; मैंने ज़िन्दगी में उसके जैसा क़िस्साखोर नहीं देखा है।

काले साहब ने अपना क़िस्सा शुरू किया।—एक दिन मौला दरवेश दरगाह में बैठ कर मुरीदों को मौला रूमी की दलीलें सुना रहे थे। मौला रूमी ने क्या कहा था, जानते हैं न? इंसान को अपनी ज़िन्दगी के तीन पर्व पार करने होते हैं। पहले में वह जिस किसी की भी इबादत करता है—मर्द, औरत, धन-दौलत, बच्चा, यह दुनिया, कोई पत्थर, कुछ भी क्यूँ न हो। अगले पर्व में वह अल्लाह के मक़सद से नमाज़ पढ़ता है। और अन्तिम पर्व में पहुँच कर, वह जैसे 'अल्लाह ही मेरे सब हैं' नहीं कहता, वैसे ही 'अल्लाह बोल कर कोई नहीं है', यह भी नहीं कहता है। उसी वक़्त एक मुल्ला ग़ुस्से में घरघराते हुए दरगाह में दाख़िल हुए। मौला को 'कुत्ते कहीं के' कह कर उल्टा-सीधा कहने लगे, 'तुम यहाँ बैठ कर मुरीदों को फ़ालतू की गप्पें सुनाते रहते हो, मैं जितना उन्हें ख़ुदा के मुख़ातिब करने की कोशिश करूँ, कोई मेरी तरफ़ पलट कर भी नहीं देखता है'।

—फिर? कल्लू बड़े जोश से कहता है।—मुल्ला की बेधड़क पिटाई हुई—

—सब्र करो कल्लू। काले शाह हँसे।—पीटने से क्या काम बनता है? वैसे सारे मुरीद खड़े हो कर, मुल्ला को अब मारें कि तब मारें।

—मारना ही चाहिए था। कल्लू फिर जोश में आ जाता है।—मैं होता तो मुल्ले की दाढ़ी नोच कर—

—कल्लू, मियाँ को क़िस्सा सुनाने दे। तू वहाँ होता तो हम क़िस्सा ही नहीं सुन पाते, और तू मुल्ला की दाढ़ी हाथ में पकड़े सड़कों पर घूम रहा होता। मैंने हँसते हुए कहा।

—मुल्ला ने अपने मुरीदों को रोका। हँसते-हँसते उन्हें कहा, 'अरे, ये क्या कर रहे हो!

कुत्ता शब्द इतना क्या ख़राब है सुनूँ ज़रा? मुझे तो काफ़ी अच्छा लगता है। मैं कुत्ता नहीं तो और क्या हूँ? मालिक की सारी बातें सुन कर चलता हूँ। उनपर परेशानी आए तो भौंकता हूँ, उनके ख़ुश होने पर, मैं अपनी पूँछ हिलाता हूँ। भौंकना, पूँछ हिलाना और मालिक को प्यार करना—यही तो कुत्ते का धर्म है। इसमें बेइज़्ज़ती की तो कोई बात नहीं देख रहा हूँ मैं'। तो मिर्ज़ा, अगर आप ख़ुदा के कुत्ते हैं तो इससे बड़ी इज़्ज़त की बात और क्या हो सकती है?

ऐसे थे मियाँ काले शाह। जैसे रसिक, वैसे ही रहमदिल। वे जहाँपनाह को मेरे बारे में बहुत कुछ कहते रहते थे। वे तहेदिल से चाहते थे कि मुझे दरबार में जगह मिले। मुझे कहते, 'याद रखियेगा मियाँ, ख़ुदा इसी दुनिया में सारे हिसाब-किताब मिटा देते हैं। क़यामत के दिन

तो बस उनके साथ रहना होता है। वहाँ चाहना-पाना कुछ नहीं होता है। आपने ख़ुदा के लिए जिस ख़ूबसूरती को पैदा किया है, उसकी क़ीमत आपको ज़रूर मिलेगी'।

—मियाँ साहब, ख़ुदा ही तो सारी ख़ूबसूरतियों को पैदा करने वाले हैं। उनके लिए हम क्या सृष्टि कर सकते हैं?

—तो फिर वे हमें इस दुनिया में क्यूँ लाये हैं, मिर्ज़ा? वे हमें सत्य देते हैं और हम उन्हें माया।

काले साहब ने ठीक ही कहा था। ग़ज़ल तो असल में माया ही है। 'ग़ज़ल' लफ़्ज़ में एक बात छुपी हुई है। औरतों से गुफ़्तगू। माशूका के साथ मुहब्बत की बातें। जैसे बहार आती है, फिर खो जाती है, उसी तरह प्रेम भी तो वसंत की तरह आता है, उसके बाद ख़त्म हो जाता है। सोच कर बड़ी ठण्ड लगने लगती है, मंटोभाई। मृत्यु का बीज, मिलन की चाहत के भीतर धीरे-धीरे जन्म लेता है। शरीर झर जायेगा, मन झर जायेगा, और चाहत अपनी मौत की राह की ओर बढ़ जायेगी। हम बस कुछ दिन माया के तस्वीर महल में घूमते-फिरते रहते हैं। छोड़िए ये सब गोलमोल बातें। माया खाकर तो आदमी ज़िन्दा नहीं रह सकता है। मुझे अब परांठा-गोश्त और शराब की ज़रूरत है।

बयानवे साल की उम्र में मुझे दरबार में जगह मिली। जब आगरा से शाहजहानाबाद आया था, तब दरबार मेरे लिए ख़्वाबों की दुनिया थी। वह सपना कबका मर-खप गया, मंटोभाई। शायर के तौर पर भी अब मुझे कुछ और नहीं चाहिए था। मैं जानता था, गुफ़्तगू मुझे छोड़ कर चली गयी थी। सिर्फ़ खा-पी कर ज़िन्दा रहने के लिए दरबार में थोड़ी जगह की ज़रूरत थी। दरबार तो किसी फ़नकार की ज़िन्दगी में सृजन का वसंत लेकर नहीं आ सकता है। जब सचमुच लिख पाता था, दरबार में जगह हासिल करने के लिए, तरह-तरह की ग़लत हरकतें नहीं करनी पड़ती थीं, भाषा को और भी गहराई से प्यार करने का वक़्त मिलता था।

काले साहब तो थे ही, उधर बादशाह के हकीम, एहसान्नुला ख़ान ने भी मेरी तरफ़ मदद का हाथ बढ़ाया। उन्हें मेरी फ़ारसी रचनाएं बेहद पसन्द थीं। बादशाह को मेरे फ़ारसी दीवान और 'पंज-अहंग' की बात बता कर उन्होंने मेरे लिए दरबार में नौकरी का बंदोबस्त कर दिया। नौकरी छोड़ कर और क्या? अरे भई, जितनी भी अच्छी शायरी करो या फ़ारसी लिखो, याद रखना होगा, तुम्हारी औक़ात दरबार में एक नौकर के सिवा कुछ और नहीं। बादशाह के हरम में ख़ुद को एक हिजड़े के अलावा और कुछ समझने की कोशिश नहीं करनी चाहिए। बादशाह के आगे सब ही हिजड़े होते हैं, मंटोभाई। नहीं तो जो आदमी ग़ज़ल लिखता हो, बादशाह ने उसे क्या काम दिया? फ़ारसी में मुग़ल साम्राज्य के इतिहास लिखने का। इसके लिए मुझे साल में छ: सौ रुपये देना मुक़र्रर हुआ।

सारे अपमान रस्मी होते हैं। तभी, दरबारी पोशाक के साथ मुझे ख़िताब भी दिया गया। नज़्म-उद-दौला, दबीर-उल-मुल्क-निज़ाम-जंग। यह क्या कोई शायर का ख़िताब हुआ? लेकिन बादशाह की मर्ज़ी। इसका मतलब, आप अब शायर नहीं; साम्राज्य के जवाहारात हैं, मुल्क के मज़मूननवीस (रचनाकार) और जंग के ग़ाज़ी (नायक) हैं। अरे, मैं कौन सा लड़ाई लड़ सकता था? जो टिके रहने के लड़ाई में ही हार चुका हो, वह जंग का ग़ाज़ी होगा? घर वापस आकर मैं ख़ूब हँसा; मेरी हँसी रुकना ही नहीं चाह रही थी। मैं और इतिहासकार? मैंने

तो सिकंदर और दारा की भी कहानियाँ नहीं पढ़ी थीं, मुहब्बत और मौत के क़िस्सों को लेकर ही मेरी आधी ज़िन्दगी कट चुकी थी। लेकिन बादशाह के चाहने पर मुझे इतिहासकार भी बनना पड़ेगा। साल में छ: सौ रुपये मिलेंगे, क्या कम बात है? बादशाह चाहें तो मुझे अपने हरम में हिजड़ा दरबान भी बना कर रख सकते हैं।

उस दिन उमराव बेग़म मेरे पास आईं। शायद कल्लू के मुँह से मेरे गधे की आवाज़ में बेतहाशा हँसने के बारे में सुना हो। मैं उस दिन कुछ ज़्यादा नशे में भी था। बेग़म को देखते ही मैंने हँसते-हँसते कहा, 'अरे, अपनी मस्जिद को छोड़ कर मेरे दोज़ख़ में कैसे आना हुआ, बेग़म?'

—आज आपकी ख़ुशी का दिन है, मिर्ज़ा साहब।

—बिल्कुल। मैं निज़ाम-जंग जो हूँ।

मैं फिर हँसने लगा।

—क्या हुआ मिर्ज़ा साहब?

—आप नहीं समझेंगी बेग़म।

—क्या मैं आपको बिल्कुल नहीं समझती?

—हाँ, बेग़म। आप मुझे बिल्कुल नहीं समझतीं हैं।

एक अर्से के बाद मैंने उमराव को अपने सीने में लगा लिया।—बेग़म, अब मेरा कोई और ख़्वाब नहीं। शायरी मुझे छोड़ कर चली गयी है। खाने-पहनने के लिए जो भी मुझे नौकर बनने को कहेगा, मैं उसका नौकर बन जाऊँगा। मैं सिर्फ़ असदुल्ला ख़ाँ तो नहीं, मैं ग़ालिब भी हूँ—ये दोनों अलग-अलग लोग हैं बेग़म। असदुल्ला ख़ाँ दारू पीना पसन्द करता है, कबाब-परांठा खाना पसन्द करता है; ग़ालिब सिर्फ़ लफ़्ज़ खाना पसन्द करता है—धनक के रंग लगे लफ़्ज़; बादशाह असदुल्ला ख़ाँ को ख़रीदा जा सकता है, ग़ालिब को ख़रीदने की दौलत कहाँ है उनके ख़जाने में? ख़रीद लो, मेरे समझौतों को ख़ुशी से ख़रीद लो।

—मिर्ज़ा साहब—

—कहो।

—फिर आप नौकरी छोड़ दीजिए।

—नहीं, बेग़म।

—क्यूँ?

—अब कोई परेशानी नहीं है बेग़म। ग़ज़ल जिसे छोड़ कर चली गयी हो, वह जो मर्ज़ी वही कर सकता है। बादशाह के पैर दबा सकता है, सियासत कर सकता है। हो सके तो तुम मुझे कल क़ीमा-पुलाव खिलाना। बेग़म, अब थोड़ा सुख चाहिए।

मैं जानता था, जहाँपनाह मुझे बिल्कुल पसन्द नहीं करते थे। उन्होंने मुझे सिर्फ़ काले ख़ाँ और एहसान्नुला ख़ान साहब की वजह से रखा था। मुझे दरबार के अदब-क़ायदे ज़रा भी पसन्द नहीं थे। ईद के मौक़े पर बादशाह को ख़ुश करने के लिए नज़्म लिखो, और भी कितने त्योहार लगे रहते थे, हर मौक़े के लिए शायरी लिखो। मुझसे वह सब नहीं लिखा जाता था। मुँह-ज़बानी दो-एक शेर पढ़ देता था; वह सब कभी लिख कर भी नहीं रखे। क्या वह कोई

शेरो-शायरी थी? जश्न या त्योहार के मौक़ों पर जहाँपनाह को नज़राना देना होता था; उस ख़र्चे को बचाने के लिए कुछ न कुछ लिखना ही पड़ता था। जो कुछ मैंने बादशाह के मुँह पर लिख कर मारा था, वह सब तो बस गू-गोबर था, मंटोभाई, बादशाह की क्या कूवत कि वह फ़नकार के हरामीपने को समझ सके? उन्हें तो बस अपनी शान में क़सीदे चाहिए। दरबार के शायर ज़ौक़ साहब से क़सीदे सुनते-सुनते उनकी मज्जा तक यह बात घुस गयी थी कि दुनिया की हर शायरी, बादशाह बहादुरशाह के नाम का क़सीदा थी। सारे बादशाह ऐसा ही सोचते हैं। उनकी सोच से अलग जाते ही आपको सारी ज़िन्दगी लात-झाड़ू खाने पड़ते हैं। सोचिए, बादशाह अकबर को लेकर इतिहास में कितने सारे क़सीदे हैं! लेकिन अनारकली की उन्होंने किस तरह हत्या की? उसका असली नाम नादिरा बेग़म था। कोई-कोई उसे शर्फ़ुन्निसा बेग़म भी कहते थे। जहाँपनाह अकबर के हरम की सबसे ख़ूबसूरत ज़रख़रीद बांदी। एक दिन आईनामहल में बैठे जहाँपनाह अकबर ने अनारकली को युवराज सलीम की ओर देख कर हँसते हुए देख लिया। बस वह हँसी अनारकली की मौत की वजह बन गई। महल की दीवार की गहराईयों में जीती-जागती अनारकली ग़ायब हो गई। सारी सल्तनतें इसी तरह इंसानों को ग्रास कर लेती हैं।

मंटोभाई, साम्राज्य और इतिहास सर्वग्रासी होते हैं। जहाँपनाह के हुक्म पर मैंने इतिहास लिखना शुरू किया। मैंने मुग़ल साम्राज्य के इतिहास को दो खंडों में नक़्शा कर लिया। पहले हिस्से में होंगे तैमूर लंग से लेकर हुमायूँ; और दूसरे भाग में बादशाह अकबर से लेकर बादशाह बहादुरशाह तक। पहले भाग का नाम दिया मिहर-ए-निमरोज़ (दोपहर का सूरज) और दूसरे भाग का नाम माह-ए-निम्माह (बीच माह का चाँद)। पूरी किताब का नाम होगा परताबिस्तान (रोशनी की सल्तनत)।

पैसे मिलने की बात थी, इसलिए जल्दी-जल्दी लिखना शुरू कर दिया। बात थी हर छ: महीने में मुझे मेरा मेहनताना दिया जायेगा। तो पहले छ: महीनों में मैंने बाबर की ज़िन्दगी का इतिहास लिखा। लेकिन ऐसे झिकाऊ काम के लिए छ: महीने बाद पैसे देने से चलता है क्या? जिससे हर महीने मुझे मेरा मेहनताना मिले, इस गुज़ारिश के साथ मैंने बादशाह को एक नज़्म लिख कर भेजी। तय कर लिया था, हर महीने पैसे न मिलने से मैं लिखना बन्द कर दूँगा।

आपका बंदा और फिरूं नंगा?
आपका नौकर, और खाऊँ उधार?
मेरी तनख़्वाह कीजिए माह-ब-माह
नहीं तो होगी मेरी ज़िन्दगी दुस्वार।

वह इतिहास मैं फिर ख़त्म नहीं कर पाया, भाईजान लोग। बस पहला खंड मिहर-ए-निमरोज़ ही निकला। बाद के खंड का काम आगे नहीं बढ़ा। हुआ यूँ कि मैंने हकीम एहसान्नुला ख़ान साहब को बता दिया कि मुझ जैसे इंसान के लिए, इतिहास के जंगल से ठीक-ठीक तथ्यों को ढूँढ़ कर निकालना संभव नहीं था। दिल की रोशनी से मैं सिर्फ़ शायरी ही कर सकता था, इसलिए जो भी तथ्य इतिहास में जाने ज़रूरी हों, वह सब छाँट कर मेरे पास भेज देने से मेरे लिए आसानी हो जायेगी। जानते हैं उन्होंने क्या किया? आदम के जन्मकाल से लेकर चंगेज़ ख़ान के वक़्त तक के तरह-तरह के तथ्य मुझे लिख कर भेज दिए। उधर मैंने

इतिहास तैमूर लंग से शुरू किया था। और क्या करता? उनके भेजे अंश को, जो मैंने लिखा था, उसके आगे जोड़ दिया। लेकिन दूसरे खंड के लिए और तथ्य मेरे पास नहीं आए। मैंने चौंसठ पन्नों तक लिखा था। कितनी बार अगली साम्रगी भेजने के लिए ख़बर भेजा। एक बार जवाब आया, 'अभी रमज़ान चल रहे हैं'। अगली बार ख़बर आई, 'सब अभी ईद की वजह से मसरूफ़ हैं'। धत्त तेरे की! अरे, मुझे क्या ज़रूरत पड़ी थी राजा-बादशाहों के साम्राज्य का इतिहास लिखने की? मैंने वह चौंसठ पन्ने ही भेज दिए। उन पन्नों को क़िले के किस अँधेरी कोठरी में दीमकों ने खाया, कौन जाने! इतिहास तो दीमकों के चाटने के लिए ही होता है, है न, मंटोभाई?

जैसे इतिहास लिखवाना राजा-बादशाहों का काम है, उसी तरह इतिहास को मिटा देना भी उनका ग़ुरूर है। हम क्या उनके साथ ताल मिला सकते हैं? और जो शायरी करते हैं? वे तो इतिहास के शरीर पर तितली के रंग-बिरंगे पंख जोड़ देना चाहते हैं—वह उड़े—जिधर ख़ुशी उड़ती जाये—जन्नत, जहन्नुम। बादशाह बहादुरशाह को मेरी ग़ज़लें पसन्द नहीं थीं, ये तो मैंने आपको पहले ही बताया था। ज़ौक़ साहब के शेर सुन कर वह 'हाय', 'क्या बात है—वाह, क्या बात है' कहते, और मेरा शेर सुन कर एक ही बात कहते, 'ठीक है'। एक बार उन्होंने कहा, 'मिर्ज़ा, आप पढ़ते बहुत अच्छा हैं'। मतलब समझे? जैसे ग़ज़ल का कोई मतलब ही न हो। तो, एक वक़्त पर उन्हें भी शायर बनने की बेहद ख़्वाहिश हुई। ज़ौक़ साहब उनकी ग़ज़लें ठीक कर दिया करते थे; और ज़ौक़ साहब की मौत के बाद मैं। क्या लिखा था उन्होंने? उनके लिए मुमकिन ही क्या था लिखना? उनके जैसा कायर—जिसकी ज़िन्दगी पुरखों की दौलत पर बैठे-बैठे खाने के अलावा कुछ और नहीं थी, जो बेग़म ज़ीनत महल के हाथों की कठपुतली थे, जिसने अपनी ज़िन्दगी दूसरों पर मुनहसर हो कर काटी, वह ग़ज़ल लिखते? औरत से गुफ़्तगू करने के लिए कलेजे की ज़रूरत होती है, मंटोभाई।

बादशाह के छोटे बेटे मिर्ज़ा जवाँबख़्त के निक़ाह के वक़्त एक हादसा हुआ। जवाँबख़्त बेग़म ज़ीनत महल के बेटे थे, इसलिए बादशाह के संभावित उत्तराधिकारी थे। उनकी शादी बड़ी धूमधाम से होनी थी। बेग़म के हुक्म पर मुझे शादी के लिए सेहरा (विवाहगीत) लिखना पड़ा। तो उस सेहरा के अन्त में मैंने लिखा:

हमसुख़न महिम है, ग़ालिब के तरफ़दार नहीं
देखें, इस सेहरे से कह दे कोई बेहतर सेहरा।

बादशाह ने सोच लिया कि मैंने इस क़तअ में उनके और उनके उस्ताद इब्राहीम जौक़ साहब का अपमान किया था। उसका मतलब उन्होंने यूँ निकाला कि जौक़ साहब, जिन्हें 'मालिक-उस-शुआरा' का ख़िताब हासिल है, न वह शायरी समझते हैं और न ही उनके लिए ऐसी शायरी करना मुमकिन है। मेरे जाने की इजाज़त माँगने पर बादशाह ने कहा, 'ज़रा बैठिए मिर्ज़ा। उस्ताद जी को आने दीजिए।

—जी हुज़ूर।

जहाँपनाह ने अचानक शेर पढ़ना शुरू कर दिया:

हम से भी इस बिसात पर कम होंगे बद-क़िमार,
जो चाल हम चले सो निहायत बुरी चले।

उसके बाद मेरी तरफ़ देख कर बोले, 'किसका शेर है, जानते हैं?

—नहीं जनाब।

—उस्ताद जी का। आपको देखते-देखते मुझे ये शेर याद आ गया।

इतने में ज़ौक़ साहब दरबार में आ गए। जहाँपनाह जोश से भर उठे।

—आइए-आइए उस्ताद जी। पढ़ कर देखिए मिर्ज़ा साहब ने कैसा सेहरा लिखा है।

सेहरा पढ़ कर जौक़ साहब ने मेरी तरफ़ देखा। उनकी नज़र में मेरे लिए खुली नफ़रत थी। जैसे वह किसी कीड़े को देख रहे हो।

जहाँपनाह ने कहा, 'उस्ताद जी आप भी एक सेहरा कह दीजिए'।

—बहुत ख़ूब, कह कर वह सेहरा लिखने बैठ गये, आख़री दो पँक्तियाँ उन्होंने यूँ लिखीं:

जिसका दावा है सुख़न का, ये सुना दे उसको
देख इस तरह से कहते हैं सुख़नवर सेहरा ।

—क्या बात, क्या बात। जहाँपनाह ख़ुशी से झूम उठे। जानते हैं, उसके बाद क्या हुआ? शाम तक दिल्ली की गली-गली में ज़ौक़साहब के सेहरा ने सबको पागल कर दिया।

जहाँपनाह इसी तरह मेरी बेइज़्जती करते थे। वे पतंगबाज़ी करने जाते तो मुझे साथ लेकर जाते थे। जानते हैं क्यूँ? बेइज़्ज़त, कहां तक मेरी बेइज़्जती की जा सके। जब हर महीने पैसे देता हूँ तो, चाहे मिर्ज़ा ग़ालिब हो या और कोई, है तो मेरी हरम का हिजड़ा ही? मुझे मुशायरों में बुला कर बिठा कर रखते। सबसे आख़िर में या फिर बीच में किसी वक़्त मुझे पढ़ने के लिए बुलाते।

सच कहूँ मंटोभाई, सेहरा की आख़री दो पँक्तियाँ मैंने किसी को चोट पहुँचाने के लिए नहीं लिखीं थीं। फिर भी मुझे जहाँपनाह से माफ़ी माँगते हुए नज़्म लिखनी पड़ी। इसके अलावा मेरे पास और क्या चारा था, बताइए। समाज की नज़र में शायर, भिखारी से भी बदतर है। जानते हैं, क्यूँ ज़्यादातर लोग मुझे नहीं पसन्द करते थे? मुशायरा में किसी के भी पढ़ने पर—चाहे अच्छा हो या बुरा—सब 'वाह-वाह', 'क्या बात है, क्या बात है' कहा करते हैं। मैं ऐसा नहीं कर पाता था। शायरी की मर्म तक न पहुँचने तक मैं किसी की तारीफ़ नहीं कर पाता था। सब मुझसे चिढ़ जाते थे। लेकिन देवी सरस्वती की शुभ्रता कविता में प्रस्फुटित न होने पर, मैं किस तरह प्रशंसा कर सकता था बताइए? जबकि कोई ग़ज़ल अच्छी लगने पर मैं तारीफ़ करने से चूकता भी नहीं था। एक बार मुंशी ग़ुलाम अली ख़ान ने शतरंज खेलते-खेलते एक शेर सुनाया। वाह क्या शेर था! एकदम तीर की तरह जाकर सीने में लगा। मैंने संग-संग उनसे पूछा, 'किसका शेर है मुंशी जी?'

—ज़ौक़ साहब का।

—फिर से पढ़िए।

मुंशी जी से न जाने कितनी बार उस शेर को सुना। ज़ौक़ साहब ने लिखा था, थकते थकते आख़िर हम मौत के पास ही तो जाकर आसरा ढूँढ़ते हैं। लेकिन अगर मौत से भी सुकून

न मिले तो? मुशायरे में जाना मुझे बिल्कुल अच्छा नहीं लगता था। ग़ज़ल अकेले ही पैदा होती है—जैसे समन्दर में गहरे और गहरे, दुनिया के सबसे बेहतरीन मोती का जन्म होता है।

जैसा कि मीर साहब ने अपने एक शेर में लिखा था:

ज़ुल्फ़ सा पेचदार है हर शेर
है सुख़न मीर आ अजब ढबका ।

34

खुलता किसी पर क्यूँ मेरे दिल का मुआमला,
शेरों के इन्तख़ाब ने रुसवा किया मुझे।

भाईजान लोग, क़ब्र में आज हमारी ख़ुशी का दिन है। मैं जानता हूँ, मिर्ज़ा साहब की बात सुनते-सुनते आप लोगों का मन भारी हो गया है; लेकिन याद रखियेगा, मिर्ज़ा साहब की ज़िन्दगी, एक पत्थर को बार-बार पहाड़ की चोटी पर धकेल कर चढ़ाने की कोशिश थी। वह पत्थर बार-बार लुढ़क जाता और मिर्ज़ा साहब उसे फिर से चढ़ाने की कोशिश करते। क्या ज़िन्दगी हर वक़्त इस तरह पत्थर ढोते रहने का नाम है? इससे बेहतर है कि नर्क गुलज़ार हो जाये। आज हम 'गंजे फ़रिश्तों' के क़िस्से सुनेंगे। उनमें ज़्यादातर लोग बम्बई सिनेमा जगत के हैं। सिनेमा के पर्दे पर जैसी उनकी तस्वीर दिखती है, असल की ज़िन्दगी में वे वैसे नहीं होते। ज़िन्दगी तो फ़िल्म की तरह सजी-सँवरी नहीं होती। ज़िन्दगी का नाम रोटी, औरत और तख़्त की लड़ाई है। दुनिया के सारे क़िस्से इन्हीं लड़ाईयों पर लिखे गये हैं। इन में भूख सबसे क़दीम है, है न भाईजान लोग? भूख की बात कोई कभी नहीं भूल सकता है। इंसान जब से इस दुनिया में आया है, तब से ही उसके अन्दर ताक़त हासिल करने का लालच, और औरत की ख़्वाहिश रही है। ये कभी नहीं बदलता। जब उसके दिल में रोटी, औरत और ताक़त के लिए नफ़रत पैदा होती है, तब ही वह अल्लाह के बारे में सोचता है। इन तीनों चीज़ों वे कहीं ज़्यादा रहस्यमय हैं, जिसे ताक़त आज़मा कर भी पाया नहीं जा सकता है।

माफ़ कीजियेगा, मैं ज़्यादा ही बकबक कर बैठा। आप लोगों को ज़ुबान दी थी, एक दिन सितारा का क़िस्सा सुनाऊँगा आप लोगों को; उससे ही गंजे फ़रिश्तों की बात शुरू करता हूँ। भाईजान लोग, सितारा ऐसी शेरनी का नाम था, जिसके भीतर का छुपा तूफ़ान बाहर से समझ में नहीं आता था। सितारा रोज़ सुबह एक घंटा नृत्य का रियाज़ किया करती थी, फिर भी उसे कभी थका हुआ नहीं देखा। सितारा चुपचाप नहीं बैठ पाती थी, हर वक़्त कुछ न कुछ करने की जुगाड़ में रहती थी। सितारा की और भी दो बहनें थीं—तारा और अलकनंदा। वे तीनों एक-एक कर नेपाल के एक गाँव से बम्बई अपना नसीब बदलने आयी थीं। तीनों बहनों में सितारा का कोई जवाब न था। लाखों में एक ऐसी लड़की पैदा होती है। मुझे कभी-कभी लगता था, सितारा असल में कई सारी लड़कियों का नाम था, नहीं तो एक ही समय में वह इतने सारे पुरुषों के साथ कैसे खेल लेती थी? सितारा जैसे पाँच मंज़िला कोई इमारत थी, जिसमें कई फ़्लैट्स थे, जहाँ किसी में रोशनी थी तो कोई अँधेरा था। वह हमेशा पतली, पारदर्शी मसलिन की साड़ियाँ पहनती थी। इसलिए उसके बदन को लेकर कुछ कल्पना करने की ज़रूरत ही नहीं थी।

सितारा बम्बई किसी फ़िल्म निर्देशक का हाथ पकड़ कर आयी थी, जिसका नाम मैं भूल चुका हूँ, हम उसे देसाई कह कर बुलाते थे। उनकी शादी हुई, लेकिन वे ज़्यादा दिन साथ नहीं रह सके। देसाई कहता, 'उस लड़की के साथ जूझना मेरे बस की नहीं है'। सितारा तब किसी और के साथ रहा करती थी, लेकिन कभी-कभार देसाई के पास भी आ जाती थी। वैसे देसाई उसे ज़्यादा दिन अपने पास नहीं रखता था। उनकी शादी हिन्दू रीति-रिवाज़ से हुई थी, इसलिए नये प्रेमी के जुटने के बाद भी सितारा का परिचय मिसेज़ देसाई ही था।

महबूब साहब की किस्मत का सितारा तब बुलंदी पर था। उन्होंने सितारा को एक फ़िल्म में लिया, और महबूब साहब भी सितारा का शिकार हो गए। हमारी लाईन में उन दिनों, उन दोनों को लेकर रोज़ नये-नये क़िस्से चलते थे। महबूब साहब की फ़िल्म ख़त्म होते ही सितारा ने नया आशिक़ पकड़ लिया। उसका नाम पी एन अरोरा था। वह इंग्लैंड से सिनेमा की ट्रेनिंग लेकर आया था। उसके बाद सितारा अल-नसीर पर झपट पड़ी। भाईजान लोग, इस बीच आप लोगों को मैं पी एन अरोरा की कहानी सुना देता हूँ। मैं तब दिल्ली में नौकरी करता था अचानक एक दिन सड़क पर अरोरा दिखाई दिया। वह हाथ में लाठी लिए लंगड़ा-लंगड़ा कर चल रहा था। लग रहा था जैसे उसमें जान ही बाक़ी न हो। ताँगा रोक कर मैं अरोरा के सामने जाकर खड़ा हो गया।

—अरे मंटो, कैसे हो?

—मैं तो अच्छा हूँ। आपका यह हाल कैसे हुआ?

अरोरा लम्बी साँस छोड़ता हुआ हँसा।—सितारा, मंटो, सितारा। सब सितारा की वजह से।

अल-नसीर देहरादून से हीरो बनने के लिए आए थे। बेहद मर्दाने, ख़ूबसूरत। एक फ़िल्म में उन्हें काम करने का मौक़ा भी मिला, जिस में सितारा भी काम कर रही थी। अल-नसीर बिल्कुल शेरनी के मुँह के आगे जा गिरे। ऐसा मत सोचियेगा भाईजान लोग, सितारा एक आशिक़ को छोड़ दूसरा पकड़ लेती थी। वह सबको एक साथ पकड़े रहती थी; देसाई, अरोरा, महबूब, अल-नसीर और भी न जाने कितने, जिनका कोई हिसाब नहीं था। बम्बई लौट कर मैंने अल-नसीर की भी हालत देखी। उनका रंग बिल्कुल गुलाबी था, जो कि अब राख की तरह झुलसा, बदरंग हो गया था। उनका ख़ूबसूरत चेहरा दरक गया था, जैसे किसी ने उनके बदन का ख़ून चूस लिया हो। अल-नसीर ने भी एक ही बात कही, 'सितारा, मंटो, सितारा, सब सितारा की वजह से'।

—क्यूँ, उसने क्या किया?

वह एक वैम्पायर है, मंटो। मेरे बदन का ख़ून चूस लिया है उसने। उसके चंगुल से नहीं निकल पाया तो मैं ख़त्म हो जाऊँगा।

अल-नसीर उसके बाद देहरादून भाग गए। तीन महीने सैनेटोरियम में रह कर कुछ ठीक होने के बाद वहाँ से लौटे।

इसके बाद सितारा ने एक अजब कांड किया। मैंने कहा था न, भाईजान लोग, अरे, लाखों में ऐसी लड़की पैदा होती है। जैसे किसी अग्निकुंड में पतंगे गिर रहे हों। सितारा ने

इस बार नज़ीर साहब को फँसाया। नज़ीर साहब की माशूका यासमीन तब उन्हें छोड़ कर जा चुकी थी। सितारा को नज़ीर साहब ने सोसायटी सिनेमा कंपनी में लिया, और संग-संग सितारा के जाल में फँस गए। नज़ीर साहब बहुत सीधे-सादे, खुले दिल के इंसान थे। जिसे वे पसन्द करते थे, उसे गालियाँ देते-देते सीने से लगा लेते थे। सितारा के साथ कई सालों तक उनका रिश्ता बना रहा। नज़ीर साहब काफ़ी दबंग क़िस्म की शख़्सियत थे, इसलिए शुरू में बहुत वक़्त तक सितारा दूसरे मर्दों से नहीं मिली। लेकिन सितारा जैसी लड़कियों के इस तरह रहना मुमकिन नहीं, भाईजान लोग। फिर उसका अरोरा, अल-नसीर, महबूब, देसाई के पास आना-जाना शुरू हो गया। नज़ीर साहब जैसे आदमी के लिए यह बर्दाश्त करना मुश्क़िल था, वे बीच-बीच में सितारा को पीटा करते थे। सितारा उस पिटाई में भी एक तरह के यौन सुख का आनंद लेती थी।

भाईजान लोग, अब यह क़िस्सा दूसरी तरह से जमने वाला है। नज़ीर साहब का भतीजा आसिफ़ भी उसी फ़्लैट में रहता था। उम्र कम होने से क्या, वह काफ़ी मज़बूत क़द-काठी का ख़ूबसूरत लड़का था। तब तक आसिफ़ की ज़िन्दगी में कोई लड़की नहीं आयी थी। वह अपने चाचा से फ़िल्म लाईन का काम सीखने में ही लगा रहता था। नज़ीर साहब और सितारा के बीच जो कुछ चल रहा था, उसे वह जानता था। बन्द कमरे से आती सितारा की उन्माद से भरी सिसकारियों ने उसे पागल बना रखा था। एक दिन उसने, पता नहीं कैसे उसने सब देख लिया। आसिफ़ ने मुझे बताया, 'मंटो साहब, जैसे दो कुत्ता-कुतिया एक-दूसरे को नोंच-खसोट कर खा रहे हों। लेकिन चाचा कहाँ सितारा से पार पा सकते हैं?

—यह एक भयंकर खेल है न आसिफ़?

—जानवर। इंसान असल में एक जानवर है, यह मैंने पहली बार जाना। और मुहब्बत क्या है, जानते हैं मंटो साहब?

—क्या?

—मौत के साथ मुक़ाबला। मैं भी साला एक बार ऐसा मुक़ाबला करना चाहता हूँ।

—सितारा के साथ?

—बेशक़। एक बार पंजा तो ज़रूर लड़ाऊँगा, मंटो साहब। लेकिन मुझे उस औरत को देख कर डर सा लगता है।

—क्यूँ? सितारा से डरने की क्या बात है?

—लगता है, जैसे उसके अन्दर कोई जिन्न घुस कर बैठा हुआ है।

—आसिफ़, बर्फ़ जैसी ठण्डी लड़कियों से सितारा कहीं ज़्यादा अच्छी है। उसके पागलपन में एक जीवन है। लड़े जाओ।

आसिफ़ ने पहले सितारा से बातचीत करनी शुरू की, लेकिन उसे छूने का साहस नहीं कर पा रहा था। क्यूँकि वह अपने चाचा का मिज़ाज जानता था। वैसे कौन नहीं जानता कि आसिफ़ के ज़रा से इशारे पर सितारा उसपर टूट पड़ती। आसिफ़ दिन पर दिन सब्र खोता जा रहा था। तरोताज़ा नौजवान, ख़ुद को कब तक रोक कर रखता? धीरे-धीरे नज़ीर साहब ने इस खेल को भाँप लिया। एक दिन उन्होंने सितारा को बहुत पीटा, उसके बाद उसे फ़्लैट छोड़ कर

चले जाने को कहा। लेकिन सितारा नहीं गई। उस रात ग़ुस्से से भरे नज़ीर साहब अपने दफ़्तर में जाकर सो गए। आसिफ़ ने देखा, यही मौक़ा था। वह सितारा के कमरे में जाकर उसके चोटों को सहलाने लगा और बस क़िला फ़तह हो गया। मौत के साथ आसिफ़ की पहली मुठभेड़ हुई। उसने सितारा को उसके सामान समेत, उसके ही दादर के फ़्लैट में पहुँचा दिया। इस तरह सितारा का आसिफ़ के साथ नया प्रेमपर्व शुरू हो गया। आसिफ़ ने सितारा से कहा, 'हमारा रिश्ता बहुत गहरा है सितारा। तुम अब किसी और के पास मत जाना, बस मेरे साथ ही रहना'।

—मेरी जान, मैं इतने दिनों से तुम्हें ही खोज रही थी। यकीन मानो, आज से सितारा किसी और की तरफ़ देखेगी भी नहीं।

—नहीं तो मैं पागल हो जाऊँगा।

—वादा।

सितारा ने आसिफ़ को चुम्बनों से भर दिया।

अगले दिन आने का कह के आसिफ़ लौट गया। सितारा आसिफ़ के जाने के बाद अपने ड्रेसिंग टेबल के सामने जाकर बैठ गई। वह साड़ी बदल, सज-धज कर तैयार हो, टैक्सी पकड़ कर अरोरा के घर चल दी। अच्छा मिर्ज़ा साहब, आपको क्या लगता है, क्या वह लड़की सारी ज़िन्दगी बस अपनी यौन क्षुधा के पीछे भागती रही थी? मुझे इसके पीछे गहरी बेज़ारगी दिखाई देती है। ऐसी ही बेज़ारगी मैंने सुगंधी के भीतर देखी थी। मधु उसे चूस कर ख़त्म कर रह था। उसके बाद एक दिन सुगंधी ने मधु को भगा दिया और अपने पाले हुए सड़क के कुत्ते के साथ लिपट कर सो गई। सितारा मुझे बिल्कुल बर्दाश्त नहीं कर पाती थी। लेकिन मैं चाहता था वह एक दिन सुगंधी की तरह सो पाए।

भाईजान लोग, ये सब हैरत से भरी लड़कियाँ थीं। क्या मैं कभी परी रानी नसीम बानो की बात भूल सकता हूँ? क्या आँखें थी उसकी। जैसे सरोवर में खिले हुए दो कमल। 'बेग़म' फ़िल्म की कहानी लिखते वक़्त मैंने नसीम को क़रीब से देखा था। नसीम के घर पर बैठ कर मैं और एस मुखर्जी कहानी के बाबत चर्चा करते थे, कहानी में अदल-बदल करते थे। हमने सोचा था नसीम शायद बहुत बड़े घर में रहती है। उसका पोरबन्दर रोड का घर बहुत ही पुराना था, दीवारों का पलस्तर उखड़ गया था, खिड़कियों के कपाट टूट-फूट गये थे। घर में कुछ मामूली समान था, जो कि सब किराए का था। एक दिन देखा वह अपने बरामदे में खड़ी दूधवाले के साथ झगड़ा कर रही है। दूधवाले ने शायद आधे लीटर दूध की हेर-फेर की थी। मैं हैरान रह गया। जिस नसीम के लिए लोग दूध की नहरें बहा सकते थे, वह आधे लीटर दूध के लिए दूधवाले से लड़ रही थी? 'पुकार' फ़िल्म की नूरजहाँ असल में ऐसी थी? क्यूँ न होती? हम सबके भीतर भूसे का एक ढाँचा होता है। वह कभी-कभी निकल आता है।

भाईजान लोग, फ़िल्म के लोग हर वक़्त इस ढाँचे को ढक कर रखना चाहते हैं। ज़्यादातर वक़्त नसीम गुलाबी रंग के कपड़े पहनती थी। गुलाबी बड़ा ख़तरनाक रंग है, नज़रों को भ्रमित करने वाला। नसीम जैसे वही चाहती थी। वैसे ख़ुद उसमें भी उलझन पैदा कर देने जैसी बात थी। गुलाब की पंखुड़ियों जैसी उसकी त्वचा, मुझे याद नहीं, मैंने किसी और की देखी थी।

उसका ज़ेवर, इत्र, सेंट के प्रति जितना तीव्र आकर्षण था, उतना ही उसे अपने पिता से लगाव था। उसके वैनिटी बैग में हमेशा उसके पिता की तस्वीर रहती थी। मैंने एक बार छुप कर वह तस्वीर देखी थी। मेरी एक बुरी आदत थी, मिर्ज़ा साहब। चोरी से लड़कियों का पर्स खोल कर देखना। इसी तरह एक दिन मैं उसका बैग खोल कर देख रहा था कि नसीम आ गई।

—यह क्या कर रहे हैं, मंटो साहब?

—माफ़ कीजिए, यह मेरी बड़ी बुरी आदत है। जानता हूँ, फिर भी ख़ुद को रोक नहीं पाता।

नसीम हँस दी। —ग़नीमत है, छुप कर लड़कियों का दिल देखने की आदत नहीं।

—वह मैं ऐसे ही देख लेता हूँ।

—लड़कियों के दिल?

—हाँ।

—मेरे दिल में क्या है बताइए तो?

—एक गुलाबी चुनरी उड़ रही है।

—आप बहुत मज़ेदार हैं, मंटो साहब।

—लेकिन फ़ोटो किसकी है?

—क्यूँ? मेरे अब्बाजन की। बस उस एक लफ़्ज़ 'अब्बाजान' को कहते ही वह जैसे अपने बचपन के ओस से भीगे दिनों में लौट गई। मैंने देखा मिर्ज़ा साहब, उसके चेहरे पर एक गहरे प्यार और लगाव का एहसास फैल गया।

एक बार 'बेग़म' फ़िल्म की कहानी के एक दृश्य को लेकर एस मुखर्जी के साथ लड़ते-लड़ते रात के लगभग दो बज गए। उस दिन सफ़िया भी मेरे साथ थी। हम लोग चलने ही वाले थे कि नसीम ने कहा, 'यह क्या जाने का वक़्त है? आज यहीं रुक जाइए'।

—कोई दिक़्क़त नहीं, साढ़े तीन बजे की ट्रेन है। प्लैटफ़ॉर्म पर घूमते-घूमते ही ट्रेन आ जायेगी।

लेकिन नसीम और उसके पति एहसान ने किसी तरह नहीं छोड़ा, लिहाजा रुकना ही पड़ा। नसीम सफ़िया को लेकर सोने के कमरे में चली गई। मैं और एहसान बरामदे में सो गए।

अगले दिन सफ़िया की ज़बानी नसीम की एक अलग ही तस्वीर दिखी, भाईजान लोग। सोने के कमरे में जाते ही नसीम ने बिस्तर पर एक साफ़ चादर बिछाई, उसके बाद सफ़िया को बदलने के लिए सोने के कपड़े देकर कहा, 'ये पहन लो। बिल्कुल नये हैं'।

—तुम?

—मेरे अभी कई काम बाक़ी हैं।

नसीम कपड़े बदल कर मुँह का मेकअप धो कर आई। सफ़िया उसकी तरफ़ हैरान देखती रह गयी, 'तुम्हारा चेहरा ऐसा कैसे नसीम? तुम तो बिल्कुल साँवली हो। तो फिर?'

—सारी बहार सजने-सवँरने की वजह से है सफ़िया। नहीं तो मैं देखने में काफ़ी ख़राब हूँ।

उसके बाद नसीम ने मुँह पर तरह-तरह के तेल की मालिश की। वज़ू कर क़ुरान शरीफ़ पढ़ने लगी। सफ़िया के मुँह से निकल गया, 'नसीम तुम तो हमलोगों से कहीं ज़्यादा अच्छी इंसान हो'। नसीम ने कुछ जवाब नहीं दिया; बत्ती बुझा कर सो गई।

इसी तरह कितने लोगों की बातें टुकड़ों-टकड़ों में याद आती हैं, मिर्ज़ा साहब। क्या मैं कभी नूरजहाँ की आवाज़ भूल सकता हूँ? सब उनकी ख़ूबसूरती की बात करते थे, लेकिन उनकी आवाज़ के अलावा उनकी ख़ूबसूरती मुझे कभी नहीं छू पाई। नूरजहाँ का मतलब ही, मेरे लिए, आसमान की राह पर तैरती जाती कोई पुकार थी। ऐसा दराज़ गला, ग़ज़ब का ख़रज, तीव्र तैयार पंचम, मैंने पहले कभी नहीं सुना था, मिर्ज़ा साहब। जैसे बाज़ीगर शून्य में रस्सी के ऊपर स्थिर रह सकता है, नूरजहाँ की तान भी उसी तरह की थी—वह घंटे भर तक सुर पकड़ कर रख पाती थीं। पर जानते हैं, ख़ुदा जिन पर मेहरबान होते हैं, वह अपने आप को सबसे ज़्यादा बर्बाद करते हैं। शराब से गला ख़राब होता है, और सहगल साहब शराब छोड़ कर एक क़दम भी नहीं चल पाते थे। खट्टी और तली-भुनी चीज़ें गले का नुकसान करती हैं, और नूरजहाँ एक पाव तेल का अचार एक बार में खाती थीं। कभी-कभी लगता है, नूरजहाँ और सहगल, ख़ुदा को टक्कर देने के लिए पैदा हुए थे। मिर्ज़ा साहब, जितने दिनों तक यह ग्रह रहेगा, उतने दिनों तक नूरजहाँ की आवाज़ रहेगी।

नूरजहाँ के इतने प्रेमी थे, जिसका कोई ठिकाना नहीं था। रईस आदमियों की तो बात छोड़िए, मैं कितने ही होटलों के बावर्चियों को जानता था, जो नूरजहाँ की तस्वीर तंदूर के ऊपर लटकाए, उनके गाए गाने बेसुरे गले से गाते-गाते, साहब-मेमसाहबों के लिए खाना बनाते थे। नूरजहाँ से मुलाक़ात कराते हुए रफ़ीक़ ने मुझे कहा था, 'ये हैं नूर, नूर-ए-जहाँ। ख़ुदा की क़सम ऐसा गला पाया है इन्होंने, बहिश्त की हूरें भी सुन कर आसमान से नीचे उतर आएं'। एक नाई भी नूरजहाँ का आशिक़ था। उसकी ज़ुबाँ पर हर वक़्त बस नूरजहाँ की बातें और गीत रहता था। एक दिन नाई के दोस्त ने उससे पूछा, 'तुम सच में नूरजहाँ से प्यार करते हो?'

—ख़ुदा क़सम, नूरजहाँ बेग़म मेरी जान हैं।

—उनके लिए जान दे सकते हो?

—मामूली सी चीज़ है।

—महिवाल की तरह अपना मांस काट कर दे सकते हो?

नाई ने संग-संग उस्तरा निकाल कर अपने दोस्त के हाथ में थमा दिया, 'जहाँ से मर्ज़ी गोश्त काट लो'।

दोस्त भी बड़ा अजीब आदमी था। नाई के हाथ का मांस काट लिया। उसका ख़ून से सना हाथ देख कर, दोस्त ख़ुद ही डर से भाग गया। नाई बेहोश हो गया। अस्पताल ले जाने के बाद, होश लौटते ही उसके मुँह पर बस एक ही नाम था, 'नूरजहाँ'। वह एक अजीब दुनिया थी, भाईजान लोग। इश्क़, ख़ून, मार-काट—ये सब न होने से ज़िन्दगी कोई ज़िन्दगी थी?

ज़िन्दगी का खुल्लम-खुल्ला भोग किया था मेरे दोस्त श्याम ने। मैं तब पाकिस्तान में था। श्याम ने मुझे ख़त लिखा, 'मैं लोगों से नफ़रत करता हूँ और मैं इसी ख़्याल के साथ जीना

चाहता हूँ। ये ज़िन्दगी ही मेरी माशूका है, जिसे मैं अस्थि-मज्जा से प्यार करता हूँ'। श्याम एक अनोखा इंसान था। सभा-समितियों में जो लोग पजामा-कुर्ता और टोपी पहन, भले इंसान की तरह बैठते, उन्हें वह जोकर कहता। जो कोई शराब पी कर ज़िन्दगी को लेकर बड़ी-बड़ी बातें करता, उसे वह गालियों की दरिया में बहा देता। दौलत और शोहरत पाने के लिए श्याम को बहुत लड़ाई करनी पड़ी थी। टूटे हाल में, वह रुपया हाथ में लेकर कहता, 'दोस्त, और कितनी तक़लीफ़ दोगे? एक न एक दिन तो तुम्हें मेरी जेब में आना ही है'। श्याम को घर-गाड़ी-शोहरत सब मिला। वह मुझे कभी नहीं भूला।

इधर पाकिस्तान आकर मैं तब ख़स्ता-हाल था। यहाँ फ़िल्में लगभग बनती ही नहीं थीं, किसके लिए कहानियाँ लिखता? उधर 'ठण्डा गोश्त' कहानी लिखने के लिए क़ानूनी मामलों ने मेरी हालत और भी नाज़ुक कर दी थी। अदालत ने मुझे तीन महीने क़ैदे-बा-मशक्कत और तीन सौ रुपये जुर्माने की सज़ा सुनाई। मन में ज़हर घुल गया। बार-बार यही ख़्याल आ रहा था, इतने दिनों तक जो कुछ लिखा था, सब जला दूँगा। इससे अच्छा किसी दफ़्तर में क्लर्की कर लेता, कम-से-कम बीवी-बच्चे तो ज़िन्दा रहते। दिन पर दिन मेरा शराब पीना बढ़ता जा रहा था। एक दिन 'तहसीन पिक्चर्स' के मालिक का ख़त आया। जल्दी मिलिए। बम्बई से ख़त आया है। मैं पाकिस्तान में, मुझे बम्बई से कौन चिट्ठि लिखता? फिर भी गया। श्याम की चिट्ठी थी, साथ में पाँच सौ रुपये। मैं रो पड़ा, मिर्ज़ा साहब। उसे कैसे पता चला कि मुझे पैसों की सख़्त ज़रूरत है। कई बार उसे चिट्ठी लिखने की कोशिश की, लेकिन हर बार लिख कर फाड़ दिया। क्या श्याम को धन्यवाद देना अच्छा लगता? तब तो वह ज़रूर लिखता, मंटो यह है तुम्हारा जवाब?

एक बार श्याम किसी कार्यक्रम में लाहौर आया। मैं संग-संग उससे मिलने के लिए भागा। श्याम ने मुझे गाड़ी से ही देख लिया, हाथ हिलाया। ड्राईवर को गाड़ी रोकने को कहा। लेकिन उसके चाहनेवालों की भीड़ से बचने के लिए ड्राईवर गाड़ी नहीं रोक पाया। हॉल के पीछे के दरवाज़े से घुस कर मैंने उससे मुलाक़ात की। कहा, रात को उसके होटल जाऊँगा।

होटल जाकर मैं बाहरवालों की तरह बैठा रहा। उसके चाहनेवालों की भीड़ हटा कर मुझे श्याम के पास तक पहुँचने का मन नहीं किया। थोड़ी देर में श्याम ने आकर कहा, 'सब हीरा मंडी जा रहे हैं। तुम भी चलो मेरे साथ'।

—नहीं।

—क्यूँ?

—मैं नहीं जाऊँगा। तुम जा रहे हो तो जाओ।

—तो फिर मेरे लिए इन्तज़ार करना। मैं गया और आया।

श्याम चला गया। मैं भी घर लौट आया। मैं जानता था, मैं और श्याम, अब दोनों बहुत दूर के इंसान हैं। जैसे हिन्दुस्तान और पाकिस्तान। अब हम एक-दूसरे के दोस्त नहीं। जिस तरह मेरे पाकिस्तान आने के बाद, इस्मत ने कभी मेरे किसी भी ख़त का जवाब नहीं दिया। और देने से भी क्या होता?

35

करें क्या के दिल भी तो मजबूर है।
ज़मीन सख़्त है, आसमाँ दूर है।

कोई-कोई इंसान कुछ दिनों के लिए आकर ज़िन्दगी को बिल्कुल सूना करके चला जाता है। सीने के अन्दर धूं-धूं करता कर्बला रह जाता है। आरिफ़ मुझे बिल्कुल उजाड़ कर चला गया। मैं पहली बार समझा था कि दूसरी और प्रवृत्तियों की तरह, औलाद का प्यार भी इंसान के अन्दर कितनी गहराई में छुपा होता है। जिसने औलाद के सुख का अनुभव नहीं किया, उसके जीवन का एक बड़ा हिस्सा अँधेरा ही रह जाता है। जो मोमबत्ती मेरे घर को रोशनी देती थी, आरिफ़ उसी की लौ थी, मंटोभाई।

उमराव बेग़म की बहन का बेटा, आरिफ़; उसका असली नाम ज़ैनुल-आबेदिन ख़ाँ था। आरिफ़ उसका तख़ल्लुस था। वह और उसका दोस्त ग़ुलाम हुसैन ख़ाँ माहब, मेरे पास दोनों रोज़ाना आया करते थे। ग़ज़लों को लेकर एक के बाद एक सवाल किया करते थे। आरिफ़ की कूवते तसव्वुर ख़ास थी। लगता था, बस एक आरिफ़ ही मेरा बेटा हो सकता था। मैं तो मुशायरों में जाना नहीं चाहता था। लेकिन वह दोनों बच्चे मुझे ज़बरदस्ती ले जाया करते थे। आरिफ़ कभी-कभी मुझसे पूछता था, 'आप मुशायरों में क्यूँ नहीं जाना चाहते हैं, मिर्ज़ा साहब?'

—आरिफ़, मैं बज़्म के बाहर का आदमी हूँ।

—आप अपने बारे में ऐसा क्यूँ सोचते हैं?

—मैं तो राहों में ही ख़ूबसूरती तलाश लेता हूँ। मजलिसों में मेरा दम घुटता है। मैंने हमेशा राह के किनारे ही बैठा रहना चाहा है। लेकिन मुझे वहाँ से भी भगा दिया गया।

—क्यूँ मिर्ज़ा साहब?

—पागल से कौन नहीं डरता, बताओ? ग़ज़ल लिखते-लिखते एक दिन तुम भी समझ जाओगे, लफ़्ज़ों की जान को छूने के लिए, अन्दर से बिल्कुल फ़क़ीर बनना पड़ता है। और तब, कोई तुम्हारे पास नहीं होता, आरिफ़। तुम्हारे अज़ीज़ तुम्हारे मुँह पर थूकते हैं। और उस दिन तुम्हें गुफ़्तगू लफ़्ज़ का मतलब समझ में आयेगा। आशिक के साथ मुहब्बत करना किसे कहते हैं। उस लफ़्ज़ कितने के अन्दर कितने तुलू-ए-आफ़्ताब और ग़ुरुब-ए-आफ़्ताब छुपे होते हैं।

—क्या मैं लिख सकूँगा, मिर्ज़ा साहब?

—ख़ुदा के चाहने पर।

मंटोभाई, आरिफ़ को बिना एक दिन देखे मैं बेचैन हो जाता था। इसलिए एक दिन मैंने उसे, मेरे घर पर ही आकर रहने के लिए कह दिया। आरिफ़ एक बार में राज़ी हो गया।

उसका दिल आसमान की तरह था। अपनी बीवी और दो बच्चों को लेकर वह घर आ गया। बेटा, बहू और पोतों को लेकर उमराव बेग़म भी ख़ुशी से पागल हो गईं। मंटोभाई, अकेले-अकेले बहुत वक़्त गुज़ारा था। उन लोगों ने आकर मेरे घर को ख़ुशनुमा बना दिया। बच्चों की किचिर-मिचिर सुनते-सुनते लगता, जैसे कोई बाग़ ही हमारे घर में घुस गया हो। परिंदे गाना गा रहे हैं। मुझे तो फूलों की ख़ुशबू भी आने लगी। जीवन अगर एक जश्न न हो तो फिर जीना कैसा? मेरी कमाई से तो इतने लोगों की परवरिश मुमकिन नहीं था, फिर भी तक़लीफ़ में सब लोगों के साथ रहने की ख़ुशी ही अलग थी। उमराव बेहद ख़ुश थीं, मैं यह समझ रहा था, मैं उसकी इस ज़रा-सी ख़ुशी को छीनना नहीं चाहता था। उससे भी बड़ी बात यह थी कि मुझे आरिफ़ बिल्कुल अपने बेटा जैसा लगता था। उसका नाम काग़ज़ पर लिखते वक़्त मेरी ऊँगलियों में पकड़ी क़लम जैसे ख़ुशी से झूम उठती थी।

मगर उसकी तबीयत का हाल बिल्कुल अच्छा नहीं था। बीच-बीच में वह ज़ुकाम-बुख़ार से बीमार हो जाता था। धीरे-धीरे उसके अन्दर बिस्तर से उठने की ताक़त तक नहीं रही। हकीम ने जाँच कर कहा, उसे रू-आफ़ यानी टीबी हुआ था। पानी की तरह मुँह से ख़ून टपकने लगा। हमें लगा कि उसके दिन ख़त्म हो गये हैं। उधर उसकी बीवी भी इसी बीमारी से जूझ रही थी, और वह आरिफ़ से पहले ही चली गई। आरिफ़ इस हादसे के बाद चार महीने और ज़िन्दा रहा। मंटोभाई, उसकी ओर देखा नहीं जाता था। जैसे कोई हड्डियों का ढाँचा बिस्तर पर पड़ा हुआ हो। उमराव बेग़म हर वक़्त उसके बिस्तर के पास बैठी ख़ुदा से दुआ माँगती रहतीं। एक दिन बच्चे की तरह मेरा हाथ पकड़ कर उमराव रोने लगीं, 'मैं जिसे भी पकड़ कर रखना चाहती हूँ, वह इस दुनिया को छोड़ कर क्यूँ चला जाता है, मिर्ज़ा साहब?' इस बात का तो कोई जवाब नहीं होता है। ख़ुदा हमारे जैसे परछाई के पुतलों के साथ क्या खेल खेलेंगे ये तो वे ही जानते हैं। आरिफ़ भी दोनों बच्चों को छोड़ कर चला गया। बक़ीर की उम्र तब पाँच साल और हुसैन की दो साल की थी।

मेरा महल बिल्कुल अँधेरा हो गया। मैं अपनी कोठरी में अकेला बैठा रहता था, कहीं जाने का दिल नहीं करता था। फिर भी दरबार तो जाना ही पड़ता था, बादशाह का नौकर जो ठहरा! जानते हैं मंटोभाई, आरिफ़ की मौत एक दिन ग़ज़ल बन कर उभरी। हम तो मौत को ही लिखते हैं। हो सकता है इसी तरह मौत की तख़्लीक़ करते-करते एक दिन आबे-हयात की राह पर भी जाया जा सकता हो। मैं अमर होने की बात नहीं कह रहा हूँ, मंटोभाई; ख़ुदको मिटाते-मिटाते, मौत को लिखते-लिखते आबे-हयात की राह की ओर जाना, वह अमरता को हासिल करने के लिए नहीं है; मेरा नाम इस दुनिया में रह जायेगा, हज़ारों साल बाद भी लोग मेरी ग़ज़लें पढ़ेंगे, ये मैंने कभी नहीं सोचा था; बस सोचता था, जिस ख़ाक़ से अल्लाह ने हमें बनाया है, फिर से वही ख़ाक़ बन सकूँ—वही मेरी आबे-हयात की राह है।

आरिफ़, मेरे बेटे, उसे बुला कर मैंने कहा;

लाज़िम था कि देखो मिरा रस्ता कोई दिन और
तन्हा गये क्यूँ अब रहो तन्हा कोई दिन और

मेरे बेटे आरिफ़, किसी न किसी दिन हमारी राहें ज़रूर मिलेगी; जब अकेले चले ही गये हो तो कुछ दिन और अकेले रहो।

मिट जायेगा सर गर तिरा पत्थर ना घिसेगा
हूँ दर पर तिरे नासिया-फ़रसा कोई दिन और

तुम्हारी क़ब्र पर सिर पटकते-पटकते मेरा माथा लहूलुहान हो जायेगा, फिर भी आरिफ़, मैं उस दिन के न आने तक तुम्हारी मज़ार के पास ही रहूँगा।

आए हो कल और आज ही कहते हो कि जाऊँ
माना कि हमेशा नहीं अच्छा कोई दिन और

कल ही आए हो, और आज जाने की बात कर रहे हो? हमेशा नहीं रहोगे लेकिन, कुछ दिन तो और रहो।

जाते हुए कहते हो क़यामत को मिलेंगे
क्या ख़ूब क़यामत का है गोया कोई दिन और

जाते वक़्त कह गये, क़यामत के दिन होगी मुलाक़ात। तुम्हारा चले जाना ही तो क़यामत का दिन है मेरी ज़िन्दगी में, आरिफ़।

हाँ ऐ फ़लक-ए-पीर जवाँ था अभी आरिफ़
क्या तेरा बिगड़ता जो न मरता कोई दिन और

ओ क़दीम आसमाँ, आरिफ़ तो अभी जवान था। अगर कुछ दिन और वह ज़िन्दा रहता तो तेरा ऐसा क्या नुकसान होता?

तुम माह-ए-शब-ए-चार-दुहुम थे मिरे घर के
फिर क्यूँ न रहा घर का वह नक़्शा कोई दिन और

तुम मेरे महल के पूनम के चाँद थे, आरिफ़। यही नक़्शा क्या कुछ दिन तक और नहीं रह सकता था?

नादाँ हो जो कहते हो कि क्यूँ जीते हैं 'ग़ालिब'
किस्मत में है मरने की तमन्ना कोई दिन और

बेवकूफ़ हैं जो कहते हैं, ग़ालिब क्यूँ ज़िन्दा हो अब तक? मेरी किस्मत ही ऐसी है, करना पड़ेगा मरने का इन्तज़ार कई दिन तक और।

हाँ, मंटोभाई, मुझे तो सब कुछ देख कर ही जाना होगा, सारे ज़ख़्मों के निशान अपने जिस्म पर ढोने होंगे; ख़ुदा ने तो मुझे फ़क़ीरी की राह पर चलने नहीं दिया; मेरी सारी इबादत नाजायज़ हो गयी है। बस दुनिया को देख कर कभी-कभी दिल मुक़म्मिल एहसास से भर उठता है। बस उतना ही मेरा ख़ुदा को पाना है। आरिफ़ के लिए उस ग़ज़ल को लिखने के काफ़ी दिनों के बाद मुझे समझ में आया कि उर्दू ग़ज़लों में पहले कभी ऐसा नहीं लिखा गया था। जानते हैं क्यूँ? मेरे समकालीन शायर अनीस, दबीर, इन लोगों ने बहुत लम्बे-लम्बे मर्सिया लिखे थे। उन सभी शोक गाथाओं का विषय कर्बला था—हुसैन और उनके ख़ानदान की शहादत। कर्बला को छोड़ कर मर्सिया लिखने की बात कोई सोच भी नहीं सकता था। पहली बार, आरिफ़ के लिए लिखे उर्दू ग़ज़ल में मर्सिया का स्वर दिखाई दिया। यह सब मैंने सोच-समझ कर नहीं किया था, पता नहीं किस तरह हो गया। सिर्फ़ कर्बला क्यूँ? क्या हम अपने अज़ीज़ों के लिए शोकगाथा नहीं लिखेंगे?

हमारे पास आरिफ़ के लिए ग़म में डूबे रहने का वक़्त नहीं था। वह तो बक़ीर और हुसैन को यतीम छोड़ कर चला गया। जो दो ज़िन्दगियाँ रह गयी थीं, अब उन्हें बचा कर रखना था। बक़ीर को आरिफ़ की अम्मी ले गईं। हुसैन को हमने गोद ले लिया। उतना छोटा बच्चा, हर वक़्त हमारी मुँह की ओर देखता रहता; मुझे पता था, वह अपने माँ-बाप के बारे में जानना चाहता था। माँ-बाप को खोया बच्चा, अक्सर बीमार पड़ जाता था। उमराव सारी रात उसके सिरहाने बैठी जागती रहती थीं। उन्हें हर वक़्त यही डर लगा रहता था, अगर हुसैन भी हमें छोड़ कर चला गया तो। साल भर के अन्दर आरिफ़ की अम्मी भी गुज़र गईं। बक़ीर को हम अपने पास ले आए। उसे कहाँ फेंक देता, बताइए? वैसे दोनों बच्चों के खेलने-कूदने और बातों में मेरे महल में दुबारा रौनक़ लौट आई।

इस बीच मैं मियाँ काले साहब की हवेली छोड़ कर बल्लीमारान मुहल्ले के एक मकान में आ गया। साल 1854 में कुछ रुपये-पैसों का भी मुँह देख पाया। साल में तब मेरी कमाई बाईस सौ पचास रुपये थी। साढ़े सात सौ रुपये पेंशन के, बादशाह देते थे दो सौ रुपये, बादशाह के वारिस मिर्ज़ा फ़ख़रुद्दीन ने मुझे अपना उस्ताद माना था, इसलिए चार सौ रुपये उनसे मिलते थे। और अवध के नवाब वाजिद अली शाह के लिए मैंने एक क़सीदा लिख कर भेजा था, इसलिए उन्होंने मुझे साल में पाँच सौ रुपये देना मंज़ूर किया था। उसी साल के आख़िर में बादशाह के उस्ताद, ज़ौक़ साहब का इन्तकाल हो गया। शायर मौमिन भी तब तक चल बसे थे। मौमिन ख़ाँ साहब का एक शेर सुनिए, भाईजान लोग:

तुम मेरे पास होते हो गोया
जब कोई दूसरा नहीं होता।

क्या बात! इस शेर को सुन कर मैंने मौमिन ख़ाँ से कहा था, 'मियाँ यह शेर मुझे दे दीजिए, बदले में मेरा पूरा दीवान ले लीजिए'।

ज़ौक़ साहब गुज़र गये, मौमिन ख़ाँ नहीं रहे, जहाँपनाह को मरता क्या न करता, मुझ जैसे तज़हीक को ही निगलना पड़ा। बादशाह ने मुझे शायर-उल-मुल्क की हैसियत से इस्तक़्बाल किया। मैं जानता था, ज़ौक़ साहब की तरह मालिक-उश-शुआरा का ख़िताब मुझे कभी नहीं दिया जायेगा। उसको लेकर मुझे कोई सिरदर्दी भी नहीं थी। लेकिन बादशाह ने मेरे पैसे नहीं बढ़ाए। इधर बादशाह का उस्ताद होने के नाते मुझे उनकी ग़ज़लें भी ठीक करनी पड़ती थीं। यह काम मुझे कभी अच्छा नहीं लगा। शायरी भी कभी सुधारी जा सकती है? जो लिखा गया है, या तो वह शायरी है, या फिर नहीं है। सुधार कर तो गधे को घोड़ा नहीं बनाया जा सकता है। फिर भी नौकरी की बात थी। एक दिन मैं दीवान-ए-आम में नज़ीर हुसैन मिर्ज़ा के साथ बैठा बातें कर रहा था। नज़ीर साहब बादशाह के दीवान थे। एक संतरी ने आकर कहा, बादशाह अपनी ग़ज़लें देखना चाहते हैं। मैंने कल्लू से कहा, 'जाओ पाल्की से कपड़े की पोटली ले आओ'। वह पोटली ले आया, मैंने उसे खोल कर आठ-नौ पन्ने निकाले, जो कि बादशाह के लिखे अधूरे शेर थे। सारे अधूरे शेरों को पूरा कर मैंने संतरी के हाथों भिजवा दिया।

नज़ीर साहब ने कहा, 'इतनी जल्दी हो गया?'

—अरे ये ऐसा क्या काम है। जहाँपनाह ख़ुश हो जायेंगे।

शायरी की इस्लाह, किताबों की भूमिका लिखना, मुझे ये सब काम इतनी चिढ़ के साथ करना पड़ता था, मंटो साहब। क्या ये किसी शायर का काम था? जो माज़ूर हो गया हो, उसे ये सब काम करने चाहिए। हरगोपाल तफ़्त: मेरा एक शागिर्द और दोस्त भी था। वह सिकंदराबाद में रहता था। उसकी कितनी फ़ारसी शायरी मुझे सुधारनी पड़ती थी। मैंने उसकी दीवान की भूमिका भी लिखी थी। जिसे पढ़ कर तफ़्त: काफ़ी नाराज़ हो गया; उसे लगा, शायद मैंने उसकी तारीफ़ की आड़ में उसकी शायरी पर तंज़ किया है। मैं और क्या कहता, बताइए? ख़त में लिखा, 'तुम मेरे दुश्मन भी नहीं हो, मुक़ाबिल भी नहीं हो। मेरे दोस्त हो और ख़ुद को मेरा शागिर्द मानते हो। तारीफ़ की आड़ में मैं तुम्हारा मज़ाक़ बनाऊँगा? इतना ग़ैर और नीच समझते हो मुझे?' कुछ दिनों के बाद तफ़्त: फिर एक और दीवान छपवाने मुस्तैदी से लग गया। मुझे फिर भूमिका लिखने के लिए दरख़्वास्त की। मैं सचमुच परेशान हो गया। साफ़-साफ़ उसे लिख दिया, 'ठीक है कि तुम बड़ी आसानी से दीवान तैयार कर लेते हो, लेकिन मैं उतनी आसानी से भूमिका नहीं लिखा पाता हूँ। शायरी को प्यार कर बस लिखे जाओ, उसे छपवाने की जल्दी मत करो। सब्र रखो। नहीं तो दूसरे दीवान के छपते ही तुम तीसरे के लिए हड़बड़ी करना शुरू कर दोगे। और इतनी भूमिकाएं लिखना मेरे लिए संभव नहीं। मैं इस उम्र में अपनी राह से अलग नहीं हो सकता। हर साल अगर तुम एक नया दीवान तैयार करोगे तो क्या हर बार मुझे ही उसकी भूमिका लिखनी होगी? यह सब फ़ालतू का लिखना मुझसे नहीं होगा'। उसके बाद तफ़्त: ने बहुत दिनों तक मुझे ख़त नहीं लिखा। इसका क्या मतलब था, मंटोभाई? कविता की तरह गद्य लिखना भी बहुत कठिन काम है। उम्र के इस पड़ाव में किसी के साथ समझौता करने की बात, मैं सोच भी नहीं पाता था। अबुल फ़ज़ल की 'आईन-ए-अकबरी' का संपादन करते वक़्त, सईद अहमद ख़ान ने मुझे एक भूमिका लिखने को कहा। उनके साथ मेरी काफ़ी दोस्ती थी। वे इतने बड़े फ़लसफ़ी व नेता थे, लेकिन मुझे लगा, इस नये ज़माने में 'आईन-ए-अकबरी' की कोई प्रासंगिकता नहीं थी। ऊपर से अबुल फ़ज़ल की गद्य-शैली मुझे कतई पसन्द नहीं थी। और सबसे बड़ी बात ये थी कि मुझे इतिहास में ज़रा भी आग्रह नहीं था। इसलिए भूमिका के रूप में मैंने एक नज़्म लिख कर भेज दिया। मौजूदा वक़्त में 'आईन-ए-अकबरी' ग़ैरज़रूरी था, मैंने उसमें यही लिख कर भेजा था। सईद साहब को वह बिल्कुल पसन्द नहीं आया। उन्होंने उसे छापा भी नहीं। उसमें मैं क्या कर सकता था, बताइए? दोस्त हैं इसलिए उनके सारे कामों की तारीफ़ करनी होगी, मेरी ऐसी फ़ितरत नहीं थी। इन्हीं सब वजहों से मैं धीरे-धीरे अकेला होता जा रहा था और मैंने इसे मान भी लिया था। ज़िन्दगी में अब नया और क्या घट भी सकता था?

कल्लू एक दिन कहाँ से किसी दास्तानगो को पकड़ लाया। वह तो शिकारी बाघ की तरह क़िस्सा कहने वालों को ढूँढ़ता रहता था। मैं और कल्लू उससे क़िस्से सुनने बैठ गए। मौला रूमी की मसनवी से, अहा, कैसा नैसर्गिक क़िस्सा सुनाया उसने। दिल से सुनियेगा, भाईजान लोग।

दूसरे ख़लीफ़ा उमर के वक़्त की बात है। मदीना में तब तसलीम नाम के एक गायक रहा करते थे। सिर्फ़ गाने में ही नहीं, वे रबाब बजाने में भी माहिर थे। लोग कहते थे, उनका गाना सुन कर कोयल भी शर्मा जाती थी, मुर्दे भी क़ब्र में उठ बैठते थे। बड़े-छोटे, हर तरह के

लोगों से उनका प्यार-मुहब्बत का रिश्ता था। तसलीम जहाँ भी जाते, उनके पीछे-पीछे बहुत से लोग जाते थे; जैसे तसलीम को छोड़ कर उनकी दुनिया में कोई और नहीं था।

तसलीम की उम्र बढ़ने लगी, उधर उनके गले की आवाज़ भी वैसी नहीं रही, और उँगलियाँ भी सुर-झंकार छेड़ने की ताक़त खोने लगीं। एक वक़्त ऐसा आया जब मदीने के लोगों को उनकी आवाज़ सुनने पर लगता, जैसे कोई गधा रेंक रहा हो। सत्तर साल की उम्र तक पहुँचते-पहुँचते, उनके गाने और रबाब का कोई भी सुनकार नहीं रहा। तसलीम ने सोचा था, वे तमाम उम्र हरदिल अज़ीज़ रहेंगे। इसलिए उन्होंने अपनी सारी कमाई दौलत ऐशो-इशरत में लुटा दी। अब बुढ़ापे में वे क़र्ज़दार हो गए। घरवालों ने उन्हें घर से निकाल दिया। उनके पास एक रोटी भी ख़रीद कर खाने का पैसा नहीं था। वे टूटे तारों का रबाब लेकर सड़कों पर घूमते रहते। अकेले-अकेले ख़ुद से ही बातें करते रहते थे। ओ रहमदिल ख़ुदा, क्या मुझे इतनी तक़लीफ़ पाने की ही बात थी? एक वक़्त पर सब मुझे ख़ुदा के सुरों का रियाज़ी समझते थे, और ख़ुदा ही मुझे भूल गये? तो क्या इस दुनिया में कोई सुनवाई नहीं?

सड़क पर कोई उन्हें पलट कर भी नहीं देखता था। दो-एक लोग 'सलाम वालैकुम' कह कर किनारा कर निकल जाते। मदीना के लोग तब नये फ़नकारों के पीछे भाग रहे थे। तसलीम को देख कर लगता, सड़क से कोई खंडहर जा रहा हो। इसी तरह एक दिन वे मदीने से बाहर, क़ब्रस्तान में जा पहुंचे। थके, भूखे तसलीम एक मज़ार के ऊपर जाकर बैठ गए। क्या मतलब था इस ज़िन्दगी का? उन्हें जो शोहरत मिली, क्या वह झूठी थी? जवानी की शोहरत अब कड़वी याद बन कर रह गयी थी। अब न तो वे गाने के क़ाबिल थे और न ही रबाब बजाने के, यही उनकी ज़िन्दगी का दोज़ख़ था। तसलीम को लगा, क्या अपनी क़ाबलियत पर ग़ुरूर करना ही उनका गुनाह था? क्या शोहरत की लालच की वजह से ही उन्हें यह सज़ा मिली थी? चारों तरफ़ की क़ब्रें उन्हें यही कह रही थीं : सिर्फ़ मौत ही सच्चाई है। तसलीम ने सोचा, वे मौत से पहले ख़ुदा की इबादत करेंगे। उन्होंने कभी इस तरह से अल्लाह के बारे में सोचा नहीं था। वे क़ब्र के ऊपर ही सो गए। उन्हें महसूस हुआ, उनके नीचे किसी आदमी या औरत के शरीर की ठण्डी हड्डियों का ढाँचा पड़ा हुआ थ। उनकी ख़ामोश बातें उनके आँसूओं के साथ मिल गईं, 'अल्लाह तुमने मुझसे मौसिक़ी छीन ली। नग़में ही मेरी साँसें थीं और रोटी भी। बिना संगीत के मैं कैसे ज़िन्दा रहूँगा? इस नीच को तुमने बहुत कुछ दिया और फिर उससे छीन भी लिया। मुझे तुमसे कोई शिकायत नहीं। जो दिया और जो लिया, सब तुम्हारा ही था। बस इस तक़लीफ़ को बर्दाश्त कर सकूँ। मैं आज तुम्हारे दरवाज़े पर आकर नंगा खड़ा हुआ हूँ, ऐ ख़ुदा, मुझे क़ुबूल करो। अगर कुछ दिन और ज़िन्दा रहा तो मैं सिर्फ़ तुम्हारे लिए ही रबाब बजाऊँगा, तुम्हारे लिए ही गाऊँगा। कम-से-कम कुछ पैसे जुटा दो, जिससे मैं रबाब के तार ख़रीद सकूँ। जो तुम्हें भूला रहता है, तुम उसे भी तो माफ़ कर देते हो। मुझे भी माफ़ कर दो ख़ुदा'।

कहते-कहते तसलीम का प्राणपंछी पिंजरा छोड़ कर उस अनंत बाग़ की ओर उड़ गया, जहाँ हर वक़्त बहार रहती है। उनकी रूह जैसे मीठे समन्दर में डूब गई। उनकी दुनिया में लौटने की कोई ख़्वाहिश नहीं रह गई। उस दुनिया में तो शोहरत-ख़ुशहाली-ख़्वाहिश कुछ नहीं होता है। तसलीम की आत्मा ने सोचा, इससे ज़्यादा सुख की जगह और कहाँ हो सकती

है? तभी उसने वह आवाज़ सुनी, 'यहाँ मत अटके रहो। ये सिर्फ़ तुम्हारे लिए एक नया तजुर्बा है। अब निकल पड़ो'।

—कहाँ? क्या फिर उस दुनिया में लौट जाना होगा? रहम कीजिए, मैं वहां बिल्कुल नहीं जाऊँगा।

ठीक उसी समय, इस दुनिया में, दरबार में बैठे-बैठे ख़लीफ़ा उमर को झपकी आ गई। देखते-देखते ख़लीफ़ा सो गए। सपने में ख़लीफ़ा उमर ने वही क़दीम आवाज़ सुनी, 'मदीना के क़ब्रस्तान में मेरा एक अज़ीज़ सोया हुआ है। शाही ख़ज़ाने से सात सौ दिनार जाकर उसे दे आओ। और कहना वह अपने रबाब के लिए तार ख़रीद ले'।

नींद टूटते ही ख़लीफ़ा उमर सात सौ दिनार लेकर क़ब्रस्तान की ओर दौड़े। एक मज़ार से दूसरी मज़ार देखते-देखते उन्होंने एक मज़ार पर एक बहुत ज़ईफ़ आदमी को लेटे हुए देखा। ख़लीफ़ा और भी ढूँढ़ने लगे। बाद में उन्हें लगा, मैंने उस बूढ़े का बाहरी चेहरा ही देखा, शायद वह ही ख़ुदा का अज़ीज़ बंदा हो। उमर बूढ़े के पास जाकर खड़े हो गए। ध्यान से देखने के बाद वे तसलीम को पहचान गए।

तसलीम की रूह तब दूसरी दुनिया में चक्कर लगा रही थी। उसी समय क़ब्र के सामने खड़े उमर को छींक आ गई। तसलीम की रूह को लगा, उस छींक का ज़रूर कोई मतलब था। ख़ुदा की दुनिया में सब कुछ एक क़ायदे में बँधा हुआ है। तसलीम की रूह उसके शरीर में वापस आ गई। तसलीम संग-संग उठ बैठे। ख़लीफ़ा को देख कर उनके पाँवों से लिपट गए। —हुज़ूर, बकाया क़र्ज़ के लिए मुझे क़ैदख़ाने में मत बन्द कीजिए। इस बार के लिए मुझे छोड़ दीजिए।

—डर की कोई बात नहीं है मियाँ। ये सात सौ दिनार रखिए। अपनी मर्ज़ी से ख़र्च कीजिए। पर रबाब के लिए तार ज़रूर ख़रीद लीजियेगा।

तसलीम हाथ में दिनार पकड़े थोड़ी देर तक देखते रहे। उसके बाद उन्होंने उमर के हाथों में दिनार वापस देकर, शर्म और नफ़रत से, रबाब को क़ब्र पर मार-मार कर तोड़ दिया, और अपने कपड़े फाड़ने लगे।

—ये क्या कर रहे हैं आप? आप ख़ुदा के अज़ीज़ हैं। ख़ुदा ने ही तो मुझे आपके पास भेजा है।

—मैं उस क़ाबिल नहीं हूँ ख़लीफ़ा साहब। इसी रबाब की वजह से मैं उनसे दूर हो गया था। अपनी आवाज़ की वजह से मैं उनकी ख़ूबसूरती को देख नहीं सका। मेरी महत्वकांक्षाओं ने मुझे उन तक पहुँचने नहीं दिया। जब मैं मशहूर होने में मसरूफ़ था, तब तक उनका क़ाफ़िला मुझे छोड़ कर बहुत दूर जा चुका था। यह ग़ुरूर, यह गुनाह किसी तरह नहीं मिट सकता है ख़लीफ़ा साहब।

—आप इतनी बातें कह रहे हैं, ये भी आपके ग़ुरूर की ही पहचान है, मियाँ। रंज और मलाल से गुनाह और भी बढ़ जाता है।

—लेकिन उस रबाब ने ही मुझे उन तक पहुँचने नहीं दिया।

—रबाब तो उन्होंने ही आपके हाथ में पकड़ाया था। नहीं तो यह आपको कैसे मिलता? रबाब के तार ख़रीदने के लिए, उन्होंने ही तो मुझे आपके पास भेजा है। आपकी आवाज़ के ज़रिए अल्लाह ही तो गाते हैं।

तसलीम ने ख़लीफ़ा से दिनार लेकर उनको सलाम किया। वे नया रबाब ख़रीदने बाज़ार की ओर चल दिए। उसके बाद से तसलीम को किसी ने नहीं देखा। नया रबाब बजाते-बजाते वे उस ख़ामोशी की तरफ़ बढ़ गये, जिसे कोई भी क़िस्सा छू नहीं सकता था।

36

थी ख़बर गर्म के 'ग़ालिब' के उड़ेंगे पुर्ज़े
देखने हम भी गये थे पर तमाशा न हुआ।

मिर्ज़ा साहब, मैं तो एक अफ़्सानानिगार था लेकिन दुनिया की अदालत ने मुझ पर हमेशा एक अश्लील लेखक होने का इल्ज़ाम लगाया। कभी पाकिस्तान सरकार ने कहा कि मैं कम्युनिस्ट हूँ, शक़ के क़ाबिल हूँ; और कभी मुझे महान लेखक होने की उपाधि दी। कभी मुझसे ज़िन्दा रहने का ज़रा सा मौक़ा तक छीन लिया गया, तो कभी रहम कर भीख में कुछ दे दिया गया। कभी उन्होंने कहा मैं बाहर का आदमी हूँ; फिर अपनी ही मर्ज़ी से अपने पास बुला लिया। मैं समझ चुका था, उनकी नज़रों में मैं हमेशा एक बाहर का आदमी ही था; सिर्फ़ पाकिस्तान सरकार ही क्यूँ, मैं किसी भी सरकार या ताक़त के लिए बाहर का ही आदमी था, एक मुहाजिर। आपकी ज़िन्दगी भी तो उसी तरह कटी थी। बार-बार ख़ुद से सवाल किया, तो फिर मैं कौन हूँ? कहाँ का हूँ? पाकिस्तान में मेरी कोई जगह नहीं बन सकी, मिर्ज़ा साहब, फिर भी मैं पागलों की तरह उस जगह को तलाशता रहा। और इसी वजह से कभी किसी अस्पताल, तो कभी पागलख़ाने में मेरे दिन बीते। सबने मुँह पर थूका। मंटो! अरे वह अश्लील लेखक, वह पोर्नोग्राफ़र। सारा दिन शराब पीता है, शराब के लिए पैसे उधार लेता है, भीख माँगता है और उसके बाद अपने दोज़ख़ में घुस कर गंदी-गंदी कहानियाँ लिखता है।

भाईजान लोग, ये सब तो बहुत पहले ही शुरू हो चुका था। मुल्क तब तक दो टुकड़ों में नहीं बंटा था। 'काली सलवार' कहानी के निकलते ही हंगामा शुरू हो गया। उस बार लाहौर के सेशन कोर्ट ने मुझे बरी कर दिया था। फिर 'धुआँ' के ख़िलाफ़ मुझ पर अश्लीलता का आरोप लगा। चार्जशीट में 'धुआँ' के साथ 'काली सलवार' को भी जोड़ दिया। 1944 के दिसंबर का महीना, लाहौर से एक ख़ुफ़िया पुलिस ने आकर मुझे गोरेगाँव थाने में हाज़िर होने को कहा। थाना पहुँचते ही मुझे गिरफ़्तार कर लिया गया। गिरफ़्तारी का परवान देखना चाहा तो एक ऑफ़िसर ने कहा, 'वह आपको नहीं दिखाया जा सकता'।

—क्यूँ?

—हुक्म नहीं है।

—वॉरेंट बिना दिखाए आप मुझे अरेस्ट नहीं कर सकते।

—मिस्टर मंटो, आपके किसी बात का मैं जवाब नहीं दे सकता। आपको यहाँ से सीधे लाहौर कोर्ट पहुँचाने का हुक्म है।

मैंने थाने से वकील हीरालाल को फ़ोन किया। हीरालाल जी के अफ़्सर से बात करने के बाद मुझे छोड़ दिया गया। जनवरी महीने की 8 तारीख़ को मुझे फिर घर से गिरफ़्तार किया

गया। ज़मानत पर रिहा तो हो गया, लेकिन लाहौर के स्पेशल मैजिस्ट्रेट की अदालत में मुझे हाज़िर होने के लिए कहा गया।

उसी दौरान इस्मत को 'लिहाफ़' कहानी के लिए गिरफ़्तार किया गया। उसे भी एक ही दिन एक ही कचहरी में हाज़िर होना था। सुन कर काफ़ी मज़ा आया, मिर्ज़ा साहब। कम-से-कम लाहौर जाकर दोनों कुछ मौज-मस्ती ही कर लेंगे। सफ़िया को लेकर इस्मत के घर पहुँचा।

—तुम दोनों ने जो शुरू किया किया है न! शाहिद ने मेरी पीठ पर धौल जमाते हुए कहा, 'चलो सेलिब्रेट करते हैं। इस्मत तो गुम हो कर बैठी हुई है'।

—क्यूँ?

—वही तो मैं भी कह रहा हूँ। उसे अब लग रहा है, 'लिहाफ़' लिख कर उसने बहुत बड़ा गुनाह कर दिया है'।

—मैंने ऐसा कभी नहीं कहा। इस्मत फुँफकारती है।

—तो फिर?

—एक कहानी लिखने के लिए इतनी परेशानी झेलनी, अच्छा नहीं लगता है।

—मंटो साहब को भी मैंने यही कहा था। सफ़िया ने कहा, 'कहानी लिखने की वजह से अगर जेल जाना पड़े तो यह सब न लिखना ही अच्छा है'।

—सुनो, इस्मत बहन, ज़िन्दगी में ऐसा वक़्त बहुत कम आता है।

—मतलब? लगता है जैसे तुमने विक्टोरिया क्रॉस पा लिया है।

—और नहीं तो क्या? कहानी लिखने के लिए रानी ने तुम्हें और मुझे कोर्ट में हाजिरी लगाने का फ़रमान भेजा है, इससे ज़्यादा और क्या इज़्ज़त की बात हो सकती है?

—ऐसी इज़्ज़त को धो कर तुम पानी पिओ, मंटोभाई। तुम हर चीज़ में ख़ुद को सबसे अलग देखना पसन्द करते हो।

—झगड़ो मत इस्मत। शाहिद, आईसक्रीम मँगवाओ। इस्मत, क्या कहानी लिखी है तुमने, सोच सकती हो! हज़ार बार अपनी पीठ थपथपाओ। लाहौर का ट्रिप बहुत मज़ेदार होगा, इस्मत। शाहिद, तुम भी हमारे साथ चलोगे।

—ये जाकर क्या करेंगे? इस्मत धमक लगाती है।

—अरे भई, ठण्ड में लाहौर की ख़ूबसूरती के बारे में तुमलोग नहीं जानते। वह कहते हैं न, 'जिने लाहौर नयी वेखया, ओ जमेयाँ ई नयी'—जिसने लाहौर नहीं देखा, वह पैदा ही नहीं हुआ। तली मछली और व्हिस्की—ओह शाहिद, वह एक जन्नत है—आशिक़ के बोसे की तरह रेड वाईन, सोच सकते हो?

—आप चुप होंगे मंटो साहब?

—क्यूँ सफ़िया? चुप क्यूँ होऊँ? मैं क्या कोई चोर या जालसाज़ हूँ? दरअसल क़ानूनी फ़ैसले के नाम पर रानी चाहतीं हैं कि हम लाहौर घूम कर आएँ।

कोर्ट में हाज़िर होने के लिए हमारे लाहौर जाने का सारा इन्तज़ाम पक्का हो गया। हीरालाल जी ही हम दोनों का केस लड़ने वाले थे।

रबिशंकर बल

आह लाहौर! मिर्ज़ा साहब, पूरा शहर ही जैसे एक शीशमहल हो। न! लाहौर जैसे वह औरत थी, जिसकी तिरछी नज़र पर इंद्रधनुष खेलता था, वह जो अपनी किस्मत के साथ ख़ुद ही खेलती थी, और अपने दोनों हाथ बढ़ा कर उसके सीने की ख़ुशबू में आपको खींच लेती थी। हमारे लाहौर पहुँचते ही ढेरों दावतें मिलनी शुरू हो गईं। वहाँ सब मेरे पहचान के थे। मगर सब इस्मत को देखना चाहते थे। वह कैसी औरत थी जिसने एक कहानी लिख कर हंगामा कर दिया।

हमें स्पेशल मैजिस्ट्रेट रायसाहब संतराम की कचहरी में हाज़िरी देनी पड़ी। हमने गुज़ारिश की थी, बम्बई से लाहौर बहुत दूर होने की वजह से हमें हर बार हाज़िरी देने की छूट दी जाये। हमारी अर्ज़ी नामंज़ूर कर दी गई। इसलिए हमें हाई कोर्ट में अर्ज़ी लगानी पड़ी। इसके बाद हमें न्यायाधीश अच्छूराम की अदालत में हाज़िर होना पड़ा। वह एक हैरान कर देने वाली बात थी! जज बहुत देर तक हमारी तरफ़ देखते रहे, फिर बोले, 'मैंने आप दोनों की कहानियाँ अच्छे से पढ़ीं हैं। मुझे तो काफ़ी अच्छी लगीं'। ये तो हाथ में चाँद पाने जैसी बात थी। इसका मतलब इस बार के ट्रिप में बच गए। लेकिन अच्छूराम ने मामले को दीन मुहम्मद की कोर्ट में धकेल दिया। उन्होंने दाँत पीसते हुए कहा, 'साहित्य के नाम पर आप लोगों ने गंदगी फैलाई है'। उन्होंने हमारी अर्ज़ी नामंज़ूर कर थी। मैं उन दिनों सचमुच काफ़ी बीमार था, मिर्ज़ा साहब। इसलिए मैं डॉक्टर का ख़त लेकर गया, लिहाज़ा मेरी हाज़िरी माफ़ हो गई।

मिर्ज़ा साहब, साहब संतराम की अदालत में मैंने अश्लीलता के बारे में साफ़ ज़बान में अपनी राय दी। हुज़ूर, महामान्य, आपकी इजाज़त से मैं अपनी दो-चार बातें आपके सामने रखना चाहता हूँ। औरत और मर्द के रिश्ते में ऐसा कुछ नहीं है, जिसे हम अश्लील कह सकें। इस रिश्ते के बाबत कोई भी बात गंदी नहीं हो सकती। जब दो लोगों के रिश्ते को केवल चौरासी तरह की यौन मुद्राओं के ज़रिए दिखाया जाये, वह तब गंदा होता है। कहानी, कविता, मूर्तिशिल्प को सृष्टि की गहनता की प्रेरणा के हवाले से समझना होता है। उसके पीछे अगर कोई ग़ैरवाजिब मक़सद हो, तो ही हम उसे अश्लील कह सकते हैं। यौनिकता का मतलब ही अश्लील नहीं होता। नहीं तो कोणार्क और खजुराहो के मंदिरों को ध्वंस कर देना चाहिए। कोई भी इंसान ख़राब मन लेकर पैदा नहीं होता है, हुज़ूर। अच्छा या बुरा जो भी कहिए, सब उसके भीतर, बाहर से ही जाता है। 'धुँआ' कहानी में मैंने सिर्फ़ एक ख़ास हालात का हवाला दिया है। कहानी में माता और पिता अलग रहने का भान कर, छुप कर जिस यौन उत्तेजना का उपभोग करते हैं, उस घटना को अचानक देख लेने के बाद से उनके बेटे मसूद के अन्दर भी उसी तरह की उत्तेजना का रुझान आ जाता है। मुझे पता नहीं, इस कहानी को क्यूँ अश्लील कहा गया। कोई भी बीमार मानसिकता का आदमी इस कहानी में अश्लीलता ढूँढ़ सकता है। पर मैंने यह कहानी स्वस्थ मन के लोगों के लिए लिखी थी। हुज़ूर, मैं बहुत मामूली कथाकार हूँ, मुझे मत पोर्नोग्राफ़र बनाइए।

शायद रायसाहब संतराम ने कुछ भी नहीं सुना, या सुनने पर भी, उन्होंने पहले से ही फैसला ले रखा था। मुझ पर दो सौ रुपये का जुर्माना लगा। मैंने संग-संग जेब से दो सौ रुपये निकाल कर दे दिए। संतराम जी ने दबे मुँह हँसते हुए कहा, 'तो आप पहले से ही तैयार हो कर आए हैं?'

—इसके अलावा और क्या चारा है?

वैसे बाद में अपील करने पर, जुर्माना ख़ारिज कर दिया गया था।

चलिए जाने दीजिए, भाईजान लोग, ये अदालत-जुर्माना और ज़िल्लत की बातें। मैं कभी लाहौर के शान-ओ-शौक़त के दिनों को भूल नहीं सकता था। अदालत में हाज़िरी देने के वक़्त को छोड़ मैं, इस्मत और शाहिद बस ताँगे में घूमते और ख़रीददारी करते रहते थे। इस्मत ने कितनी कश्मीरी शालें और जूतियाँ ख़रीदीं। मुझे भी जूते ख़रीदने का बहुत शौक़ था। जूते ख़रीदते वक़्त इस्मत हर बार मेरे छोटे पाँवों की ओर देख कर कहती, 'तुम्हारे पाँव देख कर बड़ी जलन होती है'।

—बकवास मत करो। मुझे अपने पाँवों से सबसे ज़्यादा चिढ़ है।

—क्यूँ?

—बिल्कुल लड़कियों के जैसे हैं। यह भी कोई मतलब हुआ! पता नहीं ख़ुदा तब क्या कर रहे थे, शायद ग़ल्ती से औरत के पाँव लगा दिए।

—तुम लड़कियों के पाँवों से इतना चिढ़ते हो? वैसे तो लड़कियों की तरफ़ तुम्हारी नज़र कम नहीं रहती।

—तुम सारी बातें उल्टी ही समझती हो इस्मत। लड़कियों के पाँवों से क्यूँ चिढ़ूँगा मैं? मर्द की हैसियत से मुझे लड़कियाँ पसन्द हैं, इसका मतलब ये तो नहीं, मैं लड़की होना चाहता हूँ।

—अच्छा अब बकवास बन्द करो।

—पहले तुम बकवास करती हो, उसके बाद कहती हो, बकवास बन्द करो। शाहिद तुम इसे कैसे बर्दाश्त करते हो?

शाहिद हँसते-हँसते कहता, 'उसका ज़हर तो बस तुम ही झेलते हो, मंटो। मेरे लिए तो अमृत बचा रहता है'।

इस्मत ने संजीदा होते हुए कहती है, 'मर्द-औरत को छोड़ कर अब इंसानों की बात पर आओ तो मंटोभाई'।

—इंसान? वह क्या चीज़ है?

—मतलब?

—मैं तो औरत और मर्द को ही जानता हूँ। इंसान कह कर कुछ नहीं जानता।

—तुम फिर बदमाशी कर रहे हो। इस्मत आँखें तरेरती है।

—मैं अमूर्त को पसन्द नहीं करता, इस्मत।

—मतलब?

—इंसान शब्द मेरे लिए ग़ैरमुजस्सिम है। मेरे लिए शाहिद, इस्मत, सफ़िया—कोई औरत और कोई पुरुष है। 'इंसान' शब्द एक फ्रॉड है।

—सब तुम्हारे लिए फ्रॉड हैं, है न? इस्मत चीख़ पड़ती है।

—तुम फ्रॉड नहीं हो, इस्मत बहन।

—फिर तुम?

—क्या?

—तुम्हें बहन बोलना ही होता है?

शाहिद ज़ोर-ज़ोर से हँसने लगता है।—इस्मत, इस ज़िन्दगी में तुम मंटो के खेल को मान लो। न हो अगली ज़िन्दगी में उसका इन्तज़ार करना।

मैं गंभीर मुँह बना कर कहता हूँ, 'शाहिद इतनी सिरियस लड़की को कहानियाँ नहीं लिखनी चाहिए'।

इस्मत ने कुछ नहीं कहा। बहुत देर चुप रहने के बाद उसने सीधे मेरी आँखों में देख कर कहा, 'तो मुझे क्या करना चाहिए?'

शाहिद इस्मत के सिर पर हाथ फेरते-फेरते कहता है, 'मंटो, इस्मत को और मत नाराज़ करो। तुम्हारे चले जाने के बाद वह मुझे गोश्त-क़ीमा बना कर छोड़ेगी।

—पाँवों की क्या बात कह रही थी तुम, इस्मत?

—कुछ नहीं।

—यह लो, पिस्ता खाओ।

पिस्ता का लालच क्या इस्मत छोड़ सकती थी? मुझसे मुट्ठी भर लेकर चबाने लगी। संग-संग वह दूसरी ही इस्मत हो गई।—तुमने मेरी पूरी बात तो सुनी नहीं। जिनके पाँव बहुत सुन्दर होते हैं, वे लोग बहुत अक़्लमन्द और एहसासमन्द होते हैं।

—ऐसा क्या? तब तो मेरे अन्दर अक़्ल और एहसास, दोनों है?

—पता नहीं। इस्मत झुंझला जाती है।—मेरे बड़े भाई साहब के पास थी। अज़ीम बेग के कितने ख़ूबसूरत पाँव थे! एकदम लड़कियों की तरह। मरते समय उनके दोनों पैर ऐसे सूज गये थे, देखा भी नहीं जाता था, मंटोभाई।

इसके बाद इस्मत को और नाराज़ नहीं किया जा सकता था।

हमारे बीच अज़ीम बेग चुग़ताई जो आ गये थे। मैं देख सकता था, इस नाम के आते ही इस्मत बिल्कुल स्थिर हो जाती थी; वह आदमी इतना बदज़ात था, इस्मत को धोखा देकर चला गया? 'दोज़ख़ी' कहानी में अज़ीम बेग के ऊपर उसके ग़ुरूर की बातें ही लिखी हुई हैं।

लाहौर के वह चंद दिन बड़े ख़ुशनुमा थे। हम लोग लगभग पूरे ही दिन सड़कों पर घूमते रहते थे। अनारकली बाज़ार, शालीमार बाग़, नूरजहाँ की मज़ार। मुशायरा, गपबाज़ी, तली मछली, कबाब, मुर्ग़ टिक्का। कितने पुराने दिनों की तस्वीरें बिखरी हुई थीं लाहौर की गलियों-गलियों में। मेरी ख़ुशहाल जवानी के वह पहले दिन।

मेरी 'बू' कहानी के छपते ही फिर शोरगुल मच गया। इससे अश्लील और कोई कहानी हो नहीं सकती। सुना, ईसाई लोग मुझ पर बहुत नाराज़ हो गये थे। इस अफ़्साने का किरदार रणधीर एक क्रिस्चियन लड़की को छोड़, किसी काली सड़क की लड़की के बदन की महक में अपनी यौन उत्तेजना को ढूँढ़ पाता है। फिर से मैं और इस्मत लाहौर की राह पर थे। शाहिद तब अपनी फ़िल्म को लेकर मसरुफ़ था। उसके लिए जाना मुमकिन नहीं था। पहले 'बू' को लेकर सुनवाई हुई।

मेरे वक़ील ने पूछा, 'क्या मंटो साहब की यह कहानी अश्लील है?'

सरकार पक्ष का जवाब था। — बेशक़।

— कौन सा शब्द अश्लील है?

— सीना।

— महामान्य अदालत, क्या सीना शब्द अश्लील है। मुझे तो ऐसा नहीं लगता।

— सीना शब्द अश्लील नहीं है। पर इसमें महिला के स्तनों के बारे में कहा गया है।

मैं अपने को रोक नहीं पाया, मिर्ज़ा साहब। क्या अदालत के वक़ील, सरकारी मुलाज़िम, नौकर बतायेंगे, किस लफ़्ज़ का क्या मायने है? और वह जो अल्फ़ाज़ों के साथ रातें जाग कर, ख़्वाब और बदख़्वाबों के बीच ज़िन्दा रहता है, उसके लिए कहने को कुछ नहीं है? मैंने उछल कर खड़े हो कर कहा, 'हाँ, महामान्य अदालत, मेरी कहानी में "सीना" लफ़्ज़ औरत के स्तनों को लेकर ही कहा गया है। औरत के स्तनों को निश्चित ही कोई मूँगफली नहीं कहता है'।

अदालत में हँसी का शोर गूँज उठा। मैं भी अपनी हँसी रोक नहीं पा रहा था, मिर्ज़ा साहब। जो लोग मेरा फ़ैसला कर रहे थे, क्या उन्होंने कभी स्तन नहीं देखा था, उसे छुआ, दबाया या चूसा नहीं था? तो फिर उस लफ़्ज़ को लेकर उन्हें क्या ऐतराज़ था? मुझे स्तन अच्छे लगते हैं, मिर्ज़ा साहब। क्या अनोखा उनका गठन है, जैसे समुद्र की गहराई से उभरे दो शंख, कितने अनजान-अनाम प्राणियों की कामनाओं का सौरभ बिखरा होता है उनपर, मैं उनकी उष्णता को सहलाता हूँ, उनके सौंदर्य को देखता हूँ, जैसे वे मंदिर की गोपुरम हों, कभी वे दो पंछी हो जाते, जिनके पंखों पर मैं प्यार का संचार करता। मैं औरत की ग्रीवा, बाँह, नाभिपुष्प, नितंब, ऊरू को पसन्द करता हूँ। ख़ुदा ने जिसको इतना सौंदर्य दिया हो, आप किस साहस से उसे अश्लील कह सकते हैं?

विचार करने वाले अक्सर ही बेरसिक होते हैं। इसलिए उन्होंने घोषणा की, 'अभियुक्त के दुबारा ऐसा करने पर, अदालत की अवमानना करने के लिए सज़ा दी जायेगी'।

मैं बैठ गया। इस्मत ने मुझे कान में कहा, 'अगर सीना अश्लील है तो फिर घुटने या कोहनी अश्लील क्यूँ नहीं हैं?'

— इस बकवास को मत सुनो।

— तुम कुछ और नहीं कहोगे?

— क्या कहूँ?

— वह लोग तुम्हें चीरते-फाड़ते रहेंगे और तुम चुप बैठे सुनते रहोगे?

— इस्मत, यही तो लेखक की नियति है। कोई भी तुम्हें छुरी से काटता रहेगा। तुम्हें सब सुनते रहना होगा। इस दुनिया में सच कभी गला फाड़ कर कुछ नहीं कह पाया है।

— मैं कहूँगी।

— क्या कहोगी?

— 'लिहाफ़' के पक्ष में कि मैंने कोई ग़लती नहीं की है।

— कहो। तुम्हारी बात अदालत में गूँजती रहेगी। तुम माफ़ी मत माँगना, इस्मत।

— मुझे क्या समझते हो, मंटोभाई?

—मार खाते-खाते कभी आपकी रीढ़ की हड्डी टेढ़ी हो जाती है। हम बेज़ार हो जाते हैं। इस्मत, मैंने तय किया है, अब से मैं चुप रहूँगा। चुप रहने के अलावा मेरे पास और कोई हथियार नहीं।

उस दिन रात में इस्मत ने अचानक मुझसे पूछा, 'मंटोभाई बताना, अब तुम्हारे अन्दर पहले जैसा जोश क्यूँ नहीं है?

इस्मत को क्या कहता मैं? क्या वह जानती थी, मैं दरअसल एक कमज़ोर, असहाय आदमी था? सिर्फ़ ज़िन्दा रहने के लिए अपने आपको मैंने सबके सामने ऐसे पेश कर रखा था, जैसे मेरे जैसा कालापहाड़ और कोई नहीं।

—इस्मत, मुझे जेलख़ाने से बहुत डर लगता है।

—तुम्हें जेलख़ाने से डर लगता है?

—इस्मत, मैंने कभी किसी को अपने डर की बात नहीं बताई है। किसे कहता बताओ? सफ़िया को बता नहीं सकता। वह इतनी शान्त और अच्छी लड़की है। वैसे भी मुझे लेकर वह इतनी परेशान रहती है। इस्मत, मेरी रोज़मर्रा की ज़िन्दगी भी तो एक जेल की ज़िन्दगी ही है। इसके बाद भी अगर मुझे एक और जेल में डाल दिया जाये, तो मैं एक मिनट भी ज़िन्दा नहीं रह पाऊँगा।

—तुम्हें क्या हुआ है, मंटोभाई?

—मुझे बहुत डर लगता है, इस्मत। मेरा इस ज़िन्दगी को चूसकर-चबा कर खाने का बहुत मन है। सोचो, मैं सड़क पर चल रहा हूँ, और कोई अचानक आकर मेरे सीने में गोली दाग़ देता है, मैं मर जाता हूँ, मुझे उससे कुछ फ़र्क़ नहीं पड़ेगा। लेकिन मैं जेल में किसी खटमल की तरह नहीं मरना चाहता।

—यह सब क्यूँ सोच रहे हो?

—मेरे दिन ख़त्म होने को आ गये हैं, इस्मत।

—मंटोभाई। इस्मत चीख़ पड़ती है।—क्या समझते हो अपने आपको? बस अपने लिए हमदर्दी चाहते हो, है न?

—इस्मत, गाड़ी में जो पाँच नंबर का चक्का होता है, उसे देखा है तुमने? मैं वह पाँचवा चक्का हूँ।

—हमारी बातचीत हिन्दी सिनेमा के डायलॉग जैसी होती जा रही है, मंटोभाई।

मैंने आगे कुछ और नहीं कहा। मेरा जिरह करने का दिल नहीं था। मन ही मन कहा, किसी ने तो हमें लेकर फ़िल्म बनाई ही है, इस्मत। हो सकता है क़यामत के दिन वह हमें ये फ़िल्म दिखाएं।

37

टुक मीर-ए-जिगर सोख़्ता की जल्द ख़बर ले
क्या यार भरोसा है चिराग़-ए सहरी का ।

आप तो जानते ही हैं, मंटोभाई, मैं जब रंगमंच में दाख़िल हुआ, तब नाटक का आख़री दृश्य चला रहा था। ख़ुदा कब पर्दा डालेंगे, बस उसका इन्तज़ार था। जहाँपनाह शाहजहाँ ने, क़िला मुबारक के दीवान-ए-ख़ास की दीवार पर दो पँक्तियां खुदवाई थीं, 'अगर फ़िरदौस बर्रूए ज़मीन अस्त, हामिन अस्त ए हामिन अस्त ए हामिन अस्त'। अगर दुनिया में कहीं बहिश्त है तो यहीं है। मैं जब तक बादशाह बहादुरशाह के दरबार में पहुँचा, तब तक वह बहिश्त, जहन्नुम बन चुका था। सन 1837 में जब बहादुरशाह तख़्त पर बैठे, तब उनकी उम्र बासठ साल की थी। सल्तनत के नाम पर कुछ भी नहीं बचा था। अंग्रेज़ों ने एक-एक कर सब ग्रास कर लिया था। जितनी नवाबी बची थी वह बस क़िले के अन्दर और पास की दो-एक जगहों तक सीमित थी। आमदनी के नाम पर अंग्रेज़ों का दिया मुआवज़ा और यमुना के किनारे के कुछ अंचलों से मिलता लगान था। और जानते हैं, क़िले के अन्दर कितने लोग रहते थे? दो हज़ार से ऊपर। इनमें से ज़्यादातर सब नाजायज़ औलादें थीं। मंटोभाई, ये सब हराम की औलादें कीड़े-मकोड़ों की तरह ज़िन्दा थीं। बहादुरशाह असल में कीड़ों-मकोड़ों के बादशाह थे।

बादशाह बनने पर उन्होंने अबुल मुज़फ़्फ़र सिराजुद्दीन मुहम्मद बहादुरशाह बादशाह ग़ाज़ी का ख़िताब लिया। मुझे बहुत हँसी आती थी। ग़ाज़ी? ग़ाजी का मतलब जानते हैं न? पवित्र योद्धा। और जंग उन्होंने कब लड़ी? उनमें जंग लड़ने की ताक़त भी कहाँ थी। जंग लड़ने के लिए जैसी हिम्मत और हौसले की ज़रूरत होती है, वह उनके पास थी ही नहीं। फ़ौजी बग़ावत के वक़्त उन्हें कठपुतली की तरह नचाया गया। वे बेग़म ज़ीनत महल और ख़्वाजा महबूब अली ख़ान के हाथों की कठपुतली बन कर ही ज़िन्दा रहे। महबूब अली जो भी कहते, बादशाह वह करते। और महबूब अली को बेग़म ज़ीनत महल अपने इशारों पर नचाती थीं। हैरान मत होइए भाईजान लोग। मुग़ल बादशाह के हरम की नज़रदारी हिजड़े किया करते थे। जब सल्तनत बर्बादी की राह पर था, तब हरम के हिजड़े इतने ताक़तवर हो गये कि बादशाह, महबूब नाम के हिजड़े की ही बात सुन कर चलते थे। सोच कर देखिए मंटोभाई, जब हिजड़े इतने बाअसर हो जाएं तो उस सल्तनत की तबाही तो तय ही थी।

और हमारे बादशाह? जो ख़ुद भी एक नपुंसक ही थे, हाँ मंटोभाई, दिमाग़ी तौर पर नपुंसक। उन्हें कोई लड़ाई नहीं लड़नी पड़ी। उन्होंने पुरखों की दौलत पर बैठ कर खाया, नवाबी चालें दिखाईं, और फ़ालतू की कुछ शायरी लिख कर चले गए। क़ानूनन उनकी चार बीवीयाँ थीं; बेग़म अशरफ़ महल, बेग़म अख़्तर महल, बेग़म ज़ीनत महल और बेग़म

ताजमहल। इनके अलावा और न जाने कितनी ज़रख़रीद कनीज़ें और रखैलें। सोच सकते हैं आप, उनकी चौवन औलादें थीं? बाइस लड़के और बत्तीस लड़कियाँ। इसी का नाम बादशाही ज़िन्दगी है, मंटोभाई।

बादशाह ख़ुद भी जानते थे, तैमूर सल्तनत डूबने वाली है। इस बाबत क्या किया जा सकता था वे समझ नहीं पाते थे। रोज़ दरबार में आकर बैठा करते थे। क्यूँ? ये वह ख़ुद भी नहीं जानते थे। दरबार लगा कर क्या होता? कुछ भी तो उनके हाथ में नहीं था। दूसरों के साथ मुझे भी हर रोज़ दरबार में हाज़िरी देनी पड़ती थी। मेरा काम था जहाँपनाह की लिखी ग़ज़लों को ठीक करना। दरबार में सब अपनी-अपनी तरह से मस्ती किया करते थे। अचानक बादशाह कोई शेर कहते, और संग-संग सब एक आवाज़ में, 'वाह, वाह, क्या बात है' 'मरहबा, मरहबा' कहने लगते। कभी-कभी बादशाह सो भी जाते थे। और हम सब इन्तज़ार करते रहते, कब उनकी नींद टूटे और वह हमें जाने की इजाज़त दें।

एक दिन उन्होंने अचानक कहा, 'कल सुबह सलीमगढ़ पहुँच जाइयेगा उस्ताद जी'।

—जी हुज़ूर। मगर किसलिए?

—पतंगबाज़ी होगी। जमुना के किनारे पतंगबाज़ी का अलग ही मज़ा है।

—आप पतंग उड़ायेंगे?

—बहुत दिनों से नहीं उड़ाया है, इसलिए दिल कर रहा है।

अगले दिन सुबह सलीमगढ़ में पहुँचना पड़ा। दोपहर तक बादशाह की पतंगबाज़ी देख कर, घर आकर खा-पी कर फिर जाना पड़ा। शाम तक बादशाह की पतंगबाज़ी देखनी पड़ी। उसके बाद बादशाह की एक और ज़िद। पतंगबाज़ी पर उनके लिए एक शेर लिखना होगा। तभी मुँह-ज़बानी एक शेर पढ़ दिया। बादशाह ख़ुश और मैं एक गधे की तरह हाँफ़ते-हाँफ़ते अपने बाड़े में लौट आया। मंटोभाई, असल में शायर की ज़िन्दगी कुछ नहीं होती, हम सब नौकरों-ग़ुलामों की तरह ही ज़िन्दा रहते हैं, ये मैं हर दिन थोड़ा-थोड़ा कर समझता था। शायर पजामा-कुर्ता पहन, बालों में मांग खींच कर उन्हें बनाता है, दाढ़ी में मेंहदी लगाता है, इत्र की ख़ुशबू बदन पर लगाता है, पर इस सबके बावजूद भीतर से निकल कर आती है पसीने की महक, एक ज़रख़रीद ग़ुलाम की साँसें। वैसे इस बात को सब समझ नहीं पाते। ताक़त के साथ थोड़ा बदन रगड़ लेने पर ख़ुद को भी ताक़तवर समझने लगते हैं। मैं कहता हूँ, ऐ शायर, ताक़त के इस शतरंज में तुम सिर्फ़ एक प्यादे हो, इसलिए मज़े करो। हाँ मंटोभाई, आप जो कर सकते हैं वह बस इतना ही कि ताक़त को लेकर मसख़री कर सकते हैं। इसलिए सारी ताक़तों को मज़हिकख़ेज़ बना लेना चाहिए। अगर आप सोचते हैं कि एक ताक़त को छोड़ कर किसी दूसरी के पास जाकर आप ज़्यादा इज़्ज़त हासिल कर सकेंगे, तो वह बस सराब को देखना है। ताक़त सिर्फ़ आपका इस्तेमाल करती है और ज़रूरत मिट जाने पर लात मार कर नाले में फेंक देती है।

जब एक हाकिम माज़ूर हो जाता है और रियासत पर हुकूमत करने की उसके अन्दर ताक़त नहीं रह जाती है, जानते हैं तब वह क्या करता है, मंटोभाई? तब वह बकवास शायरी लिखता है, मुशायरों का इन्तज़ाम करता है, पतंग उड़ाता है, हाथी के पीठ पर बैठ कर जुलूस निकालता है। हमारे बादशाह के पास इसके अलावा कुछ और करने को नहीं था।

ख़ुशामदियों का हुजूम उन्हें घेरे रहता था। बादशाह के ज़बान से कुछ निकलते ही, वे सब गदगद हो कर 'वाह! वाह!' करते। मैं चुपचाप बैठ कर देखता रहता, किस तरह इतिहास की किताबों को दीमक छलनी कर रहे हैं। ऐसे में क्या सचमुच इतिहास के नाम पर कुछ बचा रह जाता है? बस राह की ख़ाक़ में कुछ क़िस्से बिखरे पड़े रहते हैं।

कल्लू एक दिन कहाँ से किसी दास्तानगो को पकड़ लाया। मैंने संग-संग उसका हाथ पकड़ कर कहा, 'मियाँ, आज मेरे साथ दरबार में चलो'।

—दरबार? कौन सा दरबार?

—बादशाह का दरबार।

—माफ़ करिए हुज़ूर। क्या मैं दरबार में जाने लायक इंसान हूँ?

—मैं तुमको लेकर ही जाऊँगा।

—दरबार में मेरा क्या काम है, हुज़ूर?

—बादशाह को दास्तान सुनाना।

—जहाँपनाह दास्तान सुनते हैं?

—क्यूँ नहीं सुनते? बादशाह की ज़िन्दगी ही तो एक अजीब दास्तान है।

बादशाह मेरी तरफ़ देख कर बोले, 'ये किसको पकड़ कर ले आए हैं उस्ताद जी?'

—दास्तान सुनना पसन्द करते हैं न जहाँपनाह?

—क्यूँ नहीं। आप किसकी कही दास्तान सुनायेंगे मियाँ?

—मौला रूमी की हुज़ूर।

—बहुत ख़ूब।

बादशाह मस्ती से हुक्का गुड़गुड़ाने लगे।

—हुज़ूर, यह क़िस्सा एक ऊँट और चूहे का है।

—इंसान नहीं हैं इसमें?

—नहीं हुज़ूर। वैसे ऊँट और चूहे भी तो एक तरह के इंसान ही हैं हुज़ूर।

—मतलब?

—हुज़ूर, किसी इंसान के अन्दर चूहा छुपा होता है तो किसी के अन्दर ऊँट।

—शाबाश। आप क़िस्सा शुरू कीजिए।

—हुज़ूर, ऐसा चूहा बहुत कम देखने को मिलता है। वह अपने आपको शहनशाह समझता था।

—शहनशाह? जहाँपनाह हँसने लगे। —चूहे भी ख़ुद को शहनशाह समझते हैं?

—क्यूँ नहीं हुज़ूर? दूसरे चूहे जिस काम को नहीं कर पाते थे, उस काम को वह चूहा सीना तान कर कर देता था।

जहाँपनाह ज़ोरों से हँसने लगे। —चूहों के भी सीने तनते हैं, मियाँ?

—हुज़ूर, अगर आसमान से देखें तो, हम सब भी तो चूहे ही हैं। क्या हमारे सीने नहीं तनते?

—बकवास बन्द करो। क़िस्सा सुनाओ।

—ज़रा सा चूहा होने से क्या हुआ, मन ही मन वह अपने आपको शेर समझता था, हुज़ूर।

वह अक्सर बड़ी-बड़ी मुसीबतों में फँस जाया करता था, पर अपनी बुद्धि के ज़ोर पर उनसे ठीक निकल आता था। दूसरे चूहे उसकी तरफ़ हैरानी से देखते। एक रात वह रेगिस्तान के रास्ते अपने घर लौट रहा था। उस रेगिस्तान में एक ऊँट सोया हुआ था। ऊँट के गले में बंधी रस्सी में वह उलझ गया। लेकिन चूहा बहुत अक़्लमन्द था। बड़ी कसरत से वह रस्सी के फंदे से निकल आया।

—उसके बाद?

—ज़रूरत से ज़्यादा अक़्लमन्द लोगों के दिमाग़ में ख़ुराफ़ात खेलता है, हुज़ूर। वह उसे रस्सी के आख़री छोर को पकड़ कर खींचने लगा। ऊँट की नींद टूट गयी, वह चूहे के पीछे-पीछे चलने लगा। चूहा मन ही मन सोचने लगा, 'एक ऊँट मेरे पीछे-पीछे चल रहा है, यह देख कर सब ताज्जुब में पड़ जायेंगे'। जाते-जाते रास्ते में एक नदी पड़ी। उस नदी में बड़ी-बड़ी लहरें उठ रही थीं। चूहा नदी के सामने खड़े हो कर सोचने लगा, किस तरह वह उस तूफ़ानी नदी को पार करेगा?

—तो उसने क्या किया? जहाँपनाह ने पूछा।

—हुज़ूर, हर बुद्धि की एक सीमा होती है। चूहा सोचे ही जा रहा था। तभी ऊँट ने कहा, 'तुम्हारे जैसा अक़्लमन्द चूहा तो कोई है नहीं। खड़े क्यूँ हो, भईया? मुझे नदी के उस पार ले चलो'। चूहे ने कहा, 'बकवास मत करो। ये बहुत भयंकर नदी है। उतरते ही हम डूब जायेंगे'। लेकिन ऊँट पानी में उतर गया। उसने चूहे से कहा, 'जितना गहरा तुम इस नदी को समझ रहे, उतनी ये है नहीं। देखो, पानी सिर्फ़ मेरे घुटनों तक है, इसमें डरने की क्या बात है'।

—ठीक ही तो है। जहाँपनाह ने अपना गुड़गुड़ा खींचते हुए कहा।

—चूहे ने कहा, 'तुम अच्छे बुद्धू हो। नदी का पानी तुम्हारे घुटनों तक है, लेकिन मैं तो उसमें डूब जाऊँगा'।

—क्यूँ? तुम्हारे जितना बुद्धिमान और है ही कहाँ? बुद्धि और साहस से ही तो तुम बच पाओगे। उतर पड़ो पानी में, मैं तुम्हारे पीछे-पीछे चलता हूँ।

—उसके बाद?

—चूहे ने सोचा, वह क्या इस बेवकूफ़ ऊँट के आगे छोटा पड़ेगा? बस वह रस्सी मुँह में लेकर नदी में उतर पड़ा। भयंकर लहरों के थपेड़े सहता हुआ, किसी तरह अधमरा हो कर वह नदी के उस पार पहुँचा। पहुँचते ही वह ऊँट के पैरों के पास रिरियाता हुआ पड़ गया। ऊँट ने कहा, 'चूहे भाई ख़ुद को शेर मत समझो। जो तुमसे ज़्यादा दूर तक देख सकता हो, उसपर ऐतबार किया करो। ज़्यादा बुद्धि एक दिन तुम्हें ले डूबेगी। इतना लम्बा रास्ता मेरे लिए तय करना आसान है। मेरे कूबड़ पर आ बैठो, मैं तुम्हें घर छोड़ देता हूँ'।

—उसके बाद?

—हुज़ूर, इसके आगे तो मौला रूमी ने कुछ नहीं कहा।

—उस्ताद जी इस क़िस्से का क्या मतलब है? बादशाह ने मेरी तरफ़ देखा।

मैं बहुत देर से मन ही मन हँस रहा था। मौला रूमी ने तो यह क़िस्सा, अपने मुर्शीद पर एतबार रखने की बात को समझाने के लिए कहा था। लेकिन मैं उसका दूसरा मतलब भी समझ रहा था। किस तरह चूहे भी कई बार शहनशाह बनना चाहते हैं। मैंने कहा, 'क़िस्से तो हम मज़ा पाने के लिए सुनते हैं, जहाँपनाह। आपको मज़ा आया न, हुज़ूर?

किस तरह, कितनी तरह से मज़ा लूटा जा सकता है, इसके अलावा जहाँपनाह कुछ और नहीं सोचते थे। वे अक्सर मेहरोली के ज़फ़र महल में चले जाते। वह महल उनके पिता ने बनवाया था, जिसे उन्होंने अपने तरीक़े से सजा-सँवार कर रखा था। ज़फ़र महल शिकार, मौज-मस्ती, लुत्फ़बाज़ी के लिए बनाया गया था। जबकि अंग्रेज़ों ने बादशाह की मौत के बाद, 1854 में यह ऐलान कर दिया था कि कोई क़िले में नहीं रह सकता है; सबको क़ुतुब मीनार के पास किसी दूसरे महल में चले जाना होगा। जहाँपनाह देख कर भी नहीं देख रहे थे कि अंग्रेज़ किस तरह तैमूर के वंशधरों को मिटाने की कोशिश रहे थे। तब भी अक़्सर क़िले के अन्दर ग़ज़लों की महफ़िलें जमतीं थीं, जिनमें मैं भी कभी-कभी चला जाता था, और अन्त:सार शून्य मुशायरों में बैठा सोचता था, ख़ुदा जिस किसी भी पल इस नौटंकी को मिटा सकते हैं। बार बार मीर साहब का वह शेर याद आ जाता—

शहर-ए-दिल एक मुद्दत हुआ बसा ग़मों में
आख़िर उजाड़ देना उसको क़रार पाया।

कुछ दिन अच्छे से बीते भाईजान लोग; लेकिन ख़ुदा ने तो मुझ पर रहम नहीं करना था। साल 1856 में मेरे आसमान में फिर से काले बादल घिर आए। बादशाह के वारिस, फ़ख़रुद्दीन की मौत हो गई। और अंग्रेज़ों ने ऐलान किया कि बादशाह के बाद जो भी तख़्त पर बैठेगा, उसे बादशाह नहीं कहा जायेगा, वह सिर्फ़ शहज़ादा रहेगा। समझ गया, सिर्फ़ तैमूर का वंश ही नहीं, हमारे जैसे दरबारी शायरों के भी दिन ख़त्म होने को आ गये थे। उससे भी बड़ी बदकिस्मती ये थी कि उसी साल लखनऊ में नवाबी अमलदारी ख़त्म हो गई। यह तो आप जानते ही हैं, मंटोभाई, वहाँ के नवाब, वाजिद अली शाह से मुझे साल में पाँच सौ रुपये का मानदेय मिलता था। वह मिलना बन्द हो गया। लखनऊ छोड़ कर नवाब वाजिद अली शाह को कलकत्ता चले जाना पड़ा। मंटोभाई, अगर किसी को नवाब कहना हो तो, वह नवाब वाजिद अली शाह थे। उनका तख़ल्लुस कैसर था। उन्होंने न सिर्फ़ ग़ज़लें लिखीं, बल्कि बहुत सी ठुमरियाँ भी लिखीं थीं। ख़ुद बहुत अच्छा गाते भी थे। उन्होंने एक और प्यारा सा तख़ल्लुस अपनाया था, अख़्तरपिया। उस नाम से उन्होंने बहुत सारी ग़ज़लें और ठुमरियाँ लिखीं। भैरवी राग में तैयार उनकी ठुमरी 'बाबुल मोरा नैहर छूटो ही जाये' सुन कर आँखों से बरबस आँसू बहने लगते हैं। उस ठुमरी का हरेक शब्द मुल्कबदर होने के दर्द से नीला है। उन्होंने लखनऊ छोड़ते वक़्त लिखा:

दर-ओ-दीवार पर हसरत से नज़र करते हैं
रुख़सत ऐ अहले वतन, हम तो सफ़र करते हैं।

मैं तो सड़क का एक कुत्ता था, बादशाही अमल के शोक में डूबे रहने से तो मेरा काम नहीं चलता। रुपयों की ज़रूरत थी, नहीं तो खाता क्या? रामपुर के नवाब, यूसुफ़ अली को चिट्ठी लिखी। एक वक़्त में उन्होंने मुझसे फ़ारसी सीखी थी, वे ग़ज़लें लिखते थे, मेरी ग़ज़लों के मुरीद थे। उन्होंने मुझे लिखा, वह मुझे अपना उस्ताद बनाना चाहते हैं। मैं इतना ही चाहता था। रामपुर के नवाब का उस्ताद होने का मतलब था, कुछ कमाई होगी। मंटोभाई, उन दिनों मुझे खाने-ओढ़ने के लिए रुपयों की ज़रूरत थी। तब मैं लिखने के बारे में नहीं सोचता था; वह दिन तो कबके ख़त्म हो चुके थे।

सिर्फ़ पैसों के लिए महारानी विक्टोरिया के लिए फ़ारसी में एक क़सीदा लिख डाला। उसे लंदन भेजने के लिए, गवर्नर जनरल लॉर्ड कैनिंग के पास भेज दिया। साथ में एक चिट्ठी भी भेजी कि महारानी इस मामूली शायर पर कुछ करम करें। गदर के साल की शुरुआत में ही जवाब मिला कि तफ़्तीश करने के बाद मुनासिब ख़िताब और ख़िलात देने के बारे फैसला लिया जायेगा। लेकिन उसके बाद कुछ और नहीं हुआ। मैं था ही कौन? महारानी के लिए तो भीड़ के बीच बस एक चेहरा भर था।

मंटोभाई, आज आप लोगों के सामने यह मान लेने में मुझे कोई शर्म नहीं, मैं सच में एक उजबक था। ज़िन्दगी में मेरा सब कुछ ढह गया, लेकिन हर बार मैं सोचता था, इस बार ज़रूर कुछ हो जायेगा, ख़ुदा क्या सिर्फ़ मुझे मार खाने के लिए दुनिया में लाये हैं? पूरी ज़िन्दगी आस के फंदे में ही फँसा रहा।

ताब लाये ही बनेगी, ग़ालिब,
वाक़या सख़्त है और जान अज़ीज़ ।

मंटोभाई, इसी दरमियाँ, इनसब के बीच कुछ दिनों के लिए फिर से बहार की हवा का एक झोंका आया। वैसे मैंने उसे कभी देखा नहीं था। वह मेरी शागिर्द बनी थी। उसकी शायरी सुन कर मुझे लगता:

देखना तक़रीर की लज़्ज़त के जो उसने कहा
मैंने ये जाना के गोया ये भी मेरे दिल में है ।

मैंने उसका तख़ल्लुस रखा 'तर्क'। वह शाहजहानाबाद के अच्छे ख़ानदान से थी, तुर्की थी और उसके पूर्वज बुखारा से आए थे। बहुत कम उम्र में तर्क ने अपने शौहर को खो दिया था। उसने ग़ज़लों में अपना आसरा ढूँढ़ लिया। उसके मामा उसके लिखे शेर मेरे पास लेकर आते थे। मैं उसके लिखे हर्फ़ों पर हाथ फेरता; इसी तरह मैं उसे छू पाया था। कभी-कभी उनकी हवेली पर भी जाता था। वह हमेशा पर्दे की ओट में रहती। उन ख़ानदानों की औरतें बाहर के मर्दों के सामने नहीं आ सकती थीं। सच बताऊँ तो मंटोभाई, मैं तर्क की आवाज़ सुनने ही जाया करता था। जैसे सरु पर पेड़ से हल्की, धीमी बयार बहती आ रही हो। कितना साफ़ तलफ़्फ़ुज़ था उसका। और उसकी ग़ज़लों में ख़्यालातों का एक अलग ही अन्दाज़े बयाँ था। आप मानते हैं या नहीं, यह मैं नहीं जानता, लेकिन मैं मानता हूँ कि औरतों के ख़्यालों की दुनिया, मर्दों की दुनिया से अलग है। तर्क मुझे छुपे हुए इत्र की तरह खींचती थी, जिसकी ख़ुशबू तो मिलती थी पर उसे कभी छुआ नहीं जा सकता था।

दोज़ख़नामा

दुख अब फ़िराक़ का हमसे सहा नहीं जाता
फिर उससे ज़ुल्म यह है कुछ कहा नहीं जाता ।

इत्र की वह ख़ुशबू कब खो गयी मैं समझ नहीं पाया। एक दिन उनकी हवेली जाकर सुना, तर्क अब और नहीं मिलेगी। उसके मामा से पूछा, 'क्या हुआ मियाँ साहब? उनकी तबीयत नासाज़ है क्या?'

—नहीं मिर्ज़ा साहब। अब उसने ग़ज़लें लिखना बन्द कर दिया है।

—क्यूँ?

—पूरे दिन बस क़ुरान पढ़ती है। घर से भी नहीं निकलती है।

—या अल्लाह! ऐसी शायरा ने ग़ज़ल लिखना छोड़ दिया। कितनी बड़ी शायरा हो सकती थीं वे।

—मिर्ज़ा साहब, हमारे समाज में औरतों को कितनी क़ीमत दी जाती है बताइए! उसके ऊपर से कोई अगर शायरी करती हो तो उसे सब पागल समझते हैं।

—आप लोग भी यही सोचते हैं?

—नहीं। लेकिन न जाने कैसे वह इस तरह से सिमट गयी, हम समझ ही नहीं पाए।

—एक बार उनसे मिला नहीं जा सकता है?

—नहीं मिर्ज़ा साहब। उसने कहा है कि अब आप यहाँ कभी न आएं। सबसे ज़्यादा दुख की बात क्या है, जानते हैं, उसने अपनी लिखी सभी ग़ज़लें, अपने हाथों से फाड़ कर जला दीं।

उस दिन घर वापस जाने का मन नहीं किया। यमुना के किनारे जाकर बैठा रहा। कब शाम उतर आई, पता ही नहीं चला। अँधेरे में यमुना का बहाव ख़ुद अपने आप से बातें कर रहा था। तब मुझे वह उत्कंठित नायिका दिखी। कुंजवन में वह अपने प्रेमी के इन्तज़ार में, झरे हुए पत्तों के आसन पर बैठी हुई थी। फूलों के भार से झुके हुए पेड़ उसे घेरे हुए थे, जैसे कि कह रहे हों, इतनी उत्कंठित मत हो राधिके, वह आयेंगे, तुम्हारे श्याम निश्चित ही आएंगें। नायिका के सामने झरना बह रहा था। जैसे वह भी कहता जा रहा था, और थोड़ा इन्तज़ार करो, देखो उसके बंसुरी की आवाज़ सुनाई दे रही है। एक त्रस्त हिरणी झरने का पानी पी रही थी और पेड़ों के पीछे से हिरण मुग्ध आँखों से अपनी नायिका की ओर देखे जा रहा है। मैं समझ गया, तर्क ने क्यूँ ग़ज़ल लिखना छोड़ दिया। वह ग़ज़ल के एक-एक लफ़्ज़ का बोझ और सह नहीं कर पा रही थी। पर्दा हटा कर तो वह किसी दोस्त की तरफ़ हाथ नहीं बढ़ा सकती थी न।

अब मैं हूँ और मातम-ए-यक शहर-ए-आरज़ू
तोड़ा जो तूने आईना, तिमसालदार था ।

38

ईमाँ मुझे रोके है तो खींचे है मुझे कुफ़्र ।
काबा मेरे पीछे है, कलीसा मेरे आगे ।

मैं एक अश्लील लेखक हूँ, प्रमाणित करने के लिए, जानते हैं मिर्ज़ा साहब, मेरे आस-पास के सच्चे लोगों ने क्या कहा? उनका एक ही सवाल था, मेरे अफ़सानों में घूमफिर कर बारबार रंडियों के मुहल्ले और उनकी ही बातें क्यूँ आती हैं? एक वेश्या कैसे किसी कहानी का प्रधान चरित्र हो सकती है? ये सवाल किन लोगों ने उठाया? उन लोगों ने जो अपने सीने इसलिए गर्व से फुला कर घूमते थे कि वे प्रगतिशील हैं, समाज के पिछड़े वर्ग के लोगों को लेकर कहानियाँ लिखते हैं। हाँ मिर्ज़ा साहब, इन सब लोगों के लिए भी वेश्याएं नाली के कीड़ों से ज़्यादा बदतर थीं। जबकि इन लोगों में से कई चोरी-छुपे रेड लाईट इलाक़े में जाते थे। मैं गया हूँ, मैंने इस बात को कभी नहीं छुपाया। चारों तरफ़ बेरंग लोगों के बीच वह रंग-रोग़न पुती, छोड़ी हुई लड़कियाँ, उनके दलाल, उस मुहल्ले के फूलवाले, कबाबवाले—ये लोग मुझे कहीं ज़्यादा ज़िन्दादिल लगते थे। वह लड़कियाँ अगर एक बार किसी से प्यार कर लें तो उसे पाने के लिए वे किसी का ख़ून भी कर सकती थीं। हमारे समाज से बाहर लाल बत्ती का वह इलाक़ा जैसे एक महाकाव्य था। सुगंधी, सुल्ताना, नेस्ती, बिस्मिल्ला, महमुदा, ज़ीनत इन सबकी बातें मैंने बना-बना कर नहीं लिखीं थी: दिल्ली, लाहौर, बम्बई की रंडीख़ानों में वे कभी ज़िन्दा रहा करती थीं।

एक बार महमुदाबाद के राजा साहब के साथ मेरी बहुत बहस हुई थी। उनका भी एक ही कहना था, 'इन गंदी औरतों में तुम क्या देखते हो, मंटो? जाते हो अय्याशी करने, उसके बाद उनको लेकर बड़ी-बड़ी बातें लिखते हो'।

—बता सकते हैं, उनके बारे में लिख कर मैंने क्या गुनाह किया है?

साहित्य तो गंदी दुनिया के बारे में लिखना नहीं है।

—तो फिर साहित्य क्यूँ लिखा जाता है राजा साहब?

—हमारी सपनों की बातें बताने के लिए।

मैं हँस पड़ता हूँ।—क्या इस हम में वे शामिल नहीं हैं? उनके सपनों की बातें लिखने का किसी को अधिकार नहीं? उनके ख़्वाबों के बारे में कहने वाला कोई नहीं होगा? हमारा और उनका खेल बहुत मज़ेदार है, राजा साहब। कम्युनिस्ट लोग इस खेल में बड़े उस्ताद होते हैं।

—तुम कम्युनिज़्म से नफ़रत करते हो?

—पता नहीं। मैं सिर्फ़ इतना जानता हूँ, मेरे वामपंथी दोस्तों ने ही सबसे पहले मुझे अश्लील क़रार दिया है।

—तुम एक के बाद एक कहानियों में वेश्याओं के बारे में लिखते रहोगे और कोई तुम्हें अश्लील नहीं कहेगा?

—अगर वेश्याओं के बारे में लिखना अश्लील है, तब तो उनका वजूद भी अश्लील है। तो फिर ये अश्लीलता क्यूँ टिकी हुई है? अगर वेश्याओं के बारे में बात करना मना है, तब तो इस पेशे को भी निषिद्ध करना होगा, राजा साहब। वेश्यावृत्ति बन्द करिए, ऐसा होने से वेश्याओं की बातें लिखने के लिए फिर कभी किसी मंटो का जन्म नहीं होगा। हम किसान, मज़दूर, नाई, धोबी, चोर—डाकुओं के बारे में लिख सकते हैं। जिन्न-परियों को लेकर कहानियाँ गढ़ सकते हैं। तो फिर वेश्याओं के बारे में कुछ क्यूँ नहीं कह सकते हैं?

—कहो, कहो, जितनी मर्ज़ी कहो। तुम्हारा लिखा भी कीचड़ के अलावा कुछ और नहीं होगा।

—मैं तो वही चाहता हूँ, राजा साहब।

—मतलब?

—इस समाज की सारी गंदगी मेरे लिखने में आ जाये। जिससे आप लोग देख सकें, साफ़सूरती के आड़ में असलियत क्या है।

—तुम क्या ख़ुद को पैग़म्बर समझते हो?

—नहीं। इस दुनिया में लेखक सबसे कमज़ोर प्राणी है, जिसे कोई भी लात मार सकता है, राजा साहब। उसके हाथ में कोई क्षमता नहीं होती है। उसने जो देखा है, जो कुछ भी महसूस किया है, उसी को सच्चाई के साथ लिखता है। नहीं, ये सारी बातें मैं आपको बताना नहीं चाहता था, क्यूँकि आप कुछ नहीं समझेंगे।

—तो फिर वही बोलो, जो मैं समझ सकता हूँ।

—वेश्याओं का मुहल्ला असल में क्या है जानते हैं?

—क्या? रंडीख़ाने तो रंडीख़ाने ही होते हैं, वैसे मंटो को नया क्या कहना है सुनें।

—एक सड़ी-गली लाश। ये समाज उस लाश को कंधे पर उठाए चल रहा है। जितने दिन मुर्दे को दफ़नाया नहीं जायेगा, उतने दिन मुर्दे को लेकर बातें होती ही रहेंगी, राजा साहब। पर जानते हैं, लाश जितनी भी सड़ी-गली हो, जितनी भी वीभत्स हो, कोई न कोई तो उसके चेहरे को देखेगा ही। देखने में दोष ही क्या है, बताइए? क्या उस मुर्दे के साथ हमारा कोई रिश्ता नहीं? राजा साहब, एक बार सोच कर देखिए, हमने ही तो उसकी हत्या नहीं की है? सिर्फ़ उसके चेहरे को देखना ही गुनाह है? ऐसा करते ही मंटो को अश्लील कह दिया जाता है?

—मंटो तुम एक बेहतरीन अफ़सानानिगार हो, यह मैं भी मानता हूँ। क्या उस दुनिया को तुम छोड़ नहीं सकते?

—नहीं राजा साहब। तो फिर मैं आपको नेस्ती की कहानी सुनाता हूँ।

—कौन नेस्ती?

—एक वेश्या। वह किस तरह वेश्या बनी, वह क़िस्सा सुनिए।

—सुनाओ। राजा साहब हँसे।—क़िस्से गढ़ने में तो तुम्हारा जवाब नहीं।

—इस क़िस्से की शुरुआत में नेस्ती कहीं नहीं थी, राजा साहब। कोचवान अबु को लेकर क़िस्सा शुरू होता है। अबु एक बहुत ही अच्छा इंसान था, राजा साहब। याद रखियेगा,

"अच्छा" लफ़्ज़ में बाग़ों की ख़ुशबू होती है। वह बहुत शौक़ीन मिज़ाज का था और उसकी घोड़ा-गाड़ी शहर मे अव्वल। उसने अपनी गाड़ी को बड़े मन से सजा कर रखा था। वह जिस किसी को अपनी गाड़ी में नहीं बैठाता था। उसकी सारी बँधी सवारियाँ थीं। दूसरे कोचवानों की तरह, अबु को पीने का नशा नहीं था; उसे बस अच्छे कपड़े पहनने का शौक़ था। जब अबु की घोड़ा-गाड़ी सड़क से गुज़रती, सब मुँह चिढ़ा कर कहते, 'चल पड़ा नवाबज़ादा'। यह सुन कर जैसे अबु का सीना फूल जाता, उसी के साथ अबु के घोड़ी चिन्नि की रफ़्तार तेज़ हो जाती। घोड़े की लग़ाम ज़रूर अबु के हाथ में होती, लेकिन चिन्नि अपने मालिक के मिज़ाज को इतना समझती थी कि अबु को उसपर कभी चाबुक चलाने की ज़रूरत नहीं पड़ती। जैसे अबु और चिन्नि दो अलग प्राणी न हों। दूसरे कोचवानों में से कोई-कोई अबु की नक़ल करने की कोशिश करता, लेकिन उसकी जैसी दिलचस्पी तो किसी के अन्दर नहीं थी।

तो एक दिन अबु दोपहर को एक पेड़ की छाँह में अपनी गाड़ी में लेटा हुआ था। नींद से उसकी आँखें बोझिल हो गयी थीं। इतने में किसी की आवाज़ सुन अबु ने आँखें खोल कर देखा, सामने एक लड़की खड़ी हुई थी। अबु हड़बड़ कर उठ बैठा। लड़की की ख़ूबसूरती उसके सीने में तीर की तरह बिंध गई। उभरती जवानी की रौनक लिए सोलह-सत्रह साल की एक साँवली लड़की।

—क्या चाहिए? अबु ने धीरे से कहा। जैसे सपने में जन्नत से आयी कोई परी उसके सामने खड़ी हो।

—टेशन जाने का क्या लोगे?

अबु ने हँस कर कहा, 'एक पैसा भी नहीं'।

लड़की ने फिर से पूछा, 'टेशन जाने का कितना लोगे, बताओ न'।

—तुम से पैसे लूँगा? चलो बैठो।

—इसका मतलब? लड़की सिमट गई।

—अरे बैठो, जो तुम्हारी मर्ज़ी हो दे देना।

लड़की गाड़ी के पीछे बैठ गई।—जल्दी चलो।

—किस बात की इतनी जल्दी है?

—तुम—वह तुम। लड़की बात कहने से पहले ही रुक जाती है।

अबु की गाड़ी चलती रहती है। चिन्नि के खुरों की लय में आज जैसे कोई नया राज़ हो। लड़की पीछे ही बैठी हुई थी। अबु बार-बार पीछे मुड़ कर देखना चाहने पर भी देख नहीं पा रहा था। लड़की ने कहा, 'टेशन अभी भी नहीं आया?'

—आ जायेगा जी। अबु ने हँस कर कहा।—मेरा और तुम्हारा टेशन तो एक ही जगह है।

—मतलब?

—जानेमन, तुम इतनी भी बुद्धू नहीं हो। तुम्हें देख कर ही मैं समझ गया था कि मेरा और तुम्हारा टेशन एक ही जगह है। जान क़सम मैं तुम्हारा ग़ुलाम हो गया हूँ।

लड़की ने कुछ जवाब नहीं दिया। बदन के चादर को और कस कर लपेट लिया।

अबु ने पूछा, 'क्या सोच रही हो जानेमन?'

लड़की ने फिर भी कुछ नहीं कहा। अबु ने अचानक गाड़ी रोक दी। कूद कर गाड़ी से उतर कर लड़की के पास आकर बैठ गया और उसका हाथ कस कर पकड़ कर कहा, 'जानेमन, अपनी लग़ाम मेरे हाथ में दे दो'।

—बहुत हुआ। लड़की ने सिर नीचा कर कहा।

अबु लड़की से लिपट गया। लड़की ने पहले तो रोका पर फिर शान्त हो गई। अबु कहता रहा, 'इस गाड़ी और इस घोड़ी को मैं अपनी जान से भी ज़्यादा चाहता हूँ। ख़ुदा की क़सम, तुम्हारे लिए मैं इन्हें बेच सकता हूँ। जानेमन, तुम्हें ढेर सारे सोने के ज़ेवर बनवा कर दूँगा। कहो—कहो—मेरे साथ रहोगी? नहीं तो अभी, इसी वक़्त, तुम्हारे सामने मैं अपने गले की नली काट लूँगा'।

लड़की उसकी तरफ़ देखती रही है। अबु बड़बड़ाया, 'आज न जाने क्या हुआ है मुझे! चलो, तुम्हें टेशन छोड़ आऊँ'।

—नहीं। तुमने मुझे छुआ है।

—माफ़ करना। मुझसे ग़लती हो गई।

—ग़लती का कोई ईमान नहीं? लड़की भड़क उठती है।

अबु लड़की की ओर देखता रहा। उसके बाद अपने सीने पर हाथ रख कर कहा, 'तुम्हारे लिए जान दे सकता हूँ'।

लड़की ने अपना हाथ बढ़ा कर कहा, 'तो फिर मेरा हाथ थाम लो'।

अबु ने लड़की का हाथ पकड़ कहा, 'आज से मैं तुम्हारा ग़ुलाम'।

राजा साहब, उस लड़की का ही नाम नेस्ती था। नेस्ती गुजरात से आयी थी; वह एक मोची की लड़की थी। अपने घरवालों को छोड़ कर नेस्ती अबु के पास ही रह गई। अगले दिन उनकी शादी हो गई। नहीं, अबु ने अपने घोड़े और गाड़ी को नहीं बेचा, अपने जमाए रुपयों से उसने नेस्ती के लिए सिल्क का सलवार-कमीज़ और कान की बालियाँ ख़रीदीं। अबु अक्सर नेस्ती को अपने सीने से जकड़ कर कहता, 'तुम मेरी नवाबज़ादी हो'।

महीने भर के बाद अचानक एक दिन पुलिस ने अबु को लड़की अगुवा करने के जुर्म में गिरफ़्तार कर लिया। नेस्ती हमेशा उसके साथ खड़ी रही। अदालत के फ़ैसले से अबु को दो साल की जेल हो गई। नेस्ती ने अबु से लिपट कर कहा था, 'मैं अपने माँ-बाप के पास नहीं जाऊँगी। तुम्हारे आने का मैं इन्तज़ार करूँगी, मियाँ'।

—ख़ुश रहना। मैंने गाड़ी दीनू को चलाने के लिए कहा है। उससे रोज़ की कमाई ले लिया करना, बीबीजान।

माँ-बाप के बहुत समझाने के बावजूद नेस्ती उनके साथ वापस नहीं गई। अनजाने शहर में, अबु के इन्तज़ार में वह अकेली ही रह गई। रोज़ शाम दीनू उसे पाँच रुपये दे जाता था। नेस्ती का किसी तरह उसमें गुज़ारा चल जाता। हफ़्ते में एक बार थोड़ी देर के लिए अबु के साथ मिलना भी हो जाता था। वह अबु के लिए अच्छा खाना, फल वगैरह लेकर जाती थी।

एक दिन अबु ने देखा, नेस्ती के कानों में बालियाँ नहीं है। — तुम्हारे कान की बालियाँ कहाँ गईं?

नेस्ती ने आँखें बड़ी-बड़ी कर कानों को हाथ लगाते हुए कहा, 'अरे हाँ, ख़्याल ही नहीं किया, न जाने कहाँ गिर गयी'।

— बीबीजान, मेरे लिए खाना-वाना लाने की ज़रूरत नहीं। मैं ठीक हूँ।

नेस्ती देख रही थी, दिन-ब-दिन अबु का शरीर टूटता जा रहा था। धीरे-धीरे उसने हट्टे-कट्टे अबु को हड्डियों का ढाँचा हो जाते देखा। नेस्ती ने सोचा, शायद उससे दूर रहने की वजह से, दुख में अबु अन्दर ही अन्दर घुटता जा रहा है। असल में राजा साहब, अबु को टीबी हो गया था। अबु के पिता और बड़े भाई भी टीबी से ही मरे थे। जेल के अस्पताल में लेटे अबु ने नेस्ती से कहा, 'इस तरह मर जाऊँगा, अगर जानता तो मैं कभी तुमसे शादी नहीं करता, बीबीजान। मुझे माफ़ करना। चिन्नि और गाड़ी का ख़्याल रखना। वे ही तुम्हारी देखभाल करेंगे। चिन्नि से कहना, मैं उसे कभी नहीं भुलूँगा'।

नेस्ती को अकेला छोड़, अबु इस दुनिया से चला गया। लेकिन नेस्ती अलग नस्ल की लड़की थी, राजा साहब। इतने बड़े दुख को सह कर भी वह मज़बूत खड़ी रही। सारा दिन वह अबु की याद में अकेली बिता देती। रोज़ शाम को दीनू आकर तय रुपये दे जाता।

एक दिन दीनू ने कहा — डरना मत भाभीजी, अबु मेरे भाई की तरह था। आपके लिए मैं जो भी कर सकता हूँ करूँगा।

— जैसा ख़ुदा करें —

— ख़ुदा तो इंसानों से ही कराते हैं भाभीजी। तुम इस तरह उदास मत रहा करो। मुझे अच्छा नहीं लगता है।

— क्या करूँ दीनू भाई?

— फिर से शादी कर लो। क्या सिर्फ़ अबु भाई के बारे में सोचते-सोचते ज़िन्दगी काट दोगी?

— शादी!

— तुम जिस दिन कहोगी, मैं तैयार हूँ।

— दीनू भाई!

— क्या हुआ?

नेस्ती का जी चाहा, उसे लात मार कर घर से निकाल दे। वह तो कर न सकी, बस कहा, 'मैं और शादी नहीं करूँगी, दीनू भाई'।

उस दिन के बाद से दीनू का रवैया भी बदल गया। पाँच रुपये के बदले किसी दिन चार तो किसी दिन तीन रुपये देना शुरू कर दिया। नेस्ती के पूछने पर कहता, सवारियाँ नहीं मिल रहीं हैं, अब पहले जैसी कमाई नहीं रह गयी है। उसके बाद से दीनू दो-तीन दिनों बाद-बाद आकर रुपये देने लगा। एक दिन नेस्ती ने कह दिया, 'तुम्हें और गाड़ी चलाने की ज़रूरत नहीं है दीनू भाई। जो करना है मैं करूँगी'।

उसके बाद नेस्ती ने दीनू के किसी दोस्त को गाड़ी चलाने के लिए दिया। कुछ दिनों के अन्दर उसने भी नेस्ती से शादी करने की बात कही। नेस्ती ने उसे भी मना कर दिया। इस बार उसने बिना किसी जान-पहचान के एक कोचवान को गाड़ी चलाने के लिए दिया। एक रात वह नशे में धुत्त आकर नेस्ती का हाथ पकड़ खींचा-तानी करने लगा।

आठ-दस दिन तक घोड़ा और गाड़ी दोनों ऐसे ही पड़े रहे। नेस्ती समझ नहीं पा रही थी, वह क्या करे। अपने गुज़ारे का ख़र्चा, चिन्नि का खाना, गाड़ी रखने के जगह का किराया—ये सब कहाँ से आयेगा? सब तो आकर बस उससे शादी करना चाहते थे। नेस्ती जानती थी, उनका मक़सद बस उसके साथ सोना था। बाहर निकलने पर सब उसकी तरफ़ गंदी निगाह से देखते। एक रात बगल के घर का आदमी तक उसके दरवाज़े पर धक्का मारने लगा, कहने लगा, 'कितने पैसे मिलते हैं हरामज़ादी? कितने पैसे मिलने से दरवाज़ा खोलेगी?'

एक दिन अचानक नेस्ती को लगा, अच्छा, मैं भी तो गाड़ी चला सकती हूँ। जब कभी वह अबु के साथ घूमने जाती थी, तब कभी-कभी वह भी गाड़ी चलाया करती थी। वह सारी सड़कें अच्छे से पहचानती थी। तो मुश्किल क्या थी? अगर औरतें मिट्टी काट सकती हैं, मज़दूरी कर सकती हैं, तो घोड़ा-गाड़ी क्यूँ नहीं चला सकतीं? कई दिनों तक सोच-विचार करने के बाद नेस्ती ने तय किया कि वह गाड़ी ख़ुद ही चलायेगी।

नेस्ती को गाड़ी लाते देख, दूसरे कोचवानों की त्योरियाँ चढ़ गईं। बहुत से हँसने लगे। सबसे बुज़ुर्ग कोचवान ने आकर नेस्ती को समझाया, घोड़ा-गाड़ी चलाना लड़कियों का काम नहीं। नेस्ती ने किसी की बात पर कान नहीं दिया। चिन्नि को दुलार कर, अबु से मन ही मन बात कर वह गाड़ी लेकर निकल पड़ी।

पूरे शहर में हल्ला मच गया। एक ख़ूबसूरत ज़नाना घोड़ा-गाड़ी चला रही है। लोग इन्तज़ार करते रहते, कब नेस्ती की गाड़ी आयेगी। पहले-पहले वह मर्द सवारियों को गाड़ी में नहीं चढ़ाती थी; लेकिन बाद में वह हिचक भी चली गई। गाड़ी चला कर नेस्ती अच्छा कमाने लगी। उसकी गाड़ी कभी खड़ी नहीं रहती थी, राजा साहब। मर्द उसकी गाड़ी में बैठने के लिए हमेशा तैयार खड़े रहते थे। एक लड़की की कमर, कंधे, बाँहें, स्तन, नितम्ब कुछ वक़्त तक देख लेने की मर्दानी आँखों की कामुक लालसा को तो आप निश्चित ही नकार नहीं सकते हैं, राजा साहब! नेस्ती भी सब समझती थी। लेकिन वह क्या करती? उसे तो इज़्ज़त के साथ गुज़र-बसर करना था। गाड़ी चलाने का वक़्त उसने तय कर रखा था। सुबह सात से बारह बजे तक और दोपहर दो बजे से शाम के छ: बजे तक। नेस्ती इस तरह अपने हिसाब से जी रही थी, राजा साहब।

एक दिन म्युनिसपैल्टी कमिटी की तरफ़ से उसे बुलवा कर कहा कि उसकी गाड़ी का लाईसेंस ख़ारिज कर दिया गया है। क्यूँ? लड़कियों के गाड़ी चलाने का नियम नहीं हैं। नेस्ती ने कहा, 'मैं तो गाड़ी चलाना जानती हूँ, हुज़ूर। तो फिर मुश्किल किस बात की है?'

—अब और नहीं चला सकतीं।

—क्यूँ हुज़ूर? लड़कियाँ अगर सब काम कर सकती हैं तो घोड़ा-गाड़ी क्यूँ नहीं चला सकतीं? ये घोड़ा और गाड़ी दोनों मेरे शौहर के हैं। मैं क्यूँ नहीं चला सकती? गाड़ी नहीं चलाने से मैं खाऊँगी कहाँ से, हुज़ूर?

म्युनिसपैल्टी के अफ़्सर ने क्या जवाब दिया जानते हैं?—बाज़ार जाकर जगह ढूँढ़ लो। उसमें बहुत कमाई है।

नेस्ती जैसी लड़की इस बात का क्या जवाब देती, बताइए? उसे चिन्नि और गाड़ी को बेच देना पड़ा। वह अबु के क़ब्र के आगे जाकर बैठ गई। राजा साहब, मैं हलफ़ करके कहता हूँ, उसकी आँखों में तब आँसू नहीं थे, उसकी आँखें रेगिस्तान की तरह धधक रही थीं। उसने अबु की क़ब्र पर सिर रख कर कहा, 'उन लोगों ने मुझे जीने नहीं दिया। मुझे माफ़ करना'।

अगले दिन नेस्ती ने गोश्त की मंडी में जाकर अपनी अर्ज़ी दे दी। हाँ, अब वह हर रात अपना गोश्त बेचती है। राजा साहब, नेस्ती की इस कहानी को हम इतिहास से मिटा देंगे? तब तो सब साफ़सूरत रहेगा न?

नहीं, मिर्ज़ा साहब, मेरे इस सवाल का राजा साहब ने जवाब नहीं दिया। क्या जवाब था उनके पास? उन्होंने क्या कभी सुल्ताना जैसी लड़की देखी थी? भाईजान लोग, 'काली सलवार' कहानी में मैंने सुलताना के बारे में ही लिखा था। एक वेश्या, मुहर्रम में पहनने के लिए सिर्फ़ एक काली सलवार चाहती है, इस छोटी-सी ख़्वाहिश में अश्लीलता कहाँ है मुझे बता सकते हैं? लेकिन वह—समाज के ख़लीफ़े—ठीक ढूढ़-ढूँढ़ कर उसे निकाल लेते हैं; वे लोग एक पूरे इंसान को देख नहीं पाते; बस कुछ लफ़्ज़ों, कुछ पलों की चीरा-फाड़ी करते रहते हैं; कौन हैं ये लोग, जानते हैं मिर्ज़ा साहब? पाण्डुलिपि, भाष्य, टीका, स्याही और क़लम के ऊपर, वे सिंहासन पर बैठे रहते हैं—कवि नहीं—अजर, अक्षर अध्यापक हैं,—दाँत नहीं हैं—आँखों में रहती है नाकामी की कीचड़; वेतन हज़ार रुपया महीना—और हज़ार डेढ़ मिल जाता है मरे हुए कवि/शायरों के मांस के कीड़ों को नोच कर।

बताइए, ये लोग किस तरह सुलताना को समझ सकते थे? वह हर शाम रेड लाईट इलाक़े के एक टुटे-फूटे घर की बाल्कनी में आकर खड़ी होती थी। सुल्ताना की बाल्कनी से रेल यार्ड दिखता था। रेल लाईन को देखते हुए वह अपने हाथों को देखती रहती थी। उसकी फूली नीली नसें उसे बिल्कुल रेल लाईनों की तरह लगतीं थीं। रेल यार्ड के अन्दर ट्रेन की बोगियाँ और ईंजन हर वक़्त आना-जाना करती रहतीं थी; ईंजन धुँआ उगल कर सुल्ताना के सामने के आसमान को काला कर देता था। किसी वक़्त किसी गाड़ी को किसी लाईन में घुसा दिया जाता, गाड़ी अपनी निर्दिष्ट लाईन पर चलना शुरू करती और सुल्ताना को लगता जैसे उसे भी किसी निर्दिष्ट लाईन पर छोड़ दिया गया है और वह चलती चली जा रही है। इस चलने में उसका कोई हाथ नहीं था। कुछ दूसरे लोग बटन दबा-दबा कर उसे चला रहे हों। उसे कभी पता नहीं चलेगा कि वह कहाँ जा रही है। फिर जिस दिन वह अपनी गति खो कर रुक जायेगी, वह जगह उसके लिए अनजान होगी।

सुल्ताना की मुलाक़ात एक अनोखे इंसान के साथ हुई। उसका नाम शंकर था। वह अक्सर सड़क के दूसरी ओर, सुल्ताना के घर की ओर देखता हुआ खड़ा दिखता। सुल्ताना का काम अच्छा नहीं चल रहा था, सारा दिन अकेले गुज़र जाता था। एक दिन उसने हाथ हिला कर शंकर को बुलाया। शंकर कमरे में आकर इस तरह बैठ गया, जैसे वह नहीं बल्कि सुल्ताना उसकी ख़रीददार हो। सुल्ताना को बड़ा मज़ा आ रहा था। उसने पूछा, 'आपके लिए क्या करूँ, बताइए?'

—मेरे लिए? बल्कि कहो, मैं तुम्हारे लिए क्या कर सकता हूँ? तुम्हीं ने तो मुझे बुलाया है।

सुल्ताना उसकी बात सुन कर हैरान हो जाती है।

शंकर कहता जाता है, 'समझ गया। अब मेरी बात सुनो। तुमने जैसा समझा, बात वैसी नहीं है। मैं ऐसा बंदा नहीं हूँ जो इस घर में घुस कर कुछ रुपये थमा कर चला जाऊँगा। मेरी भी मज़दूरी है, समझीं? डॉक्टर बुलाने पर फ़ीस देती हो न? मुझे बुलाने पर मेरी भी मज़दूरी देनी पड़ेगी'।

शंकर की बात सुन कर हैरान हो जाने के बावजूद सुल्ताना अपनी हँसी नहीं रोक पाई। उसने पूछा, 'तो तुम्हारे साथ क्या किया जाये?'

—तुमलोग जो भी किया करती हो।

—क्या?

—तुम क्या करती हो?

—मैं कुछ भी नहीं करती हूँ।

—मैं भी कुछ नहीं करता हूँ।

—इस बात का कोई मतलब नहीं। कुछ तो ज़रूर करते होगे।

—तब तो तुम भी कुछ तो ज़रूर करती होगी।

—पता नहीं, बस वक़्त काटती हूँ।

—मैं भी।

शंकर अक्सर आने लगा, एक दिन सुल्ताना ने पूछा, 'क्या तुम मुझसे शादी करोगे?'

—शादी? दिमाग़ ख़राब है? हमारी शादी कभी नहीं हो सकती। वह सब सड़ी-बुसी चीज़ें मेरे लिए नहीं है। फिर कभी मेरे साथ ऐसी बेकार बातें मत करना। तुम एक औरत हो। मुझे ख़ुश रखने के लिए थोड़ी देर अच्छी-अच्छी बातें किया करो। ज़िन्दगी सिर्फ़ बेचने-ख़रीदने के लिए तो नहीं है।

—साफ़-साफ़ बताओ, मुझसे क्या चाहते हो?

—जो दूसरे तुमसे चाहते हैं। शंकर ने भावशून्य आवाज़ में कहा।

—तो फिर तुम दूसरों से अलग क्या हुए?

—सुनो सुल्ताना, मेरे और तुम्हारे में कोई फ़र्क़ नहीं। लेकिन उन दूसरों से मेरा ज़मीन आसमान का फ़र्क़ है।

हाँ, मिर्ज़ा साहब, मैं मन ही मन जानता था, यहाँ तक कि मैंने बुलंद आवाज़ में इस

बात को कहा भी है, मैं अपने आस-पास के दूसरे लोगों से अलग हूँ। लेकिन सुल्ताना से किसी भी सूरत से अलग नहीं। मैं अपने आप को इस दुनिया के बाज़ार में, किसी न किसी तरह से बेचने ही आया था। जिन लोगों ने मुझे अश्लीलता के आरोप में गुनाहगार ठहराया है, उन्होंने भी ख़ुद को बेचा ही है, लेकिन उन्होंने वेश्यावृत्ति को छुपा कर अपनी महानता के ग़ुब्बारे उड़ाए हैं। मैं सिर से पाँव तक एक वेश्या हूँ, दुनिया के सारे सारे रेड लाईट के इलाक़े मेरा पता हैं।

39

आहों के शोले जिस जा उठते थे मीर से शब
वाँ जा के सुबह देखा मुश्त-ए-ग़ुबार पाया ।

अवध पर क़ब्ज़ा करने के बाद जब अंग्रेज़ों ने नवाब वाजिद अली शाह को देशनिकाला देकर कलकत्ता भेजा, मंटोभाई, मैं गुस्से और नफ़रत से छटपटा रहा था। अवध के लिए मैं एक बाहर का आदमी था, फिर भी लगा जैसे मुझे ही उखाड़ कर फेंक दिया गया हो। जो अंग्रेज़ नयी सभ्यता के दूत लगे थे, अवध की तबाही के दौरान मुझे उनके दाँत और नाख़ून दिखाई दिए। सिर्फ़ गुस्सा और नफ़रत नहीं, हताशा ने भी मुझे ग्रास कर लिया। तो क्या ब्रिटिश इसी तरह एक-एक कर राज्यों को तबाह कर, नवाबों को मुल्कबदर कर देंगे, हमारी तहज़ीब को दफ़्ना देंगे? भाईजान लोग, जिन लोगों में सोचने-समझने की ताक़त है, उनके लिए तबाह करने की इस प्रवृत्ति को मान लेना संभव नहीं। यह बात मैंने अवध में किसी को लिखे ख़त में बताई भी थी। नवाब वाजिद अली शाह के निर्वासन को मैं मान नहीं सका। मंटोभाई, मुझे लगा, वे लोग अब जल्दी ही हमें भी ग्रास कर लेंगे, हिन्दुस्तान की पूरी जनता को—हिन्दू या मुसलमान जो भी हो—वे उन्हें मुल्कबदर कर देंगे; अब हमें मुहाजिरों की तरह सड़कों पर भटकते रहना होगा।

उसी वक़्त दूसरी एक आवाज़ भी सुनाई दी। तब तक अंग्रेज़ों ने बता दिया था कि मुग़ल वारिसों को क़िले से हटा कर क़ुतुब शाही के पास के किसी महल में ले जाया जायेगा और बादशाह बहादुरशाह ज़फ़र के बाद, बादशाह का ख़िताब किसी और को नहीं दिया जायेगा। अंग्रेज़ जो भी फ़ैसला लेंगे, वही सबको मानना पड़ेगा? शाहजहानाबाद में बहुतों ने ये मानना शुरू कर दिया था कि फ़ारस के शहनशाह या रूस के सम्राट ज़ार आकर इन फ़िरंगियों को भगा कर मुग़लिया सल्तनत की शान को फिर से बरक़रार करेंगे। गदर शुरू होने के दो महीने पहले, न जाने किन लोगों ने जामा मस्जिद की दीवार पर एक काग़ज़ चिपका दिया था। उसमें लिखा था, फ़ारस के शाह अपने मुश्किल में फ़ंसे भाईयों को बचाने के लिए बहुत जल्द इस मुल्क में आयेंगे। क़िले के पीरज़दा, हसन अक्सरी ने भी हिसाब-किताब देख कर ऐसा ही कुछ बताया कि कुछ ऐसा हादसा होने वाला है, जिससे मुग़लिया सल्तनत का ईमान और निशान फिर से आसमान चूमेगा। लेकिन वह ग़दर—फ़ौजी बग़ावत थी—वह हम समझ नहीं पाए।

वैसे, भाईजान लोग, हवा में बहुत-सी अफ़्वाहें तिर रहीं थीं। उन अफ़्वाहों को सुन कर लगता था, जैसे हम लोग परीस्तान में ज़िन्दा हैं। ये सारी बातें सब एक-दूसरे के कानों में फुसफुसा कर कहते। तो, एक दिन चाँदनी चौक में ग़ुलाम नबी की पान की दुकान पर

पहाड़गंज के थानेदार मोईनुद्दीन हसन ख़ान के साथ मुलाक़ात हुई। मैंने हँस कर पूछा, 'चारों तरफ़ क्या सब सुन रहा हूँ, मियाँ?'

—अजी मिर्ज़ा साहब, मेरा तो दिमाग़ ख़राब हुआ जा रहा है।

—इसका मतलब ये सब अफ़्वाहें सच हैं?

—कैसे बताऊँ, कहिए! लेकिन अन्दर ही अन्दर ज़रूर कुछ चल रहा है, मिर्ज़ा साहब।

—ये चपाती की क्या बात है?

—वह मैंने भी सुना, लेकिन यकीन नहीं कर पा रहा हूँ, मिर्ज़ा साहब। कल तड़के अचानक इंद्रपुर गाँव के चौकीदार ने आकर मुझे एक चपाती दिखाई। शायद सराय फ़ारुख़ ख़ान के चौकीदार ने उसे वह चपाती दी थी। उस तरह की पाँच और चपातियाँ तैयार कर पास के पाँच गाँवों में भेजने को कहा। संग-संग पाँचों गाँवों के चौकीदारों को बता भी देना था कि वे भी पाँच चपातियाँ बना अगले पाँच गाँवों में भेज दें। ये क्या मामला है, मैं कुछ समझ नहीं पा रहा हूँ, मिर्ज़ा साहब।

—चपाती के भीतर कोई कुछ ख़बर भेज रहा है क्या?

—नहीं, चपातियों के अन्दर तो कुछ भी नहीं था। फिर सुना कहीं-कहीं खस्सी का गोश्त बाँटा जा रहा है।

—ये तो कोई जादू का खेल है, मियाँ।

मंटोभाई, दिन-ब-दिन सब कुछ बहुत रहस्यमय होता जा रहा था। फुसफुसाहट बहुत बढ़ गयी थी। सबकी शक्लों को देख कर लगता था, जैसे किसी को किसी पर एतबार नहीं आ रहा था। अलग-अलग जगहों से फ़ौजियों के बग़ावत की ख़बर आनी शुरू हो गई। अंग्रेज़ सिपाहियों को तरह-तरह की सुख-सुविधाएं दी जातीं थीं और इस देश के सिपाहियों के साथ ज़रख़रीद ग़ुलामों की तरह सुलूक किया जाता था। उधर पलासी के युद्ध के सौ साल पूरे होने में कुछेक महीने बाक़ी थे। सुना, वहाबियों ने ऐलान किया कि 23 जून को हिन्दुस्तान को वापस आज़ाद करना ही होगा। वैसे तो शाहजहानाबाद शान्त था, लेकिन चारों तरफ़ से युद्ध के माहौल की हवा बह रही थी।

11 मई का दिन जैसे ताक लगाए हमारे लिए इन्तज़ार कर रहा था। किसी चीते की तरह आकर हम पर एकदम झपट पड़ा, भाईजान लोग। दोपहर में क़िले की दरो-दीवारें काँप हिलने लगीं, जिसकी धमक समूचे शहर में फैल गई। भाईजान, वह धमक किसी ज़लज़ले से भी ज़्यादा भारी थी। मेरठ से बाग़ी सिपाहियों ने आकर शाहजहानाबाद पर क़ब्ज़ा कर लिया। दरियागंज के पास, राजघाट के दरवाज़े से वे लोग शहर में घुसे। शहर के संतरियों ने भी उनके साथ हाथ मिला लिया। हत्याओं का भयानक जश्न शुरू हो गया। ख़ून से शाहजहानाबाद का मानचित्र मिट गया। ब्रिटिश और ऐंग्लो इंडियन देखते ही मार दो, उनके घर लूटपाट कर जला दो; लेकिन भाईजान लोग, किसी भी ख़ूनख़राबे में सिर्फ़ दुश्मन ही तो नहीं मरता है, बेक़सूर लोग भी फ़ना हो जाते हैं, शाहजहानाबाद के कितने आम लोग यूं ही खो गये, जिसका कोई हिसाब नहीं था।

बाग़ी फ़ौजियों का सरदार, मुहम्मद बख़्त ख़ान, बरेली के प्यादों की फ़ौज के सूबेदार थे। उनकी रहनुमाई में जहाँपनाह बहादुरशाह ज़फ़र को एक तरह से बंदी ही बना लिया गया था। सिपाही जो भी करें उन्हें उसके लिए सहमति देनी होगी। बख़्त ख़ान का एक ही कहना था, 'आप ही फिर से हिन्दुस्तान के शहनशाह होंगे, जहाँपनाह। बस आपको हमारी बात मान कर चलना होगा'। शहज़ादे मिर्ज़ा मुग़ल को भी उन्होंने पकड़ रखा था। सब कुछ के लिए हाँ कहने के अलावा बादशाह के लिए कुछ और करने को बचा नहीं था। हो सकता है उनके दिल में भी लालच आया हो, इस हुज्जत-हंगामे के बीच अगर उन्हें अपना तख़्त वापस मिल जाये। उनकी अपनी तो कोई क़ाबलियत थी नहीं। वे क्या ही क्या पाते भला? तब उनकी उम्र बयासी साल की थी, सारा समय सोते-बैठते-ऊँघते रहते थे।

जहाँपनाह की आड़ में उनका बड़ा बेटा मिर्ज़ा मुग़ल ही सर्वसर्वा बन गया। शहज़ादा जवाँ बख़्त बने वज़ीर। कोतवाल को फिर से काम पर बहाल किया गया। और मुहम्मद बख़्तख़ान को, जानते हैं क्या ख़िताब मिला? साहब-ए-आलम बहादुर। मुग़ल दरबार में इससे पहले ऐसा कोई ओहदा नहीं था। जहाँपनाह जिस पर सबसे ज़्यादा एतबार करते थे, उन हकीम अहसानुल्ला ख़ान को गोरों का जासूस क़रार दिया गया। उनका क़त्ल करने के लिए उनकी हवेली पर एक दिन लोगों ने धावा बोल दिया, लेकिन वह उस वक़्त बादशाह के साथ क़िले में थे; हवेली में उनके न मिलने पर वह ख़ब्ती लोग क़िले में जाकर हाज़िर हो गये, बादशाह ने ख़ुद को उनपर गिरा कर उन्हें क़त्ल होने से बचाया। लेकिन हकीम साहब के घर पर लूटपाट मचा, उनके चीनी तस्वीर के जैसे ख़ूबसूरत महल को तहस-नहस कर उसमें आग लगा दी।

मंटोभाई, बादशाह ज़फ़र जैसे भी हों, उनके एक तहज़ीब थी—जहाँपनाह बाबर से उस तहज़ीब का बनना शुरू हुआ था और जहाँपनाह अकबर के वक़्त पर ख़ूब फला-फूला—सिर्फ़ फ़तेहपुर सीकरी के बारे में सोचने से ही उस तहज़ीब की ख़ूबसूरती का अन्दाज़ा आप लगा सकते हैं—मियाँ तानसेन का गायन तो उस संस्कृति का शिखर था—उस तहज़ीब की नुमाईंदगी करती हुई कितनी अनोखी तस्वीरें, जहाँपनाह जहाँगीर के तस्वीरख़ाने में देखने को मिलती थीं—मंटोभाई, इन बदतमीज़, बर्बर फ़ौजियों को मान पाना जहाँपनाह के लिए नामुमकिन था। उन लोगों के लिए क़िला बस एक अस्तबल के जैसा था। जहाँपनाह ने एक दिन मिर्ज़ा मुग़ल से कहा, 'मिर्ज़ा तुम इन्हें लेकर इस सल्तनत की हिफ़ाज़त करोगे? ये लोग घोड़े पर चढ़ कर कहीं भी घुसे चले आते हैं; अंग्रेज़ अफ़्सर कभी ऐसा नहीं करते थे, दीवान-ए-आम के दरवाज़े के बाहर, घोड़ों से उतर कर खाली पाँव अन्दर आते थे'।

—सल्तनत को बचाए रखने के लिए उनकी ज़रूरत है, जहाँपनाह।

—उन क्रूर लोगों की? तुम क्या सोचते हो मैं कोई ख़बर नहीं रखता? ये लोग सारे बाज़ार लूट रहे हैं। अंग्रेज़ छुपे हुए होने के बहाने से, जिस किसी शरीफ़ आदमी के घर घुस कर लूटपाट मचा रहे हैं।

—इससे आपका क्या आता-जाता है, जहाँपनाह? क्या आप बादशाह बने नहीं रहना चाहते हैं? उन्होंने आपको तो बादशाह बनाया हुआ है।

—ओछे लोगों का बादशाह।

—फिर भी बादशाह तो हैं।

हाँ मंटोभाई, असल में सब कुछ उलटा-पलटा हो जाने का वक़्त आ गया था। मैं भी कुछ समझ नहीं पा रहा था। एक ऐसा अँधेरा वक़्त था, जब आपको किसी एक पक्ष को चुनना था: या तो आप जहाँपनाह की तरफ़ थे, या फिर अंग्रेज़ों के पक्ष में। मेरे जैसा आदमी क्या इतनी आसानी से किसी पक्ष को चुन सकता था? मैं जानता था, शायर होने के नाते मेरी किसी के लिए कोई क़ीमत नहीं थी; वे बस ज़रूरत के वक़्त मेरा इस्तेमाल करते। मैं बस एक मामूली इंसान के अलावा कुछ और न था। मुझे तो दोनों तरफ़ को संभाल कर चलना था। न तो बादशाह मेरे ऊपर ख़फ़ा हों; और न ही गोरे मुझ पर शक़ करें।

मंटोभाई, इसलिए मैं घर का एक कोना छाँट कर लिखने बैठ गया। ऐसे वक़्त पर एक शायर और कर भी क्या सकता है? जब कई सदियों की सल्तनत एक सड़ा-गला मुर्दा बन जाये, और जो तहज़ीब के सफ़ीर बन कर आए हों, उनके कमरबन्द में खंजर छुपा नज़र आए, तब अल्फ़ाज़ों के आगे बैठ कर मुर्दों की इबादत करने के अलावा मैं और क्या कर सकता था? मैं 'दस्तंबू' लिखने बैठ गया। चारों तरफ़ जो कुछ देख-सुन रहा था, ज़िन्दगी जिस तरह बसर हो रही थी, उन बातों को लेकर फ़ारसी में नस्र लिखने लगा। ख़ून से सने उस प्रकरण का नाम मैंने 'दस्तंबू—फूलों का गुच्छा' रखा। सोचा, वह गुच्छा ख़ून से सने फूलों का है, ये कोई न कोई ज़रूर समझ लेगा, लेकिन बाद में देखा कि इस बात का इशारा तक किसी के दिमाग़ में नहीं आया। इसके लिए मैंने ख़ुद अपनी ही तारीफ़ की। आख़िरकार मैंने इशारों में बात कहने का अदब-क़ायदा सीख लिया था; उतना तो सीखना ही था, मंटोभाई। नहीं तो बाग़ियों या गोरों की गोली सीधे मेरे सीने में आकर बिंध चुकी होती।

बादशाह के दरबार में मुझे जाना ही पड़ता था। शेरो-शायरी ठीक करने के अलावा ये भी समझाने के लिए कि मैं उनकी तरफ़ हूँ। बाग़ियों की मदद से उनकी चार महीनों की बादशाहत के दौरान जहाँपनाह ने जिस मुहर को बाज़ार में छोड़ा, उसपर लिखे शेर को मैंने ही लिख कर दिया था:

बर ज़ोरी आफ़्ताब ओ नुकरा-ए-माह
सिक्का ज़द दर जहाँ बहादुर शाह

बाग़ियों के जहाँपनाह को हिन्दुस्तान का शहनशाह एलान करने के बाद मैंने उनकी शान में एक क़सीदा भी लिखा।

जहाँपनाह ने एक दिन मुझसे फुसफुसा कर पूछा, 'उस्ताद जी क्या दिखाई दे रहा है, बताइए तो?'

—जहाँपनाह आपके दिन फिर से लौट आए हैं।

—नहीं। दिये के बुझने से पहले आपने उसकी लौ देखी है?

—जी जहाँपनाह।

—मैं ही दिये की वह लौ हूँ।

उनके न बोलने पर भी मैं ये जानता था। उस दिन मैंने उन्हें एक शेर सुनाया था:

हमने वहशतकदे बज़्मे जहाँ में जूँ शमा
शोला-ए-इश्क़ को अपना सरो सामाँ समझा ।

—क्या बात, क्या बात है, उस्ताद जी।

अपनी वफ़ादारी का सुबूत देने के लिए बीच-बीच में दरबार जाने के अलावा मैं अपनी कोठरी में बैठ कर 'दस्तंबू' लिखता रहता था। मुझे लगा था, मैं किसकी तरफ़ या किसके ख़िलाफ़ हूँ, ये बताने से ज़्यादा ज़रूरी इस बयान को लिखना था। जहाँ तक मुमकिन हो, बिना किसी तरफ़दारी के अपनी फ़ज़ीहत के रोज़नामचे को लिखते रहना होगा। जबकि यह मुश्किल काम था, फिर भी मैं उन हादसों का ब्योरा लिख कर रख जाना चाहता था।

मंटोभाई, जानता हूँ आप नाराज़ होंगे, फिर भी, उन नीची ज़ात के सिपाहियों की हुकूमत को मानना मेरे लिए मुमकिन नहीं था। हमारी तहज़ीब तो अलग थी। मैं भूखा मरने पर भी किसी के तस्वीर महल को जाकर जला नहीं सकता था। उन तस्वीरों ने भी तो मेरी नज़रों और दिल की भूख मिटाई थी। मैंने अपनी आँखों से देखा था, किस तरह से उन बाग़ियों ने क़िले की ख़ूबसूरती को मिटाया था। बग़ावत को ज़िन्दा रखने के लिए तब उन्हें बस रोटी और रुपयों की ज़रूरत थी। उन लोगों ने कितनी ही बेशक़ीमती संपदाएँ बेच दीं। अगर बर्बरता ही बग़ावत का नाम है तो मैं इसका समर्थन नहीं करता। इसलिए मैं दिलो-जान से चाहता था, अंग्रेज़ शाहजहानाबाद पर क़ब्ज़ा कर लें। कम-से-कम उससे शांति तो बहाल हो जाती।

मेरे दोस्त, आप अवध पर क़ब्ज़ा करने की बात उठाना चाहते हैं न, मंटोभाई? मैं तहे दिल से उस हादसे से नफ़रत करता था। फिर भी, ज़रा बहुत ये भरोसा तो था, शायद अंग्रेज़ शहर की ख़ूबसूरती ख़त्म नहीं करेंगे। सोचिए मंटोभाई, सिपाही बैरकों में रहते हैं—वह तो जेल तरह की जगह है—खाना-पीना और कामवासना के अलावा उनके अन्दर कुछ और बचा नहीं रहता है। जो तहज़ीब वह बैरकों में लेकर जाते हैं, जंग की तैयारियों की क्रूरता में एक दिन वह खो जाती है। आख़िर में सिपाही बस लड़ सकते हैं—शहर दर शहर उजाड़ सकते हैं—लेकिन आज़ादी कभी नहीं ला सकते, मंटोभाई। आज़ादी सिर्फ़ सड़क के लोग ही ला सकते हैं—उनके हाथ में हथियार के नाम पर पत्थर, पेड़ की शाख़ें, विरासत से मिली सदियों से चली आ रही लड़ाई की यादें—अपना घर, नदी, जंगलों को बचाने की लड़ाई। आज़ादी तो सिर्फ़ इंसानों के लिए नहीं है, मंटोभाई—झरनों की आज़ादी, पेड़ों की आज़ादी, पक्षियों की आज़ादी—क्या बैरक के सैनिक उस आज़ादी के बारे में सोच सकते हैं? उन्हें तो सिर्फ़ जंग लड़ना सिखाया जाता है—आज़ादी की लड़ाई उनके लिए बंदूक-कमान लेकर युद्ध करने से ज़्यादा कुछ नहीं।

मैं आज आप लोगों से इतनी बातें कह पा रहा हूँ, लेकिन तब तो मुँह पर ताला लगा कर रहने का वक़्त था। इसलिए 'दस्तंबू' लिख कर छोड़ जाने के सिवा मेरा और कोई काम नहीं था। इधर बाग़ियों के शहर दखल कर लेने के बाद, सरकार से मिल रही पेंशन भी बन्द हो गई। क्या करता, घर के इतने लोगों के लिए खाना कहाँ से जुटाता, समझ नहीं पा रहा था। मंटोभाई, सोचते हुए बस हँसी आती थी।

जुज़ नाम नहीं सूरत आलम मुझे मंज़ूर
जुज़ वाहम नहीं, हस्ती-ए-आशिया ।

दिन ग़लीज़ होते जा रहे थे। और मैं सोच रहा था, कब अंग्रेज़ शाहजहानाबाद पर क़ब्ज़ा करेंगे, और कब हालात स्वाभाविक होंगे। वैसे ज़्यादा दिन इन्तज़ार करने की ज़रूरत नहीं पड़ी, वह तो आप जानते ही हैं, मंटोभाई। मई महीने की एक पीर तारीख़ को बाग़ियों ने शाहजहानाबाद को अपनी मुट्ठी में दबोच लिया, और उसी साल चौदह सितम्बर को, जो कि एक और पीर का ही दिन था, अंग्रेज़ों ने शहर पर क़ब्ज़ा कर लिया। 20 सितम्बर तक लड़ाई चलती रही। उसी दिन अंग्रेज़ों ने क़िले पर क़ब्ज़ा कर लिया। जहाँपनाह ने भाग कर बादशाह हुमायूँ की क़ब्र में पनाह ली। मंटोभाई, जैसे किसी ग़ज़ल का शेर हो। मरने की कगार पर खड़े बादशाह ने आख़िर में एक क़ब्र में जाकर पनाह ली! उन्हें आज़ाद कर दिया जायेगा, इस भरोसे पर उन्होंने कैप्टेन हडसन के आगे आत्मसमर्पण किया। कैप्टेन हडसन ने उनके दोनों बेटे, मिर्ज़ा मुग़ल और मिर्ज़ा ख़िज़्र की ख़ूनी दरवाज़े के सामने गोली मार कर हत्या कर दी। जहाँपनाह ने उनकी तरफ़ वापस मुड़ कर भी नहीं देखा, तब वे सिर्फ़ ख़ुद को बचाने में मशग़ूल थे। सुना था मरने से पहले मिर्ज़ा मुग़ल ने कहा था, हिन्दू-मुसलमान भाई लोग, याद रखना, तुमलोगों के एक होने से बहुत कुछ हो सकता है। मंटोभाई, उन दिनों कितने भयानक नज़ारे देखे थे। बड़े ठण्डे दिमाग़ से उन लोगों ने, इक्कीस शहज़ादों को गोली मार कर चाँदनी चौक में पड़ा रहने दिया, उनके नंगे बदन पर बस एक टुकड़ा कपड़े का था। क्या यही मुग़लिया नस्ल का हासिल था? क़िले के एक छोटे-से, अँधेरे कमरे में जहाँपनाह और उनकी बेग़म ज़ीनत महल को बंदी बना कर रखा गया। जैसे वह किसी चिड़ियाघर के जानवर हों, गोरे लोग उन्हें इसी तरह देखने आते थे। एक चारपाई पर मैले कपड़े पहने बादशाह लेटे रहते थे और बार-बार कहते रहते थे 'बड़ा ख़ुश हूँ', 'बड़ा ख़ुश हूँ'। किसी-किसी से सुना था कि वह दिन-रात, चुपचाप बैठे फ़र्श की ओर देखते रहते थे, बीच-बीच में नींद की ख़ुमारी से निकल कर अपनी ही लिखी ग़ज़लें दोहराते रहते थे। इसके बाद इक्कीस दिनों तक उनकी सुनवाई चली। सुना, सुनवाई के वक़्त भी वे अक्सर सोते रहते थे। जिस कोठरी में उन्हें क़ैद कर रखा गया था, उसकी दीवार पर उन्होंने अपनी ज़िन्दगी की आख़री ग़ज़ल लिखी थी:

न किसी की आँख का नूर हूँ, न किसी के दिल का क़रार हूँ।
जो किसी के काम न आ सके, मैं वह एक मुश्त-ए-ग़ुबार हूँ।

मेरा रंग-रूप बिगड़ गया, मेरा यार मुझसे बिछड़ गया।
जो चमन ख़िज़ा से उजड़ गया, मैं उसी की फसले बहार हूँ।

मैं नहीं हूँ नग़मा-ए-जां फ़ज़ाँ, मुझे सुनके कोई करेगा क्या
मैं बड़े बरोग की हूँ सदा, मैं बड़े दुखी की पुकार हूँ।

मंटोभाई, अंग्रेज़ों के क़ब्ज़ा कर लेने के बाद शाहजहानाबाद मुझे किसी मरते हुए जानवर की चीख़ की तरह लग रहा था। जिस दिन अंग्रेज़ों ने शहर पर क़ब्ज़ा किया, उसी दिन ब्रिटिश सेना के कमांडर, जनरल विल्सन ने दीवान-ए-ख़ास में रात में दावत का इंतज़ाम किया। एक रात में ही दीवान-ए-ख़ास की इज़्ज़त धूल में मिल गई। याद आने पर मेरा ग़ुस्सा अभी भी, जाल में फँसे किसी जानवर की तरह भड़क उठता है। भाईजान लोग, सब बताऊँगा, सब—किस तरह शाहजहानाबाद उजड़ा—किस तरह दिल्ली में बचे हम जैसे चंद लोग दोज़ख़ की आग में दिन गुज़ार रहे थे।

मंटोभाई, उन्हीं दिनों मिर्ज़ा यूसुफ़ मुझे छोड़ कर चला गया। मैंने अपने इस भाई के बारे में पहले भी बताया है; लगभग तीस साल तक यूसुफ़ ने एक पागल की ज़िन्दगी बिताई। लेकिन उसकी वजह से किसी को कभी कोई मुश्किल नहीं हुई; एक जगह बैठा वह अपने मन से बड़बड़ाता रहता था, कभी-कभी कुछ दिनों के लिए खो जाता, फिर लौट भी आता था। गोरों के दिल्ली दखल करने के बाद, बहुत लोग ज़ुल्म और मौत के डर से भाग रहे थे, यूसुफ़ की बीवी और बच्चे भी उसे छोड़ कर चले गए। मंटोभाई, 'दस्तंबू' में मैंने यूसुफ़ मियाँ की मौत की जो वजह लिखी थी, वह झूठ था। असल में 'दस्तंबू' तो मैंने अंग्रेज़ों को पेश करने के लिए लिखी थी, जिससे किताब पढ़ कर वे मुझे ख़िताब और ख़िलात दें, मेरी पेंशन का रास्ता बनाएँ। मैंने जानबूझ कर 'दस्तंबू' में ऐसा कुछ नहीं लिखना चाहा, जिससे अंग्रेज़ मुझे बाग़ियों के पक्ष का आदमी समझ मुझ पर शक़ करें। फिर भी जानते हैं, एक वक़्त पर लिखना लेखक के हाथ से बाहर चला जाता है; लेखन अपनी ज़िन्दगी के धर्म के अनुसार, सच्चाई के अनेक हाल-निशान अपने भीतर छुपाए रहता है; इसलिए अंग्रेज़ हमें कौन से नर्क में ले गये हैं, उसकी तस्वीर भी आप 'दस्तंबू' में पायेंगे। ब्रिटिश साम्राज्य ही हिन्दुस्तान की आज़ादी का सफ़ीर है, हाँ, ये बात मैंने 'दस्तंबू' में बार-बार लिखी थी, लेकिन बग़ावत शुरू होने के बाद से पन्द्रह महीनों के अन्दर शाहजहानाबाद का उजड़ जाना, और हमलोगों का कीड़ों-मकोड़ों की तरह ज़िन्दा रहने की तस्वीर भी वहाँ खिंची हुई थी।

मैंने 'दस्तंबू' में लिखा था, पाँच दिनों तक तेज़ बुखार में तड़पते हुए यूसुफ़ मर गया। उसके घर के चौकीदार ने आकर मुझे यह ख़बर दी थी। लेकिन यूसुफ़ अंग्रेज़ों की गोलियों से मरा था। उस वक़्त हर तरफ़ गोलियाँ चल रही थीं। गोलियों की आवाज़ से ही उत्तेजित हो कर यूसुफ़ सड़क पर निकल गया था; उसके बाद अंग्रेज़ की गोली से ही सड़क पर ढेर हो गया। मंटोभाई, मैं जानता हूँ, ख़ुदा कभी मेरे इस गुनाह को माफ़ नहीं करेंगे। अपने बदन की चमड़ी बचाने के लिए, मैंने अपने ही भाई की मौत का झूठा बयान अपने लेखन में दर्ज कर दिया। मुझे दोज़ख़ से कभी मुक्ति नहीं मिलेगी। मैं यूसुफ़ की लाश को लेकर क्या करता? शाहजहानाबाद की तब जो हालत थी, कफ़न के लिए एक टुकड़ा कपड़ा कहाँ से मिलेगा, ये भी पता नहीं था। लाश का बदन कौन साफ़ करेगा, कहाँ से क़ब्र खोदने वाले मिलेंगे, ईंट और चूना भी कहाँ से मिलेगा? किस क़ब्रस्तान में मैं उसे दफ़्ना कर आऊँगा? कम-से-कम हिन्दू यमुना के किनारे लाशों को जला तो आ सकते थे। लेकिन हम मुसलमान क्या करते? सड़कों पर हर वक़्त गोलियाँ चल रही थीं, यूसुफ़ को क़ब्रस्तान लेकर जाता भी कैसे? चंद पड़ोसी साथ आकर खड़े हुए, साथ में कल्लू और एक दूसरा नौकर। उन लोगों ने ही लाश को ग़ुसल कराया, चंद कपड़ों के टुकड़ों से यूसुफ़ को लपेट कर घर के पास की मस्जिद की ज़मीन में गड्ढा खोद कर उसे दफ़्नाया। ख़ून का आख़री रिश्ता भी मिट गया, मंटोभाई।

वह सब तो ख़त्म होने का ही समय था। कितने लोग भाग गये थे, कितनों को शहर से निकाल दिया गया था। हम लोग जो लोग रह गये थे, उनके दिल के सुकून के लिए कोई दवा नहीं थी। हर तरफ़ देख कर लगता था, मौत ने सबके चेहरों पर एक बदरंगा मुखौटा पहना दिया था। चांदनी चौक जैसे कोई मौत की घाटी हो। अंग्रेज़ों को जो भी हाथ लगता, उसे ही पेड़ की डाल से लटका देते। चारों तरफ़ जासूस घूम रहे थे। हो सकता है किसी के साथ किसी

की कोई दुश्मनी हो, वह इस मौक़े का फ़ायदा उठा कर उसे बाग़ियों के दल का आदमी बता कर अंग्रेज़ों के हाथ सौंप दे रहा था।

कभी-कभी सोचता हूँ, मैंने भी क्या ग़द्दारी नहीं की थी? की थी, भाईजान लोग, आज इस बात को मुझे क़ुबूल करना ही होगा। 'दस्तंबू' फ़ारसी गद्य की कितना ही रोशन मिसाल क्यूँ न हो, वह साथ ही ग़द्दारी की दलील भी है। मैंने एक ख़राब वक़्त की तस्वीर बनाई थी, लेकिन ख़ुद को बचाने के लिए, मैंने वह तस्वीर विदेशी सल्तनत को बेच भी दी।

ज़िन्दगी अपनी जब इस शक्ल से गुज़री ग़ालिब
हम भी क्या याद करें के ख़ुदा रखते थे ।

40

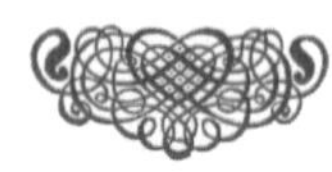

किस तरह काटे कोई शब-हा-ए-तार-ए वर्शिगाल
है नज़र ख़ू-कर्दा-ए अख़्तर शुमारी, हाय हाय*

भाईजान लोग, एक क़िस्सा सुनिए। महाभारत में यह वृतांत भीष्म ने युधिष्ठिर को सुनाया था। जंगल के भीतर एक शिकारी का विषाक्त तीर लक्ष्यभ्रष्ट हो, एक विराट, प्राचीन वृक्ष के शरीर पर जाकर लगा। संग-संग वह पेड़ जलने लगा। उस पेड़ की डालियों पर तरह-तरह की पंछियों ने अपना घोंसला बना रखा था। पेड़ की मृत्यु तय जान कर चिड़ियों ने भागना शुरू कर दिया। बस शुक पक्षी अपने घोंसले में रह गया। उधर पेड़ पर आग फैलनी शुरू हो गयी, जो कुछ देर में शुक पक्षी को भी निगलने वाली थी। अपनी मृत्यु को सामने खड़ा देख कर भी शुक पक्षी अपने घोंसले से नहीं हिला। आकाशपथ से देवराज इंद्र इस घटना को देख कर चकित हो गए। उन्होंने शुक पक्षी से पूछा, 'सबके सब उड़ गये, तुम अभी तक क्यूँ बैठे हुए हो? क्या तुम आग में जल मरना चाहते हो?

—देवराज, मेरा जन्म इसी वृक्ष पर हुआ है, मैं इसकी डालियों और पत्तों के बीच घूमते-घूमते बड़ा हुआ हूँ। इसी प्राचीन वृक्ष से मैंने सीखा है, किस तरह धैर्य के साथ जिया जाता है, इसने मुझे कितने आँधी-तूफ़ानों से बचाया है।

—लेकिन पेड़ के साथ-साथ तुम भी मर जाओगे।

—तो वही होगा देवराज।

—तुम्हें मौत से डर नहीं लगता है?

—मौत से किसे डर नहीं लगता? शुक पक्षी ने मलिनता से हँसते हुए कहा, 'लेकिन देवराज, क्या मृत्यु के भय से किसी को धर्म का त्याग करना चाहिए?'

—तुम्हारा धर्म क्या है?

—मैं अब तक इस पेड़ की वजह से ज़िन्दा हूँ। बुरे समय में तो मैं इसे छोड़ नहीं सकता हूँ न?

—साधु, साधु। हे शुकश्रेष्ठ, तुमसे ऐसे ही धार्मिक उत्तर की आशा की थी मैंने। माँगो क्या वर चाहिए तुम्हें?

—आप मेरा निवेदन पूरा करेंगे?

—निश्चित ही।

—तो फिर इस प्राचीन वृक्ष के प्राण लौटा दीजिए।

---

* हमें तो मिलन की चाहत में जुदाई की रात तारे गिन-गिन काटने की आदत थी, हाय, अब ये बरसात की अंधेरी रातें क्यूँकर हमसे कटेंगी।

इंद्र के वरदान से वृक्ष के प्राण लौट आए। लेकिन मैं जिस क़दीम पेड़ पर पैदा हुआ था, बड़ा हुआ, उसको बचाने वाला कोई नहीं था, मिर्ज़ा साहब। देश बँटवारे के ज़हरबुझे तीर ने उसे जला कर ख़ाक़ कर दिया था। एक मुल्क टूटा और पूरे हिन्दुस्तान में चल रही हत्याओं के बीच पैदा हुए दो देश। कौन ग़लत था और कौन सही, आज मैं इसका विचार नहीं करना चाहता—उसके लिए सियासतदाँ और इतिहासकार तो हैं ही—इस क़ब्र में भी वह सारे दुःस्वप्न लौट-लौट कर आते रहते हैं। किसी ने कहा एक लाख हिन्दू मरे हैं, किसी ने कहा एक लाख मुसलमान मरे हैं। मैंने उनसे कहा, कहो दो लाख लोग मर गये हैं। हिन्दुओं को मार कर मुसलमानों ने सोचा, हिन्दू धर्म का ख़ात्मा हो गया है, हिन्दुओं ने मुसलमानों को मार कर सोचा इस्लाम को क़ब्र में भेज दिया है। मिर्ज़ा साहब, किसको समझाते! धर्म तो इस तरह मरता नहीं है। मज़हब हमारे दिल में, हमारे विश्वास में ज़िन्दा रहता है। सिर्फ़ धर्म के नाम पर भाई ने भाई ख़ून किया, भाई ने बहन का बलात्कार किया, और एक देश से दूसरे देश, शरणार्थियों का स्रोत बह चला। हम सब नेहरू, जिन्नाह और पटेल के हाथों की कठपुतलियाँ हो गए। चारों तरफ़ कितनी नफ़रत और अविश्वास था! सारे नेता खटमल होते हैं, भाईजान लोग, इन पर गरम पानी डाल कर ख़त्म कर देना चाहिए। हम जैसे लोगों का ख़ून पीने के अलावा इनका और कोई काम नहीं। नहीं, मिर्ज़ा साहब, इनके बारे में बात करने का मन नहीं करता है।

ऐसी बलबलाती आग के बीच दिन गुज़र रहे थे, जब दोस्त भी दोस्त का ख़ून करने से पीछे नहीं हट रहा था। क़त्ल की लिप्सा कैसा चेहरा इख़्तियार कर सकती है, एक दिन मैं वह भी समझ पाया। हर दिन हज़ारों हिन्दू और मुसलमान मर रहे थे। एक दिन श्याम और मैं रावलपिंडी से आए एक सिख परिवार से मिलने के लिए गए। श्याम तो रावलपिंडी का ही था। उस ख़ानदान के नाते-रिश्तेदारों की किस तरह हत्या की गयी थी, सुनते-सुनते मेरी हड्डियाँ बर्फ़ की तरह जम गईं। श्याम भी बहुत भड़क उठा था। वह समझ रहा था कि उसके अन्दर क्या चल रहा था। बाहर आकर देखा, श्याम तब भी सिहर रहा था। मैंने उसकी पीठ पर हाथ रखा। श्याम मेरी तरफ़ ख़ाली आँखों से देखता रहा, जैसे वह मुझे पहचानता ही न हो।

—श्याम—

वह चुपचाप चल रहा था।

—क्या हुआ श्याम?

उसने बुझी हँसी के साथ कहा, 'कुछ नहीं'।

—तुम्हें तक़लीफ़ हो रही है न?

—नहीं। श्याम के दाँत पीसने की आवाज़ आई।

—श्याम मैं तो मुसलमान हूँ। तुम मुझे मारना नहीं चाहते? मैंने उसके कंधों को दबा कर कहा।

श्याम ने ठण्डी निगाहों से मेरी ओर देखा।

—सच बोलो श्याम, तुम मुझे मारना नहीं चाहते?

श्याम ने अटकते-अटकते कहा, 'नहीं, अब और नहीं चाहता'।

—इसका मतलब?

—जब मैं उनकी बातें सुन रहा था—मुसलमानों ने किस तरह हम लोगों का ख़ून किया है—हाँ, तब—उस वक़्त मैं सचमुच तुम्हारा ख़ून कर सकता था, मंटो'।

श्याम मेरा हाथ पकड़ कर रो पड़ा, 'मुझे माफ़ कर दो मंटो'।

मिर्ज़ा साहब, ये तो सिर्फ़ हिन्दुस्तान की तक़सीम नहीं थी। ये तो दोस्ती की तक़सीम थी। इतना ख़ून-ख़राबा, लूटपाट—ख़ून में बिना सिर के बहते हुए शरीर—पैरों को चीर कर सड़क पर फेंके हुए बच्चों के शरीर—बारबार हुए बलात्कार की शिकार लड़की के मुँह पर भनभनाती मक्खियाँ—सड़क पर चलता हुआ मैं सोचता था, हर तरफ़ इतना ठण्डा गोश्त, या अल्लाह, मैं ज़िन्दा तो हूँ, न?

हाँ, मैं ईश्वर सिंह की ही तरह तो ज़िन्दा था। तब ब्रह्माण्ड जल रहा था, मैं भी जल रहा था। ईश्वर सिंह किस तरह ज़िन्दा रहा, मैं सोच भी नहीं सकता, मिर्ज़ा साहब। भाईजान लोग, बहुत पहले आपको ज़बान दी थी, एक दिन आप लोगों को 'ठण्डा गोश्त' की कहानी सुनाऊँगा।

वह आधी रात की कहानी थी। ईश्वर सिंह की ज़िन्दगी की आधी रात की कहानी, और हमारी जिंदगियों की भी। हम लोग जो भारतवर्ष नाम के एक देश के दिल में ज़िन्दा थे, उस दिल को दो टुकड़े कर हमें अलग हो जाना होगा, यह कौन जानता था! उस रात ईश्वर सिंह के कमरे में घुसते ही कुलवंत कौर ने बिस्तर से उतर कर, तीखी नज़रों से ईश्वर सिंह को घूरते हुए कमरे का दरवाज़ा बन्द कर लिया। उसने देखा ईश्वर सिंह किसी उलझन में उलझा खड़ा हुआ था, जैसे किसी परेशानी का हल न मिल रहा हो। वह कमरे के कोने में सिर नीचा किए खड़ा था। उसकी पगड़ी ढीली पड़ गयी थी। कुलवंत ने देखा, उसका किरपान पकड़ा हुआ हाथ काँप रहा है। कुछ पल ख़ामोशी में बीत गये जाने के बाद कुलवंत ने परेशान हो कर आवाज़ दी, 'ईशर सियाँ'।

ईश्वर सिंह ने एक पल के लिए कुलवंत की ओर देख कर अपनी आँख हटा ली।

—ईशर सियाँ, इतने दिन तू कहाँ था, क्या कर रहा था? कुलवंत ने चीख़ते हुए कहा।

—पता नहीं।

—ये कोई जवाब हुआ?

हाथ का किरपान फेंक कर ईश्वर सिंह बिस्तर पर ढह गया। उसको देख कर लग रहा था, जैसे वह बहुत दिनों से बीमार हो। ईश्वर के माथे पर हाथ रख कर कुलवंत ने कहा, 'क्या हुआ है, जानूँ?'

ईश्वर सिंह छत की ओर देखता रहा। फिर कुलवंत की ओर देख कर उफ़नते हुए बोला, 'कुलवंत'।

—बोल जानूँ।

पगड़ी खोल कर ईश्वर सिंह ने फिर से कुलवंत की ओर देखा। उसकी आँखें देख कर लग रहा था जैसे वह कुलवंत से पनाह माँग रहा हो। उसके मुँह से कराह निकली, 'मैं पागल हो जाऊँगा, कुलवंत'।

कुलवंत ने उसके बालों को सहलाते-सहलाते कहा, 'इतने दिनों से कहाँ था, बता न?'

दाँत पीसते हुए ईश्वर सिंह ने कहा, 'साला मादरचोद, मेरे दुश्मन की माँ के साथ बिस्तर पर'। अचानक ही वह कुलवंत को लिपटा कर उसकी छातियों को मसलते हुए कहने लगा, 'क़सम वाहे गुरु की, तेरे जैसी औरत मैंने कहीं नहीं देखी, कुलवंत'।

कुलवंत ने ईश्वर सिंह का हाथ हटाते हुए कहा, 'मेरी क़सम, सच बोल, क्या तू शहर में ही था?'

—नहीं।

—मेरा दिल कहता है, तू शहर में ही था। बहुत माल लूटा तूने, जो मुझसे छुपा रहा है, है न?'

—तुझसे झूठ बोलूँ तो मैं अपने बाप का पुत्तर नहीं'।

कुलवंत थोड़ी देर उसकी तरफ़ देखती रही, फिर फुँफकारते हुए कहने लगी, 'उस रात तुझे क्या हुआ था, मैं अब तक नहीं समझ पाई। मेरी बगल में ही तो सो रहा था। लूट कर लाये कितने ज़ेवर मुझे पहना कर, चूमते-चूमते न जाने कितनी बातें कहीं तूने। फिर अचानक क्या हो गया तुझे। बिना कुछ कहे कपड़े पहन कर चल दिया। क्या हुआ था तुझे, बता न?'

ईश्वर सिंह को देख कर लग रहा था जैसे किसी ने उसके चेहरे से सारा ख़ून चूस लिया हो।

—ईशर सियाँ तेरे अन्दर कुछ तो चल रहा है। तू मुझसे छुपा रहा है।

—कुछ भी नहीं, तेरी क़सम।

—लेकिन आठ दिन पहले मैंने जिस आदमी को देखा था, तू वह नहीं है। क्यूँ? क्या किया है तूने, बता?'

ईश्वर सिंह बिना कुछ कहे कुलवंत से लिपट कर, पागलों की तरह उसे चूमते हुए कहने लगा, 'जान, मैं तेरा वही ईशर हूँ'।

—उस दिन रात में क्या हुआ था, सच-सच बता।

—साले मादरचोद की माँ को—

—मुझे नहीं बतायेगा?

—क्या बताऊँ? बताने को है क्या?

—झूठ बोलेगा तो तू ख़ुद अपने हाथों से मुझे जलायेगा, ईशर सियाँ'।

ईश्वर सिंह और ज़ोर से कुलवंत को भींच कर, उसके गले को चूमते-चूमते कहता है, 'आ, एक बाज़ी ताश की हो जाये'।

कुलवंत नकली गुस्सा दिख कर कहती है, 'जहन्नुम में जा'।

ईश्वर सिंह कुलवंत के होंठ चूसने लगता है। कुलवंत उसे और नहीं रोक पाती। ईश्वर सिंह चिल्ला उठता है, 'साला अब तुरुप का पत्ता'। कुलवंत के कपड़े उतार कर उसके बदन को चाटता रहता है।

कुलवंत कहती है, 'तू एक जानवर है'।

—हाँ, जानवर ही तो हूँ।

वह कुलवंत के होंठ और कान काटता रहता है, उसकी छातियों को मसलता-चूसता रहता है, पेट पर मुँह रगड़ता है, कुलवंत भी तप जाती है। लेकिन ईश्वर सिंह को महसूस होता है, इतने कुछ के बावजूद उसका ख़ुद का जिस्म जाग नहीं रहा है। कुलवंत सिसकारियाँ लेती हुई कहती है, 'ईशर सियाँ, बहुत ताश खेल चुका, तेरे तुरूप का पत्ता कहाँ है'।

नहीं, तुरुप का पत्ता आज उसके हाथ में नहीं था। मुरझाया, हताश ईश्वर सिंह बिस्तर पर मुँह गड़ाए लेट जाता है। अब कुलवंत उसे अलग-अलग तरीकों से गरमाने की कोशिश करती है। आख़िर में झुँझला कर चीख़ उठती है, 'इतने दिन किस डायन के साथ सो कर आया है ईशर सियाँ? उसने तो तुझे छीछड़ बना दिया'।

ईश्वर सिंह हाँफ़ता रहता है। कुलवंत और ज़ोर से चीख़ती है, 'बता किस डायन ने ऐसा किया है, उसका नाम बता—

—किसी ने नहीं कुलवंत। मेरी ज़िन्दगी में कोई और नहीं है।

—आज मुझे सच जानना ही होगा। वाहे गुरु दी सों, बता, कौन है वह रंडी? याद रख मैं सरदार निहाल सिंह की बेटी हूँ। झूठ बोलेगा तो मैं तेरा क़ीमा बना दूँगी। बता, कौन है वह रंडी?'

ईश्वर सिंह बस सिर हिला रहा था। कुलवंत गुस्से से पागल हुई जा रही थी। वह फ़र्श पर पड़ा किरपान उठा ईश्वर सिंह के ऊपर झपट पड़ती है। ईश्वर सिंह के गाल से ख़ून बहने लगता है। कुलवंत उसके बालों को पकड़ उसे झकझोरती रहती है, उसके मुँह से गालियों का फ़व्वारा छुट रहा होता है। ईश्वर सिंह ठण्डे लहजे में कहता है, 'अब रुक जा कुलवंत'।

—पहले बता, कौन है वह कुत्ती?

—ईश्वर सिंह के गालों से ख़ून का क़तरा बहने लगा, वह जीभ से अपने ही ख़ून के स्वाद को चखता है। उसकी रीढ की हड्डी से ठण्डी धार-सी बहती है। वह नशेड़ियों की तरह कहता है, 'मैं तुझे क्या बताऊँ कुलवंत? मैंने इस किरपान से छः लोगों का ख़ून किया है'।

—फिर से पूछ रही हूँ, कौन है वह कुतिया?'

—उसे कुतिया न कह। ईश्वर सिंह का गला भर जाता है।

—मतलब? कौन है वह?

—बता रहा हूँ। वह अपना मुँह पोंछ कर अपने ख़ून से सने हाथों को देखता है, फिर बड़बड़ाता है, 'साले सब के सब—हम सब मादरचोद हैं'।

—असली बात पर आ ईशर सियाँ। कुलवंत फिर चिल्लाती है।

—इंतज़ार कर, सब बताऊँगा तुझे। पर मुझे वक़्त देना होगा कुलवंत। सारी बातें क्या आसानी से बताई जाती हैं? मर्द—समझीं कुलवंत—वह जो कहा था मादरचोद हैं—मर्द केवल मादरचोद हैं। शहर भर में लूटपाट चल रही थी, मैं भी उनके साथ जाकर भिड़ गया। जितना रुपया-पैसा, ज़ेवर मिला था, सब तो मैंने तुझे दे दिया था। बस वह एक बात ही मैंने तुझे नहीं बताई कुलवंत, बता नहीं पाया।

—क्या?

—हम एक घर का दरवाज़ा तोड़ कर अन्दर घुसे...हाँ, उस घर में सात लोग थे—इस किरपान से मुझ अकेले ने छ: लोगों का क़त्ल किया—छोड़—छोड़—ये सब बातें छोड़ कुलवंत—जानती है, वहाँ एक लड़की थी—बेइन्तहाँ ख़ूबसूरत—सबकी तरह मैं उसे भी काट कर टुकड़े-टुकड़े कर सकता था—लेकिन सोचा—ईश्वर सिंह हँस दिया, 'इतनी ख़ूबसूरत लड़की थी, जान मैं क्या बताऊँ तुझे। सोचा रोज़ तो मैं कुलवंत का ही स्वाद चखता हूँ, क्यूँ न आज नया स्वाद लिया जाये'।

—मैं जानती थी। कुलवंत की कंटीली आँखों में एक ही साथ नफ़रत और विद्रूप था।

—लड़की को कँधे पर डाल कर निकल आया।

—उसके बाद?

—जाते-जाते। ईश्वर सिंह थोड़ी देर के लिए चुप हो जाता है।—मैं क्या कह रहा था? लड़की को कंधे पर उठाए—सामने एक नहर थी, चारों तरफ़ झाड़ियाँ थीं। मैंने लड़की को झाड़ियों के भीतर लिटा दिया। पहले सोचा थोड़ी देर ताश फेंटी जाये। लेकिन चारों तरफ़ कौन, कहाँ छुपा बैठा हो, पता नहीं। इसलिए सीधा तुरुप की चाल ही—

—कह, कहता जा।

—तुरुप की चाल चली।

—फिर—

—ईश्वर सिंह बहुत देर तक सिर नीचा किए बैठा रहा। उसके बाद जैसे एक लम्बे अर्से की नींद से जागी आँखों से उसने कुलवंत की ओर देखा।—लड़की मर चुकी थी—पता नहीं कब मर गयी—बस एक ठण्डे गोश्त का पिंड थी। जानूँ—मुझे अपना हाथ दे—जान—

कुलवंत ने ईश्वर सिंह के बदन पर हाथ रख कर देखा, वह बर्फ़ से भी ठण्डा था।

हाँ, मिर्ज़ा साहब, जैसे हम किसी हिमयुग के बीच से चल कर जा रहे हों। कितने लोगों का ख़ून हुआ? कितनी औरतों का बलात्कार हुआ? कितने लोग मुहाजिर बने? इस सबका हिसाब मेरे पास नहीं है, भाईजान लोग। और फिर हम उसका करेंगे भी क्या? मैंने एक बच्चे को देखा था, जो कि बात करना भूल चुका था। उसकी आँखों के सामने उसके घर के सब लोगों को काट-काट कर, गोली मार कर हत्या कर दी गई। सब जब संख्या की बात करते, सहसा मुझे उस बच्चे का चेहरा याद आ जाता—ख़ाली आँखें, निर्वाक—जैसे पोंछा मार कर उसकी स्मृति को पोंछ दिया गया हो।

मैं समझ रहा था, अब बम्बई को भी अपनी ज़िन्दगी से मिटा देना होगा। सफ़िया और बच्चे पहले ही लाहौर चले गये थे। सफ़िया बार बार ख़त में मुझे लाहौर चले आने के लिए कहती। बम्बई मेरे लिए दूसरा जन्मस्थान था, मैं कैसे उसे छोड़ कर जाता? उन दिनों मैं बॉम्बे टॉकिज़ में काम करता था। अभिनेता अशोक कुमार और सावक वाचा बॉम्बे टॉकिज़ के मालिक थे। तब वहाँ काफ़ी मुसलमान ऊँचे–ऊँचे ओहदों पर काम कर रहे थे। दिन पर दिन हिन्दुओं में विद्वेष बढ़ रहा था। वाचा साहब का ख़ून करने और बॉम्बे टॉकिज़ को जला देने की धमकियों भरे कितनी ही ख़त आते रहते थे। हिंसा और बेएतमादी का माहौल और अच्छा नहीं लग रहा था। दिनों-दिन शराब की ख़ुराक़ बढ़ती जा रही थी। बहुत से हिन्दू

मुलाज़िम सोचते थे कि मेरी वजह से ही बॉम्बे टॉकिज़ में मुसलमानों का वलवला है। मैं, शाहिद, इस्मत, कमाल अमरोही, हसरत लखनवी, नज़ीर अजमेरी, ग़ुलाम हैदर—हम लोग सब बॉम्बे टॉकिज़ में ही थे।

एक दिन मैंने अशोक से कहा, 'दादामुनी, अब मेरे को बर्ख़्वास्त करो'।

—मतलब?

—मैं नहीं चाहता मेरी वजह से बॉम्बे टॉकिज़ ख़त्म हो जाये।

—तुम पागल हो गये हो, मंटो। सब्र रखो। धीरे-धीरे सब शान्त हो जायेगा।

लेकिन धीरे-धीरे पागलपन बढ़ने लगा। घरों में आग लगाना, लूटना, सड़क पर ख़ून-ख़राबा।

एक दिन मैं और अशोक बॉम्बे टॉकिज़ से घर लौट रहे थे। अशोक के घर पहुँच कर सोच रहा था, किस तरह अपने घर वापस पहुचूँगा मैं। अशोक ने कहा, 'मंटो, चलो तुम्हें छोड़ आऊँ। जो होगा देखा जायेगा'।

शॉर्ट-कट रास्ता लेने के लिए अशोक ने मुसलमानों की बस्ती के भीतर से गाड़ी ले ली।

सामने से एक बारात आ रही थी। मैंने अशोक का हाथ पकड़ कर कहा, 'ये तुम कहाँ आ गये दादामुनी?'

—चुप रहो। चिंता करने की कोई बात नहीं।

मैं सचमुच बहुत डरा हुआ था। अशोक को कौन नहीं पहचानता था? उस जैसे मशहूर हिन्दू की हत्या कर पाने से उनके हथियार क़ामयाब हो जाते। जैसे ही उनकी गाड़ी बारात के सामने आकर रुकी, लोग 'अशोक कुमार, अशोक कुमार' कह कर चीख़ने लगे। मेरे बदन का ख़ून बर्फ़ की तरह जम गया। लेकिन अशोक शान्त थे। मैं गाड़ी से मुँह निकाल कर कहने जा रहा था, 'मैं मुसलमान हूँ। अशोक कुमार मुझे घर छोड़ने जा रहे हैं'। उससे पहले ही दो नौजवान गाड़ी की खिड़की के पास आकर कहने लगे, 'अशोक भाई सामने की सड़क बन्द है। बाँई ओर की गली से चले जाइए'।

हम लोग सही-सलामत उस रास्ते से निकल आए। अशोक ने हँस कर कहा, 'तुम नाहक ही घबरा रहे थे, मंटो। वे लोग भी कलाकारों से प्यार करते हैं'।

ऐसा क्या? कौन जाने! जो दंगा करते हैं, सड़कों पर ख़ून की नदियाँ बहा देते हैं, उनके लिए फ़न की क्या क़ीमत? एक दिन कबीर जी ने लाहौर की सड़क पर चलते-चलते देखा, एक दुकानदार कवि सूरदास की किताब के पन्ने फाड़ कर लिफ़ाफ़े बना रहा है। वे अपना रोना नहीं रोक पाए। उन्होंने दुकानदार से जाकर कहा, 'ये क्या किया तुमने?'

—क्यूँ?

—देख नहीं रहे, इस किताब में कवि सूरदास की कविताएं हैं। इसके पन्ने फाड़ कर तुम लिफ़ाफ़े बना रहे हो।

—सूरदास? दुकानदार हँसने लगता है।—सूरदास जिसका नाम है, वह कभी भगत नहीं हो सकता।

—क्यूँ?

—सूर का मतलब क्या है?

—जैसे गाने का सुर। ईश्वर का नाम भी तो—

—जानते नहीं, सूर का मतलब सूअर होता है? दुकानदार हँसता रहता है।

—तुम इस अर्थ को लेकर बैठे हुए हो?

और एक दिन कबीर जी ने देखा, कुछ लोगों ने लक्ष्मी देवी की प्रतिमा को भूसे से ढक दिया है। कबीर जी मूर्ति से गंदगी साफ़ करने लगे। एक दल लोग आकर कहने लगे, 'यह क्या कर रहे हैं आप?'

—क्यूँ?

—पता नहीं है आपको, हमारे धर्म में मूर्ति पूजा मना है?

—सुन्दर प्रतिमा को गंदा करने की बात तो किसी धर्म ने नहीं कही गयी है।

कबीर जी की बातें सुन कर लोग हँसने लगे। कबीर जी रोते-रोते लाहौर की सड़कों पर घूमने लगे। हैरान हो रहे हैं, भाईजान लोग? कबीर जी कब लाहौर गये थे? मैंने उनको लेकर एक क़िस्सा लिखा था—देख कबीरा रोए। कबीर जी की जहाँ भी मर्ज़ी, वहीं जा सकते हैं। अगर मणिकर्णिका घाट पर उनकी मुलाक़ात मिर्ज़ाग़ालिब के साथ हो सकती है, तो फिर वह लाहौर की सड़कों पर क्यूँ नहीं घूम सकते हैं?

आख़िरकार मुझे लाहौर वापस जाना ही पड़ा। 1948 की जनवरी में सब कुछ समेट कर मैं बम्बई से कराची के जहाज़ में जा बैठा। शायद मैं डरा हुआ था, डरपोक आदमी जो था। इस्मत से भी कहा था, चलो लाहौर चलो, वहाँ के हिन्दू इस पार आ रहे थे, किसी न किसी का घर मिल जायेगा। चलो इस्मत, लाहौर में सब नये सिरे से शुरू किया जाये।

इस्मत राज़ी नहीं हुई। सिर्फ़ कहा, 'अपनी चमड़ी बचाने के लिए इस तरह हमें छोड़ कर चले जाओगे?'

—मैं इस देश में बाहर का हूँ, इस्मत।

—किसने कहा?

—मुझे पता है।

—नहीं तुम्हें नहीं पता है। यू आर अ कावर्ड, इसलिए भाग रहे हो।

मिर्ज़ा साहब, मैं उसकी आँखें देख कर समझ गया था, इस्मत उस दिन से मुझसे नफ़रत करने लगी थी। तो क्या इस वजह से उसे मुझे एक भी चिट्ठी नहीं लिखनी चाहिए थी? मेरे किसी भी ख़त का जवाब नहीं देना चाहिए था? नफ़रत क्या सारी यादें मिटा देती हैं? हो सकता है। नहीं तो किस तरह दंगे के दिनों की घृणा ने कई शताब्दियों की यादों को मिटा दिया?

41

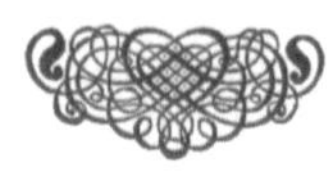

वह दिल नहीं रहा है न वह अब दिमाग़ है
जी तन में अपने बुझता सा कोई चिराग़ है ।

हाँ मंटोभाई, इसके बाद सिर्फ़ विस्मृति की धुँध में जगे रहने का वक़्त था। आँखें कुछ और नहीं देख पा रही थीं। मन अब कुछ नहीं कहता था, दिल में अब कोई लहर आकर पछाड़ नहीं खाती थी। शाहजहानाबाद दख़ल करके अंग्रेज़ों ने हमें एक मृत शहर तोहफ़े में दे दिया। जहाँ हर वक़्त बर्फ़ीली हवा बहती थी झड़े पत्तों के उड़ने की आवाज़ सुनाई देती थी। सड़कें क़त्ल किए गये लोगों के सूख चुके ख़ून से काली हो गयी थीं। हर दिन अभिशप्त था। मैं जानता था अब इसका कोई अन्त नहीं था। सब बर्बाद हो चुका था।

मुहल्ला दर मुहल्ला ख़ाली हो गया। उन लोगों ने मुसलमानों के टुकड़े-टुकड़े कर दिए, जो बच पाए, वे भाग गए। रात में उनके घरों में रोशनी नहीं दिखाई देती थी, न ही दिन में उनके घरों की अंगीठियों से धुँआ उठता था। बात करने वाला भी कोई नहीं बचा था। मैं तो बिना बात किए रह नहीं पाता था। दोस्तों के अलावा भी मेरा हर घर के लोगों के साथ बड़ा सहज रिश्ता था। हँसी-मज़ाक़, ख़ुशमिज़ाज गप्पें न कर पाने से मैं हाँफ़ उठता था। बताइए, अब इतनी ख़ामोशी मैं किस तरह बर्दाश्त कर पाता। आख़िरकार मैंने अपने क़लम के साथ ही बातें करनी शुरू कर दी, और मेरी अपनी परछाई ही मेरी दोस्त बन गई। ख़त लिख कर दोस्तों के साथ बात करने का भी उपाय नहीं बचा था। डाक-व्यवस्था पूरी तरह से चरमरा गयी थी। अख़बार अब नहीं आते थे। फ़ारसी शराब भी नहीं मिलती थी। रात में थोड़ी-सी न मिलने पर मैं सो नहीं पाता था। एक दोस्त कभी-कभार रम भिजवा देता था, तभी किसी सूरत मैं ज़िन्दा था। मेरी पेंशन बन्द हो गयी थी, लेकिन मुझे इतने सारे लोगों का पेट तो भरना था। उमराव बेग़म के ज़ेवर बिकने शुरू हो गए। बिस्तर, कपड़े-लत्ते भी बेचने पड़ गए। ख़ुद से हँस कर कहता, मिर्ज़ा, दूसरे रोटी खाते हैं और तुम कपड़े खा रहे हो। लेकिन सारे कपड़े खा लेने के बाद क्या करोगे? उँगली चूसूँगा। बाक़ी की पेंशन अगर मिल जाती तो आईने के रंग नहीं मिटते, और न मिलने पर तो आईना चकनाचूर ही हो जाना है। भाईजान लोग, मैं पहेलियाँ नहीं बुझा रहा। यह दिल एक आईना ही तो है। रोज़ सोचता था, दिल्ली छोड़ कर भागना ही पड़ेगा, यहाँ अब ज़िन्दा रहना संभव नहीं था। पानी तक नसीब नहीं था। हिसाब से नाप कर पीना पड़ता था। सोच सकते हैं मंटोभाई, दो दिन तक मेरे घर में पानी की एक बूँद भी नहीं थी।

इन्हीं सब के बीच अगर ज़िन्दा रह सका तो दो-चार लोगों की मदद से। ख़ुदा ने मुझे एक बेशक़ीमती रत्न दिया था—इंसान—बुरे वक़्त में कोई न कोई मेरे साथ ज़रूर आकर खड़ा हुआ। हीरा सिंह, शिवजीराम ब्राह्मण—ये मेरे बेटे जैसे शागिर्द थे। उन्होंने मेरी

कितनी तरह से मदद की थी। शिवजीराम का बेटा बालमुकुंद भी साथ-साथ रहता था। और हरगोपाल तफ़्तः, सिकंदराबाद से जब जितना मुमकिन रुपये-पैसे भेजता था।

उन दिनों की बात याद आने पर सब कैसा गड्ड-मड्ड हो जाता है। लगता था, किसी भूल-भुलैया में खो गया हूँ, जहाँ जगह-जगह ख़ून जमा हुआ है। कितने ही जाने-अनजाने लोगों के कटे सिर बिखरे पड़े हुए हैं वे स्थिर आँखों से मुझे देख रहे हैं, जैसे कुछ कहना चाहते हों, मैं देख सकता था उनके होंठ नफ़रत और ज़िल्लत से थरथरा रहे हैं। वे ऐसी लावारिस मौत के तो हक़दार नहीं थे, मंटोभाई।

जिनका भी वास्ता बादशाह से था, वे उनका क़त्ल करने से नहीं चूके। उनकी नज़र में तब मुसलमान का मतलब ही ग़द्दार था। मैं भी उनके शक़ के घेरे में था। एक दिन कर्नल बर्न ने मुझे पकड़ कर ले जाने के लिए कुछ गोरे सिपाही भेजे। पटियाला के महाराजा नरेंद्र सिंह पहले से ही अंग्रेज़ों के पक्ष में थे। मेरी ही गली में महमूद ख़ान, मुर्तज़ा ख़ान, ग़ुलामुल्ला ख़ान जैसे हाकिम लोग रहते थे। ये सभी लोग पटियाला दरबार से थे। ब्रिटिशरों से बात कर, महाराजा नरेंद्र सिंह ने हमारी गली में अपने सिपाही बिठा रखे थे। तभी हम खाना-पानी का जुगाड़ करने थोड़ा-बहुत निकल पाते थे। पर हमें चाँदनी चौक से बाहर जाने का हुक्म नहीं था। नहीं तो गर्दन जायेगी। तो, गोरे सिपाही दीवार फाँद कर हमारी गली में आ गये और सीधे मेरे मकान के अन्दर घुस गए। मेरे साथ बक़ीर, हुसैन, कल्लू, और आस-पास के मकानों के दो-एक लोगों को पकड़ कर कर्नल बर्न के पास ले गए। कर्नल चौक के पास ही क़ुतुबुद्दीन की हवेली में रहता था। ये लोग सच में बड़े अजीब थे, जैसे बस उसी दिन दुनिया में पैदा हुए हों। सबसे पहले उन्होंने मुझसे टूटी-फूटी उर्दू में पूछा, 'आप मुसलमान हैं?'

मज़ाक़ का मौक़ा भला मैं क्यूँ छोड़ता? कहा, 'आधा मुसलमान हूँ, हुज़ूर'।

—मतलब?

—शराब पीता हूँ, वैसे सूअर हराम है।

कर्नल ज़ोर से हँसने लगे।—देख रहा हूँ, आप बड़े रसिक हैं।

—हुज़ूर, रस के गिरफ़्त में ही तो साठ साल बीत गए। कहते-कहते मैंने उनकी ओर लंदन से भेजी चिट्ठी बढ़ा दी। महारानी विक्टोरिया के लिए जो क़सीदा भेजा था, उसी की प्राप्ति की चिट्ठी।

—ये क्या है?

—हुज़ूर एक बार देख लीजिए।

कर्नल बर्न ने सरसरी निगाह डाल की चिट्ठी मेरी ओर फेंक दी।—ये सब फ़ालतू चीज़ें मुझे देखने की ज़रूरत नहीं।

—जी हुज़ूर।

—दिल्ली में अमन-चैन वापस आने के बाद हमसे आकर क्यूँ नहीं मिले?

—मिलना चाहता था, हुज़ूर! लेकिन सड़क पर निकलते ही गोली मार दी जाती।

—नमकहरामों के साथ और क्या करना चाहिए?

—बजा फ़रमाया हुज़ूर।

—तो फिर आप आए क्यूँ नहीं?

—मैं तो मिर्ज़ा हूँ, साहब।

—मतलब?

—पालकी के बिना तो मैं कहीं नहीं जाता। शहर में एक भी पालकी उठाने वाला नहीं है। कैसे आता बताइए?

—तुम किस लाटसाहब के बाप हो, जो पालकी के बिना कहीं नहीं जा सकते? कर्नल बर्न चीख़ पड़े।

'गेट आऊट—क़िले के काग़ज़ों में तुम्हारा नाम नहीं था इसलिए तुम्हें छोड़ दिया—गेट आऊट'।

ज़लील करना उन लोगों की मज्जा-मज्जा में है। वे जितना इंसान को ज़लील करते हैं, उतना ही अपनी ताक़त के नशे में चूर होते जाते हैं। क्या मैं कर्नल बर्न के मुँह पर पेशाब नहीं कर सकता था? लेकिन हमारी पीठ तो दीवार से सटी हुई थी। शाहजहानाबाद से भागने के अलावा, हमारे सामने कोई और रास्ता नहीं था। सिर्फ़ मुसलमान होने की वजह से इतनी ज़िल्लत, ज़ुल्म, क़त्ल होना? चूँकि मैं मुसलमान था, इसलिए शक का पात्र था? वे लोग विज्ञान की बड़ाई करते थे, वह उन्हें किनसे मिला था, मंटोभाई? इन मुसलमानों से ही तो। इतनी आसानी से इतिहास को मिटा दिया जा सकता है क्या? सच में, मिटाया जा सकता है, मैंने अपनी आँखों से देखा था, कैसे शाहजहानाबाद से मिटा दिया गया।

जानते हैं, किसी को मिटाने के लिए, पहले क्या करना पड़ता है? उसकी अपराधी के रूप में शिनाख़्त करनी होती है। इसके बाद काम बड़ा आसान हो जाता है। इंसाफ़ करने का दिखावा करना पड़ता है और फिर मृत्युदंड। जहाँपनाह बहादुरशाह के साथ, इक्कीस दिन विचार करने का दिखावा कर, उन्हें मुल्कबदर कर रंगून भेज दिया गया। बादशाह के अधीन झज्झर, बहादुरगढ़, बल्लभगढ़, लोहारू, फ़ारुख़गढ़, दुजाना, पटौदी के नवाबों की क्या हालत की? शाहजाहानाबाद पर क़ब्ज़ा करने के दो-चार दिनों के अन्दर ही, दुजाना और पटौदी को छोड़ कर और सारे नवाबों को क़िले में ला कर क़ैद कर दिया। चाँदनी चौक के पास, झज्झर, बल्लभगढ़ और फ़ारूख़नगर के नवाबों को पेड़ पर लटका कर फ़ाँसी दे दी।

अब शस्त्रधारी अंग्रेज़ सैनिक
स्वेच्छाचारी और स्वाधीन हैं
आतंक से जम चुके हैं निश्छल लोग
पथ जनविहीन है।
निरानंद वासभूमि आज बन गया है कारागार
चौक पराजितों के रक्त से हुआ रंगीन है।
मुसलमानों के ख़ून का प्यासा शहर
कण-कण आज अतृप्त है।

मैं बैठे-बैठे बस मर चुके और खो गये इंसानों की गिनती करता रहता था। उनमें से कोई मेरा क़रीबी दोस्त तो कोई जान-पहचान का था। मेरे दोस्त फ़ज़्ले हक़ को ज़िन्दगी भर के लिए निर्वासन में भेज दिया गया। शईफ़्ता को सात साल के लिए जेल भेज दिया गया। दूसरे या तो मारे गये या फिर शाहजहानाबाद छोड़ कर भाग गए। मेरी ज़िन्दगी में सिर्फ़ कुछेक नाम ही बचे रहे—मुज़फ़ुरुद्दौला, मीर नसीरुद्दीन, मिर्ज़ा असूर बेग, अहमद मिर्ज़ा, हकीम रज़िउद्दीन ख़ान, मुस्तफ़ा ख़ान, क़ाज़ी फ़ैयज़ुल्ला, हुसैन मिर्ज़ा, मीर मेंहदी, मीर सरफ़राज हुसैन, मीरन... । अपनी शैतान की कोठरी में बैठा मैं सीढ़ियों की ओर देखता रहता था। वह मीर मेंहदी आ रहे हैं। अरे वह यूसुफ़ मिर्ज़ा ही हैं न? मीरन भी तो आ रहे हैं। यूसुफ़ अली ख़ान भी दिख रहे हैं। या अल्लाह! इतने दोस्तों की मौत मुझे बर्दाश्त करनी होगी? मेरे मरने पर मातम करने वाला कोई नहीं बचा, मंटोभाई।

जो बात-बात पर क़ानून बताते थे, उनके राज में क़ानून की धज्जियाँ उड़ गईं। बस आप—यानी हिन्दुस्तान के लोग—मुँह खोल कर नहीं कह सकते थे कि गोरे क़ानून को क़ब्र में दफ़्नाने आए हैं। वे बतायेंगे क़ानून कौन नहीं मानता है और वह आपको मानना पड़ेगा। एक वाक़या बताता हूँ, हफ़ीज़ मम्मू मेरे बहुत क़रीबी लोगों में से थे। जब उनपर अंग्रेज़ों के ख़िलाफ़ साज़िश करने का इल्ज़ाम साबित नहीं हो पाया, तब उनकी ज़ब्त की गयी जायदाद उन्हें वापस लौटानी थी। कमिश्नर ने मम्मू को बुलवाया।

—हफ़ीज़ मुहम्मद ख़ान कौन है?

—जी मैं, हुज़ूर।

—हफ़ीज़ मम्मू कौन है?

—मैं साहब।

—इसका मतलब?

—मेरा नाम हफ़ीज़ मुहम्मद ख़ान है। वैसे सब मुझे हफ़ीज़ मम्मू कह कर बुलाते हैं।

—क्यूँ?

—लोगों की मर्ज़ी हुज़ूर।

—ये दोनों एक ही आदमी है, यह मैं कैसे समझूँ?

—हुज़ूर, मैं कह तो रहा हूँ।

—तो फिर मैं कह रहा हूँ, तुम्हें कुछ नहीं मिलेगा।

—क्यूँ हुज़ूर?

—पहले साबित करो तुम कौन हो?

हफ़ीज़ मम्मू को ख़ाली हाथ लौटना पड़ा। क़ानून की हुकूमत थी। सुना था, लाहौर में नुकसान का मुआवज़ा देने के लिए दफ़्तर खोला गया था। बाग़ी सिपाहियों ने जिनकी संपत्ति लूटी थी, उन्हें नुकसान का दस प्रतिशत मुआवज़ा मिलना था। यानी हज़ार रुपये के नुकसान पर सौ रुपये। लेकिन गोरे सिपाहियों ने जो कुछ लूटा था, उसकी कोई भरपाई नहीं थी। हिन्दुस्तान तो उनके बाप की जायदाद थी, लूटपाट मचा कर भला मुआवज़ा क्यूँ देते?

मंटोभाई, किसी के साथ भी बात करने का दिल नहीं करता था। बक़ीर और हुसैन कभी-कभी मुझसे आकर लिपट जाते थे। ये-वह दिलाने की ज़िद करते। मेरे हाथ में पैसा कहाँ था बताइए? लेकिन उन्हें तो यह बताया नहीं जा सकता था। एक दिन परेशान हो कर कल्लू को महलसराय भेजा, अगर उमराव बेग़म का कोई ज़ेवर बेचा जा सके।

कल्लू नहीं आया, थोड़ी देर बाद उमराव ही मेरे कमरे में चली आईं। सिर नीचा किए खड़ी रहीं।

—बेग़म, आप क्यूँ आईं हैं?

—मेरे पास कुछ और नहीं है?

—हरामज़ादा कल्लू ही आकर बता सकता था। वह कहाँ गया है?

—उसकी कोई ग़लती नहीं, मिर्ज़ा साहब। मुझे आपसे कुछ कहना है।

—बैठिए। इस तरह खड़े-खड़े कोई बात होती है?

—मुझे माफ़ करियेगा, मिर्ज़ा साहब।

—क्या हुआ है बेग़म?

—मैं बेवकूफ़ हूँ। समझ नहीं पाई—

—क्या हुआ है, बताइए तो? उसने चोरी करके कुछ खाया है क्या? मैंने हँस कर कहा—वैसे खायेगा भी क्या? हवा छोड़ कर तो और कुछ है नहीं।

—मिर्ज़ा साहब—। बात कहने से पहले ही वे रोना शुरू हो गईं। अरे, औरतों के इतने आँसू कहाँ से आते हैं?

—रोइए मत बेग़म। अंग्रेज़ देखने पर गोली मार देंगे। मुल्क को वे लोग रेगिस्तान बना देना चाहते हैं, और आपने आँखों के अन्दर इतना पानी छुपा रखा है? अब बता दीजिए, क्या बेवकूफ़ी की है आपने? मुझसे बड़ी बेवकूफ़ तो आप हैं नहीं।

—जब सिपाही आए, मैं ज़ेवरों का एक बक्सा कालेसाहब के घर रख आयी थी। क्यूँकि वे जहाँपनाह के मुर्शिद हैं, उनका घर तो सिपाही नहीं लूटते।

—हूँ, सब खो गये, यही न?

सिपाहियों ने काले साहब का घर नहीं लूटा, लेकिन गोरे फ़ौजी तो जहाँपनाह के मुर्शिद का घर नहीं छोड़ते न, मंटोभाई। इस तरह उमराव का आख़री सहारा भी लुट गया। उमराव रोती जा रही थीं। मैंने उनका हाथ पकड़ कर कहा, 'बेग़म, आप इतने सालों से दीन की राह पर चल रही हैं। ख़ुदा ने अब आपको रास्ते का भिखारी बना दिया है, इसका मतलब आप नहीं समझ रहीं? अब सारी दुनिया ही आपकी है'। उमराव घुली आँखों से मेरी तरफ़ देखती रहीं।

—ख़ुशियाँ मनाइए बेग़म, ख़ुशियाँ मनाइए। ज़िन्दगी से जितने अलंकार झर जाएँ, आनंद का मार्ग उतना ही खुलता जाता है।

—हम खायेंगे क्या, मिर्ज़ा साहब?

—गू। अपना पखाना खाकर ज़िन्दा रहेंगे। उसे तो ये बदज़ात हाथ नहीं लगा पायेंगे न।

—किस बात पर क्या कह देते हैं मिर्ज़ा साहब, आपको ख़ुद भी पता नहीं होता।

—ठीक ही तो कह रहा हूँ बेग़म, वे लोग हमें दुनिया से मिटा देने के लिए हिन्दुस्तान आए हैं।

न जाने मेरी कितनी ही ग़ज़लें क़िले और लोहारू के नवाब ज़ियाउद्दीन ख़ान के किताबघर में थीं!

मैं जो भी लिखता था, नवाब ज़ियाउद्दीन अपने पास उसकी नक़ल रख लिया करते थे। उनके पास लगभग नौ सौ सफ़्हों का नस्र और दो हज़ार से ज़्यादा ग़ज़लें थीं। वे सब किताबें देखने लायक़ थीं। मोरक्कन चमड़े की ज़िल्द चढ़ी, जिन पर सोने-चाँदी के धागों से तैयार किए नक़्शे थे। जहाँपनाह के बेटे और मेरे शागिर्द, मिर्ज़ा फ़ख़रुद्दीन ने मेरी ग़ज़लों का एक दीवान अपने किताबख़ाने में रखा हुआ था। मैं अपना लिखा कभी सहेज कर नहीं रख पाया। इतने साल पेट के धंधे में, फ़ंदियाँ कसते हुए गुज़ार दिया। जब फ़िरंगियों ने लूटना शुरू किया, उन्होंने किताबख़ानों को भी नहीं बख़्शा। कितनी ही अनोखी किताबें इस दुनिया से खो गईं। एक दिन किसी भिखारी को मैंने अपनी ग़ज़ल गाते हुआ सुना। मैंने उससे पूछा, 'यह ग़ज़ल तुम्हें कहाँ से मिली, मियाँ?'

—सड़क से हुज़ूर।

—तुम्हारे पास वह काग़ज़ है?

उसने अपने अलखल्ले की जेब से एक फटा काग़ज़ निकाल कर मेरे हाथ में दे दिया। हाँ, मेरी ही लिखी ग़ज़ल थी। क़िले के किताबख़ाने में हाथ से लिखी मेरी जो किताब थी, वह उसी का एक सफ़्हा था। भाईजान लोग, मुझसे रोना नहीं रोका गया।

—क्या हुआ, हुज़ूर?

—मुझे यह काग़ज़ दोगे?

—ले लीजिए। इसे रख कर मेरा क्या होगा?

—फिर तुम गाओगे कैसे?

भिखारी ने हँस कर कहा, 'दिल-किताब में सब लिख लिया है, हुज़ूर'।

मंटोभाई, एक-एक कर दिन गुज़र रहे थे और मेरे दिल-किताब के वर्क़े पुर्ज़े-पुर्ज़े हो कर उड़ते जा रहे थे। दिल खोल कर बात करने के लिए कोई भी न था। बहुत लोगों के साथ अच्छी बातें की जा सकती हैं, हँसी-मज़ाक़ किया जा सकता है, फिर भी इंसान किसी हमसुख़न, हमज़ुबान की चाहत रखता है। मुझे भी दो-एक ऐसे लोगों की ख़्वाहिश होती थी, जिनके साथ मैं अपनी शायरी, अपने ख़्यालों को लेकर बात कर सकता। ऐसे लोगों के पास न होने पर गुलबाग़ भी मुरझा जाते हैं। दिल्ली में तो तब सिर्फ़ फ़ौजी, अंग्रेज़, पंजाबी और हिन्दू भरे हुए थे। मेरी तहज़ीब के लोग कहाँ थे? ज़ौक नहीं, मौमिन ख़ाँ नहीं, कहाँ चले गये निज़ामुद्दीन मामनून? शायरों में बस मैं और अर्ज़ुदा ही बचे थे। अर्ज़ुदा बिल्कुल ख़ामोश हो गये थे, और मेरी मतमारी की सी हालत थी। कोई अब ग़ज़ल नहीं लिखता था, न अब कोई शायरी की बातें करता था। मंटोभाई, कभी-कभी दुनिया में ऐसी बदकिस्मती का वक़्त भी आता है, जब शायरी की मौत हो जाती है। मैं जैसे शायरी की क़ब्र के पास बैठा पहर गिन

रहा था। कब मौत आकर मुझे इस दुनियादारी से बाहर ले जायेगी, इस इंतज़ार के अलावा मैं कुछ और नहीं सोचता था।

सारी रात जागते हुए कट जाती थी। एक दिन देखा, एक साया-सा मेरी कोठरी में खड़ा हुआ है। वह कौन था? कैसे मेरी कोठरी तक आ पहुँचा था? विशालकाय उस आदमी को देख कर मेरा गला सूख गया। मैंने पूछा, 'कौन हैं आप? कहाँ से आए हैं?'

—हुज़ूर, मैं जलालुद्दीन रूमी हूँ।

—मौला रूमी! मैं उनके पैर पर गिर पड़ा।—तो क्या क़यामत का दिन आ चुका है?

—नहीं हुज़ूर।

—आप मुझे हुज़ूर क्यूँ कह रहे हैं? इससे बड़ा गुनाह तो और कोई नहीं हो सकता है, मौला।

—मिर्ज़ा, हम सब ही हुज़ूर हैं। हुज़ूर ने कहा है, लुत्फ़ बस घास बन कर ज़िन्दा रहने में है। मौसम आते-जाते रहते हैं, पत्ते झरते और फिर उगते हैं, केवल घास ही ज़मीन पर ज़िन्दा बची रहती है। घास ही जानती है, किस तरह बीच में फैलते जाना होता है।

—बताएं मौला, मैं आपके लिए क्या कर सकता हूँ?

मौला रूमी ने मेरे सामने बैठ कर मेरे पीठ पर हाथ रखा।—आपको एक क़िस्सा सुनाने आया हूँ, मिर्ज़ा।

—आज मेरा नया जन्म हुआ है, मौला। आपके मुँह से क़िस्सा सुनने की किस्मत कितनों की होती है?

—मेरा भी नया जन्म हुआ है, हुज़ूर। ख़ुदा ने हिन्दुस्तान के सबसे बेहतरीन शायर को क़िस्सा सुनाने का मौक़ा दिया है मुझे।

—मैं आपके सामने कौन हूँ?

—हम आसमान में बिखरे हुए सितारे हैं। कौन कितनी दूर है, ख़ुदा के अलावा कोई और नहीं जानता। कोई मर चुका है तो कोई ज़िन्दा है। फिर भी ख़ुदा के करम से हमारी गुफ़्तगू चल रही है, मिर्ज़ा। एक दिन शाम को पैग़म्बर मुहम्मद एक खजूर के पेड़ के नीचे बैठे हुए थे। उनके शागिर्द और आस-पास के गाँवों के लोग उन्हें घेर कर बैठे हुए थे। सूर्यास्त के आसमान में तब भी गुलाबी और नीले रंग के बीच खेल चल रहा था। अचानक ज़हल उठ कर चिल्लाने लगा, 'मुहम्मद, आपके पुरखे हाशिम जैसा भयानक और ख़राब आदमी दुनिया में कोई दूसरा और नहीं हो सकता। उसके वारिसों ने भी एक के बाद एक भयानक औलादें पैदा की हैं'।

हज़रत मुहम्मद के सबसे क़रीबी शागिर्द हैदर ने संग-संग म्यान से तलवार निकाल ली। मुहम्मद ने शान्त लहजे में कहा, 'ज़हल, तुमने सच बात कही'। यह सुन कर हैदर रुक गया, वैसे उसका दिल कर रहा था, वह ज़हल के सिर को धड़ से अलग कर दे।

थोड़ी देर बाद अबू बक़्र ने मुहम्मद को सजदा कर कहा, 'ज़हल को माफ़ कर दीजिए पैग़म्बर। आपके पुरखे हाशिम के जैसा हिम्मती और ख़ूबसूरत इंसान एक भी नहीं हुआ। आप भी बिल्कुल वैसे ही हैं'।

मुहम्मद उसकी तरफ़ देख कर हँसे, 'अबू बक़्र, तुम सच कह रहे हो'।

बहुत देर तक सब ख़ामोश बैठे रहे। हैदर ने अचानक तैश में आकर कहा, 'हुज़ूर पैग़म्बर, दो लोग दो तरीक़े की बात कह रहे हैं। आपके लिए दोनों की बात सच है? यह कैसे हो सकता है?'

मुहम्मद, हैदर की ओर देख कर हँसे, 'तुम भी सच कह रहे हो, हैदर'।

—मैं भी सच कह रहा हूँ?

—हाँ। मैं तो एक आईना हूँ हैदर। ख़ुदा कबसे मुझे पोंछ-पोंछ कर साफ़ कर रहे हैं। मेरे आईने में सब अपना अक्स देख सकते हैं। नीले काँच के बीच से दुनिया को देखने पर वह नीली नज़र आयेगी; और लाल के भीतर से लाल। इंसान जो भी देखता है, वह उसी का अक्स होता है।

—इसका मतलब दुनिया में सच बोल कर कुछ नहीं है?

—तुम सत्य को पाना चाहते हो?

—जी हुज़ूर।

—तो फिर ख़ुद को सारी उत्तेजनाओं और आवेगों से आज़ाद करो, हैदर। अन्दर के आईने को रगड़ते रहो, जब तक सारे रंग मिट कर आईना बिल्कुल साफ़ न हो जाये। तब तुम उसे देख सकोगे, हैदर।

—किसे मौला? मैंने जलालुद्दीन रूमी के पैर जकड़ लिए।

—पैर छोड़िए मिर्ज़ा। आप ख़त्म होते जा रहे हैं—इस कायनात की गहराई में खोते जा रहे हैं। इससे बड़ी ख़ुशी और सच्चाई और कुछ नहीं है। मैं दुआ करता हूँ, आपकी मौत बिल्ली की तरह हो'।

—क्यूँ?

—मौत का एहसास होते ही बिल्ली अकेली हो जाती है। वह किसी को तंग नहीं करती, किसी की दया नहीं चाहती। मौत के सामने वह अकेली खड़ी रहती है। मिर्ज़ा, ये अकेलापन ही एकमात्र सत्य है। आप इतने परेशान क्यूँ हैं? सब एक दिन काली गुफ़ा के भीतर खो जायेंगे। इस दुनिया में पैदा हुए हैं, इसे छोड़ कर चले जायेंगे—कितना हल्का होता है पंख की तरह उड़ जाना—बस यही ख़ुशी आपके अकेलेपन का साथी है।

42

जला है जिस्म जहाँ दिल भी जल गया होगा
कुरेदते हो जो अब राख जुस्तजू क्या है ।

भाईजान लोग, मैं इतिहासकार नहीं हूँ, इसलिए देश के दो टुकड़े हो जाने के बाद कितने लाख लोग बेघर हो गये, कितने लोग हमेशा के लिए खो गये, कितनी लड़कियाँ बलात्कार का शिकार हुईं, कितनों ने 'हर-हर महादेव' या 'अल्लाह-हू-अकबर' चिल्लाते हुए लोगों का क़त्ल किया, मैं नहीं बता सकता। मेरी झोली में बस कुछेक क़िस्से हैं, मैं आपको बस उन्हीं क़िस्सों को सुना सकता हूँ। लेकिन इतिहास सिर्फ़ कुछ साल-तारीख़ या आँकड़ों का लेखा-जोखा नहीं है; लोगों की ज़बानी, अफ़्सानों-गीतों से भी इतिहास की तस्वीर तैयार होती है। दिल्ली के दोस्त से सुना था, वहाँ बीस हज़ार से ज़्यादा मुसलमानों की हत्या हुई थी, पुरानी दिल्ली में चालीस हज़ार से भी ज़्यादा मुसलमानों के मकान-जायदाद पर क़ब्ज़ा कर लिया गया था। लेकिन इन सब तथ्यों को लेकर मैं क्या करूँ, बता सकते हैं? शरीफ़न या विमला जैसी जवान लड़कियों की ज़िन्दगी जिस तरह ख़त्म हो गईं, क्या उस नुकसान की भरपाई मुमकिन है? क्या सहाय जैसे इंसान का कुत्ते की मौत मर जाना जायज़ था? और वह बुढ़िया जो अपनी लड़की को ढूँढ़ते-ढूँढ़ते पागल हो सड़क पर ही मर गयी, मैं उसकी यादें कैसे मिटा सकता था, बताइए? रामखिलावन जैसे भले इंसान ने किस हैवानियत के जुनून में मेरा ख़ून करना चाहा था? हम लोग जो दंगों की बलि नहीं चढ़े, उन्होंने सारी ज़िन्दगी इसी तरह के इतिहास को ढोया है, जो ढूँढ़ने पर अभिलेखागार में नहीं, बल्कि सड़कों पर मिलता है। उस इतिहास के अन्दर हिन्दुस्तान और पाकिस्तान के बीच बेनाम एक छोटे से ज़मीन के टुकड़े पर टोबाटेक सिंह पड़ा होता है। ये लोग — मिर्ज़ा साहब — ये लोग ही — अब तक हमारे मुल्कबदर हो जाने के दिनों के, जीते-जागते इतिहास हैं। शरीफ़न के बारे में जानने के बाद, क्या कोई उसे कभी भूल सकता है? दिल्ली में कितने मुसलमानों की हत्या हुई, उसके आँकड़े अलग-अलग इतिहासकार, अलग-अलग दे सकते हैं, वक़्त के साथ-साथ ये आँकड़े घट-बढ़ भी सकते हैं; लेकिन जब अपनी मुर्दा बेटी सकीना के आगे खड़े हो कर सिराजुद्दीन चीख़ रहा था, 'मेरी बेटी ज़िन्दा है हुज़ूर, मेरी बेटी ज़िन्दा है', उस पल को तो बदला नहीं जा सकता है। जितने दिन ये दुनिया रहेगी, उस ज़ख़्म का निशान रहा आएगा, जिस तरह नाज़ी कैम्प में, गुलाग के जन-संहार को नहीं मिटाया जा सकता है।

मिर्ज़ा साहब, हमारी ज़िन्दगी में मुल्क का विभाजन, हत्याओं का एक वीभत्स उत्सव बन चुका था। सिर्फ़ इंसान ने इंसान की हत्या नहीं की, बल्कि आपसी विश्वास, प्यार, सहारे की हत्या की। एक परिवार किसी तरह दंगाईयों के हाथ से बच कर झाड़ियों के अन्दर छुपा था। उनकी जवान बेटी कहीं नहीं मिल रही थी। माँ ने छोटी बेटी को जकड़ कर गोद में बिठा

रखा था। दंगाई घर से उनकी भैंस उठा कर ले गए। एक गाय थी, लेकिन उसका बछड़ा खो गया था। तो रात में पति-पत्नी झाड़ियों के बीच अपनी गाय को लेकर छुप गए। उनकी छोटी बेटी बीच-बीच में डर से रो उठती थी। माँ डर से लड़की का मुँह दबा देती। इतने में दूर से किसी बछड़े की आवाज़ आई। संग-संग गाय भी पागल हो कर रंभाने लगी; वह समझ गयी थी ये उसके बछड़े की ही आवाज़ थी। पति-पत्नी किसी तरह उसका रंभाना रोक नहीं पा रहे थे। थोड़ी देर में उन्होंने देखा, दूर से मशाल की लौ बढ़ती चली आ रही थी। पत्नी ने गुस्से और हताशा से अपने पति से कहा, 'अपने साथ जानवर को क्यूँ खींचते-खींचते ले आए?'

दंगों की आग इसी तरह हमारे सारे एहसासों को जला कर अंगार बना रही थी।

मिर्ज़ा साहब, बार-बार याद आता है, न जाने कहाँ, कौन पागलों की तरह बड़बड़ाता हुआ जाता था:

मैंने एक आदमी को मारा है—उसके ख़ून से भर गया है
मेरा बदन; दुनिया की राह पर इस मारे गये भाई का
भाई हूँ मैं; मुझे छोटा जान कर उसने अपने
दिल को सख़्त कर लिया और वह मारा गया, मैंने ख़ून की नदी की
लहर के सामने, डर से अपने विस्मित अग्रज का वध कर दिया
और अब मैं सोता हूँ—उसके परिमित सीने पर मुँह रख
मुझे लगता है, कोई जीवन का स्नेहशील प्रण लेकर,
सबको रोशनी देने के लिए हुआ है अग्रसर
लेकिन कहीं रोशनी नहीं है, इसलिए वह सोया हुआ है।
सो रहा है।
अगर बुलाऊँगा तो वह ख़ून की नदी से
लहर की तरह उठ कर, पास आकर कहेगा, 'मैं यासमीन हूँ,
हनीफ़, मुहम्मद, मक़बूल, करीम, अज़ीज़ हूँ—और तुम?'
मेरे सीने पर हाथ रख, मृत चेहरे से आँख उठा कहेगा वह—
ख़ून की नदी सा उद्वेलित हो कहता जायेगा, 'गगन, विपिन, शशी, पाथुरघाटा से;
मानिकतल्ला, श्यामबाज़ार, गैलिफ़ स्ट्रीट, एंटलीर'—

हाँ, कोई नहीं, कुछ नहीं—सूरज बुझ गया है। जैसे कि अब वह कभी नहीं जलेगा। ठीक उसी तरह एक दिन क़ासिम लँगड़ाते-लँगड़ाते अपने घर पहुँचा था। उसके दाहिने पैर पर गोली लगी थी, ख़ून से उसका पैर भीगा हुआ था। दरवाज़ा खोल कर अन्दर घुसते ही क़ासिम की आँखों के आगे काले पड़ चुके ख़ून का पर्दा-सा हिल गया। जमे हुए ख़ून के बीच उसकी मरी हुई बीवी पड़ी थी। क़ासिम कुछ देर तक हक्का-बक्का खड़ा देखता रहा, उसके बाद उसने हाथ में लकड़ी चीरने का गंड़ासा उठा लिया। अब ख़ून के बदले ख़ून था। अब वह भी सड़क पर, बाज़ार में ख़ून की नदियाँ बहा देगा। बाहर निकलते हुए उसे अचानक अपनी बेटी शरीफ़न का ख़्याल आया—शरीफ़न कहाँ थी? क़ासिम चीख़ उठा, 'शरीफ़न—शरीफ़न'।

कोई आवाज़ नहीं आई। हो सकता था शरीफ़न डर से कहीं छुपी हुई हो। भीतर के आँगन के दरवाज़े पर मुँह सटा कर क़ासिम ने फुसफुसा कर आवाज़ दी, 'शरीफ़न—बेटी—मैं आ गया हूँ'।

लेकिन ऐसी ख़ामोशी पसरी हुई थी जैसे वह किसी अकेली गुफ़ा के अन्दर घुस आया हो। दरवाज़ा खोल कर आँगन में पैर रखते ही क़ासिम जड़ हो गया। थोड़ी दूर पर शरीफ़न की नंगी लाश पड़ी हुई थी। जैसे अभी-अभी किसी ने गुलाब को नोंच कर फेंका हो। क़ासिम के अन्दर से कोई विस्फोट होने वाला था, लेकिन वह होंठ भींचे खड़ा रहा। फिर दोनों हाथों से अपना मुँह दबा वह आर्तनाद कर उठा, 'शरीफ़न, मेरी बेटी'। अंधों की तरह टटोल कर एक कपड़ा ला कर उसने शरीफ़न के नंगे बदन को ढका। उसके बाद उसने मुड़ कर नहीं देखा। अपनी बीवी की लाश के आगे भी नहीं रुका। हो सकता है उसे सिर्फ़ शरीफ़न का नंगा जिस्म ही दिख रहा हो। गंड़ासा हाथ में लेकर क़ासिम घर से निकल पड़ा।

पहाड़ से बहते आग के लावे की तरह वह दौड़ने लगा। चौक पर आकर सामने किसी सिख को देख कर क़ासिम ने गंड़ासा चला दिया। आँधी में जड़ समेत गिरे पेड़ की तरह वह सिख ज़मीन पर धराशायी हो गया। हवा में गंड़ासा चलाते-चलाते क़ासिम आगे बढ़ता गया। उसके गंड़ासे के वार से तीन और लाशें सड़क पर बिछ गईं। उसे बस शरीफ़न की नंगा बदन ही नज़र आ रहा था; उसके अन्दर बारूद का ढेर तड़तड़ाता हुआ जल रहा था। एक के बाद एक सुनसान बाज़ारों को पार करता हुआ वह एक गली में घुसा। लेकिन वहाँ सारे मुसलमानों के घर थे। उसने दूसरी राह पकड़ी। उसके मुँह से हिन्दुओं के ख़िलाफ़ गालियों का फ़व्वारा छूट रहा था और हाथ में ख़ून से सना गंड़ासा चमक रहा था।

एक मकान के बाहर हिन्दी में लिखा नाम देख कर क़ासिम खड़ा हो गया। गंड़ासे से उस मकान के दरवाज़े पर वार करने लगा। दरवाज़ा टूट गया। अन्दर दाखिल होते ही क़ासिम ने गालियाँ देते हुए कहा, 'हराम की औलादों, जो भी अन्दर है, बाहर निकल आए'।

धक्का देकर दरवाज़ा खोलते ही, क़ासिम के सामने एक लड़की खड़ी हुई थी, शरीफ़न की ही उम्र की, मासूम, कमसिन। क़ासिम ने दाँत पीसते हुए कहा, 'कौन है तू?'

—विमला। लड़की की आवाज़ में कोंपलों की कंपकंपाहट थी।

—साली, हिन्दू की औलाद—

क़ासिम थोड़ी देर एकटक पन्द्रह-सोलह साल की उस लड़की को देखता रहा। उसके बाद गंड़ासे को रख लड़की के दोनों हाथ पकड़ उसे खींच कर घर के दालान में ले आया। पागलों की तरह वह लड़की के कपड़े नोंच-नोंच कर फाड़ने लगा। मिर्ज़ा साहब, वक़्त तब बिल्कुल ठहर गया था। लड़की को पूरी तरह नंगा कर क़ासिम ने उसका गला दबा दिया, और फिर उस लड़की की ओर देखता रहा। एकदम शरीफ़न—जैसे शरीफ़न ही सोई हुई हो। क़ासिम ने दोनों हाथों से अपना मुँह ढक लिया। उसके शरीर के अन्दर इतनी देर तक आग जल रही थी, अब सिर्फ़ बर्फ़ थी। आग के पहाड़ से निकला लावा ठण्डा हो कर पत्थर बन चुका था। उसके अन्दर हिलने की भी ताक़त नहीं थी।

कुछ देर के बाद एक आदमी हाथ में तलवार लहराता हुआ घर के अन्दर दाखिल हुआ। उसने देखा, कोई आँख बन्द किए हुए फ़र्श पर गिरी किसी चीज़ पर काँपते हाथों से कंबल ढक रहा है। आदमी चीख़ पड़ा, 'कौन हो तुम?'

क़ासिम ने चमक कर पलट कर देखा।

—क़ासिम! तुम यहाँ क्या कर रहे हो?

क़ासिम ने काँपते-काँपते फ़र्श पर गिरे कंबल की ओर उँगली दिखाते हुए कहा, 'शरीफ़न'।

जिन्होंने हत्याएँ की थीं, उनमें से कितने लोग इसी तरह पागल हो गए। मिर्ज़ा साहब, इनमें से कोई भी तो ख़ूनी नहीं था। इसलिए ठण्डे दिमाग़ से इतने बड़े गुनाह को सारी ज़िन्दगी ढोना उनके लिए नामुमकिन था। ये तो सियासतदाँ ही हैं, जो ताक़त के अलावा किसी और चीज़ से प्यार नहीं करते, अपने क़रीबी लोगों का ख़ून अपने हाथों से पोंछ लेते हैं। लेकिन क़ासिम जैसे लोगों के लिए शरीफ़न, विमला सब एक हो जाते हैं। लोग इसी तरह सिर्फ़ अपने घर या देश से ही नहीं, रिश्तों से भी उखड़ जाते हैं, तब वे ब्रह्माण्ड से छिटके उल्का-पिण्ड हो जाते हैं। इतने परित्यक्त कि ख़ुद अपने पास भी उन्हें पनाह नहीं मिलती। मैंने लोगों का ख़ून किया है—उनके ख़ून से मेरा शरीर भर गया है। मैं ख़ुद ही एक क़त्लगाह बन कर ज़िन्दा हूँ।

मेरी ही यादों के क़त्लगाह में ही घूम रही है वह माँ, जो अपनी बेटी को ढूँढ़ते-ढूँढ़ते पागल हो जाती है, उसके बाद एक दिन सड़क पर मर जाती है। मैं तब पाकिस्तान में था, मिर्ज़ा साहब। तब भी मुसलमान उस पार से इस पार आ रहे थे; हिन्दू पाकिस्तान छोड़ कर जा रहे थे। शरणार्थी शिविर जैसे भेड़-बकरियों का बाड़ा था। खाना नहीं था, इलाज नहीं मिलता था। लोग कीड़ों-मकोड़ों की तरह मर रहे थे। इस पार-उस पार से जो औरतें व बच्चे भाग गये थे, उनका असल में अपहरण हुआ था, उन्हें बचाने का काम चल रहा था। कितने लोगों ने स्वेच्छा से इस काम में सहयोग किया था। देख कर मन में उम्मीद पैदा होती थी कि शायद सब अभी ख़त्म नहीं हुआ है। यक़ीनन, ख़ुदा इंसान को पूरी तरह बर्बाद नहीं होने देगा। स्वयंसेवकों की ज़बानी कितने हादसों के बारे में सुनता था। एक ने कहा, सहारनपुर की दो लड़कियाँ अपने माँ-बाप के पास वापस लौटना नहीं चाहती हैं। वापसी की राह में न जाने कितनी ही लड़कियों ने शर्म-ज़िल्लत और नफ़रत से आत्महत्या कर ली। प्रताड़ित होते-होते कितनी लड़कियाँ नशे में डूब गईं, प्यास लगने पर वे पानी के बदले शराब माँगती थीं, न देने पर वे गालियाँ बकतीं थीं।

मिर्ज़ा साहब, इन सब अग़वा की गयी लड़कियों के बारे में सोचने पर मुझे सिर्फ़ उनका फूला पेट नज़र आता है। उनके पेट में जो थे, उनका क्या होगा? कौन उन्हें अपनायेगा? हिन्दुस्तान या पाकिस्तान? और नौ महीनों तक उन्हें पेट में वहन करने की क़ीमत कौन सा देश देगा? या इसका कोई मूल्य ही नहीं था? हम सब कुछ प्रकृति के हाथों छोड़ देते?

उस पार से खोई मुसलमान लड़कियाँ इस पार आ रही थीं; इस पार की बिना किसी पते की हिन्दू लड़कियाँ उस पार जा रही थीं। उन्हें सरकारी भाषा में 'पलातक—भगौड़ा' कहा गया। लेकिन असल में तो कोई भी नहीं भागा था। उनका तो अपहरण किया गया था,

और फिर उनका बलात्कार किया गया; कोई पत्थर बन चुकी थी, कोई पागल तो किसी ने अपना अतीत ही मिटा दिया था।

उस माँ की कहानी भी मुझे किसी स्वयंसेवक ने ही बताई थी।

—मंटो साहब, हमें बहुत बार सीमा के उस पार जाना पड़ता था। मैं हर बार एक मुसलमान बुढ़िया को देखा करता था। पहली बार उसे जलंधर में देखा था। बदन पर फटे-मैले कपड़े, बालों में धूल-मिट्टी भरी हुई, हर वक़्त वह किसी को ढूँढ़ रही होती थी।

—किसको?

—अपनी बेटी को। बुढ़िया का घर पटियाला में था। दंगे में उसकी इकलौती बेटी खो गयी थी। उस लड़की को खोजने की बहुत कोशिश की गयी थी, पर वह नहीं मिली। हो सकता है उसका ख़ून हो गया हो। इस बात को बुढ़िया क़तई भी न मानती थी। दूसरी बार मैंने उसे सहारनपुर में देखा। तब उसका चेहरा और भी दरक गया था। बालों में जटाएं पड़ गयी थीं। उसे बहुत समझाने की कोशिश की, कहा, लड़की को ढूँढ़ना छोड़ दो, उसे मार दिया गया है। बुढ़िया ने बड़बड़ाते हुए कहा, 'मार दिया है? . . . नहीं, हो नहीं सकता। उसे कोई नहीं मार सकता। मेरी बेटी को कोई नहीं मार सकता है'।

—उसके बाद?

—तीसरी बार जब उसे देखा, वह बिल्कुल चीथड़ों में थी, लगभग नंगी। मैंने कपड़े ख़रीद कर देना चाहा, पर उसने नहीं लिया। मैंने फिर उसे समझाया कि मेरा यकीन करो। तुम्हारी बेटी का पटियाला में क़त्ल कर दिया गया है। बुढ़िया ने बड़बड़ाते हुए कहा, 'क्यूँ झूठ बोल रहे हो?'

—झूठ नहीं बोल रहा हूँ। बेटी के लिए तुमने बहुत आँसू बहा लिए। चलो तुमको पाकिस्तान ले चलता हूँ।

—नहीं—नहीं—मेरी बेटी को कोई नहीं मार सकता।

—क्यूँ?

बुढ़िया की आवाज़ में जैसे ओस बिखर गयी हो।—जानते नहीं, वह कितनी ख़ूबसूरत है! इतनी सुन्दर—उसे कोई मार नहीं सकता। तमाचा भी लगाना चाहे तो हाथ नहीं उठेगा।

—हैरतअंगेज़!

—मैं भी हैरान हो गया था, मंटो साहब। इतना चोट खाया इंसान भी यकीन कर सकता है की ख़ूबसूरती की कोई हत्या नहीं कर सकता?

—अरे भई, मार खाया इंसान ही इसपर यकीन कर सकता है। मार खाते-खाते उसका आख़री सहारा ज़रा सी ख़ूबसूरती ही तो रह जाती है। ख़ैर, फिर क्या हुआ?

—जितनी बार सीमा के उस पार गया, उसे देखा। वह अब हड्डियों का ढाँचा रह गयी थी। बीनाई भी कमज़ोर हो चुकी थी, फिर भी उसकी तलाश जारी थी। जितने दिन बीतते गये, उसकी उम्मीद और पक्की होती गयी कि उसकी बेटी को कोई नहीं मार सकता। वह उसे एक दिन ज़रूर ढूँढ़ लेगी।

—इसलिए उम्मीद को हलाल कर उसका सर क़लम कर देना चाहिए। कहते हुए मैं हँस दिया।

—एक महिला स्वयंसेविका ने कहा, उसे समझाने का कोई फ़ायदा नहीं, वह बिल्कुल पागल हो चुकी है। इससे बेहतर है उसे ले जाकर पाकिस्तान के पागलख़ाने में भर्ती कर देना। पर मैं ऐसा नहीं चाहता था, मंटो साहब।

—क्यूँ?

—उसकी बेटी वापस आ जायेगी, इसी आस पर तो वह ज़िन्दा थी। दुनिया के इस विशाल पागलख़ाने में कम-से-कम वह अपनी मर्ज़ी से घूमते-फिरते अपनी बेटी को ढूँढ़ रही थी। लेकिन पागलख़ाने की चारदीवारी में बन्द कर देने से तो वह ज़िन्दा ही नहीं बचती। मैं उसे आख़री बार अमृतसर में देख कर रो ही पड़ा था, मंटो साहब। तब सोचा था, इस बार सचमुच उसे पाकिस्तान ले जाकर पागलख़ाने में डाल दूँगा।

—उससे तुम्हारा विवेक तुम्हें कम कचोटता, क्यूँ?

—हो सकता है।

—उसके बाद?

—वह फ़क़ीर चौक पर खड़ी थी। लगभग अंधी हो चुकी नज़रों से वह चारों ओर देख रही थी और अपनी बेटी को ढूँढ़ रही थी। मैं तब किसी के साथ किसी अग़वा की गयी लड़की के बारे में बात कर रहा था। वह लड़की सबुनिया बाज़ार में एक हिन्दू बनिया के साथ रहती थी। इतने में दुपट्टे से मुँह ढके एक लड़की एक पंजाबी नौजवान का हाथ पकड़े वहाँ आई। बुढ़िया के सामने आते ही उस पंजाबी नौजवान ने ठिठक कर दो क़दम पीछे हो लड़की का हाथ पकड़ कर खींचा, लड़की के मुँह से अचानक दुपट्टा खिसक गया और उसका गुलाबी चेहरा झलक उठा। मंटो साहब, उस चेहरे की ख़ूबसूरती मैं आपको बयान नहीं कर सकता।

—जानता हूँ।

—मतलब?

—हम उस भाषा को भूल चुके हैं बस, इसलिए। आगे बोलो।

—मैंने साफ़ सुना, पंजाबी नौजवान ने लड़की से कहा, 'वही तुम्हारी अम्मीजान है'। लड़की ने फिर से पलट कर बुढ़िया की ओर देखा, फिर उसने नौजवान से कहा, 'जल्दी चलो'। तभी बुढ़िया चीख़ उठी, 'भागभरी! भागभरी!' मैंने जाकर उसका हाथ ज़ोर से पकड़ कर कहा, 'क्या हुआ?'

—मैंने उसे देखा है, बेटा।

—किसे?

—भागभरी—मेरी बेटी को। वह देखो वह चली गई।

—भागभरी कब की मर चुकी है अम्मीजान। यकीन मानिए, आपकी बेटी अब ज़िन्दा नहीं है। बुढ़िया थोड़ी देर तक मुझे देखती रही। उसके बाद चौक की सड़क पर ढेर हो गई। उसकी नब्ज़ देखी, वह मर चुकी थी।

—क्या ऐसा कभी होता है कि ख़ुदा अपने यतीमों पर रहम न करें ?

—रहम? क्या यही ख़ुदा का करम था?

—उसकी दी हुई मौत ही सबसे बड़ी इनायत है भाई।

दंगे के दिनों में जो मौत हमारे क़रीब आई, वह तो ख़ुदा का करम नहीं थी, भाईजान लोग।

उन लोगों का कोई जनाज़ा नहीं हुआ; अब भी उनकी बेचैन रूहें पंख फड़ाफड़ाती हैं—उनके हाथ-पाँवों की ज़ंजीरों की झनझनाहट सुनाई देती है—अब भी क़ासिम पुरानी दिल्ली के सड़कों पर घूमता फिरता है, चीख़ कर पुकारता है, 'शरीफ़न—शरीफ़न'।

मैं जानता हूँ, बम्बई के जे.जे. अस्पताल के सामने के फ़ुटपाथ पर सहाय के मौत के दर्द की आवाज़ अब भी दबी हुई है। फ़रिश्ते ही शायद सहाय जैसे इंसान बन कर इस दुनिया में आते हैं। सहाय दलाल था—हाँ, वेश्याओं का दलाल, लेकिन उसके जैसा वफ़ादार हिन्दू मैंने नहीं देखा था। उसका घर बनारस में था। ऐसा सच्चा इंसान बहुत कम मिलता है। वह अपना धंधा एक छोटे से कमरे में बैठ कर चलाता था, लेकिन कहीं भी, साफ़-सफ़ाई की कोई कमी नहीं थी। सहाय की लड़कियों के ग्राहकों के लिए बिस्तर नहीं थे; दरियों के ऊपर चादर बिछी होती थी और साथ में तकिया। चादरें कभी मैली नहीं रहती थीं। जबकि एक नौकर भी था, फिर भी सहाय सब कुछ ख़ुद देखभाल कर साफ़-सुथरा रखता था। मैं जानता था, मिर्ज़ा साहब, वह कभी किसी से झूठ नहीं बोलता था, न ही उसने कभी किसी को ठगा था। एक बार उसने मुझे कहा, 'मंटो साहब, तीन साल में मैंने बीस हज़ार रुपये कमाए हैं'।

—कैसे?

—लड़कियों को दस रुपये करके मिलते हैं। मेरा कमीशन ढाई रुपया है।

—तब तो बहुत रुपया जमाया है।

—और दस हज़ार होते ही मैं काशी चला जाऊँगा।

—अरे, वह क्यूँ?

—एक कपड़े की दुकान खोल लूँगा। इस धंधे में और नहीं रहूँगा।

—कपड़े की दुकान क्यूँ? कोई दूसरा व्यवसाय भी तो कर सकते हो।

सहाय ने कुछ नहीं कहा। जैसे वह ख़ुद भी नहीं जानता हो, क्यूँ वह कपड़े की दुकान खोलना चाहता है। कभी-कभी सहाय की बात सुन कर लगता, वह कोई बुजरुक फ़्रॉड है। इस बात पर कौन यकीन करता कि जिन लड़कियों से वह धंधा कराता था, उन्हें वह अपनी बेटियों की तरह मानता था? और भी हैरानी की बात थी कि उसने उन लड़कियों का पोस्ट ऑफ़िस में सेविंग अकाउंट खुलवा रखा था। दस-बारह लड़कियों के रहने-खाने का ख़र्चा भी वह ख़ुद ही देता था। मैं उसका किसी तरह हिसाब नहीं बिठा पाता था। सहाय के उस छोटे से चकले में सबको शाकाहारी खाना खाना पड़ता था। एक दिन मेरे जाने पर सहाय ख़ुशी से फट पड़ा, 'मंटो साहब, दाता साहब ने मुझ पर कृपा की है'।

—मतलब?

—मंटो साहब, इरफ़ान इस कोठे पर आया करता था। चंद्रा के साथ उसे प्यार-मुहब्बत हो गया, तो मैंने उनकी शादी कर दी। चंद्रा अब लाहौर में रहती है। आज ही उसकी

चिट्ठी आयी है, दाता साहब के दरबार में उसने मेरे लिए दुआ माँगी थी। दाता साहब ने चंद्रा की बात सुन ली है। बाक़ी के दस हज़ार रुपयों के लिए मुझे अब और ज़्यादा इन्तज़ार नहीं करना पड़ेगा।

इसके बाद काफ़ी समय तक सहाय नहीं दिखा। उधर दंगे शुरू हो गए। कर्फ़्यु चल रहा था, सड़क पर लोग, ट्राम-बस कुछ नहीं थे। एक दिन सुबह मैं भिंडी बाज़ार से जा रहा था। जे.जे. अस्पताल के पास देखा, एक आदमी फ़ुटपाथ पर पड़ा हुआ है, उसका सारा शरीर ख़ून से लथपथ है। एक और दंगे का शिकार। मैंने झुक कर आदमी को देखा। अरे, वह तो सहाय था, ओस की बूँदों की तरह ख़ून की बूँदें उसके मुँह पर बिखरी हुई थीं। मैं उसका नाम लेकर बुलाने लगा। बहुत देर तक उसकी आवाज़ न पा कर मैं उठने लगा, तभी सहाय ने आँख खोल कर देखा। —मंटो साहब—

मैं उससे बहुत कुछ पूछने लगा था। लेकिन उसके अन्दर जवाब देने की ताक़त नहीं थी। बमुश्किल वह कह सका, 'मैं और ज़िन्दा नहीं रहूँगा, मंटो साहब'।

मिर्ज़ा साहब, कितनी अजीब हालत थी। एक मुसलमान मुहल्ले में सहाय ख़ून से लथपथ पड़ा था—किसी मुसलमान ने ही उसे मारा था—और मैं भी एक मुसलमान था, जो उसके मौत के मुँह के आगे खड़ा था। अगर कोई देखता तो मुझे ही उसका ख़ूनी समझता। एक बार सोचा मैं उसे अस्पताल ले जाऊँ; अगले ही पल लगा, अगर सहाय बदला लेने के लिए मुझे ही फँसा दे तो! दंगों ने इसी तरह हमारे विश्वास-अविश्वास को उलट-पलट दिया था। सच बताऊँ तो, मैं उस वक़्त भाग जाना चाहता था। सहाय ने मेरा नाम लेकर पुकारा और मैं किसी तरह जा नहीं सका।

सहाय अपने कुर्ते के अन्दर हाथ डाल कर कुछ निकालने की कोशिश कर रहा था। निकाल न पाने पर उसने कहा, 'मंटो साहब, मेरे कुर्ते की अन्दर की जेब में कुछ गहने और बारह हज़ार रुपये हैं... सब सुल्ताना के हैं... आप तो उसे पहचानते हैं... उसे वापस कर दीजियेगा... दिन पर दिन जो हालात हो रहे हैं... कौन कहाँ होगा कोई नहीं जानता... दया करके आप उसे वह सब वापस कर दीजियेगा... और कहियेगा कि वह इस देश को छोड़ कर भाग जाये... आप भी कहीं चले जाइए... नहीं तो ज़िन्दा नहीं बचेंगे'।

सहाय के बाक़ी शब्द उसके ख़ून के साथ ही फ़ुटपाथ पर जम गए। उसकी तरह मेरा भी बम्बई की सड़क पर ख़ून हो सकता था। वह एक वक़्त था भाईजान लोग, जब ज़िन्दा रहने और मरने के बीच, सच में कोई फ़र्क़ नहीं था। और एक दिन मंटो के दोस्तों ने कराची जाते जहाज़ में उसकी लाश को बिठा दिया।

43

ज़ेर-ए-फ़लक भला तू रोता है आपको मीर
किस-किस तरह का आलम याँ ख़ाक़ हो गया है।

लाशों का शहर दिल्ली को देख कर, कितनी पुरानी बातें याद आती थीं, मंटोभाई। उन दिनों को हमने नहीं देखा था, लेकिन शरीफ़ आदमियों की ज़ुबानी, सदियाँ पार कर वे कहानियाँ हम तक पहुँची हैं। हर हक़ीकत एक न एक दिन कहानी बन जाती है। जैसे वे जहाँपनाह जहाँगीर के तस्वीरख़ाने की तस्वीरें हों — क्या रंग, क्या चमक, कितनी बारीक़ी — जैसे पानी की बूँद के अन्दर एक अनोखी दुनिया का अक्स हो। मुग़लों ने केवल एक सल्तनत नहीं तैयार की थी, और लूटपाट कर बस इस मुल्क से दौलत लेकर वे नहीं गए थे। एक तहज़ीब को भी जन्म दिया था। इसी तालीम ने हमें सिखाया कि अदब और अख़्लाख़ के बिना कोई शरीफ़ नहीं हो सकता। सूफ़ी शायर ख़्वाजा मीर दर्द का कहना था कि उनके वालिद ही उनके लिए अदब की आख़री बात थे। इंसान के अन्दर की ख़ूबसूरती उसके बाहरी चेहरे पर भी ज़ाहिर होती है। जब वह घोड़े पर सवार दिल्ली के रास्ते से निकलते थे तो जान-पहचान वाले और अनजान भी उनकी क़दमबोसी किया करते थे। हम जो 'सलाम अलैकुम' कहते हैं, वह सिर्फ़ दो लफ़्ज़ नहीं हैं, इस अभिवादन में, आप पर ख़ुदा की रहमत बरसे कहा जाता है। सोचिए तो, इस अभिवादन में कितनी सदियों का अदब है। मेरे लिए दिल्ली की मौत अदब और अख़्लाख़ की मौत थी।

किन्हीं अंग्रेज़ों का प्रस्ताव था कि क़िले को तोप से उड़ा दिया जाये, जामा मस्जिद को धूल में मिला दिया जाये। वहाँ महारानी विक्टोरिया का महल और गिरिजाघर बनाया जाये। यह सब तो न हुआ, पर लाहौर और दिल्ली दरवाज़े का नाम विक्टोरिया और अलेक्ज़ेंडर गेट रख दिया गया। पूरे क़िले को उन लोगों ने सेना की छावनी बना डाला। जामा मस्जिद और ग़ाज़ीउद्दीन मदरसे का भी वही हाल हुआ। किसी हिन्दू व्यवसायी को फ़तेहपुर मस्जिद बेच दी गई। ज़िनातुल मस्जिद विलायती रोटी बनाने का कारख़ाना बन गया। जानते हैं, मैं तब अपनी अँधेरी कोठरी में बैठा क्या देखा करता था? वह देखो क़िला मुबारक तैयार हो गया। सरकारी दस्तावेज़ों में, और सबकी ज़ुबान पर महल-दुर्ग का नाम क़िला मुबारक था। सन 1648 की 19 अप्रैल को जहाँपनाह शाहजहाँ ने दौलतख़ाना-ए-ख़ास में प्रवेश किया। प्रवेश करने का वह दिन ज्योतिषियों ने तय किया था। उस जश्न का हम तसव्वुर भी नहीं कर सकते, मंटोभाई। हिन्दुस्तान, कश्मीर, ईरान से न जाने कितने गाने-बजाने वाले आए। पेशकार सदाउल्ला ख़ान ने जिन असबाब और ग़लीचों से कमरों को सजाया था, उसकी क़ीमत साठ हज़ार रुपये थी। सुना था, उन्होंने ख़्वाबगाह की दीवार पर ख़ुदाई करके एक क़लाम लिखा

था। ख़्वाबगाह जानते हैं न? जहाँ बादशाह सोते और ख़्वाब देखा करते थे। सोने के कमरे का नाम था ख़्वाबगाह; सोचिए तो मंटोभाई, इस नाम के साथ कितने ही ख़्वाब जुड़े हुए होंगे।

पत्थर की विशाल दीवार ने शाहजहानाबाद को घेर रखा था। आने-जाने के लिए सात बड़े दरवाज़े थे—कश्मीरी, मोरी, क़ाबुली, लाहौरी, अजमेरी, तुर्कमान और अकबराबादी। लाहौरी और अकबराबादी दो सदर दरवाज़े थे, जहाँ जहाँपनाह शाहजहाँ ने एक जोड़ा हाथी के बुतों का बिठाया हुआ था। जहाँपनाह औरंगज़ेब ने आकर उन बुतों को तुड़वा दिया। उसके बाद, जानते ही तो हैं मंटोभाई, दिल्ली पर से कितने तूफ़ान गुज़रे थे। नादिरशाह और मराठों के आक्रमण से दिल्ली बारबार बरहन (नंगी) हुई। मीर साहब ने लिखा था:

दिल्ली जो एक शहर था, आलमे इन्तख़ाब
रहते थे मुंतख़ाब ही, जहाँ रोज़गार के
उसको फ़लक ने लूट के, बर्बाद कर दिया
हम रहने वाले हैं, उसी उजड़े दयार के।

भाईजान लोग, अंग्रेज़ तो और भी बर्बर थे। सन 1858 के नवम्बर को ब्रिटिश सरकार ने ईस्ट इंडिया कंपनी के हाथ से इस देश की हुकूमत ले ली। मंटोभाई, कई दिनों से सूरज ढलने के बाद, मग़रिब के आसमान पर मैं धूमकेतु देख रहा था। डर से दिल काँप जाता था। समझ रहा था, हमारी तबाही क़रीब है। इंग्लैंडश्वरी की तरफ़ से उमूरे हुकूमत गवर्नर जनरल लॉर्ड कैनिंग बहादुर ने अपने हाथों में ले लिया था। या अल्लाह! मैं जानता था अब उनके निशाने पर, शाहजहानाबाद और उसकी तहज़ीब को मिटा देना था। गोरे लोग अब अपने हिसाब से ठोक-पीट कर इस शहर को तैयार करेंगे, और हम टूटे-फूटे लोग, ज़ख़्मी सायों की तरह पड़े रहेंगे।

उन दिनों एक घाव से भरा कुत्ता मेरा एकमात्र दोस्त था। जो लोग भाग गये थे, वह उनमें से ही किसी के घर का पालतू कुत्ता था। उसकी हड्डी-पसलियाँ निकली हुई थीं, रोएं झड़ चुके थे, और उसके पूरे बदन में कीड़े भरे हुए थे। एक दिन वह मेरे घर के दरवाज़े पर लेटा कूँ-कूँ कर रो रहा था। मेरे सामने जाते ही वह भौंकने लगा।

मैंने भी मज़ा लेते हुए, 'भौं, भौं' करके आवाज़ निकाली।

—मिर्ज़ा साहब—

मैं डर से पीछे हट गया। क्या कहीं कुत्ता भी इंसानों की तरह बोल सकता है? कौन जाने गोरों के राज में कब क्या हो जाये, कुछ कहा भी तो नहीं जा सकता था।

उसने फिर आवाज़ लगाई, 'मिर्ज़ा साहब'—

—बदतमीज़, कुत्ता कहीं का।

—दो दिनों से कुछ नहीं खाया है, मिर्ज़ा साहब।

मैं चीख़ पड़ा, 'कल्लू, ओ कल्लू हरामज़ादे'।

कल्लू दौड़ता-दौड़ता आकर हाज़िर हुआ। वह मेरे चेहरे की ओर आँखें फाड़े देखता रहा। तब तक कल्लू बात करना तक़रीबन बन्द ही कर दिया था। वह दास्तान सुने बग़ैर ज़िन्दा नहीं रह सकता था। कर्बला बन चुकी दिल्ली में तब उसे भला कौन दास्तान सुनाता?

—कुत्ते को कुछ खाने को दे दे।

—खाना कहाँ से लाऊँ हुज़ूर?

—क्यूँ, खाना क्यूँ नहीं है? अब तो अंग्रेज़ बहादुर आ गये हैं—उनके देश में तो कितनी तरह के पकवान हैं, कितनी शराब है—लाल, नीला, सफ़ेद—और हमारे लिए खाना नहीं है? जाकर अन्दर देख सूखी हड्डी-वड्डी पड़ी है क्या?

—हुज़ूर—

—हुज़ूर क्या? यहाँ खड़े रहने से चलेगा? कुत्ता भूखा मरेगा क्या?

—आप भी तो भूखे हैं।

—तो क्या हुआ? सच्चे मुसलमान से कोई कुछ माँगे तो उसे लौटाना नहीं चाहिए, जानता नहीं है तू?

—भौं—भौं—

—क्या हुआ मियाँ? थोड़ा इन्तज़ार करो, कुछ न कुछ ज़रूर मिल जायेगा।

कुत्ते ने पूँछ हिलाते-हिलाते कहा, 'चलिए न सड़क से घूम कर आते हैं। रास्ते में ज़रूर कुछ न कुछ खाने को मिल जायेगा, मिर्ज़ा साहब'।

मैं उसकी बात सुन कर हँस दिया। मैंने कल्लू की पीठ पर हाथ रख कर कहा, 'देख, मेरे धर्मराज ख़ुद कैसे मेरे घर आकर हाज़िर हुए हैं। अब मैं महाप्रस्थान की राह पर जाऊँगा। कल्लू, अब तेरे पास कोई दुख नहीं रह जायेगा। अब से तू महाप्रस्थान का क़िस्सा सुन सकेगा। जा मेरी लाठी ले आ'।

—कहाँ जायेंगे हुज़ूर?

—शाहजाहानाबाद के मिट जाने से पहले थोड़ा घूम कर देख लेता हूँ।

वहीं से मेरी महाप्रस्थान की यात्रा शुरू हुई, मंटोभाई। धर्मराज मेरे घर के आँगन में ही रह गए। मैं उसे मियाँ कह कर बुलाता। चलने में मुझे बहुत तक़लीफ़ होती थी, दिन पर दिन पाँव सूजते जा रहे थे, बीनाई भी कमज़ोर हो चुकी थी; मियाँ मुझे घुमा-घुमा कर सब दिखाता था। गली दर गली, मुहल्ले दर मुहल्ले मिटते जा रहे थे। जिस तरह अंग्रेज़ शहर को संवार रहे थे, वहाँ भूलभुलैया जैसी गलियाँ और मुहल्ले अब नहीं बचे रह सकते थे। भूलभुलैया का मतलब था, कहीं कोई मुसीबत छुपी हो सकती है; बाग़ी ऐसी ही जगहों पर डेरा डालते हैं। इसलिए बड़े-बड़े, खुले रास्ते बनाने होंगे, जिससे कुछ भी अंग्रेज़ों की नज़र से बाहर न रहे। क़िले की दीवार के बाहर, बहुत दूर तक चारों तरफ़ के घर तोड़ दिए गए। शहर के बुज़ुर्गों की दरख़्वास्त पर किसी तरह दरीबा बाज़ार बच गया। मंटोभाई, बाज़ार छोड़ कर क्या शाहजाहानाबाद की बात सोची जा सकती है? उर्दू बाज़ार, ख़ास बाज़ार, ख़ुर्रम का बाज़ार और सबसे ऊपर चाँदनी चौक। शाहजाहानाबाद के दिल की धड़कनें उन बाज़ारों में चलते सुनाई देती थीं। बाज़ार तो सिर्फ़ बेचने-ख़रीदने की जगह नहीं होती, इन्हीं बाज़ारों में कितने दिली रिश्ते बन जाया करते थे। मैं अपना कितना वक़्त इन्हीं बाज़ारों में अकेले घूमते हुए बिताया करता था। जानते हैं क्यूँ? सिर्फ़ रंगों के फ़व्वारों को देखने के लिए, और अचानक ही झलक उठता था कोई नया चेहरा, जिसे पहले कभी न देखा हो। मुझे कितने ही शेर, यूँ ही

बेमक़सद बाज़ार में घूमते-घूमते मिले थे। भीड़ के बीच में अकेले चलने का नशा आपको बाज़ार छोड़ कर और कहाँ मिल सकता है, बताइए? तो उर्दू बाज़ार, ख़ास बाज़ार, ख़ुर्रम बाज़ार—उन लोगों ने सब उजाड़ दिया।

—भौं—भौं—मिर्ज़ा साहब—

—कहिए मियाँ। भौं—भौं—

—तो फिर हम कहाँ हैं?

—ज़मीन के नीचे। जब पहली बार शाहजहानाबाद आया था, मिट्टी की गहराई से उठ आए उन लोगों ने मुझसे बातें की थी। कौन जानते हो, मियाँ? शाहजाहानाबाद तैयार होते वक़्त जिन्हें मिट्टी में दफ़्ना दिया गया था, वे। शायद यही शहर तैयार करने का तरीक़ा है। अब अंग्रेज़ नया शहर तैयार कर रहे हैं, फिर तो हमें मिट्टी के नीचे ही जाना होगा। मियाँ, बुरा कुछ नहीं होगा, बस एक-दूसरे से लिपट कर सोए रहेंगे।

मंटोभाई, अंग्रेज़ों के नये शहर में मेरे जैसा आदमी ज़िन्दा रह कर करता भी क्या, बताइए? हमारा शहर और उनका शहर तो बिल्कुल अलग था। हमारे मुल्क के शहरों में चौड़ी, सीधी सड़कें बहुत कम ही देखने को मिलती हैं। यहाँ गलियों के बाद गलियाँ होती हैं, जिन्हें घेर कर एक के बाद एक मुहल्ले होते हैं। इस ढंग से शहर बनाने के पीछे हमारे जीने का एक एहसास रहा है। हम सबने हमेशा पास-पास रहना चाहा है। हम गलियों में सुकून से चलते, कभी चलते-चलते किसी के भी साथ खड़े हो कर ख़ुशमिज़ाज गप्प कर लेते, या किसी के बरामदे में बैठ कर चिलम में फूँक मार ली, तिरछी नज़र से अचानक किसी घर की खिड़की पर किसी हसीना को देख लिया, कितने फलवाले, फूलवाले, कुल्फ़ीवाले हमारे साथ-साथ चल रहे होते, ये रास्ते सिर्फ़ चलने के लिए नहीं होते थे, कह सकते हैं—ये एक क़िस्म का शामियाना था, जहाँ आप अपने पहचान के और अनजान लोगों से मिल सकते थे। अंग्रेज़ जिस तरह का नया शहर तैयार कर रहे थे वह हमलोगों पर नज़र रखने के लिए था। जामा मस्जिद को घेर कर एक बड़े इलाक़े के मकान—दुकान सब तुड़वा दिए गये थे। अर्जुदा का तैयार किया दर-उल-बकाओ बेनिशान कर दिया गया था। वहाँ मुफ़्त में साहित्य, चिकित्सा, धर्मशास्त्र पढ़ाया जाता था। लेकिन हमारे अदब, इलाज, मज़हबी इल्म की उन्हें क्या ज़रूरत थी? अल्लाह मेहरबान, मैं कानों से ऊँचा सुनने लगा था, नहीं तो मेरा सिर हर वक़्त तोड़-फोड़ की आवाज़ों से भर जाता।

मंटोभाई, इस तबाही की ढेर पर बैठे हुए मैं और ग़ज़लों को छू नहीं पाता था। मैं—क्या मैं कभी किसी वक़्त ग़ज़लें लिखा करता था? सोचने पर परेशान हो जाता था। इब्न सीन: के फ़लसफ़े या नज़ीरी की शायरी, कहीं कोई सुकून नहीं था। सब फ़ालतू—तमाम शायरी, सल्तनत, फ़लसफ़े—किसी से कुछ फ़र्क़ नहीं पड़ता। बस ज़रा सी ख़ुशी के साथ ज़िन्दा रहने से बड़ा कुछ और नहीं होता। हिन्दुओं के तो कितने अवतार होते हैं और मुसलमानों के कितने पैग़म्बर—लेकिन उससे क्या फ़र्क़ पड़ता है? मैंने हरगोपाल तफ़्त: को लिखा था, चाहे मशहूर हो या गुमनाम, सच तो ये है उससे कुछ नहीं आता-जाता। खा-पी कर, पहन-ओढ़ कर, सेहतमन्द ज़िन्दा रहना ही आख़री बात है। हुनर असल में एक क़त्लगाह है, तफ़्त:, जहाँ तुम ख़ुद एक सज़ायाफ़्ता हो और तुम ही ख़ुद जल्लाद। ख़ुदा, मुझे इस मायाजाल से आज़ाद

करें। इतने सालों तक मैंने अपनों का, अपने क़रीबी लोगों का ख़ून बहाया है, और उसी ख़ून से सुर्ख़ हो गया है मेरे फ़न का गुलबाग़। जहाँपनाह औरंगज़ेब, मैं आपकी हिमायत करता हूँ। तबाह कर दीजिए सारी तस्वीरों और बुतों को—रोक दीजिए मियाँ तानसेन की साँसें—मीर तक़ी मीर की गर्दन ले लीजिए... इतनी माया, इतना फ़रेब लेकर हम क्या करेंगे? मंटोभाई, अपनी अँधेरी कोठरी में बैठा हुआ मैं अब ठीक से कुछ नहीं पहचान पाता था, न चारों तरफ़ की दुनिया—न किसी को। कई सदियों के बाद, अगर कोई मेरा नाम सादि या हफ़ीज़साहब के साथ ले, तो उससे क्या फ़र्क़ पड़ता है? असलियत में तो मैं एक दौड़ाए हुए कुत्ते की तरह ही ज़िन्दा रहा।

उनकी नज़रों में मुसलमान लोग सड़क के कुत्तों के अलावा कुछ और नहीं थे। दिल्ली पर क़ब्ज़ा कर लेने के कुछ दिनों के बाद से हिन्दुओं को शहर वापस लौटने दिया जा रहा था, लेकिन मुसलमानों को नहीं। उन्हें बहुत बाद में शहर में आने की इजाज़त मिली। मंटोभाई, बड़े-बड़े ख़ानदान की बेग़में, बच्चे तब सड़कों पर भीख माँगा करते थे। क़िले की चाँद से चेहरों की बेग़में फटे-चीथड़े कपड़ों में, अपने आपसे बड़बड़ाती, हँसती घूम रही होती थीं। अपने महाप्रस्थान की राह पर मैं यही सब तोड़-फोड़, ज़िन्दा लाशों की तरह चलते-फिरते इंसानों को देखा करता था, मंटोभाई। और मैं दुआ किया करता था, ख़ुदा, मुझे मेरी क़ब्र में ले चलो। मेरे लिए एक टुकड़ा कफ़न का रखना।

एक दिन चलते-चलते मैं जामा मस्जिद के चबूतरे पर बैठ गया। साँस नहीं ले पा रहा था, लगा, शायद मेरा आख़री पल आ गया था। मैं समझ रहा था, मंटोभाई, दरवाज़े पर उसका साया पड़ चुका है। रोज़ आधी रात को बिस्तर पर उठ कर बैठ जाता था। नींद में सिर्फ़ मौत ही मौत। एक के बाद एक पेड़ों पर लाशें लटकी हुई हैं। सीने की बाई ओर छुरी चलने जैसा दर्द लेकर मैं जाग जाता था। डर लगता था, अगर इसी पल मेरे सीने की घड़कन बन्द हो जाये तो? ख़ुदा, मुझ पर रहम करो, अब मौत को भेज दो, मन ही मन हर वक़्त बस यही कहता रहता था, जबकि डर से न जाने क्यूँ मैं जाग जाया करता था, क्यूँ कर सीने के बाएँ हिस्से को दबाए हुए सुबह होने का इन्तज़ार करता रहता था? जामा मस्जिद के चबूतरे पर बैठ कर हाँफ़ रहा था कि मियाँ ने आवाज़ दी।

—भौं—भौं—

—ज़रा सुस्ता लेने दो मियाँ—भौं—भौं।

—अभी से सुस्तायेंगे? अभी कितना और देखना बाक़ी है, मिर्ज़ा साहब।

—भौं—भौं—। तुम चले जाओ मियाँ। मैं महाप्रस्थान की राह पर और नहीं चलूँगा।

—चलिए ठीक है, तो फिर एक शायरी सुनिए। भौं—भौं—

—शायरी के पिछवाड़े मैं लात मारता हूँ।

—भौं—भौं—। मुहब्बत के धनक पर इस तरह लात नहीं मारनी चाहिए, मिर्ज़ा साहब। मैं जानता हूँ, शायरी के अलावा आपने किसी को नहीं चाहा।

—किसी को नहीं?

—नहीं, किसी को नहीं। दुनिया के सारे रंग-रूप आपने लफ़्ज़ों के अन्दर ही देखे हैं, मिर्ज़ा साहब। अल्फ़ाज़ ही आपके ख़ून और गोश्त थे। मैं आपकी आख़री ग़ज़ल पेश कर रहा हूँ, सुनिए।

—मेरी आख़री ग़ज़ल?

—भौं—भौं—। एक सदी के बाद तो लिखी जायेगी।

—सुनाइए मियाँ।

—भौं—भौं—। शायरी कैसे सदी दर सदी पार होती जाती है, है न मिर्ज़ा साहब?

मेरे धर्मराज मियाँ स्थिर हो कर बैठ, जामा मस्जिद की चोटी की ओर देखते-देखते कहते रहे:

लो मैं घुटने मोड़ बैठ चुका हूँ मग़रिब
ख़ाली हाथ है बहार का मौसम आज
गर चाहते हो तबाह कर दो मुझे
बस सलामत रहे मेरी नस्ल का ख़्वाब
कहाँ गयी उसकी पाक जवानी
किसे खाता है कुरेद ख़ुफ़िया ज़वाल
आँखों के कोरों पर ये शिकस्त का मजमुअ:
भर देती है फेफड़े, धमनियाँ, नसों में ज़हर का बवाल।
जगाओ शहर के कोने—कोने में
बेरंग ख़लाओं का अज़ान
बना दो मुझे मुस्तबिल पत्थर
बस सलामत रहे मेरी नस्ल का ख़्वाब
क्या इस जिस्म के गुनाहों के बीजों से
नहीं बचेगा मुस्तक़बिल
अपने ही बर्बर जीत की जश्न में
बुला लाता हूँ मौत अपने ही घर। कि
इस महल की चमकती रोशनी
जला देती है सारे दिल ओ दिमाग़
और लाखों अहमक़ कीड़े उस
जिस्म में बनाते हैं अपना घर?
मेरे ही हाथों दिया ये फ़राहम
जर्जर होने पर कहाँ मुझे दोगे जगह
या ख़ुदा, मुझे कर दो तबाह
बस सलामत रहे मेरी नस्ल का ख़्वाब

(बंगाली कवि शंख घोष की रचना ‘बाबर’ से)

लेकिन मेरा तो कोई और सपना नहीं था, मंटोभाई। फ़िरंगी तो सारे सपनों का क़ीमा कर, अपने तेल में उसके कोफ़्ते तल रहे थे। उस दिन घर लौट कर देखा, घर के आगे कुछ लोग जमा थे, उमराव बेग़म बरामदे में खड़ी थीं। मुझे देख कर उमराव टूट कर रोने लगीं, 'मिर्ज़ा साहब' —

— क्या हुआ है बेग़म?

— कल्लू —

— क्या किया है हरामज़ादे कल्लू ने?

इतने दिनों का कल्लू हमें छोड़ कर चला गया था, भाईजान लोग। वह आख़िर किस तरह ज़िन्दा रहता? उसे कौन क़िस्से सुनाता? इसलिए कल्लू सो गया, उसके मुँह से कोने से झाग बह रहा था।

मैंने उसके सिर को सहलाते-सहलाते उसे आवाज़ दी, 'कल्लू — मेरे बेटे' —

— हुज़ूर —

— अब हुज़ूर मत कह कल्लू। तू ही मेरा बाप है — तू ही मेरा बेटा — क्या तक़लीफ़ हुई थी कल्लू?'

— सारे दास्तानगो न जाने कहाँ चले गये हुज़ूर?

— मैं तो रोज़ तुझे कितनी दास्तानें सुनाया करता था कल्लू।

— माफ़ कीजिए हुज़ूर। आपके दास्तानों में कोई रंग नहीं होता था।

— रंग देखना है? आ, तो फिर मेरा हाथ पकड़।

— कहां जाना है हुज़ूर?

— जहाँपनाह सुलेमान के दरबार में।

— माशाअल्लाह।

— देख रहा है, कितने हीरे-मोती-नगीने-जवाहारात से रंग छिटक रहे हैं?

— जी हुज़ूर। आह! क्या रोशनी है हुज़ूर, मेरी आज़ादी इसी रोशनी में है। मैं दास्तानों में तरह-तरह के रंग देख सकता था, हुज़ूर।

— वह देख, दरबार के शायर शाहिद आकर जहाँपनाह के पैरों पर गिर पड़े हैं। वे क्या कहना चाहते हैं, समझ नहीं पा रहे हैं — उनकी ज़बान लड़खड़ा रही है।

सुलेमान ने पूछा, 'क्या हुआ है आपको? इतने परेशान क्यूँ हैं?'

डर से शाहिद के होंठ नीले हो गये थे। उसने लरज़ती आवाज़ में कहा, 'मुझे बचा लीजिए जहाँपनाह'।

— क्या हुआ है बताइए? कौन आपको मारना चाहता है?"

— हवा, हुज़ूर — सड़कों पर सिर्फ़ एक ही हवा है — भयानक ठण्डी हवा — ये हवा तलवार की तरह मेरे सीने, पेट, आँखों में चीरती हुई घुस रही है — मुझे ये ज़िन्दा नहीं रहने देगी।

— कौन?

—इस्राफ़ील,* हुज़ूर। आपके दरबार में आते-आते ही उसे देखा। उसका चेहरा काले कपड़े से ढका हुआ है। उसकी नज़र छुरी की तरह मेरे भीतर घुस गयी है। हुज़ूर, मुझे इस्राफ़ील की साँसों से बचाइए। मेरे अभी कितने काम बाक़ी हैं। मैं अभी मरना नहीं चाहता।

—मैं क्या करूं, बताइए?

—हवा तो आपकी ज़रख़रीद ग़ुलाम है।

—हूँ।

—उससे कहिए मुझे हिन्दुस्तान ले जाये। इस्राफ़ील से दूर, महासागर के उस पार रहूँगा मैं।

—वही होगा।

जहाँपनाह सुलेमान ने हवा को बुलाया। अपने अज़ीज़ शायर को पहाड़-समन्दर पार कर, हिमालय के दुर्गम जंगल में छोड़ आने को कहा।

अगले दिन दरबार की भीड़ में जहाँपनाह को इस्राफ़ील दिखाई दिया। उन्होंने मौत के फ़रिश्ते से पूछा, 'कल तुमने मेरे अज़ीज़ शायर को डराया था?'

—नहीं तो जहाँपनाह। शायर शाहिद को देख कर मैं हैरान हो गया था। ख़ुदा ने मुझे कल ही उसे हिन्दुस्तान पहुँचा देने को कहा था। मैंने सोचा, शायर के पंख होने पर भी वह एक दिन में वहाँ नहीं पहुँच सकता है। इसलिए—

—हुज़ूर—। कल्लू ने आँख खोल कर देखा।

—बोलो कल्लू।

—ये कौन सा मुल्क है हुज़ूर?

—हिन्दुस्तान।

—सलाम अलैयकुम, हुज़ूर। कल्लू ने फिर आँखें बन्द कर लीं।

कल्लू को क़ब्र में सुला कर मैं अपनी कोठरी में बैठा था। जैसे बिन सितारों के आसमान में बैठा होऊँ। बेग़म कब आईं पता भी नहीं चला। एक वक़्त रोने की आवाज़ सुन कर पूछा, 'कौन?'

—मैं हूँ मिर्ज़ा साहब।

—उमराव—क्या हुआ—आप सोईं नहीं?

—आप भी तो नहीं सोए हैं।

—कुछ कहना है?

—चलिए, हम इस शहर को छोड़ कर चले जाते हैं।

—कहाँ?

—आप जानते हैं।

—क़ब्र छोड़ कर मेरी कोई जगह नहीं है, बेग़म। ख़ुदा कब किसको बुलायेंगे, ये तो वह ही जानते हैं। बेग़म, कुछ दिनों तक आपको बस ख़्वाब देखना होगा। आप शाहजहानाबाद में

* इस्लामी पौराणिक कथाओं के अनुसार इस्राफ़ील एक ऐसा महादूत (फ़रिश्ता) है जो तुरही की आवाज़ पर दुनिया के अन्त की घोषणा करता है।

ही हैं। कान खड़े कर सुनिए—वह देखिए फ़तेहपुर सीकरी से मियाँ तानसेन की पुकार तैरती हुई आ रही है—

बाहर तब बारिश हो रही थी। मेरे धर्मराज मियाँ भीगते–भीगते, कूँ-कूँ कर रहे थे। रहम कीजिए, मंटोभाई, अब मुझे आख़री बार के लिए सोने दीजिए। अल्लाह मेहरबान।

हमने वहशतकदे बज़्मे जहाँ में जूँ शमा
शोला-ए-इश्क़ को अपना सर ओ सामाँ समझा ।

44

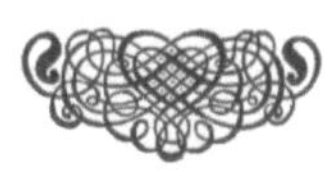

यह लाश-ए बेकफ़न 'असद' -ए-ख़स्ता जाँ की है;
हक़ मगफ़िरत करे, अजब आज़ाद मर्द था ।

मिर्ज़ा साहब, लाहौर पहुँचने के बाद तीन महीनों तक मेरे अन्दर एक तूफ़ान चलता रहा। कभी लगता था मैं बम्बई में ही हूँ, कभी लगता कराची में दोस्त हसन अब्बास के घर पर हूँ तो कभी लगता, लाहौर में ही तो हूँ। तब लाहौर के होटलों में क़ायदे-आज़म जिन्ना की तहबील के लिए रोज़ाना नाच-गानों की महफ़िलें की जाती थीं। क्या करूँ, कुछ समझ नहीं पाता था; दिमाग़ के सेहरा में बस रेत की आँधियाँ चला करती थीं। जैसे सिनेमा के बड़े पर्दे पर कुछ पेंचदार दृश्य चल रहे हों, जिसमें बम्बई के बाज़ार, सड़कें दिख रही हैं; उसी में घुलमिल रही हैं कराची की सड़कों की छोटी-छोटी ट्रामें और खच्चर-गाड़ियाँ; अगले ही पल लाहौर के भड़कीले किसी शराबख़ाने की तस्वीर उभर जाती थी। तो फिर मैं कहाँ हूँ? बस मिस्र की ममी की तरह कुर्सी पर बैठा हुआ ख़्यालों की लहरों में डूबता-उतराता रहता था। सफ़िया अक्सर कहती, 'इस तरह कितने दिन तक घर पर बैठे रहेंगे, मंटो साहब?'

—बताओ, कहाँ जाऊँ?

—नौकरी-वौकरी का इन्तज़ाम तो करना ही पड़ेगा न। नहीं तो घर कैसे चलेगा?

—कौन मुझे नौकरी देगा सफ़िया?

—इंडस्ट्री में आना-जाना शुरू करने से—

इंडस्ट्री का मतलब था लाहौर की फ़िल्म इंडस्ट्री। सफ़िया को मालूम नहीं था, फ़िल्म इंडस्ट्री के नाम पर लाहौर में दरअसल कुछ नहीं था। बहुत-सी फ़िल्म कंपनियाँ तो थीं, उनके छोटे-मोटे दफ़्तर भी थे, लेकिन बाहर साइनबोर्ड की चमक के अलावा कुछ और नहीं था। निर्माता लाखों-लाखों रुपयों की बात करते थे, दफ़्तर बनाते, किराए पर दफ़्तर के लिए फ़र्नीचर वगैराह लाते, और उसके बाद, दफ़्तर के नज़दीक के रेस्तराँ के पैसे तक बिना चुकाए चम्पत हो जाते। वे सारे ही ठग थे। जो ख़ुद उधार पर ज़िन्दगी चलाते हों, वह भला क्या नौकरी देते? लेकिन सच्चाई ये थी कि मुझे किसी काम की बेहद ज़रूरत थी। बम्बई से मैं जितना रुपया-पैसा लेकर आया था, वह ख़त्म होने को था। सिर्फ़ घर का ख़र्च ही नहीं, क्लिफ़्टन बार में मेरे शराब का हिसाब भी तो चुकाना था। धीरे-धीरे मुझे एहसास होने लगा कि मैं लाहौर में ही हूँ और इस नामुराद शहर में ही मुझे अपनी बाक़ी की ज़िन्दगी गुज़ारनी है। मुहाजिर तो थे ही, लेकिन जो मुहाजिर नहीं थे वे भी दुकान या कारख़ाना बनाने के धंधे-जुगाड़ में लगे हुए थे। मुझे भी सबने कहा, यही मौक़ा है, कुछ बना लो। मिर्ज़ा साहब, मैं लुटेरों के दल में शामिल नहीं हो पाया। ग़लत राजनीति की वजह से देश का बँटवारा और उस मौक़े का फ़ायदा उठा, एक दिन में ही मैं अमीर बन जाऊँ? इतना नीचे गिरना मेरे लिए मुमकिन

न था। चारों तरफ़ इतनी उलझन मैंने पहले कभी नहीं देखी थी। किसी के चेहरे पर हँसी तो कोई हताशा में डूबा हुआ था। किसी के ज़िन्दा रहने की क़ीमत, किसी की मौत थी। जैसे हम किसी मौत की घाटी में ज़िन्दा हों। सड़कों पर 'पाकिस्तान ज़िन्दाबाद' के नारे, 'क़ायदे-आज़म ज़िन्दाबाद'; और मैं उन नारों में फफक-फफक कर रोने की आवाज़ें सुन पाता था। सिर्फ़ इंसानों की नहीं; पेड़-पौधे, पंछियों के रोने की भी। जिन मुहाजिरों को सड़कों पर पनाह लेने के अलावा कोई और जगह नहीं मिलती, वे सर्दी की रातों में बड़े-बड़े पेड़ की छालों का अलाव जलाते; नहीं तो वे ज़िन्दा भी कैसे रहते? आग जलाने के लिए कितने पेड़, उनकी डालें-टहनियाँ काट दीं गईं। लाहौर की सड़कों पर सिर्फ़ नंगे पेड़ों की क़तारें रह गईं– ज़रा भी ग़ौर करने पर उन पेड़ों की रोने की आवाज़ सुनाई देती थीं। सारे मकान जैसे ग़म के अँधेरे में डूबे हुए थे। लोगों को देखने पर लगता, किसी ने उनके बदन से ख़ून चूस लिया हो—जैसे सब काग़ज़ के बने लोग हों।

मैं या तो घर में एक लकड़ी के पुतले सा कुर्सी पर बैठा रहता था, नहीं तो किसी आवारा की तरह लाहौर की सड़कों पर घूमता रहता था। लोगों के चेहरों के हाव-भाव देखता रहता था, उनकी बातें सुनता था, उन्हें क्या मिला था क्या नहीं, उनके सपने किस तरह टूट कर बिखर गये थे, यहाँ तक कि आलतू-फ़ालतू की बातें भी मैं ध्यान से सुनता था। चलते-फिरते लोगों की बातें सुनते-सुनते मेरे दिमाग़ में जमा कोहरा छटने लगा। सड़कों पर तिरती बातें, उसकी सरगर्मी, लम्बी साँसों के चलते सूख चुका रोना, मेरे भीतर जज़्ब होता रहता था; घर वापस आकर जब मैं चुपचाप बैठता था तब वह सारी बातें अन्दर से निकलने को मचला करती थीं, लगता था मेरा पोर-पोर फट पड़ेगा—रंज, नफ़रत और दु:ख से वह बातें बाहर निकल आना चाहती थीं; सड़कों पर खो गयी बातें, मिर्ज़ा साहब, किसी न किसी तक तो पहुँचना चाहती ही थीं। उन्होंने जैसे मुझे ढूँढ़ लिया था—जैसे मेरे भीतर वे अपनी जड़ से उखड़ी ज़िन्दगी को उघाड़ देना चाहती थीं।

मैंने धीरे-धीरे लिखना शुरू किया। इसके अलावा मेरे पास कुछ और करने को था भी नहीं। फ़िल्म इंडस्ट्री थी नहीं जिसके लिए मैं कहानियाँ लिख कर कुछ कमाता। इसलिए सोचा अख़बारों-रिसालों में ही लिख कर जो कुछ मिल जाये। पूरे दिन एक तांगा किराए पर लेकर मैं निकल पड़ता था। मुझे आप कहानियों का फेरीवाला कह सकते हैं। अख़बार के दफ़्तर के बाहर तांगा खड़ा रख, मैं अन्दर जाकर कहानी लिखने बैठ जाता था। गरमागरम कहानी लो, हाथों-हाथ रुपया दो। उसके बाद दूसरे अख़बार के दफ़्तर। कोई मेरी व्यंग रचना चाहता है; बैठ गया लिखने। रुपया जेब में ठूंस कर, तांगे में बैठ कर फिर दूसरी जगह दौड़। रुपये-पैसे कभी गिने नहीं; वह मेरी फ़ितरत में नहीं था। थोड़ा बहुत रुपया जेब में आते ही मुझे सबसे पहले शराब चाहिए होती थी, उसके बाद घर का ख़र्चा वगैरह।

मिर्ज़ा साहब, लाहौर जाकर मेरा शराब पीना बहुत ज़्यादा बढ़ गया। आस-पास कोई दोस्त नहीं, आने वाले दिन बिल्कुल स्याह, मेरे मरने के बाद मेरे बीवी-बच्चे सड़क पर आ जायेंगे—बीच-बीच में वही ख़ुमारी का दौर—मैं तो बम्बई में ही हूँ—सोचा था, अफ़्सानानिगार की हैसियत से मेरी पाकिस्तान में कुछ इज़्ज़त होगी, मैं तो इसे अपना देश मान कर आया था, लेकिन कुछ ही दिनों में समझ गया, मुझे ये लोग कुत्ते के अलावा और कुछ

नहीं समझते थे। हर वक़्त नशे के ख़ुमारी में रहने का दिल करता था, जैसे धुंध से भरे किसी टीले पर अकेला बैठा हुआ होऊँ। कमाने के ख़ातिर लिखने के लिए जितना वक़्त जागना पड़े, उसके अलावा नशे की ख़ुमारी में डूबे रहने जैसा सुकून और किसी चीज़ में नहीं था। उस ख़ुमारी में न जाने कितने लोग मुझ पर आकर धावा बोलते—उनके चेहरे सायों की तरह धुंधले थे—मैं किसी भुतहे घर की तरह ज़िन्दा था। साए से लोगों के साथ मैं अनर्गल बातें करता रहता था। सफ़िया झकझोर-झकझोर कर मेरा सुरूर तोड़ देती थी। ख़ुमारी के छँटते ही शरीर अपनी आदत के मुताबिक़ शराब के लिए प्यासा हो उठता था। मेरा पागलपन और बढ़ जाता था। मुझे नशे के इस चक्कर से निकालने के लिए सफ़िया ने कम कोशिशे नहीं की थीं। मैं उतने ही बहाने-अटकलें लगा फिर अपनी ख़ुमारी की दुनिया में चला जाता था। कुछ यार-दोस्त भी जुट गये थे; मैं जानता था, वे लेखक मंटो को नहीं जानते थे; हम सब बस गिलासों के यार थे; पैसे हाथ में न होने पर वे ही तो मुझे बचाते थे, इसलिए मैं उन्हें कैसे छोड़ सकता था बताइए? शराब पीते-पीते शरीर और मन की ऐसी हालत हो गयी थी, कोई अच्छी बात कहने पर भी मैं चिढ़ जाता था। अहमद नदीम क़ासमी ने कितनी बार मुझे समझाया; थोड़े दिन तक तो मैं चुपचाप सुनता रहा, फिर एक दिन गुस्से में कह दिया, 'क़ासमी तुम मेरे दोस्त हो। मस्जिद के मुल्ला नहीं कि मुझ जैसे किरदार की देखभाल का ज़िम्मा तुम्हें सौंपा गया हो'। उसके बाद से क़ासमी ने मुझे कभी कुछ नहीं कहा। लाहौर के दो-एक पुराने दोस्त, मुझसे दूर होने लग गए। रिश्तेदारों ने भी बात करना बन्द कर दिया। सब मुझे देख कर भागते। अरे वह देखो मंटो—भागो, भागो—साला फिर से उधार माँगेगा। हाँ, मैं इतना नीचे गिर चुका था। लिख कर कितनी कमाई होती है, बताइए? रोज़ नशा करने के लिए भी तो पैसा चाहिए था। जिसे भी सामने पाता, उधार माँगता। कभी सफ़िया की बीमारी का बहाना बनाता, कभी बेटी की बीमारी का—ऐसे झूठ बोल-बोल कर उधार माँगा करता था। मिर्ज़ा साहब, मैं जान रहा था नशा मुझे किस गहरे सुरंग में ले जा रहा था, लेकिन ये अंधी लत अब मेरे क़ाबू के बाहर जा चुकी थी। पेट में शराब न पड़ने पर, स्थिर नहीं रह पाता था मैं, हाथ-पाँव काँपते थे, मिज़ाज और चिड़चिड़ा हो जाता था।

सबसे घिनौनी हरकत मैंने तब की जब मेरी बड़ी बेटी निगहत को टाईफ़ॉयड हुआ। उसके लिए दवाई ख़रीदने के लिए एक रिश्तेदार से रुपया उधार कर, दवाई के बदले व्हिस्की की बोतल लेकर घर वापस लौटा। सफ़िया रोज़ इतना चीख़ा-चिल्ली करती थी, लेकिन उस दिन उसने एक लफ़्ज़ भी नहीं कहा। बहुत देर तक ख़ाली निगाहों से वह मेरी तरफ़ देखती रही, उसके बाद पानी का गिलास कमरे में रख निकल गई। बगल के कमरे से निगहत के बुख़ार में कराहने की आवाज़ें आ रही थी। पानी बिना मिलाए ज़रा सी शराब पीते ही मुझे उल्टी हो गई। पास के कमरे में सफ़िया निगहत के सिर पिर पानी की पट्टियाँ रख रही थी। मैंने सफ़िया के पाँव पकड़ कर कहा, 'मुझे माफ़ कर दो'।

—उसे बहुत तेज़ बुखार है। मंटो साहब, आप दूसरे कमरे में जाइए।

—नहीं, पहले तुम मुझे माफ़ करो। निगहत की क़सम, मैं अब शराब नहीं छूऊँगा।

—आप और कितनी क़समें खायेंगे, मंटो साहब?

—यकीन मानो—अबकी बार सच कह रहा हूँ—फिर से सब कुछ नये तरीक़े से शुरू करूँगा सफ़िया।

सफ़िया ने ठण्डे लहजे में कहा, 'अब मेरी हिम्मत जवाब दे चुकी है मंटो साहब'।

—आख़री बार मेरा यकीन करो सफ़िया। तुम तो मेरे मन की ताक़त को जानती हो। कोशिश करने पर मैं सब कर सकता हूँ।

सफ़िया हँसती है, 'ठीक है। अब आप जाकर सो जाइए'।

मैं निगहत के पास बैठ कर उसके सिर पर हाथ फेरने लगा। उसे बहुत प्यार करने का दिल कर रहा था मेरा। मैं इस दर्द में मरा जा रहा था कि मैं कैसा पिता था, जो बेटी की दवाईयों के पैसे से शराब ख़रीदता था। बेटी निगहत मुझे माफ़ कर दो। मैं उसे गोद में उठाना चाहता था, लेकिन मेरे अन्दर ताक़त नहीं थी। एक वक़्त सफ़िया चीख़ते-चीख़ते, मेरा हाथ पकड़ कर घसीटने लगी, 'जो किया सो तो किया ही, अब इस लड़की को तो चैन से रहने दीजिए, मंटो साहब'।

—नहीं, आज रात मैं उसके पास रहूँगा'।

—इस तरह निगहत की तबियत और ज़्यादा ख़राब हो जायेगी।

—वह मेरी बेटी है—मैं उसके पास—

—रहम कीजिए, मंटो साहब। हम आपके खेलने के खिलौने नहीं हैं। आप अपने आपको क्या समझते हैं? इससे अच्छा है आप हम चारों का अपने हाथ से ख़ून कर दीजिए।

इस चीख़ने-चिल्लाने के बीच न जाने कौन-कौन कमरे में घुस आया। हामिद की बीवी ने आँखें तरेर कर मुझसे कहा, 'बहुत हो गया चाचाजी। ये शराबख़ाना नहीं है। आप दूसरे कमरे में जाइए'।

मिर्ज़ा साहब, ज़िन्दगी में पहली बार किसीने मुझे इस तरह देख कर, ऐसा कुछ कहा था। मैं कोई जवाब नहीं दे पाया। एक घोंघे की तरह अपने खोल में वापस सिकुड़ कर कमरे से बाहर आ गया। जवाब देने लायक़ ताक़त जिगर में थी ही नहीं। न ज़िल्लत महसूस कर रहा था, न ही अपने ऊपर नफ़रत हो रही थी, बस लग रहा था, अब मेरा कोई सहारा न था। मुझे मारने के हथियार मैंने ख़ुद ही दूसरों के हाथ में थमा दिए हैं। तय किया, अब सचमुच शराब नहीं पिऊँगा; जिस तरह बम्बई में सजा-संवार कर गृहस्थी चलाता था, लाहौर में फिर से नये सिरे से शुरू करूँगा।

अगले दिन सुबह से घर के कामों में लग गया। पूरा घर झाड़ू लगा कर साफ़ किया, सारी चीज़ों पर से धूल झाड़ी। एक कुर्सी का पाया टूट गया था, बैठ कर उसकी मरम्मत की। पुराने अख़बार, शराब की बोतलें बेच दीं। आँगन में बच्चों के लिए झूला टाँगा। बाज़ार से एक बड़े पिंजरे में एक झुंड रंग-बिरंगी चिड़ियाँ ख़रीद लाया। नुज़हत और नुसरत, निगहत से छोटी मेरी दोनों बेटियाँ मुझसे आकर लिपट गईं। उनकी आँखें सितारों सी चमक रही थीं। मिर्ज़ा साहब, मैं रो पड़ा; दोनों बच्चियाँ कितनी छोटी चीज़ पा कर ख़ुश हो जाती थीं, नशे में डूबे रहने की वजह से मैं देख नहीं पाया।

सफ़िया ने संजीदा हो कर पूछा, 'मंटो साहब, ये क्या नया पागलपन है?'

—चिड़ियों के बिना क्या घर ख़ूबसूरत लगता है सफ़िया?

—किस घर की बात कर रहे हैं आप, मंटो साहब?

—क्यूँ, हमारे घर की—अपने घर के अलावा मैं और कौन-सा घर सजाने जाऊँगा सफ़िया?

—फिर सजायेंगे? फिर से तोड़ने के लिए?

मैंने सफ़िया का हाथ कस कर पकड़ कर कहा, 'आख़री बार के लिए मुझ पर भरोसा करो सफ़िया, मेरी मदद करो। मैं फिर से सब सजा दूँगा'।

—मंटो साहब, सिर्फ़ आप पर भरोसा करके ही तो मैं अब तक ज़िन्दा हूँ, नहीं तो कबकी ख़ुदकुशी कर चुकी होती।

—छी:! सफ़िया, यह मत भूलना तुम्हारी तीन बेटियाँ भी हैं।

—क्या वे आपकी बेटियाँ नहीं हैं?

—मेरा यकीन करो सफ़िया। अब बुरे ख़्वाब के दिन वापस नहीं आयेंगे।

कुछ दिनों तक ज़िन्दगी बिल्कुल नयी-सी थी। शराब न पीने की वजह से बहुत कमज़ोरी लगती थी, सो विटामिन की गोलियाँ और टॉनिक लाया गया। सिर्फ़ मेरे घरवाले ही नहीं, मेरे तमाम नाते-रिश्तेदारों ने मिल कर जैसे जश्न मनाना शुरू कर दिया था। मंटो ने शराब छोड़ दी—इससे ख़ुशी की बात उनके लिए और कुछ नहीं हो सकती थी। वैसे पूरी तरह इस पर कोई यकीन भी नहीं कर पा रहा था। ऐसा पहले भी तो कई बार हो चुका था। हर बार की तरह इस बार भी मंटो ने सबका भरोसा तोड़ दिया। चंद दिनों के बाद ही वह अपने यारों के साथ लग गया। घर में फिर से बोतल आ गई। मैं समझ चुका था, शराब पर मेरी निर्भरता अपनी चरम सीमा तक पहुँच चुकी थी। जिन दिनों शराब नहीं पीता था, एक लफ़्ज़ भी नहीं लिख पाता था। न लिखने से घर का ख़र्च कैसे चलता? जिऊँ या मरूँ, मिर्ज़ा साहब, शराब ही मेरा आख़री सहारा बन चुकी थी।

मैं बहुत उम्मीदें लेकर पाकिस्तान आया था। उन उम्मीदों के साथ बहुत से सवाल जुड़े हुए थे। क्या नये मुल्क पाकिस्तान का साहित्य अलग होगा? अगर हो, तो वह कैसी शक्ल इख़्तियार करेगा? जो साहित्य हिन्दुस्तान के बंटवारे से पहले रचा गया था, कौन उसका असली हक़दार होंगे? क्या वह साहित्य दो भागों में बंटेगा? क्या उस पार उर्दू को बिल्कुल ख़त्म कर दिया जायेगा? पाकिस्तान में भी उर्दू क्या चेहरा इख़्तियार करेगा? हमारा मुल्क क्या इस्लामी राष्ट्र होगा? राष्ट्र के प्रति विश्वस्त रह कर भी क्या हम सरकार की समालोचना कर पायेंगे? मिर्ज़ा साहब, इन सब सवालों का जवाब मैं नहीं ढूँढ़ पाया। जो इंसान कहानियाँ बेच कर अपना घर चलाता हो, उसके पास इतने बड़े-बड़े सवालों को लेकर सोचने का वक़्त कहाँ? ऊपर से पाकिस्तान की सरकार हर वक़्त मेरे पीछे पड़ी रहती थी। 'ठण्डा गोश्त' और 'ऊपर, नीचे और दरमियाँ' कहानियों पर अश्लीलता का मामला दायर किया गया, उसके बाद जुर्माना। पाकिस्तान के बहुत से बुद्धिजीवी और लेखक चाहते थे, मुझे जेल में डाल कर अच्छा सबक़ सिखाया जाये। अक्सर अदालतों में हाजिरी लगाना, जिरह पर जिरह—इतना दिमाग़ी दबाव मैं और सह नहीं पा रहा था, मिर्ज़ा साहब। शराब पीने से भी तक़लीफ़ होती

थी और न पीने से भी। डॉक्टरों ने कह दिया था, मेरा जिगर ख़त्म होने पर था—दिमाग़ भी ठीक से काम नहीं कर रहा था—बस ख़ुदकुशी कर लेने के अलावा मेरे पास कोई और रास्ता नहीं बचा था। फिर भी मैंने कितनी बार शराब पीनी छोड़ी। लेकिन तब और भी बीमार हो जाता था। एक बार सफ़िया ने कहा, 'मंटो साहब, क्या आप सच में शराब छोड़ना चाहते हैं?'

—सफ़िया, मेरी ज़िन्दगी में इससे बड़ी आज़ादी कोई और नहीं हो सकती।

—तो फिर मेरी बात सुनेंगे!

—कहो।

—कुछ दिन आपको इलाज की ज़रूरत है।

—कहाँ?

—आपको पंजाब मेंटल अस्पताल में ऐल्कोहॉलिक वार्ड में भर्ती होना पड़ेगा। वे लोग आपको बिल्कुल ठीक कर देंगे। उसके बाद आपको शराब की तलब नहीं महसूस होगी।

—सच कह रही हो?

—बहुत लोग ठीक हुए हैं, मंटो साहब।

—ठीक है। मैं भर्ती होऊँगा। हामिद को बुलाओ।

हामिद के आने पर मैंने उससे कहा, 'जितनी जल्दी हो, मेरे अस्पताल में दाख़िल होने का इन्तज़ाम करो हामिद'।

अगले ही दिन हामिद ने सारा इन्तज़ाम कर दिया। मगर मुझे इन लोगों के अस्पताल ले जाने से पहले भागना पड़ा था। सुना था कि अस्पताल के सुपरिन्टेंडेंट की फ़ीस बत्तीस रुपये थी। उन रुपयों का तो इन्तज़ाम करना था। अस्पताल से वापस आकर लिख कर उधार चुका दूँगा, ये कह कर, दो-एक पत्रिकाओं से कुछ रुपये उधार लिए। और भी दो-एक लोगों से उधार लेकर घर वापस आया। घरवालों ने सोचा, मैं अस्पताल भर्ती नहीं होना चाहता था, इसलिए भाग गया था। अस्पताल में भर्ती हुआ। पहले कुछ दिन बहुत तक़लीफ़ हुई। शरीर के अन्दर राक्षस अपनी ख़ुराक़ के लिए हिलता-डुलता रहता था। छः हफ़्तों के अन्दर अस्पताल से एक दूसरा ही मंटो निकल कर आया। बदन ज़रूर टूट चुका था, लेकिन वही पुरानी चमक दिखाई देने लगी थी। यकीन जानिए, भाईजान लोग, उसके बाद आठ महिनों तक मैंने शराब नहीं पी। एक के बाद एक अफ़्सानों के अलावा मैंने और भी कितना कुछ लिखा।

एक दिन सफ़िया से कहा, 'मैं तो अच्छा हो गया। चलो अब पाकिस्तान छोड़ कर चलते हैं'।

—कहाँ जायेंगे, मंटो साहब?

—बम्बई।

—आप बम्बई को भूल नहीं सकते?

—बम्बई मेरा दूसरा जन्मस्थान है सफ़िया।

—बम्बई में कौन आपको नौकरी देगा?

—इस्मत को चिट्ठी लिखता हूँ—वह ज़रूर कुछ इन्तज़ाम कर देगी।

—इस्मत बहन तो आपकी कोई ख़बर नहीं लेती है, मंटो साहब।

—वह पागल है। मैं बम्बई लौटना चाहता हूँ जान कर ज़रूर ख़बर लेगी। तुम जाने को तैयार हो न?

—आप जहाँ जायेंगे, मैं वहीं जाऊँगी।

संग-संग इस्मत को चिट्ठी लिखी।—मैं बम्बई लौटना चाहता हूँ। हिन्दुस्तान में ही रहना चाहता हूँ। कुछ इन्तज़ाम करो इस्मत, जिससे हम सब वापस जा सकें। मैं अब बिल्कुल स्वस्थ हूँ। किसी स्टूडियो में नौकरी का इन्तज़ाम हो जाने से हम सब फिर से ज़िन्दगी साथ बिता सकेंगे।

और भी दो-तीन बार इस्मत को ख़त लिखा। पर उसने जवाब नहीं दिया। तो क्या इस्मत आख़री वक़्त तक यही समझती रही कि मैं विश्वासघातक था, अपने फ़ायदे के लिए मैं पाकिस्तान चला आया था? या वह जान गयी थी कि शराब ने मुझे पूरा पी लिया था, मेरे वापसी का अब और कोई रास्ता नहीं था। लेकिन मैं उसकी चिट्ठी का हर रोज़ इन्तज़ार करता रहा। और मेरी शराब पीने की मात्रा भी उतनी ही बढ़ती गई। नशे की ख़ुमारी में मैं अपने अफ़्सानों के किरदारों के साथ बातें करते हुए दिनों-दिन गुज़ारा करता था।

हाँ, मैं मर रहा था, मिर्ज़ा साहब, होशो-हवास में ही धीरे-धीरे मर रहा था। गले में फाँसी का फंदा डाल, ज़हर खाकर या हाथ की नस काट कर ख़ुदकुशी करने का साहस मेरे अन्दर नहीं था। ख़ुद को, सफ़िया को और अपनी तीनों बच्चियों को मैं पागलों की तरह प्यार करता था। इसलिए शरीर के अन्दर, ज़हर की धीमी प्रक्रिया से होने वाली मौत की राह को अपने लिए चुन लिया मैंने। जिस देश ने मुझे सिर्फ़ अपमान और धिक्कार दिया, वहाँ ज़िन्दा रहने का मेरा कोई मन नहीं था। और मैं समझ चुका था, दिन पर दिन मैं अपने परिवार के लिए भी बोझ बनता जा रहा था। ये उनकी नफ़रत नहीं, दया भी नहीं थी कि उन लोगों ने मुझे अब इंसान समझना भी छोड़ दिया था।

एक रात नींद में सुना, कोई फुसफुसा कर बुला रहा है, 'मंटोभाई, मंटोभाई।—

देखा मेरे सिर के पास इस्मत बैठी हुई है। मुँह चला-चला कर आईसक्रीम खा रही है और हँसती जा रही है।

—इस्मत बहन, तुम कब आईं?

—बहुत देर पहले—कबसे तुम्हें बुला रही हूँ।

—शाहिद कहाँ है? वह नहीं आया?

—आया तो है। जल्दी तैयार हो जाओ।

—क्यूँ?

—तुम बम्बई जाओगे न।

—बम्बई। मैं उछल पड़ता हूँ।—मेरी नौकरी पक्की करके आयी हो न?

—बिल्कुल।

—सफ़िया—सफ़िया—। मैं चीख़ा।—जल्दी आओ सफ़िया। मैंने तुमसे कहा था न, मेरा ख़त पा कर इस्मत चुप नहीं बैठेगी।

सफ़िया ने आकर मुझे लिपटा लिया।—क्या हुआ है, मंटो साहब? कोई बुरा सपना देखा क्या?

—इस्मत को नाश्ता-पानी दो। शाहिद कहाँ है—उसे बुलाओ—

—कहाँ है इस्मत, मंटो साहब?

—ये तो रही—यहीं तो है इस्मत—कहाँ गयी वह? ज़रूर तुम्हारे कमरे में छुप गयी है, सफ़िया।

सफ़िया मुझे बच्चे की तरह अपने सीने में छुपा लेती है। मेरे सर को सहलाते-सहलाते मुझे बिस्तर पर लिटा देती है।—सो जाइए, मंटो साहब, सो जाइए। मेरे सारे बदन पर उसकी ऊँगलियाँ पंख की तरह खेलती रहती हैं।

बहुत सुबह नींद टूटी। कब का सुना एक पंजाबी लोकगीत का सुर कहीं से तैरता हुआ आ रहा था। देखा, सफ़िया मेरे पैरों के पास सोई हुई है। उसका चेहरा ऐसे चमक रहा था, जैसे अलसुबह ही पैदा हुई हो। उस चेहरे पर देश के बंटवारे की कोई परछाई नहीं, ख़ून के छीटें भी नहीं थे। जैसे वह किसी पहाड़ी तस्वीर की सोती नायिका थी, जिसे घेर कर एक नयी दुनिया जन्म ले रही थी। आसमान, पानी, हवा, बादल, उड़ते हुए सारसों का झुंड, हिरन-हिरनियाँ—मेरे कमरे में थे, जैसे कोई उत्सव हो।

अचानक पेट में मरोड़ के साथ उल्टी आ गई। बाथरूम के बेसिन में नीले-पीले पानी के साथ ख़ून मिला हुआ था। उसके बाद सिर्फ़ ख़ून ही ख़ून। मुँह धो कर आईने में ख़ुदको देख कर चौंक उठा, मिर्ज़ा साहब। यह कौन था? सआदत हसन मंटो? या ख़ुद मौत? मैंने उसकी पीठ थपथपाते हुए कहा, 'इस बार मंटो जीत गया है। बस कुछ दिन और दाँत भींचे इन्तज़ार करो'।

45

ऐ मेरे पाठक साथियों, मंटो अब अपनी क़लम बन्द करेगा। मिर्ज़ा साहब गहरी नींद में चले गये हैं। उनके पास कहने को और रह भी क्या गया है। शाहजहानाबाद के मौत के साथ जिस तहज़ीब की मौत हुई, उसी के साथ मिर्ज़ा ग़ालिब की भी मौत हो गई। उसके बाद के बारह साल उनका जीते रहना तो जी कर भी मरने जैसा था। बीमारी और बुढ़ापे के वार से—वे न ही चल पाते थे और न ही कानों से सुन पाते थे, उनकी बीनाई धुंधली हो चुकी थी, यादें भी धीरे-धीरे फ़ीकी पड़ गईं थी। मैं और इस ध्वंसस्तूप की कहानी नहीं लिखना चाहता। अब सिर्फ़ इन्तज़ार है आने वाले उस दिन का; जिस दिन मैं आप लोगों से 'ख़ुदा हाफ़िज़' कह कर विदा लूँगा।

वैसे मैं आप लोगों को कल रात के सपने के बारे में बता कर जाना चाहता हूँ। मैं जामा मस्जिद के सामने घूम रहा था। अचानक न जाने किसी ने आकर मेरा हाथ दबोच कर पकड़ लिया। मुँह उठा कर देखा, वह कल्लू था।

—यहाँ क्या कर रहे हैं मंटोभाई?

—तुम मुझे पहचानते हो?

—पहचानूँगा कैसे नहीं? कल्लू हँसा, 'क़ब्र में लेटे-लेटे इतने दिनों तक मैंने मिर्ज़ा साहब और आपके कितने क़िस्से सुने'।

—क़ब्र में?

—आप भी तो क़ब्र में ही थे, याद नहीं?

—मैं तो अब तक मरा नहीं हूँ, कल्लू।

—ऐसा क्या? कल्लू ने सिर खुजाते-खुजाते कहा, 'तब हो सकता है मैंने आपको सपने में देखा हो'।

—सपने में। तुम तो मर चुके हो कल्लू—

—तो क्या हुआ मंटोभाई?

—मरे हुए लोग भी क्या सपने देखते हैं?

—बेशक़ देखते हैं। जानते हैं, दुनिया भर में न जाने कितने सपने तैर रहे हैं? दुनिया में जितने लोग हैं, ख़्वाब उससे भी कहीं ज़्यादा हैं। वे मुर्दों की गर्दन भी धर दबोचते हैं। क्या आप कोई क़िस्सा सुनना चाहते हैं, मंटोभाई?

—क़िस्सा? कौन सुनायेगा क़िस्सा?

—मैं रोज़ यहाँ एक बार आता हूँ। कोई न कोई दास्तानगो मिल ही जाता है। वह देखिए—

—क्या?

—वह आदमी, जो कंबल ओढ़े बैठा हुआ है, वह घूम-घूम कर सबको क़िस्सा ही तो सुनाता है।

—ये तुमने कैसे जाना कल्लू?

—देखिए न—वह आदमी अपने आप ही हँसा चला जा रहा है। जानते हैं क्यूँ? जिनके पेट में क़िस्से भरे हुए होते हैं वे किसी तरह अपनी हँसी नहीं रोक पाते। आइए—मेरे साथ आइए।

कल्लू जाकर उस आदमी के आगे बैठ जाता है।—मियाँ—

—कौन? आदमी कल्लू की तरफ़ देख कर हँसता है।—अरे, कल्लू मियाँ—

—तुम मुझे पहचानते हो मियाँ?

—दुनिया में कौन तुम्हें नहीं पहचानता है। साला कल्लू, क़िस्साख़ोर।

कल्लू हो, हो कर हँस पड़ता है। मेरा हाथ पकड़ कर खींचते-खींचते कहता है, बैठ जाइए मंटोभाई, बैठ जाइए'।

मैं हँस कर कहता हूँ।—तुम तो बड़े मशहूर हो, कल्लू।

कंबल ओढ़े बैठा आदमी मेरी तरफ़ देख कर कहता है, 'क़िस्सा सुनने वाले अब कितने लोग बचे हैं जनाब? सुनते-सुनते कोई कान खुजाता है तो कोई चूतड़, कोई इधर-उधर देखता है। क़िस्सा सुनने की भी एक तहज़ीब है। जिस तरह ख़ुदा पर एतबार करते हैं, उसी तरह क़िस्से को भी एतबार के साथ सुनना होता है। सड़कों पर घूमता रहता हूँ—लोग ढूढ़ता हूँ—आजकल किसी के पास क़िस्सा सुनने का वक़्त ही नहीं है। दुनिया बड़ी ग़ैरपुरसुकून हो गयी है जनाब। कोई नहीं समझता है कि क़िस्सा सुनते-सुनते दिल का सुकून वापस आ जाता है'।

—तो फिर शुरू कीजिए मियाँ। कल्लू जोश से कहता है।

—इतनी जल्दी मत करो कल्लू मियाँ। दिल की किताब को उलटने का ज़रा वक़्त तो दो। गर दिल न भरे, ऐसा क़िस्सा सुना कर मुझे भी क्या ख़ुशी हासिल होगी?

वह आदमी बड़ी देर तक सिर नीचा किए बैठा रहा, अपने मन से बुदबुदाता रहा, अस्पष्ट सा कोई गीत गाता रहा, उसके बाद हँसते-हँसते कहने लगा, 'आज शेख़ का क़िस्सा बढ़िया जमेगा। यह दिल के अन्दरूनी आँख को खोजने की कहानी है'।

वह थोड़ी देर आँखें बन्द किए बैठा रहा, फिर उसने कहानी शुरू की।

एक शेख़ के दो बेटे बीमारी से मर गए। लेकिन किसी ने कभी उसे रोते हुए नहीं देखा, और न ही कभी अपने बेटों के लिए मातम मनाते। वह रोज़ ठीक वक़्त पर अपने काम पर जाता, काम करते-करते गाना गाता, और घर वापस आकर सबों के साथ हँसी-मज़ाक़ भी करता था। शेख़ की माँ और बीवी उसे इस तरह देख कर हैरान थीं। एक दिन जब शेख़ सुबह नाश्ता कर रहा था, उसकी माँ ने अचानक कहा, 'बेटे, घर के दो नौजवान लड़कों को खो कर हम सबका क्या हाल है, तुम समझ ही सकते हो? हर वक़्त दिल के अन्दर ख़ून रिस रहा है। न खा पाते हैं और न सो पाते हैं। अपनी बीवी की ओर एक बार देखा है? दिन पर दिन सूख

कर काँटा होती जा रही है। पर तुम रोज़ ठीक से काम पर जाते हो, जैसे कुछ हुआ ही न हो... बोलते-बोलते वह फूटफूट कर रोने लगीं।

उसकी बीवी भी ग़ुस्से से फूट पड़ी, 'आपके सीने में दिल बोल कर कुछ है भी? आपकी आँखों में आँसू का एक बूँद भी नहीं देखा। अगर आप बच्चों से प्यार करते होते तो ऐसे कभी नहीं रह सकते? जैसे कुछ बदला ही न हो... जैसे कि वे अब भी ज़िन्दा हैं...'

—बीवी, कुछ भी नहीं बदला है। मेरे बेटे मेरे अन्दर ज़िन्दा हैं। मैं तो उन्हें हर वक़्त देख पाता हूँ।

—और मैं जो उन्हें हर जगह ढूँढ़ती रहती हूँ। रातों को सो नहीं पाती। वे रो-रो कर मुझसे कहते रहते हैं, 'अम्मी हमें बहुत ठण्ड लग रही है, बहुत भूख लग रही है। हमें अन्दर ले चलो'। मैं क्यूँ नहीं देख पाती उन्हें?

—बीवी, उन्हें दिल की आँखों से ढूँढ़ो, ठीक दिख जायेंगे।

—वह आँख तो आपकी अंधी है। आपको कुछ नहीं दिखता है।

—नहीं, अंधी नहीं है। हम अपनी आँखों से ग़लत देखते हैं। दो तरह का देखते हैं। मेरे लिए सब एक है। मैं अपनी औलादों को हर वक़्त देखता रहता हूँ। वे मेरे चारों ओर खेलते-कूदते रहते हैं।

—कहाँ? मुझे दिखाइए। मुझे तो वे नहीं दिखते।

—हमारी आँखों से उन्हें नहीं देखा जा सकता है। पानी के ऊपर उगी जंगली लताओं को देखा है? हमारे एहसास भी उन्हीं जंगली लताओं की तरह हैं। उन्हें हटा कर आगे बढ़ने पर ही तुम कुछ देख पाओगी। जो दिखते नहीं, उनके बारे में आँखें बन्द करके सोचो। तुम्हारे बेटे उसी वक़्त तुमसे आकर लिपट जायेंगे, बीवी।

—मेरा सीना ख़ाली हो चुका है शेख़। आपकी ख़ूबसूरत बातों से वह नहीं भरेगा। शेख़ की बीवी रोते-रोते अपना सीना पीटती रहती है।

शेख़ की माँ कहती है, 'तुम जिस आँख की बात कर रहे हो, मैं वह नहीं समझ सकती बेटा, बातों से हमें मत बहलाओ'।

शेख़ बड़ी देर तक चुप बैठा रहता है। माँ और बीवी की बातों की झल्लाहट के छटते ही उसका मन दुख से भर जाता है। उनके ग़म को दूर करने की क्षमता उसके अन्दर नहीं थी। उन लोगों ने जुदाई को ही सच्चाई समझ लिया था। आख़िर में वह एक कहानी सुनाने लगता है।

—एक औरत की कहानी सुनो। उसकी जितनी भी औलादें होतीं, पैदा होने के कुछ महीनों के अन्दर ही मर जाती थीं।

—हमारे बेटे तो कई सालों तक ज़िन्दा रहे थे। शेख़ की माँ बोल उठी।

—और वह औरत? शेख़ की बीवी ने पूछा।—वह ज़रूर ग़म में मर गयी होगी। मैं भी तो मरना चाहती हूँ—फिर भी मौत क्यूँ नहीं आती!

—उस औरत की बीस औलादें मर गईं। दो नहीं, चार नहीं, बीस। वह सड़कों पर घूमती रहती और ख़ुदा को बद्दुआएँ देती रहती थी। एक रात एक अनोखा हादसा हुआ।

—क्या?

—सपने में वह औरत रेगिस्तान पार कर रही थी। जिसमें उसके पेट से ख़ून बह रहा था, जिससे रेत गीली होती जा रही थी। वह एक छोटे से दरवाज़े के सामने जाकर पहुँची। दरवाज़ा पार करते ही माँ की कोख के जैसे किसी सँकरे रास्ते से वह एक अजब दुनिया में पहुँच गई। वहाँ अनंत जीवन का झरना था और बाग़ के बीच में जन्नत की नदी बह रही थी। उस बाग़ के पेड़-पौधे कभी नहीं मरते थे। वैसा बाग़ किसी ने कभी नहीं देखा था। जो मानते हैं कि ऐसा कोई बाग़ होता है, उन्हें ही वह बाग़ दिखता है। तमाम ख़ुशियों के जश्न, उसी बाग़ में मनते थे'।

शेख़ की बीवी चीख़ उठी, 'ये सब आपके ख़्वाब हैं, ऐसा बाग़ीचा कहीं नहीं है'।

—उस बाग़ का कोई नाम नहीं है, और उसकी ख़ूबसूरती बयाँ नहीं की जा सकती। वह बाग़ इसी दुनिया में है, बीवी।

—उस औरत का क्या हुआ, बताइए। इतनी औलादें खो कर, उस बाग़ में जाकर उसे क्या मिला?

—वह उस जन्नत की नदी में उतरी। संग-संग उसके सारे ग़म, शक़-ओ-शुबह मैल की तरह घुल गए। नहाते-नहाते उसे अपने बच्चों की किलकारियाँ सुनाई दीं। सच में, यकीन मानो, उसके बीसों बच्चे उसके चारों तरफ़ हँसते हुए तैर रहे थे। ख़ुशी के जश्न से उस औरत का दिल भर गया।

—तो फिर मुझे भी वहाँ ले चलिए। कहिए, किस तरह मैं वहाँ जा सकती हूँ?

—बीवीजान, फ़क़ीरों के बारे में सोचो। उनकी ज़िन्दगी में चाहे जो कुछ भी हो, वह उसके बारे में कभी शिकायत नहीं करते। अल्लाह ने जो ले लिया है, वह उससे भी ज़्यादा देंगे। फ़क़ीर अल्लाह से कभी कुछ नहीं मांगते। अल्लाह उन्हें जिस राह पर ले जाते हैं, वे उसी राह पर चलते हैं।

—ऐसी मुश्किल राह पर हम किस तरह चल सकते हैं?

—आसान नहीं है। यहाँ तक की दकुकी को भी शक़ हुआ था।

—कौन दकुकी?

—तो फिर उन राहगीरों की कहानी सुनो, जो राह पर हुए हर हादसे को मान लेते हैं।

—कहो, बेटा। तुम्हारी कहानियाँ सुन कर सीने के अन्दर हल्कापन महसूस कर रही हूँ। कहते-कहते शेख़ की माँ रोटी खाना शुरू करती है।

—दकुकी एक तीर्थयात्री था। हर वक़्त वह एक जगह से दूसरी जगह सफ़र करता रहता था। वह कहीं, किसी के लिए नहीं रुकता था।

—हैरानी की बात है, क्या ऐसा भी कोई इंसान होता है?

—लेकिन उसकी एक कमज़ोरी थी।

—अपने बच्चों के लिए? शेख़ की बीवी ने कहा।

—नहीं फ़क़ीरों के लिए। उसका उनकी तरफ़ बहुत खिंचाव था। वह फ़क़ीरों के अन्दर बिंदु में सिंधु देखता था। इंसानों के ही अन्दर ख़ुदा छुपे हुए हैं, ये बात फ़क़ीरों ने ही

उसे बताई थी। दकुकी फ़क़ीरों की खोज में न जाने कहाँ-कहाँ भटकता रहता था। राह चलते-चलते उसके पाँवों से ख़ून टपकने लगता। अगर कोई कहता, तुम इन लहूलुहान पावों से चल कर रेगिस्तान कैसे पार करोगे, दकुकी हँस कर कहता — अरे यह कोई बड़ी बात नहीं।

— उसके बाद?

— एक दिन शाम को दकुकी समन्दर के किनारे पहुँचा। उसने देखा, बहुत दूर खजूर के पेड़ों से भी लम्बी सात मोमबत्तियाँ जल रही हैं। हर तरफ़ रोशनी फैली हुई है। उन मोमबत्तियों की ओर चलते-चलते दकुकी एक गाँव में जाकर पहुँचा। उस गाँव के लोग हाथ में बिना रोशनी के दिए लिए सड़कों पर घूम रहे थे।

— क्या हुआ है आप लोगों को? दकुकी ने किसी से पूछा।

— देख नहीं रहे हैं? हमारे दियों में तेल नहीं है, बाती नहीं है। पेट भरने लायक़ खाना भी नहीं है हमारे गाँव में।

— अरे भई, नज़र उठा कर देखो, आसमान तो रोशनी से भरा हुआ है। तुमलोगों को सात मोमबत्तियाँ नहीं दिख रही हैं? ख़ुदा तो ऐसे ही रोशनी देते रहते हैं।

— कहाँ है रोशनी? आसमान में अँधेरा छाया हुआ है, और तुम्हें रोशनी दिख रही है? पागल कहीं के।

दकुकी ने उस आदमी की तरफ़ देखा, असल में उसकी आँखें खुली होने के बावजूद सिली हुई थीं। सबकी आँखें वैसी ही थीं। खुली पर बन्द।

सुबह होते ही सातों मोमबत्तियाँ सात हरे-भरे पेड़ हो गईं। जब रेगिस्तान तपने लगा, दकुकी उन पेड़ों की छाया में जाकर बैठ गया और फल तोड़ कर खाने लगा। उसने देखा, गांव के लोगों ने सूरज की रोशनी से बचने के लिए फटे कपड़ों का शामियाना बनाया हुआ है। दकुकी ने चिल्लाते हुए गाँववालों को बुला कर कहा, 'अरे भई तुमलोग पेड़ की छाया में आकर बैठो। कितने फल लगे हुए हैं, देख नहीं रहे? फल खाने से प्यास भी बुझ जायेगी'।

— हमें कुछ नहीं दिख रहा है। कहाँ हैं पेड़? सारा ही रेगिस्तान है। हमें उल्लू बना रहे हो? हम लोग आज ही गाँव छोड़ कर जा रहे हैं।

— कहाँ जाओगे?

— वह जो लंगर पर जहाज़ बँधा हुआ है, हम लोग उस जहाज़ में बैठ कर जहाँ मर्ज़ी वहीं जायेंगे।

— मेरी बात सुनो दोस्तों। तुम सब एक-दूसरे को झूठ कह कर बहला रहे हो।

— चुप रहो। हमें बकवास करके मत बहकाओ। पेड़ हमने भी देखें हैं, लेकिन ये सब सपना है। हम इस पर विश्वास नहीं करते। हम हक़ीकत में लौटना चाहते हैं।

— हक़ीकत? कैसी हक़ीकत? भूख, प्यास, तीखी धूप? पेड़ पर इतने फल लगे हुए हैं, तुमलोगों को दिख नहीं रहा?

— नहीं। समन्दर के दूसरे छोर पर हमें ज़रूर कोई अच्छी जगह मिल जायेगी।

दकुकी परेशान बैठा रहा। वह सोच रहा था, तो क्या मैं ही पागल हूँ? इतने सारे लोग तो झूठ नहीं बोल सकते। उसके बाद वह एक पेड़ से जाकर लिपट गया। पेड़ के कान में उसने

कहा, 'तुम तो जानते ही हो, मैं बेवकूफ़ हूँ। क्या रूखी बुद्धि से ज़्यादा मेरा भीगा पागलपन तुम्हें अच्छा नहीं लगता?'

अचानक छहों पेड़ एक क़तार में खड़े हो गये और सातवाँ पेड़ उसके सामने इबादत में डूबे किसी इमाम की तरह बदल गया। धीरे-धीरे सातों पेड़ इंसानों में तब्दील हो गए। उन सब ने एक आवाज़ में बुलाया, 'दकुकी'।

—आप लोगों को मेरा नाम कैसे पता चला?

—जो दिल अल्लाह को ढूँढ़ता है, उससे कुछ भी छुपा नहीं रहता। हमारा एक ही दिल है, अल्लाह का दिल। अलग से किसी दिल को मत ढूँढ़ना दकुकी। आओ, अब हमें नमाज़ पढ़वाओ।

—मुझे कुछ नहीं आता है हुज़ूर। मैं तो एक गधे से भी ज़्यादा गिरा हुआ हूँ।

—तुम्हारे जैसा पाक गधा सबसे ऊपर है।

शेख़ की बीवी फूट-फूट कर रोने लगी, 'मेरे बेटों के साथ मेरी कहाँ मुलाक़ात होगी, बताइए'।

—और इन्तज़ार करो बीवीजान।

—दकुकी का क्या हुआ, बेटा? शेख़ की माँ ने पूछा।

—नमाज़ पढ़ते-पढ़ते दकुकी के कानों में बहुत से लोगों की चीख़ें तैरती हुई आ रहीं थीं।

दकुकी ने आँख खोल कर देखा, चाँद की रोशनी में समन्दर उफ़ान पर था। जहाज़ लहरों पर तिनके-सा उलट-पलट रहा था। गाँव के सारे लोग उस जहाज़ से चिल्ला रहे थे, बचाओ... रहम करो ख़ुदा... हमें बचा लो। अचानक जहाज़ के दो टुकड़े हो गये—

—बेटा, क्या सब मर गये?

—दकुकी की आँखों से तब लगातार आँसू बह रहे थे। उसने आसमान की ओर दोनों हाथ उठा दुआ की, ख़ुदा, उन्हें बचा लो, उनकी जहालियत के लिए उन्हें माफ़ करो, उनकी आँखें खोल दो, उन्हें तुम्हारी जन्नत की राह पर ले चलो।

कहते-कहते शेख़ भी फूट-फूट कर रोने लगा। उसकी माँ ने उसकी पीठ सहलाते-सहलाते पूछा, 'वह लोग बच तो गये थे न, बेटा?'

—हाँ, समन्दर शान्त हो गया। वे लोग तैरते-तैरते किनारे आ पहुँचे।

बहुत दिनों के बाद शेख़ की बीवी ने रोटी का टुकड़ा चबाते-चबाते पानी पिया।

—उसके बाद? शेख़ की माँ ने पूछा।

—उन सात आदमियों ने समन्दर की ओर देख कर पूछा, 'किसने ख़ुदा पर ख़ुदाई की है?'

दकुकी को छोड़ कर और कौन कर सकता था। संग-संग वे लोग हवा में मिल गए। दकुकी फिर से सड़क पर निकल पड़ा, इतने दिनों के अपने सातों साथियों को ढूँढ़ने।

एक दिन राह चलते-चलते उसने कोहरे के भीतर से पूरे चाँद की परछाई देखी। वह ख़ुशी से बेहाल हो नाचने-गाने लगा। अचानक बादल ने आकर चाँद को ढक लिया। उसकी

परछाई तक खो गई। बहुत देर तक एक कुएँ के पास सोए रहने के बाद दकुकी उठ बैठा। चीख़ कर कहने लगा, 'अहमक! एक अहमक हूँ मैं! अभी भी परछाई देख कर भूल जाता हूँ! अल्लाह तो बिना बाती के भी रोशनी देते हैं। मैं अब भी क्यूँ उन सात लोगों को ढूँढ़ रहा हूँ? और कितने दिनों तक ये बाहरी रूप मुझे छलावे में रखेगा? ख़ुदा, बस तुम्हें याद रखने भर की ताक़त देना मुझे'।

दास्तानगो की चुप्पी तोड़ कर कल्लू उत्तेजित हो कर कहता है, 'उसके बाद?'

—उसके बाद और क्या?

—दकुकी का क्या हुआ?

—शेख़ के घर सब अपने-अपने कामों में लग गए। दकुकी फिर से चल पड़ा।

—दकुकी अब कहाँ जायेगा?

—कहाँ जायेगा? मेरे झोले में था, झोले में ही वापस आ गया है। कहते-कहते दास्तानगो ने अपने कंधे के झोले से एक लकड़ी का पुतला निकाल कर कहा—देखो मियाँ, ये दकुकी है।

—तुम्हारे झोले में और कौन-कौन हैं मियाँ?

—देखो फिर—ये कौन है, पहचान सकते हो?

—हुज़ूर—मिर्ज़ा साहब—

—और इन्हें पहचानते हो?

—जहाँपनाह बहादुर शाह ज़फ़र।

—ये?

कल्लू उछल पड़ता है, 'मंटोभाई—आप—आप—आप भी कठपुतली हो गये हैं?'

दास्तानगो एक के बाद एक झोले से लकड़ी के पुतले निकाल कर मस्जिद के चबूतरे पर सजाता जाता है। मैं हैरान हो कर देखता रहता हूँ, वह सब तो मेरे 'दोज़ख़नामा' उपन्यास के चरित्र थे। रंग-बिरंगे पुतले रोशनी में झिलमिलाते रहते हैं। इतिहास की गर्द में भी वे धूसर नहीं हुए थे।

मेरे पाठक साथियों, अब मंटो को इजाज़त दीजिए, ख़ुदा हाफ़िज़।

तबस्सुम, मंटो का उपन्यास ख़त्म होने के बाद से ही मियाँ तानसेन के जीवन की एक अनोखी घटना याद आ रही है। मियाँ तानसेन भैरव राग सिद्ध थे। वे सिर्फ़ जहाँपनाह अकबर की नींद टूटने के वक़्त इस राग का आलाप लेते थे। जहाँपनाह के लिए तानसेन की जगह सारे उस्तादों से ऊपर थी। इस वजह से दूसरे उस्ताद तानसेन से ईर्ष्या करते थे। एक बार उन्होंने मिल कर तानसेन को मारने का उपाय सोचा। उन्होंने बादशाह को जाकर कहा, 'जहाँपनाह, हमने दीपक राग कभी नहीं सुना। एक बार हम उस राग को सुनना चाहते हैं। वह राग मियाँ तानसेन के अलावा और कोई नहीं जानता'। बादशाह उस्तादों की इस मिलीभगत के बारे में नहीं जानते थे। उन्होंने तानसेन से कहा, 'मियाँ, मुझे राग दीपक सुनने का बड़ा मन है। आप सुनायेंगे?' तानसेन ने कहा, 'जहाँपनाह उस राग को गाने से मेरी मौत हो जायेगी'।

—क्यूँ?

—वह आप नहीं समझेंगे।

—एक राग गाने से कहीं किसी की मौत होती है?

—मैं सच कह रहा हूँ, जहाँपनाह।

—ऐसा नहीं होता है, मियाँ। आप हमें दीपक राग ही सुनाइए।

तानसेन ने बहुत सोच कर पन्द्रह दिन का समय माँगा। वह जानते थे, दीपक राग के तेज़ से—उसके सुरों की आग से—दुनिया के गायकों के शरीर तक जल जाते हैं। इसलिए किसी और को सुर की शीतल धार से उस आग को बुझाना होगा। जिस समय तानसेन दीपक राग गा रहे हों, उस समय कोई दूसरा गायक मेघ राग का आह्वान करे, तभी तानसेन बच सकते थे। तानसेन ने उन पन्द्रह दिनों में अपनी बेटी सरस्वती और स्वामी हरिदास की शिष्या रूपवती को मेघ राग सिखाया।

निर्दिष्ट दिन पर तानसेन सुबह दरबार पहुँचे। दरबार लोगों से खचाखच भरा हुआ था। तानसेन ने दीपक राग का यज्ञ शुरू किया। दूसरी तरफ़ सरस्वती और रूपवती ने भी अपने घरों में मेघ राग का यज्ञ शुरू किया। दरबार में चारों तरफ़ दिए सजे हुए थे। तानसेन ने कहा कि दिए जल जाने पर वह अपना गायन बन्द कर देंगे। आलाप शुरू करते ही दरबार में सबको लगने लगा जैसे तेज़ गर्मियों के दिन आ गये हों। तानसेन भी पसीने से तर-बतर हो गये थे। धीरे-धीरे उनकी आँखें ख़ून की तरह सुर्ख़ हो गईं। इसके बाद तानसेन का शरीर जलने लगा, सभा के सारे दीपक जल उठे—चारों तरफ़ आग फैल गई। सब सभा छोड़ कर इधर-उधर भागने लगे। अधजले तानसेन भी अपनी घर की ओर भागे।

उसी समय सरस्वती और रूपवती ने राग मेघ का आलाप भरना शुरू किया। उनके गाते ही दिल्ली के आकाश पर बादल छा गये, हवा बहने लगी, और फिर घमासान बारिश शुरू हो गई। तानसेन का दग्ध शरीर शीतल हो गया।

तबस्सुम, मंटो के यह उपन्यास जैसे मियाँ तानसेन का गाया दीपक राग था। हम लोग एक के बाद एक अग्निचक्र पार करते हुए आए हैं। पर कहाँ हैं आज सरस्वती और रूपवती? जो मेघ राग गाकर मिर्ज़ा और मंटो के झुलसे शरीर और मन को बारिश से भिगो सकें? मैं उन्हें ढूँढ़ने एक नये उपन्यास की ओर बढ़ रहा हूँ। उस उपन्यास का नाम होगा 'नायिका-रहस्य'।

www.ingramcontent.com/pod-product-compliance
Ingram Content Group UK Ltd.
Pitfield, Milton Keynes, MK11 3LW, UK
UKHW041632190726
13854UKWH00006B/2441

9 789351 772385